KNAUR

MARKUS HEITZ

DIE RÜCKKEHR DER ZWERGE

I

ROMAN

KNAUR

Besuchen Sie uns im Internet:
www.knaur.de
Facebook: Knaur Fantasy & Science Fiction
Instagram: @KnaurFantasy

Originalausgabe September 2021
Knaur HC

Ein Imprint der Verlagsgruppe
Droemer Knaur GmbH & Co. KG, München

Dieses Werk wurde vermittelt durch die AVA international GmbH
Autoren- und Verlagsagentur, München
Redaktion: Hanka Leo
Covergestaltung: Guter Punkt, München / Anke Koopmann
unter Verwendung eines Motivs von Elm Haßfurth
Coverabbildung: © Elm Haßfurth | elmstreet.org
Satz: Adobe InDesign im Verlag
Druck und Bindung: CPI books GmbH, Leck
ISBN 978-3-426-22755-8

2 4 5 3 1

Den alten und neuen Leserinnen und Lesern,
welche die Zwerge für sich entdeckten.
Ganz gleich, ob nun neu oder jetzt wieder
oder schon vor vielen, vielen Jahren.

DRAMATIS PERSONAE

DIE ZWERGENSTÄMME

DIE ERSTEN

Xanomir Wogenherz aus dem Clan der Stahlmacher, Ingenius & Constructor
Buvendil Muschelgreif aus dem Clan der Heißschmieds, Ingenius & Constructor
Bendabil Zangenstark, Hafenmeister
Hegobal Kohlenglut, Krieger und Steinmetz

DIE DRITTEN

Hargorina Todbringerin aus dem Clan der Steinmalmer vom Stamm der Dritten, Kriegerin
Belîngor Klingenfresser aus dem Clan der Stahlfäuste vom Stamm der Dritten, Krieger
Brûgar Funkenatmer aus dem Clan der Feuerschlinger vom Stamm der Dritten, Krieger
Regnor Sterbenshieb aus dem Clan der Orkschlächter, König der Dritten
Regnorgata Sterbenshieb aus dem Clan der Orkschlächter vom Stamm der Dritten, Tochter des Königs der Dritten
Romogar Blutenstich aus dem Clan der Blattklingler vom Stamm der Dritten, Zeremonienmeister
Larembar Gutschuss aus dem Clan der Weitseher vom Stamm der Dritten, Kommandant der Ostfestung

DIE VIERTEN

Goïmron Schnitzeisen aus dem Clan der Silberbärte vom Stamm der Vierten, Gemmarius
Gandelin Goldenfinger aus dem Clan der Steinwender vom Stamm der Vierten, Gemmarius
Bendoïn Feinunz aus dem Clan der Pfeilsucher, Gesamtkommandant der Festungen an der Grenze zu Brigantia

DIE FÜNFTEN

Barbandor Stahlgold aus dem Clan der Königswassertrinker vom Stamm des Fünften Giselbart, Krieger
Giselgar Harthieb aus dem Clan der Hammerschlags vom Stamm des Fünften Giselbart, Krieger
Glamdulin Güldenfunke aus dem Clan der Blütenfinder vom Stamm des Fünften Giselbart, Heiler
Gesalyn Schlaghammer aus dem Clan der Goldbeißer vom Stamm des Fünften Giselbart, Siedlungsälteste

DIE MENSCHEN

Orweyn Berengart, Omuthan von Brigantia
Klaey Berengart, Orweyn Berengarts jüngster Bruder, Banneroffiziant
Ayasta, Kriegerin
Stémna, Botin von Ûra
Solto, Kuriositätenhändler
Doria Rodana von Psalí, Puppenspielerin
Chòldunja, Doria Rodanas Aprendisa
Vanéra, Maga
Adelia, Vanéras Famula
Mostro, Vanéras Famulus
Aloka, Königin von Undarimar

Prinz Ocdius, Thronfolger des Kaiserreichs Gautaya
Altorn, Befehlshaber von Ocdius' Leibwache
Kanzler Yltho, Kanzler von Palusien
Betania, Gesandtin aus Gauragon

DIE ALBAE

Mòndarcai, Krieger
Vascalôr, Krieger
Ascatoîa, Zhussa
Horâlor, Befehlshaber der Stadtwache

WEITERE

Telìnâs, Elb
Ûra, größte Drachin des Geborgenen Landes
Ardin, zweitgrößter Drache des Geborgenen Landes
Nebtad Sònuk, Srgāláh
Krognoz, Orkfürst von Kràg Tahuum

BEGRIFFE

ORTE

Arima: Hauptinsel von Undarimar
Ceuwonia: Seereich im Jenseitigen Land
Dsôn Khamateion: Reich der Albae im Braunen Gebirge
Enaiko: die Stadt des Wissens im Süden des Geborgenen Landes
Gautaya: Kaiserreich in Gauragon
Idoslân: einstiges Reich, das in Gauragon aufging
Kleinfluxwasser: Menschendorf nahe Platinglanze
Kràg Tahuum: Orkfestung in der Mitte des Geborgenen Landes
Landsriegel: elftausend Schritt hoher Berg
Platinglanze: zwergische Wehrsiedlung am Fuße des Grauen Gebirges
Phondrasôn (albisch): unterirdischer Verbannungsort
Tî Silândur: Elbenreich
Towan: Fluss im Norden des Geborgenen Landes
Undarimar: Meeresreich im Westen des Geborgenen Landes
Whrotland: untergegangenes Reich im Jenseitigen Land

VÖLKER & ARTEN

Bastardpferd: orkisches Reittier
Cadengi: eine neue Götterschar, deren Glaube in Brigantia verbreitet ist
Cadengis: der gefährlichste Gott der Cadengi
Cadengis' Mutter: a. die gefährlichste Göttin der Cadengi, b. beliebter Fluch
Doulia: Zugereiste aus dem Jenseitigen Land, die sich freiwillig als Sklaven andienen
Drinx: Fabelwesen
Feuerfresser: Bezeichnung der Bestien in den Lavafeldern im Norden von Gauragon

Flammenflügler: schlangenhaftes Flugwesen, drachenverwandt
Ido: Angehörige des Herrschergeschlechts aus Idoslân
Lurco: Pflanzen, die vom magischen Feld in fleischfressende Kreaturen verwandelt wurden
Meldrith: Personen mit einem albischen und einem elbischen Elternteil
Nesoden: Unterwasservolk
Parsoi Khi: Humanoide, die bevorzugt Wesen mit übersinnlichen Kräften nachstellen
Phlavaros: albischer Name des ersten Flugmahrs
Ragana: Moorhexen
Salzseeorks: Bezeichnung der Bestien in den Salzwüsten im Kaiserreich Gautaya
Sphyraeen: Pfeilreißfische
Srgāláh: humanoide Wesen mit Hundekopf
Unauslöschliche: einstige Herrscher der Albae

TITEL & BEZEICHNUNGEN

Aprendisa: Lehrling
Banneroffiziant: niederrangiger Versorgungssoldat
Famula/-us: magisch begabter Mensch in Ausbildung
Fîndaii: Leibwache und Eliteeinheit der Kisâri
Ganyeios: Titel des Herrschers von Dsôn Khamateion
Kisâri: Titel der Kaiserin der Elben
Magus/Maga: Zauberer/Zauberin
Obgardist: niedriger Rang der Stadtwache von Malleniaswacht
Omuthan: Titel des Fürsten von Brigantia
Tharka: Sondereinheit der Dritten für die erste Schlachtreihe
Zabitay/-a: Rang, General/-in in Brigantia
Zhussa: Zauberkundige der Albae
Zolonarius: Zöllner

SONSTIGES

Bergschaumpfeife: Pfeife aus besonders leichtem Steinmaterial
Butterhagelstange: knuspriges Hefeblätterteiggebäck
Elriahaube: Taucherglocke
Galeere: Schiffsklasse mit reinem Ruderantrieb
Gundelgund und Gindelgund, Gunibur und Ganibur: schwere Federkatapulte der Zwerge
Hai-Klasse: besondere Galeerenform
Karavelle: Schiffsform
Kedonittabak: sehr teurer Edeltabak
Priem: Kautabak
Stein-Schlag-Spiel: Geduldsspiel der Zwerge
Suihhi: Bezeichnung einer tödlichen Seuche in Gauragon
Schnelltunnel: Verbindungsstrecken im Zwergenreich auf Loren, die früher unterirdisch durchs gesamte Geborgene Land führten
Warwolf: übergroßes Katapult

PROLOG

DAS GEBORGENE LAND, IM NORDEN DES VEREINTEN GROSSKÖNIGREICHS GAURAGON, AN DEN AUSLÄUFERN DES GRAUEN GEBIRGES, 1023 N. B. (7514. SONNENZYKLUS NACH ALTER ZEITRECHNUNG), FRÜHJAHR

Unaufhörlich warfen sich die Wassermassen der Smaragdfälle über Felsvorsprünge dreißig Schritt in die Tiefe, bevor sie donnernd im breiten Becken einschlugen. Gischtschleier umspielten die stürzenden grünen Fluten des Flusses Towan. Die winzigen Tröpfchen wurden vom Wind umhergetrieben und verteilten sich weit in der bewaldeten Umgebung, gingen auf Blättern und an Rinden der Bäume nieder. Das helle Sonnenlicht erschuf einen schillernden Regenbogen, der scheinbar für alle Ewigkeit malerisch über dem Gewässer leuchtete.

Einige der klaren Tropfen landeten im geflochtenen dunklen Barthaar des leicht gerüsteten Zwerges, der am Ufer in sicherer Entfernung vom breiten Kiesbett des Towan stand; sie sammelten sich zu glitzernden Perlen, als wollten sie ihn zieren, zusätzlich zu seinen goldenen Schmuckspangen.

Es störte Barbandor Stahlgold aus dem Clan der Königswassertrinker nicht, dass die Tropfen sein wettergegerbtes Gesicht benetzten und auf dem Weg abwärts die eingegrabenen Linien und Narben in der Haut nachfuhren. Seine kräftigen Hände lagen locker auf dem aufwendig ziselierten Stahlkopf seiner schweren Kampfaxt, deren Stielende auf dem weichsteinigen Untergrund ruhte. Aus der Ferne wirkte der gestandene Zwerg wie ein sitzender Wanderer bei einer kurzen Rast.

Der Blick aus Barbandors braunen Augen schweifte aufmerksam über die schäumenden, grünlichen Wogen, die gut zehn

Schritte vor ihm wirbelnd dahinzogen. Es roch nach Frische, duftenden Blüten und nassem Stein. Das Aufblühen der umgebenden Wiesen und Wälder, die an den südlichsten Ausläufern des Grauen Gebirges lagen, war deutlich vernehmbar.

Barbandor hatte sich freiwillig für diese Aufgabe gemeldet, wie er es stets tat, sobald die Zeit gekommen war.

Und dies geschah recht häufig.

Jedes Mal nach Wolkenbrüchen im weit entfernten Grauen Gebirge oder nach der Schneeschmelze oder nach anhaltenden starken Regenfällen über den Gipfeln und den Hängen der alten, aufgegebenen Heimat wuchs der Towan an und trug eine besondere, außergewöhnliche Fracht in seinen Wogen, die er irgendwann an Land spülte. Vor allem nahe der Smaragdfälle.

Mit einem tiefen Seufzen drehte Barbandor den Kopf und richtete den Blick mit Wehmut nach Norden. Dorthin, wo sich das Graue Gebirge befand. Oder zumindest das, was nach den vielen Beben und Erschütterungen in Hunderten Zyklen von ihm übrig geblieben war. Wo sich einst majestätische, namhafte Gipfel und uralte vielgestaltige Hänge emporgeschwungen hatten, in denen man Formen und Figuren, Bestien und Schönheiten hatte erkennen können, gab es nun lediglich abgebrochene Klippen, stumpfe Erhebungen und wie lieblos hingeworfene aufragende Bergketten. Tagaus, tagein stiegen irgendwo Qualmwolken und Rauchschlieren aus weit entfernten jungen Vulkanen auf. Die Beben hatten das ehrwürdige Graue Gebirge vernichtet und zugleich auf dessen Sockel ein neues Massiv erschaffen, das noch längst nicht zur Ruhe gekommen war.

Der Anblick schmerzte Barbandor, obwohl er nie einen Fuß in die Berge, in die alte Heimat gesetzt hatte. Wie keiner seit mehreren Generationen der Fünften.

Die säulengestützten Hallen gehörten der Vergangenheit ebenso an wie die gefüllten Schatzkammern, die reichen Minen, die tönenden Schmieden und klingenden Werkstätten, wie die wunderschöne Handwerkskunst aus den Fingern zahlreicher begnadeter Zwerginnen und Zwerge. Das alles existierte bloß noch in Erzählungen, Niederschriften, Bildern und Zeichnungen. Und in unzähligen traurigen Liedern.

Niemand wusste, wie es nun um das Innere der alten Heimat stand.

»Vraccas, was taten wir, dass du uns derart gestraft hast?«, murmelte Barbandor.

Die Antwort vermochten die Lebenden nicht zu geben.

Hals über Kopf waren die Kinder des Schmieds vor etwas mehr als eintausend Zyklen geflohen, als die Beben begannen und Vulkane ausbrachen; geflohen, bevor das Graue Gebirge zum Grab für den Stamm der Fünften werden konnte. Dabei hatten sie den Großkönig aller Stämme und dessen legendäre Axt Feuerklinge verloren. Dieser Verlust traf die Zwerge wie das Geborgene Land gleichermaßen hart.

Ebenso erging es den Zweiten im Blauen Gebirge des Südens. Nur die Ersten im Westen und die Dritten im Osten waren glimpflich davongekommen. Sie harrten in den Behausungen im roten und schwarzen Gestein aus, auch wenn selbst ihre Reiche nicht mehr aussahen wie einst.

Am schwersten von allen hatte es das Reich der Vierten getroffen. Es war von mehr als nur Erdbeben und Vulkanausbrüchen heimgesucht worden, und die Folgen davon spürte das gesamte Geborgene Land. Seit Hunderten Zyklen.

Die Zwerginnen und Zwerge der Zweiten, Vierten und Fünften lebten nun in wehrhaften Siedlungen nahe der Gebirge. Wann sie zurückkehren würden, um aufzubauen, was zerfallen dalag, blieb ungewiss.

Ungewiss wie so vieles. Barbandor schloss die Lider, um sie mit Gischt benetzen zu lassen. Die Wassertröpfchen kühlten seine Augen, in denen ein Brennen aufsteigende Tränen ankündigte. Seine Seele ließ sich kaum beruhigen. Gegen den inneren, schweren Schmerz der fehlenden Heimat half wenig.

»Was stehst du da herum?« Die schnarrende Stimme von Giselgar Harthieb traf ihn in den Rücken. »Bist du eingeschlafen? Oder ist es die Furcht vor Elrias Fluch?« Ein Rumpeln und dunkles Rattern erklangen. »Mach dich lieber nützlich.« Das Quietschen einer Feststellbremse erklang. »Heute wird's was Besonderes geben. Ich spüre es in den alten Knochen!«

Die Ablenkung kam Barbandor wie gerufen. Schnell wischte er Tröpfchen und Tränen vom Gesicht. »Alte Knochen?« Er öffnete die Lider und wandte sich zu seinem Freund um, der auf einem Karren saß, gezogen von einem struppigen, schwarz-weiß gescheckten Pony. »Du bist kaum zehn Zyklen älter als ich.« Die Ladefläche lag voller Gestänge, Greifhaken und mehreren Keschern.

»Aber es waren zehn *sehr* entbehrungsreiche Zyklen, die ich Vorsprung habe. Das zählt doppelt. Nein, *dreifach*, bei Vraccas!« Giselgar sprang vom Bock und band die Zügel an einem Essigbaum fest, dessen Blätter ein buntes Dach bildeten. Wie Barbandor trug er eine leichte Lederrüstung, was für Zwerge ungewöhnlich war. Doch arbeitete man nahe am Wasser, war ein Kettenhemd oder eine schwerere Panzerung keine gute Wahl, es sei denn, man wollte unter allen Umständen ertrinken. »Deswegen musst du auch härter arbeiten als ich.« Giselgar nahm das zusammenschiebbare Fernrohr aus der Gürtelhalterung, zog es aus und warf einen prüfenden Blick hindurch über die Wogen, das Kiesbett und das Ufer zu beiden Seiten. »Schon was gefunden, während du faul gewartet hast?«

»Ich wollte gerade …«

»Ah, eine Ausrede. Weshalb bist du aus Platinglanze vorausgegangen, wenn du …« Giselgar hielt im Schwenken inne und drehte schnell am vorderen Element der Sehhilfe. »Verflucht! Der Blitz soll die gierigen Langen treffen! Wieso hast du sie nicht vertrieben?«

Barbandor wandte den Kopf in die Richtung, in die das Fernrohr zeigte. Zwischen den größeren Felsen und auf den herausragenden Brocken im Wasser, die eine Überquerung des Towan trocknen Fußes ermöglichten, sprangen Menschen, ausgestattet mit hakenbesetzten Stöcken, Säckchen und Netzen; andere trugen Reusen.

»Die waren vorhin noch nicht da«, verteidigte sich Barbandor und verzog das bärtige Gesicht.

»Du hast die Langen nicht gesehen, weil du zum Grauen Gebirge gestarrt hast, als käme es dadurch zu dir«, entgegnete Giselgar und packte das Sehglas ein. »Rasch, nimm dir von der Ausrüstung, und runter ins Kiesbett. Diese verfluchten Gierfinger sollen vor uns nichts finden, was unserem Stamm gehört.« Er langte auf die Ladefläche und raffte an sich, was er zu greifen bekam. Gestängeteile schepperten metallisch. »Beeil dich! Wenn sie auch nur *eine* Brosche vor uns finden, werde ich das Pony ausspannen, es zu mir auf den Karren hieven und dich das Ganze zurück in die Siedlung ziehen lassen.« Dann rannte der Zwerg los und rutschte flink die Böschung hinab.

Seit der Flucht aus ihrer alten Heimat versuchten die Fünften zu retten, was die smaragdfarbenen Fluten aus den Stollen bis ins Geborgene Land spülten, um es zu bewahren und für jenen Zyklus bereitzuhalten, an dem sie ins Gebirge zurückkehren konnten.

Barbandor betrachtete das helle Kiesbett, über das sein Begleiter eilte. Wie jeder Zwerg und jede Zwergin kannte er Elrias Fluch. Er besagte, die Göttin des Wassers habe dem Element befohlen, die Kinder des Schmieds samt und sonders zu ersäufen, und wenn es in einer knöcheltiefen Pfütze sein mochte.

Ein gewaltiger, reißender Fluss hatte leichteres Spiel.

Giselgar schien es nichts auszumachen, dass er bis auf zwei Schritte an den Towan heranmusste, während er die Gestänge zusammensetzte und das Fischen im smaragdfarbenen Strom begann.

Also, los! Barbandor atmete einmal durch und schob die Kampfaxt in die Rückenhalterung, danach nahm er Ruten, Stangen sowie Kescher, um seinem Freund zu folgen. *Ich tue das ja nicht zum ersten Mal.*

Das Gefühl, das in ihm aufstieg, als das Rauschen der Wellen und das Blubbern der Strudel durch das Tosen der Wasserfälle drangen, wollte er nicht *Angst* nennen. *Unwohlsein* klang wesentlich besser.

Die Menschen hatten die beiden Zwerge bemerkt und riefen unverständliche Worte zu ihnen hinüber, machten abfällige oder scheuchende Gesten. Sie mochten keine Konkurrenz auf der Suche nach kleinen und großen Reichtümern.

»Diese Schuhpisser! Stets der gleiche Narrentanz«, sprach Giselgar laut, um die Geräusche des Flusses zu übertönen, und lachte. »Heya! Ihr da! Wagt es nicht, heimlich unsere Schätze einzustecken«, brüllte er den Sammlern zu. »Alles, was ihr findet, zeigt ihr mir, verstanden? Das ist Eigentum meines Volkes!« Schon setzte er eine Brille mit speziell geschliffenen Edelsteingläsern auf, mit denen er besser durch den Schaum und die Wogen auf den Grund des Flusses sehen konnte. Geschickt nutzte er den Kescher, um damit im Towan zu stochern. »Elria, nimm einen von denen zu dir. Nicht uns.«

»Ich kann es den Menschen nicht verdenken. Es sichert Essen. Und geringen Wohlstand.« Barbandor hatte sich auf vier Schritte genähert und setzte den Magnetstein in die Halterung der langen Stange, an deren Ende ein Fanghaken saß. Danach rammte er die schmiedeeiserne Rutenhalterung in den Untergrund. Zur Beruhigung seines Gemüts steckte er sich ein wenig aromatisierten Kautabak aus seinem Beutel in die rechte Wangentasche. Der Geschmack der Fasern von Zimmet mit Minze breitete sich sogleich in seinem Mund aus.

»Es bleibt Diebstahl an unserem Stamm«, beharrte Giselgar und zog das Rohr zurück. Im Kescher glänzte ein handtellergroßes, verziertes Silberstück mit einem Rubin darin, das er herausnahm und zufrieden in die Ledertasche steckte. »Du willst sie nicht etwa verteidigen, oder?«

»Nein. Ich habe nur Verständnis.« Barbandor schob den Magnetstein in den Fluss und dirigierte ihn an der langen Stange auf gut Glück hin und her. »Mit solch einem Fund wie deinem kommt eine Familie durch den Winter.«

»Nun, es ist aber Frühjahr. Sollen die Langen das Getreide und Gemüse aussäen und ihre Äcker pflügen, wenn sie im Winter was zu beißen haben wollen.« Giselgar hatte erneute Beute gemacht: einen massiven Goldring, der im Sonnenlicht zwischen seinen Fingern aufglänzte. Beim Wegpacken warf er Barbandor einen rätselnden Blick zu. »Wenn du an dem zweifelst, was wir tun, und den Langen unsere Schätze gönnst, weswegen meldest du dich seit zehn Zyklen stets freiwillig?«

»Weil ich …« Er sah erneut zum Grauen Gebirge, das sich hinter dem Regenbogen und einer Gischtwand verbarg. »Weil ich hoffe, eine Nachricht zu finden. Nicht nur antike Kostbarkeiten der Toten.«

»Nachrichten von *überlebenden* Fünften?« Giselgar stieß ein knappes Lachen aus. »Niemals. Der Steinerne Torweg ist zugeschüttet wie die Hohe Pforte und alles, was wir kannten. Da lebt niemand mehr. Seit eintausend Zyklen.« Er deutete auf den Fluss. »*Darin* treibt ihr Vermächtnis an uns vorbei. Rette ihr Andenken, Barbandor. Bevor es diese Aasvögel unterhalb von uns tun; diese elenden Plünderer und vermaledeiten Totenfledderer, die es für eine schäbige Kuh oder zehn Sack schimmliges Getreide hergeben.« Der Ausdruck im Gesicht des älteren Zwergs wurde bittend. »Für uns ist die kleinste Münze aus den alten Umläufen unbezahlbar. Das Zeugnis der Ahnen, ihrer Kultur, ihres Könnens und ihres Wissens. Das muss zurück an seinen angestammten Platz. *Alles!*«

Barbandor nickte und verschob die lange Rute mit dem Magnetstein daran. Den Glauben an ein Zeichen, an ein Signal der Hoffnung ließ er sich nicht nehmen.

»Halte die Stellung, Jungspund. Ich suche weiter abwärts.« Giselgar schulterte seine Ausrüstung und ging über das weißgraue

Kiesbett auf die Menschen zu, die von den Trittsteinen herab suchten, Netze auswarfen und Reusen verlegten. »Und erkläre den Langen, wie sie sich zu benehmen haben.«

Barbandor verlängerte seinen Stab geschickt um ein Anbaustück und schob ihn tiefer in den rauschenden Strom. »Ist gut.« Er überließ es seinem Freund, sich den Beschimpfungen und dem Hohn auszusetzen.

In Zeiten von Katastrophen suchte man nach einfachen Erklärungen. Gerade die Menschen gaben seinem Volk sowie Vraccas die Schuld an den unaufhörlichen Beben und neu entstehenden Vulkanen, den emporragenden Gebirgen in den Binnenreichen und sämtlichen Schwierigkeiten, die damit im Geborgenen Land Einzug gehalten hatten. Und das ließen sie gerne an jedem Zwerg aus, der ihren Weg kreuzte.

Barbandor sah zum Pulk der Schatzsucher.

Es war ein gutes Dutzend Männer, gekleidet in einfache Sachen aus Leinen und Wolle. Manche hatten sich aufgeblasene Lederschläuche und Korkstücke umgebunden, damit sie bei einem Sturz in den reißenden Fluss nicht sofort untergingen. Die Suche nach den Schätzen der Fünften war gefährlich.

Deswegen fühlte sich Barbandor am Ufer sehr wohl, mit großem Abstand zu den schnell ziehenden Wogen, auf denen zu seiner Verwunderung just eine schlichte Holztruhe mit zwergischen Insignien an ihm vorbeitrieb. Da sie ohne Beschläge war und obenauf schwamm, musste sie leer sein. Barbandor ließ sie ziehen. *Mag sie flussabwärts einen Menschen glücklich machen.*

Giselgar indes näherte sich unerschrocken dem Ufer stromabwärts.

Sogleich entbrannte ein Wortgefecht zwischen dem laut zürnenden Zwerg und den höhnenden Sammlern, die aus dem Dorf Kleinfluxwasser in der Nähe stammten. Die Siedlung mit gut fünfzig Hütten und Häusern hatte unter den Fünften den unschönen Ruf, rücksichtslose Diebe und Plünderer zu beheimaten. Die weniger wagemutigen Schatzsucher und Glücksritter aus verschiedenen Regionen des Geborgenen Landes wagten sich üblicherweise nicht in die Nähe von Zwergensiedlungen und blieben flussabwärts. Sie nutzten eher die freiwilligen Sklaven der Kaste der Doulia, um in dem gefährlichen Wasser suchen zu lassen.

Jedes Wort verstand Barbandor nicht, und er wollte es auch nicht. Es war müßig, sich die endlosen Tiraden, Schmähungen und Spottgedichte über sein Volk anzuhören. *Warum, Vraccas?* Seufzend veränderte er die Suchbahn der Rute. *Was haben wir dir …*

Unvermittelt gab es einen Ruck. Der Magnetstein hatte sich an etwas Metallisches geheftet, der Greifhaken saß fest. Aufregung erfasste Barbandor, seine Fingerspitzen kribbelten voller Vorfreude. *Ist das unser besonderer Fang, von dem Giselgar vorhin sprach?*

Bei einem ersten vorsichtigen Anziehen bemerkte er das extreme Gewicht seines Fundes. *Das ist mindestens eine randvolle Eisentruhe mit Kostbarkeiten!* Seine Stiefelsohlen gruben sich tief in den hellen Kies, er zog mit ganzer Kraft und zermalmte vor Anspannung den Kautabak zwischen den Zähnen.

Aber seine fette Beute weigerte sich, an die Oberfläche des Towan gezerrt zu werden.

Verflucht! Elria selbst hält sie fest. Barbandor wandte sich zu Giselgar, um ihn zu Hilfe zu bitten. Dabei entdeckte er den dunklen Qualm, der stromabwärts in einer breiten Rauchsäule in den blauen Sommerhimmel stieg. Es brannte in der Siedlung.

Noch bevor er nach seinem Freund rufen konnte, spannte sich ein Fangnetz der Leute aus Kleinfluxwasser zwischen den Trittsteinen und schleuderte einen überraschten Mann mit Bergungsstrick um den Unterarm in die Fluten. Er versank prustend, trotz Korkweste und Lederschlauch.

Als Nächstes holte es einen kräftigen Kerl am Ufer von den Beinen, der die Reuse verankern wollte. Etliche Schritte weit schleifte er schreiend durch den Kies, bevor er das Halteseil aufgab. Über und über mit Kratzern und Blessuren bedeckt, setzte sich der Mann auf und drückte die aufgerissene Hand an den Leib.

Eine gefährliche, mächtige Unterströmung. Barbandor richtete die braunen Augen auf sein Gestänge und packte fester zu. *Aber ich gebe mich Elrias Laune nicht geschlagen!*

»Giselgar!«, rief er. »Komm her! Ich habe –«

Unvermittelt schnellte eine grobe Hand mit langen, gebogenen Fingernägeln aus den schäumenden, smaragdfarbenen Wellen und umfasste das Gestänge. Ein grüngrauhäutiger Arm und ein gepanzerter Ork folgten. Brodelnd und spritzend brach sich der Towan an dem Scheusal, das sich an der Rute aus dem Strom zog und Wasser ausspuckte.

Die Zeichen auf dem umgehängten Knochenschmuck und die Gravuren auf den rostigen Bein- und Armschienen kannte Barbandor nicht.

»Bei Vraccas!«, stieß er überrascht aus und ließ die lange Magnetrute fallen. »Eine Schweineschnauze! Dich will ich nicht als Fang!« Er suchte einen sicheren Stand im Kies und nahm die stählerne Kampfaxt aus der Rückenhalterung, spuckte den Tabakklumpen aus. »Setze deinen hässlichen Fuß an Land, und ich sende dich zu deinem Schöpfer Tion!«

Im selben Augenblick verstand Barbandor, dass die beiden Schatzsucher keiner Unterströmung zum Opfer gefallen waren – und weshalb die Siedlung brannte. Andere Ungeheuer hatten den Weg nach Kleinfluxwasser gefunden und tobten unter den Dörflern, um sie abzuschlachten und zu verspeisen.

Der breit gebaute Ork hatte sich bis zu den Unterschenkeln aus dem Fluss befreit und zog ein gebogenes Schwert aus der Gürtelhalterung, das so groß war wie Barbandor selbst. Grollend näherte er sich und reckte die Spitze ankündigend gegen den Zwerg, kräftige, schwarz angemalte Eckzähne standen wie Wildschweinhauer zwischen den Lippen empor.

»Ein leibhaftiger Unterirdischer! Ich hab's immer gesagt: Ihr seid mehr als ausgeblichene Knochen, rostige Rüstungen und verrottetes Leder in vergessenen Minen.« Das Wasser lief bei jedem Schritt aus der Lederkleidung und dem gut gemachten Schuppenpanzer. »Endlich! Dein hässlicher Kopf wird meine Trinkschale! Und mit deinem weichen Bart wische ich mir den Arsch!«

Barbandor wunderte sich unaufhörlich. Weder gehörte die Bestie zu den Salzseeorks noch zur bekannten Bande der Feuerfresser, die sich gerne in der Nähe der Lavafelder nördlich von ihnen herumtrieb, und schon gar nicht zu den Scheusalen der Orkfeste Kràg Tahuum, die als die gefährlichsten und schlausten galten. Seine Art zu sprechen klang ungelenk und entsprach keinem Dialekt, den die Bestien sonst nutzten.

Er stammt aus dem Grauen Gebirge!, durchfuhr es ihn.

Gelegentlich kam es vor, dass Regen und Schneeschmelze die Scheusale aus den Gesteinshöhlen oder dem Jenseitigen Land schwemmten und sie im Geborgenen Land ausspuckten. Die meisten waren tot und kaum in einem Stück.

Aber *so* ein Exemplar hatte Barbandor noch nie gesehen.

»Meinen Bart willst du? Dann versuch es! Aber koste vorher ausgiebig von meinem Stahl. Dann wird dir die Trinklust vergehen.«

Todesschreie und entsetzte Rufe drangen aus der Richtung der Trittsteine.

Dort waren weitere Bestien aus den Fluten gestiegen, und sie griffen die Menschen an, die mit ihren Stangen, Keschern und Messern keine ernsthaften Gegner waren.

»Ich habe so lange gewartet, endlich einen von deiner Art zu töten!« Brüllend warf sich der Ork nach vorne, fegte mit einem Stiefel den Kies empor und schlug dabei von oben zu. »Aus deiner Haut mache ich einen Trinkschlauch, der zur Schädelschale passt!«

Barbandor hielt den Axtkopf als Schutz vor die Augen, klirrend prallten die Steinchen dagegen. »Hinterhältig wie alle!«, knurrte er. Schon fing er das herabsausende riesige Schwert mit seiner Waffe ab, ging dabei leicht in die Knie, um die Wucht abzumildern, und stieß es zur rechten Seite. Damit tat sich zwischen den erhobenen Armen ein Loch in der Deckung des Orks auf, durch die Barbandor die obere Schneidenspitze stach.

Das geschliffene Metall fuhr einen halben Finger tief in die Kehle des Scheusals, das röchelnd zurückwich, sein Schwert fallen ließ und unvermittelt den Stiel der Zwergenaxt umklammerte. Schwarzgrünes Blut tropfte aus der Wunde, in der das obere Klingenende steckte.

»Behalten willst du meine Axt?« Barbandor zog seinen Dolch aus der Gürtelhülle. Er bückte sich und rammte ihn durch den rechten Stiefel in den Fuß des vor ihm aufragenden Gegners, um ihn mit dem Untergrund zu verbinden. »Dann lass uns tauschen.« Schnell wich Barbandor dem Tritt aus und rollte sich über die Schulter ab, um an das umherliegende riesige Schwert der vor Schmerzen und Wut kreischenden Bestie zu gelangen. Seine Hände schlossen sich um den Griff. »Ich bringe dir deine Waffe, und du gibst mir meine Axt zurück.« Blitzschnell drehte er sich einmal um die eigene Achse und beschleunigte die schwere Waffe wie ein Hammerwerfer.

Dunkel surrend zerteilte die Schneide die zugreifende Orkhand und fraß sich in Höhe der Brust durch die Panzerung, abgesprengte Metallplättchen flogen davon. Dann blieb das Schwert stecken, und Barbandor ließ den Griff los.

Der heftige Einschlag und der bannende Dolch im Fuß brachten das Scheusal zu Fall. Kreischend und Blut spuckend landete es im Kies, hebelte wie von Sinnen mit der unverletzten Hand am Schwert in seinen Rippen herum.

»Meinen Dank.« Barbandor riss seine Axt geschickt aus dem Hals des Orks und nutzte den Schwung für einen senkrechten Hieb gegen den Schädel des Gegners.

Der Stahl fuhr spielend leicht durch Helm, Haut und Kopf. Tot sackte die Bestie zusammen.

Sofort hielt Barbandor nach Giselgar Ausschau.

Sein Freund hatte in der Zwischenzeit zwei Orks mit seinem Streitkolben erschlagen, vier der Langen lagen tot auf den Trittsteinen und am Ufer umher. Den Rest musste der Towan mit sich gerissen haben.

»Sie sind in Kleinfluxwasser«, rief Barbandor gegen das Rauschen des Wassers und eilte zum Karren. »Wir müssen los und den Menschen beistehen.«

Giselgar schulterte den blutverschmierten Streitkolben und hetzte über den Kies die Böschung hinauf. »Woher kamen diese Bestien? Ich schwöre bei Vraccas: Sie hatten Kiemen!«

»Sicherlich nicht.« Barbandor löste die Leinen und schwang sich auf den Kutschbock. »Sie stammen aus dem Grauen Gebirge.«

»Unfug!«

»Doch! Der Ork, gegen den ich kämpfte, hielt mich für eine Legende.«

»Dass ich nicht lache! So berühmt bist du nicht.«

»Scherzbold. Mich als *Zwerg*. Er sah bislang nur sterbliche Überreste unseres Volkes.« Barbandor zeigte zum Grauen Gebirge. »Sie kamen von *dort*. Aus den verlassenen Minen. Das sagte er ganz deutlich.«

»Aber … aber das würde bedeuten, dass sie …« Giselgar kniff unvermittelt die Augen zusammen und schaute den Weg zur Siedlung hinab. »Sieh! Da sind noch mehr Lange!«

Eine Handvoll humpelnder Alter sowie Frauen und Kinder eilten den breiten Pfad entlang und ihnen entgegen. Schon von Weitem winkten sie hilfesuchend.

»Ich flehe euch an: Bringt uns fort von hier!«, rief eine junge Frau, die ein kleines Kind im Arm hielt, das aus einer Bisswunde blutete. »Wir sind überrannt worden. Kleinfluxwasser ist verloren. Alles brennt und …« Die weiteren Worte gingen in ihrem Schluchzen unter.

»Wir packen die Verletzten auf den Karren, und nichts wie

weg«, sagte Barbandor zu Giselgar. Auch wenn die Menschen die Zwerge für gewöhnlich nicht mit Freundlichkeit überschütteten, stand Barbandor unerschütterlich zum Auftrag von Vraccas, das Geborgene Land und seine Einwohner vor Schaden zu bewahren. »Hinter unseren Mauern sind sie in Sicherheit. Wir kehren mit einer Truppe zurück und jagen die Bestien.«

Hastig sprangen die beiden Zwerge zu Boden und halfen den Verwundeten sowie Schwächsten auf die Ladefläche, bevor sie das Pony antraben ließen.

Kaum schlugen sie mit dem beladenen Gefährt den Weg nach Platinglanze ein, erklang hinter ihnen ein einsames dunkles, quäkendes Rufhorn, in das mehr und mehr Hörner sowie kehliges Grölen einstimmten. Die Orks nahmen vorfreudig die Verfolgung auf.

»Rasch! Sonst seid ihr verloren!« Barbandor sprang erneut vom Bock.

»Bei Vraccas! Was tust du denn?« Giselgar machte Anstalten, den Karren anzuhalten.

»Ich lenke die Scheusale ab und halte sie auf.« Er gab ihm ein Zeichen, dass er weiterfahren solle. »Bring du die Menschen in Sicherheit, und dann eile mit den besten Kriegern zurück zu mir.«

»Selbstverständlich! Wir retten dich.«

»Nein.« Barbandor grinste und fuhr mit dem Daumen über die scharfe Schneide seiner Kriegsaxt. »Ihr kehrt zurück, um eine von den Bestien lebend zu fangen. Bis du mit Unterstützung hier bist, werde ich die Schweineschnauzen zu meinem eigenen Wohl töten müssen.«

»Was sollen wir mit lebendigen –«

»Eine kann uns verraten, was die Orks im Grauen Gebirge treiben. Und jetzt sputet euch!«

»Ein guter Gedanke. Lass uns welche übrig, und denk nicht nur an dein Vergnügen!« Lachend verschwand Giselgar mit den Überlebenden aus Kleinfluxwasser zwischen den Bäumen. »Vraccas stehe dir bei!«

Das wird er. Barbandor atmete einmal tief durch und lauschte auf den scheppernden Klang der sich nähernden Rufhörner. Er hatte die Anspannung in der Stimme seines Freundes vernommen, die er in der lauten Heiterkeit zu verbergen versucht hatte.

Ihm hingegen erging es anders.

Vor einem Kampf gegen Orks war ihm nicht bange, er verließ sich auf seinen Stahl und sein Können. Es würde ihm mit Leichtigkeit gelingen, die tumben Bestien in die Irre zu leiten und lange genug zu beschäftigen, bis Giselgar mit einer Schar zu ihm stieß.

Wir brauchen einen Ork lebend. Hoffentlich sind es mehr als drei, vier, die flussabwärts aus dem Towan gestiegen sind.

Er steckte sich eine neue Portion Priem in die Wangentasche und schritt um die Biegung, um nach den anrückenden Feinden zu spähen – und verlor einen großen Teil seiner Zuversicht: Vier Dutzend gerüstete, graugrüne Bestien liefen in einer lang gezogenen Doppelkette auf dem Weg und durch das Unterholz herauf, die kurzen, teils geschlitzten Nasen witternd in den Wind gereckt.

Und sie bewegten sich *sehr* schnell.

Schneller, als Barbandor jemals laufen könnte.

* * *

KAPITEL I

DAS GEBORGENE LAND, BRAUNES GEBIRGE,
NAHE BRIGANTIA (EINST DAS REICH DER VIERTEN)
1023 N. B. (7514. SONNENZYKLUS NACH ALTER
ZEITRECHNUNG), FRÜHJAHR

Das Licht der Petroleumblendlaterne schwankte hin und her, riss Stollenwände sowie Decke in hektischem Pendeltakt aus der Dunkelheit und machte die vielen Sprünge im Gestein sichtbar. Die spiegelverstärkte und durch Klappen nach vorne gerichtete Helligkeit brannte sich durch die Finsternis, leise quietschte der Metallbügel, wenn die Laterne hin und her schwang.

Gehalten wurde der Stabgriff von Klaey, dem Anführer der zehn Leute umfassenden Truppe, die sich weit von ihrem Zuhause Brigantia entfernt hatten. »Gebt acht, haltet die Schnauze und lauscht auf das Knacken im Gestein«, befahl er den Nachfolgenden über die Schulter. Das reflektierte Licht umschmeichelte sein Gesicht und den kurz getrimmten dunklen Bart. »Ich will nicht von einem Einsturz überrascht werden.«

Er erntete zustimmendes Gemurmel.

Vor acht Umläufen hatten sie die Grenze des Brigantinerreichs passiert, und nun befanden sie sich im Niemandsland des Braunen Gebirges, durch das sich zahllose Gänge, endlose Passagen und schwindelerregend hohe Kammern zogen. Es war labyrinthisch, doch Klaey und seine kleine Einheit marschierten nicht ohne Plan durch das einstige Reich der Unterirdischen, die bei den Beben vor tausend Zyklen aus dem Gebirge geflohen waren.

Ganz im Gegenteil.

Mehrmals hatten sie klettern, sich durch Lücken in den Einstürzen schieben oder über halb geborstene Steinbrücken vortasten müssen. Dabei bekamen sie die Baukunst der einstigen Bewohner zu Gesicht, die tief unter Fels und Erde Kammern und Kunstwerke mit ihren Werkzeugen erschaffen hatten, wie es sonst kein Volk des Geborgenen Landes beherrschte. Das meiste davon war über Hunderte Zyklen hinweg zerschlagen, geplündert und mit Kratzern und Farbe geschändet worden, sofern die Beben es nicht vorher zerstört hatten. Die Feinde der Unterirdischen hatten Rache genommen und geplündert, was sie gefunden hatten.

Mit *einer* Ausnahme.

Und genau diesen Ort suchte Klaey zusammen mit seiner Schar Auserwählter, denen er am meisten vertraute. Zum wiederholten Mal wischte er sich Staub und winzige Steinstückchen aus den langen schwarzen Haaren, die er an der rechten Seite ausrasiert und in einem geflochtenen Zopf trug.

Dem jungen Banneroffizianten stand der Sinn wenig nach Rast und Innehalten, um die Ruinen und steinernen Zeugnisse der Vierten zu bewundern. In elf Umläufen mussten sie von ihrer vorgetäuschten Spähmission aus dem Geborgenen Land zurück in Brigantia sein. Andernfalls würde man ihre überlange Abwesenheit bemerken und ihnen beim Eintreffen unangenehme Fragen stellen. Beispielsweise die, weswegen ein Mannschaftsoffizier der Versorgung mit niederstem Rang auf eigene Faust mit einer Truppe auszog. Der Omuthan konnte auf so etwas sehr verärgert reagieren.

»Nach diesem Gang sollte es nach rechts abgehen. Vor ein verschlossenes Tor.« Zu Klaeys Erleichterung waren sie bisher auf nichts und niemanden gestoßen, was ihnen Leid antun wollte. Weder Scheusale noch Spukwesen trieben in den Gängen ihr Unwesen. Gelegentlich entdeckten sie Überreste von Orks, die vor mehreren Hundert Zyklen durch scharfe Klingen gestorben sein mussten.

»Und dann haben wir es geschafft?« Ayasta schob sich an seine Seite. Wie der Rest der Einheit trug die junge blonde Kriegerin eine leichte, wattierte Rüstung, um Kräfte für das Marschieren zu sparen. Sie hatten genug an Proviant und Ausrüstung zu schleppen. »Das ging gut voran.« Sie hob ihre Blendlaterne und leuchtete umher. »Da sich der vergessene Hort nähert, sag mir nochmals, welcher Reichtum auf mich wartet.«

»Auf *uns.* Auf uns alle«, verbesserte Klaey und lachte. Mit dem Handrücken wischte er sich den Schweißfilm von der Stirn, rieb dabei über das Schmuckbrandzeichen an der Nasenwurzel. Es war warm unter Tage, und dazu gesellte sich die steigende Aufregung über die Aussicht auf unermesslichen Reichtum. »Hunderte Edelsteine. Eine Kammer voller Rubine, Diamanten, Smaragde, Saphire und was weiß ich noch alles, zurückgelassen in einer Werkstatt. Sie diente als Sammelstelle der nordwestlichen Minen. Die Gemmenschnitzer hatten gehofft, es zu holen, wenn die Berge zur Ruhe kamen.«

Seine Truppe stieß leise Freudenrufe aus.

»Rubine!« Ayasta machte ein verzücktes Gesicht. »Geschmeide lasse ich mir daraus machen, das mir um den Hals leuchtet! Und dann kaufe ich mir ein großes Stück Land außerhalb von Brigantia und …« Das Gelächter der Nachfolgenden unterbrach sie. »Was gibt es zu blöken, ihr Schafe? Ich halte es für ein treffliches Unterfangen, meine noch sehr lange Lebenszeit am Ufer eines Flusses zu verbringen, in einem vornehmen Haus voller ergebener Doulia-Sklaven …«

»Die dich beklauen. Und dann rücken dir Wegelagerer zu nahe und rauben dich aus«, ergänzte Klaey grinsend. »Wenn du schlau bist, verlässt du das Brigantinerreich *und* das Geborgene Land.«

Ayasta zuckte mit den Schultern. »Bin nicht schlau. Aber ihr könnt mich besuchen.« Sie wandte sich nach hinten und leuchtete den hinter ihr gehenden Männern und Frauen in die Augen, dabei schüttelte sie drohend eine Faust. »Wehe, ihr raubt mich aus! Ich raube zurück!«

Protest gegen das Blenden und leises Lachen mischten sich miteinander, kleine Steinchen prasselten auf Ayasta.

Unterdessen prüfte Klaey ein weiteres Mal die hingekritzelte Karte mit den Zwergenrunen, die er einem einfachen Soldaten seiner Versorgungseinheit abgenommen hatte. Der geistig eher schlichte Mann hatte sich mitten in den Vorbereitungen für seinen Ausflug befunden und beim Lügen zu dämlich angestellt. Die gestammelten Ausflüchte, wohin er mit der Ausrüstung wolle, hatten Klaeys Interesse geweckt. Eins war zum anderen gekommen und der Soldat einen jähen Tod unter tragischen Umständen gestorben, bevor die Karte den Besitzer gewechselt hatte.

Klaey verglich die übersetzten Beschreibungen mit der tatsächlichen Umgebung. Seine hellblau leuchtenden Augen erfassten jede Kleinigkeit. Ein neuerlicher Schwenk mit der Laterne offenbarte den erwarteten Gang, der jedoch mit dicken Granitbrocken vermauert war; rechts davon ging ein Tunnel ab.

»Bei den allmächtigen Cadengi!«, entfuhr es ihm. *Zu. Verflucht!*

Nach und nach kam seine Truppe heran und drängte sich um den blockierten Korridor. Einige begannen zu murren.

»Das wird anstrengender als gedacht, Leute. Bringt die Werkzeuge und spuckt in die Hände.« Klaey stellte die Lampe ab. »Nichts, was wir nicht zu meistern wissen.«

»Du bist dir sicher, dass wir an der rechten Stelle suchen?« Ayasta ließ sich die Karte zeigen und deutete auf die Zwergenrunen. »Was ist, wenn die Übersetzung falsch ist? Hast du sie von einem Kundschafter prüfen lassen?«

»Wie hätte ich sie prüfen lassen sollen, ohne dass alle von den Edelsteinen wissen, die *dort*« – Klaey reckte die Spitzhacke gegen die Mauer aus behauenen Brocken – »auf uns warten? Wollt ihr sie mit meinem Bruder teilen?« Er verschwieg, dass er die Schrift der Unterirdischen selbst übersetzt hatte. Von Kindesbeinen an fiel es ihm leicht, fremde Sprachen in Wort und

Schrift zu erlernen. Es war ihm ein Einfaches, innerhalb weniger Umläufe die Muster darin zu erkennen. Eine Gabe, die er seiner Mutter und den besonderen Umständen seiner Geburt verdankte.

Lauter Widerspruch brandete durch den Gang. Keiner wollte vom Reichtum abgeben.

»Also, frisch ans Werk.« Dabei drückte Klaey der blonden Soldatin die Hacke in die Hand. »Mehr als einen halben Umlauf sollte es nicht dauern. Sofern ihr euch tüchtig ranhaltet.«

Ayasta sah ihn beleidigt an. »Du machst dir nicht die Hände schmutzig?«

»Nun, ich bin der Anführer. Und ich sichere.« Klaey nickte in den unbekannten, dunklen Gang, der rechts abzweigte. »Mit meinem Leben beschütze ich euch, damit ihr uns zur Schatzkammer graben könnt.«

»Wie edel und nobel du bist.« Ayasta machte sich zusammen mit den übrigen Männern und Frauen daran, die Fugen auszukratzen und die schweren Granitquader aus dem Verbund zu hebeln. »Dafür bekommst *du* auch weniger vom Anteil. Weil *wir* uns den Arsch abschuften. Nur damit du es weißt.«

Klaey grinste und sah der Truppe eine Weile beim Hämmern und Wuchten zu, bevor er einige Schritte in den dunklen Korridor machte und prüfend die Luft einatmete. *Stickig.* Es war schon lange Zeit niemand mehr in diesem Teil des Braunen Gebirges gewesen. Ein frischer Hauch hätte bedeutet, dass es Öffnungen und Verbindungen zur Oberfläche gab, durch die irgendwelche Kreaturen Zugang bekommen hätten.

Da dies nicht der Fall war, blieb Klaey ruhig und entspannt.

Er nahm seine gestopfte, unterarmlange Metallpfeife aus der Tasche und zog daran, ohne sie zu entzünden. Der starke, sehr teure Kedonittabak gab seinen verlockenden Geschmack ab, das Aroma verteilte sich schwach auf der Zunge. Er würde sie anstecken, sobald er die Steine in den Händen hielt. *Das habe ich mir verdient.*

Immer wieder befahl Klaey seiner Truppe, das Hauen und Hämmern zu unterbrechen, damit er lauschen konnte. Aber weder vernahm er warnendes Knacken im Fels noch verräterische Geräusche aus den Gängen. Außer ihnen gab es nichts an diesem Ort, und das Braune Gebirge hatte es nicht auf ihre Leben abgesehen.

Steinstaub waberte alsbald durch den Gang und den Lichtschein der aufgestellten Lampen. Es roch nach Schweiß und Dreck. Das unentwegte Klirren und Scheppern der Werkzeuge strapazierte Klaeys Gehör.

Irgendwann rief ihn Ayasta zu sich, über und über mit Gesteinsmehl bepudert. »Wir sind durch!«

»Schon?« Klaey ging durch die Gasse, die seine verdreckten Leute für ihn bildeten, und stand vor einem Portal mit zwei Flügeln, das hinter der Mauer gelegen hatte. »Gute Arbeit!«

Die Kunstfertigkeit, mit der die Unterirdischen gearbeitet hatten, war nicht zu übersehen. Fingerdicke Eisenbänder lagen über schwerem Kerganholz, die Beschläge wiesen keinerlei Rost auf. Ein großes Kastenschloss sicherte den Durchgang, mehrere Vorhängeschlösser hielten gespannte Ketten in Ösen. Obwohl es lediglich darum ging, Räubern und Unbefugten den Besuch zu erschweren, hatten die Unterirdischen keinen Aufwand gescheut und filigrane Schnitzereien sowie Runenornamente aus Edelsteinschleifabfällen auf den Schlössern, Beschlägen und der Tür angebracht.

»Wir wollen die Steinchen bald mit eigenen Augen sehen. Das war unser Ansporn.« Ayasta wischte sich Schweiß vom verdreckten Gesicht und erschuf unbewusst eine Kriegsbemalung. »Was gäbe ich für eine Flasche kühlen Wein.«

»Du hast bald so viel Münzen, dass du ihn fassweise kaufen kannst.« Klaey reckte den Arm mit der Zeichnung, um sie den Umstehenden zu zeigen. »*Das* ist die Tür! Wie sie auf diesem Plan vermerkt ist!«

Seine Truppe jubelte.

»Und jetzt: Auf damit.« Klaey küsste rasch sein Glücksamulett und machte sich mit seinen Drähten, Häkchen und Feinwerkzeugen an das Entsperren der komplizierten Mechaniken. Die Laterne spendete helles Licht.

»Warum der Aufwand?«, setzte Ayasta an und nahm ihre Wasserflasche vom Gürtel.

»Lass uns die Tür mit einem Stein ...«

»Nein.« Mit dem Häkchen pochte er gegen die Eisenabdeckung des dicken Schlosses. »Keinesfalls soll durch Gewalt eine Falle ausgelöst werden, in der wir alle umkommen. Die Unterirdischen verstehen sich darauf, ihre Schätze zu sichern. Kurz vor dem Ziel will ich nicht an Ungeduld sterben.« Seelenruhig nahm Klaey seine Arbeit wieder auf, bis sich ihm eine Mechanik nach der anderen klackend ergab. »Also gut. Werte Damen und werte Herren.« Er fädelte die Ketten aus den Ösen, erhob sich und legte die Hände auf die Doppelklinken, drückte sie nieder. »Seht: unser Hort!«

Aber sosehr Klaey zog und drückte, die Türen öffneten sich nicht.

Dreck rieselte von den Flügelkanten, es knirschte laut; doch der Eingang weigerte sich, den Eindringlingen nachzugeben.

»Was ist? *Auf damit*, das hast du gesagt«, drängelte Ayasta. »Du hast dich nicht verausgabt wie wir und bist zu schwach, um dieses Portal zu öffnen? Rede doch mit deiner einnehmenden Stimme darauf ein oder sing ihm ein Lied.«

»Zu Tion mit den Unterirdischen! Es ist von der anderen Seite auch versperrt!« Klaey starrte die Tür wütend an. *Ich gebe jetzt nicht auf!* Mehrmals trat er mit dem Fuß dagegen, es krachte – und die Flügel schwangen etwas. *Ich will meinen Schatz!* »Los! Alle zusammen!«

Wie ein lebendiger Rammbock nahm die Truppe in einer gestaffelten Zweierreihe Anlauf und rannte gegen die Tür an. Es knackte und splitterte, und beim dritten Versuch sprangen die Flügel auf.

Klaey und Ayasta eilten vorweg, hinter ihnen stolperten und stürzten einige der Soldaten zu Boden.

Sie benötigten keine Lampen, um zu sehen, wo sie sich befanden. In der riesigen Gewölbehalle mit den vielen Säulen brannten Dutzende Leuchter hinter bemaltem Glas an den Wänden und an der Decke. Das gedämpfte rötliche Licht illuminierte die kunstvollen Wandgemälde und Ornamente an den Stützbögen. Die Szenen der Malereien drehten sich um einen einzigen Krieger, der mal im Gefecht, dann auf Wanderschaft, beim Lesen und beim Ruhen gezeigt wurde.

»Das … ist keine Zwergenwerkstatt.« Klaey schaute genauer auf die perfekt gemalten Kunstwerke, deren Farben eine nie gesehene Brillanz und Lebendigkeit aufwiesen, als könnten die Wesen und der Krieger beim nächsten Blinzeln aus der Darstellung steigen und ihren Kampf im Gewölbe fortführen. Eigenartigerweise trug der Mann keine Rüstung, vielmehr schienen schwarze Panzerplatten in seinem Fleisch verankert zu sein. Als Waffe hielt er einen schwarzen Tioniumspeer mit schimmernden Runen.

Die Truppe verteilte sich und blickte sich in der Halle um, die etwa achtzig mal hundert Schritte maß und höher als der Mast eines Segelschiffs sein musste. An der langen Seite und nicht weit von ihnen entfernt befand sich der eigentliche Eingang mit einer übergroßen Doppeltür aus massivem Metall.

»Noch dazu ist er alles andere als verlassen!« Ayasta wandte sich wütend zu Klaey um. »Ich sehe keine Edelsteine. Und keine Schätze, verflucht!« Das aufschwingende Zwergenportal hatte den Putz samt einer kostbaren Wandmalerei zerstört, die es von dieser Seite aus verdeckt hatte. In der Wand klaffte nun ein unübersehbarer Schaden. »Wohin, bei allen Dämonen der Unwelt, hast du uns geführt, du Narr?«

Klaey blickte verwirrt auf die Karte. In Gedanken ging er den zurückgelegten Weg der letzten Umläufe nochmals durch und war sich weder einer Schuld noch eines Fehlers bewusst. *Ich hät-*

te mein Glücksamulett küssen müssen, bevor wir die Tür aufbrachen. »Wohin? Dorthin, wo –«

»He da!« Die Stimme eines umherwandernden Soldaten kehrte als Echo aus der Höhe zu ihnen zurück. »Schaut euch das an!«

Er zeigte auf das längliche, anderthalb Schritt hohe weißliche Podest in der Mitte der Halle, das aus vier Ecken von der Decke herab mit starken Richtlampen ausgeleuchtet wurde. Darauf befanden sich jene gravierten, schwarzen Panzerplatten aus Tionium, ein Panzerhandschuh und der runenverzierte Speer, welche der Krieger auf den Gemälden trug; eines der Rüstelemente wies ein bolzendickes Loch auf.

Hatte Klaey zuerst angenommen, der altargleiche Unterbau, die filigranen Prunkelemente und angebrachten Schnitzereien bestünden aus Marmor, erkannte er beim Näherkommen seinen Irrtum.

»Ist das … Gebein?«, raunte er schaudernd. »Bei Cadengis' Mutter! Das ist aus Knochen gemacht!«

In die Reliefs und Bordüren waren Gold- und Vraccasiumintarsien eingesetzt. Schwarzes Tionium und poliertes Silber zierten den Altar ebenso wie verschiedenste Edelsteine, die je nach Blickwinkel im Licht der starken Lampen schimmerten und glänzten.

»Oh, Kacke! Wir sind in Dsôn Khamateion!« Ayasta deutete auf den übergroßen Krieger im nächstliegenden Wandgemälde. »*Das* ist ein *Alb!*«

Und da liegt seine Rüstung. Klaey ging langsam rückwärts, entfernte sich von dem Podest aus Gebein. Anhand der Karte war für ihn nicht erkennbar gewesen, wohin die Gänge sie wirklich führten – ins Reich der Albae hätte er sich nie gewagt. »Wir stehen in seinem Grabmal!«

»Mächtiger Cadengis, sei mit uns!« Ayasta wich nicht zurück. »Die Schwarzaugen haben deine vergessene Werkstatt zu einer Andachtsstätte umgewandelt.« Sie deutete auf die wertvollen, funkelnden Steine in dem Altar. »Zu holen gibt's dennoch etwas.« Rasch zückte die blonde Kriegerin ihren Dolch. »Los, geschwind! Jeder nimmt sich –«

Rumpelnd zogen sich die Riegel von der übergroßen doppelflügeligen Eingangstür zurück, mehrmals klackte es, als weitere Bolzen entriegelt wurden. Der eigentliche, verschlossene Durchgang öffnete sich.

»Verbergt euch!« Klaey ging hinter einer Säule in Deckung. Die Zeit reichte für seine verstreut stehende Truppe nicht mehr, um durch das Zwergenportal in den Korridor zu verschwinden. »Ihr greift erst an, wenn ich es befehle. Vielleicht haben wir Glück, und sie bemerken uns nicht.«

»Ich gehe nicht ohne ein Andenken.« Blitzschnell hatte Ayasta einen Diamanten aus dem Gebeinpodest gebrochen und kauerte sich auf der dem Eingang abgewandten Seite dahinter. Sie steckte den Stein ein und behielt ihren Dolch in der Hand, während sich drei Albae mit bedächtigen Schritten dem Altar näherten.

Eine schwarzhaarige Albin in einem fließenden, an der Taille geschnürten dunkelblauen Gewand trug ein glimmendes Bündel Räucherstäbchen. Ihre vollgerüsteten Begleiter folgten mit etwas Abstand. Obwohl die brünierten Panzerungen aus Metall waren, erzeugten sie lediglich ein schwaches Reiben anstatt eines Scheppperns.

Eine Priesterin? Klaey hielt unbewusst die Luft an und hoffte, dass seine Leute gute Verstecke gefunden hatten. Selbst gegen nur zwei Albkrieger hätten sie kaum Aussicht auf einen Sieg, zumal es eines einzigen Rufs bedurfte, und es kämen sicher weitere Wachen in das Grabmal des verehrten Kämpfers.

Ayasta saß hinter dem Altar und hatte die Augen geschlossen – wie ein Kind, das glaubt, es könnte dadurch nicht entdeckt werden. Die Waffe hielt sie stoßbereit in der Rechten.

Die anmutige Albin kniete vor dem Podest nieder und reckte die glimmenden Stäbchen, vollführte damit kreisende Bewegungen und malte Symbole in die Luft, die vom Rauch nachgezeichnet wurden. Dabei verfiel sie in einen beschwörenden Sprechgesang, während die Krieger ihre Häupter beugten.

Sie bemerken uns nicht! Klaey jubelte innerlich. *Wir kommen lebend hier raus. Und sehr reich.* Wäre der Soldat, dem er die Karte abgenommen hatte, nicht längst tot, würde er ihn nach der Rückkehr zur Strafe erstechen.

Ein Teil seines Verstandes hing an den Worten der Albin und suchte unbewusst nach Wiederholungen, nach Mustern, um die Sprache zu erfassen und zu verstehen. Es war das erste Mal, dass er solche Worte und Laute vernahm, in denen ebenso Poetisches wie Düsteres steckte.

Die Anmut, die Eleganz, das immense handwerkliche Geschick im Entwerfen von Rüstungen, Kleidung und Waffen, die Vorliebe für Kunst und Künste teilten die Albae mit ihren Erzfeinden: den Elben. In diesem gedämpften Licht gab es keinerlei Unterschiede zwischen ihnen. Doch Sonnenstrahlen färbten ihre Augen schwarz und offenbarten die wahre Natur der Albae: Sie waren abgrundtief finster und grausam.

Keinesfalls wollte Klaey in die Hände der Wesen fallen, die mit seinem Blut Bilder malten und aus Knochen und Haut schaurig-wunderschöne Kunstwerke erschufen – sofern sie seinen Körper als taugliches Material erachteten.

Unvermittelt erklang ein leises Kettenklirren aus dem Loch in der Wand, durch das die Brigantinertruppe gekommen war. Es wurde beständig lauter. Jemand ging mit schleppendem Gang und in Fesseln vorwärts.

Klaey sah verwundert zum Durchgang. *Was bei Cadengis …?*

Ein Zwerg taumelte ins gedimmte rötliche Licht, die Hände und Füße in Eisen, mit einem Knebel im Mund. Der Bart starrte vor Schmutz, die Lederstiefel waren gerissen und in ebenso schlechtem Zustand wie sein Lederüberwurf. Die eher schmächtige Statur verriet ihn als Vierten.

Nein, nein, nein! Bleib stehen! Noch ehe Klaey eingreifen

konnte, stolperte der stöhnende Zwerg an den Säulen vorbei in die Halle und brach auf die Knie. Die Ketten und Schellen an den Gelenken rappelten.

Die Albin hatte sich erhoben und sah auf den Gefesselten, danach ließ sie die Blicke aufmerksam schweifen. Nach einem Befehl gingen ihre zwei Begleiter mit gereckten Speeren nach rechts und links, um die Säulengänge zu prüfen. Sie selbst teilte das Bündel Räucherstäbchen und behielt sie in den Händen, wartete in aller Ruhe ab.

Woher kommt der Unterirdische? Klaey legte die Hand auf den Rapiergriff und schielte zum rettenden Ausgang. *Aus welchem Kerker ist er geflohen? Aus einem der unseren?*

Ein Aufschrei, das Scheppern einer Waffe und der Aufprall eines Körpers auf dem Boden läuteten den Kampf ein, vor dem sich Klaey gefürchtet hatte: Einer seiner Leute war entdeckt und getötet worden. *Jetzt wissen sie, dass wir da sind. Wir können nicht mehr gewinnen.*

Ayasta sprang hinter dem Altar in die Höhe und wollte sich auf die Albin werfen. »Macht die Schwarzaugen fertig!« Dabei stach sie mit dem Dolch zu, die Spitze zielte auf das Herz der Gegnerin. »Sonst sind wir hinüber!«

Die dunkelhaarige Albin wich elegant zur Seite aus, schlug Ayasta die glimmenden Räucherstäbchen mehrmals ins Gesicht und trat ihr vor die Brust, was die kreischende Brigantinerin gegen das Podest schleuderte. Der Nacken brach knackend an der Kante des Gebeins, tot rutschte Ayasta zu Boden. Ihr Gesicht bedeckten etliche schwarze und rote Verbrennungen von Glut und heißer Asche.

»Rückzug!«, schrie Klaey und rannte auf das Loch zu, das sie in die Wand gerissen hatten. »Rückzug! Verschwindet, sonst …«

Eine schlanke, geschwärzte Schwertklinge stach aus der Dunkelheit des Ganges und durchbohrte seine dünne, wattierte Panzerung.

»Bleib«, flüsterte jemand mit starkem Akzent. »Dich brauche ich noch.« Eine robenverhüllte, hochgewachsene Gestalt mit Kapuze über dem Haupt trat hervor und schob den ächzenden Klaey aufgespießt an der zweischneidigen Klinge zurück in die Halle. »Du wirst mir nützlich sein. Wie der Unterirdische.«

Ruckartig wurde das Schwert aus ihm gerissen. Keuchend brach er neben einer Säule zusammen. *Was … geht hier vor?* Mit der Rechten versuchte Klaey, die peinvolle Wunde in seiner Körpermitte zu schließen, doch das Blut quoll unaufhaltsam durch seine Finger.

Die Gestalt schlich zum doppelflügeligen Eingang und verriegelte die Halle, sodass keiner entkommen konnte. Danach griff sie in den Kampf zugunsten der Brigantiner ein. Sie attackierte hinterrücks die Albaekrieger – um anschließend die hoffnungslos unterlegenen Soldatinnen und Soldaten abzuschlachten.

Klaey verfolgte verblutend, dass die Kapuzengestalt einige unverständliche Worte mit der Priesterin wechselte, die sich auf ihn werfen wollte, bevor er auch sie mit einem Hieb in die linke Schulter niederstreckte. Anschließend hob er das Schwert eines toten Brigantiners auf und stocherte damit in den Wunden der niedergestreckten Albae.

Er … schiebt uns die Schuld zu, begriff Klaey und sackte unter Schmerzen zusammen.

Die verhüllte Gestalt nahm die schwarzen Rüstungsteile samt Panzerhandschuh vom Altar und steckte sie ohne Umschweife in einen Tragesack; den Speer packte sie mit der Linken.

Klaeys Sicht trübte sich ein, die Umgebung wurde unscharf. Er hörte den Zwerg ein letztes Mal aufkeuchen – und zusammenbrechen.

Nach einer Weile näherte sich das leise Reiben der gestohlenen Panzerplatten.

»Danke, Menschenabschaum. Du leistest mir wertvolle Dienste, indem du die ganze Schuld auf dich nimmst.« Eine kalte

Schneide legte sich an Klaeys Hals. »Nach deinem Sterben, selbstverständlich.«

»Aber was …?«

»Dein Tod« – ein heißer Schmerz fuhr durch Klaeys Kehle – »heißt Mòndarcai.«

* * *

DAS GEBORGENE LAND, IM NORDEN DES VEREINTEN GROSSKÖNIGREICHS GAURAGON, AN DEN AUSLÄUFERN DES GRAUEN GEBIRGES, 1023 N. B. (7514. SONNENZYKLUS NACH ALTER ZEITRECHNUNG), FRÜHJAHR

»Weckt Gundelgund auf! Weckt sie und ihre Schwester auf!«, schrie Barbandor zwischen hastigen Atemzügen bei seinem Spurt über die offene Fläche zwischen dem Wäldchen und der ersten Ringmauer der Zwergensiedlung. »Sofort!«

Längst hatte Barbandor seine schwere Angelausrüstung abgeworfen und hielt nur noch seine grünschwarz-blutige Kampfaxt in der rechten Faust. Weit vor ihm rollte der Karren mit den verletzten Menschen und Giselgar durch das eiserne Eingangstor. Er hatte tüchtig aufgeholt, und doch trennten ihn und die rettenden Mauern gute fünfhundert Schritte.

Durch List und Abkürzungen im steinigen Gelände rund um das Ufer des Towan hatte Barbandor die vier Dutzend Orks eine Weile an den hässlichen Nasen herumführen können. Aber schließlich hatten die Bestien sein gewagtes Spiel durchschaut und ihn in die Enge getrieben. Nachdem er drei von ihnen mit wuchtigen Axthieben zu Tion gesandt hatte, gab es für den gestandenen Zwerg nur eine Rettung – und diese lag hinter den schützenden Mauern von Platinglanze, das Menschen in ihrem Unverständnis gerne als *Festung* bezeichneten.

Von dort mochten ihm Gundelgund und Gindelgund zu Hilfe

kommen, sofern sie schnell genug erwachten. Manchmal brauchten die Schwestern lange, bis sie sich für ein Gefecht gewappnet hatten.

Sirrend zischte ein Pfeil an ihm vorbei und bohrte sich vor Barbandor in die weiche Erde. *Verflucht nahe!* Drei Geschosse folgten nach, denen er durch rasches Hakenschlagen entging. Die Bestien verstanden sich erschreckend gut auf den Umgang mit den Kurzbögen, die sie im Rennen bedienten. Er konnte ihr erfreutes Grölen vernehmen, als sie den Wall entdeckten.

»Ihr glaubt allen Ernstes, dass ihr uns erobern könnt?« Barbandor keuchte und geriet ins Stolpern, als ein weiterer Pfeil zwischen seinen Füßen einschlug. Die hastigen Ausfallschritte brachten nichts mehr. Er stürzte aus vollem Lauf und überschlug sich mehrmals, die Hand fest um den Axtgriff geschlossen.

Nur fort! Schnell stemmte Barbandor den Oberkörper in die Höhe, aber ein Pfeil bohrte sich durch seine Wade und nagelte ihn an den Boden.

Mit einem Schrei warf er sich herum – und sah das nächste Geschoss heranzischen, das eine dünne Leine hinter sich herzog. *Sie wollen mich harpunieren wie einen Fisch!* Gerade noch rechtzeitig zog er das unverletzte Bein an und entging dem spitzen Ende mit Widerhaken. *Eine Mahlzeit soll ich für sie sein. Ein Appetithappen!*

Die heranpreschenden Orks waren keine fünfzig Schritte mehr entfernt. Fünf davon blieben stehen und spannten ihre Bögen, die anderen trugen unterschiedliche Klingenwaffen in den Fäusten.

»Ihr elenden Bestien!« Umständlich stand Barbandor auf und stützte sich auf seinen ziselierten Axtkopf. »Kommt her!« Geschickt verlagerte er das Gewicht auf den einsatzfähigen Fuß und hob die schwere Waffe mit beiden Händen, an der grünschwarzes Blut, Hautfetzen und Haare der getöteten Gegner hafteten. »Bei Vraccas! Vernehmt meinen Schwur: Ich sende zehn von euch zu eurem Schöpfer, bevor ihr meinen Kopf als Trinkschale bekommt! Und meinen Bart fresse ich, damit ihr ihn nicht zum Wischen nutzen könnt!«

Barbandor meinte, den Boden unter den Stiefeln der heranrasenden Scheusale beben zu spüren. Er sah die aufgerissenen Mäuler mit den schwarz bemalten Reißzähnen, aus denen ihr vorfreudiges Brüllen drang, die Muskelberge an den unbedeckten Körperstellen und die schartigen Klingen, die sie gegen ihn reckten. Und die Hauer.

Gleich reise ich in die Ewige Schmiede!

Entschlossen senkte Barbandor den dunkelhaarigen Kopf und suchte sich einen Gegner aus dem Pulk heraus, den seine Klinge treffen sollte, bevor er der Horde zum Opfer fiel. *Mindestens einer. Und danach so viele, wie ich erschlagen kann.*

Die fünf im Hintergrund wartenden Orks schossen ihre Pfeile ab.

Wie dunkle Striche stiegen sie auf – und zerbrachen plötzlich in der Luft, als wären sie von einer unsichtbaren Macht zerschlagen worden. Dreck spritzte hier und da vom Boden auf, und schon fielen die vordersten acht Bestien, ohne überhaupt geschrien zu haben. Regungslos blieben sie auf der Erde liegen, aus mehreren Wunden blutend.

»Bei Vraccas! Das habt ihr nun davon!«, brüllte Barbandor erleichtert. *Danke, Gindelgund und Gundelgund!*

Zehn Orks setzten mit lautem Grunzen über die Leblosen hinweg, um gleich darauf ebenso wie von Geisterhand gefällt zu stürzen. Staub und Gras wirbelten rings um sie in die Höhe.

Verwirrt kam der übrige Pulk zum Stehen, keine zehn Schritte von Barbandor entfernt.

Obwohl der Zwerg ihnen zum Greifen nahe war, wagten sich die Scheusale nicht näher. Sie grollten leise, witterten in die Luft und suchten nach dem Grund für das unvermittelte Ableben ihrer Artgenossen. Zwei Orks beugten sich grunzend über die Leichen und untersuchten sie, fuhren mit den Fingern um die kreisrunden Wunden, aus denen das schwarzgrüne Blut rann.

Weder Helm noch Panzerung hatten den Tod verhindern können.

»Das schmeckt euch nicht, was?« Barbandor blieb wachsam und bereit, seine Axt zur Verteidigung einzusetzen. »Worauf wartet ihr? Kommt und holt mich doch!«

Unterdessen legten die fünf Bogenschützen widerhakenbesetzte Pfeile auf die Sehnen und zielten auf den Zwerg.

In das laute Schnüffeln und Schnuppern der Orks drang unvermittelt ein helles, anhaltendes Sirren und Zischen, gefolgt von lautem Scheppern.

Mehrere Löcher taten sich in den Helmen, Rüstungen und Körpern der feindlichen Schützen auf, die Bögen und Pfeile gingen in ihren Fäusten zu Bruch. Stumm fielen sie in sich zusammen.

Das gab den Ausschlag zu einem gebrüllten Befehl aus einem Orkmaul – und die restlichen zwei Dutzend Scheusale warfen sich herum. Ihre Toten ließen sie ebenso zurück wie die sicher geglaubte Beute.

»Hab ich es euch nicht versprochen?« Barbandor lachte böse. »Wollen wir wetten? Gleich treffen Gindelgund und Gundelgund wieder!«

Noch bevor sie zehn große Schritte gemacht hatten, ertönte wieder das leise Summen in der Luft, und die übrigen Bestien wurden in den Rücken getroffen. Die dicken Bleche und gepolsterten Lederrüstungen wurden durchdrungen, grünliche Blutfontänen stoben umher, und die letzten Bestien gingen zu Boden.

Vraccas sei Dank. Nach etwas Umschauen entdeckte Barbandor die zwergische Runenmarkierung auf dem Boden. Sie lag keinen halben Schritt hinter dem letzten erledigten Ork. *Das war knapp.* Schweiß brannte in seinen Augen, die Anspannung fiel von ihm ab und wich den Schmerzen in seinem getroffenen Bein, in dem noch immer der Pfeil steckte.

Das Trappeln von Hufen näherte sich.

Schon trabte sein Freund Giselgar heran und brachte ihm ein

braunes Pony. »Was sollte das? Warum hast du die Schweineschnauzen nicht im Wald umgebracht? Diese Eisengeschosse sind teuer!« Lauthals lachte er.

»Ich dachte, ich bringe die Orks zu den Schwestern. Die beiden haben so wenig Gelegenheit zum Spielen.« Barbandor brach den gefiederten Schaft des Orkpfeils ab, ohne die Widerhakenspitze zu entfernen. Diese Aufgabe überließ er den Heilern. Mit zusammengebissenen Zähnen stieg er in den Sattel und lenkte das Pony in Schrittgeschwindigkeit zur Siedlung. »Hatten sie ihren Spaß?«

»Oh, bei Vraccas! Und *wie* sie den hatten!« Giselgar blieb an seiner Seite. »Doch mehr von diesen Schießscheiben hätte es nicht gegeben. Wir hätten erst neue Kugeln holen müssen.«

Barbandor sah hinter sich zu den umherliegenden toten Orks, auf denen sich bereits Aasvögel und Krähen niederließen. Die spitzen Schnäbel pulten und hackten in die weichsten Stellen und Verletzungen, um sich warmes Fleisch zu rupfen.

»Vraccas war mit mir«, sagte er.

»Das war er. Und auch mit mir. Erinnerst du dich an unsere Funde im Towan?« Giselgar grinste bis über beide Ohren. »Das waren ganz besondere Stücke. Aus der Schatzkammer des Großkönigs selbst, wie die Punzensiegel beweisen.«

»Meinen Glückwunsch. Ich zog hingegen eine schlecht gelaunte Bestie aus dem Strom, die mich fressen wollte.« Barbandor fühlte unvermittelt heftigen Schwindel. »Schade, dass wir keine lebend fingen. Ich …« Er wäre nicht das erste Mal, dass die Orks ihre Pfeile mit Gift behandelten. Meist um das Ziel ruhigzustellen, bis man es eingesammelt hatte. »Ich muss zum Heiler«, kam es noch über seine Lippen, dann sank er nach vorne auf den Hals des Ponys. »Der Pfeil …« *Ich darf nicht einschlafen!* Aber die Lider waren zu schwer, er vermochte sie nicht mehr offen zu halten. *Nur für einen Herzschlag. Dann geht es wieder.*

Als Barbandor die Augen mit ganzer Willenskraft öffnete, lag er in einem weichen Bett, das nicht das seine war. Gekleidet hatte man ihn in ein Leinennachthemd, und beschienen wurde er von einer Petroleumlampe, die mit niedrigem Docht brannte.

Vor den Fenstern war es dunkel, die Nacht hatte sich über die Wehrsiedlung gelegt.

Ich bin im Krankenlager von Meister Glamdulin. Langsam richtete er sich auf und zog das Laken von seinem verwundeten Bein.

Der Orkpfeil war entfernt, die Wunde gesäubert und verbunden worden. Die verästelten, zurückgehenden schwarzen Linien unterhalb des Knies deuteten an, wie knapp sein Körper einer Vergiftung und damit der Amputation des Beines entgangen war.

Dank sei Vraccas! Barbandor fühlte schrecklichen Durst. Eine Kanne mit Wasser und ein Becher standen neben dem Eingang zur Kammer, in der er allein lag.

Vorsichtig erhob er sich und humpelte zur Anrichte, um sich einzuschenken. Hastig trank er, rieb sich einmal das Gesicht ab, um den Staub aus dem dunklen Bart zu waschen. *Das tut gut. Auch wenn mir ein Schwarzbier lieber wäre.*

Dabei fiel sein Blick durch die spaltbreit geöffnete Tür in die beleuchtete Stube, wo Meister Glamdulin, sein Freund Giselgar und Siedlungsrätin Gesalyn am Tisch mit einer Menschenfrau mittleren Alters saßen. *Wer ist das?* Er öffnete den Spalt etwas, um besser hören und sehen zu können.

»… die Gelegenheit, diese Siedlung zu besuchen.« Die hellhaarige Unbekannte war in auffälliges Weiß gekleidet, angefangen bei den hohen Stulpenstiefeln und ihrem Lederrock über das Mieder, die Bluse und die Handschuhe bis zum Hut mit der auffälligen kreisrunden, geraden Krempe. Einzig die beiden langen Federn rechts und links an ihrer Kopfbedeckung waren orangefarben und leuchteten regelrecht. »Verzeiht, wenn ich Euch habe warten lassen, Siedlungsrätin.«

Die silberhaarige Gesalyn, eine Zwergin im besten Alter, wirkte in ihrem Kettenhemd alles andere als erfreut. »Wir haben dich nicht erwartet.«

»Und schon gar nicht auf dich gewartet«, fügte Giselgar halblaut hinzu, der noch die leichte Lederrüstung von ihrem Einsatz am Towan trug.

»Das tun die wenigsten im Geborgenen Land. Aber doch ist es das Gesetz.« Die Unbekannte blieb freundlich. Sie besaß erkennbar Erfahrung mit frostigen Begegnungen.

»Nicht das Gesetz des Vereinten Großkönigreichs Gauragon, dem wir folgen und dem wir dankbar sind, uns Land gegeben zu haben.« Gesalyn goss reihum Bier aus einer Kanne in die Humpen und schob der Frau einen davon hin. »Es soll nicht heißen, wir wären unfreundlich. Wenn du Hunger hast, lass es mich wissen. Ich bereite dir etwas zu.«

Ohne Scheu griff sie nach dem Becher und kostete einen langen Schluck. »Außergewöhnlich gut«, sagte sie. »Es stimmt, was man über die Würze und den Geschmack Eures Schwarzbieres sagt. Die Zwerge verstehen sich wahrlich auf die Braukunst.« Sie wischte den hellen, sämigen Schaum von der Oberlippe. »Und auf alles Geschmeide, wie ich weiß.«

»Möchtest du etwas kaufen?«, murmelte Giselgar verdrossen.

»Ich möchte etwas für meine Herrin mitnehmen. Wie es Gesetz ist«, erwiderte sie. »Die meisten Zwergensiedlungen leisteten die Abgaben bereits.«

»Wir hörten von jenen, die sich verweigerten.« Der grauhaarige Glamdulin stürzte sein Bier in zwei langen Zügen hinab. Er trug ein dunkles Nachtgewand mit einem Morgenmantel darüber, was zeigte, wie überraschend die Unterredung für den Heiler gekommen war. »Wag es nicht und drohe uns.«

»Ihr meint wegen Eurer Kugelschleudern, denen Ihr Frauennamen gegeben habt?«, entgegnete die Unbekannte unbeeindruckt. »Ja, da gelang Euch eine feine Waffe. Eine aufgezogene, gespannte Stahlfeder verschießt Eisenkugeln über mehrere Hundert Schritte zielgenau, wurde mir gesagt.«

»Die Durchschlagskraft kann es mit der Schuppenhaut eines jeden Drachen aufnehmen«, fügte Gesalyn hinzu und schenkte sich unaufgefordert nach. »Hat man dir das *auch* gesagt?«

Da fiel Barbandor schlagartig ein, welche Berühmtheit am Tisch mit der Siedlungsrätin und den Zwergen saß. *Das ist Stémna!* Als Botin und Verkünderin des Willens des größten Exemplars aller Drachen im Geborgenen Land zog die Frau in Weiß durch die Reiche und sammelte Abgaben ein, um sie der Geschuppten zu bringen. Ûra verstand sich aufgrund ihrer Überlegenheit als Gesamtherrscherin des Geborgenen Landes und verlangte, dass man ihr huldigte. Durch Kostbarkeiten, die es regelmäßig abzuführen galt.

Wie alle Drachen besaß sie eine Schwäche für Geschmeide und Edelmetalle, wollte ihren Hort vergrößern und vergrößern. Ûra ließ sich nicht dazu herab, selbst aus dem Himmel oder aus einem ihrer Refugien in den Gebirgen und an den Hängen der Vulkane zu steigen, sondern sandte Stémna. Die Frau war eine von vielen menschlichen Stimmen, und sie führte diese Aufgabe am längsten aus.

Wie alt sie sein mag? Vierzig Zyklen oder weniger? Barbandor fand ihre Erscheinung unscheinbar, wenn man vom auffälligen Gewand und dem Weiß absah, wobei er vermutete, dass die Langen sie hübsch nannten. Gleichwohl kannte er die Gerüchte, dass Stémna ebenso unsterblich wie unverwundbar sei, seit sie von Ûras Drachenblut getrunken und darin gebadet hatte. Außerdem hieß es, dass jene Städte, Siedlungen und Dörfer, die sich der Abgabe verweigerten und der Anordnung der Botin nicht beugten, in Flammen aufgingen. *Vraccas stehe uns bei!*

»Nicht doch. Es tut nicht not, dass wir uns gegenseitig bedrohen«, sprach Stémna entschärfend. »Wir ihr wisst, zahlen jeder und jede im Geborgenen Land Abgaben. Menschen, Scheusale, Elben, die Albae und die Meldrith. Auch die Zwerge.«

»Warum waren du oder eine deiner Vorgängerinnen nie zuvor in unserem schönen Platinglanze?« Glamdulin trank einen Schluck vom aufgefüllten Humpen und setzte seine Brille auf, musterte die Botin durch die Gläser. »Weswegen erscheinst du ausgerechnet an diesem Umlauf?«

Stémna lächelte weise. »Nennen wir es Fügung.« Sie deutete auf Giselgar. »Ich hörte von den Menschen aus Kleinfluxwasser, die Ihr dankenswerterweise gerettet habt, dass Ihr etwas im Towan fandet. Einen Ring und ein silbernes Amulett, unmittelbar aus der Schatzkammer des Großkönigs aus dem Reich der Fünften. Der Fluss war spendabel.«

»Niemals gebe ich das her!« Giselgar lehnte sich nach hinten und kreuzte abweisend die Arme vor der Brust. »Such dir selbst was im Fluss. Ich leihe dir meine Ausrüstung.«

»Giselgar, schweig«, wies ihn Gesalyn an und strich die Silberhaare nach hinten, um sie im Nacken zu einem losen Knoten zu formen. Barbandor fand, dass die Rätin angespannt wie nie aussah.

»Also stimmt es.« Stémna prostete Giselgar mit ihrem Becher zu. »Habt Ihr eine Ahnung, was ich normalerweise für meine Herrin an Abgaben verlange?« Der Tonfall wurde leiser und zugleich kälter. »Mit diesen Kleinodien kommt Ihr gut weg. Ich setze sie nur deswegen in ihrem Wert so hoch an, weil sie aus dem großköniglichen Hort stammen.«

»Stémna, ich bitte dich.« Glamdulin bemühte sich, die Fassung zu bewahren. »Es ist das Erbe unseres Stammes, unserer verstorbenen Ahnen. Es mag für Ûra Geschmeide sein, doch es hat darüber hinaus einen unvorstellbaren Wert für uns.«

»Darum appellieren wir an dich und deine Herrin, etwas anderes als Abgabe zu wählen«, ergänzte Gesalyn.

Stémna sah über den Rand des Bechers und nahm einen weiteren Schluck, ehe sie ihn behutsam abstellte. »Was, glaubt Ihr, suchten die Orks im Towan und in Kleinfluxwasser? Denkt Ihr, sie seien zufällig dort gewesen?«

»Sie … sie wollten den Ring und das Amulett?« Giselgar nahm beides heraus und hielt es in den Händen, damit die Umstehenden es bewundern konnten. »Was habe ich übersehen, was es noch ungewöhnlicher macht?«

»Gebt es mir, Meister Zwerg. Mein Herrin wird es wissen.«

Stémna lächelte kühl. »Ich komme zurück und sag es Euch bei meinem nächsten Besuch.« Sie streckte die Hand aus.

Ansatzlos zog Giselgar ein kurzes Kampfbeil aus dem Gürtel. »Nein! Ich sagte: Suche etwas anderes für Ûra aus.« Aufgebracht schlug er es dicht vor den Fingerspitzen der Botin ins Holz, sodass der Tisch bebte und die Becher hüpften. »Die Andenken an unsere Vorfahren sind uns heilig.«

Barbandor fand es bewundernswert, dass Stémna ruhig blieb, als säße sie mit einem kühlen Trunk an einem sicheren Ort in der Sonne. »Ihr habt entschieden«, sprach sie und erhob sich gemächlich. »Danke für das ausgezeichnete Bier, Siedlungsrätin Gesalyn.« Vorsichtig, um keinen Angriff heraufzubeschwören, langte sie nach der rechten orangefarbenen Feder und zog sie aus der Halterung am weißen Hut. »Ein Andenken an meinen Besuch. Als Mahnung, Eure Worte zu überdenken.« Sie steckte die Feder in einen schmalen Spalt im Tisch und ging auf den Ausgang zu. »Morgen komme ich –«

»Den Weg kannst du dir sparen, Drachensklavin.« Giselgar ging aufgeregt an ihr vorbei und öffnete die Tür zum Innenhof, in dem mehrere Menschen aus Kleinfluxwasser mit bangen Gesichtern warteten, um den Ausgang der Unterredung zu erfahren. Da sie sich in Platinglanze befanden, ging es auch um ihr Schicksal. »Du hast das Angebot der Rätin vernommen. Entscheide *du* dich lieber um.« Die Rechte legte er an den Griff seines Beils. »Sonst reden wir beim nächsten Mal mit mehr Nachdruck. Oder schicken dir Grüße von Gundelgund und Gindelgund hinterdrein.«

Stémnas Lächeln flößte Barbandor Angst ein. »Oh, *wie oft* vernahm ich Drohungen gegen mich, Meister Zwerg. Und seht« – sie breitete ansatzweise die Arme aus –, »ich lebe noch immer. Wohlgemerkt: *ich*.« Dann trat sie hinaus ins Freie. »Ihr unschuldigen Bewohner von Kleinfluxwasser! Ich rate euch, nicht länger in den vermeintlich sicheren Mauern der Wehrsiedlung zu bleiben. Die Wortführer der Zwerge beschlossen, meiner Herrin Ûra die rechtmäßige Abgabe zu verweigern.« Sie deutete eine Verbeugung in Richtung des Trios und im Anschluss vor den Menschen an, ehe sie den Hof überquerte und damit aus der Sicht verschwand.

War es ein Fehler? Barbandors Blick richtete sich auf die orangefarbene Feder, die im Tisch steckte. Ein seltsamer lebendiger Schein umgab sie, als würde sie gleich einer Kerzenflamme leuchten. *Stimmt es, was Stémna zum Auftauchen der Orks sagte?* Welches Rätsel umgab den gefundenen Ring und das Amulett?

Das Brennen im Bein meldete sich zurück. Es zwang Barbandor mit dem vollen Becher zum Bett, in das er sich leise ächzend sinken ließ.

In seinen Gedanken ging es hoch her.

Orks warfen sich nicht ohne Grund in den eisigen Towan und ließen sich aus dem Grauen Gebirge spülen. Es konnte sein, wie Stémna sagte: *Sie wollten den Schmuck.* Oder es handelte sich um Späher, ausgesandte Spione, die prüfen sollten, wie es um das Geborgene Land stand und ob sie einen Überfall wagen konnten. Trotz Ûra und der anderen Drachen. *Sollen sie es versuchen. Wir halten sie auf.* Platinglanze war genau aus diesem Grund errichtet worden.

Da es das Reich der Fünften nicht mehr gab und niemand mehr in den Klüften, Schluchten und Durchgängen im Grauen Gebirge lebte, der an den Toren wagemutige Bestien von außerhalb abwehrte, hatten die Zwerge ihre Wehrsiedlungen gebaut.

Platinglanze, Bergesschein, Schmiedeburg, Güldenwall und wie sie alle hießen. An den Ausläufern der rumorenden, unruhigen Bergmassive im Norden von Gauragon und mit Erlaubnis von dessen Großkönig erhoben sich die Dörfer in regelmäßigen Abständen. Sie waren ausgestattet mit genügend Waffen, Schleudern und eisernem Willen, um gelegentlich auftauchende Scheusale zurückzuschlagen, lange bevor die Krieger des Herrschers aus den umliegenden Garnisonen aufmarschierten. Die meisten

Kinder des Schmiedes sahen sich nicht von der Aufgabe ihres Schöpfers Vraccas entbunden.

Müde nahm Barbandor einen Schluck Wasser und stellte den Becher neben sich auf das Schränkchen. Morgen wollte er sich die gefundenen Schmuckstücke zeigen lassen.

Seufzend schloss er die Augen.

Er machte sich keine allzu großen Sorgen um Platinglanze. Es gab zwei Mauerndoppelringe mit Wachtürmen, hinter denen die Siedlung gesichert war, in der zweitausend Zwerginnen und Zwerge lebten. Zudem gab es genügend Wachen und Geschütze gegen Räuber, marodierende Orks oder Bestien, die gelegentlich aus dem Grauen Gebirge kamen.

Er war eben im Einschlafen begriffen, da erklang unvermittelt lautes Fauchen aus der Stube des Heilers, gefolgt von wütendem, heißem Wind, der die Tür zum Zimmer aufsprengte. Grelle Helligkeit schien durch Barbandors geschlossene Lider, dann brandete enorme Hitze gegen ihn.

Ohne zu überlegen, rollte sich Barbandor aus dem Bett und suchte Schutz vor den hereindrängenden Lohen. Durch das geborstene Fenster drangen das Läuten der Alarmglocke und das Schreien der Zwerge.

* * *

»Es gibt die Wesen des Lichts – die Elben.
Da sind die Wesen der Finsternis – die Albae.
Zwischen den beiden stehen – die Meldrith.
Als sich Albae vor Hunderten Zyklen unerkannt unter die Elben mischten, um sie auszuspionieren und ins Geborgene Land vorzustoßen, ergaben sich aus den leiblichen Vereinigungen die Meldrith.
Niemand hatte angenommen, dass dies überhaupt möglich sei. Ich vermute, es lag an den alchemistischen Mitteln, welche die Albae nutzten, um sich als Elben auszugeben.

Ich studierte die Meldrith, Tote und Lebende, und fand heraus, dass bei ihnen das dominante Erbgut das Dunkle ist. Die Kinder werden zu Albae, allerdings mit veränderten Kräften. Ihre Augen färben sich weiß, nicht schwarz, wenn das Sonnenlicht sie berührt. Zudem besitzen sie viele angeborene Fertigkeiten, die ich nicht alle prüfen konnte.
Das Gute ist: Aufgrund ihrer Herkunft sehen sie sich als Diener des Guten und unterhalten fragile Beziehungen zum Elbenreich. Und von den reinrassigen Albae werden sie niemals anerkannt, sondern stets als eine schändliche Laune der boshaften Sitalia betrachtet.«

Dar Whjenn, Kundiger von Flora, Fauna und Weltgesetzen

»Die Meldrith?
Ich hatte noch nie mit ihnen zu tun. Und will's auch nicht. Wenn sich die Augen beim kleinsten Sonnenstrahl weiß färben und sie freundlich lächeln, weil sie's wohl nicht böse meinen, sehe ich mich schon tot und mit aufgeschlitzter Kehle.«

Rekarda, Seekauffrau aus Palusien

»Sie sind ein Meisterwerk verschiedener Götter – doch welcher Art, vermag ich nicht zu sagen. Da die Elben jedoch mit ihnen Handel treiben, hoffe ich, sie sind Sitalia näher als Inàste.«

Ucerius, Palandiell-Priester

KAPITEL II

DAS GEBORGENE LAND, FREIE STADT MALLENIASWACHT, 1023 N. B. (7514. SONNENZYKLUS NACH ALTER ZEITRECHNUNG), FRÜHJAHR

Die Nachmittagssonne schien schräg in die großen, schrägen Dachfenster der beengten Werkstatt, die zu *Funkelsteins Edles Geschmeide & Juwelierarbeiten* gehörte. Sie schloss sich im Hinterhof an den geräumigen, prunkvollen Laden an einer der Hauptstraßen an, auf der die reichsten und vornehmsten Familien der Stadt ihre Münzen ausgaben.

Die an der Decke angebrachten polierten Metallscheiben leiteten das Licht, durch geschliffene Kristalle verstärkt, auf die Arbeitsbänke, an denen zwei Zwerge ihrem Handwerk nachgingen. Es roch nach Steinstaub und warmem Holz und etwas Kräutertee, der in Bechern auf den Tischen dampfte.

Während Gandelin, der Kräftigere der beiden, summend mit einem pedalgetriebenen Feinbohrer an einer Kamee aus Amethyst und weißem Marmor arbeitete, vollführte Goïmron, den man durchaus für einen heranwachsenden oder zu klein geratenen Menschen halten konnte, die letzten Handgriffe an seiner Jaspis-Gemme und wirkte sehr angestrengt. Gerade waren sie in der aufgeräumten, sauberen Werkstatt alleine. Die übrigen vier Schleifer und Goldschmiede hatten sich nach Hause zu ihren Liebsten aufgemacht.

»So. Genug.« Goïmron legte das filigrane Schnitzwerkzeug aufatmend zur Seite und betrachtete ein letztes Mal sein fertiges Werk, an dem er zwei Umläufe gesessen hatte. Der Jaspis hatte sich zunächst gewehrt, aber schließlich hatte er ihm den Umriss des prächtigen Nordtors in der Größe einer Silbermünze aufgezwungen. Die Zeit von Sonnenauf- bis Sonnenuntergang hatte er mit Vorzeichnen, Vorschneiden, Nacharbeiten, Feinheiten herauskitzeln und jede noch so winzige Unsauberkeit mit den Vergrößerungsgläsern finden und ausmerzen verbracht. »Na? Was sagst du?«

»Was ich sage?« Gandelin deponierte die Kamee auf dem Tisch, erhob sich von seinem Stuhl und stellte sich neben seinen Freund. Stumm betrachtete er die Gemme, nahm sie in die Hand, drehte und wendete sie, bevor er sie Goïmron zurückgab. »Ich sage, du hast das wenigste Talent, das ich je bei einem Vierten gesehen habe«, sprach er bedächtig und klopfte seinem Freund mitleidig auf die Schulter. »Nicht mal ein Ork würde es als Geschenk annehmen. Höchstens als Stein für seine Schleuder.«

So etwas hatte Goïmron befürchtet. »Sei nicht so streng!« Ein Seufzen entwich ihm, und das geschah in der Werkstatt sehr oft. »Ich gab mir so viel Mühe.«

»Der Stein auch.« Gandelin setzte sich zurück auf seinen Platz und deutete auf den Jaspisschmuck. Der stattliche dunkelbraune Bartwuchs und die Haartracht sowie die Zierspangen darin machten einen sichtbar stolzen Zwerg aus ihm, auch wenn er wie alle Vierten wesentlich schmaler und schlanker war als einer der übrigen vier Stämme. »Siehst du die feinen Risse am Rand? Er wollte lieber zerspringen, als von dir geschändet zu werden.«

»Verbindlichsten Dank.« Goïmrons blaue Augen verengten sich, er blitzte sein Gegenüber an. »Dein Urteil ist hart.«

»Wir beide wissen: Du solltest kein Gemmarius sein und wärst ein besserer Händler. Oder ein Prüfer für Minenware.« Gandelin lächelte. »Ich kenne keinen in Malleniaswacht, der Edelsteine jeglicher Art beim ersten Blick so präzise auf ihre Beschaffenheit und Qualität einschätzen kann wie du. Nicht einmal dein Vater vermochte dies, und er ist eine Legende in unserer Gemeinschaft.«

Grummelnd warf Goïmron die misslungene Gemme auf das Ablagetuch. Menschen würden sie als hübsch bezeichnen, aber die Pupille eines Zwerges aus dem Stamm der Vierten kannte kein Erbarmen.

»Das sieht meine Familie anders. Zumindest was mich angeht.« Er legte die Lederschürze ab und warf sie auf den Haken neben der Tür. Darunter kamen eine schlichte Hose, Hemd und Wams zum Vorschein, die in der Mode der Stadtbewohner geschnitten waren, um auf den ersten Blick als einer von ihnen durchzugehen; die gestutzten schwarzen lockigen Haare und Koteletten unterstützten den Eindruck. Je nachdem, wo er sich in Malleniaswacht aufhielt, ersparte ihm sein Äußeres Ärger. »Und außerdem will ich andere Dinge tun als Gemmen schneiden.«

»Oh, ist das so? Bei Vraccas! Man merkt es dir kaum an«, erwiderte Gandelin und legte seine Schürze ebenso ab. Er bevorzugte das traditionelle Obergewand der Vierten, zusammengehalten durch einen breiten Gürtel. »Komm mit in den *Humpensammler*. Ich gebe dir ein gutes Schwarzbier aus. Mit einem Schuss süßem Honigmet.«

»Mir ist nicht nach Schenke.« Goïmron sah zum vergehenden Sonnenlicht. »Ich muss noch zu Solto. Er versprach mir eine neue Lieferung.«

»Willst du schon wieder in seinen überteuerten Kuriositäten kramen und dir zu viele Münzen für Plunder abknüpfen lassen?« Gandelin rollte mit den Augen und rieb sich durch den gepflegten, dunkelbraunen Bart. »Du bist ein hoffnungsloser Fall.«

»Jemand muss das Andenken bewahren. Alles, was wir von unseren Ahnen erlangen können, ist wichtig.« Goïmron ließ sich nicht beirren. Er kannte seine Aufgabe als selbst ernannter Hüter. »Schmuck, Aufzeichnungen …«

»Du hast einen Granitzahnstocher mit einem winzigen Diamantsplitter von ihm gekauft, weil das Ding angeblich aus dem Braunen Gebirge stammt.« Gandelin schüttelte anklagend den

Kopf. »Das war billiger Tand, hergestellt in irgendeiner Doulia-Sklavenwerkstatt aus Brigantia.«

»Kommst du mit? Du wirst mich vor weiteren Fehlkäufen bewahren. Mit deinem Sachverstand und deinem bösen Blick, den du Solto zuwerfen kannst.« Goïmron erhob sich und setzte den kegelförmigen blauen Hut mit grauen Stickereien und abgeflachtem Ende auf.

»Das Mützchen sieht furchtbar aus. Kein Zwerg bei Verstand stülpt sich so etwas freiwillig aufs Haupt. Du siehst fast aus wie einer von den Langen. In kleinerer Variante.« In Gandelins Stimme schwang Abwertendes. »Ich habe nichts gegen die Langen. Sie zahlen gut für unsere Arbeit, aber dazu muss ich mich ihnen nicht anbiedern.«

»Ich biedere mich nicht an, sondern will Scherereien aus dem Weg gehen.« Seine Schmächtigkeit machte ihn zur Zielscheibe für Spötteleien, aber auch für Anfeindungen durch die Menschen. Während die Zweiten und Fünften im Norden und Süden Verteidigungsanlagen am Fuß der Berge zum Schutz des Geborgenen Landes errichtet hatten, lebten im einstigen Reich der Vierten seit Jahrhunderten unbehelligt Räuber, Mörder und Bestien, um von dort aus Raubzüge zu unternehmen. Brigantia war ein peinvoller, vergifteter Dorn im Fleisch, dessen Entstehen man den Vierten anlastete. Einzig den Vierten. Fünf große Grenzfestungen konnten die angriffslustigen Brigantiner nicht von ihren Raubzügen abhalten. »Du weißt, dass ich kein Kämpfer bin.«

»Du *willst* kein Kämpfer sein«, hielt Gandelin dagegen. »Wobei, nein, ich habe dich schon kämpfen sehen.« Er richtete den Blick auf den misslungenen Jaspisschmuck. »Das war so traurig wie der Anblick dieser Gemme.«

»Es ist gut, dass du mich nicht belügst, mein alter Freund. Aber manchmal könntest du es wenigstens versuchen.« Goïmron seufzte erneut und ging auf den Ausgang zu. »Vielleicht bis nachher im *Humpensammler*.«

»Nein. Nachher bin ich bei Doria Rodana von Psalí. Die letzte Vorstellung beginnt kurz nach Sonnenuntergang und ist restlos ausver–«

Goïmron lachte ihn schallend aus. »*Du* gehst zu einer *Puppenspielerin?* Sei gewarnt: In dem Gewand und mit deinem Bart fällst du unter den Kindern auf. Das Beil nicht zu vergessen.«

»Die ganze Stadt geht dorthin«, widersprach Gandelin. »Es ist kein einfaches Gekaspere für die Kleinen. Doria Rodana von Psalí ist eine Virtuosin! Sie hat Scherenschnitttheater und Stabfiguren und kann die Stimme verstellen, dass man ganz in den Bann ihrer Geschichten gezogen wird. Sie spielte schon an sämtlichen Höfen des Geborgenen Landes und sogar vor der Drachin. Sagt man.« Gandelin klemmte sich zwei Bartspangen aus Onyx in sein dunkelbraunes Gesichtshaar.

»Kinderkram.« Goïmron lachte leise vor sich hin. Die rote Gemme steckte er ein, um sie verschwinden zu lassen. Er würde behaupten, dass der Jaspis zersprungen sei, um sich die Schmach zu ersparen, das misslungene Werk Meister Funkelstein zu zeigen. Der verlorene Stein würde von seinem Lohn abgezogen werden, doch das war allemal erträglicher als der Spott. »Ein erwachsener Zwerg und Puppenspiel. Wer hätte das gedacht? Und er putzt sich auch noch heraus.«

»Du hast kein Verständnis für die Kunst des Erzählens.« Gandelin öffnete die Tür zum Hof und ließ seinen Freund vorangehen, schnallte sich das Wehrgehänge mit dem Beil darin um und schloss hinter ihnen ab. »Das nehme ich dir nicht krumm und gehe mit dir zu Solto, bevor er dich übers Ohr haut.«

Die Zwerge betraten über Umwege die Breitenallee, die vom fünften der insgesamt acht Hügel, auf denen Malleniaswacht errichtet stand, hinüber zum dritten verlief. Dort führte Solto seinen Kuriositätenladen.

Auf den Gehwegen und der Straße herrschte reger Betrieb. Die Räder von Fuhrwerken, Kutschen und Karren ratterten auf dem Kopfsteinpflaster dahin, Reiterinnen und Reiter waren unterwegs, sodass man stets achtgeben musste, wohin man seine Schritte lenkte. Die Leute drängten sich vor den Fronten der mehrstöckigen, bunt bemalten Fachwerkhäuser, um ihre Einkäufe zu erledigen.

Der fünfte Hügel war bekannt für seine guten Bäcker und Fleischer, aber auch für die Juweliere und die Bierbrauer der Zwerge. Hier lebten die meisten von ihnen. So auch Goïmron und Gandelin, die zwar Freunde von Kindesbeinen an waren, aber unterschiedlicher kaum sein konnten. Auch wenn Malleniaswacht nicht ihre angestammte Heimat war, fühlten sie sich wohl in der größten der insgesamt fünf freien Städte, die es im Geborgenen Land gab und die sich keinem Reich unterwarfen.

Malleniaswacht zählte etwa zweihunderttausend Einwohner, überwiegend Menschen und einige aus der Kaste der Doulia; aber auch nicht wenige Zwerginnen und Zwerge hatten hier ein Zuhause gefunden. Gelegentlich erblickte man exotischere Bewohner, wie Elben und Meldrith, mal einen Srgãláh oder Parsoi Khi, und natürlich Besucher aus dem Jenseitigen Land, die über das Meer kamen und zu ihrer Erbauung Studienreisen unternahmen. Sie waren willkommen, solange sie sich benahmen und an die Gesetze hielten. Eine solche Freundlichkeit und Akzeptanz gegenüber anderen Rassen oder Fremden waren nicht überall im Geborgenen Land gegeben.

Doch Malleniaswacht, die zu Ehren von Mallenia von Idoslân vor mehr als siebenhundert Zyklen gegründet und mit schweren Befestigungen ausgestattet worden war, galt im Vereinten Großkönigreich Gauragon als störendes Element. Die Störrischsten aus dem Geschlecht der Ido hatten sich mit dem Zusammenschluss der Reiche und dem Ende von Idoslân nicht abfinden wollen. Die aus stolzem Trotz erbaute Stadt galt seither als Mahnmal und als Monument für die Verdienste der Herrscherin. Mehrere Kriege waren an Malleniaswacht vorübergegangen, ohne bleibende Erfolge für Gauragon. Berüchtigt blieben Idoslâns überschwere Reiterei und die Streitwagen, die in der Ebene verheerende Wirkung erzielt hatten.

»Dass die Stadt solchen enormen Zulauf erhält, hatten sich die Gründer wohl nicht vorgestellt.« Goïmron sah im Gehen über die übrigen Hügel, die Mauern, Wehrtürme und Verteidigungsanlagen, gespickt mit Schleudern und Katapulten.

»Ich hörte, dass der Senat den Zuzug vorerst aussetzte. Alle Häuser und Wohnungen sind vergeben.« Gandelin erstand im Vorbeigehen eine Butterhagelstange von einem Backstand und teilte sie mit seinem Freund. »Malleniaswacht ist beliebt wie eh und je.«

Trotz ihrer riesigen Ausmaße blieb es in der Stadt zumeist friedlich, schwere Verbrechen geschahen selten. Fahnen und Wimpel wehten im lauen Wind, die warmen Strahlen der untergehenden Sonne reflektierten auf den Schiefer- und Holzschindeln. Der Geruch von Malz umwehte die Zwerge, es wurde neues Bier gebraut.

Schließlich hatten sie Soltos Kuriositätenladen erreicht.

Schon beim Eintreten befiel Goïmron eine bekannte freudige Unruhe. Das Bimmeln der Glocke über der Tür löste sein Jagdfieber aus.

»Ah, der werte Meister Schnitzeisen ist wieder da!«, rief der pummelige Händler im bestickten, bunten Gewand mit Fledermausärmeln und kam hinter seinem gläsernen Schautresen herumgewieselt, in dem sich die möglichsten und unmöglichsten Dinge aus dem Geborgenen Land und von weither befanden. Alles war käuflich zu erwerben, und selbst astronomische Preise wurden durchaus bezahlt. »Ich habe bereits an Euch gedacht und etwas zusammengestellt.« Sein aufdringliches Lispeln gehörte zu seiner übertriebenen Darbietung, die ihn und seinen Laden über die Stadtgrenzen hinaus bekannt gemacht hatte. Dann sah er zu Gandelin. »Ihr habt gleichermaßen Interesse, mein Herr?«

Kauend sah ihn der Zwerg von Kopf bis Fuß an. »Mein Interesse beschränkt sich darauf zu verhindern, dass mein Freund dir zu viel für Unfug zahlt.« Wie zufällig legte er eine Hand auf den Beilgriff. »Billige Doulia-Zahnstocher aus schlechtem Marmor zum Beispiel, Trödler.«

Soltos Augenbrauen zuckten empört in die Höhe, er widersprach jedoch nicht. »Kommt, Meister Schnitzeisen.« Er legte Goïmron eine Hand auf den Rücken und schob ihn mit geschicktem Druck auf den Vorhang zu, hinter dem sich ein Nebenraum verbarg. »Dort habe ich die neusten Errungenschaften aus den Gebirgen eingelagert. Auch aus der Heimat Eures Volkes.«

Goïmrons Spannung stieg ins Unermessliche. Natürlich wusste er um die wenig rühmliche Herkunft dessen, was ihm Solto in wenigen Herzschlägen vorführen und wortreich anpreisen würde, als habe er es höchstselbst einem Ungeheuer entrissen. Die meisten Dinge stammten aus den Flüssen und Bächen, aber immer wieder wurden besonders wertvolle Artefakte von Plünderern aus den verlassenen Bergreichen gestohlen. Die Glückssucher verabredeten sich trotz der Verbote zu heimlichen Expeditionen und schlichen sich an den Zwergensiedlungen am Fuß der Bergmassive vorbei. Oder sie nutzten unbekannte Pfade, um ins Graue und Blaue Gebirge zu gelangen. Manchmal verbrachten die Diebe mehrere Mondphasen in den maroden Gängen, halb eingebrochenen Schächten und baufälligen Hallen, um fette Beute zu machen. Nicht wenige bezahlten dies mit dem Leben, bevor sie reich werden konnten.

Manchmal stammten der Schmuck, die Kleinodien oder die alten Aufzeichnungen in Papier- und in Steinform auch aus den Händen von Soldaten aus Gauragon und Khalteran, welche einfallende Scheusale zurückdrängten und bis tief in die Gänge verfolgten, um ihnen endgültig den Garaus zu machen. Was den Truppen dabei an zwergischen Hinterlassenschaften in die Finger fiel, nahmen sie mit und machten es zu Münzen. Solche riskanten militärischen Schläge waren allerdings Ausnahmen. Die Abwehr der Bestien überließ man gemeinhin den Zwergen.

Und am häufigsten handelte es sich bei den Waren um Fälschungen, wie Gandelin niemals müde wurde zu erwähnen.

Theatralisch riss Solto den Vorhang zur Seite. »Seht und staunt, Meister Schnitzeisen!«

Vor Goïmron taten sich Stapel von verrotteten Stoffbahnen, Lederstücken, rostigen Rüstungsfetzen, zerstörten Waffen und Schilden auf. Zu seiner Erleichterung entdeckte er außerdem einige handliche Steintäfelchen, Pergamentrollen und Reste von Landkarten. *Vielleicht ist etwas Brauchbares dabei.*

»Schaut es in Ruhe durch, Meister Schnitzeisen«, wisperte Solto, als habe er ihm den größten Drachenhort im Geborgenen Land gewiesen. »Ich mache Euch einen guten Preis.« Flugs entschwand er zurück in den Laden, der soeben von einer Familie in sehr teurer Kleidung und Aufmachung betreten wurde; mehrere Doulia-Sklaven begleiteten sie.

»Sodann stürze ich mich in die Arbeit.« Goïmron fühlte das Jagdfieber in sich brennen. »Du kannst mir gerne helfen, mein Freund.«

Gandelin rührte sich nicht, lehnte sich gegen die Wand und verschränkte demonstrativ die Hände unter der Brust. »Du bist der Einzige, der dafür auch nur eine Kupfermünze ausgeben wird. Solto hätte den schäbigen Kram ohne dich einfach weggeworfen.«

»Man weiß nie, was sich finden lässt.« Umsichtig begann Goïmron das Sortieren der geschundenen Dinge, von denen sich einige auch unter den sanftesten Berührungen auflösten und zerfielen. »Ich werde meine Sammlung eines Umlaufs nach Enaiko bringen. Und sie werden mich mit offenen Armen empfangen.«

»Ah. In die Stadt des Wissens.« Gandelin grinste. »Du denkst, du bist ein Gelehrter?«

»Ich bin ein Bewahrer. Die Gelehrten sind alle schon in Enaiko. Ich bringe ihnen lediglich Dinge, mit denen sie arbeiten können.« Goïmron setzte sich auf den weichen Teppich. Seit er ein kleiner Junge war, träumte er davon, die Stadt zu besuchen, in der die Zwerge am Fuße des Blauen Gebirges zusammentrugen, was sie an verlorenem Wissen und Gegenständen aus den Reichen der Vierten, Zweiten und Fünften fanden. Mit den Jahrhunderten war aus Enaiko ein Mittelpunkt von Wissenschaft, Alchemie, Kunst, Musik und Heilkunde geworden, der zahlreiche kluge Köpfe anlockte. »Meine Sammlung kann sich sehen lassen.«

»Dann verschweige ihnen lieber den Marmorzahnstocher.« Gandelin blickte über den Berg aus Fundstücken. »Das ist mir zu langweilig. Ich gehe in den *Humpensammler*.«

Ein wenig vorwurfsvoll sah Goïmron seinen Freund an. »Faszinieren dich die Aufzeichnungen der alten Zeiten denn *überhaupt* nicht?« Er hielt zwei ramponierte Steintäfelchen mit zerkratzten Zwergenrunen hoch. »Ohne mich wären sie für immer verloren!«

»Du kannst sie doch nicht einmal lesen.«

»Ich … lerne es.« Die alten Schriftzeichen stellten Goïmron – wie so ziemlich jeden aus seinem Volk – vor eine Herausforderung. Die Generation, welche sie hatte verstehen können, war längst tot. »Schau! Diese vielen Geheimnisse! Und das Wissen!«

»Es könnte eine Rezeptur für Kräuterbier sein. Und es schmeckt vielleicht nicht mal.«

»Ja. Oder eine Beschreibung von … etwas Wichtigem. Für unsere Zukunft. Wenn die Stämme unter einem Großkönig vereint sind. Wie vor tausend Zyklen.« Goïmrons Blick wurde missbilligend. »Du glaubst nicht daran, habe ich recht?«

»Nein. Niemand denkt daran, einen Großkönig zu wählen. Nicht, solange die Vierten das Braune Gebirge nicht zurückerobert haben. Und *das* wird kaum geschehen. Nicht, solange wir beide leben, Goïmron.« Gandelin senkte die Arme. »Ich bin im

Humpensammler. Komm nach. Und wenn ich nicht da bin, warte dort auf mich. Wir sehen uns nach der Vorstellung.«

»Du spielst lieber mit Puppen, als mir zu helfen und Mysterien unseres Volkes zu ergründen? Und wer hält mich bei den Ausgaben zurück?« Goïmron sah seinem Freund nach, der sich umwandte und grüßend winkte, bevor er den Laden durchquerte und hinausging. »Na, schön«, murmelte er und widmete sich wieder dem Wust aus Fundstücken. Gedanklich beschäftigte er sich dabei mit dem, was Gandelin gesagt hatte.

Es war eine schier unlösbare Aufgabe für seinen Stamm, das Braune Gebirge von den Brigantinern zu säubern. Noch dazu hatten die Albae ein eigenes Reich in einem abgelegenen Tal im Norden der Gebirgszüge erschaffen, erzählte man sich. Zu Hunderten waren sie als getarnte Elben ins Geborgene Land gezogen, hatten sich vermehrt und strebten nach alter Stärke. Nach Herrschaft.

Alleine werden wir es niemals schaffen. Goïmron sortierte sinnierend. *Wir brauchen einen Großkönig, der die Kinder des Schmieds eint. Der das Geborgene Land vom Schrecken befreit.* Ächzend streckte er sich. *Jemand, der die Einheit zurückbringt, um uns vor dem endgültigen Untergang zu bewahren.*

Erst als Solto ihm eine Lampe brachte, bemerkte Goïmron, wie die Zeit verflogen war. Von Vraccas für das Leben unter der Erde erschaffen, sah er auch in schwachem Licht gut.

»Habt Ihr etwas gefunden, Meister Schnitzeisen? Ich möchte den Laden schließen.« Soltos gekünsteltes Lispeln hatte nachgelassen, es ging auf das Ende des Geschäftstages zu. Er sah auf den aussortierten Stapel. »Ah, *das* ist Eure Wahl?«

»Das ist sie.« Goïmron erhob sich vom Teppich, streckte sich und drückte den Rücken gerade. »Drei Dutzend Steintäfelchen, die elf Pergamente und der gebrochene Dolch, bitte. Weil die Gravur auf dem Griff etwas Besonderes ist. Denke ich.«

»Fein, fein. Lasst mich kurz überschlagen, was es Euch kosten …«

Goïmron langte in die Tasche und zog die misslungene Jaspisgemme heraus. »Reicht das als Bezahlung? Sollte es zu viel sein, verrechnet es mit künftigen Einkäufen.«

Solto schürzte die Lippen und nahm den Edelstein, hielt ihn gegen die Lampe; der lange bunte Fledermausärmel baumelte herab. »Das ist aber ein schönes Stück«, sagte er begeistert. »Ich sehe zwar, dass es nicht ganz an die Meisterlichkeit der sonstigen Werke von Funkelstein heranreicht, aber wisst Ihr was, Meister Schnitzeisen? Es gefällt mir.« Schnell steckte er es ein. »Und weil Ihr mir damit eine Freude gemacht habt, gebe ich Euch *das* noch dazu. Damit Ihr Eure Einkäufe transportieren könnt.« Solto zog ein Stück Leinen von einer hölzernen, beschlagenen Truhe, als hätte er sie soeben herbeigezaubert. »Sie ist leer und ohne Wert. Aber ich bekomme sie nicht auf. Bevor ich das gute Stück in einer kalten Nacht in meinem Kamin verbrenne, nehmt Ihr es.« Er ließ die Lampe am Wandhaken zurück. »Sputet Euch. Mein Weib erwartet mich. Ich soll etwas Leckeres für uns kochen. Es ist unser Hochzeitstag. Und dank Euch hab ich ein Geschenk.« Solto wandte sich um und begann, durch den Kuriositätenladen zu staksen und die Leute hinauszukomplimentieren.

Nun ja. Goïmron betrachtete die unverhoffte Dreingabe. *Das ist doch was.*

Auf der Truhe waren Zwergenrunen eingebrannt und geschnitzt – Warnungen an jene, welche die Truhe unerlaubt öffneten. Weder prangte der Name des Besitzers noch ein Hinweis darauf, woher sie stammte. Das Holz hatte arg gelitten, teils war es eingerissen, teils abgesplittert. Das Schloss hingegen zeigte sich unversehrt.

Goïmron kannte die Machart der Sicherung und musste grinsen. Zwar gab es ein Schlüsselloch, doch in Wahrheit öffnete man den Mechanismus, indem man die vermeintlichen Beschlagnieten in einer bestimmten Reihenfolge drückte.

Es kostete ihn kaum Zeit, die richtige Abfolge herauszufinden.

Die ruppige Behandlung und der Rost im Inneren machten es leicht, die Unterschiede beim Betätigen zu hören. Klackend öffnete sich die Entriegelung.

Goïmron klappte den gewölbten Deckel auf.

Darin lag ein einsames Buch, festgeklemmt in einem Seitenfach und eingewickelt in Wachspapier, damit keine Feuchtigkeit an die Seiten gelangte.

Oh! Ein schöner Fund. Aus Angst, dass ihm Solto nachträglich etwas dafür berechnete, steckte er es rasch unter sein Wams und belud seine Kiste mit seinen Käufen. Nach ein paar freundlichen Worten vom Händler verließ Goïmron den Kuriositätenladen und schleppte seinen Fund durch Malleniaswacht.

Der anstrengende Weg bergauf mit der Last machte ihn durstig. Es kam ihm recht, dass er sich mit Gandelin im *Humpensammler* verabredet hatte. Zu seiner Freude gab es ein freies Plätzchen in dem Wirtshaus und frisches Bier, in das er einen Schuss extrastarken Honigmet geben ließ. Zur Feier des Umlaufs.

Was habe ich da als Geschenk bekommen? Im Schein der vielen Kerzen, umgeben vom Lachen der Männer und Frauen sowie der ausgelassenen Musik zweier sehr betrunkener Barden, nahm er das Buch heraus und entfernte feierlich das Wachspapier.

Ein Notizbüchlein kam zum Vorschein, in geprägtes Leder gefasst und mit eingelegten losen Seiten, die durchnummeriert waren, wie ein erstes Hineinblättern zeigte. Die Schreibweise der Zahlenrunen stammte aus verschiedenen Zyklen.

Ein Rezeptbuch? Ein Nachschlagewerk der größten Scherze wie der berühmteste aller Ork-Witze? Oder die Aufzeichnungen eines Zwerges über seine Verdauungsprobleme? Goïmron bereitete sich auf die nächste Enttäuschung vor und wendete das weiße Deckblatt.

Handschriftlich und sehr schwungvoll stand zu lesen:

Die Abenteuer
von
T u n g d i l G o l d h a n d

am eigenen Leib erlitten und erlebt
in der
Schwarzen Schlucht

aufgeschrieben von ihm selbst

Entwurf eins

Goïmron blinzelte die Seite an. *Das … das kann nicht sein!*

»Bei Vraccas!«, stieß er aus.

Sofort riefen die anwesenden Zwerginnen und Zwerge ihre Zustimmung zur Huldigung und prosteten ihm zu, während die Menschen beschwichtigend zischten, um dem wüst ausschweifenden Gesang der Barden zu lauschen.

Errötend schwenkte Goïmron seinen Humpen, peinlich darauf bedacht, nicht einen einzigen Tropfen auf dem Papier zu hinterlassen. *Das kann unmöglich von Goldhand sein!*

Mit bebenden Fingern drehte er die Seite um.

Zum besseren Überblick des Inhaltes
meines Buches
und
meiner Abenteuer:

Kapitel I: Wie ich in das unterirdische Reich gelangte

Seine Augen huschten von rechts nach links, erfassten die Zeilen und fraßen die Kapitelüberschriften, die säuberlich geschrieben und gelegentlich ausgebessert worden waren. Jedes Mal war die Zyklenzahl mit genauem Umlauf dahinter vermerkt.

Und genau *jener* Umstand bescherte ihm die nächste Überraschung.

»Das muss ein Betrug sein«, stammelte Goïmron vor sich hin und trank die Hälfte seines Bieres in zwei großen Schlucken, während er bis zum vorläufigen Ende blätterte; die Seiten flogen unter seinen Fingern dahin. Zwei Steintäfelchen aus der Truhe dienten als Beschwerer, damit kein Blatt verloren ging.

Kapitel XXIII: Wie ich den Weg zurückfand und entdeckt wurde

»Bei …« *Bei Vraccas!* Goïmron leerte aufgeregt den Becher, um mit schnellem Handgefuchtel Nachschub zu erbitten. *Das ist weniger als ein Viertel Zyklus her, geschrieben im Winter. Nach der alten Zeitrechnung.*

Die Zwergenwirtin brachte ihm einen neuen Humpen und warf einen neugierigen Blick auf die Blätter. »Oh, du bist unter die Geschichtenerzähler gegangen?«

»Ja, ich … denke mir was aus.« Goïmron legte den Arm abschirmend über die geschwungenen Runen, pochte zur Ablenkung gegen die Truhe und zeigte auf die zwei erstandenen Steinplättchen. »Aus dem ganzen alten Zeug, das ich bei Solto kaufte.« Er lachte nervös. »Frei erfunden.«

»Das freut mich zu hören, Kleiner. Aus dir wäre niemals ein guter Gemmarius geworden.« Schon eilte sie zurück zum Tresen.

»Wie schön, dass sich alle in Malleniaswacht einig sind«, rief er ihr nach und schaute dann wieder ungläubig auf den Zeitpunkt des letzten Kapitels: *Frühjahr 7514.*

Er hatte sich nicht getäuscht.

Geschrieben von Goldhand selbst, dachte Goïmron wieder und wieder. *Er wäre … mehr als eintausend Zyklen alt.*

Kein Zwerg war jemals so alt geworden – andererseits hatte es niemals einen Zwerg wie Tungdil Goldhand gegeben.

Goïmron war aufgekratzt, fühlte sich aufgeladen wie ein geriebenes Stück Bernstein und Funken sprühend wie die Lebensesse des Göttlichen Schmieds nach einem Luftstoß aus dem Blasebalg.

Dann mahnte er sich zur Besonnenheit.

Solto hatte ihm nicht gesagt, woher die Truhe stammte. Jeder konnte solche Zeilen in Goldhands Namen verfassen und sich die abstrusesten Dinge ausdenken, die in der Schwarzen Schlucht geschehen sein mochten.

Ich muss die Aufzeichnungen lesen. Die Kleinigkeiten prüfen. Ganz genau darauf achten, wie die Abenteuer beschrieben sind. Goïmron nahm einen Zug vom frischen Bier und begann seine Lektüre, die Seite um Seite spannender wurde.

Eine vollkommen neue Welt erschloss sich ihm, ebenso grausam wie düster und zugleich faszinierend. Die Fülle an beschriebenen Besonderheiten, die Genauigkeit, die äußerst bewegenden Einsichten in das Seelenleben des Zwergs, fühlbare Hilflosigkeit, heiße Wut, Verblendung und eigene Übersteigerung, die wortgewordene Verzweiflung – dies alles band Goïmron an die Buchstaben und Sätze. Schnell und schneller verschlang er die losen Seiten, bis er ungezählte Biere dazu getrunken und mit Kapitel XXIII das vorläufige Ende erreicht hatte.

Die Zeit war unterdessen verflogen. Im *Humpensammler* erklang die Anordnung zur letzten Runde. Die zwei Musikanten hatten ihr Spielen eingestellt und saßen zusammengesunken auf einer Bank.

Für Goïmron gab es keinerlei Zweifel. *Es ist der echte Tungdil! Er lebt noch immer im Grauen Gebirge und beschützt die Reste des Steinernen Torwegs.* Er sank mit dem Rücken gegen die Wand. Ihm wurde noch feierlicher zumute: Vor ihm lagen die Aufzeichnungen des größten Helden seines Volkes. Und er wartete darauf, gefunden zu werden. *Nur Tungdil Goldhand kann die Einheit der fünf Stämme zurückbringen.*

Für Goïmron stand unerschütterlich fest, dass er ins Graue Gebirge musste, durch die Stollen und Kammern und Hallen, vorbei an Scheusalen, glühender Lava und aller Unbill, die ihn noch erwartete. *Es liegt an mir, ihn zu finden. Deswegen sandte Vraccas mir diese Aufzeichnungen! Weil wir Vierten etwas gutzumachen haben.* Er klatschte einmal in die Hände und unterdrückte ein Auflachen. *Er erwählte mich dazu. Mich, den Hüter!*

Goïmron wusste trotz zahlreicher Biere jedoch auch, dass er nicht zum Heldentum geboren war. Er verstand sich leidlich auf den Umgang mit Wurfpfeilen, die er zielgenau auf eine Zielscheibe werfen konnte. Aber einen Kampf gegen wütende Orks und andere hungrige Bestien überstand er schwerlich aus eigener Kraft.

Gandelin! Er wird mich begleiten. Goïmron leerte das Behältnis und ließ einen letzten Humpen anrollen. *Nein, Gandelin reicht nicht aus.*

Der nächste bierbrillante Gedanke flog ihn an. *Er und ich reisen morgen ins Reich der Dritten.* Dort bekämen sie Ausrüstung sowie Zwergenkriegerinnen und -krieger für das Vorhaben, sobald er dem König von seinem Fund berichtete. *Schließlich ist Goldhand einer von ihnen. Ursprünglich.*

Sehr zufrieden mit dem Abend seufzte Goïmron und grinste breit, schlürfte den hellen, süßen Schaum herab. Sein langweiliges Leben voller Enttäuschung für sich und andere nahm eine Wendung, die ihm sehr gefiel.

Gandelin wird Augen machen. Er richtete die Blicke auf die Tür. *Wo bleibt er denn? Die Vorstellung sollte längst beendet sein.* Sein Grinsen wurde noch breiter. *Ah, natürlich. Der Schwerenöter wird unterwegs eine nette Zwergin gefunden haben. Oder sie ihn.* Er fasste den Griff des Humpens. *Ich habe etwas Besseres als ein warmes Bett und Vergnügen.*

Ruckartig und ungelenk von der Wirkung des Schwarzbiers riss er den schweren Becher hoch. »Bei Vraccas, und wie ich das habe!«, rief er im Überschwang und machte sich nichts aus den herabregnenden dunklen Tropfen, die auf sein glatt rasiertes Gesicht trafen.

»Bei Vraccas«, erwiderten die letzten Zwerginnen und Zwerge im *Humpensammler* reflexhaft.

Schon schreckten die trunkenen Barden in die Höhe und fingen erneut an zu fiedeln.

* * *

DAS GEBORGENE LAND, BRAUNES GEBIRGE, DSÔN KHAMATEION, 1023 N. B. (7514. SONNENZYKLUS NACH ALTER ZEITRECHNUNG), FRÜHJAHR

Klaey riss die Augen auf. Anstelle eines Schreis drang lediglich ein heiserer Laut aus seiner Kehle. Sein Hals schmerzte unsäglich, und im oberen Bauch brannte es wie Feuer.

»Gut. Das Schwerste ist geschafft«, sagte eine angenehme Stimme mit Akzent. Über ihm schwebte ein glattes, fein geschnittenes Albgesicht, aus dessen roten Pupillen ein verächtlicher Blick auf ihn niederging. Die seidenglatte Haut glomm weiß wie Kalk. »Samusin war mit dir.«

Vorsichtig sah sich Klaey um. Er lag unter einem dicken, blutfleckigen Laken auf einer einfachen Pritsche in einer Zelle aus fugenlosen schwarzen Steinquadern. Durch winzige Schießschartenfenster fiel Sonnenlicht.

Seine Erinnerung reichte bis zu den Geschehnissen im Grabmal. *Der Schnitt!* Seine Linke hob sich und tastete nach seinem Hals, fand einen Verband um die Kehle; sein Glücksamulett war verschwunden. *Und der Stich durch meinen Bauch!* Auch um seinen Oberkörper lagen Bandagen.

»Du wirst einige Zeit nicht richtig sprechen können. Eine Klinge verletzte deine Stimmbänder.« Der bleiche Alb richtete sich auf, die Hände auf den Rücken gelegt. Sein schlanker Körper war von einem aufwendig bestickten, dunkelroten Gewand mit hohem, schwarzem Kragen passgenau umhüllt, um die Hüfte hatte er Schwert und Dolch gegürtet. Der Stoff, die Waffenhüllen und -griffe, der Gürtel und der Schmuck um seinen Hals und der fein gestaltete Silberreif, der die langen, schlohweißen Haare zurückhielt, sprachen für die Bedeutung seines Trägers. »Man wird dich *Rabe* nennen. Oder *Krächzer*.«

Klaey fragte sich, warum ihn der ungewöhnliche Alb gerettet hatte. *Aus Freundlichkeit sicherlich nicht.* Schon gar nicht Dieben gegenüber, die man auf frischer Tat im Grabmal eines Helden ertappte. Die roten Pupillen, die helle Haut, die überweißen Haare sprachen für die Nachwirkungen eines besonderen alchemistischen Mittels, das die Ahnen des Albs einst eingenommen hatten. Es veränderte manche Albae noch Generationen danach. *Der Preis für die Täuschung, als Elben ins Geborgene Land zu gelangen.* Die Todfeinde sämtlicher Lebewesen des Geborgenen Landes hatten sich neu formiert. Kein Besucher von außerhalb hatte ihr Stadtreich Dsôn Khamateion seit Hunderten Zyklen betreten. *Niemand, außer mir.*

Der Alb neigte den Kopf zur Seite. »Ich kann in deinen Augen lesen wie in einem Buch. Mein Name ist Vascalôr. Mir verdankst du, dass du atmest, Mensch. Und bedanke dich nicht dafür. Ich erwarte Gegenleistungen.«

Vorsichtig setzte sich Klaey auf. »Was soll ich tun?«, flüsterte er rau. Das Brennen im Hals und in der Brust kam nicht gegen die Angst an, die sich mehr und mehr seiner bemächtigte.

Das Weiß in den Augen des Albs färbte sich schwarz, als ein verirrter Sonnenstrahl sein Antlitz traf. »Einige sind der Meinung, dass ihr mit eurem gefangenen Zwerg ins Grabmal gelangtet, von der Priesterin überrascht wurdet und im Gefecht bis auf den letzten Mann gefallen seid.« Vascalôr sah ihn abschätzend an, um die Reaktion von seinen Zügen zu lesen. »*Ich* glaube das *nicht*. Brigantiner wie ihr hätten nicht einmal gegen *einen* unserer Krieger Aussicht auf Erfolg. Aber nun sind gleich *zwei* von ihnen tot. Erstochen mit äußerst präzisen Stichen.«

Ein leises Stimmchen im Hinterkopf empfahl Klaey, abzuwarten. Also bemühte er sich, gleichmütig dreinzuschauen und den geisterhaften Alb seine Vermutungen erzählen zu lassen. *Lass ihn deine Furcht nicht spüren.*

»Etwas sagt mir, dass es danach aussehen sollte. Aber in Wahrheit trug es sich anders zu.« Vascalôr lächelte eisig und zeigte zwei Reihen perfekte, weiße Zähne. »Habe ich recht?«

Langsam nickte Klaey.

»Damit du keinem Missverständnis aufsitzt, Mensch: Ich erkenne Lügen. Versuchst du, mir einen Ork aufzubinden, stirbst du im gleichen Wimpernschlag.« Der Alb blieb ruhig und kalt. »Wen hattet ihr noch dabei? Wer floh mit der Rüstung und dem Speer und ließ euch und die Schätze des Heiligtums zurück?« Er nahm den linken Arm nach vorne und hob den Zeigefinger, sein Nagel war durchscheinend wie Glas. »*Ein* Stein am Gebeinpodest ist *so viel* wert, dass einer von euch ein Leben lang ausgesorgt hätte. Wir fanden den fehlenden bei einer Brigantinerin.« Langsam senkte er den Arm. »Doch mit der Rüstung und dem Speer können Sterbliche nichts anfangen.«

»Wir dachten«, wisperte Klaey abgehackt, »die Karte. Führt uns in eine. Werkstatt der Vierten. Voller Schätze.«

»Welche Karte?«

»Ich trug eine Skizze. Bei mir, nach der. Wir uns richteten. Der Zwerg stammt nicht von uns. Er kam erst später. Aus dem Durchbruch, den wir geöffnet hatten.«

»Diese Karte fehlte. Dann nahm sie jemand vor der Flucht an sich.« Zufrieden nickte Vascalôr. »Ich *wusste* es! Schon als ich die Wunden an unseren Kriegern sah, wusste ich es und ließ mich nicht davon täuschen, dass sie …« Er unterbrach sich und vollführte eine auffordernde Handbewegung. »Fahre fort.«

Jetzt kam der Moment, an dem Klaey über sein Leben und seinen Tod entschied. »Ich werde dir alles. Berichten. Haarklein.«

Vascalôr atmete laut ein. »Ich empfehle dir, keine Bedingung –«

»Ich will. Zurück. Nach Brigantia.«

»Erzähle, was ich wissen muss. Und du bist frei.« Das verschlagene Lächeln auf dem fahlen Antlitz verriet Klaey alles.

»Nein. Ich will, dass Ihr. Mich dorthin bringt. Sobald ich in. Sicherheit bin, schildere ich Euch, was. Ich gesehen habe.« Klaey hielt sich die schmerzende Kehle. Seine charismatische Stimme war verloren, er schmeckte Blut im Rachen. Der Gedanke, nie wieder singen zu können, versetzte ihn in Schrecken. »Nicht. Eher.«

Der Alb lachte einmal ungläubig auf, sah den Brigantiner an und lachte los. »Du hältst dich für einen gewitzten Dieb, nicht wahr?«

»Ich verdanke Euch mein Leben. Das werde ich niemals vergessen. Aber da Ihr. Der Einzige in Dsôn Khamateion zu sein scheint, der. Mich lebendig sehen will, muss ich Vorkehrungen treffen«, erklärte Klaey unter Schmerzen. »Was nützt mir mein pochendes Herz, wenn. Mich ein Pfeil trifft, sobald. Ich aus der Zelle trete?«

Vascalôrs Lächeln wurde anerkennend, das weiße Gesicht verstärkte den überheblichen Ausdruck. »Jemand mit Verstand. Wie ist dein Name?«

»Dagwin«, log er.

»Das ist nicht dein wahrer Name«, sagte ihm der gespenstige Alb auf den Kopf zu. »*Das* macht mich *noch* neugieriger, wen ich vor mir habe.« Blitzschnell zuckte seine Hand nach vorne, die gestreckten Mittel- und Zeigefinger drückten gegen Klaeys Brustwunde, was ihn zum Fiepen brachte. »Muss ich dich noch einmal fragen, ziehe ich dir bei lebendigem Leib ein paar Adern aus dem Fleisch und lasse sie dich essen.« Der Druck auf die verbundene Verletzung nahm zu. »Oder soll ich dein Herz ein wenig mit meinen Fingern kitzeln?«

»Klaey!«, raunte er kratzend und versuchte, sich zurückzulehnen, um dem Druck zu entkommen. »Ich bin. Klaey. Berengart.«

»Sieh an, sieh an. Ein Berengart.« Sogleich nahm der Alb seine Finger weg. »Der jüngste Bruder des Omuthan. Das ist doch eine gute Nachricht. Ich sah das stümperlich eingebrannte Familienmal in deiner Stirn, wollte aber sichergehen.« Er legte die Hand zurück auf den Rücken. »Das macht dich zweifach wertvoll. Sandte er dich aus?«

»Nein. Er weiß nicht einmal. Dass ich hier bin.«

»Einerlei. Er wird bald erfahren, dass du hier warst.« Vascalôr dachte einige Wimpernschläge lang nach. »Abgemacht. Ich begleite dich zurück nach Brigantia und sorge dafür, dass du unbeschadet ankommst. Dafür erzählst du mir unterwegs *alles.* Und obendrein schuldet mir der mächtige Ganyeios von Dsôn Khamateion einen Gefallen.« Er nickte Klaey zu. »Genau wie du mir dein Leben schuldest. Vergiss das niemals, falls du einst den Platz deines Bruders einnehmen solltest. Sei gewiss: Ich werde dich daran erinnern.« Der Alb wandte sich zur Zellentür. »Ich lasse dir frische Kleidung bringen. Zwei Umläufe gewähre ich deinen Wunden noch Schonung, danach brechen wir auf. Nicht, dass sich deine Geschwister zu große Sorgen machen. Orweyn Berengart wird froh sein, dich in seine Arme schließen zu können.«

»Wie lange liege. Ich schon in der. Zelle?«

»Sechs Umläufe.« Vascalôr öffnete die Tür und trat aus dem Sonnenlicht, die Augen nahmen ihre normale Farbe an. »Gratulation, Klaey Berengart. Du bist eine Einmaligkeit: Hast die Gefangenschaft der Albae überstanden, warst in Dsôn Khamateion *und* wirst von einem Alb in deine Heimat zurückgebracht.« Lachend verließ Vascalôr den Kerker. »*Das* gab es noch *nie.*« Rumpelnd schloss sich die schwere Tür hinter ihm.

Klaey stellte bald den Versuch ein, sich zu erheben und aus einem der schmalen Fenster zu schauen. Die Verletzungen in Hals und Oberbauch rebellierten, sandten ihn zurück auf die karge Matratze.

Schon jetzt wusste er: Sein ältester Bruder würde alles andere als erfreut sein, ihn zu sehen.

* * *

»Reize nie einen Srgāláh. Er findet deine Spur wie seine Zähne deinen Hals.«

Sprichwort aus dem Sinterreich

»Einst, als wir halb tot, müde und hungrig an einer Srgāláh-Siedlung vorbeikamen, durften wir die Gastfreundschaft dieser Wesen erfahren.
Sie sind freigiebig, freundlich und zuvorkommend, wenn man sich erst an ihre Besonderheiten gewöhnt hatte. Und gewiss sind es keine großen sprechenden Hunde. Die Anmut ihrer Bewegungen verleiht ihnen Majestätisches.«

Eintrag aus einem gauragonischen Patrouillenbuch

»Als der Srgāláh zu viel von der vergorenen Getreidemilch getrunken hatte und keine Witze mehr zu erzählen wusste, blickte er plötzlich ernst in die Runde, tippte sich gegen die lange Schnauze und raunte grollend: ›Diese Beben kommen nicht von Vraccas. Da lebt etwas tief unter der Erde. Ich kann es riechen. Und es gräbt sich nach oben. Ihr werdet sehen.‹
Ich mag diese Gruselgeschichte von allen am liebsten!«

Eintrag aus einem gauragonischen Patrouillenbuch

KAPITEL III

DAS GEBORGENE LAND, ROTES GEBIRGE, DAS REICH DER ERSTEN, MEERESHALT (OSTHAFEN), 1023 N. B. (7514. SONNENZYKLUS NACH ALTER ZEITRECHNUNG), FRÜHJAHR

»Etwas mehr Backbord.« Xanomir setzte das zweite Segel des kleinen Kahns, der in den heranrollenden Wellen auf und ab tanzte. »Wir müssen von der Steilküste wegbleiben, sonst zermalmen uns die Brecher.« Lachend streckte er das graubärtige Gesicht in die aufspritzende Gischt am Bug und genoss die Frühlingssonne. »Ist das ein Wetterchen?«

Sein Freund Buvendil korrigierte das Ruder am Heck und hielt Ausschau an den aufragenden Felswänden, die rötlich schimmerten und das Licht reflektierten. »Ja, das ist ein Wetterchen.« Beide Zwerge waren von mittlerem Alter und gedrungener Statur, die vielen Stunden auf dem Meer hatten ihre Haut auf Armen, Gesicht und am Hals tiefbraun werden lassen. Für die Fahrt hatten sie leichte Kleidung angelegt, die schnell trocknete und sich nicht bei einem Sturz über Bord vollsog und den Träger abwärts zog. »Die Strahlen dringen sicherlich bis auf den Grund. Perfekt für eine Tauchfahrt.«

»Ich bin gespannt, was wir finden.« Xanomir sah hinter die *Elriabezwinger*, wo die Hafeneinfahrt der zwergischen Festung Meereshalt klein und kleiner wurde. Sein Stamm kontrollierte die Ein- und Ausfahrt aus dem Passagetunnel, den die Beben und das Meer zu beiden Seiten des Roten Gebirges geschaffen hatten. Über Hunderte Zyklen hinweg waren an der Ost- und Westseite gigantische Festungshäfen mit großen Städten entstanden. »Halten wir die Augen offen. Es muss hier sein.«

Xanomir und Buvendil gehörten zu jenen Kindern des Schmieds, die keine Angst mehr vor Elrias Fluch hatten.

Im Gegenteil.

Seit zwei Generationen wagten sich Zwerginnen und Zwerge vom Stamm der Ersten aufs Meer, auf Seen und Flüsse, bauten Schiffe und schwammen in den Fluten jeglicher Art. Noch waren sie eine Minderheit, aber die Zahl derer, welche keine Scheu mehr vor dem Element hatten, wuchs mit der dritten Generation.

Xanomir ging sogar einen Schritt weiter.

Er verband auf besondere Weise alte und neue Tradition, der er sich als Ingenius und Versuchsschmied verpflichtet fühlte. Das brachte ihn oft in Bedrängnis, wenn eine Erfindung nicht das machte, was sie sollte. Oder anders machte als erwartet. Doch es tat seinem Forschungsdrang keinen Abbruch. Mit Buvendil hatte er einen Seelenverwandten, dem er seine Erfindungen anvertraute. Und sein Leben.

»Da!« Buvendil deutete auf den torförmigen Riss im Gestein, und seine geflochtenen blonden Bartsträhnen wehten in der Brise. »Da ist es.«

Xanomirs Aufregung stieg, und er warf den Anker. Das Boot legte sich gehorsam in den Wellengang und dümpelte. »Beginnen wir.«

Buvendil arretierte das Ruder und begab sich an die Winde, von der eine Kette zu einem verhüllten Objekt führte. »Hast du einen Namen gefunden?«

»Ich überlege noch. Es soll Elria ärgern, aber auch schmeicheln.«

»Wie *Elriabezwinger?*«

»Gut, das war ein wenig … herausfordernd.« Xanomir tätschelte die Bordwand. »Aber sind wir jemals gesunken?«

»Ja«, antwortete Buvendil trocken.

»Nein, wir liefen nur auf Grund.«

»Schlugen Leck und sanken«, ergänzte sein Freund unerbittlich. »Im Hafen. Vor aller Augen. Ein Fest für die Spötter.«

»Aber ertranken nicht!« Xanomir entfernte die schützende Wachsplane. Darunter kam eine zwei Schritt hohe Dreiviertelkugel aus dickem Stahlblech zum Vorschein, die reihum mit runden Fenstern versehen war; Gewichte sorgten dafür, dass das Gefährt auf den Grund sinken konnte. Ein Schlauch aus Hohllianen war mit einer wagemutigen Konstruktion aus doppeltem Kurbelblasebalg, Luftsackspeichern sowie einer Reihe Druckwechslerventilen verbunden. Ringsherum ragten fingerlange Eisenspitzen zur Abwehr von Raubfischen aus der Hülle, womit der Anblick einem angebissenen Kugelbarsch recht nahe kam. Bei Bedarf vermochten Eisenspitzen über einen Federmechanismus abgeschossen zu werden. »Wie wäre es mit *Elriahaube?*«

»Warum nicht Tauchglocke? Das ist es doch letztlich.«

»Das ist mir zu profan. Der Name der Göttin sollte enthalten sein.« Xanomir betätigte den Flaschenzug und hievte die Haube hoch, schwenkte den Arm über die flachen Wellen. »Ich springe rasch ins Wasser, und du lässt es über mir ab.« Schnell hatte er seine Kleidung bis auf den Unterleibswickel abgelegt und flankte über die Bootswand. »Ich prüfe die Pechnähte und Harz-Hanffaser-Dichtungen.«

Das eisige Wasser, in das er eintauchte, weckte seine Lebensgeister. Zwerge waren hart im Nehmen, was sich beim Tauchen als Vorteil herausgestellt hatte.

Buvendil kurbelte die Elriahaube herunter. »Ich bin sicher, dass die Dichtungen halten. Und vergiss nicht, dass du Zeichen machen musst. Deine Stimme dringt nicht durch das Material.«

Xanomir schwamm darunter. »Langsam ab!«, rief er gegen das dicke Fensterglas, während er das Luftein- und -auslassventil über sich schloss. Lachend machte er das passende Zeichen durch die Scheibe, als er begriff, dass ihn sein Freund nicht hören konnte. *Ich bin zu aufgeregt.*

Buvendil senkte die beschwerte Glocke, und es ging abwärts.

Damit Xanomir sich verständlich machen konnte, führte er im Inneren fünf kleine aufpumpte Bällchen aus Schweinsblasen mit sich, auf die er bei Bedarf mit wasserfester Farbe schrieb. Außerhalb der Glocke stiegen sie nach oben und konnten von Buvendil eingesammelt werden. Es war die eingespielte Art der Nachrichtenübermittlung, solange der Ingenius noch an einem System mit Sprachrohr aus Kautschuk und Harz tüftelte.

Harmlose fünfzehn Schritte war das Binnenmeer an dieser Stelle tief, die Strömung schwach. Das ermöglichte Versuche unter einfachen Bedingungen und abseits neugieriger Augen und spöttischer Münder.

Aufmerksam betrachtete Xanomir die Abdichtungen und Nähte, die Verschraubungen und Nieten. *Sie halten.* Er legte die Finger prüfend gegen die eingelassenen Scheiben und Verbindungen der Bullaugen mit der Haube. *Sehr gut!*

In den letzten Zyklen hatte er viel ausprobiert, angefangen bei einfachen gegossenen Tauchglocken bis hin zu Blechkapseln, die mehr und mehr Glas erhielten. Um die Verweildauer unter Wasser zu verlängern, hatte Xanomir mit beschwerten Frischluftfässern gearbeitet, die neben der Glocke abgelegt wurden. Sobald die Behältnisse tiefer als die Glocke lagen, ließ er die frische Luft durch die Lianen- und Kautschukschläuche hinein. Dadurch konnte er zum einen die Atemluft erneuern und zum anderen die Luftblase nach und nach vergrößern, sodass man im Inneren trocken auf der Bank sitzen konnte. Anderthalb bis zwei volle Sanduhren hatte er schon in dieser Tiefe verbracht. Als Nächstes war der Ablasshahn gekommen, um die alte Luft entweichen lassen und gegen frische austauschen zu können.

Xanomirs neuester Streich war die *Dabük*, eine Dauerblasebalgüberdruckkonstruktion, welche die Luft fortlaufend herabpumpte. Einen schöneren Namen hatte er noch nicht gefunden. Mit der Dabük hielt er das komplette Innere der Taucherglocke trocken, zumindest im kleinen Versuch mit einem Modell.

Vor dem Fenster erschien ein Schieferschild mit einer aufgemalten Nachricht: *Es geht los.*

Schnell öffnete Xanomir das Ventil über ihm und fühlte den starken Luftstrom, der in die Haube blies. Zuerst stieg das Wasser in der Glocke stark an, bis der Gegendruck es aufhielt und letztlich zurückdrängte. Das Meer wurde aus dem Inneren gezwungen.

»Vraccas, ich lobe dich!«, jubelte der Zwerg und ließ sogleich eine Botschaft mit wasserfester Farbe an einer kleinen Schwimmblase für Buvendil aufsteigen. Jetzt brauchte er nur noch eine bessere Lösung für die Betätigung des Dauerblasebalgs. Eine Maschine musste her. *Irgendwas mit aufziehbaren Stahlfedern und Uhrwerkantrieb.*

Xanomir wünschte sich, dass sein Vater diesen Triumph hätte miterleben können. Er war ein Ingenius durch und durch gewesen, dem das Lachen und die Warnungen der Zweifler und Spötter einerlei gewesen waren. Den Wagemut hatte er mit dem Leben bezahlt. Elria hatte ihn geholt. *Das tue ich für auch für dich, Vater.*

Tausend Ideen für eine bewegliche, beheizbare Elriahaube gingen Xanomir durch den Kopf, während er sich auf die Bank setzte und sich mit dem zurechtgelegten Handtuch abtrocknete. Dabei ließ er die Blicke durch das dicke gewölbte Glas, das eigens angefertigt worden war, um dem Druck in größeren Tiefen standzuhalten, über den felsigen Meeresboden schweifen.

Das Sonnenlicht fiel durch das klare Wasser und erschuf eine ganz eigene Stimmung, die mit nichts von dem zu vergleichen war, was es an Land gab. Neugierige Fische umrundeten die Elriahaube, Seegras wucherte auf dem kargen Untergrund, flache Kaltwasserkorallen sowie jede Menge Tekuli-Muscheln wuchsen an den wenigen Felsen.

In solchen Momenten bedauerte Xanomir jene, die es nicht wagten, ins Wasser oder gar unter die Oberfläche zu tauchen. Seine Pläne für ein Unterwasserschiff würden das ändern. Sie stammten aus dem Erbe seines Vaters, dem der König selbst verboten hatte, sie in die Tat umzusetzen – aus Angst vor der Rache der Göttin Elria.

Unterirdisch. Unter Wasser. Xanomir grinste. *Ich finde, zwergischer geht es nicht.*

Seine einfache Elriahaube würde es den Hafenfestungsbesatzungen erleichtern, Inspektionen an den Grundmauern, Anlegern und Felsen auf Seeseite vorzunehmen und eventuelle Schäden zu entdecken, bevor sich das Meer seinen Weg suchte.

Wasser findet immer einen Weg. Xanomir beäugte die Nähte und Dichtungen. *Aber nicht bei mir!*

Ein Schatten huschte am Fenster vorbei, dann traf ein Schlag die Haube. Ein leises Gongen erklang.

Aufgeschreckt hielt der Zwerg Ausschau. Die Fischer aus Strandil und Flunders hatten vor einer Bestie gewarnt, die ihnen bereits mehrere Netze zerrissen hatte. *Hat sie es auf mich abgesehen?*

Erneut ging ein Schlag durch das Gefährt.

Und dieses Mal sah Xanomir den Fisch, der gute vier Schritte Länge aufwies. *Ein Schneidseewolf!* Die Panzerflossler waren verhasst, weil sie Netze und Reusen plünderten und mit ihren scharfen, stabilen Flossen große Schäden an der Ausrüstung anrichteten.

Der Fisch mit dem großen Kopf und langen Zähnen im Maul umkreiste die stachlige Haube und wusste offenkundig nicht, was er davon halten sollte. Schließlich schwamm er näher, der große Kiefer öffnete sich zu einem Probebiss an der Scheibe.

Dabei sah Xanomir eine glitzernde Schmuckkette, die sich an einer Zahnreihe verfangen hatte. *Bei Vraccas! Hat er jemanden verschlungen?*

Als der Panzerflossler zubiss, knackte das Glas des Bullauges. Die spitzen Zähne übten zu viel Druck auf eine winzige Stelle aus.

Das war es für dich, Vielfraß! Xanomir löste mit einem Knopfdruck jene Spannfedern aus, die hinter den äußeren Abwehrspitzen angebracht waren und sich auf Höhe des Räubers befanden. Die kleinen Bolzen surrten mit immenser Kraft aus der Außenhaut und perforierten den zappelnden Panzerflossler wie Harpunen. Mehrfach durchbohrt erschlaffte der Fisch und trieb blutend in der sanften Strömung. *Du wirst den armen Fischern nicht mehr den Fang stehlen.*

Schnell schwamm Xanomir aus der Glocke ins freie Wasser und befestigte eine zweite Leine am scharfkantigen Schwanz des Fisches, das andere Ende am Gefährt. Danach kehrte er in die Haube zurück, schloss das Atemventil und tauchte auf.

»Da bin ich wieder«, rief er, kletterte behänd an Bord und begab sich an die Winde, um seinem Freund beim Hochziehen zu helfen. »Das Essen bringe ich gleich mit.« Der Fang hatte etliche Pfund Gewicht, was er Buvendil nicht alleine zumuten wollte. »Es klappte perfekt«, verkündete Xanomir zufrieden und kurbelte die Elriahaube in die Höhe. »Ich hoffe, du hast Lust auf Fisch?«

»Wieso?«

»Ich habe den Panzerflossler erlegt, der den Fischern zu schaffen machte.« Er streifte die nassen grauen Haare aus dem Gesicht.

»Und ich wunderte mich schon, warum die Glocke schwerer ist.« Buvendil war schweißgebadet, das dauerhafte Kurbeln hatte ihn gefordert. »Wir brauchen eine Maschine für den Blasebalg, Xanomir. Sonst breche ich beim nächsten Versuch zusammen.«

»Ich überlege mir etwas.«

Kurz darauf war das Gefährt an Bord und mit der Plane gegen neugierige Blicke zugedeckt.

Am Bug lag der erlegte, vier Schritt lange Schneidseewolf, der auf den Planken noch riesiger erschien als im Wasser. Die Eisenspitzen hatten den Kopf durchschlagen und Löcher in den dicken Leib gebohrt. Gelblich braune Flüssigkeit und Blut liefen auf die Bretter.

»Zielen kannst du nicht. Das ist Galle. Sie ist ins Fleisch gelaufen«, stellte Buvendil fest. »Damit ist unser Festessen verdorben. Werfen wir den Fisch zurück. Als Gabe an Elria.«

»Einen Moment.« Xanomir warf sich eine Decke um, öffnete vorsichtig das Maul des Panzerflosslers und fischte die Kette heraus, an der zu seiner Überraschung ein eisernes, korrodiertes Amulett hing, das zwei gekreuzte Hämmer zeigte. »Zwergenarbeit.« Er drehte es um und las: »Hegomil Kohlenglut.«

»Was? Nein, das kann nicht sein.« Buvendil betrachtete das Fundstück, nur um festzustellen, dass es doch sein konnte. »Wie kommt Kohlengluts Schmuck in das Maul des Fischs?«

»Wer ist das?« Xanomir trocknete sich rasch ab, tauschte den nassen Unterleibswickel gegen einen trockenen und schlüpfte in sein Gewand.

»Es müsste heißen: Wer *war* das?« Sein Freund überlegte. »Er verschwand vor über dreihundert Zyklen von einem Umlauf auf den nächsten. Ich weiß das, weil mein Vater und Kohlengluts Enkel befreundet sind.« Buvendil rieb über den verschmutzten, rostigen Schmuck. »Er war einer der schnellsten Kletterer, die es gab, wie mein Vater sagt. Die wenigsten verstanden so viel vom Gestein des Roten Gebirges wie er.«

»Wie alt werden Panzerflossler?« Xanomir betrachtete den Fisch ungläubig und schloss den Gürtel. »Ich meine, der Schneidseewolf wird ihn doch nicht gefressen haben? Vor dreihundert Zyklen? Zwerge werden alt. Aber so alt?«

Buvendil zückte seinen Dolch. »Sehen wir nach.«

* * *

DAS GEBORGENE LAND, FREIE STADT MALLENIASWACHT, 1023 N. B. (7514. SONNENZYKLUS NACH ALTER ZEITRECHNUNG), FRÜHJAHR

Die Vorstellung auf dem Marktplatz des zweiten Hügels war längst beendet, die Hauptmenge der Spectatores hatte sich zerstreut.

Gandelin hockte noch immer auf den Stufen des Brunnens, die Augen gebannt auf den bunten Reisewagen gerichtet, um den sich eine Handvoll begeisterter Kinder drängten. Die sehr junge Aprendisa der Puppenspielerin unterhielt sie mit einfachen Zauberkunststückchen, die für die Jungen und Mädchen wahre Zauberei sein mussten. *DIE MAGIE DES SPIELS* prangte in großen Lettern auf der Seitenwand, darunter waren verschiedene Puppen gemalt worden.

Gandelin schauderte wohlig und ergriffen. Etwas derartig Wundervolles und Mitreißendes wie die Darbietung von Doria Rodana von Psalí hatte er in seinem Leben noch nicht gesehen. Schattenspiele, Stabpuppen, die Lichtwechsel verschmolzen zu einem einzigen Spektakel, dazu die unterschiedlichen Stimmen und Geräusche. *Und nicht zu vergessen: die Musik!*

Die Menschen hatten nach dem letzten Vorhang voller Begeisterung applaudiert und zusätzlich zum Eintritt Silber- und Goldmünzen auf die kleine, vorgebaute Bühne geworfen, wo die Puppenspielerin zusammen mit ihrer Aprendisa Geschichten auf wundersame, poetische Weise zum Leben erweckt hatte.

Aus dem Gefährt mit dem festen Holzaufbau, der es zu einer Hütte auf Rädern machte, drangen die leisen Töne der aufgezogenen Walzenorgel. Die heitere, metallisch klingende Melodie spielte, als wollte sie niemals damit aufhören.

Das Lied war im Stück erklungen, als die weiße Drachin erschlagen worden war. Doria Rodana von Psalí musste eine mutige Frau sein, wenn sie eine Geschichte über den Tod der selbst ernannten Herrscherin über das Geborgene Land aufführte. *Ich kann mir nicht vorstellen, dass Ûra das gutheißt.* Doria Rodana von Psalí gab den Menschen damit Hoffnung, dass alles Bittere und Schlechte sich zum Guten wenden konnte.

Aber in Erscheinung trat sie nicht, und sie hatte es ihrer Aprendisa überlassen, die nicht älter als sechzehn sein mochte, das Geld einzusammeln und sich in ihrem Namen bei den Spectatores zu bedanken. Die Kinder dachten gar nicht daran, nach Hause zu gehen. Die Puppenspielerin selbst hielt sich scheu im Hintergrund.

Gandelin erhaschte dank seines Ausharrens auf den Stufen kurze Blicke auf sie, während sie die ausgeklappte Bühne abbaute und die steckbaren Elemente am Wagen und in den vorgesehenen Aussparungen verstaute. Er schätzte Doria Rodana von Psalí auf Mitte zwanzig. Sie kam sehr klein und schlank daher, was ihn sofort denken ließ, dass sie perfekt zu Goïmron passen würde. Das ansprechende Gesicht mit den hohen Wangenknochen wurde umgeben von blonden Haaren, die auf Höhe ihrer Ohrläppchen in einem Pagenschnitt gestutzt waren. Auffällig waren ihre hellbraune Haut und die tintenschwarzen Lippen sowie ihre dunklen Fingerspitzen. Gandelin wusste nicht, ob es sich um Farbe, Tätowierungen oder eine Laune der Natur handelte. Womöglich hielt sie sich im Hintergrund und trug schlichte Kleidung, um nicht aufzufallen.

Am eindrucksvollsten fand er ihre hypnotische Stimme, die jedermann, der sie vernahm, sofort in ihren Bann zog. *Nun weiß ich, weswegen sie an den Herrscherhäusern des Geborgenen Landes spielt.*

Gandelin überlegte, wie er seinen Respekt und seine Hochachtung Doria Rodana von Psalí übermitteln konnte. Sie bekam gewiss Dutzende Nachrichten an jedem Vorstellungsumlauf. Da fielen seine unbeholfenen Worte nicht auf. *Aber ich kann ihr beim Abbau helfen.* Er erhob sich von den Stufen und ging auf den Wagen zu. *Dann macht sich wenigstens jemand nützlich.*

»So, nun ist es gut für heute Abend. Es ist schon spät«, verkündete die Aprendisa das Ende der Magieschau und schenkte einem der Kinder eine blaue Papierrose, die sie einen Moment zuvor aus ihrem Ärmel gezaubert hatte. »Eilt nach Hause, ihr Leckerbissen! Bevor Ûra kommt und euch alle frisst!« Sie schnappte um sich und schlug spielerisch brüllend mit Klauenhänden nach den Kleinen, die vor Freude quietschend Reißaus nahmen und in den dunkler werdenden Gassen verschwanden.

Gandelin näherte sich ihr und verbeugte sich. »Vraccas sei mit dir.«

»Danke.« Die junge Aprendisa warf die braun und schwarz gefärbten Haare zurück, die bis an ihr Steißbein reichten. Die blau- und nussfarbenen Augen ließen ihre Blicke befremdlich wirken, während sie den Zwerg musterte. »Was kann ich für dich tun, Sohn des Schmieds?« Sie zog den hellbraunen Glockenmantel enger, der sie vor dem kühlen Wind schützte.

Gandelin lächelte freundlich. »Ich möchte meine Dienste beim Abbau der Bühne anbieten. Als Dank für die einzigartige Vorstellung, die ich genießen durfte. Ich habe gesehen, dass deine Meisterin die ganze Arbeit allein bewältigt. Und das sieht doch recht schwer aus.«

»Das ist sehr nett von dir, Herr Zwerg, aber nicht nötig. Ich gehe ihr gleich zur Hand.« Sie deutete eine Verbeugung an.

Gandelin lachte. »Schau, ich wuchte das Fünffache von dem, was du stemmen und tragen kannst. Lass mich euch helfen.« Er wollte den Wagen umrunden. »Fragen wir doch deine Meisterin. Wie war noch gleich dein Name?«

»Ich vernahm auch deinen noch nicht.« Sie schob sich ihm in den Weg. »Niemand darf sie stören oder sprechen, wenn ich sie vorher nicht fragte, ob sie es möchte.«

»Dann kündige mich mit Gandelin Goldenfinger aus dem Clan der Steinschmeichler vom Stamm der Vierten an. Meines Zeichens Meisterschnitzer von Gemmen und Kameen und in Lohn und Brot beim ehrenwerten Herr Funkelstein.« Er blieb stehen, damit er nicht als Bedrohung oder aufdringlicher Bewunderer angesehen wurde. »Und du?«

»Chòldunja. Einfach nur Chòldunja. Aprendisa im ersten Umlauf der Puppenspielkunst bei der besten Lehrmeisterin, die man sich wünschen kann.« Sie ahmte eine übertrieben höfische Verbeugung nach. »Es ist mir eine Ehre, dich kennenzulernen.« Dabei rutschte ein Anhänger unter ihrem Glockenmantel hervor und baumelte vor ihrer Brust. »Wenn ich ebenso reich und berühmt wie meine Meisterin bin, komme ich zu dir und lasse mir eine Kamee von dir anfertigen. Versprochen.«

Gandelins Blick richtete sich unwillkürlich auf den schlichten Talisman aus Holz und Knochen. Seine Freundlichkeit gegenüber der Aprendisa erstarb jäh, als er den fingernagelgroßen, unauffälligen Stein in zartem Rosa darauf entdeckte.

»Woher kommst du, sagtest du gleich?«, fragte er angespannt.

»Wir waren in den letzten Umläufen …«

»Nein. *Du*, Chòldunja. Wo liegt *deine* Heimat, denn aus Gauragon stammst du nicht. Das höre ich am Zungenschlag.«

Die junge Frau richtete sich auf. Verwunderung und Misstrauen erschienen in ihrem Gesicht, mit einer Hand warf sie die steißlangen Haare zurück. »Was spielt das –«

Gandelin richtete den rechten Zeigefinger auf ihren Anhänger. »Das ist ein Moordiamant. Sie sind seltener als jeder andere Stein im Geborgenen Land.« Jeder andere hätte es für einen billigen Schmuckstein gehalten, für aufbereiteten Schleifabfall. »Und er ist rosa verfärbt.«

Hastig steckte Chòldunja den Anhänger zurück unter ihren Mantel. »Du irrst dich. Es ist gefärbtes Glas.«

»Bei Vraccas!« Das dröhnende Gelächter kam ganz von selbst über Gandelins Lippen. »Du willst einen Zwerg aus dem Stamm der Vierten, die besten Juweliere und Edelsteinkenner, mit einer solch billigen Ausrede abspeisen?« Er bedachte sie mit einem finsteren Blick. »Ich weiß sehr genau, so genau wie du, woher Moordiamanten stammen. Und dass es sie nur an *einem* Ort gibt und sie ausschließlich von den Bewohnern getragen werden sollten.« Er sah ihr in die verschiedenfarbigen Augen. »Es ist so gut wie unmöglich, dass ein Außenstehender in seinen Besitz gelangt. Folglich –«

»Irrst du dich. Denn es ist Glas«, beharrte Chòldunja feindselig. »Gefärbtes. Glas.«

Gandelin ließ sich nicht beirren. »Kennt Doria Rodana von Psalí dein Geheimnis?«

Die Kiefer der Aprendisa mahlten.

»Also nein. Schön.« Er legte eine Hand an den Griff seines Beils. »Ich sage dir in aller Deutlichkeit, dass ich zum Senat gehen werde, sollte es zu *bestimmten* Vorfällen gekommen sein, während deine Meisterin in Malleniaswacht weilte. Und der wird es an den König von Gauragon weitergeben. Dann wird es übel für dich und vielleicht auch für deine Meisterin.«

»Ich habe nichts –«

»Haben wir uns verstanden?«, schnarrte Gandelin unfreundlich. »Sei froh, dass ich nicht auf der Stelle zur Wache gehe.«

»Ja«, gab Chòldunja klein bei, auch wenn er ihr die Wut ansah. »Aber du erzürnst dich umsonst. Ich habe mit dem, was du mir unterstellst, nichts zu schaffen. Das schwöre ich auf Vraccas!«

Gandelins Aufgebrachtheit schwand. »Ich werde nichts sagen. Und nun stell mich deiner –«

Laute, aufgeregte Männerstimmen drangen von der Rückseite des Wagens bis zu ihnen, dazwischen beteuerte eine Frau unentwegt ihre Unschuld.

»Meine Meisterin ist in Gefahr!« Chòldunja wandte sich um und lief los. »Diese Einfaltspinsel kehrten zurück, wie sie es angedroht hatten. Das Moor soll sie verschlingen!«

Gandelin folgte ihr alarmiert, die Hand am Schaft seiner Waffe. »Rufen wir die Wache.«

»Sie *sind* von der Stadtwache.« Chòldunja eilte um die Ecke des Wagens.

Als der Zwerg vorsichtig um das Heck des Reisewagens trat, bot sich ihm ein unschöner Anblick.

Die zierliche Puppenspielerin wurde von einem der drei gerüsteten Gardisten am Hals gehalten und geschüttelt, das Gesicht des grobschlächtigen Mannes war rot vor Wut. »Denk nicht, dass ich dich vergessen habe«, schrie er sie an. »Dafür …«

Für Gandelin sah es nicht danach aus, als ermittele das Trio wegen eines Vergehens. Es schien was Persönliches zwischen dem Anführer und der Frau zu sein. »Was geht denn hier vor, Obgardist?«

Die drei Gerüsteten sahen zuerst zu Chòldunja, dann zum Zwerg.

»Ah, ein Retter in der Not, was?« Der Obgardist ließ den Hals der jungen Frau los, packte sie dafür am Nacken. »Spar dir das. Sie ist eine Betrügerin und wird in einer Zelle landen, bis ich die Angelegenheit untersucht habe.«

»Du? Ein Obgardist? Ist das nicht Angelegenheit des Hauptmanns?« Gandelin hakte die Daumen unter die Gürtelschnalle. »Um was geht's?«

»Das hat dich nicht zu interessieren.«

»Dann den Senator Molka vielleicht? Oder Senatorin Sandberg? Sie sind gute Kunden in dem Laden, in dem ich arbeite. Bei Meister Funkelstein. Das wird dir etwas sagen«, sprach er ruhig. »Die werden sich gerne damit beschäftigen. Es scheint das Wohl der Stadt davon abzuhängen, so hart, wie du gegen eine so feenhafte Frau vorgehst.« Er sah die roten Fingerabdrücke am Hals der Puppenspielerin. »Doria Rodana von Psalí ist eine Berühmtheit, die an herrschaftlichen Höfen spielte und mehr Edle kennt, als du Haare auf dem Kopf hast. Erhebst du eine offizielle Anklage, solltest du dir das wohl überlegen.«

Der Obgardist warf der Puppenspielerin einen finsteren Blick zu. »Du verschwindest heute noch aus Malleniaswacht, Betrügerin. Danach will ich dich nie wieder hinter unseren Mauern sehen.« Er schleuderte sie gegen die Seitenwand des Wagens und versetzte ihr einen Tritt gegen den unteren Rücken. »Oder ich tue das, was der Zwerg mir geraten hat.« Als Chòldunja ihrer Meisterin mit einem wilden Schrei beisprang, streckte er sie mit einer schallenden Ohrfeige zu Boden. »Und du –«

»Das ist genug!« Gandelin baute sich unerschrocken vor den dreien auf, die ihm körperlich weit überlegen waren. »Sonst haben wir beide gleich eine Schlägerei. Und das wollt ihr nicht. Nicht gegen einen Zwerg.« Grimmig bleckte er die Zähne.

»Gegen einen *Vierten*. Du bist kein Zwerg, vor dem man sich fürchten kann. Selbst wenn man es versucht.« Der Obgardist wandte sich um, und seine beiden Wachen folgten ihm. »Verschwinde, Betrügerin!«, rief er im Weggehen.

Gandelin drehte sich zu den jungen Frauen um. Die Puppenspielerin half ihrer Aprendisa auf die Beine, Blut lief aus Chòldunjas Nase und tropfte auf das Pflaster.

»Wird es gehen oder sollen wir zu einem Heiler, Doria Rodana von Psalí?«, fragte er.

»Nennt mich Rodana, werter Herr Zwerg.« Sie lächelte ihn dankbar an. Auf ihrer rechten Wange zeigte sich eine leichte Schramme. »Ihr habt mir sehr geholfen. Ich sah mich schon verprügelt im Kerker sitzen.«

Niemals kann sie eine Betrügerin sein. Gandelin sah über den leeren Marktplatz. Hinter den Fenstern zeigte sich niemand, der Vorfall war unbemerkt geblieben. »Was meinte der Trottel?«

»Ich kann die Geheimnisse der Menschen aus ihren Augen, Gesten und Reaktionen ablesen. Das tat ich, bevor ich die Kunst des Puppenspiels ergriff und eine Weile als eine Art Wahrsagerin umherreiste«, antwortete Rodana mit ihrer faszinierenden Stimme, der man lauschen musste. »Der Obgardist war damals eine einfache Wache und prahlte damit, dass ich ihn niemals lesen könne.«

»Aber Ihr konntet es.« Gandelin grinste. »Das hat er Euch nicht vergessen.«

»Ich gestehe, dass ich es übertrieb. Ich entlockte ihm einige unschöne Dinge vor seinen Freunden und den Spectatores. Das hatte Folgen für ihn. Sonst wäre er wohl längst Hauptmann.« Rodana tupfte das Blut aus Chòldunjas Gesicht, die tapfer still hielt und nicht einmal jammerte. »Ich nehme an, er hätte mir etwas untergeschoben und seine beiden Freunde als Zeugen benannt, wärt Ihr nicht erschienen, Herr Zwerg.«

»Gandelin heiße ich.« Er verbeugte sich. »Es war mir eine große Freude, Euch geholfen zu haben.« Er zeigte andeutungsweise auf die halb abgebaute Bühne. »Ich kam eigentlich, um Euch meine Bewunderung auszusprechen und zur Hand zu gehen. Darf ich?«

»Mit dem größten Vergnügen.« Rodana hielt sich den schmalen Rücken, wo sie der Tritt getroffen hatte. »Irgendwas hat mir dieser Idiot ausgerenkt.«

»Ich habe die Bühne im Nu abgebaut.« Gandelin machte sich sogleich ans Werk und nahm die Trägerkonstruktion nach den Anweisungen der lädierten Puppenspielerin auseinander, verstaute die Einzelteile und freute sich, zweifach hilfreich sein zu können. Dabei stellte er gelegentlich Fragen zum Puppenspiel, zu den Figuren, zur Herstellung und vielem mehr, die ihm alle ausführlich beantwortet wurden. Währenddessen rollten Rodana und Chòldunja die Stoffbahnen zusammen und packten die Bühnenhintergründe ein. Mit dem letzten Handschlag verstummte die Walzenorgel, als ob sie wusste, dass die Arbeit getan war.

»Meinen Dank, Gandelin.« Rodana reichte ihm die Hand, die Finger wirkten zwischen seinen zerbrechlich wie Glas. »Ich würde Euch gerne zum Essen einladen, aber es ist mir wohler, Malleniaswacht unverzüglich zu verlassen. Das Glück sandte mir an diesem Abend einen tapferen Zwerg. Das kann nicht immer so sein.«

»Kein Dank nötig, Rodana. Dass ich mit Euch so lange sprechen durfte, ist Lohn genug.« Gandelin verbeugte sich einmal mehr. »Ihr seid eine fantastische Künstlerin. Das Geborgene

Land braucht eine Geschichtenerzählerin wie Euch. Ihr gebt den großen und kleinen Wesen die Hoffnung, die sie brauchen.« Dann zwinkerte er. »Nehmt bitte einen Rat: Sollte Euch die Drachin um ein Gastspiel bitten, wählt ein anderes Stück.«

Rodana lachte fröhlich, und beinahe hätte sich Gandelin in sie verliebt. Der Klang ihrer Stimme löste Unerwartetes aus. »Vraccas möge Euch segnen, Gandelin Goldenfinger aus dem Clan der Steinschmeichler. Ihr seid eine Zier für Euer Volk.« Sie verschwand im Wagen.

Gandelin ging nach vorne, wo Chòldunja damit beschäftigt war, die beiden Ackergäule anzuspannen und die Führungsleinen zu richten. »Habt eine gute Reise und viel Erfolg.«

»Danke für dein Eintreten. Ich hätte nichts gegen die Gardisten ausgerichtet.«

»Und gerade *weil* ihr schon genug Ärger habt, sage ich nichts.« Gandelin hatte den rosafarbenen Moordiamanten um ihren Hals nicht vergessen. »Sehen wir uns an einem Umlauf wieder und ich bemerke, dass der Stein seine Farbe wechselte, hin zu einem dunklen Rot, zögere ich nicht länger.«

»Das wird nicht geschehen.«

»Chòldunja! Können wir los?«, erklang Rodanas Stimme vom Kutschbock. »Ich möchte noch einige Meilen schaffen, bevor es zu dunkel wird.«

»Ja, Meisterin.« Die Aprendisa eilte zu ihr und kletterte auf den Sitz. Die Leinen knallten, und die riesigen Pferde setzten sich in Bewegung.

»Ich vergesse nichts. Dich und deinesgleichen schon gar nicht. Nimm Rücksicht auf deine Meisterin.« Gandelin winkte ihnen beim Vorbeifahren zu und machte sich auf den Heimweg, den Kopf voller schöner Erinnerungen an die Aufführung. *Ja, Goïmron hätte sich in Rodana verliebt*, dachte er erneut. *Sie wären ein schönes Paar geworden.*

* * *

Rodanas Erleichterung ließ sich nicht Worte fassen, als der Wagen durch die Straßen von Malleniaswacht rumpelte, die Hügel hoch und runter, auf das Westtor zu. Das Zusammentreffen mit dem Obgardisten hatte sie erschreckt und eingeschüchtert. Vraccas hatte ihr einen der Seinen gesandt, um das Schlimmste zu verhindern, wohingegen sich Palandiell, die Schutzgöttin der Menschen, nicht geregt hatte. Ein Rest Anspannung blieb, der sich erst auflösen würde, sobald sie die gewaltige Stadt auf den acht Hügeln verließen.

»Schade, dass wir aufbrechen.« Chòldunja betrachtete die vorüberziehenden Häuser und winkte den Bewohnern zu, die gelegentlich stehen blieben und sie mit Beifall verabschiedeten. »Wir haben viel eingenommen, Meisterin.«

»Und beinahe alles verloren.« Rodana lenkte die umgebaute Kutsche auf die Querstraße nach Westen. »Ich hatte diese Begebenheit von damals vergessen. Das rächte sich bitter.«

»Es ging doch gut.« Chòldunja rieb sich die geschwollene Wange, auf der die roten Fingerabdrücke des Gardisten zu sehen waren.

»Gut? Mein Kreuz schmerzt, als hätte mir eines unserer Pferde in den Rücken getreten. Und dir hätte der Schlag dieses Bären den Kiefer ausrenken oder das Genick brechen können.« Rodana hatte sich ein Kissen untergelegt, es linderte die Pein etwas. »Leg dich eine Weile hin. Du wirst übernehmen, sobald wir die Stadt verlassen und einige Meilen hinter uns gebracht haben.«

»Ist gut, Meisterin.« Die Aprendisa erhob sich.

»Ach, sag, kanntest du Gandelin?«

»Wieso fragt Ihr?«

»Ihr habt euch vorhin noch unterhalten, als du die Pferde angeschirrt und eingespannt hast.« Rodana warf ihr einen Blick zu. »Mir schien es, als seid ihr vertraut.«

»Oh. Nein, das … täuschte.«

»Über was habt ihr geredet? Er sah sehr ernst aus.«

»Gandelin wollte beim Senator vorstellig werden, um dem

Obgardisten eine Rüge erteilen zu lassen.« Mit der rechten Hand öffnete sie die Luke in den Wohnwagen. »Ich riet davon ab, weil es dem guten Zwerg mehr Ärger einbrocken wird, als er brauchen kann. Die Stadtwache würde ihn danach gängeln und ihm vielleicht sogar ein Leid antun.« Chòldunja verschwand durch die kleine Tür im Wagen.

»Das hast du gut getan.« Rodana hielt das Gespann an und blickte sich in der ihr gänzlich unbekannten Straße um. »Ich habe mich verfahren, fürchte ich«, murmelte sie. »Also gut, Pferdchen. Suchen wir den Ausgang.« Mehrmals korrigierte Rodana die Strecke, denn mitunter waren die Gässchen schlicht zu eng für das breite Gefährt. Die Pferde trotteten geduldig Straßen und Gassen entlang, bis sie mit etlicher Verspätung das von Fackeln und Lampen beleuchtete Westtor erreichten.

Davor warteten zwei große Lastgespanne, die Stadt verlassen zu dürfen. Die Wachen prüften deren Ladung und die Papiere, und Rodana hielt an. Unvermittelt erklang ein leises Rumpeln aus dem Wagen.

»Chòldunja? Ist alles in Ordnung?«

Die schmale Tür zum Bock öffnete sich, und eine verschlafene Aprendisa streckte den verstrubbelten Kopf raus. »Habt Ihr gerufen, Meisterin?«

»Was war das eben?«

»Ich … bin aus dem Bett gefallen.«

Lachend ließ Rodana die Pferde anziehen, die Kutsche rollte an die zweite Stelle vor. »Leg dich wieder hin. Ich halte noch etwas aus.«

»Danke, Meisterin.« Chòldunja verschwand gähnend im Inneren.

Bald darauf steuerte Rodana ihr Puppentheater unter dem anerkennenden Applaus der Gardisten aus Malleniaswacht hinaus. Das letzte bisschen Sorge verging.

* * *

DAS GEBORGENE LAND, VEREINTES GROSSKÖNIGREICH GAURAGON, NAHE DEM SCHWARZEN GEBIRGE, DAS REICH DER DRITTEN, 1023 N. B. (7514. SONNENZYKLUS NACH ALTER ZEITRECHNUNG), FRÜHJAHR

Goïmron freute sich heimlich, dass ihn niemand im strohausgelegten, voll besetzten Wagen für einen Zwerg hielt. Das gleichmütige Verhalten der Fahrgäste um ihn herum beruhigte ihn. Seine Rasur, die nur die Koteletten verschont hatte, seine Kleidung und Aufmachung sorgten dafür, dass er auf seiner Reise zum Schwarzen Gebirge in den Augen der Mitreisenden als klein geratener Mensch durchging.

Dicht an dicht standen oder saßen die Leute auf ihren Koffern und Truhen; einige hatten Transportkäfige mit lebenden Enten und Hühnern dabei, andere führten Ziegen und Schafe mit. Goïmrons beladenes Pony fiel nicht weiter auf.

Seine Tarnung war eine Vorsichtsmaßnahme, weil er nicht wusste, wie sich die Welt außerhalb von Malleniaswacht seiner Art gegenüber verhielt. Ein Kämpfer war er beim besten Willen nicht. Und auch nicht unbedingt ein Held. Helden nutzten schwere Waffen und gewaltige Rüstungen, aber er trug außer seinem Dolch nur seine geliebten Wurfpfeile mit sich, falls sich in einem Gasthaus die Gelegenheit auf einen ehrlichen Zweikampf um Münzen, Trunk oder Kost ergab. Seine Treffsicherheit hatte ihm manch kostenloses Bier im *Humpensammler* verschafft.

Ruckelnd kam der Wagen zum Stehen, und die Türen öffneten sich.

»Weißenfelta. Hier ist Weißenfelta«, verkündete der Vorsteher von der Rampe in der hellgrünen Uniform der gauragonischen Reiterei. »Willkommen, werte Fahrgäste. Sie haben Aufenthalt von etwa einer Sanduhr, falls Ihre Reise mit der Schienenkutsche weitergehen soll.«

Goïmron nahm die Zügel seines Packponys und ging los, wünschte den Männern und Frauen einen schönen Umlauf und verließ den Wagen über die Schräge.

Die Schienenkutsche war keine Erfindung der Menschen von Gauragon, sondern eine Weiterentwicklung alten zwergischen Wissens. Bei den Beben und Verwerfungen waren in den vergangenen Hunderten Zyklen mehrmals alte Schienen der Schnelltunnel an die Oberfläche gelangt. Die Menschen hatten das Prinzip kurzerhand über die Erde verlegt und nutzten größere Wagen, um mehr Waren und Reisende befördern zu können.

Mal wurden die Schienenkutschen von Pferden oder gezähmten Bestien gezogen, mal über Laufräder an den Wagen oder über die reine Triebkraft des Gefälles der Landschaft bewegt. Die Menschen verstanden sich längst nicht so meisterlich wie die Zwerge auf Technik, und so blieb der Einsatz der Schienenkutsche aufgrund des Geländes auf wenige Gegenden des Großkönigreichs begrenzt.

Glücklicherweise gab es eine Verbindung von Malleniaswacht bis etwa zehn Meilen vor das Schwarze Gebirge. Das sparte Goïmron viel Fußweg. Geld für ein zusätzliches Reitpony besaß er nicht mehr. Meister Funkelstein hatte ihn für verrückt erklärt, nachdem er von dem Vorhaben gehört hatte, ihn aber gehen lassen. Die Zeit für sich allein werde ihm helfen, um mit der schrecklichen Nachricht zurechtzukommen, hatte er Goïmron zum Abschied gesagt. Danach könne er jederzeit in die Werkstatt zurückkehren.

Der Schock saß bei Goïmron und der Gemeinschaft der Vierten in Malleniaswacht tief. Man hatte Gandelins Leiche in einer Nebenstraße gefunden, bis auf die Gürtelschnalle und den Bartschmuck aus Onyx ausgeraubt und mit dem eigenen Beil erschlagen. Es musste auf dem Rückweg vom Puppentheater geschehen sein.

Ich hätte mit zur Vorstellung gehen sollen. Dann würde er noch leben. Goïmron führte das Pony zur Straße und richtete die Augen nach Westen, wo sich das Reich der Dritten schwarz, schroff und abweisend mit immensen Gipfeln und Flanken aus der hügeligen grünen Landschaft stemmte. *Du hättest mich auf meiner Mission begleitet, Gandelin. Das weiß ich.*

Um die Schienenkutsche mit insgesamt zehn langen Wagen herrschte reges Treiben. Waren, Kisten und Säcke wurden aus- und umgeladen, Fahrgäste stiegen aus und ein. In einigen Gefährten gab es luxuriöse Kabinen für reiche Menschen, in denen Getränke und Speisen gereicht wurden. Die meisten jedoch reisten auf Holzpritschen oder saßen auf dem Stroh der Holzböden.

Die vier erschöpften Riesentrolle, die im Zuggeschirr vorgespannt gewesen und mit hoher Geschwindigkeit gerannt waren, wurden von einer Schar Bewaffneter gegen ausgeruhte Exemplare getauscht.

Kinder und Erwachsene verfolgten, wie die acht Schritt hohen Bestien dressierten Hunden gleich geführt und gelenkt wurden. Sie waren dumm und gefügig – kein Vergleich zu ihren wilden, wütenden Geschwistern, die vor tausend Zyklen auf verschiedenen offenen Wegen durch die gefallenen Zwergereiche ins Geborgene Land gedrängt waren.

Trotzdem verzichteten die Menschen nicht auf eine Absicherung. Um die großen Schädel trugen die Trolle verflochtene Eisenriemen, an denen Bolzenmechanismen mit einer Auslösekette angebracht waren. Sollten die Bestien wider Erwarten aufbegehren, genügte ein kräftiger Ruck des Aufsehers, und gespannte Federn trieben den Riesentrollen an drei Stellen des Kopfes Stahldornen durch den Kopf, um sie sofort zu töten.

Wären sie nicht so gefährlich, könnten sie mir leidtun. Goïmron führte das Pony zum Ausgang des abgesperrten Ankunftsbereichs. Dahinter erhoben sich lockende Bretterbuden, an denen Kleinigkeiten zum Essen und Leckereien angeboten wurden, andere boten Limonaden, Bier und Wein feil. Tempelgroße Lagerhäuser schlossen sich an, um transportierte Waren umzuschlagen und zwischenzulagern.

Die Trolle hingegen wurden abseits im Freien gehalten, angekettet und hinter einem Wäldchen verborgen, damit ihr Anblick den Reisenden erspart blieb. Gelegentlich sah man einen Arm oder einen Kopf hinter den Stämmen und Ästen.

Zwei gauragonische Gardisten in hellgrünen Uniformen, welche die Papiere der Ankömmlinge prüften, hielten Goïmron auf.

»So, mein Junge.« Der Ältere der beiden hielt die behandschuhten Finger offen hin. »Wo kommst du her und wohin willst du?«

»Ich bin aus Malleniaswacht und will ins Schwarze Gebirge«, antwortete Goïmron. »Aber was geht euch das an, werte Herren?«

»Du bist in Gauragon. Wir können nicht jeden hergelaufenen Besucher durch unser schönes Königreich marschieren lassen, wie es ihm gefällt«, wies ihn der andere zurecht. »Untertanen müssen sich ausweisen können.«

»Ich bin kein Untertan, sondern ein Freistädter.«

»Eben«, hakte der Ältere ein. »Also brauchst du einen Besucherschein.« Er zeigte mit der offenen Hand nach links zu einer Baracke neben den großen Lagerhallen für die Waren, über der die Flagge des Großkönigreichs wehte. »Den bekommst du dort. Für eine Goldmünze. Pro Umlauf, den du bei uns sein wirst. Und ein Überziehen wird teuer, mein Junge.«

Im Kopf überschlug Goïmron seine Reisekasse. Er hatte nicht einmal mehr zwanzig Silbermünzen in seinem Säckchen. »Und wenn ich nicht bezahlen kann?«

»Geht es für dich zurück nach Malleniaswacht.«

»Erwischt man dich ohne einen Schein, mein Junge, landest du in einem Kerker. Man lässt dich schuften, bis du abzahlen kannst, was du in Anspruch genommen hast.« Der ältere Gardist machte eine scheuchende Handbewegung. »Nun zahle oder geh zur Seite. Es wollen noch andere Leute durch.«

Goïmron fühlte abgrundtiefe Enttäuschung. Sein Ziel lag so

nah, unmittelbar vor seinen Augen in knappen zehn Meilen. Alles, was ihn trennte, war eine Goldmünze. *Woher nehmen?* Das Pony brauchte er ebenso wie seine Ausrüstung, Kleidung und Proviant. *Meine Wurfpfeile. Mein Kedonittabak und die Bergschaumpfeife.* Er machte sich am Gepäck des Pferdes zu schaffen, um die Sachen herauszusuchen. *Das könnte ausreichen.* »Wäre es …«

Die Männer lachten wissend.

»Nein, wir machen keine Ausnahme und nehmen auch keine Bestechung an. Oder Bezahlung in Naturalien«, entgegnete der Ältere. »Aus dem Weg, Junge. Bevor ich ungemütlich werde.«

Derart ohnmächtig hatte sich Goïmron lange nicht mehr gefühlt. Das Geld für die Rückfahrt nach Malleniaswacht hatte er nicht mehr, und ohne diesen Erlaubnisschein durfte er nicht mal die ganzen Meilen durch Gauragon nach Hause spazieren. *Ich stecke am Haltepunkt fest. Wegen einer Goldmünze.*

»Lasst ihn durch«, erscholl da eine feste Frauenstimme. »Er ist mein Gast.«

Verwundert drehten sich die zwei Gardisten um.

Goïmron lehnte sich neugierig zur Seite, um an den Männern vorbeiblicken zu können, wer überraschend für ihn Partei ergriff – mit einer solchen Selbstverständlichkeit in der Stimme, als wäre sie die Vorgesetzte der Männer.

»Betrachtet seine Goldmünze als gezahlt.«

Auf einem schwarzen Pferd saß eine vollgerüstete, kupferrothaarige Zwergin, die eine Kombination aus geschwärztem Plattenpanzer und versilberten Kettenhemd trug. Von der Hüfte abwärts ging der Schutz in eine langrockähnliche Anordnung über, die größtmögliche Bewegungsfreiheit im Kampf ermöglichte. In der rechten Hand hielt sie einen langen Streitkolben, an dessen Seite eine lange, schlanke Klinge verlief. Den Griff hatte sie locker auf den Sattel gestellt. Ihr rundliches Gesicht mit dem kantigen Kinn wies etliche dunkelblaue Tätowierungen auf.

Bei Vraccas! Hatte Goïmron seinen Freund Gandelin als stattlichen Zwerg betrachtet, wurde er gerade eines Besseren belehrt.

Hinter der Dritten folgten zwei muskulöse, berittene Krieger in gleichartiger Rüstung. Der Schwarzbärtige trug eine lange Axt in einer Sattelhalterung, der Kahlköpfige mit dem eindrucksvollen blau gefärbten Bart bevorzugte einen Kriegsdreschflegel und hielt eine silberne Kassette unterm Arm. Goïmron schätzte, dass jeder von ihnen mühelos einen Ork mit einer Hand von Kopf bis Fuß spalten konnte. *Selbst mit dem Flegel.*

»Das können wir nicht ...«, setzte der jüngere Gardist zum Widerspruch an, bevor ihm der ältere einen Stoß mit dem Ellbogen verpasste, der ihm zum Verstummen brachte.

»Das können wir nicht verhindern und wollen es auch gar nicht«, führte der zweite Wächter den Satz fort. »Nimm ihn mit. Aber wenn er aus dem Schwarzen Gebirge durch Gauragon reisen will ...«

»Dann sorge ich für den nötigen Papierkram.« Die kupferhaarfarbene Zwergin bedeutete Goïmron mit einer Handbewegung, zu ihr und ihren eindrucksvollen Begleitern zu treten; auf ihrer rechten Schulter prangte ein ziseliertes und bemaltes Wappen, das ihm bekannt erschien. »Komm, Freund. Wir ziehen los. Es wird bald regnen, und dann sollten wir bei einem Würzbier zusammensitzen und lachen.«

»Oh, nur zu gerne!« Goïmron ging an den Gardisten vorbei, die sich um die nächsten Fahrgäste kümmerten, und führte das Pony hinter sich her, das neben den Reittieren des Trios mickrig wirkte. *Mickrig wie ich.*

Die Blicke der beiden Zwerge aus dem Sattel der großen Pferde auf ihn herab strotzten vor heimlichem Vergnügen. Auch sie trugen kunstvolle Zeichnungen in ihrer Haut, doch längst nicht so viele wie ihre Anführerin.

»Wir hätten ein Fass Schwarzbier mitnehmen sollen, damit

wir nicht verdursten. Das wird ein langsamer Rückweg, Hargorina«, stellte der Glatzköpfige mit dem blauen Bart fest, der den Dreschflegel trug. »Er muss nämlich laufen. Ich sollte mir ein Gemütsruhepfeifchen gegen die Ungeduld stopfen.«

Hargorina! Schlagartig war Goïmron klar, wen er vor sich hatte, als er nochmals verstohlen auf das Wappen blickte und es mit dem gehörten Namen verknüpfte. *Sie ist Hargorina Todbringerin, die Urgroßenkelin des einstigen Königs!* Nachdem sie ihn durch ihre Erscheinung bereits beeindruckt hatte, mischte sich nun Ehrfurcht darunter. Sie galt als beste Kriegerin unter den Dritten, die Anzahl ihrer Ehrtätowierungen sprach Bände über ihre Verdienste. »Ich spute mich«, stammelte er. »Ich bin ein guter Läufer.«

Der Dritte mit der riesigen Axt in der Sattelhalterung vollführte einige schnelle Gesten mit der freien Hand.

»Er meinte: *Darauf* wette ich«, übersetzte Hargorina die Zeichensprache.

»Was willst du Viertelzwerg auch sonst tun, wenn ein Ork kommt?«, fügte der Blaubart hinzu, und die beiden Zwergenkrieger lachten dröhnend.

»Lasst ihn in Ruhe.« Auf Hargorinas Gesicht stahl sich ein Grinsen, was die dunkelblauen Linien in ihrer Haut in Bewegung versetzte. »Nimm es ihnen nicht übel. Belîngor und Brûgar sehen zum ersten Mal einen Vierten.« Sie zeigte auf den Schwarzbärtigen. »Wundere dich nicht. Belîngor hat ein Schweigegelübde abgelegt. Er spricht nur in Ausnahmefällen. Für jedes Brechen des Schwurs muss er Buße tun.«

»Danke, dass du mir ausgeholfen hast.« Goïmrons Stimme klang hoch und leicht belegt. Die Aufregung machte nun auch noch seine Stimme mickrig.

»Wie kann ich dich bei den Gauragoniern verhungern lassen, wenn du doch ins Schwarze Gebirge möchtest? Du bist ein Kind des Schmieds, und wir halten zusammen. Ich zumindest sehe es so. Alte Feindschaften sind längst überwunden.« Die rothaarige

Zwergenkriegerin wendete ihr Pferd und ließ es langsam gehen, die Zügel legte sie um den Sattelknauf. »Möchtest du bei einem von uns mitreiten?«

Das glucksende Kichern der Krieger schmerzte Goïmron. Unwillkürlich sah er sich vor einem der Gebirge aus Stahl und Eisen sitzen, wie eine keusche Braut, die nach Hause geführt wurde. »Nein«, antwortete er stolz. »Ich laufe.«

»Ja. Weil du das gut kannst, nicht wahr?«, sagte Brûgar, und Belîngor lachte. »Wie alle Vierten.«

Hargorina bedeutete den beiden, sich zurückzunehmen. »Nun gut. Wie du möchtest. Sollten wir wegen dir in einen Regenguss kommen, wird dich das was kosten. Zusätzlich zu dem Goldstück, das ich dir auslegte.« Sie zog ihre Trinkflasche und nahm einen Schluck. »Wie ist dein Name?«

»Goïmron.«

»Dein ganzer Name.«

»Goïmron Schnitzeisen aus dem Clan der Silberbärte vom Stamm der Vierten«, sprach er. Die Aufregung legte sich allmählich. Seine Stimme klang, wie sie sollte, während er neben Hargorina herging und sein Lastenpony führte.

»Und was machst du in Malleniaswacht?«

»Ich bin Gemmarius bei Meister Funkelstein.«

»Bei Lorimbur, welch Wunder«, flüsterte Brûgar laut genug, dass man es hörte, und Belîngor prustete leise. »Ein Steinchenkratzer.«

Hargorina ignorierte es. »Du trägst die Kleidung, dein Haar und die Rasur nach Art der Langen. Weswegen, Goïmron Schnitzeisen?«

»Weil ich es mag«, flunkerte er. Zuzugeben, dass er den Weg des geringsten Widerstands gewählt hatte, würde ihn in den Augen der Dritten zu einem vollkommenen Idioten und Weichzwerg machen.

»Ah, gut.« Hargorinas Stimme blieb freundlich. »Ich hatte vermutet, dass du es tust, um nicht unter ihnen aufzufallen.« Sie dirigierte ihr Pferd mit bloßem Schenkeldruck. »Weil du dich deiner Herkunft schämst.«

»Das würde mir niemals in den Sinn kommen.« Goïmron fühlte sich elend bei der Lüge. Weder die Zwergin noch Belîngor noch Brûgar würden ihn verstehen. *Wie auch, so beeindruckend, wie sie sind?*

»Denn es wäre ein Fehler. Die Langen mögen keine gute Meinung von uns haben, vor allem nicht von deinem Stamm. Aber wir beschützten sie Tausende um Tausende von Zyklen. Ohne einen Lohn zu verlangen. Der Stamm von Lorimbur tut es immer noch. Und du: Sei stolz auf die Leistung deiner Ahnen, Goïmron.« Hargorina lächelte ihm zu. »Ihr werdet euch das Braune Gebirge zurückholen. Es wird so kommen.«

Er seufzte und bedankte sich mit einem Nicken, gefolgt von einem verlegenen Lächeln. *Das wäre zu schön.* »Vielleicht bin ich der Schlüssel dazu«, fügte er an.

»Du?« Hargorinas intensivrote Brauen zogen sich fragend zusammen. »Oh, *jetzt* bin ich neugierig geworden, was ein Vierter bei uns möchte.« Sie hob zu einem weiteren Satz an, doch aufkommendes panisches Geschrei und Rufe des Entsetzens lenkten die Aufmerksamkeit aller zur Schienenkutsche.

Goïmron drehte sich um und blieb vor Schreck stehen.

Zwei der ausgeruhten, acht Schritt großen Riesentrolle hatten ihre Aufpasser überrumpelt und unter den mächtigen Füßen zerstampft, bevor sie die Auslöseketten für die Bolzen hatten ziehen können. Deren zerplatzte, bis zur Unkenntlichkeit verstümmelte Leiber waren tief in den Staub gedrückt. Brüllend traten die Bestien um sich, schleuderten blindlings Fässer, Kisten, Tiere und Menschen umher, die weit durch die Luft flogen. Herausgerissene Scheunenbalken dienten den entfesselten Scheusalen als vernichtende Keulen, mit denen sie die verhassten Wagen und Schienen zerdroschen.

Schreiend versuchten die Reisegäste zu entkommen und stoben auseinander, während sich die gauragonischen Wächter in dem Durcheinander mühten, eilends herbeigebrachte Pfeil- und Speerkatapulte auf die befreiten Trolle auszurichten.

Die übrigen angebundenen Ungeheuer ließen sich vom Aufruhr anstecken und stimmten in das Gebrüll mit ein. Laut erschallten die animalischen Antworten hinter dem Wäldchen.

Noch wagen sie keinen Ausbruch. Goïmron packte die Leine des wiehernden, unruhigen Ponys mit ganzer Kraft, damit es nicht mit seiner Ausrüstung durchging. *Aber was, wenn sie auch durchgehen?*

Die zwei befreiten Bestien kannten die Gefahr, die von den Fernwaffen ausging. Mit riesigen Schritten waren sie bei den Maschinen und zertrümmerten sie samt den Mannschaften mit brachialen Keulenschlägen. Holzsplitter, abgerissene Körperteile und Blut wirbelten auf.

»Ich habe die Langen stets gewarnt«, kommentierte Hargorina das schreckliche Geschehen ruhig. »Man kann die Bestie nicht aus den Riesentrollen herauszüchten. Niemals. Tion lässt es nicht zu.« Sie sah zum überforderten Goïmron. »Bleib, wo du bist. Wir sind gleich zurück.« Dann schwenkte sie ihr Pferd herum und hielt ihren Streitkolben mit der verlängerten Klinge am langen Arm seitlich herab. »Für Lorimbur!«, rief sie laut und galoppierte los.

Belîngor grinste Goïmron an, wackelte mit den schwarzen Augenbrauen, und schon preschte er seiner Anführerin hinterher.

»Zeigen wir den Langen, wie man das macht. Aufgemerkt, Viertelzwerg! Du wirst was lernen. Aber versuch's nicht selbst.« Der kahlköpfige Brûgar warf ihm die silberne Kassette zu. »Da. Pass drauf auf. Das wirst du hinbekommen.« Er folgte den beiden mit einem wilden Schrei und ließ den Kriegsdreschflegel kreisen.

Goïmron fing das schwere Kästchen und machte unwillkürlich zwei, drei Schritte rückwärts. Unter Brûgars Arm hatte es leicht wie eine Feder gewirkt.

Derweil stürmte Hargorina in den Rücken des vorderen Riesentrolls. Selbst auf dem Pferderücken reichte sie gerade einmal bis an die Kniekehle der haarigen Bestie.

Gebannt verfolgte Goïmron die Manöver der Dritten.

Hargorina lehnte sich nach unten und ließ die lange Klinge ihres Streitkolbens durch die Fersensehne gleiten, während Belîngor den Troll auf der anderen Seite erwischte und eine weitere Sehne durch die Haut kappte.

Aufschreiend ruderte die Bestie mit den Armen und konnte sich nicht halten, heulend stürzte sie nach vorne auf die Erde und fing sich mit den Händen ab.

Schon waren Hargorina und Belîngor erneut zur Stelle und schnitten im Vorüberpreschen an den richtigen Stellen in die Unterarme. Erneut rissen die Sehnen, sodass der Troll kreischend einknickte.

Sofort jagte Brûgar heran und schlug den Kriegsdreschflegel auf den Auslöser des Bolzenmechanismus, der um den Kopf des Scheusals verlief. Laut klackte es, als die gespannten Federn entriegelten und die Stahldornen durch den Schädel ins Hirn trieben.

Goïmron sah den Blick des Scheusals im selben Moment brechen. Erschlaffend brach es zusammen.

»Brûgar! An das Kugelkatapult«, befahl Hargorina und lenkte die Aufmerksamkeit des verbliebenen Trolls auf sich, indem sie ihn umkreiste. »Mach es wieder flott.«

»Verstanden.« Der kahle Zwerg warf sein Pferd herum und ritt auf die unbesetzte Schleuder zu, die mirabellengroße Eisenkugeln verschoss – sofern der Federantrieb aufgezogen und das Magazin eingesetzt war.

Aber die Bestie fiel auf Hargorinas Ablenkung nicht herein. Sie drückte sich ab und sprang auf das Dach eines Lagerhauses, das unter dem Gewicht zusammenbrach. Staub und Mehl stoben in die Höhe und umgaben den Troll, färbten das zottelige Fell weiß ein. Schnell klaubte er zwei Menschen auf, die im Gebäude

Schutz gesucht hatten, und verschlang sie mit hastigen Bissen. Rote Fleischbrocken klatschten aus den Mundwinkeln nieder, dabei ließ er einen triumphierenden Schrei erklingen.

»Brûgar! Mach schon!«, rief Hargorina und hielt ihr Pferd an. »Wir gelangen nicht durch die Trümmer, um ihn zu töten. Treib ihn zu uns.«

Belîngor wirbelte begeistert die Axt.

»Ja, doch! Ich hatte nicht mal Zeit, mir ein Kampfpfeifchen anzustecken.« Brûgar hatte die Antriebsfeder mittels Kurbel und Zahnradmechanismus neu aufgezogen. Goïmron verfolgte in einer Mischung aus Staunen, Furcht und Bewunderung, wie der Dritte den Lauf des Katapults herumschwenkte und auf den Troll ausrichtete. »Es geht los!« Dann löste er aus.

Die Schussfeder beschleunigte die Stahlkugeln, die von oben auf den Schaft fielen, und sandte sie in rascher Folge gegen den übergroßen Gegner. Die Einschläge in den ungeschützten Körper wirkten verheerend, sogar für einen acht Schritt messenden Troll. Die Geschosse stanzten Löcher in die Haut, schwarzes Blut sprudelte aus den Wunden und brachte die Bestie zum dröhnenden Aufkreischen. Panisch suchte sie Deckung in den Scheunentrümmern.

Wie laut das ist! Goïmron hielt sich nur ein Ohr zu, da er das Kistchen nicht loslassen wollte.

Brûgar verstand mit dem Katapult umzugehen und traf den Troll trotz der Dachtrümmer und Balken bei jedem dritten Schuss. »Heraus mit dir«, rief er und lachte. »Lass dich von uns töten!«

Das Scheusal sprang erneut.

Goïmron sah es hoch in den grauen Himmel steigen und seine Keule schwingen, während es geradewegs auf den Dritten an der Schleuder zuhielt. *Bei Vraccas! Er muss da weg!*

Brûgar stand unbeirrt am Katapult, zog die Mündung aufwärts und bedachte den Troll im Flug mit den Eisenkügelchen – bis sich die Feder entspannte und keine Kraft mehr besaß.

Nein! Goïmron sah das Ende des Dritten nahen.

Krachend schlug der Troll auf und ging in die Knie, seine erhobene Keule jagte mitten durch die Schleuder und zerschlug sie. Brûgar verschwand in der Staubwolke.

»Für Lorimbur!« Hargorina galoppierte heran und schnitt der kauernden Bestie im Queren über den unteren Rücken. Das Fleisch klaffte auf, das weiße Rückgrat wurde sichtbar, bevor ein Sturzbach aus Blut aus der riesigen Wunde schoss.

Goïmron wurde übel, ein säuerlicher Geschmack stieg in seinen Mund.

Noch ehe der brüllende Troll sich erheben konnte, setzte die Kriegerin nach und lenkte ihr Pferd todesmutig unter dem sich aufrichtenden Körper des Gegners hindurch. Dabei riss sie den Streitkolben in die Höhe, und die lange Schneide fuhr durch die schutzlose Kehle. Erneut ging ein schwarzer Regen auf den Boden nieder.

Währenddessen passierte Belîngor die rechte Flanke des Scheusals und bekam die Sicherungskette zu greifen. Goïmron hörte das Klacken und Knirschen der Bolzen. Mitten im Röcheln brach der Troll in sich zusammen und begrub mehrere Flüchtende und eine Verkaufsbude unter sich. Bierfässer zerbrachen, der Alkohol mischte sich mit dem Blut der Bestie.

»Brûgar«, rief Hargorina laut und stellte sich suchend in die Steigbügel. »Sag, dass du noch lebst!«

»Das tue ich«, kam es aus der Staubwolke rings um den ersten toten Troll, dann erschien der Zwerg auf dem Rücken der erlegten Bestie, seinen Kriegsdreschflegel lässig geschultert. Er rieb sich über den blau gefärbten Bart, als käme er vom Barbier. »Und das habe ich noch lange vor.«

Die Menschen jubelten den drei Zwergen zu und ließen sie für die Rettung hochleben.

Goïmron entging nicht, dass die gauragonischen Aufseher bei den übrigen, unruhig gewordenen Trollen die Kette betätigt und sie zur Sicherheit getötet hatten. Ein Ungeheuer nach dem anderen fiel und wurde von den Männern, Frauen und Kindern erleichtert kommentiert. Aus dem Wald, wo die restlichen Trolle lagerten, erklang ein elendes Jaulen.

Mitleid hatte Goïmron mit den Kreaturen nicht. Und doch erschien es ihm nicht rechtens, sie zu beseitigen. *Es ist nicht meine Sache.* Er sah zum Schwarzen Gebirge. *Dort wartet meine Bestimmung.*

Hargorina kam zu ihm geritten. »Erledigt, Goïmron. Wir können weiter«, verkündete sie und hielt ihren blutverschmierten Streitkolben am langen Arm nach unten; an der Klinge rann dunkles Blut herab. »Das war eine schöne Abwechslung. Aber kein guter Kampf.«

»Das war es«, sagte Goïmron, obgleich er innerlich tausend Tode gestorben war. Er pochte auf die schwere Schatulle. »Ich habe darauf achtgegeben.«

Brûgar näherte sich und hatte die letzten Worte vernommen. »Sei willkommen in der Runde der Tapfersten, Viertelvierter«, sprach er mit ätzendem Spott. »Du und dein Pony, ihr seid die wahren Helden des Kampfes. Ohne euch zwei wäre die Schatulle verloren gewesen.«

Erste Regentropfen fielen aus dem grauweißen Himmel und gingen mit leisem Klingeln auf Hargorinas Rüstung nieder. Sie hob übermütig lachend das erhitzte, blutgesprenkelte Gesicht in den Schauer, streckte die Zunge heraus und genoss das kühlende Wolkenwasser, das sich im roten Haar fing.

Goïmron wusste, was der Regen bedeutete: *Das wird mich was kosten.*

* * *

»Warum ist das Meer die Hure aller Flüsse? Es liegt stets tiefer als die anderen, und jeder ergießt sich darin.«

Witz der Seeleute aus Litusien

KAPITEL IV

DAS GEBORGENE LAND, BRAUNES GEBIRGE, BRIGANTIA, 1023 N. B. (7514. SONNENZYKLUS NACH ALTER ZEITRECHNUNG), FRÜHJAHR

»Nach der letzten Biegung erreichen wir eine abfallende Steilwand. Von da geht es drei Schritte nach unten auf einen der Hauptwege.« Klaey wurde von zwei Menschensklaven in einer schlichten Sänfte getragen, die außerdem den Proviant auf den Rücken schleppten.

Er war schlau genug, dem spukbleichen Alb im dunkelroten Gewand nicht alles zu erzählen, solange er sich nicht im Brigantinerreich befand. Mehrmals deutete er an, weitere Geheimnisse zu hüten, damit er von seinen albischen Begleitern vor Gefahren bewahrt wurde. In seiner derzeitigen geschwächten Verfassung vermochte er sich nicht einmal eines einarmigen Gnomenkindes zu erwehren.

»Von unten sieht man den Eingang nicht«, erklärte er krächzend. »Deswegen blieb er unbemerkt.«

»Sehr gut.« Vascalôr dirigierte die Sklaven mit Gesten, um das Wort nicht an sie richten zu müssen. Er nahm das Spiel mit den Geheimnissen hin und hatte wohl damit gerechnet, auf die größte Überraschung bis zum Ende der Reise warten zu müssen. Dafür notierte er sich akribisch jedes Wort, das Klaey zu den Vorfällen im Heiligtum sprach. Er verriet jedoch nicht, was es mit den Rüstungsteilen aus Tionium, dem Runenspeer und dem Krieger auf den zahlreichen Fresken und Gemälden in der Andachtsstätte auf sich hatte.

So haben wir beide unsere Geheimnisse. Klaey suchte eine bequemere Position in der Sänfte, und die Wunde im Oberbauch zog sogleich warnend. Dafür gelang ihm das Sprechen ohne die abgehackte Atemlosigkeit. Das Krächzen hingegen blieb. »Ich werde sicher schon vermisst.«

Zum Schutz – und um Eindruck zu schinden – wurden sie von drei Kriegerinnen und drei Kriegern begleitet, die in den Harnischen aus gehärtetem schwarzem Leder und dunkler Kleidung finsteren Schattengeistern ähnelten. Die einzigen Geräusche stammten von den Schritten der Sklaven und dem Knarren des Holzes, aus dem die Sänfte gebaut war. Oder von Klaey. Die Albae bewegten sich lautlos.

»Du hast eine Ausrede für dein Fehlen, die man dir glauben wird«, sagte Vascalôr. »Dafür sorge ich schon.«

Zur Reise nach Brigantia hatte der Tross den gleichen Weg eingeschlagen, den Klaey und seine Leute durch das Gebirge genommen hatten. Hier suchte der Alb nach Spuren, die ihm Aufschluss über den Ablauf des Raubs und die Beteiligten ermöglichen sollten. Ob und was er dabei fand, auch darüber schwieg er.

Vor der Abbruchkante blieb Vascalôr stehen und sah auf den lampenbeleuchteten Weg hinab, der in einem zehn Schritt hohen Tunnel lag. »Niemand da.«

Vereinzelt waren Stützpfeiler aus Holz und hastig vermauerten Backsteinen eingezogen worden. Von der einstigen Gewölbekonstruktion der Vierten, welche die Last nach unten ableitete, war nach den vielen Beben und Verwerfungen so gut wie nichts übrig. Die kunstvollen Verzierungen an der Decke ließen sich allenfalls erahnen, Dreck und Schäden hatten verheerend gewirkt.

»Gehen wir nach links, kommen wir direkt zur Besprechungshalle meines Bruders. Dort kann man uns sagen, wo wir ihn finden.« Klaey spürte in der tiefen Torsowunde kaum mehr Schmerzen, doch seine Schwäche würde ihm das Klettern unmöglich machen. »Ihr solltet mich als Ersten hinablassen. Sonst kommt es zu einem Aufruhr, sobald euch jemand erblickt.«

»Weil sie denken, dass sieben Albae ausreichen, um Brigantia einzunehmen?« Vascalôr wandte sich mit einem spöttischen Lächeln zu ihm, das schlohweiße lange Haar rutschte auf den Rücken. »Sie haben kein allzu großes Vertrauen in ihre Verteidigung.« Anschließend blickte er in die Runde seiner Leute. »Wir sollten eine Eroberung vielleicht in Erwägung ziehen? Nur zum Vergnügen und um zu sehen, wie weit wir ins Herz des Reichs der Halsabschneider und Diebe vorstoßen können.«

Die Kriegerinnen und Krieger lachten leise. Einer von ihnen erwiderte die Worte des Anführers mit einer Spitze gegen den Gefangenen.

Klaey ließ sich nicht anmerken, dass er die Sprache der Albae mittlerweile nahezu perfekt verstand und auch immer besser lesen konnte, was Vascalôr in sein Büchlein notierte, sowie er einen Blick darauf zu werfen vermochte. Sein Verstand hatte das Muster der albischen Sprache entschlüsselt. In Wort und Schrift. Ohne seine Gefangennahme wäre das niemals gelungen. *Ich bin gewiss der einzige Brigantiner, der das vermag.*

Auf Vascalôrs Wink hin stellten die Sklaven die Sänfte ab, legten Klaey das Tragegeschirr über sein einfaches Wollgewand an und verbanden es mit einem Seil, um ihn auf den breiten Gang herabzulassen; sie hatten diese Vorgehensweise öfter beim Marsch an Hängen und Klippen genutzt.

»Du hast unsere Abmachung nicht vergessen, kleinster Berengart?« Vascalôr sah den Sklaven bei ihrem Tun zu. »Wähne dich nicht vor mir in Sicherheit und verschweige mir den Rest von dem, was im Heiligtum geschah, nur weil du auf Brigantias Boden zurückgekehrt bist. Ich töte dich schneller, als du blinzeln kannst.«

Aus der Ferne näherte sich das mahlende Rattern von Wagenrädern auf Stein.

»Ich weiß. Und deswegen werde ich mein Wort halten.« Klaey hatten den Boden erreicht und stand aufrecht im Tunnel, mit dem Rücken an das Gestein gelehnt.

Eine Handvoll Brigantiner und Briganterinnen näherten sich

mit einem Ziehwagen voller Fässer, die durch die Erschütterungen rumpelnd aneinanderstießen. Sie entdeckten ihn und gingen langsamer. Zwei von ihnen schauten suchend hinauf, wohin das Seil führte, das am Geschirr hing.

»Ich grüße euch«, sagte Klaey lächelnd. »Ihr wisst, wer ich bin.«

Die Männer und Frauen blieben stehen.

»Aber gewiss. Dein gezeichnetes Gesicht hängt überall. Du wirst gesucht«, erwiderte eine Brünette verblüfft.

»Was hast du da an?«, fragte einer der Männer. »Welche Art von Kleidung soll das sein? Bist du zum Weib geworden?«

»Es ist etwas Geliehenes.« Klaey versuchte, einigermaßen gerade zu stehen und einen respektgebietenden Eindruck zu verströmen. »Ich wurde vermisst. Gut.«

»Nein. *Gesucht*«, gab die Brünette trocken zurück, und die Gruppe brach in böses Lachen aus. »Dein großer Bruder zahlt demjenigen, der dich an den Haaren zu ihm schleift, zehn Goldstücke. So stand es auf den Bekanntmachungen.« Sie ging einen Schritt nach vorne. »Heute ist mein Glücksumlauf! Die Münzen sind rasch verdient. Und weit ist es bis zum Omuthan auch nicht.«

Ehe Klaey etwas erwidern konnte, landete Vascalôr lautlos mit gezogenem Schwert neben ihm. Die aufblitzende Klingenspitze legte sich an die Halsgrube der Frau. »Ich bin nicht sicher, ob es *wirklich* dein Glücksumlauf ist, Menschenweib«, sprach er düster. »Aber *ich* fand ihn zuerst. Die zehn Goldstücke sind mein.«

Die albischen Kriegerinnen und Krieger gingen ohne ein Geräusch rings um die übrige Gruppe nieder, die Schwerter gezogen und stoßbereit gereckt. Keiner der Brigantinertruppe wagte es, auch nur laut auszuatmen.

Gesucht. Unschön. Klaey entspannte sich dennoch. Er hatte sieben exzellente Leibwächter dabei, die niemand angreifen würde. Mit seinem Bruder ließe sich über die Bekanntmachung reden. »Darf ich vorstellen: Vascalôr. Er ist …«

»Botschafter von Dsôn Khamateion. Und sein Lebensretter«, übernahm der bleiche Alb. In seinen roten Pupillen brannte höchste Wachsamkeit. »Von mir droht keine Gefahr, sofern keiner von euch beabsichtigt, eine Dummheit zu begehen.«

»Nein. Nein, das … das wird keiner«, stotterte die Brünette und schielte über die zweischneidige Klinge, um danach den Blick zur Felsenkante zu heben, wo die Sklaven mit dem Abstieg begannen und die Sänfte nach unten bugsierten. »Soll ich Euch zum Omuthan führen?«

»Das wäre über die Maßen freundlich von dir.« Vascalôr steckte das Schwert in einer fließenden Bewegung zurück in die Hülle. »Ich gebe dir vielleicht eine Münze für deine Aufmerksamkeit ab.« Auch die anderen sechs Albae senkten die Waffen und verstauten sie in den Halterungen. »Weswegen wird er gesucht?«

Das interessierte Klaey nicht minder, aber er hatte einen unangenehmen Verdacht. »Es kann nur ein Missverständnis sein.«

»Auf den Verlautbarungen stand etwas von Verlassen des Postens, Ignorieren von Befehlen und Missachtung der Autorität des Omuthan«, zählte die Brünette auf und wandte sich zum Gehen. »Hier entlang. Ich habe ihn vorhin zusammen mit den Zabitays in die Besprechungshalle gehen sehen.«

»Nein! Das ist nicht wahr! Ich sagte doch: ein Missverständnis.« Klaey hatte es geahnt. Sein Wegbleiben hatte Folgen nach sich gezogen. Doch wie Vascalôr gesagt hatte: *Ich habe die perfekte Ausrede.*

Der gemischte Tross ging los.

Klaey wurde wieder in der Sänfte getragen, was ihm recht war. Es untermauerte seine Hilflosigkeit und seine Schwäche, die zu einem milderen Urteil bei seinem Bruder führen mochte, worauf er insgeheim spekulierte.

Die drei Vorwürfe gegen ihn konnten drastische Strafen nach sich ziehen. Brigantia bestand nicht, weil sich die Bewohner untereinander mochten und Eintracht zwischen ihnen herrschte, sondern weil es strenge Regeln gab und der Omuthan jeden noch so kleinen Verstoß gegen ein Gesetz mit voller Härte ahndete. Die Albae lenkten hoffentlich vom wahren Grund seines Verschwindens ab. *Ich brauche dringend ein neues Glücksamulett.*

Die brünette Brigantinerin ließ ihre Leute mit dem Fasskarren weitergehen, brachte die Neuankömmlinge zur Besprechungshalle und stellte sich demonstrativ neben die Tür. Sie wartete tatsächlich darauf, dass ihr Vascalôr nach der Unterredung mit dem Omuthan eine Goldmünze von der Belohnung abgab.

Der Tross wurde von den sichtlich beeindruckten Leibwachen des Herrschers, die nicht von der Seite der Albae wichen, zu Orweyn Berengart geleitet. Hastig zog der Zabitay mit leisen Befehlen weitere Bewaffnete mit Speeren, Piken und Armbrüsten zusammen, um größeren Schutz aufbieten zu können.

Klaey bezweifelte, dass dies reichte, sollte Vascalôr beschließen, gegen sie vorzugehen. *Ein Alb nimmt es mit ihnen allen auf.* Ihm wurde bewusst, dass er den leibhaftigen siebenfachen Tod nach Brigantia geführt hatte.

Dann öffnete sich die Besprechungshalle, die von einem riesigen Tisch und zahlreichen Stühlen und Sesseln drum herum beherrscht wurde. In diesem riesigen Raum besprachen der Omuthan und seine höchsten Anführer die Ereignisse an den äußeren Landesgrenzen, planten Raubzüge und Überfälle ins Geborgene Land, regulierten den Zuzug aus dem Jenseitigen Land oder gingen ungewöhnlichen Geschehnissen in Brigantia nach.

Orweyn befand sich in drei Schritt Höhe auf einer Empore, von der die Vierten einst auf das Edelsteinmosaik auf dem Hallenboden geblickt hatten, das ein beeindruckendes Bild ihres Reiches zeigte. An vielen Stellen klafften Lücken in dem Kunstwerk, die wertvollsten Steine waren in den vergangenen Hunderten Zyklen gestohlen worden.

Das schüttere weißgraue Haar des Mannes war gepflegt und mit einer schwarzen Seidenschleife im Nacken zu einem Zopf gebunden. In seiner biederen Kleidung mit Wams, Kniebundhosen und einem stets parfümierten Halstuch macht Orweyn einen harmlosen Eindruck. Daran änderte auch das Schmuckbrandzeichen der Berengarts auf seiner Stirn nichts.

Aber wer den Fünfzigjährigen unterschätzte, beging einen schweren Fehler. Klaey kannte ihn als perfekten Strategen und Denker, brutal-mörderisch und niemals vergebend. Steckte Orweyn in seiner Rüstung, verwandelte er sich auf dem Schlachtfeld in eine Bestie.

»Da ist ja mein kleinster Bruder.« Rechts und links von ihm standen aufmerksame Rundschildträger und schussbereite Kurzbogenschützen, die ihn absicherten. »Nie hätte ich geglaubt, dass du mir von Albae gebracht wirst.«

Klaey richtete sich mit extrem leidendem Gesicht in der Sänfte auf. »Großer Bruder«, rief er gespielt angestrengt, das Krächzen passte perfekt dazu. »Mir geht es gut. Sorge dich nicht länger.«

»Mir war nicht bewusst, dass es in Dsôn so schlecht um die Einnahmen steht, dass sich sieben Albae für zehn lumpige Goldmünzen auf den Weg machen, um diesen Nichtsnutz zu mir zu schaffen. Sogar in einer Sänfte.« Orweyn legte die Hände auf die erhöhte Balustrade. »Los, raus mit der Sprache: Wo hast du gesteckt? Und was ist mit deiner Stimme passiert?«

Der gespenstische Alb trat aufrecht und selbstbewusst vor, als gehöre ihm die Halle. »Ich, Vascalôr, Gesandter von Dsôn Khamateion, bin gekommen, um den einzigen Überlebenden eines feigen, perfiden Überfalls auf eines unserer Heiligtümer zu bringen.« Er warf Klaey einen kurzen Blick zu. »Als Dank für seinen Beistand retteten wir ihm das Leben und versprachen, für einen sicheren Rücktransport in seine Heimat zu sorgen.«

»Wie kommt ihr Schwarzaugen nach Brigantia, ohne dass es jemand bemerkte?«, fragte Orweyn.

»Das ist mein Verdienst.« Klaey behielt den mitleidheischenden schmerzhaften Ausdruck auf dem Gesicht. Sein Bruder schien nicht sonderlich erfreut zu sein, ihn zu sehen. »Ich entdeckte bei einem Patrouillengang einen geheimen Weg nach Dsôn Khamateion. Gerade wollte ich ihn mit meiner Truppe erkunden, als wir mitten in das Gefecht gerieten.«

»Ah. Deswegen warst du verschwunden. Hast einen verborgenen Pfad entdeckt. Wolltest gegenüber deinen Geschwistern glänzen und prahlen«, erwiderte Orweyn mit einem Grinsen. »Kein schlechter Gedanke. Doch ich habe meine Zweifel, dass dies die Wahrheit ist.« Er ließ sogleich eine beschwichtigende Geste in Richtung der Albae folgen. »Ich unterstelle dir nicht, ein Lügner zu sein. Aber ihr habt euch abgesprochen. Das merke ich deutlich.«

»Nein, großer Bruder! Es war so.« *Fast so.* Klaey erhob sich langsam aus der Sänfte und stellte sich gebeugt hin, die Wunde im Leib zog leicht. »Es war mein größter Wunsch zurückzukehren.«

»Und über ein Abkommen zu sprechen«, fügte Vascalôr hinzu. »Deswegen erschien ich vor dir, Omuthan.«

»Oh, was könnte das wohl sein, das für Brigantia von Belang ist?«

»Wir zollen dem Mut deines Bruders Respekt, diesen vergessenen Gang entdeckt und erkundet zu haben, auch wenn er einen schweren Preis dafür bezahlte. Und seine Stimme verlor. Aber für die kommenden Zeiten sollten wir uns darauf einigen, dass Brigantia keinerlei Vorstöße nach Dsôn Khamateion unternimmt«, eröffnete Vascalôr freundlich und drohend zugleich. »*Dieses* Mal stehe ich friedlich vor dir. Mit lediglich sechs Kriegerinnen und Kriegern.«

Orweyn lachte leise. »Hab's verstanden. Es hätte ebenso ein Heer sein können, um uns abzuschlachten und Brigantia zu übernehmen.«

»*Das* wäre *eine* Möglichkeit gewesen, Omuthan.« Vascalôr lächelte glatt und hob die Hand; einer seiner Krieger reichte ihm eine Lederrolle. »Ein entsprechender Unterlassungsvertrag ist vorbereitet.«

Orweyn ließ seinen Blick über die Wände und den Boden der Halle gleiten. »Ja, dieses Gebirge. Verrückt, nicht wahr? Steckt nach so langer Zeit noch immer voller Geheimnisse. Manche sind gut, manche sind eine böse Überraschung. Doch was du forderst, stellt mich vor eine Schwierigkeit.«

»Welches wäre die?«

»Brigantia wächst und braucht mehr Platz. Orte, an denen wir leben können. Da es sehr viele verschiedene Wesen sind, denen wir Zuflucht bieten, haben sie unterschiedliche Ansprüche an die Umgebung. Manche wollen es trocken und kühl, andere kalt und mit einer Kaverne. Es ist von Bedeutung, dass wir allen die besten Lebensumstände bieten.«

Vascalôr verlor sein gespieltes Lächeln. »Damit keine Missverständnisse entstehen: Es gibt hierüber keine Verhandlungen, Omuthan.«

»Ich möchte einen Ausgleich für verlorene Gelegenheiten. Denn unterschreibe ich deinen Vertrag, kann ich nicht weiter nach Westen vordringen.« Orweyn steckte die Hände in die Taschen seiner Kniebundhose. »Was bekomme ich dafür von dir, Gesandter?«

Vascalôr überlegte stumm und mit versteinertem Gesicht, auf dem sich dünne schwachschwarze Wutlinien andeuteten, die das Fahle seiner Haut betonten.

Unterdessen wandte sich Orweyn an Klaey. »Kommen wir zu dir, Banneroffiziant. Ich habe keine Ahnung, was du wirklich beabsichtigt hattest, aber dein Verschwinden fällt mit einem Mord an einem Versorgungssoldaten zusammen, den ich schon ewig kannte. Patvos, Cadengis sei ihm gnädig, erzählte mir zuvor von einem alten Plan der Vierten, der ihn in eine zwergische Schatzkammer führen sollte. Ich sah vor, Kundschafter auszusenden.«

»Ah? So ein Zufall«, erwiderte Klaey und hielt sich die verletzte Brust. Dass er schwitzte, passte zur Anstrengung, die ihm das Stehen abverlangte.

»Nein. Das war *kein* Zufall. Jemand sah dich aus Patvos' Unterkunft kommen.« Orweyn zog die Hände aus den Taschen. »Nun?«

»Oh, *das!* Das ist leicht erklärt. Der Gute schuldete mir Geld«, log Klaey und gab sich Mühe, wie ein aufrichtiger Mann zu wirken. »Mir und vielen anderen, wie du weißt. Ein Säufer und Spieler.« Vereinzelt erklang gemurmelte Zustimmung. »Patvos sagte mir, dass er bald reich genug sein könnte, um jeden seiner Gläubiger zu entlohnen. Mit Zinsen.« Fest sah er in Orweyns Augen. »Das wird er im Suff vielen erzählt haben. Jemand wollte sich diesen Schatz sichern. Aber ich war es nicht, großer Bruder.«

»Soso.« Der Omuthan rieb sich über das schüttere Haar, hinter seiner Stirn arbeitete es. »Na, schön. Einstweilen lasse ich dich zur weiteren Pflege in ein Krankenlager bringen und unter Beobachtung stellen. Für dein unangekündigtes Verschwinden und die Entfernung von deinem Posten als Banneroffiziant wirst du bestraft wie alle anderen, sobald du wieder gesund bist«, sprach er das Urteil. »Und ich werde dich zum Mord an Patvos befragen.«

Klaey heuchelte Dankbarkeit, doch seine Sorge schwand nicht. Es lief alles andere als glatt.

Orweyn wandte sich an den Alb. »Hast du jetzt lange genug nachgedacht?«

»Das habe ich.« Vascalôr lächelte herablassend. »Ich verzichte auf die zehn Goldmünzen, die du mir schuldest.« Seine Begleiterinnen und Begleiter grinsten, wie Klaey durch die Visiere sah. »Für alles Weitere muss ich Rücksprache halten.« Langsam legte er die Lederrolle mit dem Vertrag auf den Besprechungstisch. »Ich betrachte die Angelegenheit als erörtert und von Brigantia angenommen. Nur Kleinigkeiten –«

»Gerade Kleinigkeiten sind wichtig, Vascalôr! Ohne die Klärung der Ausgleichszahlungen werde ich nichts unterschreiben und nichts versprechen.« Orweyn fühlte sich umgeben von Schildträgern und Armbrustschützen sicher genug, um nicht nachzugeben.

»Einverstanden.« Der Alb richtete sich auf, der Blick aus seinen roten Augen wurde mörderisch. »Du möchtest demnach in beständiger Unruhe leben, Omuthan, bis wir uns einig wurden. Es ist deine Wahl.«

Klaey kam ein Geistesblitz, wie es ihm möglich wäre, den größten Vorteil aus der angespannten Lage zu ziehen. »Dir ist bewusst, dass du mit dem Wohl der Menschen und Wesen in Brigantia spielst, großer Bruder?« Er richtete seine gekrächzten weiteren Worte gezielt an die zahlreichen Leibwachen in der Halle. »Dsôn Khamateion zu verärgern ist gewagt. Es könnte sich angespornt fühlen, die Gefährlichkeit der Albae unter Beweis zu stellen. Und dass wir es sind, die vom Abkommen profitieren.«

Orweyns Kopf zuckte herum. »Hüte dich, Banneroffiziant. Du sprichst, als wärst du Omuthan.«

»Das bin ich keineswegs, aber ich gehöre als ein Berengart zum Rat, solange ich lebe und unsere Familie über Brigantia bestimmt.« Klaey drehte sich langsam um die eigene Achse, um den Männern und Frauen beim Reden in die Augen zu blicken. »Um das zerbrechliche mündliche Abkommen zu sichern, bis der Vertrag unterschrieben ist, begebe ich mich zum Wohl unseres schönen Reiches als Geisel in die Hand der Albae. Für euch« – er reckte den rechten Zeigefinger und zeigte auf jeden Einzelnen und jede Einzelne – »nehme ich die Bürde auf mich und gehe nach Dsôn! Verkündet es! Verbreitet die Botschaft in Brigantia, dass ein Berengart bereit ist, für eure Sicherheit sein Leben zu geben.«

Beifall brandete auf. Es wurde auf die Schilde getrommelt und sein Name gerufen.

Vascalôr neigte sich in dem Gelärm zur Seite an Klaeys Ohr. »Was soll das? Du wirst in Brigantia bleiben. Ich habe keine Verwendung für dich.«

»Und wenn ich noch mehr von dem Überfall weiß, als ich bislang verriet?«, erwiderte er, ohne Lippen und Zähne zu sehr zu bewegen, und winkte den Leibwachen dabei zu.

»Ich weiß inzwischen sehr viel«, entgegnete Vascalôr. »Was könnte *das* wohl sein, das dich so bedeutend für mich macht, um dir das schäbige Leben vor deinem eigenen, mörderischen Bruder zu retten?«

Klaey spielte seinen größten Trumpf aus. »Den Namen der Person, die den Raub beging.« Er stieg winkend in die Sänfte zurück, während ihn die Leibwachen feierten und ihm Anerkennung für das Opfer zollten, das er für Brigantia brachte.

Die weißen Augenbrauen des Albs zuckten leicht, und eine schwarze Wutlinie bildete sich für die Dauer eines Herzschlags quer über dem schönen Antlitz. »Du kleiner Bastard!«

»Da bist du mit meinem Bruder einer Meinung. Er schaut genauso drein wie du.« Das Blut rauschte in Klaeys Ohren vor Aufregung. *Samusin, ich bitte dich! Ermögliche mir das Wunder!*

* * *

DAS GEBORGENE LAND, SCHWARZES GEBIRGE, DAS REICH DER DRITTEN, 1023 N. B. (7514. SONNENZYKLUS NACH ALTER ZEITRECHNUNG), FRÜHJAHR

Goïmron überwand die letzten Schritte zum riesigen Doppelportal der Audienzhalle, vor dem vier in geschwärzte, goldgezierte Punkharnische gerüstete Zwerge standen und mit grimmigen Mienen Wache hielten. Sein Herz raste.

Unter dem Arm hielt er das wertvolle Buch von Tungdil Goldhand, sein einziges und bestes Beweisstück, auf dessen Wirkung er gänzlich setzte.

Auch wenn er mittlerweile einiges vom Reich der Dritten gesehen hatte, konnte er mit dem offenkundigen Staunen nicht aufhören. Rechts und links des zwanzig Schritt hohen Gangs erhoben sich verschiedene Statuen des Stammvaters Lorimbur, meistens in kämpferischer Haltung oder über seine Gegner triumphierend. Die meisten Opfer waren Scheusale, aber es gab auch zwei Zwerge, die mit zerschmettertem Schädel und durchbohrter Brust unter seinen gepanzerten Stiefeln lagen. Erinnerungen an jene finsteren Zeiten, in denen die Dritten ihren Brüdern und Schwestern in den Gebirgen durch nichts als Hass verbunden gewesen waren.

Auch in den Schnelltunneln, die hierherführten, hatten es sich die Baumeisterinnen und Baumeister nicht nehmen lassen, die Wände und Decken gewisser Streckenabschnitte mit Ornamenten zu versehen. Durch die rasende Fahrt der Transportloren wurden sie lebendig und malten Muster ins Gestein. Woanders ergaben stilisierte Zwergenfiguren eine fortlaufende Geschichte, bei der die Darstellungen dank des Dahinziehens in Bewegung gerieten.

»Wie prächtig muss es erst in den anderen Reichen aussehen?« Goïmrons Stimme senkte sich im riesigen Gang und vor den Statuen von selbst. Als Zwerg mit geübtem Auge für Kleinigkeiten fiel ihm auf, dass es weder um die Qualität der Steinmetz- noch die der Schmiede-, Schleif- und Goldarbeiten an den Standbildern und Säulendekorationen besonders gut stand. Es waren keine Fertigkeiten, für welche sich die Dritten rühmen durften. *Ich sah ihr wahres Können in Weißenfelta.*

»Du bist noch nie aus Malleniaswacht fort gewesen, habe ich recht?« An seiner Seite ging Hargorina, der er es zu verdanken hatte, überhaupt bis zum König zu gelangen, ohne zehn Zyklen einer Audienz harren zu müssen. Sie trug ihre martialische Rüstung mit dem langrockähnlichen Beinschutz und ihren maßgefertigen Streitkolben, als bedeutete deren Gewicht nichts. Das kupferfarbene Haar trug sie im hochgesteckten Zopf wie einen Skorpionstachel. »Warst du auch nicht bei den Ersten und ihren Meeresfestungen?«

»Nein. Nie. Wozu auch? Sie hätten mich fortgejagt.« Goïmron bedauerte in diesem Moment das Versäumnis, es nicht wenigstens versucht zu haben.

Selbstverständlich kannte er die Traditionen und Lieder seines Volkes, besaß sämtliches Wissen über die Geschichte und das Können der Stämme. Er beherrschte das Singen ebenso wie das Stein-Schlag-Spiel, und es hatte viele feuchtfröhliche Abende im *Humpensammler* oder Auftritte bei Stadtfesten mit denkwürdigen Choreinlagen der Zwergengemeinschaft gegeben. Darauf hatten seine Eltern großen Wert gelegt. Malleniaswacht blieb jedoch eine Siedlung von Menschen, in der Zwerge eine Minderheit darstellten.

Die Vergangenheit unterband es, dass ein Vierter frohen Mutes zum Freundschaftsbesuch über die Schwelle der bestehenden Zwergenreiche treten konnte. Es bedurfte eines sehr triftigen Grundes, damit er Einlass erhielt; das Buch des legendären Tungdil Goldhand würde nicht jeder als einen solchen betrachten.

Auch in diesem Fall erwies sich Hargorina als Segen. Sie hatte die Angelegenheit mit den Hauptleuten am Westtor des Schwarzen Gebirges geklärt. Von dort war es mit den Loren in instandgesetzten Schnelltunneln quer durch das Reich bis in seinen Mittelpunkt gegangen, wo sich König Regnor Sterbenshieb aus dem Clan der Orkschlächter mit seiner Familie in den eigenen Gemächern aufhielt. Sein Ahne war einst Kanzler der Dritten gewesen, bevor die Sterbenshiebs nach dem Tod von Hargorin Todbringer die Macht ergriffen hatten. Wie genau dieser Übergang vonstattengegangen war, dazu schwieg sich die rothaarige Zwergin beharrlich aus. Daher vermutete Goïmron, dass keine einmütige oder freiwillige Übergabe erfolgt war. Doch Sterbenshiebs Regentschaft hielt. Die Dritten folgten ihm und seinen Nachkommen und nicht den Todbringern.

Goïmron sah verstohlen zu Hargorina. »Danke für das, was du für mich getan hast. Und mich nicht als albernen Narren zurück nach Malleniaswacht zurückkehren lässt, ohne etwas bewegt zu haben.« In seiner menschenähnlichen Aufmachung fühlte er sich in dieser Umgebung noch schmächtiger als sonst.

Den Versuch, sich rasch einen Bart stehen zu lassen, hatte er abgebrochen. Es sah merkwürdig aus und fühlte sich nicht richtig an.

»Das habe ich gern gemacht.« Hargorina gab den vier Wachen in den schwarz-goldenen Prunkrüstungen ein Handzeichen, und sie öffneten die beiden Portalflügel zur Audienzhalle. »Auch wenn du um dein Anliegen ein Mysterium machst.« Sie sah neugierig auf das Buch unter seinem Arm. »Ich hoffe, es ist es wert, dass ich meinen Ruf aufs Spiel setze.«

»Das ist es.« Goïmron streichelte einmal über den Ledereinband. »Dieses Exemplar gibt es ein einziges Mal im Geborgenen Land, nein, vielmehr überhaupt in der ganzen bekannten Welt. Deswegen muss Regnor davon erfahren.«

Das Portal hatte sich geöffnet.

Die vier Wächter präsentierten synchron ihre Pieken, die dreifach so groß wie sie selbst waren, und die geschwärzt goldenen Panzerungen schepperten.

Am Eingang wartete ein älterer Zwerg, der deutlich weniger gerüstet vor ihnen erschien und es bei einem Kettenhemd aus Silber mit einem aus schwarzem Samt gewirkten Überwurf beließ. Die blauen und schwarzen Tätowierungen in seinem Gesicht sprachen für eine ruhmreiche Vergangenheit als Krieger. Ein handbreiter weißer Ledergürtel, an dem ein massives Stahlbeil baumelte, hielt die Kleidung zusammen. Das lange Haar war schlohweiß und lag offen auf den Schultern, der Bart zog sich über die Wangen und rund um den Mund.

»Hargorina Todbringerin. Was bringst du da unserem König?« Sie reichten einander die Hände, danach wurde Goïmrons Hand im Griff des Zwerges regelrecht zerpresst. »Ist das ein Vierter?« Die braunen Augen musterten ihn. »Ja, es ist ein Vierter. Ich dachte zuerst, du seist ein zu klein geratener Langer.« Er grinste. »Wie zierlich du bist. Der Zierlichste von allen Zierlichen. Wie heißt du, mein Junge?«

Goïmron machte gute Miene zum gewöhnungsbedürftigen

Begrüßungsspiel. Er hatte mit solchen Neckereien gerechnet. Und Schlimmerem. *Das kommt vielleicht noch, wenn ich vor dem König stehe.* »Goïmron Schnitzeisen.«

»Weiter.«

»Aus dem Clan der Silberbärte.« Er rieb sich unauffällig die schmerzende Hand. »Danke, dass ich empfangen werde.«

»Das ist Romogar Blutenstich aus dem Clan der Blattklingler, seines Zeichens der Zeremonienmeister unseres Königs bei allen Anlässen und zuständig für die Audienzen von Gästen und Bewohnern«, stellte Hargorina vor. »Hör ihm zu, damit du keine Fehler machst, wenn du vor Regnor stehst.«

»Ihr seid die Letzten. Deswegen ist der Halle der Ungeduld leer. So nenne ich den Vorraum, wo die Wartenden schmoren«, sagte Romogar. »Gut, gut. Es ist im Grunde einfach: Je besser die Laune des Königs, desto höher die Wahrscheinlichkeit, dass er deinem Anliegen mit Wohlwollen begegnet.«

»Verstanden.« Goïmron konzentrierte sich auf die rasch gesprochenen Erklärungen.

»Er hasst Witze. Er hasst es, unterbrochen zu werden. Er hasst es, wenn du zu viel redest. Und er hasst besonders: Vierte.« Romogar weidete sich am entsetzten Ausdruck auf Goïmrons Gesicht, und Hargorina prustete los. »Entschuldige. Den Spaß musste ich mir einfach erlauben.« Romogar schlug dem schlanken Zwerg auf den Rücken, was sich für Goïmron anfühlte, als wäre ein kleiner Katapultstein zwischen seinen Schulterblättern eingeschlagen. »Sage nicht ›bei Vraccas‹. Und lobe mindestens einmal entweder seinen Bart oder seine Haarpracht. Außer?«

»Außer?« Goïmron wusste nicht, worauf Romogar hinauswollte.

»Außer du würdest ihn dabei unterbrechen.« Der Zeremonienmeister rollte mit den Augen. »Reiß dich zusammen, mein Junge. Mach keine Fehler. Die Vierten haben ohnehin schon einen schweren Stand. Und du erst recht, so dürr, wie du aussiehst.«

Hargorina räusperte sich. »Jag ihm keine Furcht ein. Er ist schon aufgeregt genug.«

»Er geht in eine Schlacht. Im übertragenen Sinn. Da muss er vorbereitet sein«, entgegnete Romogar. »Schön. Was ist dein Begehr?«

»Das … würde ich Seiner Exzellenz …«

Romogar hob abwehrend die rechte Hand. »Nenne ihn niemals ›Eure Exzellenz‹ oder ›Eure hochwohlgeborene Majestät‹. Das hält er für Firlefanz der Langen. Bleib bei ›mein König‹ oder ›König‹.«

»Verstanden.«

»Und dein Begehr?«

Goïmron schwirrte der Kopf. »Mein Begehr nenne ich ihm selbst.«

Romogar sah strafend zu Hargorina. »Was soll das? Wieso diese Geheimniskrämerei?«

Sie zuckte mit den breiten Schultern, die Rüstung rieb leicht metallisch aneinander. »Ich bekam es auch nicht aus ihm heraus.« Lässig legte sie ihren Streitkolben mit der langen Seitenklinge auf der Schulter ab.

»Es ist nicht wenig von Bedeutung für sämtliche Stämme und das gesamte Geborgene Land«, betonte Goïmron, dem der Schweiß in Sturzbächen unter der Kleidung herablief. »Ich schwöre es euch beiden. Bei Vrrr… den Göttern.«

»Gut. Nun bin ich gespannt.« Romogar setzte sich an die Spitze. »Durch die nächste Tür, und wir stehen vor Regnor und seinem Rat. Bereit?«

»Rat?« Goïmrons Anspannung schnellte in ungeahnte Höhen. »Aber ich dachte –«

»Der König hört sich die Belange und Wünsche niemals alleine an. Er vertraut darauf, bei seinen Entscheidungen die Meinungen anderer einzubeziehen.« Romogar hatte die nächste Tür erreicht, vor der erneut Wächterinnen und Wächter in schwarz-goldener Prunkrüstung standen. »Erinnere dich an meine Anweisungen.« Seine breiten Hände legten sich auf die Griffe. »Viel Glück, mein Junge, was immer du erreichen möchtest.« Dann öffnete er den Eingang zur eigentlichen Audienzhalle. »Vraccas mag mit dir sein, aber …?«

»Nenne nicht seinen Namen«, murmelte Goïmron.

Rumpelnd schwangen die Türflügel auf und gaben den Blick auf einen erhöhten Thron frei, der aus Stein und verschiedenen polierten Edelmetallen errichtet worden war.

Darauf saß der bauschbärtige König der Dritten, der einen weißen Wolfspelz über seiner rauchfarbenen Stahlrüstung trug; seine Linke steckte in einem Kampfhandschuh und hielt den Griff eines überlangen Morgensterns. Das Gesichtshaar war dunkelblau gefärbt.

Um ihn hockten je vier weitere Zwerginnen und Zwerge in aufwendigen Roben und Rüstungen hinter einer langen Tafel aus Basalt, als wollten sie über jeden Eintretenden richten.

»Mein König«, hallte Romogars Stimme laut durch den Saal. »Ich bringe den letzten Bittsteller des Umlaufs zu dir. Siehe, das ist Goïmron Schnitzeisen aus dem Clan der Silberbärte vom Stamm der Vierten.« Er winkte ihn herein. »Er kommt mit einem geheimnisvollen Anliegen und sprach davon, dass es sowohl wichtig für die Kinder des Schmiedes als auch das Geborgene Land sei.«

»Ich wünsche dir Glück«, raunte Hargorina ihm zu und trat seitlich in den Raum, um sich an eine Säule zu lehnen und zuzuhören.

Goïmron ging los.

Die Decke wurde von riesigen, knienden Zwergenstatuen gestützt, die Ornamente an den Wänden ähnelten verschiedenen Waffen, welche die Dritten im Kampf nutzten. Wandgemälde zeigten Schlachten und Gefechte, die an glorreiche Zeiten erinnerten. Erhellt wurde die Halle von gewaltigen, an Ketten befestigten Leuchtern, deren Gläser eine hauchdünne Goldschicht bedeckte und das Licht angenehm einfärbte. Es roch nach Stahl und Stein wie in einer Schmiede.

Es waren gute zehn Schritte bis zum Thron, und die Strecke zog sich elend lange. *Schweigt man, bis man vor dem König ist? Redet man währenddessen?*, zuckte es Goïmron durch den Kopf. *Ab welchem Abstand spricht man?* Die Aufregung wuchs mit der Bewegung. Die vielen aufmerksamen Augenpaare des Rates und der prunkvolle Raum mit den Wachen, die ihn mit Blicken verfolgten, ließen ihn an den Rand einer Ohnmacht kommen. *Vraccas, lass mich nicht allein!*

Seine Überlegungen wurden durch Regnor unterbrochen, dessen rechte Gesichtshälfte etliche Zwergenrunen zierten. »Willkommen, Goïmron Schnitzeisen, im Schwarzen Gebirge«, dröhnte seine tiefe Stimme. »Du bist der erste Vierte, der sich seit mehr als eintausend Zyklen in das Reich der Dritten traut. Du musst der Stärkste von euch allen sein. Innerlich zumindest.«

Der Rat lachte leise.

»König Regnor, ich bedanke mich, dass du mich empfängst.« Goïmron hielt vier Schritte vor dem Thron an und verbeugte sich. Da in seinem Verstand alles durcheinanderging, sprach er aus, was ihm am wichtigsten erschien: »Tungdil Goldhand lebt.«

Ein lautes Raunen ging durch die Halle.

Regnor lehnte sich nach vorne, der blaue Rauschebart schob sich lawinengleich über den Harnisch. »Sollte ich mich in dir getäuscht haben, und die Vierten sandten den Dümmsten zu mir?«, polterte er los. »Wie kannst du …?«

Goïmron hob das Buch wie einen Schild. »Mein König, ich habe seine Aufzeichnungen gefunden.« Rasch und mit leicht zitternder Stimme fasste er zusammen, wie er an die in Leder gebundenen Seiten gekommen war und was darauf stand. »Es ist von Hand geschrieben, voller Kleinigkeiten und Einzelheiten, die man sich nicht ausdenken kann, so man es nicht mit eigenen Augen sah«, sprach er am Ende. »Der finale Absatz trägt das Datum des letzten Winters.«

Regnor musterte ihn. »Ich habe dein Anliegen noch nicht verstanden, Goïmron Schnitzeisen. Du bist gekommen, um es mir zu schenken?«

»Nein, mein König. Ich bin gekommen, um mir eine Truppe zur Seite stellen zu lassen, damit ich ins Graue Gebirge reisen und ihn suchen kann.« Goïmron riss sich zusammen; sein Zittern endete. »Tungdil Goldhand lebt. Der mächtigste Held aus dem Stamm der Dritten, der das Geborgene Land mehrmals vor seinem Untergang bewahrte, wartet darauf, gefunden zu werden. Mit ihm können wir die Stämme einen und den Frieden zurückbringen. Brigantia vernichten. Die Drachen und Scheusale aus dem Geborgenen Land werfen, damit Ruhe und Wohlstand einkehren.« Langsam ging er auf Regnor zu und überreichte ihm das Buch. »Sieh hinein, mein König. Lies die Zeilen. Es ist keine Täuschung. Davon bin ich überzeugt.«

Regnor nahm die Seiten und blätterte sie durch. »In dem Fall zählte Goldhand mehr als eintausend Zyklen«, sagte er unterdessen. »So alt wird kein Zwerg.«

»Goldhand ist kein gewöhnlicher Zwerg. Was ihm widerfuhr und was er alles erlebte, das kann ihn die Zeit überdauern lassen. Zu diesem einzigen Zweck.« Goïmron trat zurück an seinen alten Platz. »Ich –«

»Demnach soll uns ein Greis gegen Drachen, Bestien und Mörder führen«, sprach eine Zwergin aus dem Rat, die im Kettenhemd mit verstärkter Schulterpanzerung und Eisendornen daran auf dem Sessel saß. Um Hüfte und Beine lag der rockähnliche Schutz aus Eisenplättchen, den die Dritten aus Tradition bevorzugten.

»Nun, ich glaube nicht, dass er –«, setzte Goïmron an.

»Und wenn er ein Anrecht auf den Thron der Dritten erhebt?«, warf ein einäugiger Zwerg in einem schwarzen Pelzmantel ein. »Sollen wir Regnor einfach austauschen wie einen faulen Apfel?«

Goïmron wandte ihm das Gesicht zu. »Weswegen sollte das –«

»Oder wenn Goldhand Anspruch auf den Titel des Großkönigs der Stämme anmeldet?«, gab eine andere Zwergin zu bedenken, die schweren moosgrünen Panzersamt trug.

»Wäre das so eine –« Goïmron versuchte erneut vergeblich, sich Gehör zu verschaffen.

»Geht es dir in Wahrheit darum, von uns Hilfe zu bekommen, um das Braune Gebirge zu erobern, weil die Vierten es nicht schaffen?«, rief ein weiterer gerüsteter Zwerg erbost und erhob sich. »Trittst du vor Regnor und glaubst, ihn dazu verleiten zu können, indem du uns das Märchen vom lebendigen Tungdil Goldhand erzählst? Der als Einziger der Fünften in den Ruinen der Hallen säße, umschlossen von Lava, und darauf wartet, dass man ihn fände?« Er schlug mit der Faust auf den Tisch. »Wäre er am Leben, hätte er sich vor Hunderten Zyklen auf den Weg gemacht.« Sein Zeigefinger reckte sich auf das Büchlein. »*Dies* ist eine plumpe Fälschung, Goïmron Schnitzeisen, ob von dir oder jemand anderem angefertigt. Und *das* ist eine Frechheit! Eine Anmaßung sondergleichen!«

Nach seinem letzten Wort sprach der Rat empört drauflos und bedachte Goïmron mit Vorwürfen, Unterstellungen und Fragen, die gnadenlos auf ihn einprasselten.

Nein! So ist das nicht. Nur mit viel Willenskraft verharrte er an seinem Fleck. Ein Schritt nach hinten hätte ihren Anschuldigungen recht gegeben. *Warum sind sie wütend auf mich?*

Regnor hob die Hand, und seine Vertrauten verstummten nach und nach. »So munter ging's schon lange nicht mehr zu«, kommentierte er den Aufruhr mit einem Lächeln und fuhr über den dunkelblauen Rauschebart. »Gut, Goïmron. Ich glaube dir.«

Von einem Herzschlag zum nächsten durchströmte ihn überschwängliche Freude. »Mein König, das –«

»Ich glaube dir, dass du von dem überzeugt bist, was du vorgetragen hast«, sprach Regnor weiter. »Aber diese Seiten sind eine List, ein Hirngespinst, ein nettes Werk der Zerstreuung. Geschrieben von wem auch immer und wann auch immer.«

»Das Datum besagt –«

»Das Datum kann vor hundert Zyklen eingefügt worden sein. Oder vor eintausend. Möglicherweise ist es wahrlich von Goldhand selbst verfasst. Doch was er einst in der Schwarzen Schlucht erlebt hat, ist nicht von Belang. Es ändert an unserem Leben nichts.« Regnor warf ihm das Buch zu, und einige der losen Seiten flatterten durch die Luft. »Sein Sohn und er gingen zusammen mit vielen Fünften und der Feuerklinge im Grauen Gebirge unter, als die Beben und die Ausbrüche begannen. Gemeinsam mit ihren Hallen und ihren Schätzen. Die Überlebenden warten in den Siedlungen darauf, zurückkehren zu können, wie die Zweiten es am Fuße des Blauen Gebirges tun. Wie es auch dein Stamm tut, Goïmron Schnitzeisen.«

Goïmron haschte unbeholfen nach den umherfliegenden Blättern und sammelte die niedergegangenen ein. Sorgsam legte er sie in den Ledereinband zurück. »Du täuschst dich, König Regnor.«

»*Du* täuschst dich. Du möchtest unbedingt glauben, dass ein großer Retter zurückkehren wird.«

»Das tat er schon einmal.« Goïmron hob das Büchlein. »Aus der Schwarzen Schlucht. Von einem Ort, wie er schrecklicher nicht sein kann.«

»Aber es lagen keine eintausend Zyklen dazwischen.« Regnor atmete lange ein und aus, stützte die rechte tätowierte Wange mit der Hand. »Es war sehr mutig von dir, mit einem solchen Anliegen zu mir zu kommen. Doch ich werde dir keine Truppen geben, um im Grauen Gebirge einen Geist suchen zu lassen. Es ist kein sicherer Ort. Felseinstürze, die rüttelnden Berge, umherziehende Bestien, welche durch die Ruinen des Steinernen Torwegs kriechen. Für *was?*«

»Für den größten Helden der Dritten«, erwiderte Goïmron überzeugt. »König Regnor, er ist dort! Wir –«

»Hab Dank für deinen Besuch, Goïmron Schnitzeisen. Es war unterhaltsam und erquickend, einen Vierten zu sehen, der seinen Mut nicht verloren hat. Nutze diesen Mut weise für dein weiteres Leben. Möge es lange und erfolgreich sein.« Regnor erhob sich. »Sei ein Vorbild für die anderen deines Stammes und stelle ein Heer auf. Holt euch in ein- oder zweihundert Zyklen zurück, was euch gebührt. Meine guten Wünsche begleiten dich. Die Audienz ist beendet.« Er nickte und sah dabei an Goïmron vorbei. »Gebt ihm etwas zu essen und zu trinken. Stattet ihn für die Rückreise nach Malleniaswacht großzügig aus und gewährt ihm die Nacht über ein Lager.«

Goïmron wurde vom Zeremonienmeister behutsam am Arm gegriffen.

»Mein König, wenn du es dir anders überlegst, lass es mich wissen!«, rief er verzweifelt.

»Genug. Wir gehen«, raunte Romogar.

Ich bin gescheitert. Niedergeschlagen sah er den Rat und den rauschbärtigen Regnor die Halle verlassen. Vereinzelt wurden ihm Blicke zugeworfen, manche mitleidig, manche empört. *Ich habe es nicht geschafft.* Wie in Trance ließ er sich von Romogar hinausführen, ohne dessen Worte oder die Umgebung richtig wahrzunehmen. Das Buch hielt er an sich gepresst. *Was tue ich nun? Soll ich allein aufbrechen und nach Goldhand suchen?* Er käme keine hundert Schritte weit, ohne sein Leben im Grauen Gebirge zu verlieren.

»Na, *das* lief doch gut.« Hargorina schloss sich ihnen am Ausgang an und ging auf der anderen Seite neben dem Vierten. »Du hast ein vollkommen unsinniges Anliegen vorgetragen und darfst unser Reich lebend verlassen.« Sie zwinkerte. »Ein Scherz, Goïmron. Genau wie die Goldmünze, die du mir schuldest.«

»Mir ist nicht nach Scherzen.« Ein schweres Seufzen entschlüpfte ihm.

»Hier kommt etwas, das *kein* Scherz ist: Ich halte dich für einen mutigen Träumer. Zwar sehe ich es wie mein König, doch du hast mir gerade bewiesen, dass eine Überzeugung innere Stärke verleiht. Gegen alle Vorbehalte.« Hargorina klopfte ihm mehrmals auf die Schulter. »Behalte diese Einstellung bei, Goïmron. Sie wird dich im Leben weit bringen.«

»Bislang erfolglos ins Schwarze Gebirge und demnächst zurück nach Malleniaswacht«, erwiderte er bitter und strich über den Ledereinband des Buchs. Er war so sicher gewesen, ein offenes Ohr zu finden. *Ich Narr. Wieso dachte ich, dass mir jemand glaubt?* Die Worte des Königs und des Rates verfolgten ihn. Sie kratzten an seinem Glauben. *Ein Zwerg, der länger als tausend Zyklen lebt und nicht einmal in Erscheinung tritt.* Goïmron räusperte sich. »Immerhin, es war ein abwechslungsreicher Ausflug. Ich kenne keinen aus Malleniaswacht, der behaupten kann, ins Reich der Dritten gereist zu sein.«

»Und sogar eine Nacht als Gast zu bleiben.« Romogar hatte ihn zurück auf den Gang vor der Wartehalle geführt. Er winkte eine Wache heran und trug ihr auf, was Regnor angewiesen hatte. »Ich hoffe, es wird dir bei uns gefallen, auch wenn du nicht erhört worden bist. Ich zumindest fand es spannend. Lass das Buch drucken und verkauf es an die Langen. Du könntest ein kleines Vermögen damit machen.« Mit einem kräftigen Händedruck verabschiedete er sich. »Eine gute Reise morgen. Du wirst alles bekommen, was du benötigst.« Langsam ging der Zeremonienmeister.

»Nein. Werde ich nicht«, flüsterte Goïmron. *Ich bekam nichts von dem, was ich benötige. Und das Geborgene Land auch nicht.*

»Ich muss jetzt los und das Kästchen abliefern, das wir in Weißenfelta abholten. Aber später am Abend komme ich gerne vorbei, und wir beide reden ein bisschen. Bei einem guten Würzbier«, schlug Hargorina vor. »Ich möchte alles über Malleniaswacht und die Vierten dort hören. Es soll eine fantastische Stadt sein.«

Goïmron wusste, dass dies gelogen war. Die Kriegerin versuchte, nett zu ihm zu sein, um ihn mit den trübsinnigen Gedanken nicht allein zu lassen. »Ich bleibe lieber in meiner Kammer«, sagte er. Das fehlte ihm gerade noch: umringt von hünenhaften

Dritten, die dem »Viertelzwerg« neuerlichen Spott und Hohn angedeihen ließen. *Am Ende werfen sie mich um die Wette.* »Die lange Reise erschöpfte mich.«

Hargorina nickte verständnisvoll. »Dann sage ich dir morgen noch Lebewohl.«

»Nicht nötig. Ich breche sehr früh auf.« Goïmron war ihr dankbar, sein Leben gerettet und sich für ihn eingesetzt zu haben. Zugleich beschämte es ihn. »Besuche mich gerne, wenn du nach Malleniaswacht reist. Ich zeige dir die Stadt und die schönsten Aussichtspunkte.« Er reichte ihr die Hand. »Es war eine große Ehre, dich getroffen zu haben, Hargorina Todbringerin.«

»Ebenso, Goïmron Schnitzeisen. Was immer manche Dritte gesagt haben und noch sagen könnten: Du bist ein ehrenhafter Zwerg und ein verdammt mutiger Vierter.« Sie ließ seine Finger los und bog auf den Gang ein. »Vergiss das nie.«

Sein Lächeln fiel verkniffen aus. *Ein ehrenhafter Zwerg, ein mutiger Vierter – und ein vollendeter Narr.*

»Bring mich in meine Unterkunft, bitte«, bat er die Wache, die sich sogleich in Bewegung setzte.

Nach etwas Marsch durch weniger opulent gestaltete Korridore und Gänge saß Goïmron in einer gemütlichen Kammer, durch dessen bodentiefes, großes Fenster er in eine hundert Schritt hohe Kaverne schauen konnte, in die eine Kaskade stürzte und einen See samt Fluss füllte. Am Ufer des Stroms standen Schmieden dicht an dicht, leise drang das stete Scheppern der von Wasser getriebenen Hämmer zu ihm. Das rote Glühen der Öfen und Essen war deutlich zu sehen.

Auf dem Tisch wartete ein köstlich duftendes Mahl aus unterschiedlichen Speisen: in Steinsand gebackener Fisch, Wurzelpuffer, verschiedene Brotsorten, Trüffelbutter, Felshühner und fleischige Köstlichkeiten, die Goïmron nicht kannte. Die Küchen der Stämme unterschieden sich deutlich.

Zum Mahl gehörten auch ein kleines Fässchen mit der Aufschrift *Starkes Edelschwarz* sowie ein kunstfertig getriebener

Kupferhumpen. Auf dem Kärtchen daneben stand: *Ein Geschenk von König Regnor an den mutigsten Vierten, den er kennt.*

Nachdenklich hielt Goïmron das Buch in der Hand. *Wegen dieses Unfugs ist Gandelin tot. Weil ich es unbedingt lesen und ergründen musste, statt bei ihm zu sein und ihm zu helfen, als er um sein Leben kämpfte.* Unvermittelt spürte er das Bedürfnis, es aus dem Fenster zu werfen. *Es brachte nichts. Nur Ärger, Tod und Spott!* Wütend warf er die in Leder gefassten Seiten in die Ecke und zapfte sich ein Bier.

Bereits beim ersten Schluck spürte Goïmron die Wirkung auf nüchternen Magen – und auf seine schmale Statur. Die Kriegskolosse der Dritten vertrugen sicherlich ein Fass jeder allein. Aber es kam ihm recht, um seine Sorgen und finsteren Gedanken zu ertränken.

Nach dem dritten Humpen drehte sich die Kammer um ihn. Heißhungrig machte er sich über geräucherten Steinbockschinken und fette Pilzwurst her, bevor er nachschenkte und das Fenster öffnete, um sich auf den Balkon zu setzen und den Ausblick in die Höhle zu bewundern.

Ein leichter Wind fuhr ihm durch Gesicht, Koteletten und die kurzen schwarzen Locken. Das Klirren und Hämmern aus den Schmieden mischte sich mit Stimmen, Lachen und Musik, die aus den umliegenden Wohnungen und Zimmern ins Freie drangen.

Jemand spielte virtuos auf einer Drehleier die Melodie der alten Weise vom Einsamen Zwerg, die sie oft mit dem Chor in Malleniaswacht gesungen hatten. *Gandelin und ich.*

Goïmron konnte nicht anders, als sich in der melancholischen Stimmung zu erheben, tief Luft zu schöpfen und in die Töne einzustimmen. Aus tiefstem Herzen sang er sich seine Trauer, seine Enttäuschung und seine Niedergeschlagenheit von der Seele, sodass er zunächst nicht bemerkte, dass weitere Stimmen hinzukamen.

Auf den Balkonen und an den Fenstern erschienen mehr und

mehr Sängerinnen und Sänger, die das Lied des Einsamen Zwergs erklingen ließen. Fast schien es, dass die Schmieden im Tal in den Takt einschwenkten und es begleiteten.

Goïmron überrollte ein Schauder. Er hielt mit dem Singen inne, während die übrigen Dritten die nächste Strophe anstimmten. *Ach, Gandelin. Es tut mir so leid.* Er trank einen Schluck und hob die gebündelten Seiten auf, die unordentlich unter dem Ledereinband herausschauten. *Bei Vraccas! Wir wuchsen in den Straßen von Malleniaswacht gemeinsam auf, und ich ließ dich im Stich. Wegen dem hier!* Er wog das Buch in der Hand. *Geschriebene Fantastereien!* Unsicher geworden von der Wirkung des Trunks, holte er aus. *Zu Tion damit!*

Sein Wurf schleuderte das Werk weit in die Höhle hinein. Es rotierte und öffnete sich, zog im Flug eine Spur aus Seiten hinter sich her.

Der Wind erfasste die zahlreichen beschriebenen Blätter und wirbelte sie zu einer weiß-schwarzen Wolke auf, die sich mehr und mehr in der Kaverne verteilte. Flatternd wie Schmetterlinge tanzte das Papier.

Bei Vraccas! Das hätte ich gleich tun sollen. Goïmron leerte den Humpen und stimmte unter Tränen in die letzte Zeile des Lieds ein.

Langsam verhallten das letzte Wort und der letzte Ton in der riesigen Höhle.

Rings herum brandete Beifall auf, der einzig Goïmrons Gesang galt. Schnell wischte er sich die Feuchtigkeit von den Wangen, als ihm klar wurde, dass man ihn beobachtete. Es sollte nicht aussehen, als wäre er von seinem eigenen Singen ergriffen.

»Lorimbur sei mein Zeuge«, erklang unvermittelt Hargorinas Stimme hinter ihm. »Das rührte mich von den roten Haarspitzen bis in meine anmutigen Zehen.« Applaudierend trat sie neben ihn. »Nun wissen wir, dass du der beste Sänger des Schwarzen Gebirges bist. Das wird einen Wettstreit unter unseren Leuten auslösen, um einen Vierten zu übertrumpfen.«

»Das war nicht meine Absicht.« Goïmron versuchte, seine Trunkenheit nicht zu sehr zu zeigen. »Wolltest du mitsingen?«

»Nein, ich kann nicht singen.« Hargorina trug ein einfaches, langes Kleid in Erdfarben und mit schwarzen Stickereien, darüber eine Brustplatte und einen Gürtel, an dem ein Kurzschwert hing. *Ein merkwürdiger Anblick,* dachte Goïmron. Sie sah irgendwie verkleidet aus. Das lange kupferrote Haar wallte offen um ihren Kopf. »Ich bin gekommen, um dir zu sagen, dass ich dich morgen begleite.«

»Bis zur Haltestelle schaffe ich es, ohne umzukommen.«

»Nicht bis zur Haltestelle. Sondern ins Graue Gebirge.«

»Was?«

»König Regnor änderte seine Meinung.« Hargorina grinste ihn an. »Du bekommst deine Truppe.«

»Bei Vr...!« Er konnte den Jubel auf dem Balkon gerade noch unterdrücken, um von Lorimburs Nachfahren nicht beschimpft zu werden, und riss die muskulöse Kriegerin überschwänglich in eine Umarmung. »Das ist großartig!«

Lachend tätschelte sie seinen Rücken. »Nicht wahr? Du hast sie überzeugt.« Sie löste sich von ihm. »Ah, du hast ein Fässchen Starkes Edelschwarz bekommen. Da nehme ich mir doch auch einen Schluck.«

»Aber gerne! Das müssen wir feiern!

Hargorina ging zum Tisch und füllte eine ungenutzte Servierschale mit dem süffigen Bier, da es keinen zweiten Humpen gab. »Das Buch hat mich neugierig gemacht.« Sie prostete ihm zu und nahm einen Schluck. »Sag, kann ich es mir bis morgen ausleihen? Um einen Eindruck zu gewinnen, warum es dich in seinen Bann zog?«

Das Buch! Goïmron wurde schlagartig eiskalt.

Langsam drehte er den Kopf und sah in die Kaverne, wo sich die Blätter in weitem Umkreis langsam herabsenkten.

* * *

»Es heißt: Keine zauberwirkende Rune sei wunderbarer als ein Buch.
Dazu sage ich: Ein Wunder hat nichts mit der realen Magie von Zauberrunen und Büchern zu tun.«

Aus: Die gesammelten Weisheiten eines Magus
von Magus Perticus

KAPITEL V

DAS GEBORGENE LAND, ROTES GEBIRGE, DAS REICH DER ERSTEN, WELLENTROTZ, WESTHAFEN, 1023 N. B. (7514. SONNENZYKLUS NACH ALTER ZEITRECHNUNG), FRÜHJAHR

Xanomir Wogenherz atmete die frische, salzige Brise tief ein. »Es ist doch ein anderes Meer als im Inneren des Geborgenen Landes«, sagte er zu Buvendil, der mit ihm auf der vordersten Mauer des Ringhafens von Wellentrotz stand. »Wie schön wäre es, hinauszufahren und neue Welten zu entdecken.«

»Und dabei angegriffen, verschleppt oder gegessen zu werden«, fügte sein Freund übertrieben sehnsuchtsvoll hinzu. »Wie schön, oder?« Lachend kämmte er seinen ausgeblichenen hellblonden Bart zu Ende.

»Du machst mir meine Sehnsucht madig.«

»Ich zeige dir die Gefahren der Seefahrt auf.« Buvendil deutete zum Horizont, an dem es zwischen den Landzungen nur noch Wasser gab. »Natürlich kommen die ganzen Schiffe von irgendwoher. Aus fernen Reichen. Nur friedlich ist es deswegen nicht. Warum sollte es auf dem Meer anders sein als an Land?«

»Du hast recht. Außerdem hat Vraccas uns bereits eine Aufgabe erteilt.« Er sah zur Tauchglocke, die von den Wachen zum Herablassen vorbereitet wurde. »Und die lautet nicht: ›Fahrt in die Weite.‹«

»Sondern: ›Beschützt das Geborgene Land.‹« Buvendil steckte den Kamm weg, ging zur Tauchglocke und überprüfte die Ketten, mit der sie an der Winde befestigt wurde. »Das tun wir.«

Xanomir nickte und drehte sich zur Einfahrt des Verbindungstunnels, der mitten durch das Rote Gebirge und das Reich der Ersten verlief und die Meere verband. Nach den großen Beben und Erdsenkungen, den Einbrüchen und Flutungen hatte sich das Wasser einen neuen Weg gesucht.

Die einen nannten ihn »wunderbare Möglichkeit«, die anderen »unabwägbare Gefahr« für das Geborgene Land. Xanomirs eigene Ansicht lag irgendwo dazwischen.

Um die Gefahren zu minimieren, hatten die Ersten den Hafen und die Festung Wellentrotz im Westen auf einer kleinen Landzunge errichtet, um jene Schiffe zu kontrollieren, die ins Geborgene Land wollten. Im ringförmigen Kaibereich mit den angeschlossenen kreisförmig angelegten Dockgebäuden legten die Gefährte aus dem Jenseitigen Land an und wurden überprüft: Sowohl ihre Ladung als auch die Besatzung wurden auf eventuelle ansteckende Krankheiten kontrolliert. Wenn alles in Ordnung war, durften die Schiffe in die Durchlassschleuse, wo Einfuhrzoll, Passierrechte und Schleppgebühren bezahlt werden mussten.

Reichte das Geld nicht aus, wurde der Kahn mitsamt Ladung in einem Seitenarm festgesetzt und nach einem Mondzyklus des Abwartens ausgeschlachtet, sofern die Summe nicht in Gänze beglichen werden konnte. Wer die Münzen auftrieb oder anteilig mit Fracht zahlte, für den ging die Reise weiter wie für alle anderen auch.

Ruderschlepper zogen die Schiffe danach durch den meilenlangen Tunnel im Roten Gebirge. Das Verlassen der Kähne war strengstens verboten und wurde mit Haft, Geldstrafen oder im Wiederholungsfall mit dem Tod geahndet. Die Ersten wollten keine Fremden in ihrem Reich.

Xanomir kannte die Abwehrvorrichtungen im Tunnel nicht genau. Exaktes darüber wussten nur der König und einige Constructoren, welche die versteckten Maschinen, Schleudern und Rammvorrichtungen warteten, sowie ausgesuchte Passagewachen. Jedes Schiff konnte binnen weniger Augenblicke im Durchgang zu Kleinholz verwandelt werden, sollten sich Feinde oder ansteckende Krankheiten darauf befinden. Im Osten wartete am Ende des Tunnels die Schwesterfestung Meereshalt, wo eine weitere Inspektion geschah, bevor man die Gefährte passieren ließ.

Als Xanomir den Blick auf den Boden richtete, wusste er, was ihm fehlte. Ein leiser Fluch kam über seine Lippen. »Ich muss noch mal zum Hafenmeister.«

»Warum?«

»Meine zweite Werkzeugtasche liegt noch dort.« Xanomir lief los. »Wir erledigen das heute noch.«

»Beeile dich! Es ziehen Wolken auf. Schwindet die Sonne, wird es da unten an den Grundmauern zappenduster.« Buvendil rüttelte prüfend an den Befestigungen der Ketten und Haken, schlug mit einem Hammer dagegen und lauschte auf den Klang. Bei unsichtbaren Vorschäden veränderte sich der Ton. »Was macht eigentlich deine Unterwasserlaterne?«

»Ist so gut wie fertig«, rief Xanomir über die Schulter. »Bis gleich.«

Er und sein Freund waren gerufen worden, weil sich an der vorderen Mauer nach dem letzten Beben Risse gebildet hatten. Um zu ergründen, wie weit sie hinabreichten, sollte die Elriahaube zum Einsatz kommen, bevor mit dem nächsten Sturm womöglich ein Stück des instabil gewordenen Bollwerkes im Meer versank.

Risse und Sprünge waren Xanomir auf der Fahrt durch den Tunnel auch aufgefallen, ebenso wie Markierungen an den Wänden und einige versteckte Kerben an den Decken. *Die Steinmetze haben viel zu tun.*

Xanomir erreichte das Gebäude von Hafenmeister Bendabil Zangenstark. Seine Werkzeugtasche stand neben dem Schreibtisch des Zwergs, der ihn mit einem vorwurfsvollen Blick bedachte.

»Vraccas sei Dank!«, rief Xanomir. »Du hast auf sie aufgepasst.«

»Ja. Und beinahe wäre sie weg gewesen.« Bendabil drehte die

Schnurrbartenden in die Höhe. Durch den unentwegten Aufenthalt im Freien bei Wind und Wetter war sein Gesicht tiefbraunschwarz und sah zerfurcht wie altes Rauchleder aus, was die silbernen Barthaare glänzen ließ. Manche nannten den Hafenmeister daher neckend, aber auch ehrfürchtig ›Ledergesicht‹.

»Pfui! Wer stiehlt denn Werkzeug?«, fragte Xanomir.

»Auswärtige.« Bendabil deutete durch das Fenster hinaus zu einem heruntergekommenen Frachter. »Die *Schuschkumusch*. Kommt aus Tritania. Zwei ihrer Matrosen hatten sich die Tasche schon unter den Nagel gerissen, aber meine Wachen haben sie ihnen abgenommen.« Er schob sie mit dem Fuß auf Xanomir zu. »Sie redeten sich mit einer Verwechslung heraus.«

»Das wäre sehr ärgerlich gewesen. Die Werkzeuge sind Sonderanfertigungen für meine selbst geschliffenen Schrauben und Bolzen.« Seine dunklen Augen richteten sich auf das Schiff. »*Schuschkumusch.* Seltsamer Name.«

»Und seltsame Lange. Der Kahn hat Tiefgang, als wär er schwer beladen, ist aber leer. Keine versteckten Kammern, nichts unter dem Kiel angebracht. Habe ich alles mit dem Unterwasserspiegel nachgeprüft«, sagte Bendabil. »Bin ja nicht von gestern, nur auf die Vorkontrolle zu vertrauen. Muss das schwerste Holz sein, das es gibt. Was immer sie laden wollen, es kann nicht viel sein. Watte, höchstwahrscheinlich.«

Xanomir liebte das Rätsel jetzt schon. »Das sehe ich mir an!«

Sogleich war er zur Tür hinaus, die Tasche geschultert, und trabte in Richtung Durchlassschleuse, wo die *Schuschkumusch* vertäut lag. Sie wartete, dass sich die Tore öffneten und ein Schlepper sie durch den Tunnel nach Westen zog.

Von oben betrachtet erinnerte die Form an einen Flusskahn. *Zu flache Wände, zu hoher Schwerpunkt*, dachte Xanomir. *Damit käme man auf offener See keine zehn Meilen weit.* Die kleinste Woge würde aufs Deck schwappen und den Laderaum fluten. *Sie müssen der Küstenlinie gefolgt sein. Aber von Tritania bis zu uns?*

Zumeist kamen Doulia von dort, Menschen, die sich freiwillig ein Sklavenleben auferlegt hatten, um ihrem Gott Doul durch die Entbehrungen zu huldigen. Es war die seltsamste Religion, die Xanomir je untergekommen war. Über das Meer reisten sehr viele neue Gottheiten mit den Handelsschiffen an, die jedoch keinen Zulauf im Geborgenen Land fanden.

Langsam ging Xanomir auf der Mauerkrone entlang und beobachtete, was die drei Seeleute an Bug und Heck taten. Die Taue, die sie mit dem Kai verbunden hatten, waren bereits gelöst, die *Schuschkumusch* trieb auf das Tor zu. *Das sind keine Doulia. Die Kleidung und die Frisuren passen nicht.*

Wie Bendabil gesagt hatte, war die Sache seltsam. Ebenso seltsam wie das Amulett von Hegomil Kohlenglut, welches Xanomir und Buvendil in den Zähnen des Fischs gefunden hatten. Wie erwartet hatten sie keine Zwergenüberreste im Magen entdeckt. Es blieb daher ein Rätsel, wie der alte Schmuck in das Maul des Schneidseewolfs gelangt war.

Ruckartig stoppte der Kahn, und es knirschte dabei, als sei der Kiel gegen den geschlossenen Durchgang gerumpelt. Aber die hässliche Galionsfigur befand sich noch zehn Schritte davon entfernt.

Da befiel Xanomir ein ungeheuerlicher Verdacht. *Kann das wirklich sein?* Er trat wie aus Versehen ein herumliegendes Steinchen von der Mauer. In hohem Bogen flog es in die Schleuse – und prallte drei Schritte vor dem Kiel der *Schuschkumusch* in Deckhöhe auf Widerstand, kullerte durch das Nichts und plumpste ins Wasser.

Die drei Matrosen sahen sich an, anschließend zum Zwerg hinauf.

Oh, verfluchte Wasserschlangenscheiße! Xanomir winkte ihnen zu, als wäre nichts geschehen und als hätte er nichts von dem Steinchen bemerkt. *Ich muss zum Hafenmeister.*

Einer der Männer grüßte zurück. Der zweite langte unter eine Plane, während der dritte rasch durch eine Luke abwärts unter Deck verschwand.

Als der zweite Matrose die Hände unter dem Segeltuch hervornahm, hielt er eine gespannte Federschleuder mit einem Kastenmagazin – und löste im Anlegen auf den Zwerg aus. »Elender Unterirdischer!«

»Alarm!«, schrie Xanomir und ließ sich fallen. »Angriff! Wir werden angegriffen!«

Zwei Geschosse surrten über ihn hinweg. Die übrigen hätten ihn durchlöchert, hätte die Werkzeugtasche nicht vor ihm gelegen. Das Leder wurde von den kirschkerngroßen Kügelchen zerfetzt, aber das Metall darin bot genug Schutz. Hastig kroch er rückwärts hinter einen eisernen Seilpoller, um sicher zu sein.

Durch einen Spalt in seiner Deckung sah Xanomir die *Schuschkumusch* unvermittelt aufleuchten. Der Tarnzauber fiel, und die wahre Gestalt des vermeintlichen Flusskahns kam zum Vorschein.

Ein mittelgroßes Schlachtschiff.

Aus Frachtkisten wurden Geschützaufbauten, aus dem plumpen Rumpf eine schnittige Form, lange Ruder schoben sich aus den seitlichen Luken. Auf den Pfiff einer Signalpfeife hin setzten sich die Riemen gleichzeitig in Bewegung und schoben das Schiff mit seinem langen metallenen Rammsporn gegen das Tor.

Knirschend gab die Verriegelung beim ersten Zusammenprall nach. Die Durchlassschleuse war nicht erbaut worden, um einem militärischen Angriff standzuhalten.

Schon schnellte das unbekannte Schiff auf den Tunnel zu. Dabei fuhr es mitten durch zwei Schleppkähne, die unmittelbar an der Schleuse gewartet hatten. Das vordere Stahlende, das einem Beil nachempfunden war, glitt spielend durch die Planken und brach die Rümpfe wie Nüsse auf.

Elria möge sie strafen! Xanomir erhob sich aus seiner Deckung und sah dem Angreifer bestürzt nach; in dem eisernen Seilpoller blieben leichte Abdrücke durch den Beschuss zurück.

Die Geschütze an Deck schleuderten Bolzen nach den herbeieilenden Wachen an Land, die parallel zum Schlachtschiff zu den

Speerkatapulten rannten. Hornsignale dröhnten im Hafen und von der Festung.

Ohne Vergrößerungsglas vermochte Xanomir nicht auszumachen, welche Wesen sich an Deck des unbekannten Gefährts bewegten. *Sind es wirklich Menschen oder warfen sie gleichermaßen einen Tarnzauber über sich?* Eine Flagge oder ein Wappen, irgendeinen Hinweis auf die Herkunft suchte er vergebens.

Das Schlachtschiff hatte seine Schlagzahl verdoppelt und jagte mit schäumender Bugwelle in den Tunnel. Gleichzeitig lösten sich vier große Steinbrocken aus der Decke, an deren oberen Enden Ketten befestigt waren. Die tonnenschweren Blöcke knallten auf die oberen Planken und durchschlugen sie stellenweise. Da die Galeere bereits gehörig Fahrt aufgenommen hatte, wurden die Balken durch die Ketten aufgeschnitten und aufgerissen.

Xanomir vernahm Schreie aus dem Ruderdeck. Die Riemen gerieten außer Takt, etliche standen plötzlich senkrecht, andere rutschten aus den Löchern und fielen ins Wasser. Das fremde Schlachtschiff kam zum Halten.

Die vier ausgeklinkten Felsenstücke wurden an den Ketten nach oben gezogen und vergrößerten die Zerstörung. Aber die Verteidiger wollten sichergehen. Lange Eisenspitzen klappten spritzend aus dem Wasser wie Speere in einer Fallgrube, und der Rumpf brach auf.

Durch die aufklaffenden Löcher und Spalten im Schiff fielen Leiber, die mit Bolzen, Kugeln und Pfeilen aus Geschützluken rechts und links in der Tunnelwand gespickt wurden. Ab und zu funkte es, wenn die Geschosse auf die Eisenringe an den Hand- und Fußgelenken der Unglücklichen trafen.

Nochmals krachten zwei Felsbrocken von oben durch die Galeere und zerschlugen das Schlachtschiff endgültig.

Unversehens breitete sich Feuer aus, was Xanomir zunächst verwunderte. Dann bemerkte er die Auslässe im unteren Wandbereich des Tunnels, aus denen die unlöschbare Mischung aus Talg, Petroleum, Öl und Pech gepumpt und entzündet worden war; schwarze Rauchschwaden drangen ins Freie. Die Trümmer verbrannten zusammen mit der Besatzung.

»Was für eine Darbietung«, sagte Bendabil unvermittelt neben Xanomir. »Bei Vraccas, wie lange dauerte es, bis sie sanken? Fünf, sechs Atemzüge?«

»Ich … war zu abgelenkt.« Xanomir wischte sich den Schmutz von der Kleidung. Nicht ein Geschoss hatte ihn erwischt. *Gelobt seien mein Werkzeug und der Poller.* »Ich bemerkte den Tarnzauber, aber sie erkannten gleich, dass ich sie durchschaut hatte.«

»Du hast das Geborgene Land vor Schaden bewahrt. Das ist das Einzige, was zählt.« Bendabil nickte ihm zu und drehte aufgeregt an den Bartspitzen. »Das werde ich lobend in meinem Hafenmeisterbuch erwähnen. Mag sein, dass du dafür eine Aufmerksamkeit vom König selbst bekommst.«

Xanomir sah den kokelnden und brennenden Resten der stolzen Galeere beim Sinken zu. »Wer das wohl war?«

»Eine Galeere der Hai-Klasse. Die sind seit mindestens hundert Zyklen nicht mehr gesehen worden.«

»Und wer nutzte sie?«

»Whrotland. Doch das Reich gibt es nicht mehr. Ich vermute, es waren ein paar wagemutige Piraten, die im Geborgenen Land fette Beute machen wollten. Niemand hätte den langsamen Kahn durch seine magische Tarnung verdächtigt. Sie hätten viele Zyklen lang ihr Unwesen im Binnenmeer treiben und als reiche Leute verschwinden können.« Bendabil kratzte sich am Ohr. »Das gibt Ärger für die Vorkontrolle. *Mächtig* Ärger. Die hätten die magische Tarnung bemerken müssen. Und wie konnte es mir und dem Spiegel entgehen?« Er klopfte Xanomir auf die Schulter. »Gut gemacht. Komm nachher in meine Schreibstube. Ich gebe dir so oder so einen aus.« Dann eilte er los. »Entschuldige, ich muss die Aufräumarbeiten anweisen. Wir brauchen einen freien Tunnel, sonst stauen sich die Handelsschiffe.«

»Danke!«, rief Xanomir ihm nach.

Piraten, die einen derart mächtigen Tarnzauber sprechen kön-

nen? Das glaubte er nicht. Und schon gar nicht würden Piraten mit geschätzt zweihundert Rudersklaven, die versorgt werden mussten, in unbekanntes Terrain vorstoßen.

Xanomir würde sich bei der Sichtung der vorderen Festungsmauer größte Mühe geben, um nicht *eine* brüchige Stelle zu übersehen. Hinter dem Vorfall steckte etwas anderes, da war er sich sicher. *Etwas viel Größeres.*

Er wandte sich zum Gehen und hob die Werkzeugtasche an. Mit einem Ratschen zerriss das zerschundene Leder, und die Werkzeuge klirrten und schepperten rings um ihn auf die Hafenmauer.

* * *

DAS GEBORGENE LAND, VEREINTES GROSSKÖNIGREICH GAURAGON, PROVINZ GRASENTIN, WESTLICH DES SCHWARZEN GEBIRGES, REICH DER DRITTEN, 1023 N. B. (7514. SONNENZYKLUS NACH ALTER ZEITRECHNUNG), FRÜHJAHR

Im Reiten ordnete Goïmron die letzten Blätter des Buchs von Tungdil Goldhand. Sein Pferd folgte dem Tross im lockeren Schritt, ohne dass er etwas tun musste. *Sind das wirklich alle?* Nochmals kontrollierte er die Seitenzahlen und die Daten darauf, was ihm mit seinem Brummschädel nicht leichtfiel.

Um ihn herum roch es angenehm nach Blüten und frischem Gras. Bienen summten, am Himmel tirilierten Vögel und zogen übermütig akrobatische Flugbahnen. Nach den Schönheiten der Natur stand Goïmron nicht der Sinn. Sein Kopf schmerzte von der Nachwirkung des starken Bieres, sein Rücken tat weh vom Bücken und Klettern und unentwegten Laufen durch die Kaverne.

Der Aufbruch zum Grauen Gebirge hatte sich durch seine

Rauschtat auf dem Balkon um einen Umlauf verzögert. Goïmron hatte es sich nicht nehmen lassen, die vielen Seiten selbst von Felsen, Steinen, Höhlenbäumen und Kavernenstechdisteln zu pflücken oder aus dem Wasser zu fischen. Damit beglich er seine Schuld an dem einmaligen Werk, nachdem er es in einem Anfall von Melancholie und Verzweiflung weggeworfen hatte.

Einige Aufzeichnungen hatten stark gelitten, manche waren kaum mehr lesbar. *Es fehlt die letzte Seite.* Goïmron hatte vorhin noch geglaubt, sie gefunden zu haben. *Verflucht, nein!* Darauf stand der Aufenthaltsort von Goldhand, als er seine Geschichte beendet hatte. Goïmrons pochender Kopf wollte sich nicht an den Ort erinnern. *Ich sollte mehr Wasser trinken, um das Bier auszuschwitzen. Vielleicht kehrt das Wissen so zurück?*

Hargorina ließ sich zurückfallen und ritt neben ihn. Zum Reisen trug sie die bekannte Rüstung der Dritten, ihr Streitkolben steckte in einer Halterung am Sattel. Das kupferfarbene Haar war am Hinterkopf zu einer Schnecke zusammengerollt. »Ich sehe, du bist fertig.«

»Ja.« Goïmron verschwieg die fehlende letzte Seite.

»Fein! Jetzt genieße die wunderbare Aussicht. Wir durchqueren Grasentins schöne Seite. Ab morgen wird die Gegend hässlicher.« Sie lächelte. »Es geht gut voran, auch ohne die Schienenkutsche. Das Wetter meint es gut mit uns.«

»Das freut mich.« Goïmron tat bereits der Hintern weh. In Malleniaswacht hatten seine Eltern ihn als Kind das Reiten erlernen lassen, seitdem hatte er nicht mehr im Sattel gesessen. »Bis wann werden sie den zerstörten Haltepunkt in Weißenfelta erneut aufbauen?«

»Das geht meistens schnell. Es war nicht der erste Vorfall mit Riesentrollen. Die Langen sind erprobt im Umgang mit Balken und Nägeln.« Hargorina gab Belîngor an der Spitze den Befehl, in Trab zu verfallen. Der Tross beschleunigte. »Bist zu zufrieden mit deiner Truppe?«

»Aber natürlich. König Regnor war … großzügig. Er gab mir

seine Besten mit.« Goïmron wollte nicht undankbar klingen. Nach der frohen Nachricht der Kriegerin hatte er geglaubt, mit fünfzig oder hundert Kriegerinnen und Kriegern ins Graue Gebirge aufzubrechen. Tatsächlich bestand der Trupp aus dem schweigsamen Belîngor, dem kahlen Brûgar und Hargorina sowie fünf weiteren Bewaffneten und zwei Packtieren mit Proviant und Notzelten, sollten sie im Freien übernachten müssen. Goïmron hatte nicht Eindruck, gegen die mannigfachen Prüfungen im Reich der Fünften gewappnet zu sein.

Hargorina atmete die Frühlingsluft tief ein und lange aus. »Es ist gar nicht schlecht, mal rauszukommen. Weiter als Weißenfelta. Wir haben viele schöne Täler mit Natur und Seen und Flüssen im Schwarzen Gebirge, aber ein Ritt durch die offene Weite, das ist nicht verkehrt. Abwechslung für die Augen. Doch du hast nicht einmal aufgeschaut.«

Goïmron wünschte sich etwas, um sein Gesicht zu beschatten. Seine Sonnengläser, gemacht aus dünn geschnittenem Nephritstein und in ein Gestell gefasst, hatte er vergessen. »Was habe ich denn an Ausblick verpasst?«

»Zwei schöne Dörfer und mehrere blühende Hochrapsfelder, die sich in breiten Bahnen über die sanften Hügel schwangen wie ein goldenes Band.« Hargorina nahm das Fernrohr vom Sattel und schwenkte es. »Ein kleines Städtchen. Da könnten wir … nein, doch nicht. Sie haben die schwarze Flagge gehisst. Zum Glück sind wir weit genug weg. Ich will das Elend nicht sehen.«

Goïmron wusste, was die schwarze Flagge bedeutete. Die Siedlung hatte einen Fall von Siuhhi und warnte nichtgebürtige Menschen aus Gauragon vor dem Betreten.

Das Vereinte Großkönigreich verdankte seine Existenz dem Aufkommen der tödlichen Seuche, gegen die nur wenige Menschen immun gewesen waren, was manche von ihnen göttliche Fügung nannten. Zigtausende jedoch waren der Siuhhi vor vierhundert Zyklen im Nordosten des Geborgenen Landes zum Opfer gefallen. Die überwiegend resistenten Leute aus Gauragar hatten die Gelegenheit genutzt. Im Handumdrehen hatten sie große Teile der umliegenden Reiche erobert und sie zu Gauragon zusammengeschlossen. Seither wehrten sie sich gegen jeden Versuch der Rückeroberung, und bis in die Gegenwart behielten die Leute aus Gauragar die Oberhand, obwohl sie mittlerweile den übrigen Bewohnern zahlenmäßig unterlegen waren. Denn sobald ein Aufstand drohte, wurde der gut gehütete Suihhi-Erreger in dem Landstrich oder dem Dorf oder der Stadt ausgebracht, der die Nicht-Resistenten dahinraffte und die Unruhen beendete. Ohne Aufwand, ohne Kampf.

»Denkst du, es war eine Strafaktion?« In Malleniaswacht lebten viele Menschen, die ebenso immun waren wie Zwerge, Albae und Elben und die meisten Bestien. Gegen die Fremden aus Brigantia hatte sich der Erreger als ebenso wirkungslos erwiesen. Im restlichen Geborgenen Land hielt sich jedoch die große Sorge, dass die Suihhi-Krankheit eines Tages über die Grenzen sprang und sich verbreitete. »Oder ein spontaner Ausbruch?«

»Wir haben nichts davon gehört, dass es Aufstände gegen König Gajek gäbe.« Hargorina gab einen Befehl, und Belîngor schwenkte nach Norden ein. »Dank seines Bevollmächtigten am Osttor unseres Reiches wüssten wir das. Zudem hätte man sich in Weißenfelta darüber die Mäuler zerrissen.«

Goïmron wusste vom Abkommen der Dritten mit Gauragon: Die Zwerge kontrollierten den östlichen Zustrom in das Großkönigreich. Eine Delegation des Herrschers saß unter der Aufsicht eines Zolonarius am Einlasstor der Festung und entschied mit, wer hineindurfte. Dafür kassierten die Dritten enorme Summen von Gajek. Verwundert sah er zum Taggestirn hinauf. »Wieso korrigierst du unsere Route? Wegen der Suihhi-Flagge?«

»Ich möchte nicht aus Versehen in Rhuta landen.« Die rothaarige Kriegerin zuckte mit den Achseln. »Auch wenn es einige anders sehen, ich finde, dass die Kinder des Schmieds und Magie nicht zusammengehören.«

Doch, tun sie! Goïmron kam bei der Erwähnung des magischen Reichs ein blendender Einfall. »Wir sollten Vanéra besuchen. Um einen Famulus oder eine Famula von ihr zu erhalten. Als Beistand.«

»Du hast die schärfsten Waffen und die beste Kampfschar des Geborgenen Landes. Du brauchst keinen faulen Zauber«, entgegnete Hargorina. »Außerdem ist sie keine echte Maga. Sie … schüttelt und reibt und wienert an ihren zu Hunderten gehorteten Artefakten herum, bis diese gequälten Dinger irgendeine Sache tun, von der die Jahrmarktzauberin nicht mal versteht, was es ist.« Das rundliche Gesicht mit dem kantigen Kinn wurde düster wie eine Gewitterwolke, die dunkelblauen Tätowierungen unterstützten den Eindruck. »Der Besuch ist keine gute Eingebung.«

»Wir wissen nicht, welche Gefahren es im Grauen Gebirge gibt.«

»Gewiss keine Stabfuchtler und Bannwerfer.« Hargorina rückte die geflochtene Kupferhaarschnecke zurecht.

»Aber vielleicht Bestien, gegen die eure Klingen und Geschosskugeln nichts ausrichten«, erwiderte Goïmron beharrlich. »Wir machen einen Abstecher nach Rhuta, Hargorina.«

»Seit wann befiehlst du mir?« Sie grinste ihn herausfordernd an.

»Seit dein König dich mir als Wache mitgab.« Goïmron spürte seinen rumorenden Magen. Das Geschaukel ließ das Essen aus seinen angeschlagenen Gedärmen gefährlich weit im Hals aufsteigen. »Bitte. Lass uns bei der Maga vorsprechen.«

»Meinetwegen. Aber wenn sie uns einen ihrer Hilfszauberlein mitgibt, kann er sich einen eigenen Karren für den magischen Tand und Trödel organisieren.« Hargorina galoppierte nach vorne. »Und dein ›bitte‹ war ein mächtiges Zauberwort.«

Wieder änderte sich die Richtung des Trosses, sodass er am hereinbrechenden Abend an die offizielle Grenze des magischen Reiches gelangte.

Gut erkennbar wehten die aufgestellten vielfarbigen Banner in der Brise. Ein riesiges Schild hieß Besucher in Rhuta willkommen und verlangte eine Anmeldung, für die es eine genaue Anleitung gab, sowie einen happigen Obolus. Darunter standen auf dem golden leuchtenden Ablagebrett ein aus Glas und Silber angefertigter Spiegel, dessen mannshoher Rahmen mit Edelsteinen gefasst war, sowie eine eiserne Truhe von je einem Schritt Höhe, Länge und Breite.

Hargorina ließ auf der breiten Straße anhalten und rief Goïmron nach vorne. »Dein Einfall, deine Worte«, sprach sie knapp und blieb im Sattel.

Jeder im Geborgenen Land wusste, dass man nur auf den vorgegebenen Straßen und Wegen und mit der Erlaubnis der Maga nach Rhuta einreisen durfte. Wer sich nicht daran hielt, wurde nie wiedergesehen.

»Natürlich.« Goïmron glitt zu Boden, was die Schmerzen in den Schenkeln und am Hintern vergrößerte. Steif ging er einige Schritte und blieb vor dem Spiegel stehen.

Unwillkürlich musterte er die Schleifarbeiten der Steine im Spiegelrahmen. Gegen seine Veranlagung konnte er nicht angehen. Dann zog er eine Lupe mit veränderbaren Linsen aus der Tasche. Unter der Vergrößerung fielen ihm die alten Schliffe auf, die längst kein Langer mehr beherrschte. Folglich waren die Steine vor mehr als zweihundert Zyklen eingesetzt worden. Bergkristall, Edelgranat und Topal funkelten in einem besonderen Glanz, den Goïmron auf das einfallende Licht schob. Ganz rein waren die Steine nicht. Sie hatten Einschlüsse, minimale Verfärbungen, aber auch eingeritzte magische Zeichen.

»Sehr gutes Handwerk«, murmelte Goïmron glücklich.

»Die Sonne sinkt, Gemmenschnitzer«, rief Brûgar unleidlich und stopfte sich eine Rastpfeife. Von manchen wurde er »der kleine Kamin« genannt, da er stets einen Grund suchte, um sich eine Pfeife zu stopfen. Die Auswahl an Tabak, die er in Beutelchen mit sich führte, übertraf so manchen kleinen Laden. Und natürlich verkaufte der Krieger ihn auch, wenn er gefragt wurde.

»Melde uns an, oder wir reiten bis nach Wolfsgart weiter und suchen uns eine Unterkunft«, sprach Hargorina.

Schnell senkte Goïmron die Lupe und berührte die Steine in der auf dem Schild angegebenen Reihenfolge. Entzückt sah er sie aufleuchten, als erwachten kleine Sonnen in ihnen.

Anstelle seiner eigenen Reflexion erkannte er im Spiegel plötzlich eine junge Frau in einer hellgelben Famularobe, die an einem Tisch saß; sie polierte einen runengezierten Gehstock aus hellgrauem Holz. »Wer seid Ihr, und was ist Euer Begehr?«

»Was habe ich gesagt?«, sprach Hargorina im Hintergrund laut. Etwas zu laut. »Stabfuchtler.«

Goïmron nickte freundlich und verbeugte sich. »Goïmron Schnitzeisen zusammen mit einer Abordnung von König Regnor. Wir sind auf einer besonderen Mission und benötigen den Beistand von Maga Vanéra.«

Die blond gelockte Famula hielt mit dem Polieren inne. »Welche Mission?«

»Wir reisen ins Graue Gebirge, um Tungdil Goldhand zu suchen.«

»Wer soll das sein?«

Beinahe hätte sich Goïmron an seiner eigenen Spucke verschluckt. »Der größte Held des Geborgenen Landes!«

»Nie von ihm gehört.« Die Famula hob entschuldigend die Achseln. »Und er kam Euch abhanden?«

»Er ist verschollen.«

»Schon lange?«

»Etwa tausend Zyklen.«

Nun zogen sich ihre hellen Brauen zusammen. »Ihr wollt mir einen Troll aufbinden, Gomson Flitzeisen.«

Goïmron überhörte die Verballhornung seines Namens. Er befürchtete, dass die Fabula die magische Unterredung bei einer Beschwerde unterbrechen würde. »Nein. Aber ich kann es der ehrenwerten Maga Vanéra erklären, wenn wir –«

»Die ehrenwerte Maga ist nicht zu sprechen. Sie erschafft ein neues Artefakt mithilfe eines anderen Artefakts.« Die Famula nahm das Wienern wieder auf und hauchte über einen münzgroßen Zirkon an der Vorderseite des Stocks. »Das braucht gewiss zehn bis zwanzig Umläufe. Solange müsstet Ihr warten, um sie mit Eurem Scherz zu unterhalten.«

Goïmron seufzte. Er hatte gewusst, dass es nicht einfach werden würde, doch just erschien es so gut wie unmöglich. »Denkt Ihr nicht, dass sie eine Pause einlegen wird?«

Das schrille Auflachen aus dem Mund der jungen Frau war eine einzige Beleidigung. »Gewiss nicht, Gordon Schandeisen! Es ist eine aufwendige Prozedur, anstrengend und kräftezehrend, die aber in einer Handlung vollzogen sein muss.« Die Famula gab einen Tupfer Öl auf das quer gemaserte Holz. »Meldet Euch in zwanzig Umläufen erneut. Ich werde die ehrenwerte Maga bis dahin zu ihrer Meinung zu Eurem Ansinnen befragt haben.« Sie warf einen ungläubigen Blick durch den Spiegel. »Einen tausend Zyklen alten Zwerg aus dem Grauen Gebirge retten, das überwiegend eingestürzt und von neuen Bergen beherrscht wird sowie voller Lava ist. Richtig? Und Euer Name ist Gollom …?«

»Danke für Eure Mühe«, unterbrach Goïmron genervt und berührte die Steine, woraufhin die Maga verschwand und der Spiegel ihn zeigte. *Das war ein kapitaler Fehlschlag.*

Er machte seinem Tross erst gar nicht den Vorschlag, die Grenze dennoch zu überqueren und bis zur Hauptstadt zu eilen, um Vanéra doch zu Gesicht zu bekommen. *Zu gefährlich.* Also nahm er Hargorinas Vorschlag auf und kehrte zu seinem Pferd zurück. »Dann nach Wolfsgart. Ich bin hungrig.«

»Und nicht durstig? Kein Bier?«, stichelte sie mit unschuldiger Miene.

»Oder einen Branntwein?« Brûgar wackelte mit den Augenbrauen und stopfte die Pfeife zu Ende. »Der soll dort der Schmackhafteste sein.«

Goïmron erklomm unter dem leisen Lachen und schadenfrohen Kichern den Sattel und wartete darauf, dass es weiterging. *Wer den Schaden hat …*

Gerade setzten sich die Pferde in Bewegung, als eine Reiterin in auffälligem Weiß Rhuta verließ, die Straße entlangjagte und an ihnen vorbei nach Norden ritt. Auf dem hellen Schopf saß ein breitkrempiger Hut, an dem rechts und links je eine lange orangefarbene Feder saß, die im Wind wehte, ohne abzuknicken. Sie würdigte die Zwerginnen und Zwerge keines Blickes.

Belîngor sah ihr verdutzt nach und verwedelte die Staubwolke, um in Zeichensprache zu verfallen.

»Bei Lorimburs Bart! Wisst ihr, wer *das* war?«, übersetzte Hargorina.

Die Frage fand Goïmron überflüssig. *Jeder* im Geborgenen Land hätte sie erkannt.

Im selben Moment erklang ein durchdringender Bestienschrei hoch über ihren Köpfen, der die Pferde zum Scheuen brachte. Eine Böe wirbelte den Staub um sie herum wieder auf.

Durch den aufstiebenden Dreck erkannten sie einen kräftigen, weißen Schuppenleib, der die letzten Sonnenstrahlen zurückwarf und sich mit den kraftvollen Schlägen seiner riesigen Schwingen in den dunkelblauen Himmel schraubte. Die Entfernung, die Eleganz der Bewegungen und des Fluges machten vergessen, wie gewaltig Ûra, die Rhuta soeben verließ, in Wahrheit war.

Goïmron fragte sich beim Anblick der dahingleitenden Bestie, ob die Famula ihn nicht angelogen hatte. Sollte es einen Zwist zwischen der Maga und der Botin gegeben haben, lebte Rhutas Herrscherin nicht mehr. Niemand bestand gegen Ûra. *Nicht einmal Vanéra.*

* * *

DAS GEBORGENE LAND, VEREINTES GROSSKÖNIGREICH GAURAGON, PROVINZ GRASENTIN, 1023 N.B. (7514. SONNENZYKLUS NACH ALTER ZEITRECHNUNG), FRÜHJAHR

Zusammen mit der Abenddämmerung kehrte Rodana zur Unglücksstelle zurück. Sie verfluchte unentwegt das Pech, das ihr einen Radbruch gesandt hatte, kaum dass sie sich zu weit vom Städtchen Richenkrume entfernt hatte, um auf die Schnelle Ersatz besorgen zu können.

Daher hatte sie ihrer Aprendisa die Wacht über Wagen, Puppen und verpackter Staffage übertragen, war auf einem der Pferde mit dem defekten Rad zurückgeritten, um sich bei einem Wagner den Schaden ausbessern zu lassen.

Schon von Weitem sah sie den Feuerschein neben dem Wagen und roch das Gulasch, das in einem Kessel an einem Gestänge über den Flammen köchelte. Chòldunja hatte sich um das Essen gekümmert. Die heranreifende Frau erwies sich als geschickte Fallenstellerin, sodass es auch unterwegs zwischen Städten und Dörfern genug Fleisch zu essen gab. Immer.

Als sich Rodana näherte, erkannte sie noch etwas anderes. Die Aprendisa hatte in ihrer Abwesenheit die kleine Bühne aufgebaut. *Will sie proben?*

Chòldunja besaß großen Ehrgeiz, was das Erlernen des Spiels mit den Puppen, Marionetten und Schattenschablonen anging. In jedem freien Moment übte sie die Bewegungen der Stabglieder, die Handhabung der Umrissmodelle, das Ziehen an den dünnen Fäden aus Rosshaar, um aus leblosen Gegenständen etwas Lebendiges zu machen und den Zauber des Spiels zu erwecken.

Allerdings gehörte nicht dazu, die kleine Bühne zu errichten. Es kostete Zeit und Umsicht, die Streben, Stoffbahnen und Holzverkleidungen alleine auf- und abzubauen, ohne dass etwas einriss oder zu Schaden kam.

»Chòldunja!« Rodana hielt das Pferd an und stieg ab, band das reparierte Rad los und stellte es ächzend auf den Boden. »Ich bin wieder da.«

»Sehr gut, Meisterin«, kam die Antwort von der anderen Seite des Wagens, wo das Feuer brannte und die Bühne errichtet stand.

»Morgen kann es weitergehen. Und dein Gulasch riecht köstlich. Sogar gegen den Wind.« Rasch sattelte Rodana den Schimmel ab und führte ihn zur kleinen Wiese. »Wieso hast du die Bühne errichtet?« Das zweite Pferd stand angeleint und fraß in Ruhe, begrüßte die Stute mit freudigem Wiehern. »Du weißt, dass rasch ein Loch in den Stoff gerissen ist.« Sie umrundete das Gefährt – und stutzte.

»Wir … wir haben Besuch, Meisterin«, sagte Chòldunja eingeschüchtert. Neben ihr saß eine Frau um die vierzig, der sie eben heißen Tee in den Becher goss. »Verzeiht, dass ich Euch nicht warnte. Sie … sie verbat es mir ausdrücklich.«

»Ihr wisst meinen dramatischen Auftritt zu schätzen, Doria Rodana von Psalí. Hoffe ich.« Jeder im Geborgenen Land kannte Stémna, mit ihrem weißen Hut und den zwei orangefarbenen Federn. Sie hatte sich auf einem Hocker niedergelassen, der unter einem duftenden Wolkeneichbaum stand, und nippte am Tee. »Frische Minze! Die erste in diesem Umlauf. Schmeckt ausgezeichnet.«

Rodana kam langsam näher und setzte sich ihr gegenüber. *Wahrlich ein dramatischer Auftritt.* »Die Stimme der Drachin. Welche Ehre.«

»Das sagen nicht viele, wenn ich auftauche. Entweder flehen sie oder sie bezahlen, was meine Herrin von ihnen verlangt.« Stémna sah durch den aufsteigenden Dampf, ihre Augen glommen ebenso orangefarben wie ihre Hutzierde. Das Weiß von Lederrock, Stiefel, Bluse, Mieder und dem leichten Mantel leuchteten in der Dämmerung. »Ahnt Ihr, weswegen ich Eure Aprendisa bat, die Bühne aufzubauen?«

»Ihr wollt das Stück sehen.« Rodana ließ sich ihre aufsteigende Furcht nicht anmerken. Eines Umlaufs hatte es kommen müssen, doch heute hatte sie nicht damit gerechnet. *Nicht so bald. Nicht unter diesen Umständen.*

»*Jenes* Stück.« Stémna vollführte eine weit ausholende Bewegung mit den behandschuhten Fingern, die den Becher hielten. »Ich hörte so viel Gutes aus den Mündern von begeisterten Spectatores darüber, dass ich es mit eigenen Augen sehen muss. Alleine. Ungestört von anderen Leuten. Damit ich mich auf jeden Satz konzentrieren kann.« Ihre Augen verengten sich. »Auf jedes. Einzelne. Wort.«

»Ich bin auf Eure Meinung gespannt.« Rodana lehnte den Pfefferminztee ab, den ihr Chòldunja kredenzen wollte.

»Oh, die werdet Ihr bekommen.« Stémna lehnte sich gegen den Baum und setzte den Hut ab, deponierte ihn auf dem rechten Knie. »Keine Scheu. Improvisiert nicht, sondern spielt es zusammen mit Eurer Aprendisa wie stets.« Sie deutete zur kleinen Stadt. »Wie Ihr es in Richenkrume in den letzten drei Umläufen unter tosendem Beifall zum Besten gabt.«

Das wird mein Tod. Rodana versuchte es mit einer Ausrede. »Ich bin …«

»Müde. Gewiss. Ihr seid lange unterwegs gewesen, hattet noch nichts zu essen, wie ich annehme. Ich erwarte keine umwerfende Darbietung«, sagte die Botin nachsichtig. »Spielt einfach nur das Stück, Meisterin Doria Rodana von Psalí.« Sie warf die hellen Mantelsäume wärmend um die Beine. »Ich werde Euch das Gulasch nicht wegessen. Es ist … nicht meine bevorzugte Speise. Es wird noch genug da sein, sobald Ihr fertig seid.«

»Ich … ich habe alles vorbereitet und aufgestellt«, raunte Chòldunja mit einem leichten Zittern in der Stimme und stellte den Teekessel neben dem Feuer ab.

Rodana schenkte ihr ein aufmunterndes Lächeln. »Das hast du gut gemacht.« Sie stand auf und legte einen Arm um ihre Schülerin. Die schwarzen Fingerkuppen wirkten im schwächeren Licht wie abgeschnitten. »Fangen wir an.«

Gemeinsam traten sie hinter die Bühne und richteten die Lampen und Blendlaternen mit den farbigen Glaseinsätzen ein, ohne ein Wort zu sagen. Nach einigen kleineren Korrekturen an den Kulissen ergriff Rodana die Stabpuppen und schob die Pergamentscheibe hinauf, um die Schatten zum Leben erwachen zu lassen.

»Sollte sie mich am Ende des Stückes töten«, raunte sie ihrer Aprendisa zu, »läufst du in den Wald. Nach zehn Schritten kommt ein tiefer Bach. Schwimm mit der Strömung, so schnell du es vermagst.«

»Meisterin, ich –«

»Du wirst tun, was ich sage«, flüsterte sie scharf. »Es reicht, wenn *ich* mein Leben lasse. Du sollst eines Umlaufs dein eigenes Theater führen.«

»Geht es bald los?«, erklang Stémnas Stimme. »Die Spectatores werden ungeduldig.«

»Ihr könntet doch das Gefährliche abändern?« Chòldunja zog die Feder der Metallwalzenorgel auf und ließ die ersten Töne erklingen.

»Ich bin sicher, dass Stémna die gefährlichen Stellen bereits sehr genau kennt.« Rodana hob die Stäbe und schob die kunstvoll ausgeschnittene Drachenschablone vor die Lampe, um den Schatten zu werfen. »Sie will nur wissen, ob es wahr ist.« *Wie eine Richterin, bevor sie den Schuldspruch fällt.*

Die Aufführung begann.

Rodana und Chòldunja spielten wie an vielen Abenden. Die Aufregung ließ die Stimme der Schülerin ab und zu höher klingen. Auch Rodana ging nicht alles glatt von den Fingern, Kleinigkeiten fielen nicht zu ihrer Zufriedenheit aus. Dafür verging die Zeit ungeahnt rasch, während den Spielerinnen durch die Anstrengung, die Angst und die Wärme der Lampen der Schweiß von der Stirn rann.

»Als die mächtige Ûra tot vor den Füßen der Elben, Menschen, Meldrith und Zwerge lag, fielen sich die Heldinnen und

Helden in die Arme«, sprach Rodana den Schlusssatz getragen und betont. Da es ihre letzten Worte waren, sollten sie gelingen. »Die schlimmste Bestie von allen verendete, erschlagen und zerschmettert auf der Erde. Und eine Zeit des ewigen Friedens unter den Völkern brach an im Geborgenen Land.«

Nach zwei Takten endete die Melodie der Walzenorgel. Stille senkte sich herab.

Abwartend, mit großen Augen schauten sich Rodana und Chòldunja an, legten die Puppen und Schablonen zur Seite.

Unvermittelt erklang einzelner Beifall.

»Das war großartig!«, rief Stémna. »Kommt heraus! Ich muss euch beide beglückwünschen.«

»Denk dran«, flüsterte Rodana und streifte die kinnlangen blonden Haarsträhnen hinter die Ohren. »Durch den Wald bis zum Bach. Und dann schwimm um dein Leben!« Sie küsste die junge Frau auf die Stirn und trat hinaus, ihre Aprendisa folgte und rang mit den Tränen.

Gemeinsam holten sie sich den vergifteten Applaus der Botin ab, die sich vom Hocker erhoben hatte und den Hut auf dem Kopf trug.

»Eine ganz wundervolle Darbietung«, schwärmte Stémna. »Die Stimmen, die Kulissen und die Dramaturgie. Sogar mit Musik und wechselndem Licht. Man könnte meinen, ihr seid mit einem ganzen Rudel voller Helfer hinter der Bühne zugange.« Sie richtete die ausgestreckten Hände auf die Frauen. »Und seht: Es sind nur zwei. Ein kleines Wunder.«

»Danke. Schön, dass es Euch gefiel.« Rodana erkannte die ehrliche Begeisterung auf den Zügen der Botin. Weder hielt Stémna eine Waffe in der Hand noch baumelten zwei Galgenstricke vom Baum. Es erfolgte auch kein Feuerstoß der weißen Drachin aus dem Himmel, um sie in Asche zu verwandeln. »Ich –«

Schlagartig wurde die Botin ernst, die Fröhlichkeit wich. »Meine Hochachtung bezog sich auf die Umsetzung, nicht auf den Inhalt. Aber ich verstehe, weswegen die Menschen ihn mögen. Ganz gleich, in welcher Region des Geborgenen Landes. Sogar die Orks und Albae und sonstigen Kreaturen Tions würden es feiern, wenn meine Herrin besiegt würde.« Stémna setzte sich und nahm den Teekessel, goss sich nach. Obwohl sie Handschuhe trug, hätte sie die Hitze des Henkels spüren müssen. Aber es schien ihr nichts auszumachen. »Ihr beide hört nun mir gut zu.«

Rodana setzte sich langsam, Chòldunja ließ sich neben ihr auf der Erde nieder.

»Reist umher, Meisterin Doria Rodana von Psalí. Zeigt dem Geborgenen Land das Stück über das Ende von Ûra. In derselben Fassung, wie Ihr es mir präsentiertet. Bringt den Menschen weiterhin Hoffnung und Freude und versetzt sie in fröhlichen Überschwang, dass meine Herrin tot ist. Getötet werden kann.« Stémna lächelte ansatzweise. »Zumindest in der Fantasie. Bestärkt sie darin. Sie werden Euch dafür lieben und Euch Dinge erzählen, plaudern und sich um Kopf und Kragen reden. Stadt für Stadt. Dorf für Dorf. Land für Land.« Sie blies über das heiße Getränk. »Ihr zwei schreibt auf, *was* sie Euch sagen. *Was* sie vorhaben. *Was* man gegen meine Herrin beabsichtigt.«

»Ihr wollt, dass ich Eure Spionin bin.« Rodana atmete auf. Alles war besser, als nach dem nächsten Blinzeln zu sterben. Es ließ sich immer ein Ausweg finden, nur nicht aus dem Tod.

»Ihr seid Auge und Ohr von Ûra. Beim gemeinen Volk und bei den Edelleuten«, erklärte Stémna. »Euch gegenüber hat man keine Scheu. Ihr seid eine wagemutige Rebellin. Eine von ihnen. Sobald Ihr von reifenden Plänen gegen meine Herrin hört, ruft Ihr mich.« Sie zog eine orangefarbene Feder aus dem Hut und warf sie hoch. Von Zauberhand bewegt, schwebte das einzelne Gefieder zu Rodana und landete in ihrem Schoß. »Haucht drüber und nennt meinen Namen. Binnen eines Viertelumlaufs erscheine ich bei Euch und lausche Eurem Bericht.« Sie stellte den Becher ab. »Natürlich dürft Ihr mich auch rufen, solltet Ihr in Gefahr geraten. Doch es sollte nicht zu dringlich sein.«

Rodana rührte die Feder nicht an, die auf ihren Oberschenkeln lag und glomm, als lebte sie. »Und … sollte ich mich weigern?«

»Mutig von Euch, das in Betracht zu ziehen. Ähnlich mutig wäre es, wenn Ihr auf den Gedanken kämt, mir keinerlei Meldungen zu machen, obwohl Euch gewiss viel zu Ohren kommen wird.« Stémna deutete auf Chòldunja. »Gib es ruhig zu. Die Gedanken stehen Euch zweien auf die Stirn geschrieben. Gleich neben der Mordlust.«

Rodana fühlte sich ertappt, und ihre Aprendisa schaute rasch zu Boden. »Das würden wir niemals wagen«, versuchte sie zu lügen.

»Um ganz sicherzugehen und Euch einen Ansporn zu geben, dem Ihr Euch nicht verschließen könnt, seht an Eurem Wagen vorbei. Schaut rechterhand zum Horizont in die Nacht.«

Rodana und Chòldunja hoben den Blick.

Anfangs sahen sie nichts als blinkende Sterne am Firmament, aber bald stiegen Funken zu ihnen auf. Feuerschein erhellte die Finsternis in weiter Entfernung.

Dort liegt Richenkrume. Rodana starrte die Botin an. »Was … was habt Ihr getan?«

»Den Ansporn gezeigt.« Stémna streifte ihre weiße Kleidung glatt, als bügelte sie ihre Unschuld auf, und ging zu ihrem Pferd. »Jedes Fleckchen, das ihr beide besucht, wird in Flammen stehen, solltet ihr Eure Pflicht vernachlässigen. Und Euer Heimatdorf ebenso. Ihr trüget die Schuld am Tod vieler Unschuldiger. Bald würde man Meisterin Doria Rodana von Psalí und ihre Aprendisa als Brandstifterinnen bezeichnen, und Euer exzellenter Ruf als Puppenspielerin wird in Schande sterben. Zusammen mit Euch.« Sie stieg in den Sattel und sah auf die Frauen hinunter. »Das Gleiche geschieht, solltet Ihr den Menschen von Eurer Mission berichten.« Ein rascher Griff an den Ledergürtel, und ein Säckchen flog über das Feuer vor Rodanas Füße. »Goldmünzen. Als Lohn. Es folgen weitere.«

»Ihr seid ein ebensolches Scheusal wie die Drachin!«, schrie Chòldunja außer sich.

»Du? *Du* nennst *mich* ein Scheusal?« Schallend lachte Stémna die Aprendisa aus. »Hüte deine Zunge, Kleine. Sonst landest du eines Umlaufs noch im Kochtopf wie deine Beute. Oder im Magen meiner Herrin. Sie mag seltene Leckerbissen.«

»Zu Tion mit Euch!«, sprach Rodana erschüttert.

Stémna nickte weise. »*Jetzt* klingt Ihr wie alle anderen. Bedauerlich. So endet Eure Außergewöhnlichkeit.« Sie ließ das Pferd antraben. »Gute Reise.« Geschwind ritt sie aus dem Schein des Feuers.

Rodana sah ihr nicht nach, sondern wandte den Blick auf das brennende Richenkrume. Sie sagte sich, dass dort überraschend die Suihhi gewütet habe und viele Menschen ohnehin dem Tode geweiht gewesen waren.

Aber es machte es nicht besser.

* * *

DAS GEBORGENE LAND, VEREINTES GROSSKÖNIGREICH GAURAGON, PROVINZ BERGENHOCH, 1023 N. B. (7514. SONNENZYKLUS NACH ALTER ZEITRECHNUNG), FRÜHJAHR

Goïmron fand es erstaunlich, wie rasch sie vorankamen, obwohl sie von der Nutzung der Schienenkutsche absahen. Die geschwungenen Hügel, sanften Täler und guten Straßen ermöglichten den Pferden ein hohes Tempo, ohne sich zu verausgaben und lange Rasten einlegen zu müssen. Da Gauragon ein Reisekönigtum war, in dem König Gajek mit seinem Hofstaat mehrmals in einem Zyklus die Residenz wechselte, hatte man großen Wert auf den Ausbau und die Verknüpfung der verschiedenen Regionen gelegt. Abgesehen davon blieb es im Kampf gegen

Brigantia wichtig, die Truppen binnen kürzester Zeit verlegen zu können.

Dieser Umstand gereichte Goïmron und seiner Begleitung zum Vorteil.

»Da vorne ist der Landsriegel.« Hargorina deutete darauf, als wäre der elftausend Schritt hohe Gebirgszug vulkanischen Ursprungs, der sich in den Himmel stemmte, zu übersehen. War auf der rechten Seite der sanfte Schwung des Kegels zu erkennen, lagen auf der linken Seite schroffe Abbrüche und Kliffs. Vor eintausend Zyklen war er mit Beben und Lavasäulen entstanden, während sich die Erde wie überall im Geborgenen Land abgesenkt hatte. Mal tat sie das um wenige Schritte, mal um Meilen. »Der letzte Ausbruch liegt zehn Zyklen zurück.«

Goïmron zog sein Fernglas aus dem Etui und betrachtete den Landsriegel.

Die Farbe des Gesteins wechselte an den Abbrüchen, als hätten Giganten den Vulkan in verschiedenen Erdtönen angemalt, um die sanfteren Hänge aschgrau und altrosa zu tünchen. Rings um den oberen Kraterrand, der sich teils in Wolken hüllte, hingen schwarze Schlacke und Basalt in langen Schlieren abwärts.

»Ist das nicht der Sitz von Ardin?« Goïmron suchte eine Weile, fand aber keine Spur vom dunkelblauen Drachen, der sich nach dem Ausbruch der Vulkane im Geborgenen Land niedergelassen hatte. Die Hitze und Dämpfe wirkten anziehend auf die geflügelten, geschuppten Bestien. Ardin war der zweitgrößte Geschuppte und machte Ûra schlauerweise den Thron nicht streitig.

»Das sagt man, ja.« Hargorina sah zu Belîngor und Brûgar, die mit Gesten und Worten tuschelten. Im Mundwinkel des blaubärtigen Zwerges hing seine Reisepfeife, deren großer Kopf viel Tabak fasste, der langsam brannte. Die Rauchwolken dufteten nach Kirsche. »Was hecken die beiden aus?«

»Einen Streich für mich.« Inzwischen konnte Goïmron die Handzeichen lesen, mit denen sich Belîngor während seines Schweigegelübdes verständlich machte. Weswegen er den

Schwur geleistet hatte, blieb für Goïmron als Außenstehender ein Rätsel. Das Vertrauen musste er sich erst verdienen, sollte er es überhaupt jemals erlangen. Durch die geschliffenen Linsen erkannte er winzige Punkte, die kurz an einem Hang entlangglitten. »Flammenflügler!«

Die fliegenden, schlangenhaften Kreaturen waren Schmarotzer an den Drachen. Sie befreiten die Haut unter und zwischen den Schuppen von Parasiten und ernährten sich von übrig gebliebener Beute, so sie keine Gämsen, Steinböcke und Ziegen aus den Steilwänden fingen. Ihre Brut zogen sie nahe der Lava groß. Ihr Blut und das der Drachen war heißer als kochendes Öl.

»Flammenflügler sind keine Gefahr. Denen ist es in der Ebene zu kalt.« Hargorina ritt zu den Kriegern an der Spitze des Zuges und wechselte einige Worte mit ihnen, bevor sie gleich darauf zurückkehrte. »Sie wollen einen Umweg machen«, verkündete sie und schien, ihrer Betonung nach, dem Ansinnen nicht abgeneigt.

»Aha?« Goïmron senkte gespannt die Sehhilfe. »Brauchen wir Proviant?«

Hargorina zeigte mit der rechten Hand zum Landsriegel. »Am unteren Hang, keine zehn Meilen von der Straße entfernt, liegt eine alte Zwergensiedlung mit einem der größten Wunder der letzten vierhundert Zyklen.«

»Sie wollen sich die Lavastimme ansehen«, sagte er und seufzte. »Du hast ihnen gesagt, dass Flammenflügler dort nisten?«

»Die Biester sitzen weiter oben. Am Krater, wo es schön heiß ist. Die Siedlung liegt auf knappen achthundert Schritten Höhe. Mit den Pferden wird das ein Kinderspiel.« Hargorina machte ein erwartungsvolles Gesicht, was ihr Charakterkinn betonte. »Das wäre für dich ebenso interessant. Vielleicht entdeckst du dort etwas, was du in die Stadt des Wissens bringen kannst? Wie die sonstigen Dinge deiner Sammlung.«

Gegen dieses Argument kam Goïmron schlecht an. *Ich hätte ihnen nicht davon erzählen sollen.* »Meinetwegen.«

»Ausgezeichnet! Wir sind bei Anbruch der Nacht dort und

können ein Lager aufschlagen. Ich sage es ihnen.« Hargorina machte sich erneut auf an die Spitze. »Und zieh deine Lederrüstung an.«

Bemerkenswert, dachte Goïmron, *wie sie ausblendet, dass diese Siedlung nur noch aus Ruinen besteht. Denkt sie, ich kenne die Legende nicht?*

Einst hatten aus den Gebirgen vertriebene Zwerge den Landsriegel in Besitz genommen und eine Stadt darauf errichtet, die schöner und wehrhafter nicht sein konnte: Kronenstahl.

Um Vraccas zu huldigen, erschufen sie die Lavastimme: Aus den natürlichen Windkanälen im Fels, aus denen die heiße Luft an der Oberfläche am Berg austrat, meißelten sie Pfeifen sowie Hörner und schmiedeten eherne Ventile, mit denen die Töne der gigantischen Instrumente geändert werden konnten. Je nach Laune des Landsriegels und der Böen aus den Tiefen des Berges ließen sich unterschiedliche Melodien spielen, die weit über Gauragon und bis ins Graue Gebirge schallten. Dazu schlug brennbares Gas aus den Öffnungen und schuf nach einem entzündenden Funken ein farbenprächtiges, viele Schritte hohes Flammenspiel sondergleichen.

Ein ähnliches Wunder sollte sich vor den Beben im Grauen Gebirge befunden haben, laut den Aufzeichnungen, die Goïmron im Trödelladen gefunden hatte. In einer Siedlung, in der Elben und Zwerge gemeinsam gelebt hatten – was er sehr unglaubwürdig fand.

Aber der Drache Ardin fühlte sich oben auf dem Landsriegel durch die Melodien gestört. In seinen empfindlichen Ohren schmerzten die Klänge, welche die Kinder des Schmieds mit der Lavastimme entfesselten. Und so fiel er mit Lohen, Zähnen und Klauen über die Bewohner von Kronenstahl her. Nach einer Nacht und einem Sonnenaufgang waren achttausend Seelen tot. Niemand entkam, und kein Stein blieb auf dem anderen. *Einzig die Lavastimme hat Ardin verschont. Zum Hohn über ihre Erbauer, denen sie den Untergang brachte.*

Goïmron fühlte das Kribbeln der Neugier in sich aufkommen. »Wie viele Zwerge besuchten Kronenstahl bereits?«

»Ich weiß von keinem im Schwarzen Gebirge, der sich die Ruinen ansah«, antwortete Belîngor in Zeichensprache und lachte. *»Bei Lorimbur! Ich bin aufgeregt wie vor meiner ersten Schlacht.«*

»Also ein bisschen«, schloss Brûgar und brachte den blauen Bart mit einer Handdrehung zurück in eine Spitzform. »Und keine Sorge wegen der Flammenflügler, Gemmenschnitzer. Sollte sich einer bis zu uns wagen, beschützen wir dich.« Er stieß eine lange Rauchwolke aus.

»Ich bin wehrhafter, als ich aussehe.« Etwas anderes konnte Goïmron nicht sagen, um sich keine Blöße zu geben.

Nun freute er sich tatsächlich auch auf den Abstecher, der sie allenfalls einen Umlauf kosten würde. Zwar wäre ihm der direkte Weg nach dem Reinfall in Rhuta lieber gewesen. *Aber wann sieht man schon ein solches Monument der zwergischen Handwerkskunst?*

Auf den Überresten der alten Straße ging es die bunten Hänge des Vulkans hinauf, während Goïmron die leichte Lederrüstung anlegte. Gelegentlich begegneten ihnen beim Aufstieg verwitterte Runen, die zu Ehren Vraccas' in den Fels geschlagen worden waren, und kleine Gedenktäfelchen für die Toten, die ihre Leben durch Ardin verloren hatten. Einige trugen das eingemeißelte Konterfei des umgekommenen Zwergs oder der Zwergin.

Mit dem Anbruch der Dämmerung nahmen sie die letzte Windung und ritten schweigend auf die rudimentär vorhandenen Befestigungsmauern von Kronenstahl zu. Die Witterung hatte den Steinen zugesetzt und den Mörtel abgetragen, doch Goïmron sah die Krallen- und Brandspuren. Das Werk des wütenden Drachen.

Das hohle Trappeln der Hufe war der einzige Laut in der Stille des Ruinenmeeres, das sich um die Zwerginnen und Zwerge ausbreitete.

»Die Stadt muss wunderschön gewesen sein«, sagte Hargorina

ergriffen. »Seht nur, wie kunstfertig die Steine behauen waren! Sogar die zerschlagenen Reliefs sind immer noch besser als unsere, die …« Sie biss sich auf die Zunge.

Goïmron fiel auf, dass es keinen Stahl, keine Gebeine, weder Leder noch Holz noch irgendetwas anderes als Felsbrocken gab. Plünderer, Tiere, Regen und Stürme hatten alles weggefegt, was an die einstigen Bewohnerinnen und Bewohner erinnerte.

»Da drüben ist die Lavastimme!« Brûgar zeigte mit dem Pfeifenmundstück nach Westen, wo in knapp dreihundert Schritt Entfernung lange Spielhörner und Pfeifenelemente an einer Felswand deutlich erkennbar waren.

»Bei Lorimburs Axt! Die ist höher als vier Wolkeneichbäume übereinander!« Belîngor strahlte über das ganze Gesicht. *»Sogar die Klappen und Ventile sind noch dran.«*

»Nein, wir werden nicht ausprobieren, ob die Lavastimme noch singen kann«, entgegnete Goïmron, der aus den begeistert geformten Handzeichen Belîngors Absicht herauslesen konnte. »Ihr wolltet sie sehen, *nicht* hören.« Unwillkürlich richteten sich seine braunen Augen auf den Krater, an dessen Rändern es düsterrot leuchtete. »Irgendwo dort lebt Ardin. Ich möchte keine Bekanntschaft mit ihm machen.«

»Wir auch nicht.« Hargorina gab einen Befehl, und der Tross schwenkte auf das musikalische Wunder aus Zwergenhand ein. »Haltet die Augen dennoch offen. Man weiß nie, was sich herumtreibt.«

Goïmron unterdrückte seine Sorge. Er hatte die Besten der Dritten bei sich und trug dazu noch eine Rüstung. Sicherer konnte man kaum sein. *Außer vielleicht noch mit einer Maga.* Aus dem Augenwinkel sah er einen schwachen Lichtschein zwischen den gestapelten Steinen eines eingestürzten Turms leuchten. Dem Geräusch und dem Geruch nach brodelte Lava in einem kleinen Pfuhl, was nachts gewiss noch zauberhafter und verwunschener wirkte, wenn das Schimmern durch die Ritzen in die Nacht fiel.

Unvermittelt befahl Hargorina: »Still!«

Goïmron lauschte, ob sich ihnen jemand näherte. Außer einem anhaltenden leisen Pfeifen und Säuseln, das vom Wind stammte, der sich an den kantigen Hängen und Klippen brach, vernahm er nichts.

Plötzlich änderte sich die Tonart der Böe, wurde dunkler und durchdringender. *Das ist niemals der Wind.* Goïmron zog sein Fernglas und sah zur Lavastimme. Sie hatte sich verändert. Mehrere Ventile waren nun geschlossen, verschiedene Regler verstellt, andere Schieber geöffnet. An den Auslässen für die brennbaren Gase, die sich in Stichflammen wandeln ließen, wehten die Gräser und Blumen in der Zugluft. *Verflucht!*

»Jemand hat das Instrument bereit gemacht«, meldete er Hargorina und spähte weiter.

»Bist du sicher?«

»Das kann nur von Hand …« Schon huschte eine hochgewachsene, schlanke Gestalt in einem grünlichen Kapuzenmantel durchs Bild. Sie hielt mehrere Seile in der Hand. Die Taue verliefen nach oben zu den Steuerketten der Klappen und Ventile. »Ein Elb!«

»Was?« Brûgar zückte sein Fernrohr. »Was haben die Spitzohren in Kronenstahl verloren? Das ist ein Frevel sondergleichen!« Schnell klopfte er die Asche aus der Pfeife und packte sie weg. »Sie verhöhnen unsere Toten!«

Ganz deutlich sah Goïmron, wie der Elb weitere Vorbereitungen traf. »Er will die Stimme erklingen lassen.«

»Hindern wir ihn daran, bevor der Drache aufkreuzt und uns röstet!« Hargorina trat ihrem Pferd die Absätze in die Flanken, sodass es aus dem Stand lospreschte. »Keiner tötet mir das Spitzohr! Ich will wissen, was es sich bei dieser törichten und anmaßenden Tat denkt!«

Goïmron folgte dem Trupp im raschen Trab, ohne dabei sein Fernglas zu senken. *Was steckt hinter dieser irrwitzigen Unternehmung?* Noch hatte er keinen weiteren Elb entdeckt. *Er ist allein. Eine Falle für Ardin kann es demnach nicht sein.*

Das schlanke, hochgewachsene Volk hatte den Norden des Geborgenen Landes vor achthundert Zyklen verlassen müssen, nachdem die Drachen deren größte Städte und sämtlichen Widerstand vernichtet hatten. Das neue Elbenreich Tî Silândur lag im Süden, weit entfernt von den Horten der Geschuppten.

Vor Goïmrons Linsen erschien ein rotes Glühen, das ihm die Sicht raubte. *Was bei…?* Rasch senkte er das Glas – und sah einen Flammenflügler keine fünf Schritte vor sich. Ängstlich schnaubend blieb das Pferd stehen.

Das Wesen ähnelte einer geflügelten Schlange mit langem, spitzem Schnabel, und es besaß eine Panzerung aus winzigen Schuppen anstelle von Gefieder. Die vierfachen, rot geäderten Hautflügel surrten und hielten die Kreatur schwebend an einer Stelle, die glühenden Augen waren auf den Zwerg gerichtet.

Der Lavatümpel in der Ruine! Das ist seine Brutstätte. Allein gelassen mit der Kreatur, tastete er mit der Rechten nach der Kugelschleuder, die an der hinteren Packtasche hing.

Schrill fiepend stürzte der Flammenflügler vorwärts, den armlangen Schnabel wie eine Harpune ausgerichtet.

Goïmron bekam den Griff der armbrustähnlichen Schusswaffe zu greifen und riss sie hoch, entsicherte den Abzug und löste sie mehrmals aus.

Die schweren Stahlkügelchen sirrten zwischen den Pferdeohren hindurch und trafen die Bestie in den Leib und die Flügel, was ihren Angriff aber nicht unterbrach.

Geistesgegenwärtig ließ sich Goïmron aus dem Sattel gleiten und landete auf dem harten Boden.

Der verwundete Flammenflügler verfehlte ihn um Barthaaresbreite. Dessen heißes Blut traf das Pferd am Hals, das vor Schreck und Schmerz wieherte und durchging.

So eine … Goïmron stemmte sich mit Schmerzen auf ein Knie und hob die Schleuder, richtete den Lauf suchend in den dunkler werdenden Himmel. *Wo steckt das Biest?*

Das raschelnde Flattern in seinem Rücken warnte Goïmron.

Er drehte sich zur Seite, ließ sich fallen und richtete die Waffe aufs Geratewohl nach vorne aus. Dann drückte er ab.

Die aufgezogene Stahlfeder katapultierte die runden Geschosse gegen den Flammenflügler, der sich auf den Zwerg warf. Eine Kugel schlug zwischen den Augen ein, und das Leuchten der Pupillen erlosch, eine andere prallte genau auf die Spitze des Schnabels – und zerplatzte, als bestünde sie aus porösem Bims.

Dann prallte die Kreatur sterbend auf den Steinboden. Die geäderten Flügel knickten ein, und das kochende Blut sprühte in hohem Bogen aus den Löchern, während sie voranrollte, Dampf stieg in der kühlen Nacht empor. Kurz vor Goïmrons Schuhsohlen kam sie zum Liegen.

Vraccas sei Dank! Er sprang auf die Beine und suchte die im Gehäuse eingelassene Kurbel, mit dem sich die Feder neu aufziehen ließ. Wo ein Flammenflügler war, lebten noch weitere. *Ich muss die anderen warnen.*

Goïmron schrak zusammen, als ein lautes, tiefes Horn erscholl und eine haushohe blaue Lohe in den Abendhimmel stach, um ihr Licht auf die Ruinen zu werfen. *Der Elb hat es doch geschafft!*

Dann gellten weitere schrille Töne, dazu schossen vier weitere Stichflammen in die anbrechende Nacht. Weder rissen die Töne des Horns noch die der Pfeifen ab, die alten Klappen schlossen sich nicht mehr. Der Mechanismus verweigerte sich offenbar dem Bediener.

Die Kakofonie, die dem Zwerg Schmerzen und Schwindel bereitete, dröhnte über Kronenstahls Überreste, weit durch das Umland von Gauragon und bis zum Kraterrand des Vulkans.

Wir müssen weg! Sofort! Goïmron nahm sein Beil und trennte dem toten Flammenflügler den armlangen Schnabel mit einem Stück Schädel ab und rannte los zu seinem Pferd, das zwischen den Trümmern stand. Das Rufen nach Hargorina und den Übrigen ersparte er sich. Gegen das Horn und die Pfeifen der Lavastimme kam er nicht an. *Sie wissen eh, dass wir verschwinden sollten.*

Goïmron erklomm den Sattel und streichelte beruhigend den Hals des verletzten Schimmels. Bestienschnabel und Kugelschleuder waren rasch verstaut, danach suchte er mit dem Fernglas zuerst nach den Dritten und dann den dunklen Himmel nach Ardin ab.

»Los, Gemmenschnitzer! Reite, so schnell du kannst!« Hargorina tauchte urplötzlich auf ihrem Pferd in den Ruinen auf und jagte an ihm vorbei. »Runter in die Ebene! Und kein Licht.« Quer vor ihr über dem Sattel lag der bewusstlose blonde Elb, Kopf und Arme baumelten und hüpften im Takt des Galopps. »Der Drache erscheint jeden Augenblick.«

Ihr seid mir schöne Beschützer. Goïmron warf seinen Schimmel herum und spornte ihn zu höchster Geschwindigkeit an. Belîngor und Brûgar flogen rechts und links an ihm vorbei, die übrige Zwergentruppe folgte. Dann kam heftiger Wind auf, der aus dem Staub auf dem Boden eine emporschnellende Wolke werden ließ, die ihnen jegliche Sicht nahm.

Ardin! Goïmron machte sich auf dem Pferderücken klein. *Er ist hier!*

Da traf ihn ein harter Gegenstand im Rücken und Nacken. Ein Blitz raste sein Rückgrat entlang. Der Schmerz erreichte Kopf, Fingerspitzen und Zehen gleichzeitig; sogar seine Atmung stockte.

Durch die lähmende Wirkung des Einschlags trübte sich seine Sicht, alles verschwamm vor seinen Augen, und die Kraft wich aus seinem Körper.

Schlaffschwer wie ein nasser Sack stürzte Goïmron ein weiteres Mal an diesem Abend auf den Felsboden.

* * *

»Ich bin durch eine unglückliche Fügung an diesem Ort gelandet.
Nachdem wir den Unauslöschlichen besiegt hatten, mussten wir das Geborgene Land verlassen, um eine Katastrophe an der Schwarzen Schlucht zu verhindern. Wir kämpften gegen eine Unzahl von Bestien, die daraus hervorwalzten, und schlugen sie schließlich zurück. Ein Schutzschirm wurde jedoch vor dem Durchgang errichtet, durch den ich nicht mehr rechtzeitig hinausgelangte.
Hier bin ich nun, abgeschnitten von meinen Freunden.
Aber nicht für immer.«

Aus: Die Abenteuer von Tungdil Goldhand,
am eigenen Leib erlitten und erlebt
in der Schwarzen Schlucht,
aufgeschrieben von ihm selbst,
Entwurf eins

KAPITEL VI

DAS GEBORGENE LAND, BRAUNES GEBIRGE, DSÔN KHAMATEION, 1023 N. B. (7514. SONNENZYKLUS NACH ALTER ZEITRECHNUNG), SPÄTFRÜHJAHR

Klaey hatte sich sein Dasein als wertvolle Geisel und jüngster Bruder des Omuthan von Brigantia angenehmer vorgestellt. Die letzte Annehmlichkeit war die Rückkehr ins Reich der Albae gewesen, getragen in der Sänfte.

Von da an endete der Luxus.

Vascalôr hatte ihn umgehend in seine Zelle gesteckt, wo Klaey auf der kargen Pritsche sitzen, sich auf beengtem Raum der vorsichtigen Leibesertüchtigung widmen oder den Ausblick aus dem schießschartenkleinen Fenster gegen die Felswand genießen konnte. Von der angeblichen Schönheit Dsôn Khamateions, den Tälern und den vielfältig gestalteten Hängen sah er nichts.

Dafür heilten seine Wunden äußerst gut und schnell – bis auf seine veränderte Stimme. Sie blieb. Vascalôr hatte mit seiner Vermutung recht behalten, als er ihm den neuen Namen *Krächzer* oder *Rabe* vorhersagte. Klaey war noch unschlüssig, wie er sich nennen wollte. Es sollte etwas Ungewöhnliches, aber nichts Banales sein. Leute, die sich verzweifelt mysteriös Rabe nannten, kannte er so viele, wie Bäume im Wald wuchsen.

Wisperer. Wisperer ist doch nicht schlecht. Er erhob sich von der Pritsche und sah zur schweren Tür, die sich an jedem Umlauf zweimal öffnete. Einmal für das Essen, einmal für die Leerung des Aborteimers, was ihn die Albae selbst vornehmen ließen. Dazu brachte er seinen Eimer durch den Gang zu einem Schacht, in den er ihn leerte. Anschließend konnte er sich und seine Kleidung in einem engen Innenhof bei Bedarf waschen und sie nass wieder anziehen, damit sie am Körper trocknete. Mehr als Unterleibswickel und Wollgewand besaß er nicht. Was seine Wächter nicht ahnten, war, dass er bei diesen Gelegenheiten ein unbeaufsichtigtes Stück dicken Draht und ein schmales Eisenblech hatte mitgehen lassen.

Klaey lauschte. *Die Wachablösung ist durch.*

Da es auf dem Gang still blieb, begann er, mit dem gebogenem Draht und dem angeschliffenen Blech den Mechanismus zu bearbeiten.

Mitnichten wollte Klaey ausbrechen. Zunächst wollte er sich heimlich umschauen und Informationen sammeln. Da er die Sprache und die Schrift der Albae mittlerweile beherrschte, würden sich Dsôn Khamateions Geheimnisse für ihn öffnen. Was er damit anstellte, ergäbe sich zum passenden Zeitpunkt. Allerdings hatten ihn seine bisherigen drei Ausflüge lediglich durch den Zellentrakt geführt. An diesem Abend stand ihm der Sinn nach Größerem.

Klickend drehten sich die Zylinder im dicken Schloss, klackend rasteten sie umeinander ein. Geschickt bog Klaey den Draht nach und nutzte das Blech als Halterung und Hebel.

Mehrmals hatte ihn Vascalôr verhört und den Namen des Räubers verlangt, der die Brigantiner und Albae im Braunen Gebirge getötet hatte. Erst als er Klaey die Folter versprach, nannte der das Verlangte: Mòndarcai.

Die Reaktion darauf war ein langer, wütender Schrei, gefolgt von zahlreichen schwarzen Wutlinien im Antlitz des gespenstischen Albs, dessen rote Augen sich in zwei finstere Löcher verwandelten. Anscheinend war der Räuber ein verhasstes Wesen in Dsôn Khamateion. Nach dem aufgebrachten Hinausstürmen erschien Vascalôr nicht mehr. Seit Umläufen blieb er nun schon fern.

Nach einem deutlichen *Klack* öffnete Klaey behutsam die Tür. Zu gerne hätte er sein Glücksamulett geküsst. *Ich muss mir ein neues zulegen, sobald ich hier raus bin.*

Der beleuchtete Gang war leer wie erhofft.

Samusin und Cadengis, ich lobe eure Namen! Er grinste und baute aus Decke und Kissen eine Attrappe, damit die Wachen bei ihrem Rundgang und einem schnellen Blick durch die Klappe dachten, er läge schlummernd auf seiner Pritsche. *Dsôn Khamateion, das Verstecken hat ein Ende. Ich hoffe, du bist so schön, wie die Albae tödlich sind.* Klaey zog die Tür ins Schloss und sperrte einmal ab, um den Schein zu wahren, dann schlich er voran.

Dank der belauschten Gespräche in zahlreichen vergangenen Umläufen und dem Studieren der Pläne in der Wachstube hatte er eine ungefähre Vorstellung von seinem Gefängnis und wusste grob, wo sich der Ausgang befand.

In dieser Nacht jedoch suchte er den schmalen Aufgang zu einem kleinen Wachturm. Einst war dieser wie der Kerker Teil einer Wehranlage gewesen. Nun verbrachten die Wärter dort ihre Pausen, um die Aussicht zu genießen. Nach etwas Suchen fand Klaey die enge Wendeltreppe und erklomm sie. Frische Luft umwehte seine Nase, der Ausgang rückte näher. Behutsam schob er sich auf die Plattform des Türmchens und streckte den Kopf vorsichtig über die Zinnen. Wind spielte mit seinen langen schwarzen Haaren.

Vor ihm breitete sich das nächtliche Dsôn Khamateion aus, das sich in einem leichten Nebelschleier vor ihm verbarg, als zierte es sich vor den Augen eines Menschen. Mehr als dunkle Gebäudeumrisse und das Leuchten von Lampen hinter Fenstern sah er nicht.

Sein Gefängnis lag den Gestirnen nach am Westende der Stadt, die sich über das gesamte Tal erstreckte. Erst in geschätzt zwei Meilen Entfernung wechselte die Bebauung zugunsten von Feldern und Wäldern im dahinterliegenden zweiten Tal, das Klaey andeutungsweise im Mondlicht durch die wabernden Gespinste erkannte.

»… ist das Letzte, was wir benötigen«, sagte Vascalôr säuerlich in der Nähe.

Verdammt noch mal! Ich habe ihn nicht kommen hören. Schnell duckte sich Klaey hinter den Zinnen und lauschte, woher die Stimme des Albs kam. *Man sollte den Schwarzaugen Glöckchen umbinden.* Langsam lugte er hinter der Deckung hervor.

Dabei entdeckte er zwei Schritte unterhalb des Türmchens einen Wehrgang, auf dem eine Albin und Vascalôr in seinem roten Gewand mit dem hohen Kragen standen; beide hielten dampfende Becher in Händen. Die Kleidung der Albin war elegant geschnitten, die Farben vermochte Klaey nicht mit Gewissheit zuzuordnen. Das weißliche Mondlicht verfälschte derlei gerne. Auf den schwarzen Haaren lag ein durchsichtiges Tuch mit eingewirkten Silberfäden, Schmuck blinkte an den Ohren und um ihren Hals.

»Ist das gewiss, Vascalôr?« Grazil setzte sie den Becher an die Lippen, und Klaey schauderte ob der Sinnlichkeit dieser Bewegung.

Der spukhafte Alb nickte, das Licht der Sterne ließ sein weißes Haar gläsern wirken. »Unsere Spione bestätigen, dass eine Handvoll Unterirdischer aus dem Schwarzen Gebirge loszog, um nach ihrem größten Helden zu suchen. Um die Legende zurückzuholen.«

»Wer soll das sein?«

»Tungdil Goldhand. Ich fand ein paar alte Aufzeichnungen in den geplünderten Archiven der Vierten. Aus dem Zyklus 6243 nach alter Sonnenrechnung der Menschen. Sollten sie stimmen, kann der Unterirdische eine Gefahr für unser Vorhaben darstellen.«

»Er wäre demnach mehr als eintausendzweihundertfünfzig Zyklen alt. Wie ginge das?« Die Albin klang gelangweilt. »Das ist Mythos. Soll der Haufen Unterirdischer sich den Tod im Grauen Gebirge holen.«

»Und wenn es ihn doch gibt, Ascatoîa?«

»Töten wir diesen Goldhand.« Eines ihrer Augen war komplett weiß, wie erblindet, das andere schwarz wie ein Abgrund. Was

Klaey zunächst für einen ungewöhnlichen Schattenwurf gehalten hatte, erwies sich als halbseitige Hellfärbung ihres Antlitzes, die sich auf der Haut abwärts zog. Langzeitfolgen des Täuschungsmittels ihrer Ahnen. »Wie es sich wohl mit seinem Blut malen lässt? Der Lebenssaft eines mehr als tausend Zyklen alten Zwergs erschafft ein einmaliges Gemälde. Und die Knochen! Man muss etwas aus seinen Gebeinen entwerfen, ganz gleich, wie krumm und schief sie sein mögen. Oh, ob er noch Zähne hat?«

Vascalôr nahm einen Schluck aus dem Becher. »Ich sage es noch mal: Das Letzte, was wir brauchen, sind die geeinten Stämme der Unterirdischen. Im Überschwang, weil ihre Legende zurückkehrt, könnten sie gegen Brigantia marschieren, um den Vierten ihr Reich zurückzuholen. Ich sorge mich um Dsôn Khamateion.«

Klaey beglückwünschte sich zu seiner Eingebung, diese Nacht für eine Erkundung gewählt zu haben. Für solche Neuigkeiten würde ihn sein großer Bruder lieben.

Ascatoîa lachte so laut, dass ihre Heiterkeit von den nahen Hängen als Echo zurückkehrte und sich mit ihrer Stimme mischte. »Die Unterirdischen können uns nicht schlagen.«

»Das müssen sie nicht. Wir sind umgeben von Fels, von Gestein, von Gipfeln. Schau hin. Es ist ihr Land. Sie werden die Berge über uns zusammenfallen lassen.« Vascalôr wirkte ungewöhnlich unruhig. »Das darf nicht geschehen.«

»Ah. Du ergreifst das Heft.«

»Ja. Ich werde die Kammer und den Ganyeios dazu bringen, einen Trupp auszusenden, der die Unterirdischen aufhält, bevor sie einen Fuß ins Graue Gebirge setzen. Damit werden die Funken der Hoffnung im Keim erstickt und getilgt.«

»Oh, bei Inàste, schicke mich!« Ihre verschiedenfarbigen Augen leuchteten begeistert auf. »Bitte, Vascalôr! Ich habe nur dieses schlechte Blut von gefangenen Vierten, mit dem ich male. Das Rot der Dritten muss voller Eisen und kräftig sein. Man wird mich um die Gemälde beneiden, die ich damit anfertige!« Ihre

Tonlage wechselte zu gespieltem Betteln. »Außerdem durfte ich meine Zhussa-Kräfte lange nicht mehr einsetzen. Ich spüre, wie sie verkümmern. Hab Mitleid mit ihnen.«

Der Alb lachte. »Gut. Diesen Spaß gönne ich dir als dein Vetter. Aber unterschätze die Dritten nicht. Sie sind zäh und fallen nicht nach dem ersten Schlag.«

»Ich unterschätze keinen Gegner. Auch dann nicht, wenn er keiner für mich ist«, gab sie zurück und stieß ihren Becher gegen seinen. »Der Tod der Unterirdischen wird meinen Namen tragen.« Sie trank zufrieden einen Schluck. »Hörtest du schon eine andere Neuigkeit?«

»Ich will sie nur hören, wenn es eine gute ist.«

»Das kann ich dir versprechen.«

»Dann heraus mit der Sprache.«

Genau! Erzähle es ihm. Und mir. Klaey hätte sich am liebsten vor Freude die Hände gerieben, wagte aber nicht, sich zu regen.

»Unsere Schiffe sind auf dem Weg.« Ascatoîa betrachtete den Alb mit einem breiten Lächeln. »Mit den versprochenen Waffen.«

Vascalôr erstarrte in der begonnenen Trinkbewegung. »Du redest von *jenen* Waffen?«

Welche Waffen, verflucht? Klaey sah auf die Albae hinab. *Rückt mit der Sprache raus!*

»Ebenjenen. Die Entsatzflotte passiert vermutlich im Spätherbst das westliche Wassertor der Ersten vor dem Roten Gebirge. Die Unterirdischen werden nicht wissen, wie ihnen geschieht.« Ascatoîas Schmuck glomm unvermittelt auf, als wolle er die freudigen Gefühle seiner Trägerin sichtbar machen. »Stellen wir es geschickt an, geliebter Vetter, fällt das Geborgene Land an uns. Noch vor dem Winter.«

Bei Samusin und Cadengis' Mutter! Was hecken diese schwarzäugigen Dämonen aus? Klaeys Begeisterung darüber, heimlicher Zuhörer zu sein, wandelte sich zu blankem Entsetzen. Was immer die rätselhafte Flotte durch den Meerestunnel brachte: *Es muss gegen Drachen taugen. Sonst werden die Albae niemals herrschen.*

»*Das* sind wahrlich gute Neuigkeiten!« Vascalôr trank einen kleinen Schluck. »Gut. Töten wir diesen Pulk Unterirdischer und machen uns auf die Suche nach Mòndarcai.«

Die Albin, die just den Becher erneut an die Lippen setzen wollte, spuckte verächtlich aus. »Woher hast du diesen Namen?«

»Der Brigantiner nannte ihn. Der Schlächter, der unsere Leute und den Abschaum niedermetzelte, stellte sich ihm vor und bedankte sich dafür, dass er ihm als Schuldiger diente.«

Dein Tod heißt Mòndarcai, ging es Klaey durch den Kopf, und er erschauderte bei der Erinnerung an diesen Moment. Unwillkürlich griff er sich an seine Kehle, Gänsehaut bildete sich überall auf ihm.

»Mòndarcai ist ein Mythos.«

»Ah, sieh an. Noch ein Mythos«, gab Vascalôr schneidend zurück. »Aber ein Mythos, der lebendig durch unser Heiligtum sprang, die Priesterin und die Wachen tötete, sich Aiphatòns Reliquien nahm und verschwand. Wenn nun dieser Tungdil Goldhand ein Mythos vom gleichen Schlag ist, was denkst du, werden die Unterirdischen wohl sagen?«

»Verspotte mich nicht.« Das glimmende Geschmeide der Albin erlosch. »Es kann irgendein Verräter aus Dsôn gewesen sein, der sich nach ihm benannte.«

»Warum sollte er das gegenüber dem Brigantiner tun, bevor er ihn ohnehin tötet?«

»Weil er ihn verehrt? Ein lächerliches Ritual, nichts weiter«, entgegnete Ascatoîa. »Es gibt Mòndarcai nicht.«

»Das sehe ich anders. Lieber gehe ich keinerlei Wagnis ein und suche ihn. Ich machte mir Notizen, als ich in Brigantia war. Es gibt Spuren, denen ich folgen werde.« Vascalôr sah in seinen leeren Becher. »Was immer der Räuber mit den Reliquien beabsichtigt, es entsteht daraus nichts Gutes für uns. Wir brauchen Rüstungsplatten, Handschuh und Tioniumspeer zurück.«

»Die Ursprünglichen und Mòndarcai sind eine Erfindung. Wie die Unauslöschlichen.« Ascatoîa versuchte, seine Bedenken zu zerstreuen. »Wir fanden keinerlei Hinweise auf sie, sondern hörten nur Geschichten an Lagerfeuern. Und unsere Spione sind überall. Wo sollten sie sich im Geborgenen Land vor uns verbergen?«

Vascalôr stellte den Becher auf der Balustrade ab. »Das beantworte ich dir bald, Vetterin. Und vergiss nicht, dass auch Goldhand in diesen Geschichten vorkam. In den Aufzeichnungen der Vierten.« Er wandte sich zum Gehen.

»Du lässt mich allein zurück?«, sagte Ascatoîa schmollend. »Erst lockst du mich mit der Aussicht, alsdann verschwindest du? Wollten wir nicht warten, bis sich der Nebel lichtet?«

»Verzeih mir.« Der gespenstige Alb gab ihr einen Abschiedskuss auf die Wange. »Unsere Unterhaltung erinnerte mich an etwas.«

»Das da wäre?«

»An den Brigantiner. Ich verhöre ihn ein letztes Mal, um mit Mòndarcai sicherzugehen, und danach war es das für ihn. Wir brauchen keine Geisel. Jeden Mann, jede Frau, jedes Wesen aus Brigantia lasse ich zerlegen, sollten sie durch unser Gebiet streifen.«

»Was wirst du dem Omuthan sagen, wenn er nach seinem kleinsten Bruder fragt?«

»Der große Idiot ist froh, wenn er den kleinen Idioten nicht mehr ertragen muss.« Vascalôr drehte sich zum Treppenabsatz um.

»Bist du dir dabei sicher?«

»Ganz sicher. Du hättest Orweyn sehen sollen, als der Trottel sich mir als Geisel aufdrängte, um seinem Prozess zu entgehen. Ich hebe dir sein Feiglingsblut auf. Als Grundierung für ein Schandbild mag es taugen.« Vascalôr verschwand die Stufen hinab.

Klaey schoss eiskalte Angst in jede Faser seines Körpers. *Ich habe keinerlei Wert mehr für die Schwarzaugen, außer als minderwertige Zutat für ihre grausame Kunst.*

Kehrte er zurück in seine Zelle, war er tot.

Versuchte er, aus der Stadt zu fliehen, war er tot.

Doch Klaey hatte zu viel erfahren und wollte noch mehr herausfinden. Über die Pläne. Die Flotte. Die Ursprünglichen. Er durfte keinesfalls in Dsôn Khamateion sterben.

Das ist es! Ruckartig drehte er das Gesicht und sah über die nebelverschleierte Stadt, die sich vor ihm verbarg. *Ich werde mich mitten unter ihnen verstecken. Ich werde sie und ihre Verteidigung erkunden, sämtliche Geheimnisse ergründen, jegliches Wissen über die Schwarzaugen sammeln und dann verschwinden, um …* Klaey stockte. Um was damit zu tun?

Ascatoîa warf noch einen Blick über die Silhouetten der Gebäude und verschwand vom Wehrgang. Der Weg war frei. Ohne eine Wache.

Was ich mit meinem Wissen anstelle, entscheide ich, sobald es so weit ist. Klaey schwang sich über die Zinnen und hangelte sich abwärts, um seine Flucht in die Gassen und Straßen von Dsôn Khamateion zu beginnen.

* * *

DAS GEBORGENE LAND, VEREINTES GROSSKÖNIGREICH GAURAGON, PROVINZ BERGENHOCH, 1023 N. B. (7514. SONNENZYKLUS NACH ALTER ZEITRECHNUNG), SPÄTFRÜHJAHR

Goïmron prallte auf den Steinboden der Ruinenstadt, die Hufe seines Pferdes klapperten knapp an ihm vorüber.

Der Drache brüllte und wütete in der Staubwolke, der Wind seiner Flügelschläge wirbelte immer mehr Dreck auf und hüllte den benommenen Zwerg ein. *Er darf mich nicht sehen.* Goïmron kroch beinahe blind mit verklebten Augen vorwärts, bis er einen Steinhaufen ertastete, in dessen Schutz er robbte. *Vraccas, beschütze mich!*

Die Lavastimme pfiff und dröhnte kakofonisch gegen Ardins Brüllen an, dann leuchtete das diffuse Licht eines mächtigen Flammenstrahls im Dunst auf. Hitze rollte über Goïmron hinweg, der sich noch kleiner machte. Gleich darauf bebte die Ruinenstadt unter den wuchtigen Klauenhieben und Schwanzschlägen.

Plötzlich spürte er eine Hand an seiner Schulter, es roch nach Pflaumentabak. »Gemmenschnitzer? Lebst du noch?«

»Ja. Glaube ich. Mein Rücken«, ächzte er mehr, als er sprach.

»Lass mich fühlen.« Brûgar tastete hastig Wirbelsäule und Schultern ab. »Keine klaffenden Wunden, und die Knochen sind in einem Stück. Spürst du Beine und Arme noch?«

»Ja.«

»Dann ist nicht alles verloren. Wie es aussieht, ist der Schweif der Bestie an dir vorbeigeschrammt. Ich kann den Abdruck der Schuppen in deiner Lederrüstung fühlen.« Brûgar goss ihm Wasser ins Gesicht und spülte die Augen sauber. Goïmron konnte langsam wieder etwas sehen. »Bleib unten. Warten wir, bis sich Ardin ausgetobt hat.« Er hatte eine kurzstielige Pfeife im Mundwinkel, deren Rauch nach reifen Pflaumen duftete.

Nach und nach verlor die Lavastimme ihre Töne, bis nur noch das dunkle tiefe Horn der Wut des Drachen standhielt. Nach einem weiteren Krachen und einer Erschütterung, die durch Kronenstahl ging, verstummte sie endgültig. Ardin brüllte triumphierend. Der Wind schwoll noch einmal an, und das Rauschen der Flügelschläge entfernte sich. Nach wenigen Herzschlägen legte sich der aufgewirbelte Staub, und die beiden Zwerge schauten sich hustend um.

Hoch über ihren Köpfen flog der Drache als kleiner, harmloser Schemen und ließ sich am rötlich schimmernden Kraterrand auf einem Schlackenhügel nieder, um erneut einen langen Schrei auszustoßen.

Wie ungefährlich er auf diese Entfernung wirkt. Zu gerne hätte Goïmron einen Blick auf Ardin geworfen, als er dicht bei ihm getobt hatte. Angeblich funkelte sein Leib voller dunkelblauer Diamantschuppen. Aber der Staub hatte den Drachen eingehüllt. *So nahe komme ich der Bestie nie wieder.*

Die Ruinen hatten unter dem Angriff sichtlich gelitten. Auch die letzten Bauten waren eingestürzt, die Steine übereinandergeworfen. Kronenstahl war endgültig vergangen, zusammen mit der Lavastimme.

Goïmron sah die zerschlagenen Pfeifen und Hörner, Krallenspuren und tiefe Löcher im Gestein. *So eine Schande. Ein einmaliges Instrument für immer verloren.* Mit einem langen Keuchen erhob er sich. »Wo sind die anderen?«

Brûgar stemmte sich in seiner schweren Rüstung auf die Beine und nahm die Pfeife aus dem Mund. »Sie warten versteckt beim Weg nach unten.« Er besah sich Goïmron gründlich von allen Seiten. »Gut, kein Blut. Mehr als blaue Flecken und schmerzende Knochen hast du heute nicht abbekommen. Das können nicht viele von sich behaupten, die einem wütenden Drachen begegneten.« Lachend schlug er ihm auf die Schulter und schüttelte den blauen Spitzbart aus, um ihn vom Dreck zu befreien. »Verschwinden wir, bevor Ardin zurückkehrt, weil er vom Toben Hunger bekommen hat.«

»Was ist mit dem Elb?«

»Das Spitzohr, das uns das einbrockte, schlummert noch. Hargorina sandte ihn mit einem leichten Klaps ins Land der Träume.« Brûgar steckte die Pfeife weg, ging voraus und fing die Pferde ein, die wiehernd und mit vor Angst geweiteten Augen vor einer Felswand ausharrten. »Der wird sich noch wünschen, dass er für immer dort bleiben könnte.«

Goïmron humpelte mit schmerzendem Rücken hinterher und blickte zum Drachen, der noch einmal zur Siedlung sah und dann im Krater verschwand. *Das hätte mein Tod sein können.* Er war wütend auf den Elb, der sich an der Lavastimme zu schaffen gemacht und ihre wichtige Mission in Gefahr gebracht hatte. »Hat er vorher irgendwas gesagt?«

»Ja.«

»Was?«

»›Nein, bitte nicht‹ und ›Nicht die Nase‹.« Brûgar lachte. »So in etwa. Und irgendwas mit ›Gnade‹ und ›Ich muss es tun, vergebt mir‹.«

»Nicht sehr hilfreich.« Goïmron fürchtete, dass ihn der Dritte wieder narrte. »Dann warten wir, bis er aufwacht. Auf seine Geschichte bin ich gespannt.«

»Das sind wir alle. Und danach gibt es tüchtig Dresche, bevor wir ihn nach Tî Silândur zurückschicken.« Brûgar ballte die Hand zur Faust, sein Kampfhandschuh knirschte. »Ho, ein Spitzohr vermöbeln. Wie lange durfte das ein Zwerg schon nicht mehr? Zweihundert Zyklen? Vierhundert? Das wird eine feine Spitzohrfeigen-Pfeife, gestopft mit dem teuersten Tabak!«

Goïmron widersprach ihm nicht, nahm sich aber vor, bei Misshandlungen einzuschreiten. Ihm gefiel der Gedanke nicht, Wehrlosen etwas anzutun. Auch wenn der Wehrlose ein Elb war, auf den Goïmron mächtig wütend war.

Bald erreichten sie die wartende Truppe.

Hargorina unterband jegliche Unterhaltung und befahl den sofortigen Aufbruch, um den Bergausläufer zu verlassen und den Drachen durch ihre Anwesenheit nicht weiter herauszufordern. Erst als sie den Landsriegel verlassen hatten und im Schutz eines Weißblattbuchenwäldchens ihr Lager aufschlugen, entspannten sich die Zwerginnen und Zwerge; auch die Pferde verloren die beständige Unruhe.

Der Elb, den sie zur Strafe in ein Feld hoher Stechbrennnesseln neben das Feuer gelegt hatten, schlief immer noch. Er sah selbst für einen Vertreter seines Volkes sehr jung aus, ohne Bartwuchs und mit geflochtenen langen Haaren, die gelb wie reifer Weizen leuchteten. Unter seinem zerschlissenen grünlichen Mantel kam eine Lederrüstung zum Vorschein, die auf der Brust mit Eisenringen verstärkt war. Das Schwert hatte er auf dem Rückzug verloren, der Dolch steckte in der Hülle.

»Belîngor, weck ihn auf.« Hargorina röstete Käse auf einem Stöckchen über den niedrigen Flammen. »Ich will eine Erklärung von unserem Gast.«

Belîngor nickte und drehte den Schlummernden mit dem Stiefel um, sodass sein Gesicht über die Blätter mit den Brennhärchen schleifte.

Sofort zuckte der Elb zur Seite – genau in die nächsten Blätter. Es folgte ein lustig anzusehender Liegetanz, bis der Zappelnde fluchend auf die Füße sprang und die laut lachende Zwergentruppe ungläubig anstarrte. Schließlich setzte das Begreifen ein. Sein von roten Pusteln übersätes Gesicht wandte sich dem Berg zu.

»Wir haben dir das Leben gerettet«, erklärte Hargorina. »Du hast Ardin mit deiner dämlichen Tat angelockt, und er zerstörte wutentbrannt die Lavastimme.« Sie kostete von ihrem knusprigen Käse. »Hast du eine gute Erklärung dafür?«

»Sonst bringen wir dich zurück und lassen den Drachen dich fressen«, raunte Brûgar. Vor ihm lagen vier verschiedene Tabaksäckchen, an denen er nacheinander roch, um eine Auswahl zu treffen. Belîngor beriet ihn dabei.

Der Elb vollführte eine elegante, tiefe Verbeugung. »Mein Name ist Telînâs. Ich komme aus Birkenquell, einem Dorf in der Nähe der Stadt Sonnendach«, sprach er mit heller, klarer Stimme.

»Das ist weit weg. Sehr weit weg.« Brûgar zündete sich eine kurze Rastpfeife mit einem brennenden Stöckchen an und schmauchte. Der Rauch schoss aus seinen Nasenlöchern wie Drachenatem, und es roch nach Tannennadeln. »Elben haben in Bergen nichts zu suchen.«

»Schon gar nicht in einer Zwergensiedlung«, übersetzte Hargorina Belîngors Handzeichen für Telînâs. »Wo sie Schindluder treiben und eines der großartigsten Instrumente vernichten, das unser Volk jemals ersann.«

Goïmron verfolgte das Verhör, das erstaunlich friedlich verlief. Von den Dritten hatte er mehr Gebrüll, Drohungen und Schläge erwartet.

»War es eine Prüfung?«, fragte er unvermittelt.

Telìnâs nickte und rieb sich vorsichtig über die wässrigen roten Pusteln, verzog leidend das jungenhafte Gesicht. »Ich will zu den Fîndaii, den Leibwächtern der Kisâri. Je mehr man sich bewiesen hat, umso besser steht es, in die Garde aufgenommen zu werden.«

»Also dachtest du dir, du könntest die Lavastimme zum Leben erwecken.« Hargorina aß das knusprige Käsestück und spießte ein weiteres auf das Stöckchen. »Und dazu ein Tänzchen mit einem Drachen wagen.«

»Man sagt, dass man das Horn bis nach Tî Silândur hören kann. Ich erklärte dem Hauptmann der Fîndaii, dass er genau hinhören soll.« Telìnâs atmete niedergeschlagen aus. »Aber ich versagte.«

»Wieso?« Goïmron bekam Hunger und nahm Gewürzbrot aus dem Proviantbeutel, um es ebenfalls über den Flammen zu rösten. Es duftete wundervoll. »Die Stimme sprach.«

»Ich wollte eine elbische Weise darauf spielen«, gestand Telìnâs. »Als Beweis, dass es kein Versehen war.«

»Dafür, mein kleines Spitzohr« – Brûgar hob andeutungsweise seinen Kriegsdreschflegel an – »hätte ich dich zu meinen wilden Zeiten zu Brei geschlagen. Welch Frevel das gewesen wäre!«

»Und nun? Was geschieht nun mit dir?« Goïmron biss ab und genoss den intensiven Geschmack von Kräutern und eine feinen Schinkennote. *Was gäbe ich jetzt für ein dunkles Bier aus dem Humpensammler dazu.*

»Ich habe die Prüfung nicht bestanden. Daher brauche ich nicht nach Tî Silândur zurückzukehren«, antwortete Telìnâs. »Damit ist mein Traum von der Leibgarde vernichtet.«

Belîngor suchte Pilzwurst heraus und hielt ein Ende mit bloßen Fingern übers Feuer.

»Das ist nur gerecht. Dank dir ist die Lavastimme zerstört. Wenigstens wurde sie nicht vorher von einer Elbenweise geschändet.« Brûgar rieb sich über den blauen Spitzbart und paffte zornig.

Hargorina betrachtete den sehr jungen Elb. »Auch wenn ich es nicht schätze, was du getan hast, muss ich dir zugestehen, dass du Mut besitzt.«

»*Über*mut«, korrigierte Brûgar und stieß den Rauch aus. »Der tut selten gut.«

»Ich stehe in Eurer Schuld, edle Zwerge vom Stamme Lorimburs.« Telìnâs sah zu Goïmron. »Aber du bist ein Vierter, habe ich recht?«

»*Das sieht ein Blindork mit Taststock*«, sagte Belîngor mit Handzeichen, und die Truppe lachte leise.

»Wie kommt es, dass du mit ihnen reist?« Telìnâs kratzte sich im anschwellenden Gesicht, und seine Miene hellte sich auf. »Oh, jetzt habe ich es verstanden. Ihr seid seine Wachen und beschützt ihn. Ist das eine zwergische Queste, die ihr angetreten habt?«

»So in etwa«, antwortete Hargorina ausweichend. »Und alles Weitere geht dich nichts an.«

»Vielleicht doch.« Goïmron hatte einen Einfall. »Wir reisen ins Graue Gebirge und suchen Tungdil Goldhand.«

Telìnâs gab sich Mühe, auf unbestimmte Weise beeindruckt zu sein. »Er ist gewiss ein bedeutender Zwerg, aber ich … Der Name sagt mir nichts.«

»Was bei Vraccas …? Der größte Held des Geborgenen Landes, der es oft schon vor Schaden und dem Untergang bewahrte!« Goïmron war bestürzt über die Unwissenheit. Von einem Elb hatte er mehr erwartet.

»Wann war das?«

»Vor eintausend Zyklen.« Goïmron hasste diesen Teil seiner Rede mehr und mehr. »Und ja, er lebt noch.«

»Interessant. Ich hörte davon, dass die Kinder des Schmieds

alt werden, aber *so* alt?« Telìnâs setzte sich ans Feuer und reckte die pustelgezierten, geröteten Hände gegen die Flammen. »Ihr seid sicher, dass …«

»Ja. Bin ich.« Goïmron reichte ihm ein Stück Brot, auf das der Elb hungrig geschaut hatte. »Wie wäre es, wenn du uns begleitest? Als Wiedergutmachung für das, was du angerichtet hast?« Die Dritten sahen gleichzeitig zu ihm, einige verwundert, einige misstrauisch. »Sobald wir Goldhand gefunden haben, einen wir die fünf Stämme und befreien das Braune Gebirge von den Brigantinern. Danach knöpfen wir uns die Drachen vor, einen nach dem anderen. Das Geborgene Land hat nach eintausend Zyklen seine Freiheit verdient!«

Belîngor blinzelte und saß unbeweglich, während die Pilzwurst Feuer fing.

»Du bist sicher, dass du ein Vierter bist?«, gestikulierte er.

»Ganz sicher«, erwiderte Brûgar trocken. »Du hättest ihn im Kampf sehen sollen.«

»Ein Elb, der dabei hilft, den legendären Zwergenhelden ausfindig zu machen, wäre ein Signal«, sprach Goïmron begeistert weiter. »Die beiden Völker, die sich nicht mögen, arbeiten Hand in Hand zum Wohle unserer gemeinsamen Heimat.«

»Das ist ein kluger Gedanke! Und es wäre ein guter Ersatz für meine verpatzte Prüfung«, dachte Telìnâs laut. »Einverstanden.« Er biss ins Brot. »Ich tilge meine Schuld und stehe Euch gerne bei.«

»Kein Elb gehört in ein Gebirge«, wiederholte Brûgar stur.

»Er schon.« Goïmron ließ sich nicht beirren.

»Einer muss damit beginnen, Freund Zwerg.« Telìnâs kaute und machte unvermittelt ein unglückliches Gesicht. »Ist da Mondkraut drin?«

»Ja. Schmeckt's dir nicht?« Hargorina aß genussvoll vom nächsten Stück Käse.

»Ich vertrag's nicht.« Telìnâs sah traurig auf das Essen. »Das wird eine hungrige Nacht.«

»Wenn's dir durch die Gedärme schlägt, nimm die Nesseln, um den Hintern zu wischen«, empfahl Brûgar feixend. »Die Schmerzen lenken vom Hunger ab.«

Unter dem lauten Lachen der Zwerginnen und Zwerge reichte Goïmron den Wasserschlauch an den jungen Elb. »Willkommen in unserer Runde. Das Anstoßen mit Bier holen wir nach.«

Telìnâs nickte dankbar.

* * *

DAS GEBORGENE LAND, VEREINTES GROSSKÖNIGREICH GAURAGON, PROVINZ FEUERN, 1023 N. B. (7514. SONNENZYKLUS NACH ALTER ZEITRECHNUNG), SPÄTFRÜHJAHR

»Das ist seltsam.« Hargorina betrachtete die Beschaffenheit der Straße, auf der sie durch den dichten Forst aus Eisentannen, Steinfichten und mannshohem Schwarzfarn ritten. Jenseits dessen rauschte ein wilder Fluss, und ein Wasserfall dröhnte. Umherfliegendes Gischtwasser schlug sich an Blättern und der Kleidung der Reisenden nieder. »Ich sehe eine einzige frische Wagenspur. Sonst nichts. Nicht einmal Fußspuren von Wanderern.«

Goïmron blinzelte durch die Baumwipfel hinauf in die Mittagssonne, die jeden Tag an Kraft gewann. Er hatte die Ruhe auf der Reise genossen und sich darauf gefreut, nach einem weiteren Umlauf ins Graue Gebirge aufzubrechen. Seine Unbeschwertheit erhielt nun einen Riss. »Das ist gut oder schlecht?«

Die Reise vom Landsriegel nach Norden zum Zugang ins Graue Gebirge war ohne Zwischenfälle verlaufen, auch wenn die ungewöhnliche Reisetruppe unterwegs einiges an Aufmerksamkeit erregte. Goïmron wurde nicht müde, jedem, dem sie begegneten, von ihrem Vorhaben zu berichten, nach dem ältesten und größten aller Zwergenhelden zu suchen. Umso ernüchternder war die Erkenntnis, dass sich höchstens zwei, drei der Menschen an den Namen entsannen. Goldhand war in Vergessenheit geraten, was Goïmron in seiner Aufgabe bestärkte.

»Es ist zumindest ungewöhnlich.« Hargorina sandte Brûgar voraus, damit er in freiem Feld Ausschau hielt. »Wir werden bald in Platinglanze ankommen. Ich hatte damit gerechnet, einige Reisende unterwegs zu treffen. Stattdessen will kaum einer in die Zwergensiedlung, wie mir scheint.«

»Ist dies denn der einzige Weg?«, erkundigte sich Telìnâs, dem sie in einem Dörfchen ein Pferd gekauft hatten, um schneller voranzukommen. Außer ein paar erstandenen Habseligkeiten und seinem Dolch besaß er nichts. Seine Ausrüstung war in Ardins Drachenfeuer verbrannt. Um sich unterwegs zu beschäftigten, faltete er aus Laubblättern kleine, wundersame Figürchen, die er entlang ihrer Route aussetzte. »Möglicherweise ist diese Straße bald unpassierbar, und die kundigen Wanderer nehmen deswegen eine andere Strecke.«

»Diese Erklärung gefiele mir.« Hargorina spähte in den dichten schwarzen Farn um sie herum. »Seid etwas leiser und lauscht aufmerksam. Ich will nicht in einen Hinterhalt geraten.«

Da kehrte Brûgar von seinem Aufklärungsritt zurück, mit einer kurzstieligen Spähpfeife zwischen den Lippen. Über dem Pfeifenkopf war ein winziges Sieb angebracht, das den Rauch verteilte, anstatt ihn in verräterischen Schwaden aufsteigen zu lassen. »Die Mauern stehen noch und sind intakt«, erklärte er aufgeregt und brachte seinen Hengst neben Hargorina zum Stehen. »Aber ich sah die Risse darin. Der Mörtel ist aus den Fugen geplatzt und der Basalt an einigen Stellen wie der Granit der Türme in tausend Stückchen gesprungen.«

»Das bedeutet was?« Telìnâs machte ein ratloses Gesicht.

»Ein Feuer wütete in Platinglanze. Ein sehr heißes Feuer.« Hargorina ließ ihr Pferd angaloppieren. »Vorwärts! Schauen wir uns an, was der Festung zustieß.«

Goïmron blieb in der Mitte der Truppe, die das Wäldchen verließ. Den abgetrennten Schnabel des Flammenflüglers hatte er unterwegs ausgekocht und vom Fleisch befreit, damit die Trophäe lange hielt. Warum die Eisenkugel an der Schnabelspitze zerschellt war, hatte er noch nicht herausgefunden.

Das große Tor der Wehrsiedlung Platinglanze hing schräg und halb geöffnet in den Angeln, es zeigte deutliche Brandspuren an den oberen Rändern. Durch die breite Lücke sah Goïmron die mehrstöckigen Steinhäuser, die meisten von ihnen intakt. Nur dort, wo das Feuer zu viele Balken aus dem Fachwerk gefressen hatte, klafften Löcher in den Wänden und Dächern. Goïmron roch die kalte Asche und den typischen Brandgeruch. *Bei Vraccas! Was ist geschehen?*

Kaum hatten sie den Eingang passiert und ritten auf der Hauptstraße, sahen sie die Überreste von Knochen, Leder und Eisen. Teils waren die Rüstungen mit den verkohlten Skelettfragmenten verbacken, teils geschmolzen. Es waren kaum mehr als Kettenhemden und Plattenpanzer zu erkennen. Verrußte Schieferschindeln und Scherben geborstener Fenster lagen zersprungen auf der Straße.

Zu Goïmrons Erleichterung verhielten sich die Pferde ruhig. Sie witterten keine Gefahr, und das schloss sehr viele unangenehme Bedrohungen innerhalb der Ruinen aus. Gelegentlich huschten Mäuse und Ratten über die Straße. Eine schwarz gefleckte Katze folgte ihnen über die Dächer, bis sie mit einem Satz verschwand.

»Von den Bewohnern lebt hier niemand mehr«, stellte Hargorina betroffen fest, als sie den Marktplatz erreichten, um den sich schwarzgeräucherte Hausfronten mit gesprungenen und geschmolzenen Scheiben erhoben. »Die Fünften sind verbrannt oder geflohen.«

»Was war das für ein Feuer, das Glas und Eisen schmilzt?« Telinâs stieg aus dem Sattel und hob einen Gebeinschädel an, um den sich ein zerflossener Helm schmiegte.

»Ich bin Barbandor Stahlgold aus dem Clan der Königswassertrinker vom Stamm der Fünften«, rief eine Männerstimme von oben, und die Truppe hob den Blick zu einem der flachen Turmdächer. Dort stand ein Zwerg mit geflochtenem dunklem Barthaar in voller Rüstung, einen Speer mit dem Wimpel von Platinglanze in der Linken; der bestickte Stoff tanzte in einer Böe. In der Rückenhalterung trug er eine schwere Kampfaxt. »Ich bin der letzte Wächter der Siedlung und des Zugangs ins Graue Gebirge.« Er sah auf die Neuankömmlinge. »Was suchen die Dritten in Platinglanze? Als Unterstützung gegen die geflügelte weiße Bestie seid ihr zu spät.«

»Ich bin Goïmron Schnitzeisen«, antwortete dieser laut. »Steig herab, und wir erklären dir, was uns hierherbrachte.«

Barbandor neigte den behelmten Kopf, um besser zu sehen, und schirmte die Augen ab. »Bist du ein Vierter? Und als Dreingabe der Seltsamkeiten noch ein Elb.« Er griff ein Seil und ließ sich einhändig an einem Gegengewichtflaschenzug hinab zu ihnen. »Das kann eine spannende Geschichte werden.« Er wandte sich um und ging los. »Folgt mir. Ich führe euch. Trefft die anderen Gäste und gebt dem Ort ein wenig von dem Leben zurück, das er verdient.«

»Ûra also.« Goïmron ließ sein Pferd zu Barbandor aufschließen.

»Wieso habt ihr sie nicht bezahlt, wie es alle tun?«, fragte Telìnâs. »Jeder muss der Drachin Tribut entrichten.«

»Weil ihre Botin etwas verlangte, was wir nicht zu geben bereit waren. Etwas, das unserem Volk gehört und nicht in die gierigen Krallen dieser Bestie.« Barbandor pochte sich gegen den Harnisch über seiner Rüstung, unter dem eine Kette verschwand, und sah zu Goïmron. »Solange ich lebe, wird Ûra nichts davon bekommen. Eher werfe ich es zurück in den Fluss, aus dem …« Sein zufälliger Blick traf eines der Packtiere, und er blieb sichtlich überrascht stehen. »Da leck mich doch ein Ork! Woher hast du diese Truhe?«

Goïmron wandte sich halb im Sattel um, um sicher zu sein, dass sie dieselbe meinten. »Gekauft. In Malleniaswacht. Was ist damit?«

Barbandor schlug sich eine Hand vor den Mund und senkte sie langsam, fuhr sich über die goldenen Zierspangen im Bart. »Bei Vraccas! Diese Truhe kenne ich.« Er machte einen Schritt darauf zu und inspizierte das Äußere. »Ja, das ist sie!«

»Sie gehört dir?«

»Nein, sie schwamm den Fluss hinab, als wir Ring und Silberamulett fanden, nach denen die Botin verlangte. Dass ich sie nochmals wiedersehe, hätte ich nicht geglaubt.« Barbandor ging langsam weiter. »Ich ließ sie ziehen, weil sie leer war. Und nun dient sie dir als Reisetruhe. Welch Fügung.«

Goïmron lächelte. »Sie war nicht leer.«

»Nein?«

»Darin fand ich das Buch von Tungdil Goldhand.« Er zog es unter dem Mantel heraus und reichte es dem letzten Wächter der Siedlung. »Deswegen sind wir in Platinglanze. Wir wollen ins Graue Gebirge und nach ihm suchen.«

»Bei den heiligen Hallen!« Barbandor blätterte voller Ehrfurcht und blieb auf dem Platz am Wehrhaus der Stadtwache stehen. Davor war ein Wohnwagen abgestellt, auf dem die Schriftzüge *DIE MAGIE DES SPIELS* und *Die fabelhafte Doria Rodana von Psalí und ihre lebendigen Geschichten* prangten.

Der Name der Puppenspielerin weckte ungute Erinnerungen bei Goïmron. Für alle Zeiten war damit der Tod seines besten Freundes verknüpft, den er zu begleiten versäumt hatte. *Hier fügt sich vieles ineinander.*

Barbandor reichte das Büchlein zurück. »Es litt ein wenig in der Kiste.«

»Die Kiste ist unschuldig. Mir geschah das Missgeschick.« Goïmron war es peinlich, an seine Trunkenheit erinnert zu werden.

»Dann waren die Orks, die aus dem Fluss kamen und uns angriffen, vielleicht gar nicht hinter dem Amulett und dem Ring her. Sondern hinter Goldhands Aufzeichnungen.« Barbandor ging auf die Steintreppe zu, die ins befestigte Wehrhaus führte.

Die dicken Läden aus Stahl hatten verhindert, dass das Feuer ins Innere schlug. »Das würde dafür sprechen, dass er wirklich noch lebt.«

»Bei Vraccas! *Das* ist es! Sie haben *ihn* gesucht. Im Buch hofften sie, einen Hinweis auf seinen Aufenthaltsort zu bekommen.« Goïmron sah aufgeregt zu den Dritten und dem Elb. »Habt ihr gehört?« Er hob das handgeschriebene Werk. »Orks suchten *danach!*«

Belîngor prustete und gestikulierte: *»Seit wann können die Schweineschnauzen lesen?«*

»Suchen sie es immer noch, gibt's bald etwas zu tun.« Brûgar tätschelte paffend seinen Dreschflegel. »Die Drachin ist hernach an der Reihe. Sie kann sich schon mal anstellen.«

Die Zwerginnen und Zwerge lachten, während sie abstiegen und die Pferde an Eisenringen an der Gebäudefront anbanden. Belîngor blieb als Wache zurück.

Barbandor führte sie in den Speisesaal, in dem zwei Frauen an einem schlicht gedeckten Tisch saßen, eine deutlich jünger als die andere. »Das sind Doria Rodana von Psalí und ihre Aprendisa Chòldunja. Sie kamen eigentlich, um ihre Stücke rund um Ûra aufzuführen. Aber, nun ja. Ûra erreichte uns vor ihnen.« Reihum stellte er die Neuankömmlinge vor. »Nun esst, trinkt und genießt die Gastfreundschaft des letzten Zwergs von Platinglanze. Unterhalte dich mit Goïmron«, riet er der Puppenspielerin. »Er kann dir eine neue Geschichte erzählen, die wunderbar zu der von Ûra passt. Oder besser: zu ihrem Ende.«

Die Truppe verteilte sich auf den Bänken, die unter der Last der gerüsteten Dritten ächzte. Barbandor kümmerte sich darum, dass es genug von allem gab, und stellte kannenweise kühles Bier neben das Wasser auf den Tisch.

Minzschinken, Malzbrot und sogar Vielkräuterbraten! Goïmron bemerkte, wie ausgehungert er war, und langte tüchtig zu. Der Elb suchte sich das Einfachste an Speisen auf der Tafel aus: Brot mit Butter. Die Küche der Zwerge behagte ihm nicht.

Unauffällig linste Goïmron zur blonden Rodana, wie sie genannt werden wollte. Sie entsprach nicht dem gängigen Wuchs der Menschen: Sie war so klein, zierlich und von einer Feinheit im Gesicht, dass man sie fast für eine Elbin halten konnte. Sie gefiel ihm vom ersten Augenblick an. Die dunklere Haut, die Schwärze der Lippen und Fingerspitzen betonten ihre Besonderheit.

»Wie lange wird Platinglanze ohne eine Mannschaft sein?«, erkundigte sich Hargorina bei Barbandor. »Es ist immerhin das Einfallstor zum Grauen Gebirge.«

»Ich sandte Felsentauben mit Nachrichten an die umliegenden Siedlungen. In weniger als einem Umlauf werden gut zweihundert Kinder des Schmieds hier sein und Sicherheit bringen für das Geborgene Land, bevor sich Bestien und Scheusale aus den Bergen herabstehlen können. Oder vom Towan angeschwemmt werden.« Barbandor erzählte von dem Erlebnis mit den Orks und dem Erscheinen der Botin, während die Reisenden sich stärkten.

Goïmron fiel auf, dass Rodana in ihrem Notizbüchlein mitschrieb. Die unscheinbare Chòldunja hingegen aß langsam, als zwänge sie sich zu jedem Bissen, und sah unter sich. Das Auffälligste an ihr waren die steißlangen Haare, die vom Scheitel aus zur Hälfte braun und schwarz gefärbt waren.

»Was schreibt Ihr auf?«, fragte Goïmron.

»Die Geschichte. Ich sammle Geschichten, damit ich sie ganz oder in Teilen zum Besten geben kann. Die Leute sehnen sich nach dem, was sie kennen, aber sie mögen auch Neues. Wie es die Zeiten gerade verlangen.« Rodana nahm einen Humpen und füllte ihn mit dem süffigen Bier. »Was ist deine Geschichte, Goïmron?« Sie strich eine kinnlange helle Strähne hinter das Ohr, was ihre hohen Wangenknochen betonte. »Barbandor hat sie mir wärmstens empfohlen.«

»Ihr wart in Malleniaswacht«, kam es über seine Lippen, obwohl er etwas ganz anderes hatte sagen wollen.

»Das waren wir.« Rodana sah ihn überrascht an. »Gehört das schon zur Geschichte?«

»Irgendwie … schon.« Goïmron seufzte. »Ich lebe dort. Wie einst Gandelin. Mein bester Freund.«

»Etwa Gandelin Goldenfinger aus dem Clan der Steinschmeichler? Ich kenne ihn!« Rodana lächelte bei der Erinnerung. »Ein sehr freundlicher Zwerg. Er half mir gegen ein paar aufdringliche Wachen und sogar beim Abbau unserer Bühne.« Sie sah zu ihrer Aprendisa. »Weißt du noch, Chòldunja? Ihr habt noch miteinander gesprochen, bevor wir aufbrachen.«

Die junge Frau, die kaum älter als sechzehn sein konnte, nickte schüchtern. »Sehr … nett war er.«

»Richte ihm doch meinen Gruß aus.« Rodana trank einen Schluck.

»Er ist tot. Umgebracht und ausgeraubt. In der Nacht, als er von deiner Vorstellung nach Hause ging«, sagte Goïmron und rang mit der Fassung. »Er wollte, dass ich ihn zur Vorstellung begleite, aber …« Seine Stimme versagte, die Empfindungen drohten ihn zu überwältigen.

»Nein, wie schrecklich!« Rodana legte ihre Hand mitfühlend auf seine. »Sein Tod trifft mich. So ein freundliches Wesen.«

Chòldunja nickte wieder, ohne aufzublicken. Ihre langen Haare rutschten schleiergleich nach vorne und erschwerten einen Blick auf ihr Gesicht.

Die Berührung der Puppenspielerin löste ein angenehmes Gefühl tief in Goïmron aus. Unwillkürlich legte er seine andere darüber. »Danke, Rodana.« Ihre Blicke trafen sich, und ein leichter Schwindel erfasste den Zwerg. Ihre Art zu sprechen, die Nähe, alles von ihr tat ihm gut.

Sie zog ihre Hand behutsam zurück. »Ist dies schon deine Geschichte?«

»Nein. Nein nur … nur ein Teil«, stammelte Goïmron und fing sich, während er das Buch von Tungdil Goldhand vor sich legte und zum Beweis aufschlug. »Damit geht es weiter.« Und schon redete und redete er, sodass Rodana gar nicht mehr nachkam mit Schreiben, bis sie es aufgab und ihm nur noch gebannt zuhörte, das Kinn auf die rechte Hand gestützt. Schließlich endete Goïmrons Schilderung, und er befeuchtete seine trockene Kehle rasch mit einem Schluck Wasser. »Nun bist du im Bilde.«

»*Das* ist ein Abenteuer, wie ich es noch nie vernahm.« Rodana setzte sich aufrecht. »Wir begleiten euch. Das muss ich mit eigenen Augen sehen und will es erleben! Welch einmalige Geschichten sich dabei zutragen werden.«

»Gerne«, sagte Goïmron, und sein Herz tat vor Freude einen Schlag mehr.

»Was? Bei Lorimbur, nein!«, rief Hargorina aufbrausend und reckte das kantige Kinn wie zum Widerspruch. »Ich muss schon auf einen viertelzwergigen Vierten und einen närrischen Elb aufpassen. Keinesfalls gebe ich die Leibwächterin für eine Puppenspielerin, die sich nicht ansatzweise selbst verteidigen kann.«

»Wer sagt, dass wir das nicht können?«, raunte Chòldunja unter ihrem langen Haar hervor und rammte die Gabel tief in das geräucherte Stück Fleisch vor sich; davon hatte sie immerhin etwas gegessen.

»Ihr könnt uns nicht davon abhalten, euch zu folgen.« Rodana blieb freundlich. »Wir fallen euch nicht zur Last. Ich verspreche es.«

»Lass mich ihr die Beine brechen, Hargorina. Dann kann sie uns nicht folgen«, bat Brûgar und lachte beruhigend. Er stopfte sich ein Nachtischpfeifchen mit Tabak, der nach Karamell und flüssiger Butter roch. »Ein derber Scherz. Keine Sorge. Ich belle nur.«

»Aber es würde helfen, würdest du sie beißen«, steuerte eine blonde Zwergin aus der Truppe bei, die mit Gata angesprochen wurde, und prostete ihm zu. Sie wirkte ähnlich ernst wie Hargorina, aber in ihren hellen Augen saß der Schalk. Auffällig war eine kleine silberne Brosche, die aufwendig graviert war. Mehrere Siegel lagen übereinander und bildeten ein Ornament, das

Goïmron nichts sagte. Gata trug sie stolz am Kragen wie ein besonderes Abzeichen. »Sehen wir doch das Praktische, Rodana. Sollten wir auf Bestien stoßen, kannst du sie mit deinen Püppchen ablenken, damit wir sie leichter zu Tion und Samusin schicken.«

»Die Puppen lassen wir im Wagen. Leichtes Gepäck wird genügen. Wir sind das Wandern gewohnt.« Rodana ließ sich vom geballten Spott der Zwerge nicht abwimmeln. »Außerdem mache ich euch alle unsterblich. Ihr seid die Hauptcharaktere in dem nächsten Stück.«

»Oh! Das ist natürlich etwas anderes. Aber wehe, du machst mich kleiner als ihn.« Brûgar zeigte mit dem Mundstück auf Goïmron, was erneute Heiterkeit am Tisch auslöste. »Und vergiss nicht meinen blauen Spitzbart.«

»Ich komme auch mit«, eröffnete Barbandor überraschend. »Wir haben noch einige alte Karten in Platinglanze, die wir retten konnten und die uns helfen werden. Ich wuchs am Fuße von Hammerkopf, Schlot und Sattelspitze auf. Die Berge kennen mich, und ich kann sie lesen. Lasst mich meinen Beitrag leisten, Tungdil Goldhand zu finden, wenn ich schon seine Truhe und sein Buch ziehen ließ.« Er sah zu Goïmron. »Vergiss nicht: Ich habe sie zuerst gesehen.«

»Dagegen habe ich nichts. Einen kundigen Führer kann man stets gebrauchen«, sagte Hargorina sogleich. »Meinen Dank.«

»Nicht dafür. Je eher wir Goldhand finden, desto schneller nimmt es mit Ûra ein Ende.« Barbandor spuckte wütend ins Kaminfeuer. »Dafür werde ich mit Freuden mein Leben geben.«

Mit einem Krachen flog die Tür des Speisesaals auf.

Herein taumelte Belîngor. Er blutete aus mehreren schweren Wunden am ganzen Körper, die Rüstung hing teilweise lose an ihm herab. Seine Kraft reichte nicht mehr aus, um seine Zeichensprache zu nutzen.

»Hargorina«, keuchte er. »Draußen … sind …« Ein Stöhnen unterbrach seinen Satz.

Gestützt wurde er von einem Srgāláh, einer zwei Schritt großen Kreatur mit Hundekopf und menschlicher Statur, der ebenfalls eine Rüstung trug, die Schrammen und Dellen aufwies. An der Seite trug er ein gekrümmtes Schwert, in der freien Hand einen Speer mit breiter, überlanger Klinge.

»Späher der Salzseeorks sind in der Stadt. Wir konnten sie vor dem Wehrhaus zurückschlagen, aber sie sind noch nicht fort«, sprach der Srgāláh mit kehliger Stimme. Ächzend sackte Belîngor auf dem Hallenboden nieder, das Wesen stützte seinen Kopf. »Zwei entkamen uns.«

Die Dritten zogen ihre Waffen. Brûgar, Gata und zwei weitere rannten zur Tür hinaus, um nach den Orks zu suchen. Die Nachtischpfeife blieb verlöschend auf dem Tisch zurück.

Hargorina und Goïmron näherten sich dem Verletzten.

»Woher kommt der Srgāláh?«, wollte sie wissen.

»Das … ist … Sònuk.« Blut rann aus Belîngors Mundwinkel und sickerte in den schwarzen Bart. »Er war auf der Jagd nach ihnen und … stand mir bei, sonst …«

Goïmron fiel auf, wie weich die Stimme des Zwergenkriegers klang. Ihm wurde übel, als er die tiefen Wunden sah. Zwei davon gaben den Blick bis auf die Knochen und Innereien frei. *Vraccas, halte seine Lebensesse am Brennen!*

»Auf den Tisch mit ihm! Wir müssen die Blutung stoppen!« Hargorina wollte Belîngor gemeinsam mit den Versammelten tragen, aber der Srgāláh hob ihn kurzerhand hoch und brachte ihn mit langen Schritten zum Tisch.

Schnell schafften Rodana und Chòldunja Platz, Barbandor brachte Verbandsmaterial. Hargorina schüttete sich zum Säubern Branntwein über die Finger und begann mit der Behandlung. Bereits nach wenigen Griffen waren ihre Hände rot vom Blut des schreienden Zwergs.

Sònuk hielt sich im Hintergrund und witterte gelegentlich, ob sich ein Ork näherte. Der elegante Kopf des Srgāláh ähnelte mit seiner langen Schnauze einer Mischung aus Pinscher und Windspiel, die spitzen Ohren standen wachsam und gerade in die Höhe. Die blauen Augen mit den geschlitzten Pupillen erfassten jede Kleinigkeit, das dunkelbraun-schwarze Fell stand im Nacken leicht ab. Die Brauen, der obere Rand der Ohren und die ledrige Nase schimmerten in einem Goldton, was Sònuk edel wie eine Statue wirken ließ.

Goïmron kannte Geschichten von den Wesen, die sich nicht als Bestien aus Tions dunklen Abgründen bezeichneten. Sie standen auf Palandiells Seite und betrachteten sich als Wesen des Lichts. Dies war für andere Völker bisweilen schwer zu glauben, wenn sie einen Srgāláh vor sich sahen, der beim Lachen die Zähne fletschte und seine scharfen Reißzähne zeigte.

Sie waren vor mehr als vierhundert Zyklen über das Meer ins Geborgene Land gekommen und hatten nach Plätzen gesucht, an denen sie in Frieden mit Menschen, Meldrith, Zwergen und Elben leben konnten. Gelungen war es den wenigsten, die meisten ihrer Siedlungen wurden gemieden. Und das, obwohl sie sich einen Namen als rigorose Scheusaljäger gemacht hatten, vor denen auch Orks, kleinere Oger und Trolle zurückwichen.

Brûgar und die übrigen Dritten kehrten von draußen zurück. »Sie sind fort«, meldete er knapp. »Einen habe ich aus dem Sattel seines Bastardpferds geschossen, den anderen verwundet. Möge er elend an der Stachelkugel verrecken, die ich ihm schenkte.«

Hargorina fluchte und wühlte in Belîngors offenem Fleisch, der dumpf keuchend auf ein Stück Leder biss, das ihm Rodana zwischen die Zähne geschoben hatte. »Ich bekomme die Ader nicht zu fassen. Wenn ich sie nicht …«

Chòldunja sprang herbei. Scheulos versenkte sie ihre schlanke Hand in der Wunde, um das Gefäß mit einem Griff zu fassen, als wäre sie eine ausgebildete Heilerin oder eine Chirurga mit zyklenlanger Erfahrung. »Halte sie. Ich nähe«, sprach sie knapp und bekam von Gata Nadel und Faden gereicht.

Als sich die Aprendisa zur Seite drehte, sah Goïmron für die Dauer eines Wimpernschlags ein Amulett aus Holz und Knochen mit einem kleinen eingefärbten Edelstein darin, der eine ihm unbekannte Aura besaß. Er konnte die ausgehende Energie regelrecht fühlen, und sie bereitete ihm Unbehagen. Aber bevor er einen genaueren Blick darauf werfen konnte, sackte der Talisman zurück unter ihre Kleidung. *Was war das?*

Mit stummem Bangen warteten die Versammelten, bis Chòldunja ihre blutige Feinstarbeit am ohnmächtig gewordenen Belîngor verrichtet hatte. Als sie den Faden mit den Zähnen durchbiss und nochmals mit Branntwein versah, brach erleichterter Jubel bei den Dritten aus. »Er kann es schaffen. Doch er darf sich nicht bewegen, bis die Wunde verheilt ist«, sprach sie und wusch sich die Hände in der bereitgestellten Schüssel. Das Wasser färbte sich rot. »Mindestens sieben bis zehn Umläufe.«

»Damit sind wir einer weniger, wenn wir ins Graue Gebirge reisen. Aber …« Hargorina wandte sich an den Srgāláh. »Dein Name ist Sònuk?«

Die dreieckigen, aufrecht stehenden Ohren reckten sich noch gerader. »Nebtad Sònuk. Aber Sònuk genügt.«

»Wie viele Schweineschnauzen hast du getötet?«

Sònuk lachte, was Goïmron angesichts des Gebisses einen Schrecken einjagte. »An diesem Umlauf oder in meinem ganzen Leben?«

»Draußen liegen zwanzig«, warf Brûgar ein und kratzte die Nachtischpfeife sorgsam aus. »Den Spuren nach hat er die meisten davon getötet.«

Hargorina betrachtete den Srgāláh zufrieden. »Wie es aussieht, vertraute dir mein guter Belîngor sein Leben an. Ohne dich wäre er sicherlich tot.«

»Du hast ihm das Leben gerettet, nicht ich«, sprach Sònuk und deutete eine Verbeugung an.

»Eigentlich war es die Kleine. Doch ohne dich wäre er bereits vor dem Wehrhaus gefallen.« Hargorina nickte ihm zu. »Also gut, Sònuk. Ich weiß, was man Gutes über dein Volk sagt. Eine schwere Aufgabe liegt vor uns. Ein Spitzohr haben wir schon dabei, dazu zwei Lange und einen Gemmenschnitzer, die allesamt im Gefecht nichts taugen.« Die Zwerginnen und Zwerge lachten leise. »Was ist? Möchtest du dich uns anschließen?«

Goïmron fühlte sich als Leiter der Mission übergangen, doch er schwieg. Einen Kämpfer konnten sie dringend gebrauchen.

Sònuk neigte das Haupt mit der langen, spitzen Schnauze. »Erzählt mir mehr.«

* * *

»Der SAPHIR
Er kann königsblau, kornblumenblau, auch weiß, gelbblau und hellrosa sein. Um seine Feinheiten zu erkennen, ist ein gutes, geübtes Auge vonnöten. Die Besonderheit an ihm ist, dass er beinahe so hart wie ein Diamant wird.
Man legt ihn auf gegen Augenleiden, aber auch gegen Melancholie, bei verschiedenen körperlichen Störungen und im Falle von Herzkrankheiten. Der Stein ist verbunden mit dem Element Luft, außer es sei ein Meeressaphir, der jedoch selten geworden ist. Manche Magiebegabte schätzen ihn als Stein der Wahrheit, der Freundschaft, der Beständigkeit und des Seelenfriedens. Mit den passenden Formeln lassen sich sehr wirksame Zauber erschaffen.
Gewarnt sei noch vor einer Sache: Er besitzt die Kräfte von Blitzstrahlen, warnt vor verborgener Gefahr und erhöht die Kraft der Imagination. Berühmte Bühnenmagier machten sich die Saphire einst zunutze, um die Spectatores mit wundersam-wunderlichen Darbietungen magischer Natur zu unterhalten.«

Aus: Die vergessene Kraft der edlen und unedlen Steine,
von Funkelstein & Kinder

KAPITEL VII

DAS GEBORGENE LAND, ROTES GEBIRGE, DAS REICH DER ERSTEN, WELLENTROTZ, WESTHAFEN, 1023 N. B. (7514. SONNENZYKLUS NACH ALTER ZEITRECHNUNG), SPÄTFRÜHJAHR

»Damit haben wir mehr als zwei Drittel der Nordmauer abgehakt.« Xanomir verzeichnete den überprüften unterseeischen Abschnitt auf der Karte, die an der Wand der Schreibstube des Hafenmeisters hing. Seine langen grauen Haare lagen offen auf seinem weiß-blauen Gewand, den grauen Bart hatte er sich zu einem Kurzzopf geflochten. »In drei, vier Umläufen sollten wir fertig sein.«

»Es dauert doch länger als gedacht.« Bendabil goss Tee für sich und seinen Gast ein, blubbernd strömte das Heißgetränk in den Becher und schäumte wie das Meer. Auf seinem Ledergesicht zeigte sich fachliche Neugier, die Bartenden trug er akkurat in die Höhe und leicht nach vorne gedreht, als wären es Tasthaare. »Was macht es schwer?«

»Die Strömung und die Gezeiten. Wir haben aggressive Verwirbelungen in zwanzig Schritten Tiefe, mit denen wir so nicht rechneten. Das macht größere Gewichte für die Elriahaube nötig.« Xanomir war zufrieden, dass sich seine Erfindung gut schlug, auch wenn das Meer die Glocke schon einige Male gegen Gestein und Fundament gedrückt hatte. Das dicke Glas im Bullauge zeigte sich stets unbeeindruckt von der ruppigen Behandlung. »Schon was Neues bei den Aufräumarbeiten entdeckt?«

»Nein.« Bendabil schob ihm den dampfenden Tee hin, der Duft von Minze und Zitrone stieg auf. »Die Leichen der armen

Ruderseelen haben wir geborgen. Keine Doulia. Von der eigentlichen dreiköpfigen Besatzung der Galeere fanden wir nichts.«

Xanomir nippte am Getränk und gab von dem bereitstehenden Honig hinzu. Er mochte es eher süß, aber die Frische weckte seine Sinne. »Alle in Ketten?«

»Alle in Ketten. Sie hatten ungewöhnliche Schmucknarben und Hautzeichnungen und einen Teint, der an matte Bronze erinnert«, fasste der Hafenmeister zusammen und schlürfte laut vom Tee. »Wer nicht vom Feuer verbrannt oder den Geschossen getötet wurde, den zogen die Ketten auf den Grund des Tunnels.«

»Wie viele Besatzung braucht eine Galeere der Hai-Klasse, um gesteuert zu werden?«

»Nur eine Handvoll. Den Vortrieb übernehmen die Sklaven. Keine Segel, keine Abhängigkeit vom Wind und extrem wendig. Das war der Vorteil dieser Schiffe aus Whrotland. Sofern man keine Rücksicht auf das Schicksal der Ruderer bei einer Havarie nimmt.« Bendabil langte in die oberste Schublade und nahm eine offene Dose mit Gebäck heraus, die er in die Mitte des Tisches stellte.

»Sollten die drei verschollenen Fremden irgendwo im Roten Gebirge sein?« Xanomir kostete von den Keksen, die köstlich nach dunklem Malz und Met schmeckten. *Wie hätten sie die glatten Steilwände hinaufkommen können?*

»Glaube ich nicht. Den Beschuss aus den Katapulten und die Malmsteine überlebt niemand. Die Strömung wird die Leichen ins Binnenmeer gespült haben.« Bendabil dippte sein Gebäckstück in den Tee und biss ab. »Wir haben Meereshalt Bescheid gegeben, dass sie nach Toten in den Sperrnetzen Ausschau halten sollen.«

Xanomir erinnerte sich an die drei Männer an Deck der falschen *Schuschkumusch*, die zu ihm geschaut hatten. Er fragte sich, ob es Menschen oder gänzlich andere Kreaturen gewesen waren. »Viel wird nicht von ihnen dort ankommen. Die Strömung reibt ihnen an den Felsen das Fleisch von den Knochen. Und Sphyraeen lieben einen frischen Happen.«

»Pfeilreißfische? Wie kommst du darauf?«

»Ich sah welche, als ich die Mauern kontrollierte. Sie ziehen in Strömen in die Durchlassschleuse.«

Bendabil runzelte die lederbraune Stirn, und die faltige Haut schuf Runzeln und Wulste wie Berge und Täler. »Wie ungewöhnlich. Erst die Whrotland-Galeere, nun die Sphyraeen.«

»Was meinst du damit?«

»Die Raubfische kommen an unserer Küste eigentlich nicht vor. Nicht mehr.« Bendabil schüttelte den Kopf, ohne dass die Bartenden wackelten, und langte nach seiner gestopften Pfeife, die darauf wartete, entzündet zu werden. »Wie heißt es doch so schön? Alles kehrt wieder. In dem Fall sogar die Sphyraeen.«

»Aber eine Whrotland-Galeere brauche ich nicht noch einmal in Wellentrotz.« Xanomir trank noch einen Schluck des belebenden Tees. Die Angelegenheit rund um das feindliche Schiff und die getarnten Angreifer blieb mysteriös. Ungelöst war das Rätsel um ihren mächtigen Tarnzauber. Die Antwort auf eine entsprechende Anfrage an Vanéra ließ auf sich warten. Xanomir nahm an, dass die Maga es nicht wusste und sich durch das Eingeständnis keine Blöße geben wollte. »Also schön.« Als Bendabil die Gebäckdose wegpacken wollte, griff er rasch nochmals zu und wackelte mit dem Keks. »Danke für diese Köstlichkeit. Wir …«

Abrupt wurde die Tür zur Hafenmeisterei aufgerissen.

Herein stürmte ein kreidefelsenbleicher Buvendil mit wehendem weiß-braunem Leinengewand. »Sie ist weg!« Die beiden Zwerge sahen ihn verwundert an. »Die bewegliche Elriahaube. Sie ist verschwunden!«, redete er hastig und wischte sich Schweiß von der Stirn. Die Muschelstückchen in den geflochtenen blonden Bartsträhnen pendelten wie im Sturm.

»Atme ein und aus und besinne dich.« Xanomir erhob sich und drückte seinen Freund auf einen Stuhl. »Sie kann nicht weg sein.« Seine neuste Verbesserung befand sich noch im Stadium der Erprobung. Mit den austarierten Gewichten und den muskelmechanisch bewegten Rädern kam man damit auf ebenem, felsigem Boden gut voran. Es hakte jedoch an den Zahnrädern und der Übersetzung; die Ritzel waren noch anfällig. »Du irrst dich. Ich habe sie …«

»Ich weiß, dass sie in der Werft steht. Nein, *stand*. Wegen der hakelnden Antriebshebel.« Buvendils Blick fiel auf das verlockende Met-Malz-Gebäck. »Aber als ich die neuen Rädchen einpassen wollte, lag nur noch die Abdeckung am Boden.«

Bendabil schob wortlos die Dose zu ihm.

»Sie ist bestimmt eine Rampe runtergerollt. Wir gehen zur Werft und schauen uns um. Weit kann sie nicht gekommen sein.« Xanomir schnappte sich den vorletzten Keks, Buvendil den letzten. »Auf, auf!« Es steckte zu viel Arbeit in der Tauchglocke, um sie zusammen mit dem Rammsporn der *Schuschkumusch* in eine Schrottschmelze geraten zu lassen.

Xanomir eilte zur offenen Tür hinaus und erfreute sich einmal mehr am Anblick des Hafens, der Stadt und der stolzen Schiffe, die ein- und ausfuhren. Die Häuser waren überwiegend aus dem Fels des Roten Gebirges geschlagen oder hineingegraben worden, sodass nur Festung und Werften Unmengen Steinquader zum Bau benötigt hatten. Ansonsten lebten die Bewohner, die in Wellentrotz ihrer Arbeit nachgingen, in den großzügig ausgemeißelten Höhlenwohnungen, aus denen jeder einen fantastischen Blick aufs offene Meer, die Wolken und das Wetterspiel hatte. Darum beneidete Xanomir die Zwerge und eine Handvoll Menschen. Weniger neidisch war er auf die steilen Treppen, Leitern und Aufzüge, die sich bis hinauf auf hundert Schritt zogen und den Auf- und Abstieg aus den Behausungen ermöglichten. Die Einwohner dort oben wurden neckend *Felsenschwalben* genannt.

»Ich …« Xanomir stockte, als sein Blick auf eine Ungewöhnlichkeit fiel. Am Heck einer stattlichen ceuwonischen Karavelle, welche die Durchlassschleuse ins Geborgene Land passierte, stiegen ungewöhnlich viele Luftblasen auf. Weder die Geschwindigkeit noch die Strömungen konnten dafür verantwortlich sein.

Es gibt nur eine Erklärung dafür! Xanomir rannte los und folgte dem dreimastigen Schiff parallel auf der Mauer. »Bendabil, sag der Wache Bescheid! Sie sollen den Tunnel sperren und die Grundsporne hochziehen. Wir haben einen Überlebenden der Galeere gefunden, der Übles plant.«

»Ist gut!« Der Hafenmeister schlug die große Alarmglocke, die an der Außenwand der Schreibstube angebracht war.

Im Vorwärtshasten streifte Xanomir die Kleidung bis auf den Unterleibswickel ab und hechtete in Stiefeln vom Kai ins kalte Wasser. Schnell sah er sich unter der Oberfläche um.

Das Tauchen hatte er gründlich geübt, um bei schiefgegangenen Experimenten mit den Gerätschaften überleben zu können. Mehr als sechshundert Herzschläge hielt er ohne zu atmen durch und gelangte mit Gewichten tiefer als hundert Schritte.

Da ist meine Elriahaube! Xanomir sah sie im Kielschatten der Karavelle über den glatten Kanalboden fahren. Eines der außen anmontierten Luftfässer verlor seinen Inhalt. Die Blasen hatten ihn auf die Spur gebracht. Schnell schwamm er dem Tauchgefährt nach und zog seinen Dolch aus dem Stiefelschaft, klemmte ihn sich zwischen die Zähne und spähte durch die angelaufene Verglasung.

Im Inneren der Elriahaube bewegte eine groß gewachsene Gestalt die Antriebshebel mit den Armen vor und zurück. Durch die Anstrengung entstanden Wärme und Luftfeuchtigkeit, die einen feinen Tröpfchenfilm auf das Glas legten.

Mehr als einen unterarmlangen Spalt zwischen Rand und Boden gab es nicht, das Hineintauchen und Überwältigen des Diebes würde nicht gelingen.

Unvermittelt krachte der Heckanker der Karavelle nieder, der Kapitän hatte von der Festung das Signal zum Anhalten bekommen.

Dreht der Dieb sich um, wird er mich sehen. Xanomir hatte Respekt vor den harpunenhaften Abwehrspitzen, die gegen ihn eingesetzt werden konnten. *Ich muss schnell sein.*

Die schemenhafte Gestalt im Innern sah hastig durch das beschlagene Glas nach oben, um nach dem niederstoßenden Anker zu schauen.

Xanomir blieb dicht über dem Boden und rammte die Klinge in den Spalt des beschädigten Luftfasses. Mehr Blasen stiegen auf. *Wollen doch mal sehen, wie lange du Dieb es aushältst.* Im Schutz der wirbelnden Bläschen schwamm er aufwärts, setzte die Spitze an die Glasabdichtung und hebelte den Blechgrat am obersten Bullauge auf. *Und ob du weißt, wie man auftaucht.* Geschwind entfernte er die dicke Scheibe und ging hinter dem Fass in Deckung.

Blubbernd schwand die Luftblase, und Wasser strömte in die Glocke.

Die Gestalt im Inneren verfiel in Hast. Zuerst löste sie in ihrer Kopflosigkeit den Abwehrmechanismus aus. Die Spitzen sirrten in sämtliche Richtungen davon und bohrten sich auch ins Holzfass, das Xanomir vor Verletzungen schützte. Schließlich zwängte sie sich durch die leere Bullaugenfassung hinaus, um dem Ertrinken zu entkommen.

Darauf hatte Xanomir gewartet.

Er stieß sich vom Kanalboden ab und folgte dem Dieb, packte seinen rechten Stiefel und riss ihn zurück. Kaum glitt die Gestalt an ihm abwärts vorbei, führte er einen Hieb mit dem Dolchknauf gegen ihren Kopf.

Sofort erschlaffte der Leib des Gegners.

Xanomir sah einen Elb in einer leichten Lederrüstung, der mit geschlossenen Augen im Wasser schwebte, ein Blutfaden sickerte aus der Platzwunde an der Stirn. Die Runen und die Machart der Panzerung waren ihm völlig unbekannt. *Hoch mit dir, Spitzohr. Dann wirst du mir erzählen, was das sollte.* Er fasste den Dieb unter der Achsel und schwamm aufwärts. Langsam wurde auch ihm die Luft knapp.

Ansatzlos wurde Xanomir von einem Kniestoß in den Unterleib getroffen, sodass er sich krümmte und seinen Griff lockern musste. Der nachfolgende Fausthieb gegen die Brust trieb ihm den restlichen Sauerstoff aus der Lunge. Zwischen den entweichenden Bläschen aus seinem Mund wurde das wütende Elbgesicht für einen Herzschlag sichtbar – und Xanomir blickte in ein paar abgrundtief schwarze Augen. *Verflucht! Ein Alb!* Reflexhaft trat er nach ihm. Die aufwärtsstoßende lange Klinge verfehlte sein Kinn im Barthaareslänge. Ein sengender Schmerz stach dafür in sein Bein, während Xanomir so schnell er konnte schräg nach hinten und oben wegschwamm.

Prustend durchstieß er die Oberfläche und schaute sich suchend nach dem Angreifer um, den Dolch zur Abwehr am ausgetreckten Arm haltend.

»Ein Alb«, rief Xanomir den Wachen zu, unter denen sich Buvendil und der Hafenmeister befanden. »Da war ein Alb in meiner Elriahaube! Gebt acht und sucht ihn.«

»Wo ist er?«

»Rausgeschwommen. Nach vorne.« Xanomir kraulte zur Leiter und kletterte über die Sprossen auf die Kaimauer. Seine rechte Wade war durchstochen, es blutete nicht all zu stark. »Er muss im Kanal sein.«

Vor der geschlossenen Durchfahrt wartete die ceuwonische Karavelle, jenseits davon wurden vier Schiffe in Richtung Geborgenes Land geschleppt. Der Gegner konnte sich auf einem davon befinden.

»Bist du sicher, dass es ein Schwarzauge war?« Bendabil machte ein skeptisches Gesicht. »Wieso sollte er versuchen, die Tauchglocke zu stehlen?«

»Wer weiß, was die Albae vorhaben?« Buvendil inspizierte die Wadenwunde, eine Wache brachte Verbandsmaterial und Heiltinktur.

»Das Schwarzauge trug eine ungewöhnlich geschnittene Lederrüstung. Mit gänzlich anderen Runen als jene von unseren

Albae.« Xanomir sah die finsteren Augenhöhlen vor sich und schüttelte sich. »Er stammte niemals aus dem Geborgenen Land.« Er wusste, was das bedeutete. »Die Langen, die ich auf dem Deck der Galeere sah, waren getarnte Albae.«

Nach diesem Satz blieb es drückend still auf der Mauer.

»Bei den Funken aus Vraccas' Esse! Wir haben verfluchte Spione und Kundschafter im Roten Gebirge!«, brach es endlich aus dem Hafenmeister heraus, bevor er sich an den Befehlshaber der Gardisten wandte. »Lauf und sag in der Festung Bescheid. Wir müssen jeden Stein nach ihnen umdrehen.«

»Wo immer die Albae hergekommen sind« – Xanomir sah mit einem mulmigen Gefühl zum weiten, offenen Meer hinaus –, »es werden weitere folgen.«

* * *

DAS GEBORGENE LAND, IM GRAUEN GEBIRGE, 1023 N. B. (7514. SONNENZYKLUS NACH ALTER ZEITRECHNUNG), SPÄTFRÜHJAHR

Goïmron hatte das Zeitgefühl verloren. Er wusste nicht, ob im Freien Tag oder Nacht herrschte. Sie befanden sich gewiss schon etliche Umläufe unter der Erde und wanderten, krochen oder rutschten im Schein der mitgenommenen Lampen und Fackeln durch die Gänge, Kammern und Hallen der Fünften. Die Wärme und die Anstrengung brachten die Truppe zum Schwitzen.

»Ich denke, hier sind wir richtig. Dieser Korridor bringt uns schneller zum Steinernen Torweg.« Er schwenkte nach rechts in einen abschüssigen, fünfeckig behauenen Gang.

»Du bist dir sicher, dass wir durch das ganze Gebirge müssen?« Hargorina klang nicht erfreut.

Den Proviant und die Ausrüstung mussten sie zusätzlich zu

den schweren Rüstungen tragen. Die Pferde hatten sie am Eingang zurückgelassen, es war zu eng und zu gefährlich für die Tiere.

Die leichte Erreichbarkeit des unbewachten Eingangs hatte in den letzten Dekaden Heerscharen von Wagemutigen und Abenteurern angelockt. Die Stiefel und Füße von Hunderten Wesen, die nichts im Grauen Gebirge verloren hatten, zerstörten die altehrwürdige Aura des Ortes, nahmen ihm seine Schönheit und den Zauber. Die wüstesten Schmierereien standen an den Wänden. Die Gruppe hatte Überreste von Lagerfeuern mit leeren Weinschläuchen und Tierknochen als Hinweise auf Feste und Mutproben gefunden, aber auch abgeschlagene Verzierungen und mutwillige Zerstörung der hervorragenden Steinmetzarbeiten.

»Ja, ich bin sicher. Es stand auf der letzten Seite des Buchs«, antwortete Goïmron.

Je weiter die kleine Schar vordrang, desto seltener wurden die Zerstörungen. Dafür entdeckten sie mehrere Orkskelette, denen verrostete Menschenpfeile zwischen den Knochen steckten. Gauragons Soldaten wagten sich tiefer ins Reich der Fünften als die feiernden Besucher, um aufdringliche Scheusale zurückzuschlagen. Die größten Veränderungen jedoch hatten die Beben ausgelöst. Die Karten, die Barbandor mitgenommen hatte, stimmten kaum mehr mit den Gegebenheiten überein. Mehrmals stand die Truppe vor einem Abgrund, einem Einsturz oder an Abzweigungen, die es laut Plan gar nicht gab.

»Freund Zwerg, sag mir noch einmal: Das war *wann genau?* Hatte Tungdil das Buch nicht im Winter verfasst?« Telìnâs fluchte leise unter der Last auf seinem Rücken. Geschickt faltete er eine Schwalbe aus einem Stück gefundenen Papiers und stellte sie in eine Nische. »Er kann inzwischen überall sein.«

Goïmron ging nicht darauf ein, weil er fürchtete, sonst seiner freundlichen Lüge überführt zu werden. Da ihm die letzte Seite fehlte, verließ er sich auf seine Erinnerung, die besagte, darauf den Hinweis zum Torweg gelesen zu haben. Mit Bestimmtheit vermochte er es nicht zu sagen.

»Nein, er ist gewiss dort«, entgegnete er.

»Hast du eine Ahnung, wie lange wir laufen müssen, um ans andere Ende zu kommen?« Brûgar aß im Gehen von den Hartkeksen mit Höhlenveilchenaroma. Seine Wanderpfeife hatte er dafür eigens gelöscht. »Das sind doch mehr als hundert Umläufe, bis wir das Ziel erreicht haben. Sofern wir einen einfachen Weg finden.«

Es war deutlich, wie unzufrieden die Dritten inzwischen mit der Aufgabe waren, die ihnen ihr König erteilt hatte.

»Dann dauert es eben so lange«, erwiderte Goïmron stoisch.

Der Srgāláh trat zu Barbandor, der die Führung übernommen hatte, seine schlanke Schnauze witternd nach vorne geschoben. Rodana und Chòldunja blieben in der Mitte und halfen, Ausrüstung zu tragen.

»Ist es möglich, dass ihr nicht die einzigen Zwerge unter der Erde seid?«, fragte Sònuk.

Goïmron sah zu ihm. »Wie meinst du das?« Der Anblick des Mischwesens aus Mensch und Hund befremdete ihn nicht mehr. Er fand den Srgāláh beindruckend und mit einer sehr besonderen Art von Humor ausgestattet.

»Ich bemerke seit geraumer Zeit den Geruch von Zwergen.« Sònuk schnupperte, die goldene Nase bewegte sich dabei. »Ich kann sie deutlich riechen. Sogar gegen euren durchdringenden Schweißgestank und den Tabakqualm, der unsere Anwesenheit besser verrät als ein Lagerfeuer.«

»Wir stinken alle. Aber sagtest du gerade, du hast Goldhand gefunden?« Hargorina horchte auf. »Das wäre doch eine gute Nachricht.«

»Ich kann nicht sagen, welche Zwerge es sind. Um Goldhand auszumachen, bräuchte ich etwas von ihm. Das Buch reicht nicht aus. Es trägt zu viele andere Gerüche.« Sònuk klang bestimmt. »Und ich stinke nicht. Als Einziger.«

»Charmant«, kommentierte Rodana.

»Vorhin hörte ich etwas«, warf Chòldunja ein. »Meine Ohren sind sehr gut, müsst Ihr wissen, und ich –«

»Unfug! Es leben keine Zwerge mehr im Grauen Gebirge«, sagte Barbandor und leuchtete mit der Blendlaterne umher. Er kaute auf einem Priem herum und spuckte gelegentlich einen satten braunen Strahl Tabakspeichel aus. Goïmron hatte dankend abgelehnt, als Barbandor ihm etwas von dem Kraut angeboten hatte. Es brannte zu sehr im Mund. »Unser Stamm wartet zyklenlang darauf, dass eine Rückkehr möglich ist. Wir wüssten davon längst, gäbe es Zwerge an diesem Ort.« Dann hielt er den gebündelten Schein auf ein balkendickes Loch in der Decke. »Nanu?«

Die Truppe blieb stehen.

Die Vertiefung nahm kein Ende. An den Rändern zeigten sich die gewundenen Spuren eines Bohrers. *Die Langen haben nach Goldadern gesucht,* dachte Goïmron.

»Hier drüben ist noch eins.« Telìnâs hatte seine Leuchte auf einen baumstammdicken Tunnel gerichtet, der waagrecht zum Gang wegverlief. »Das sind Spitzhacken gewesen.«

»Die Gier der Menschen«, murmelte Barbandor und legte seine Hand gegen das Gestein, das rings um das Einstiegsloch Risse in alle Richtungen aufwies. An einigen Stellen war der Fels gesprungen, und große Stücke waren herausgeplatzt. »Seht ihr das?« Dann hielt er einen Finger senkrecht an die Lippen und stellte sogar das Kauen ein.

In die eintretende Stille erklangen ein allgegenwärtiges, leises Knacken und Knistern.

Goïmron sah einem der Risse beim Wachsen zu, der in einer Zickzackbahn voranzuckte und eine Linie im grauen Gestein hinterließ. *Eine neue frische Wunde, die aufreißt.*

»Das Graue Gebirge hat durch die Beben und Verwerfungen eh schwer zu leiden. Diese Grabungen und Sondierungen können die Standfestigkeit schwer schädigen.« Barbandor machte ein ernstes Gesicht. »Es steht schlimmer um die alte Heimat, als ich dachte.«

»*Das* war nicht, was ich hörte«, flüsterte Chòldunja Rodana zu. »Ich schwöre es Euch, Meisterin!«

»Solange wir noch lebend hinauskommen …«, murmelte Brûgar. »Ich sollte eine Hoffnungspfeife schmauchen, was?«

»Am besten gar keine«, antwortete Sònuk. »Der Geruch verrät uns. Und es ist nicht gut für deine Lunge. Sie wird davon grau und schwarz.«

»So einen Unfug lasse ich mir nicht einreden«, entgegnete der Blaubärtige brüsk. »Ganz im Gegenteil. Meine Lunge braucht das!«

»Vraccas wird uns hoffentlich beistehen.« Der blonde Elb sah die Zwerginnen und Zwerge hoffnungsvoll an.

»Vraccas hat das alles angerichtet«, hielt Hargorina dagegen. »Welcher Gott sonst würde die Macht besitzen, die Gebirge rund ums Geborgene Land zu erschüttern? Wieder und wieder?«

»Das tut er vielleicht, um neue wachsen zu lassen? Wie man einen Acker umpflügt und die Schollen überwirft, damit etwas Neues daraus erwachsen kann«, erwiderte Barbandor halbherzig. Er spuckte den verbrauchten Krautklumpen aus und steckte einen neuen Priem in den Mund. »Es ist eine Prüfung für uns alle. Wir haben ihn erzürnt.«

»Wir nicht. Wir halten uns als Einzige an den Auftrag, dieses Land zu schützen. Was man daran sieht, dass wir den Vierten begleiten.« Brûgar deutete ungeduldig den Gang entlang, auf seiner Glatze glitzerten Schweißtropfen. »Können wir weiter?«

»Aber die Ersten tun es auch«, setzte Goïmron an.

»Die Ersten lassen jeden durch die Wassertore, die ihnen mit einem Goldstück winken«, gab Brûgar zurück. Er schnallte den Helm vom Gürtel und setzte ihn nach einem neuerlichen Blick an die Decke auf.

Barbandor lachte bitter auf. »Und ihr lasst jeden rein, den der gauragonische Großkönig in seinem Reich haben will. Er bezahlt euch dafür. Tut nicht so, als wärt ihr die Verteidiger mit dem reinsten Gewissen.«

»König Regnor lehnt genug Leute und Wesen ab. Aber bei den Ersten ist es fast so schlimm wie im Brigantinerreich.« Hargorina sah griesgrämig in die Runde und richtete den Tragesack auf dem Rücken, legte den kupferroten Zopf nach vorne. »Und jetzt Schluss mit dieser Rederei! Sie bringt uns keine einzige Meile voran. Bis zum Steinernen Torweg ist es verflucht weit. Ich kann meine Stiefel danach neu besohlen lassen.«

Barbandor sah auf den Plan, den ihm Goïmron hinhielt, und übernahm erneut die Führung. Seine Kiefer mahlten, doch er hielt seine Zunge im Zaum.

»Ich bleibe dabei«, sagte Sònuk mit überlegener Ruhe in der Stimme. »Ich habe Zwerge gerochen. Lebendige. Und sie rauchten nicht.« Er tippte sich seitlich gegen seine lange Schnauze. »Darauf ist Verlass. Immer.«

Chòldunja beließ es bei einem zustimmenden, hastigen Nicken.

Goïmron nahm es zur Kenntnis. Seine Neugier verlangte danach, gestillt zu werden. »Was tust du sonst, wenn du keine Orks jagst, Sònuk?«

»Ich lebe ein gewöhnliches Leben in einem Dörfchen, zusammen mit anderen Srgāláhs«, antwortete er. »Viehzucht und Pelzhandel.« Er grinste. »Der Geruchssinn macht uns zu den besten Jägern mit Verstand, die es im Geborgenen Land gibt. Wir sind leise und verlieren nie eine Spur. Niemand sieht mich kommen.« Über die Schulter deutete er zum jungen Elb. »Davon kann Telìnâs nur träumen. Aber ich bringe ihm gerne noch etwas bei.«

»Ich bin nicht sicher, ob er dein großzügiges Angebot richtig versteht«, erwiderte Goïmron mit einem Lächeln. »Nicht, dass er beleidigt ist.«

»Wie kann man beleidigt sein, wenn man von einem Besseren lernen darf?« Sònuks Ohren zuckten. »Bei uns ist es eine Ehre.«

Die Truppe zog weiter durch halb verschüttete Kammern und Tunnel der Fünften, deren Zweck wegen der schweren Beschädigungen und Plünderungen nicht mehr zu erkennen war. Sie eigneten sich nicht als sicherer Rastplatz, was die Zwergenschar, Menschen, Elb und Srgāláh trotz der Müdigkeit auf den Beinen hielt. Sie fanden weitere Probebohrungen der Goldadersucher, begonnene Schächte von Edelsteinplünderern, Markierungen zur Orientierung und längst verblichene Überreste von Menschen und Bestien, die sich in den Gängen begegnet waren. Keine der Leichen war jünger als zwei, drei Zyklen. Offenbar nutzten die Scheusale stets Schlupflöcher im Norden des Gebirges, um einzudringen, oder vielleicht hatten sie bereits eigene Behausungen im aufgegebenen Reich der Fünften angelegt.

Als Goïmron fast bereit war, sich vor Erschöpfung mitten in den Gang zu setzen und zu schlafen, erreichten sie nach dem Öffnen eines eisenbeschlagenen Holzportals eine säulengestützte, schlichte Halle, durch deren Decke ein großer Riss lief. Ansonsten war sie intakt und ohne eine Spur von Plünderern und Bestien.

Rings um die Wände verteilt standen leere Regale. Die Fünften hatten bei ihrer Flucht alles mitgenommen, was sich einst darin befand. Der Wandschmuck beschränkte sich auf umlaufende Steinbordüren in verschiedenen Höhen mit einfachen Runen, stilisierten Getreideähren und Obstsorten sowie Segenszeichen von Vraccas darauf.

Barbandor sah auf die Karten. »Ich hab's gefunden. Wir stehen in einer der Vorratskammern, in denen besondere Zutaten zum Brauen von einzigartigen Biersorten aufbewahrt wurden.«

»Frisches Bier wäre mir lieber gewesen. Oder kühles Quellwasser, das mal nicht nach Schwefel schmeckt.« Hargorina suchte im Schein der Lampen den besten Platz zum Lagern. Einzelne leere Ballonflaschen lagen und standen umher. »Die Regalbretter taugen als Brennholz. Ein Feuerchen macht es gemütlicher und erlaubt uns, endlich etwas Proviant zu rösten. Ich mag keinen kalten Käse und Schinken mehr kauen.«

»Was gab man alles ins Bier?« Goïmron ließ sich auf einer leeren Kiste nieder, neben der Krugscherben lagen. Die Dritten kümmerten sich um das Beschaffen des Brennholzes, das Chòldunja und Rodana sorgsam schichteten, während der Elb und der Srgāláh am Eingang wachten. »Wir haben in Malleniaswacht die besten Brauereien. Mein Vetter arbeitet als Mälzer.«

Barbandor hielt die Karte näher an die Lampe, um die Eintragungen zu lesen. »Gewürze. Pfeffer, Orangenschale, Koriander und verschiedene Sorten von Zucker«, deutete er die Abkürzungen. »Und Sirups. Aus Schwarzkirsche, Grashimbeere, Blutpfirsich, Schwarzer Johannisbeere und Nusserdbeere.« Er setzte sich neben ihn. »Ich erinnere mich an die Erzählungen über die berühmten Kleinfass- und Krugbiere. Ganz seltene Kreationen waren das! Sie müssen köstlich geschmeckt haben.«

Goïmron vermutete anhand der Gefäßform, dass die Fünften das Bier in fest verschlossenen Drahtkorkenkrügen mit den Zutaten hatten nachreifen lassen. »Was hatte es mit den Fässern auf sich?«

»Fässer von besonderen Hölzern, die ihren Geschmack hineingaben. Was würde ich für ein Zimmetbier geben!« Barbandor schmatzte sehnsüchtig und hob seine Trinkflasche. »Stattdessen haben wir: abgestandenes Wasser. Und das an einem *solchen* Ort. Wenn wir eine dieser Brauereien finden, breche ich in Tränen aus. Mein Wort drauf.« Er erhob sich und ging den Fünften zur Hand. Berstend fielen die alten Regale.

Goïmron seufzte und betrachtete die Halle, die im aufflammenden Feuerschein sichtbarer wurde. *So schnell wird es kein neues Zwergenleben im Grauen Gebirge geben.* Im hellen Licht machte er sich daran, Goldhands Buch erneut zu studieren. Zwar hatte er längst das Gefühl, den Inhalt auswendig zu kennen und ein enger Freund des berühmten Helden geworden zu sein, doch jetzt ging es ihm um etwas anderes. Es erschien ihm ein unmögliches Unterfangen, Goldhand in diesen Tausenden Meilen voller Schächte, Tunnel, Kammern, Stollen und Ruinen durch einen Zufall ausfindig zu machen. Die Wahrscheinlichkeit, ihn am Steinernen Torweg zu treffen, schätzte er ebenso niedrig ein, sofern es überhaupt ein Durchkommen für sie gab. *Daher brauche ich einen Hinweis, wo er sich öfter aufhielt.* Goïmron blätterte und verglich die Einträge, wann Goldhand was an welchem Ort geschrieben hatte. Seite für Seite untersuchte er das Buch auf wiederholende Beschreibungen, Plätze und Stellen, während die übrigen Zwerge, Telìnâs und Sònuk es sich so gemütlich machten, wie es eben ging.

Rodana und Chòldunja zauberten mit ihren Fingern faszinierende Schattenspiele an die Wände und erzählten auf diese Weise von künftigen Abenteuern, die ihre kleine Truppe unter der Erde bestehen musste. Natürlich siegreich. Als sie den Witz erzählten, bei dem ein Ork einen Zwerg nach dem Weg fragt, brandete zehnfaches Gelächter durch die einstige Vorratskammer.

Verflucht. Goïmrons Augen brannten, und das Gähnen ließ sich nicht länger unterdrücken. Bevor er sich Schlaf gönnte, musste er etwas finden. *Um ein Ziel zu haben.* Parallel zur Lektüre prüfte und suchte er in den Karten nach jenen Orten, die mehr als dreimal in Tungdils Buch erwähnt wurden.

Alsbald entdeckte er mehrere Einträge, die an einem Fleck entstanden waren. Ein Platz, der von Goldhand als *Hammerheim* bezeichnet wurde. Nach einem neuerlichen Abgleich mit den alten Plänen mochte der Ort weniger als fünfzig Meilen entfernt liegen.

»Da! Ich hab's!«, rief er freudig und riss die Karte in die Höhe. »Wir finden Goldhand in Hammerheim.«

Hargorina sah von ihrem röstenden Käse nicht auf, der Duft zog appetitlich durch die Halle. Sie streute etwas gemahlenen Zucker darüber, um eine goldgelbe dünne Karamellkruste zu erzeugen. »Sagtest du nicht, wir müssen zum Torweg?«

»Ich habe nachgedacht und die Einträge nochmals gesichtet.

Erst gehen wir in Hammerheim vorbei.« Goïmron stand auf und wies auf den Punkt auf der Karte. »Das ist die Werkzeugschmiede, wo sie Hämmer, Zangen und sonstige Utensilien zur Goldbearbeitung herstellten. Dort war Goldhand am häufigsten.«

»Das ergibt Sinn.« Brûgar nickte anerkennend, wie so oft umringt von Tabakbeutelchen, aus denen er sorgsam wählte. »Auf nach Hammerheim! Darauf stopfe ich mir gleich ein Hoffnungspfeifchen.«

Telìnâs hatte das Kunststück geschafft, aus alten Schnurresten ein Einhorn zu drehen, das er still lächelnd neben sich ans Feuer stellte, als wäre es ein lebendiges Wesen.

»Gut. Ich habe auch nachgedacht.« Hargorina blickte Goïmron weiterhin nicht an, sondern achtete penibel auf den Röstgrad ihres Käses am Stöckchen. »Wir werden diesen *einen* Versuch unternehmen, Viertelvierter. Finden wir ihn nicht in der Schmiede vor, kehren wir zurück.«

Chòldunja und Rodana sahen sie verwundert an.

»Aber …«, wagte Goïmron einen Einwand.

»Ich laufe nicht zyklenlang durch ein einsturzgefährdetes Gebirge und setze das Leben der … von meinen Leuten aufs Spiel«, erklärte die kupferhaarige Zwergenkriegerin ruppig. »*Einen* Versuch. Danach geht es in die Heimat. Mein Auftrag ist damit erfüllt.«

Goïmron konnte ihr diese Entscheidung nicht verdenken, was jedoch nichts an seiner Verzweiflung änderte. »Vraccas wird uns helfen.«

»Soll er. Und gut, dass du uns deswegen keinen Ärger machst. Du bist vernünftiger, als ich annahm.« Hargorina hielt ihm den gerösteten, duftenden Käse wie eine Belohnung hin. »Hier. Iss. Er ist fertig.«

Rodanas Gesichtsausdruck nach war sie mit der Ankündigung nicht einverstanden, während Chòldunja erleichtert wirkte.

Dankbar nahm Goïmron den Bissen an, sein Magen knurrte lauter als ein hungriger Flussbär. Knusprig brach die salzig-karamellige Kruste zwischen seinen Zähnen auf, und der geschmolzene Käse glitt heiß in seinen Mund. Vor Wonne seufzte er leise. Niemals hatte er etwas Besseres gegessen.

Unvermittelt hob Sònuk leicht den Kopf, die ledrigen Nasenflügel blähten sich.

»Was?« Brûgar wälzte seinen heißen Käsebissen im Mund sichtlich hin und her. »Riechst du immer noch Zwerge?«

»Warte.« Der Srgālâh schnupperte laut. »Ich bin mir nicht ganz sicher. Euer Gestank überdeckt vieles.«

»Wir Elben stinken nicht«, widersprach Telìnâs.

»Doch. Aber ich irrte mich. Es sind keine Zwerge.« Sònuk senkte das Haupt wieder und nagte an seinem Trockenfleisch, das er mit sich führte. »Sondern Albae.«

Goïmron wurde schlagartig eiskalt, der Käse fiel ihm beinahe vom Stöckchen. Abrupt endeten die Gespräche und das Kauen um ihn herum. »Das … ist ein Scherz?«

»Nein. Aber ich täusche mich gewiss erneut«, gab Sònuk locker zurück. »Ihr könnt unbesorgt sein.«

Die Dritten und Barbandor lachten, auch der Elb und Rodana zeigten ein befreites Lächeln. Nur Goïmron und Chòldunja wollte es nicht recht gelingen.

* * *

DAS GEBORGENE LAND, SCHWARZES GEBIRGE, DAS REICH DER DRITTEN, 1023 N. B. (7514. SONNENZYKLUS NACH ALTER ZEITRECHNUNG), FRÜHJAHR

»Gunibur: vier Grad nach rechts mit dem Lauf! Ganibur: zwei Grad abwärts«, lautete die ruhige Anweisung von Larembar Gutschuss am langen Spähglas, das via rechtwinkliger Vertikalverlängerung über die Zinnen der Festung am Osttor hinausragte. Mit dem sogenannten Wallgucker suchte der stattliche, vollbärtige Kommandant der Ostfestung gefahrlos nach Zielen, um den Richtschützen an den Kugelschleudern hinter den Schießscharten Anweisungen zu geben. Sogar unter Beschuss durch Feinde vor den Mauern wurde das Beobachten möglich.

Vier Doppelachskutschen rasten dreihundert Schritte entfernt vom Bollwerk, dessen vorderer Eingang in Form eines stilisierten behelmten Zwergenkopfs aus dem Felsen gemeißelt worden war, über die breite Steinstraße. Schlossen sich die Tore von oben und unten, zeigte er grimmig die spitzen Zähne aus geschliffenem Schwarzstahl. Schießscharten und Ausgüsse für heiße Schlacke, brennendes Öl oder Löschkalk blieben sorgsam im gewaltigen Antlitz versteckt.

Dicht hinter den vier Großkutschen galoppierten Orks auf struppigen Bastardpferden heran, schwangen grölend die Waffen und glaubten sich schon im Besitz der Ladung. Und der Menschen, die ihnen als Mahl dienen sollten.

Doch die Orks hatten die Rechnung ohne Gunibur und Ganibur gemacht. *Oder sie unterschätzt,* dachte Larembar. »Je vier Schuss in zwei, eins – jetzt!«

Die riesigen Katapulte mit den aufgezogenen Stahlfedern als Beschleuniger der kopfgroßen, schweren Eisenkugeln gaben kurze Salven ab. Zufrieden verfolgte der gerüstete Larembar, wie die Geschosse mitten durch die Rotte sirrten, die es auf den in Gauragon sehnlichst erwarteten Handelstross abgesehen hatten. Die Wucht reichte aus, um Schneisen in den Verfolgerpulk zu schneiden und die Panzerung der kräftigen Leiber zu durchschlagen. Unterarme, Hände, ganze Fleischbrocken wurden ab- und herausgerissen.

Aber noch gaben die Bestien nicht auf. Ein halbes Dutzend klebte den Gespannen an den Rädern und spornte die Bastardpferde zu schnellerem Ritt an. Quäkende Hörner peitschten die Orks an.

Euch stopfe ich die Mäuler mit schwerer Kost. Larembar grinste hinter seinem Wallgucker. »Korrektur. Gunibur! Zwei Grad links. Ganibur! Ein Grad hoch.« Sollten die beiden Katapulte nicht für die Abwehr ausreichen, gab es fünf weitere, die ihre Kugeln pfeilschnell durch die Luft schleudern konnten. *Die wird es gar nicht brauchen.* »Je zwei Schuss in zwei, eins – jetzt.«

Durch die vergrößernden Gläser des Wallguckers sah der Zwerg, dass die Schützen perfekte Arbeit beim Ausrichten geliefert hatten. Die sechs Orks vergingen zu aufbrechenden Wolken aus berstendem Fleisch und schwarzem Blut, die Überreste klatschten auf die Straße.

Lautes Jubeln erklang von den größten Geschützen, die liebevoll Gunibur und Ganibur genannt wurden. Im Bogenschuss kamen sie auf über zwei Meilen Reichweite.

»Ist der Ork-Abschaum von der Erde getilgt?«, erklang hinter Larembar eine belustigte Stimme, die er zu gut kannte. »Oder sind noch welche für mich übrig?«

Schnell drehte er sich um und verbeugte sich. »König Regnor. Eine Freude, dich bei mir in der Ostfestung zu sehen.«

»Mir war nach Abwechslung. Bei dir ist wenigstens etwas los. Und ich habe die Aussicht auf ein kleines Gefecht, um mich mit Tions Bestien zu messen. Sonst roste ich ein.« Regnor warf seinen weißen Wolfsfellmantel ab, darunter kam eine brünierte Todesrüstung zum Vorschein. Sie war eine Schmiedemeisterleistung und barg in etlichen Segmenten versteckte Klingen, die durch Schnappmechanismen im Nahkampf ausgefahren werden konnten. Stahlfederchen verschossen vergiftete Nadeln aus Brust- und Rückenplatte, um einen Gegner zu blenden oder zu vergiften. Ein Teil des Wissens stammte aus finsteren Zeiten, als die Dritten mit den Albae paktieren mussten. Nun diente es dazu, das Böse zu vernichten. Regnors Linke steckte in einem Kampfhandschuh, die Rechte hielt den überlangen Morgenstern. »Wie viele stehen noch?«

Larembar zuckte entschuldigend mit den Schultern. »Mein König, du bist zu spät. Gunibur und Ganibur haben die Orks in Brei verwandelt.«

Rumpelnd öffneten sich Tor und Gatter der Festung, um die Gespanne ins Innere des ersten Vorhofs zu lassen. Der Durchgang zum zweiten Innenhof, hinter dem sich das glatte, schwarze Vulkangestein senkrecht emporstemmte, blieb noch geschlossen. Larembar sah die erleichterten Gesichter der Kutscher. Mehrere Pfeile steckten in den Karossen, und einer der Männer war durch einen Schuss an die Schulter verletzt worden.

Gleichzeitig ritten zwei Späher der Dritten hinaus, um die Leichen der Orks zu untersuchen und Aufschluss über deren Herkunft zu erlangen.

Regnor schnaubte übellaunig in seinen blauen Rauschebart. »Bei Lorimburs Faust! Ich habe mich so gefreut.« Er schwang seinen Morgenstern zum Probeschlag. »Wie lange werden die nächsten Biester auf sich warten lassen?«

»Es war schon lange Zeit ruhig. Erst der Geruch der Ware hat sie aus ihren Verstecken gelockt.« Larembar winkte zur Begrüßung hinab in den Vorhof zu seinen Füßen, wo sich Zwerge um die Wagen und die Besatzung kümmerten. »Der Zolonarius von König Gajek machte ein großes Geheimnis um die Ladung. Weißt du etwas darüber?«

»Ich las von Färberpulver aus Uhfey.« Regnor wandte sich ebenfalls zu den Neuankömmlingen, die sich um den königlichen Gesandten aus Gauragon scharten, der aus seiner kleinen Kammer in den Hof getreten war, um sie willkommen zu heißen.

»Färberpulver? Nein, das lockt keine Schweineschnauze hinter dem Lagerfeuer hervor.« Die Abmachung mit Gauragon besagte, dass nur ins Geborgene Land durfte, was die Zustimmung der Dritten fand. »Ich will den Zolonarius nicht der Lüge bezichtigen, aber ich hege Zweifel, dass die gauragonischen Freunde sich an unsere Vorgaben hielten. Um es freundlich auszudrücken.«

Schweigend sahen der Kommandant und der König auf das Treiben im ersten Vorhof hinab. Je länger sie es beobachteten, desto merkwürdiger verhielten sich die Besatzungen der Doppelachskutschen um den Zolonarius.

»Wir machen sie nervös«, stellte Regnor fest, während er sich den blauen Rauschebart kraulte.

»Das ist kein gutes Zeichen«, fügte Larembar hinzu. »Ich befürchte, wir sind betrogen worden, was den Inhalt der Kutschen angeht, mein König.«

»Lass sie festsetzen. Keiner von denen verlässt den ersten Innenhof, bis sich meine Tochter die Sache angeschaut und untersucht hat. Als stellvertretende Kommandantin fällt die Angelegenheit ihr zu.« Regnor hob seinen weißen Fellmantel auf und legte ihn um die brünierte Schulterpanzerung der Todesrüstung. »Gnade ihnen Lorimbur, wenn sich unser Verdacht erhärtet.«

»Dann wird Regnorgata noch an diesem Umlauf bei uns eintreffen, mein König?«

Regnor schaute den Kommandanten verwundert an, die rechte Gesichtshälfte schien durch die Tätowierungen verblüffter als die andere. »Kehrte sie nicht in die Festung zurück? Ich sandte sie vor zwei Monden dorthin.«

»Nein, mein König. Sie verließ das Schwarze Gebirge. Auf dein Geheiß, stand in der Nachricht, die ich von ihr bekam.«

»Auf … auf mein Geheiß?«

»Ja.« Larembar wurde unwohl. Anscheinend hatte sich Regnorgata etwas herausgenommen, ohne ihren Vater in Kenntnis zu setzen. Das verwunderte ihn nicht besonders. Das Verhältnis von Vater und Tochter galt seit vielen Zyklen als angespannt. »Zusammen mit Hargorina.«

Regnors Brauen zogen sich vor Wut so weit herab, dass man die grauen Augen beinahe nicht mehr sah. »Sprich weiter.«

»Ich habe die Botschaft nicht mehr, aber darin stand, dass sie mit ein paar Leibwächtern aufbräche. Ins Graue Gebirge, zusammen mit einem Vierten, um einen geheimen Auftrag in deinem Namen zu erfüllen. Ich dürfe mit niemandem darüber sprechen.« Larembar hob ergeben die Hände. »Sei nicht wütend auf mich, mein König. Ich bin nicht einmal der Bote. Ich bin nur derjenige, der den Boten empfangen hat.«

Abrupt wandte sich Regnor zum Hof hinab. »Ihr da!«, schrie er die Menschen an, die bei der donnergleichen Stimme zusammenfuhren und emporschauten. Der Bart legte sich wie dichtes blaues Moos auf die Steine. »Kutscher! Was habt ihr geladen? Sprecht die Wahrheit! Oder ich lasse euch vor die Tore werfen und meinen Katapultmeistern als Ziele dienen!«

Der Zolonarius riss sich den geckenhaften Hut vom Kopf und hielt ihn mit beiden Händen vor die Brust, als ließen sich die drohenden Worte darin einfangen. »Hoheit, ich …«

»Nenn mich nicht *Hoheit!*«, schrie ihn Regnor an und reckte den Kampfhandschuh. »Oder ich bläue dir meine Anrede damit ein, bis dir die Erkenntnis aus der Nase blutet!«

Larembar war erleichtert, dass er die Wut nicht abbekam. Schnell winkte er einen der zurückgekehrten Späher heran, machte ihm aber mit einer Geste deutlich, mit der Meldung noch zu warten.

»König Regnor, ich wollte dir gerade melden, dass es zu einer Verwechslung gekommen ist«, rief der Zolonarius aufgelöst hinauf. »Es sind Kisten mit getrockneten Mondbeeren, nicht mit Färberpulver, wie von uns angegeben.«

»Das erklärt es«, bemerkte Larembar von der Seite. »Die Orks brauen daraus ein Rauschmittel. So etwas lassen sie sich nicht entgehen.«

Regnor legte die ungepanzerte Hand auf die Brüstung. »Und wenn ich die Fässer öffnen lasse, was finde ich wirklich darin, Zolonarius?«

»Hoheit …«

Rasch nahm Regnor einen Wurfspieß aus der Halterung und schleuderte ihn nach dem Mann, ohne genau gezielt zu haben. Die Spitze klirrte einen Schritt vor dessen Zehen funkenstiebend auf den Granitboden und schlitterte an ihm vorbei. »Was habe ich dir eben gesagt, bei Lorimbur?«

»*König!* König Regnor, ich … ich bin untröstlich. Es könnte sein, dass es zu einer weiteren Verwechslung kam. Ich muss selbst noch prüfen, aber …«, stammelte sich der Zolonarius in die nächste Katastrophe. »Aber dein Bart ist prächtig wie …«

»Spar dir das Gesülze und Gesäusel! Nehmt sie fest«, rief Regnor aufgebracht. »Allesamt! Werft die verdammte Ladung vor die Tore, damit die Schweineschnauzen kommen und ich sie abschlachten kann.« Die Wachen marschierten auf und umringten die Kutscher sowie den Zolonarius. »Hiermit ist das Abkommen mit Gauragon aufgekündigt. Von heute an bestimme ich allein, wer durch mein Osttor kommt.«

»Aber … König Regnor! Höre mir zu! Ich …« Der königliche Beauftragte versuchte noch, das Schlimmste abzuwenden. Doch die gepanzerten Zwerge trieben die Menschen in den Kerkerabgang, wo sie lamentierend verschwanden.

»So«, schnaufte Regnor und wandte sich an Larembar und den wartenden Späher. »Bei Lorimbur, *das* tat gut! Auf die Langen kann man sich nicht verlassen. Soll er einen Mond in der Zelle schmoren, und dann sehen wir weiter.« Er richtete seine Augen auf den Kundschafter. »Berichte.«

Der Späher trat vor. »Es waren Blutgrollorks. Sie kommen selten so weit bis vor unser Tor. Die Ladung muss sehr anziehend gewirkt haben«, sprach er.

»Das hoffe ich. Mir ist nun noch mehr nach einem Gefecht«, sagte Regnor grollend. »Die Fracht wird einen guten Köder abgeben. Fahrt die Gespanne weit genug von der Festung weg, dass sie sich herantrauen, wir aber schnell über sie hereinbrechen können.«

»Wie du wünschst, mein König.« Der Zwerg verneigte sich und eilte los.

»Larembar, sende deinen schnellsten Reiter mit einer Nachricht ans Westtor. Es sollen sich einhundert Tharka aufmachen und meiner Tochter ins Graue Gebirge folgen.«

»Verstanden, König Regnor.«

»Wie kann sich die Thronfolgerin einer solchen Gefahr aussetzen?«, fragte er verärgert. »Die Tharka sollen sie mir zurückbringen. Auch gegen ihren Willen. Alles, was sie anordnet, soll ignoriert sein.« Er schlug mit der gepanzerten Faust auf die Mauerkrone, Stückchen brachen aus dem Steinquader und klickerten vor seine Stiefel. »Und den elenden Goïmron Schnitzeisen sollen sie dort heimlich einmauern. Zusammen mit seinen albernen Ideen über Tungdil Goldhand und geeinte Stämme.« Regnor ging zum Wallgucker und sah hindurch, verfolgte das Hinausbringen der vier Gespanne. »Lorimbur, ich flehe dich an«, murmelte er und richtete den blauen Rauschebart. »Schick mir Orks. Hunderte Orks!«

»Halte Ausschau, mein König. Ich bin gleich zurück.« Larembar ging los, um die Nachricht aufzusetzen und den Meldereiter loszuschicken. In der Haut des Vierten wollte er lieber nicht stecken.

* * *

DAS GEBORGENE LAND, IM GRAUEN GEBIRGE,
1023 N. B. (7514. SONNENZYKLUS NACH ALTER ZEITRECHNUNG), SPÄTFRÜHJAHR

Goïmron hob die Lampe ein Stück höher und stieg die breiten Stufen zur Werkzeugschmiede hinauf, über der in großen, verschnörkelten Runen *Hammerheim* geschrieben stand.

»Wir sind da!«, rief er keuchend zu den Dritten hinab, die mit dem schweren Gepäck folgten. Bei ihm waren Barbandor und Sònuk, während der jugendliche Elb zusammen mit Rodana und Chòldunja die Nachhut bildete und ihnen den Rücken freihielt. »Es ist gleich geschafft.«

»Ist es nicht«, stellte Barbandor fest und richtete die Blendlaterne auf die verrammelte Steintür, um die herum das Gestein mit stilisierten Werkzeugen graviert worden war. Spinnweben und eine dicke Staubschicht hafteten an den Ketten sowie den vier Vorhängeschlössern. Wieder spuckte er Tabaksaft aus. »Ich sage es ungern, aber: Goldhand ist nicht hier.«

Goïmron wollte sich nicht damit abfinden, dass seine Mission an dieser Stelle endete. »Es … es gibt vielleicht noch einen anderen Zugang.« Rasch machte er die letzten Schritte bis auf die Plattform vor den Eingang, zog sein Beil und hämmerte mit der flachen Seite so fest er konnte gegen die Tür. »He da! Tungdil Goldhand«, rief er. »Wir wissen, dass du noch lebst! Zeige dich uns. Das Geborgene Land braucht dich.«

Laut hallten seine Stimme und das Pochen durch die Gänge, und noch in weiter Ferne erklang das Echo.

»Eigentlich weiß es niemand«, stellte Hargorina fest und stützte sich auf ihren Streitkolben, die lange Klinge seitlich nach außen gedreht, damit sie sich nicht selbst verletzte. »Es wäre schön, wenn du weniger schreien könntest. Ich will nichts wecken, was hierinnen lebt.«

»Nichts«, befand Barbandor und spuckte den ausgekauten Priem aus. »Nur Geister.«

Sònuk hob die Hand zum Einspruch. »Und Albae. Und Zwerge.«

Ich muss es mit eigenen Augen sehen. Goïmron schlug in seiner Verzweiflung auf die Ketten und Schlösser ein. Staub wirbelte auf, Spinnweben verfingen sich an der Klinge, und ein paar Funken flogen.

Aber die Sperre hielt.

»Was denkst du, was du da tust?« Brûgar schob sich an dem Vierten vorbei. »Wenn es so leicht wäre, das Eisen durchzuschlagen, bräuchte man es nicht.« Er betrachtete die Schlösser, während er an seiner Hoffnungspfeife paffte. Der Rauch wallte über seine Züge und den blauen Spitzbart. »Das geht nur mit passenden Schlüsseln. Oder einem sehr geschickten Dieb. Beides haben wir nicht.«

»Aber eine Puppenspielerin, die sich auf Feinmechanik und Kleinteiliges versteht.« Rodana trat nach vorne und ging vor den Schlössern in die Hocke. »Leuchtet mir.« Dabei zog sie eine Werkzeugmatte heraus, in der viele kleine Häkchen und Feilen lagerten. »Mal schauen, ob ich etwas ausrichte.« Während Brûgar und Barbandor die Lampen hielten, machte sich die zierliche Frau an den Zylindern zu schaffen. Die dunklen Fingerspitzen wirkten, als seien sie von den Werkzeugen mit Abrieb und Farbe bedeckt worden.

»Ich hätte gedacht, dass Gemmenschnitzer so etwas vermögen. Wo ihr doch den ganzen Umlauf mit kleinen Steinen und Halterungen und Fassungen arbeitet«, stichelte Brûgar und stieß Rauch in Goïmrons Richtung.

»Das ist etwas anderes. Ich kenne mich mit so etwas nicht aus.« Er räusperte sich und hätte Rodana gerne zugeschaut. Dass er sie mochte, sehr mochte und anziehend fand, verbarg er vor den anderen. Er war schon oft genug ausgelacht worden. Daher zog er die Karten heraus, auf denen er weitere mögliche Aufenthaltsorte des uralten Helden eingezeichnet hatte. Falls Rodana die Schlösser nicht geöffnet bekam oder sie keinerlei Hinweis auf Leben darin fanden, würde er der Truppe weitere Suchmöglichkeiten schmackhaft machen. Auch wenn Hargorina dies im Vorfeld abgelehnt hatte.

»Und? Wird es gehen?« Sònuk beobachtete Rodanas Tun interessiert, stützte sich dabei auf dem Speerschaft ab.

»Ich kann fühlen, wie sich die Zylinder wehren, aber mit ruhiger Hand und etwas Zeit bekomme ich sie geöffnet.« Sie blieb auf die minimalen Fingerbewegungen konzentriert, mit denen sie die dünnen Häkchen im Schloss dirigierte.

»Wir warten. Darauf kommt es auch nicht mehr an.« Goïmron wandte sich zu Hargorina und ging auf sie zu. »Angenommen, wir finden in Hammerheim …«

Sie hob sofort abwehrend eine Hand. »Spare dir die Mühe, Goïmron. Ich kann dir ansehen, was du sagen möchtest. Diese *eine* Gelegenheit versprach ich dir. Und ich halte mein Wort. In allem.« Hargorina legte den Tragesack ab, und ihre übrigen Leute taten es ihr nach. »Wir vergeuden kein Leben für die Jagd auf dein Hirngespinst. Wegen der Zeilen in einem Buch, das jeder geschrieben haben könnte.«

»Außer Orks«, warf Sònuk ein, und die Dritten lachten leise.

»Barbandor sagte, dass das Graue Gebirge instabil geworden sei. Ich vertraue dem Fünften und seiner Einschätzung, vor allem, seit wir hier unten sind«, erklärte Hargorina. »Jeder Moment unter den tonnenschweren Gipfeln und der Gesteinslast ist lebensgefährlich. Eines Umlaufs wünsche ich mir ein Grab aus Stein, in dem ich meine letzte Runde finde. Aber es soll nicht dieser Ort sein.«

Enttäuscht verstaute Goïmron die Karte. »Einverstanden. Und danke, dass du dein Wort gehalten hast.« Sein Entschluss war gefasst. »Dann suche ich alleine weiter. Ihr könnt mich nicht hindern.«

»Das werden wir nicht. Es ist deine freie Entscheidung, Viertelvierter. Aber wir haben unseren Auftrag erfüllt.« Hargorina setzte sich auf den Boden und lehnte sich an die Tunnelwand. Sie schloss die Augen und rieb sich eine Spinnwebe vom kantigen Kinn. »Nimm es uns nicht übel. Es ist deine Berufung, nicht unsere. König Regnor war großzügig, uns dir überhaupt zuzuteilen.«

»Warum immer er es getan hat«, murmelte Brûgar und paffte ein letztes Mal, bevor die Pfeife erlosch. »Ich suche schon mal meinen Es-geht-nach-Hause-Tabak aus.«

Die Truppe schrak zusammen, als es laut klirrte und schepperte. Das erste Schloss und die Ketten waren gefallen.

»Na, schön. Fehlen noch drei«, verkündete Rodana entschlossen.

Goïmron jubelte auf. »Sehr gut! Danke! Wie lange brauchst du dafür?« Am liebsten hätte er sie umarmt. *Aus dem Gefühl der Erleichterung, natürlich.*

»Die werden kniffliger, fürchte ich.«

»Wir können warten«, sagte er zuversichtlich.

Kaum verklang das letzte Wort, rannte ein heftiges Beben und Grollen durch das Gebirge. Der Boden schwankte unter den Sohlen. Goïmron musste hin und her wanken und balancieren, um nicht zu stürzen. Schutt und Splitter regneten aus der Decke auf sie nieder, breite Risse taten sich in den Wänden auf. Wunderschöne Dekors rund um die Tür platzten zusammen mit den Runen ab, und bald hüllte eine dicke Staubschicht den Gang ein.

Gleich darauf ertönte ein weiteres Klirren und Krachen.

Rodana schrie auf, dann rumpelte es ohrenbetäubend laut. Noch immer schüttelte sich das Gestein, bockte und verschob sich mit einem mahlenden, leidenden Geräusch.

»Rodana! Was ist?« Goïmron taumelte besorgt durch den fliegenden Dreck zu den Stufen und dem Eingang. *Ihr darf nichts geschehen sein!*

Hammerheims Türen lagen geborsten und zerschmettert auf dem Boden. Einen der Dritten hatten die schweren Trümmer erwischt und niedergeworfen, er blutete aus Mund und Nase. Ein Teil des Helms war zusammen mit dem Schädel eingedrückt, die Augen des Unglücklichen waren weit geöffnet, sein Blick starr. Die Puppenspielerin hatte ausweichen können und stand daneben.

»Balandil!« Hargorina stürzte heran und beugte sich über den getroffenen Krieger. »Tot! Verdammt, er ist von dieser Tür erschlagen worden!« Wütend sah sie Goïmron an. »Bist du jetzt zufrieden, Viertelzwerg? Wegen dir ist einer meiner besten Leute umgekommen, ermordet von einer verfluchten Tür. Dabei hätten wir seine starken Arme gegen die Orks gebraucht!« Sie packte ihn am Kragen und katapultierte ihn regelrecht über die Schwelle von Hammerheim. »Hinein mit dir und sieh nach deinem Gespenst! Danach tu, was du willst. Wir rücken ab.«

Goïmron stolperte in die dunkle Werkstatt, ohne zu Wort gekommen zu sein, während sich das Graue Gebirge langsam beruhigte. Das Grollen verebbte, letzte Steinstückchen fielen auf ihn und den Raum nieder. *Ich konnte nichts dafür.* Er leuchtete mit der Blendlaterne umher und wartete, dass sich die Staubschleier legten. *Bitte, Vraccas! Mach Balandils Tod nicht sinnlos.*

Nach und nach gaben die mehligen Wolken Hammerheim frei.

Die Werkbänke waren abgeräumt, Spinnen und allerlei kleines Getier hatten die Herrschaft in Abwesenheit der Zwerge übernommen. Es gab nicht einen winzigen Hinweis darauf, dass Tungdil Goldhand sich vor einer überschaubaren Zeit darin aufgehalten hatte.

Ich saß einem Trugschluss auf. Goïmron war zum Heulen zumute. Alle Hoffnung, eine Besserung für das Geborgene Land zu erreichen, die Kinder des Schmieds in eine glorreiche Zukunft führen zu sehen und die eigene Heimat von der Besatzung der Meuchelmörder zu befreien, zerstoben zu Staub. *Staub, wie er in Hammerheim fingerdick liegt.*

Die Zweifel an seiner Überzeugung stürzten von allen Seiten auf ihn ein. Er hörte Hargorinas Worte, sah vor seinem inneren Auge die immense Größe des Reichs der Fünften, das er in tausend Zyklen nicht allein abgelaufen bekam. Und er entsann sich der Leiche des unglücklichen Kriegers, der von den Türbrocken erschlagen worden war.

Wie konnte ich auf mich selbst hereinfallen? Goïmron zog das Buch aus der Umhängetasche. *Wie verblendet war ich zu glauben, dass ich Goldhand finde? Dass es ihn überhaupt noch gibt? Welchen Streich spielte mir Vraccas, als er die Truhe zu mir führte?*

Zu Hause warteten seine Familie und *Funkelsteins Edles Geschmeide & Juwelierarbeiten* auf ihn. Die Zwergengemeinschaft von Malleniaswacht sorgte sich um ihn.

Zu Hause. Goïmron wog die Seiten in der Hand. Sie waren schuld am Tod von Balandil und Gandelin. *Mein Zuhause ist Malleniaswacht. Genau dahin kehre ich nach diesem törichten Abenteuer zurück.* Er legte die Aufzeichnungen auf eine verwaiste Werkbank. *Mögen sie jemand anderes finden. Ich will damit nichts mehr zu tun haben. Wegen mir starb ein Dritter. Und beinahe sogar Belîngor.*

Unvermittelt erschallte ein Horn aus weiter Entfernung bis zu Goïmron in den Raum. Es spielte eine schnelle Tonfolge. Er horchte auf. *Nanu? Ich dachte, wir wären allein im Gebirge?*

Hargorina rumpelte in die Werkstatt. »Wir müssen sofort los!« Sie sah das Buch auf der Bank liegen. »Bleibst du oder kommst du mit uns?«

»Wessen Horn ist das?«

»Eines der unseren. Es ruft zum Angriff. Die Dritten brauchen uns.« Die rothaarige Kriegerin ging rückwärts. »Entscheide dich.« Dann rannte sie hinaus.

Telìnâs warf einen Blick in die Schmiede und deponierte ein kleines Papierfigürchen, das einem Zwerg ähnelte, in einer Aussparung in der Wand. »Nun?«

Goïmron sah sich ein letztes Mal in Hammerheim um – und folgte Hargorina nach.

* * *

»Lasst mich erzählen, welche Bauwerke es in der Schwarzen Schlucht gab, bevor die Beben letztlich alles zum Einsturz brachten. Dort, tief unten, gibt es gigantische Höhlen, wie selbst die Zwerge sie selten zu Gesicht bekommen.
In einer davon, die zehn Meilen in der Höhe und doppelt so viel im Durchmesser maß, lebte eine der grausamsten Kreaturen. In der Mitte dieses grausamen Ortes erhob sich ein gigantisches Bauwerk, bei dessen Anblick das Auge erst erfassen und der Kopf erst langsam begreifen musste, wie es sich mit der Anordnung verhielt: Vier quadratische Festungstürme in exakt demselben Abstand zueinander stemmten sich senkrecht in die Höhe. Keine hundert Schritte, keine fünfhundert Schritte, sondern eintausend Schritte!

Auf jedem Turm stand ein zweiter errichtet, mit doppelter Kantenlänge. Auf diesem thronte ein dritter und ein vierter obenauf. Könnt ihr euch das vorstellen? Der schmalste, unterste der vier Türme balancierte die gesamte Last. Wer auch nur ein wenig Ahnung von Bauwerken besitzt, der weiß, welche Meisterleistung von den Erbauern vollbracht worden war. Und es geht noch weiter.

Diese vier seltsam anmutenden Bauwerke wurden mit vielen freitragenden Brücken untereinander verbunden, die aus der Entfernung den Anschein erweckten, als spannten sich Spinnfäden zwischen den Türmen.

Nichts als purer Stein, als unverzierte Mauer, karge und graue Wände, die jeden Betrachter einschüchterten und vor denen sich Trolle und Oger klein wie Insekten fühlten.«

Aus: Die Abenteuer von T u n g d i l G o l d h a n d,
am eigenen Leib erlitten und erlebt
in der Schwarzen Schlucht,
aufgeschrieben von ihm selbst,
Entwurf eins

KAPITEL VIII

DAS GEBORGENE LAND, BRAUNES GEBIRGE, DSÔN KHAMATEION, 1023 N. B. (7514. SONNENZYKLUS NACH ALTER ZEITRECHNUNG), SPÄTFRÜHJAHR

Klaey eilte am großen Samusintempel vorbei und bog in die Weißblumengasse ab, in der um diese Zeit Ruhe herrschte. *Heute Nacht wird etwas Großes passieren!* Zur Täuschung hatte er sich in den letzten Umläufen mehrere Kleidungsstücke mit Kapuze zusammengestohlen, um von Weitem in der Dämmerung oder Dunkelheit zumindest halbwegs als Alb durchzugehen. Solange die Sonne am Himmel stand, blieb er in engen, ausgesuchten Verstecken. *Das lasse ich mir nicht entgehen, ihr Schwarzaugen.*

Zwar hatte er gehofft, dass die Albae wie früher Menschensklaven hielten, die niedrige Arbeiten verrichteten und bei denen er untertauchen konnte, doch Dsôn Khamateion hatte aus den Fehlern der Vergangenheit gelernt. Außer den vierzigtausend Bewohnern gab es keine anderen Wesen oder Kreaturen in der Stadt, die in einem malerischen Schattental lag. Damit wurden Verrat und Aufstand durch andere ausgeschlossen. Die Träger, die ihn in der Sänfte nach Brigantia und zurück transportiert hatten, waren nur zu diesem einen Zweck aufgegriffen und anschließend getötet worden.

Langsam ging Klaey unter den Kolonnaden des Vortempels entlang und blieb im Dunkeln.

Um dem Gott der Winde und des Ausgleichs gerecht zu werden, war das dreieckige Gebäude äußerlich einem vom Sturm gestalteten Marmorfelsen nachempfunden. Zur Ausschmückung der weißen Fassade kam gefärbtes Gebein zum Einsatz, ergänzt um dunkelgrünes und schwarzes Glas sowie große, weiße Federn. Durch die dynamische Anordnung machte es den Anschein, als wirbelte ein Sturm um den Tempel.

Die unvermittelt auftauchenden drei Spaziergänger würdigten ihn keines Blickes, sie waren ins Gespräch vertieft.

Gut so. Geht einfach weiter. Anfangs hatte sein Herz bei derlei Begegnungen noch in der Brust gerast, doch inzwischen verließ er sich darauf, Dsôn Khamateion fast so gut wie seine Gewandtasche zu kennen und entkommen zu können. An einen Angriff dachte der junge Brigantiner nicht mal im Traum. Das wäre sein sicheres Todesurteil.

Die zehn Schritt hohen Marmorsäulen der angesetzten Kolonnaden zeigten verschnörkelte Reliefs, auf denen Albae mit Wesenheiten im Kampf zu sehen waren. Teils war mit echten Knochen und Zähnen der besiegten Kreaturen gearbeitet worden. Anfangs war Klaey derlei nicht aufgefallen, aber inzwischen hatte er ein Auge für die grausigen Besonderheiten der faszinierenden Kunst dieses düsteren Volks.

Die Stadt erstreckte sich in einem wunderschönen Seitental überwiegend im Schatten von mächtigen Gipfeln, deren Namen Klaey nicht kannte. Im Haupttal, das sich dahinter in einem zweiten Kessel anschloss und von einem dritten beendet wurde, standen Reste des Waldes, den sie für den Bau der Stadt gerodet hatten. Die älteren Gebäude bestanden überwiegend aus Holz, die neueren aus Quadern verschiedener Steinsorten aus den umliegenden Gebirgen.

Die Architektur war verwegen und mit nichts zu vergleichen, nicht einmal mit jener der Elben und Meldrith. Die Albae bevorzugten klare Kanten und in sich verdrehte symmetrische Formen. Selbst bei monumentalen Gebäuden wie dem Tempel und der alten Festung im ersten Tal hatten es die Baumeister geschafft, das Wuchtige zu brechen, damit es trotz allem leicht wirkte.

Aus seinen Tagverstecken heraus belauschte Klaey die Bewohnerschaft. Er schnappte Alltägliches und Besonderes auf, bekam Geheimnisse zu hören oder sogar Verbotenes zu sehen. Dabei war ihm das Treffen der Geheimen Kammer zu Ohren gekommen, das in der Halle der Schönen Knochen des Samusintempels stattfinden sollte. Vascalôr hatte zu einer Opferung geladen, in deren Anschluss Neuigkeiten besprochen werden sollten, um mit göttlichem Segen weise Entscheidungen zu treffen.

Kaum waren die drei Albae aus den Kolonnaden verschwunden, erklomm Klaey die rückwärtige Fassade und schwang sich aufs Dach, von dort durch ein kippbares Ornamentfenster ins Innere.

In schwindelnder Höhe sprang er von Säulenkapitell zu Säulenkapitell, um nicht auf den Boden zu müssen und Gefahr zu laufen, auf die Priesterschaft zu treffen. Es roch nach Feuer und Gewürzen, gemischt mit Weihrauch und betörenden Blüten.

Im Schatten eines Stützbogens auf einem Pfeilerkopf blieb Klaey sitzen und betrachtete die große Opferhalle. *Beste Aussicht. Und die Akustik ist auch perfekt.* Er atmete flach, um nicht zu viel zu inhalieren, falls die Zutaten sich benebelnd auf den Verstand auswirkten.

Das Warten begann, was er damit verbrachte, über sein weiteres Vorgehen nach der Beratung zu sinnieren. Sein Wissen brachte nur etwas, wenn er damit nach Brigantia und zu seinem Bruder zurückkehren konnte.

Inzwischen kannte Klaey sich in den Straßen, Gassen und Gartenanlagen sehr gut aus. Die großen Plätze hingegen mied er; dort gab es keinerlei Verstecke, in die er sich bei einer Entdeckung zurückziehen konnte. Die Albae hielten ihn für entkommen und tot. Man suchte nicht mehr nach ihm. *Oder sie wollen mich in Sicherheit wiegen, damit ich einen Fehler begehe.* Klaey beobachtete die Priesterschaft, die vor dem riesigen Wandmosaik von zwanzig mal zehn Schritten ihre Lobgesänge anstimmte. *Aber den Gefallen tue ich euch nicht.*

Die Mosaikstückchen stammten aus verschiedenen Gebeinen, manche waren gefärbt, manche natürlich belassen, manche in großen dünnen Scheiben, andere in filigranen Elementen und nicht größer als ein Weizenkorn. Bemalte Knochenelemente ragten erhaben aus der Darstellung heraus und perfektionierten die Illusion, dass Samusin selbst aus dem Gemälde stieg, um bei den Albae zu sein und ihre Huldigungen persönlich zu empfangen.

Nach und nach trafen die Angehörigen der Geheimen Kammer ein.

Der geisterhafte Vascalôr machte im roten Gewand den Anfang, danach gesellte sich die Albin mit dem weißen und dem schwarzen Auge zu ihm, die Klaey auf dem Wehrgang gesehen hatte.

Alles in allem fanden sich zwei Dutzend Albae ein, teils aufwendig gerüstet, teils in edler Garderobe, als träfe man sich zu einem gesellschaftlich bedeutsamen Fest.

Klaey suchte eine bequemere Sitzposition. Ihm war noch nicht eingefallen, wie er aus Dsôn Khamateion entkommen konnte. Über die Berge ging es nicht, die Durchgänge blieben für ihn unpassierbar. Deswegen erhoffte er sich von der abendlichen Unterhaltung einen neuen Ansatz.

Die Zeremonie begann mit rituellen Gesängen, dem Preisen von Inàste und Samusin, dem Verfluchen der übrigen Gottheiten und Geschöpfe, bis die Priesterschaft symbolisch eine kunstvoll gemalte Karte des Geborgenen Landes verbrannte.

Das nenne ich eine Ansage. Klaey rührte sich nicht, obwohl sein rechtes Bein kribbelte und einschlief. Selbst wenn sämtliche vierzigtausend Albae in den Krieg zögen, reichte es niemals aus, die gesamten Reiche zu unterwerfen. *Es wird beim Wunsch und Fluch bleiben.*

Mit einem gemeinsamen, beschwörenden Gebet an Inàste und Samusin endete die Zeremonie. Die Priesterschaft verließ die Opferhalle.

Die Albae setzten sich im Kreis auf bequeme Polster und Kissen. Getränke und kleine Speisen wurden der Geheimen Kammer von Novizen gebracht, aber auch eine Schale mit großen, rohen Fleischstücken. Niemand rührte die frischen, blutigen Brocken an.

»Ich dachte, wir bleiben vorerst hier, um Samusins Segen unmittelbarer wirken zu lassen als in der Halle der Schönen Knochen.« Vascalôr hatte gewartet, bis sie unter sich waren. Er richtete sein besticktes, dunkelrotes Gewand mit dem schwarzem Hochkragen und übernahm das Sprechen. »Dies wird eine denkwürdige Nacht. Aus vielerlei Gründen. Ich bin sehr auf eure Gesichter gespannt.« Vergnügt lächelnd sah er in die Runde. »Doch zuerst zu den Neuigkeiten, die mich erreichten. Unsere Spione meldeten, dass sich einhundert Dritte auf den Weg ins Graue Gebirge machten. Im Eilritt und ohne Rücksicht auf die Pferde, das Wetter oder auftretende Hindernisse.«

»Folgen sie der Gruppe, die nach Goldhand forscht?« Ascatoîa machte eine nachdenkliche Miene. »Das bedeutet, dass sie zur Unterstützung eilen.«

Klaey betrachtete die Albin, die mit ihrer halbseitigen Hellfärbung in der Versammlung auffiel. Aus seinen Verstecken heraus hatte er des Öfteren Verfärbungen der Augen, Haare, der Haut bemerkt. Die Gezeichneten wurden nicht anders behandelt oder ausgeschlossen, doch ihm war aufgefallen, dass sie den Tätigkeiten nachgingen, die als weniger angesehen galten. Ascatoîa bildete eine Ausnahme. Noch hatte er nicht herausgefunden, was ihr einmaliger Schmuck auf der Stirn, um den Hals und die Handgelenke und der Titel *Zhussa* bedeuteten.

»Das ist, was ich auch denke.« Vascalôr nahm sich einen gefüllten Weinkelch. »Jemand Hochrangiges muss sich im Suchtrupp befinden, was sich erst im Nachhinein offenbarte. Da es sich um Tharka handelt, die ausgesandt wurden, schätze ich, dass sich unter den Abenteurern jemand aus der königlichen Familie befindet. Jemand, der ohne Erlaubnis des Herrschers mitreiste.«

»Wollen wir diesen Jemand lebendig fangen?«, schlug eine Albin in einem aus Silberfäden und blauer Seide gemachten Gewand vor, das raffinierte Aussparungen und helle Haut darunter zeigte. »Es könnte von Nutzen sein, ein Druckmittel gegen die Dritten in der Hand zu haben. Und wenn es nur dazu dient, sie zum Abwarten zu zwingen.«

»Wir sollten es versuchen«, stimmte ein gerüsteter Alb zu, dessen Harnisch zahlreiche Gebeinintarsien seiner besiegten Gegner aufwies. »Aber nicht um jeden Preis. Einhundert Tharka sind nicht leicht zu überwältigen, schon gar nicht in Gebirgen. Ergibt es sich, dann greifen wir uns den Abschaum. Andernfalls töten wir sie zusammen mit den anderen. Es ist nicht entscheidend für unsere Pläne.«

Die Runde stimmte murmelnd zu.

»Fürderhin bekam ich Nachricht von unseren Schiffen. Erste kleine Boote sind mit Kundschaftern durch die Meeresfestungen im Roten Gebirge gekommen, getarnt als Händler. Die Unterirdischen ahnten nicht, *wen* sie da ins Land ließen«, erzählte Vascalôr und bekam leises, böses Lachen als Zustimmung. »Die ersten Vorbereitungen werden getroffen.«

Welche Vorbereitungen? Klaey fand die Andeutungen unerträglich. Der Südwesten lag weit von Brigantia entfernt, doch er hatte den beunruhigenden Eindruck, als beträfe es früher oder später auch seine Heimat. Er kannte die Geschichten, dass Albae vor Tausenden Zyklen in ihrem alten Reich mit einer Flotte aus riesigen Schiffen im Jenseitigen Land in See gestochen waren – ausgerüstet mit allem, um eigenständig über die unbekannten Meere fahren zu können: Wasser, Proviant und lebendiges Vieh eingeschlossen.

»Die Ankunft wird wie vorgesehen im Herbst geschehen.« Vascalôr deutete auf Ascatoîa. »Was hast du von Undarimar gehört? Sind sie mit uns?«

»Das sind sie. Bei meinem letzten heimlichen Besuch auf Arima konnte ich Aloka mit Gold, Konstruktionszeichnungen und der Aussicht auf ein eigenes Imperium zu mehreren Zusagen verleiten.« Die auffällige Albin bedankte sich für den aufkommenden Beifall der Geheimen Kammer mit einer beschwichtigenden Handbewegung. »Sobald unsere Flotte durch die vernichtete Ostfestung der Unterirdischen einfährt und der erste Bug sich in das Binnenmeer schiebt, attackiert Undarimar die Anrainerstaaten. Zur Ablenkung.«

Aloka! Diese miese kleine Wasserrate! Klaey wusste von Gesprächen, die sein Bruder mit dem Meeresreich geführt hatte, um sie zu einem Bündnis zu bewegen. Undarimars Mittelpunkt war Arima, die größte Insel des Binnenmeeres; jedoch erhob Königin Aloka Anspruch auf die gesamte See sowie alles Festland zehn Meilen landeinwärts rundherum. Damit machte sie sich viele Feinde, was zu permanenten Gefechten zu Lande und zu Wasser führte. Städte und Siedlungen an Land, die keine Abgaben zahlten, sowie Schiffe, die ohne das verlangte Segelgeld reisten, wurden attackiert, geplündert, vernichtet.

Aloka besaß die schnellsten Schiffe, die es auf dem Meer gab – und die Rezeptur des schwimmenden Feuers. Dank des veredelten Plankenholzes konnten die undarimarischen Gefährte durch die lodernden, extrem heißen Flammen navigieren, während gewöhnliche Schiffe Feuer fingen und sofort zu Asche wurden. Aloka nutzte dafür angeblich alte Albae-Schiffsbaupläne. *Nun weiß ich, woher sie diese hat.*

»Und was ist mit Kràg Tahuum? Konnten wir Krognoz und seine Bestien dazu überreden, unserer Allianz beizutreten?« Eine Albin mit sehr langen, klingenhaft geschnittenen Fingernägeln sah die Zhussa erwartungsvoll an. »Du klangst beim letzten Mal sehr zuversichtlich, Ascatoîa.«

»Leider warte ich noch auf eine Nachricht aus der Orkfeste«, antwortete sie genervt. »Es wird nicht mehr lange dauern.«

»Sie werden uns nicht beitreten«, sagte Vascalôr voraus. »Sie sitzen in Kràg Tahuum gut und sicher. Ich kenne die Grünhäute und ihr beschränktes Denken. Ihnen reicht es aus, die Umgebung zu terrorisieren, anstatt das große Ganze zu sehen.«

»Doch Krognoz ist ein sehr schlauer Ork, der von Tion einen flinken Verstand bekam«, widersprach Ascatoîa. »Das Schweigen muss einen anderen Grund haben. Wir sollten einen Spion in die Festung schmuggeln.«

»Sollte man ihn fangen, wird es niemals zur Allianz mit Krognoz kommen. Ich bin dagegen.« Vascalôr sah in die Runde. »Wie seht ihr das? Ist jemand dafür?« Lediglich zwei Hände reckten sich. »Dann warten wir weiterhin auf eine Botschaft.« Er nahm sich eine Süßigkeit vom Tablett und biss die Spitze ab. »Bevor wir zu dem größten Ereignis dieser Nacht kommen, möchte ich von unserem geschätzten Horâlor erfahren, was die Suche nach dem Sterblichen ergab.« Die Drohung gegen den Alb war deutlich hörbar. »Fandest du Klaey Berengarts Leiche, wie du es uns versprachst?«

Unvermittelt stieg Angst in Klaey auf. *Verflucht. Sie haben mich nicht vergessen.* Sein Name war von dem spukhaften Alb ausgesprochen worden und schien sich nun forschend durch den Tempel zu bewegen, um ihn auf dem Säulenversteck aufzuspüren und mit einem lauten Schrei an seine Häscher zu verraten.

Nervös nahm Horâlor einen Kelch und befeuchtete seine Kehle. Für den Abend hatte er sich ein feuerrotes Gewand mit weißen Ärmeln und schwarzen Symbolen ausgesucht, die langen braunen Haare wurden von einer Geschmeidehaube zurückgehalten. »Wir registrierten mehrere Diebstähle von vereinzelten Kleidungsstücken, werte Geheime Kammer. Berengart nutzt sie mit Sicherheit, um sich als einer von uns auszugeben.«

»Da ich keine Meldung von den Torwachen und den Gebirgskundschaftern bekam, ist der Sterbliche demnach noch immer in Dsôn?« Vascalôr hob eine Augenbraue. »Wie darf ich das verstehen? Was ist mit den Spürhunden? Wieso können sie diesen Menschen nicht finden? Sein barbarischer Gestank sollte leicht zu finden sein.«

»Wir vermuteten ihn zuerst in den Abwasserkanälen, wo der Gestank seinen Geruch überdeckt. Doch dort gab es keinerlei Hinweise«, räumte Horâlor ein. »Gelegentlich schlagen die Patrouillen Alarm, aber er ist stets weg, bevor wir ihn zu greifen bekommen.«

»Welch ein armseliges Bild die Stadtwache abgibt!«, rief Ascatoîa erbost. Ihr Gesicht erhielt Dutzende schwarze Linien, ein Auge wurde finster wie lichtlose Nacht. »Berengart könnte schon ein Dutzend von uns ermordet haben!«

»Das tut er aus gutem Grund nicht.« Vascalôr legte beruhigend eine Hand auf ihren Oberarm, sah dabei Horâlor vorwurfsvoll an. »Er spioniert. Stöbert. Ergründet unsere Geheimnisse.« Sein Blick wurde erbarmungslos. »Sollte der Mensch Dsôn verlassen können und sein Wissen über unsere Stadt im Geborgenen Land streuen, wäre das ein immenser Schaden für uns. Es ist unerträglich genug, Stémna Einlass gewähren zu müssen.«

»Ich finde ihn, Geheime Kammer.« Horâlor deutete eine verbeugte Entschuldigung an. »Bis zum Ende des –«

»Nein. Jemand wird an deine Stelle treten. Du hast versagt und uns nicht beschützt.« Vascalôr schaute sich erneut um. »Wer ist für die Absetzung aufgrund Unfähigkeit, Einfallslosigkeit und Langsamkeit?« Alle bis auf den Beschuldigten erhoben die Hand. »Beschlossen im Namen der Geheimen Kammer. Du wirst dein Amt morgen an einen Nachfolger übertragen.«

Das bedeutete für Klaey, dass es mit dem Auskundschaften bald vorbei war. *Ich brauche einen Weg hinaus.* Aber das gelang weder durch die Tore noch durch eine Kletterpartie über die Berge und Pässe. Die Albae hatten ihre Leute gut positioniert.

»Wo wir gerade von Unfähigkeit sprechen: Was unternahmst du wegen des unbekannten Räubers im Heiligtum, der uns die Reliquien stahl?«, fragte Horâlor in vergifteter Tonlage. »Berichte mir und der Geheimen Kammer von deinen Erfolgen. Damit ich von dir lerne.« Das Lächeln war voller Genuss. Er kostete es aus, seinem Widersacher einen Misserfolg anlasten zu können. »Was sagte dir der Brigantiner über den schändlichen Verbrecher? Vergessen wir doch einen Moment großzügig, dass Berengart aus *deiner* Obhut ausbrach. Oder sollte ich vielleicht auch über dich abstimmen lassen, Vascalôr?« Der Alb gab sich mitfühlend. »Wir teilen wohl manche Schwächen. Und Schwächen sind nicht das, was Dsôn Khamateion derzeit benötigt. Es gibt Bessere als uns. Nicht wahr?«

Die Stimmung wurde schlagartig angespannt. Klaey konnte es bis unter das Dach fühlen. Das eingeschlafene Bein spürte er nicht mehr, und er achtete penibel darauf, nicht den Halt zu verlieren und mitten unter die Albae zu stürzen. *Sie würden sich freuen.*

»Der Name des Räubers«, erwiderte Vascalôr bedächtig und biss noch einmal von der gewählten Süßigkeit ab, »ist Mòndarcai.«

Ein allgemeiner Aufschrei hallte durch den Samusintempel. Zwei Albae sprangen vor Überraschung auf, andere erstarrten vor Schreck und Unglaube. Sie alle einten die Wutlinien auf den Antlitzen und die schwarzen Augen. Der Name löste sichtbaren Hass aus.

Wie bei Vascalôr, als ich es ihm damals sagte. Unter Klaeys rechter Hand gab ein Stück des farbigen Putzes nach, mit dem das Kapitell verkleidet worden war. Gerade noch rechtzeitig bekam er es zu greifen, bevor es fallen und die Aufmerksamkeit auf ihn lenken konnte – doch zwei würfelgroße Bröckchen entglitten ihm.

Klackernd fielen sie am Fuß der Säule nieder und zerplatzten.

Oh, Samusin! Bitte! Klaey hielt vor Angst die Luft an. *Cadengis, schütze mich!* Aber die Albae befanden sich zu sehr in Furor, um es zu bemerken. *Vier, fünf Herzschläge eher, und ich hätte mein Leben verloren.*

»Beruhigt euch doch«, empfahl Vascalôr locker und goss sich Wein nach. »Ich ahnte, dass ihr so reagiert, und wollte euch schonen.«

»Wie lange suchen wir schon nach Mòndarcai? Im ganzen Geborgenen Land forschen unsere Spione. Keine Spur. Und er bricht bei uns ein und raubt uns das Wertvollste?«, empörte sich die Albin mit den Klingennägeln.

»Er brach nicht einfach ein. Er plante es«, korrigierte Vascalôr. »Zähle ich eins und eins von dem zusammen, was mir der Barbar berichtete, kam Mòndarcai verkleidet nach Brigantia, vermutlich als Meldrith getarnt, wo er einem der Halsabschneider den Plan verkaufte. Die Truppe um Berengart machte sich damit auf den Weg. Mòndarcai folgte ihnen mit einem gefangenen Vierten und wollte es so aussehen lassen, als wäre die Unternehmung eine Sache der Brigantiner gewesen. Hätte ich den Barbaren nicht dem Tod entrissen, wüssten wir nichts.«

»Dafür streift er nun durch Dsôn«, konterte Horâlor. Noch gab er sich mit seiner Enthebung nicht zufrieden. »Weil du ihn entkommen ließest, das wollen wir nicht vergessen. Man sollte den Ganyeios befragen, wie er dein Versagen beurteilt, bevor du den Rat über mich richten lässt, Vascalôr.« Aber niemand schlug sich auf seine Seite. »Sei's drum! Ich werde mir Gehör bei ihm verschaffen!«

»Was werden die Ursprünglichen mit den Reliquien anfangen?« Die Albin im Gewand aus Silberfäden und blauer Seide stürzte ihren Trunk in einem Zug hinab. »Besser gefragt: *Können* sie etwas damit anfangen?«

Klaey spitzte die Ohren. *Die Ursprünglichen. Wieder einmal.* Bislang hatte er seinen Mörder für einen einfachen Verbrecher gehalten, doch diese Bezeichnung deutete auf einen Orden oder dergleichen hin. *Einen Kult.* Etwas, das die Albae in Dsôn Khamateion hassten.

»Es gibt keine Ursprünglichen«, widersprach Horâlor. »Nicht in dem Sinne, den sie uns glauben machen wollen. Daher vermögen sie auch nichts mit Rüstung und Speer anzufangen. So wenig wie wir.«

Der geisterhafte Vascalôr blieb ruhig. »Ich habe zwei Sucher ausgesandt, die sich an Mòndarcais Fersen hefteten. Wohin immer er geht, wir finden ihn. Ihn und seine Brut aus sogenannten Ursprünglichen.«

Es gibt zwei verschiedene Fraktionen von Albae. Klaey sah zu den verräterischen Putzkrümeln am Boden hinab. Noch hatte sie niemand bemerkt. *Bei Cadengis' Mutter! Was geht noch alles vor, ohne dass das Geborgene Land davon weiß?*

»Genug! Ich habe keine Lust mehr auf schlechte Nachrichten und verdrießliche Stimmung«, sprach Ascatoîa. »Du hast der Geheimen Kammer etwas Großartiges versprochen, Vascalôr. Es ist an der Zeit, meine ich. Sonst bringen wir uns noch gegenseitig um.« Ihr Vorschlag wurde mit erlöstem Beifall bedacht. »Ich nehme an, du benötigst das rohe Fleisch dafür?«

Vascalôr klatschte in die Hände, und zwei Novizen öffneten das große Flügeltor am Eingang, traten zur Seite und verbeugten sich. »Ihr wisst, dass in den Hunderten Zyklen zahlreiche magische Wesen zuwanderten, die zuvor im Geborgenen Land als ausgestorben galten. Sie werden uns helfen, mit unseren Bestrebungen voranzukommen.« Er langte in die Schüssel und hob einen blutigen Brocken an. »Viele Einhörner, aus denen ich eine neue Nachtmahrgeneration erschuf, starben bei der Umwandlung. Leider.« Mit einem Wurf beförderte er das rohe Fleisch auf die Schwelle.

Im Flug zog der Brocken eine Spur aus roten Tröpfchen auf dem Marmorboden, schmatzend landete er auf dem Stein.

Klaey änderte seine Position, um besser sehen zu können. *Was hat das Gespensterschwarzauge erschaffen*?

Das Klacken von zögerlichen Hufschritten näherte sich, gefolgt von einem vernehmbaren Schnauben.

Die Albae reckten die Hälse und hoben die Köpfe, einige standen auf.

Schwarze Pferdenüstern wurden erkennbar, gefolgt von einer Schnauze und einem Schädel, in dem blutrote Augen leuchteten, sowie einem schlanken Hals. Am Stirnansatz erkannte Klaey die Reste des abgetrennten Horns, in dessen Stumpf einige Tropfen Albaeblut zur Wandlung des Wesens gegeben worden waren.

»Oh! Welch ein schöner Nachtmahr«, raunte Ascatoîa gebannt.

»Er ist sehr … schmal«, fügte Horâlor verdutzt hinzu. »Ist er noch jung?«

Vorsichtig trat das tödlich-elegante, schwarze Tier in den Tempel, blähte die Nüstern und richtete die glimmenden Rubinaugen auf das verlockende Fleisch. Als es den Hals streckte und danach schnappte, wurden die langen, scharfen Reißzähne sichtbar.

Vascalôr stieß einen Pfiff aus und warf einen zweiten Brocken hoch in die Luft.

Wiehernd stieß sich der Nachtmahr ab – und entfaltete im Sprung ein Paar schwarze Schwingen, die ihn mit zwei leichten Schlägen zum trudelnden Fleisch hinaufbrachten. Blitzschnell schlugen sich die Fänge in das Stück, und mit einem gekonnten Bogen setzte er zur Landung auf dem Tempelboden an.

Um ein Haar hätte mich das Biest gesehen! Klaey wünschte sich, eine Maus zu sein. *Besser: eine Fliege.* Irgendetwas, was sich unsichtbar machen konnte.

»Ich nenne meine Schöpfung einen Flugmahr«, sagte Vascalôr stolz und warf dem Tier noch einen Fleischbrocken zu. »Erschaffen aus einer besonderen Einhornart, die wir vor etwa zehn Zyklen fanden. Es dauerte, bis wir eines lebend fangen und verändern konnten.«

»Inàste sei Lob! Seht euch das an!«, rief Ascatoîa verzückt und schlug die Hände vor den Mund. »Es ist … wunderschön!«

»Das ist er. Sein Name ist Phlavaros. Der Anfang einer Streitmacht von Flugmahren, die uns an jeden Ort des Geborgenen

Landes bringen, schneller als alle Reiterei dieser Welt.« Vascalôr warf dem abgesetzten Kommandanten der Wache einen verächtlich-mitleidigen Blick zu. »Zusammen mit den Waffen der Flotte werden uns sogar die Drachen fürchten.«

Die Albae ließen Vascalôr hochleben, während sich Horâlor aus dem Raum stahl. Er hatte auf ganzer Linie an diesem Abend verloren. Seine Aufgabe, sein Amt und sein Ansehen.

Der Flugmahr stand abwartend im Tempel, stampfte mit dem rechten Vorderhuf auf, sodass Blitze seine Fesseln umspielten, und lugte auf die restlichen Fleischstücke in der Schüssel.

Eine fliegende Reiterei. Klaey sah aber etwas anderes als die kommende Übermacht oder die Beherrschung der Lüfte. *Ich weiß endlich, wie ich aus Dsôn entkomme!* Falls die Bestie ihn nicht vorher auffraß.

* * *

DAS GEBORGENE LAND, IM GRAUEN GEBIRGE, 1023 N. B. (7514. SONNENZYKLUS NACH ALTER ZEITRECHNUNG), SPÄTFRÜHJAHR

Goïmron keuchte am Ende der Gruppe, die im Laufschritt durch den Gang trabte. Er war nicht länger der Wortführer und hatte schweres Gepäck übernommen, um Chòldunja zu entlasten. Hargorina hatte das Kommando und leitete sie nach den Anweisungen von Barbandor durch die Tunnel und Hallen. Brûgar beschwerte sich unentwegt, dass er keine Zeit habe, ein Kriegspfeifchen zu stopfen.

Unterdessen rief das entfernte Horn unaufhörlich zum Angriff. Allerdings hatte Goïmron den Eindruck, es würde sich von ihnen wegbewegen, als wollte es die ungleiche Truppe narren und jene an der Nase herumführen, die zu Hilfe eilten.

Mit seiner neuen Rolle als Tragesackschlepper erging es

Goïmron sehr gut, abgesehen von dem Gewicht, das auf Rüstung und Rücken drückte. *Wir sind unsinnig lange im Kreis gelaufen.* Er erkannte den Umweg, den sie gemacht hatten, weil er unbedingt zum Steinernen Torweg hatte gehen wollen. Hammerheim lag recht nahe am Eingang, im Süden des Reichs, wie er feststellte. *Wir wären innerhalb eines Umlaufs dort gewesen.*

Hargorina bog in den Quergang ab. »Achtet auf den Untergrund. Die Risse und Sprünge bedeuten nichts Gutes«, rief sie über die Schulter.

»Das *Kriegshorn* bedeutet nichts Gutes«, murmelte Goïmron. Außer dem Beil, seinen Wurfpfeilen und einer Schleuder hatte er keine Waffen. Hantieren konnte er mit der Klinge leidlich. Wie die meisten Vierten zeigte er eine größere Begabung im Umgang mit Armbrust und Schleudern als mit Äxten, Beilen und Streitkolben. In diesem Moment wünschte er sich, er hätte größeren Ehrgeiz besessen, Schützenkönig der Zwergengemeinde in Malleniaswacht zu werden, wie es sein Vater einst gewesen war.

Sònuk erschien neben ihm. »Ist alles gut bei dir?«

»Sag mir bitte nicht, dass du meine Angst witterst.« Goïmron warf ihm einen flehenden Blick zu. »Oder behalte es zumindest für dich.«

»Nicht unbedingt Angst. Aber ich kann riechen, dass du dich nicht wohlfühlst. An deiner Stelle erginge es mir gleich.« Sònuk hob seinen Speer mit der breiten, gezackten Klinge. »Ich passe auf dich auf. Wir haben unsere Mission beendet, aber ich gewähre dir weiterhin meinen Schutz.«

»Hab vielen Dank.« Goïmron meinte es ehrlich.

»Wir sind gleich da. Ich kann Kampflärm hören. Brûgar, zu mir! Bereit machen«, befahl Hargorina. »Die Langen bleiben hinten. Und du auch, Goïmron. Ich kann nicht für eure Sicherheit und eure Leben garantieren. Nach dem Gefecht sehen wir uns wieder und trinken ein Bier auf den Tod unserer Feinde!« Im Laufen warf sie ihren Tragesack ab, und ihre Truppe aus Dritten tat es ihr nach. Mit den Waffen und Lampen in den Fäusten eilten sie in eine Halle, aus der schwacher Lichtschein drang. »Vorwärts! Für Lorimbur!«

Das Klirren von Stahl und Krachen der Schilde drang bis zu ihnen hinaus auf den Gang. Mal erklang ein Schrei, dann ein grimmiges Lachen, dann wieder ein Befehl und die Bestätigung aus vielen Kehlen.

Sònuk schob sich schützend vor die Frauen und den Vierten. »Lasst mich und den Elb vorgehen. Wir sind das Kämpfen und den Anblick von offenen Wunden gewohnt.«

Telìnâs bestätigte es mit entschlossenem Blick. »An uns gelangt keiner vorbei, um Euch ein Leid anzutun.«

Der Elb klingt, als sei er zweihundert Zyklen alt und keine zwanzig. Es kostete Goïmron Mühe, an ihren Verteidigern vorbei zu erkennen, was sich in der Halle zutrug, die den Fünften als Stallungen gedient hatte, wie die steinernen Boxenwände und Ringe zum Festmachen von Leinen an den Wänden verrieten. »Lasst mich sehen.«

Eine Einheit von Dritten bildete in der Mitte des großen, hohen Raumes eine geschlossene Schildformation, die an eine umgedrehte Schüssel erinnerte. Davon prallten gelegentlich aus dem Dämmerlicht abgeschossene Pfeile ab oder zersplitterten krachend.

Auf ein Kommando aus dem Schutzwall öffnete sich ein Schild lukengleich, und eine Wolke Armbrustbolzen sirrte heraus. Die Lücke schloss sich nach weniger als einem Herzschlag, die Dritten waren perfekt aufeinander eingespielt.

Auf dem Boden lagen etliche gerüstete Zwerginnen und Zwerge, teils von Pfeilen erlegt, teils mit langen Schnitten und mehreren Stichen umgebracht. Ihr Blut rann über den Boden und versickerte in den Rissen und Spalten. Der Gegner hatte mehr als drei Dutzend getötet, ohne selbst sichtbare Verluste erlitten zu haben.

Auf wen …? Was Goïmron nach einem Blinzeln von den

schattenhaften Gegnern erhaschte, ließ ihn Furcht bis ins Mark fühlen. *Albae!*

Einer der feindlichen Schützen schwang sich auf einen dachartigen Felsvorsprung, nahm einen Bogen aus schimmerndem Stahl vom Rücken, legte einen langen schwarzen Pfeil in fließender Bewegung auf die Sehne und sandte ihn nach blitzschnellem Zielen auf die Reise.

Das Geschoss durchschlug in Gänze einen Schild, der Wall erhielt für einen winzigen Moment ein Loch.

Sofort erfüllte ein Schwirren die Luft. Die Albae sandten ihre überlangen Pfeile gnadenlos von allen Seiten in die Öffnung. Heraus drangen die Schreie der Verwundeten und Sterbenden. Der kleine Hügel aus Schilden geriet ins Wanken und drohte zu zerfallen.

Gerade noch rechtzeitig stürmten Hargorina und ihre Dritten heran. Mit ihrem Geschrei sorgten sie für genügend Irritation, um den Verteidigern die Gelegenheit zu geben, die schwankenden Schilde neu anzuordnen.

Der Alb auf dem Felsvorsprung zog einen weiteren tödlichen Pfeil aus dem Gürtelköcher.

»Elende Schwarzaugen!« Telìnâs hob eine herrenlose Armbrust vom Boden auf und zielte. »Geh zu deinen falschen Göttern!« Sein Finger löste den Abzug aus.

Der Bolzen flog zum Vorsprung hinauf und traf den Alb von unten in das ungeschützte Kinn, als dieser die Sehne zum Schuss spannte. Der Einschlag warf ihn zur Seite und ließ ihn zusammenbrechen.

»Sie werden auf Dauer nicht standhalten.« Sònuk witterte. »Es sind noch mindestens zwanzig Schwarzaugen. Ihre Stahlbögen sind zu stark. Auf diese Art haben die Zwerge keine Aussicht auf Erfolg. Sie werden erschossen wie fettes Federvieh im lichten Unterholz.«

Chòldunja machte Rodana auf die Decke aufmerksam. »Seht doch! Was geht dort vor sich?«

Goïmron erkannte mehrere Bohrlöcher, wie sie etliche auf ihrer Wanderung durch das Graue Gebirge vorgefunden hatten. Mit dem nächsten tönenden Hornruf aus dem Schildwall der Zwerge sprangen und zuckten Risse zwischen den Öffnungen und bildeten Spalten.

Gleich darauf löste sich ein Fels von der Größe eines Wagenrads aus der Decke und rauschte abwärts, begrub zwei überraschte Albae unter sich.

Der Einschlag löste ein anhaltendes Beben im Untergrund aus, der Boden schwankte warnend und schüttelte sich.

Alles wird einstürzen! Goïmron rannte los, vorbei an Telìnâs und Sònuk, noch bevor ihn sein Verstand daran hindern konnte. »Hargorina! Raus! Ihr müsst raus! Alle! Die Höhle bricht …«

Knackend lösten sich ganze Platten aus der Decke und stürzten in die Tiefe, zogen graue Staubfahnen hinter sich her.

Mit dem ersten Aufschlag vor Goïmrons Füßen verschwand die Umgebung in einer fahlen Dreckwolke, das Steinmehl verklebte ihm die Augen. Die Druckwelle wehte ihn von den Beinen – aber jemand fing ihn auf, bevor er auf den Boden prallte.

»Du warst mutig genug. Jetzt ist es Zeit zu gehen«, sprach Sònuk und hob ihn kurzerhand an. »Ich führe dich. Rebelliere nicht dagegen. Stolz kannst du später wieder sein.«

Die Erschütterungen des Bodens, der Decke und Wände endeten nicht. Das Graue Gebirge wollte sich der Eindringlinge entledigen oder in sich begraben. Goïmron vernahm das Knacken und Bersten, in das sich das Kampfgeschrei der Dritten mischte. Er wollte nicht wie ein Feigling aus dem Gefecht getragen werden. Doch es gelang ihm nicht, den Griff des Srgālâhs zu sprengen.

»Wo sind Hargorina und die anderen?« Endlich hatte er sich den pappigen Dreck aus den Augen gewischt. Seine Lampe beleuchtete einen rissegezierten Gang, der nicht mehr lange Bestand haben würde.

»Sie sind uns dicht auf den Fersen. Ich kann frische Luft riechen. Folgen wir dem Tunnel, gelangen wir …« Sònuk blieb abrupt stehen und riss seinen Speer in die Höhe.

Klirrend traf Stahl gegen das lange gezackte Blatt.

Ein schwarz gerüsteter Alb sprang aus dem Seitenarm des Ganges. »Du wirst mit den Unterirdischen zusammen vergehen, Missgeburt«, versprach er und versetzte dem Srgāláh einen Tritt gegen den Bauch. »Keiner entrinnt uns!«

Sònuk ließ Goïmron los und parierte die schnellen Angriffe des Albs, der ein langes und ein kurzes Schwert führte.

Wo ist Hargorina? Sosehr er sich umschaute, von den Zwergen fehlte jede Spur im Gang. Dafür rollte eine neuerliche Dreckwolke heran. Hinter ihnen hatte es einen weiteren Einsturz gegeben. *Sie finden gewiss einen anderen Ausgang.* Goïmron bezwang seine Angst und stellte die Lampe ab. Rasch nahm er seine Schleuder, legte eine Stahlkugel in die Lasche und schoss auf dem Alb, der Sònuk mit seiner Schlaggeschwindigkeit in Bedrängnis brachte.

Die Kugel sirrte davon und traf den Gegner unterhalb des Nackens genau auf den Rand seiner schwarzen Rüstung, laut knallte es.

Fluchend zuckte der Alb zusammen und wirbelte herum, schleuderte dabei sein Kurzschwert nach dem Zwerg.

Goïmron wich aus. Die Waffe krachte in die Laterne und löschte das Licht bis auf den schwach glimmenden Docht.

Als Kind des Schmieds vermochte Goïmron im Halbdunkel sehr gut zu sehen. So nahm er den Alb weiterhin unter Beschuss, zielte auf die Rückseite der Beine und die Kniekehlen. Die einschlagenden Stahlkugeln lenkten den Gegner ab, der vor Schmerzen und Wut über die Attacken aufstöhnte und zu humpeln begann.

Einen solchen Moment nutzte Sònuk, um mit seiner Klingenspitze einen Stoß gegen die Brust zu führen, den der Alb nicht geblockt bekam. Der geschliffene Speerstahl drang durch die

Panzerung, durch Haut und Knochen und Herz. Mit einem leisen Ächzen auf den Lippen brach der Alb zusammen und ließ sein langes Schwert fallen.

Goïmron pustete behutsam über den Docht und brachte das Flämmchen in der Lampe zurück ins Leben. »Wo ist Hargorina?«

Sònuk witterte in den Abschnitt hinter ihnen. »Nicht mehr hier. Sie wird einen Umweg wählen.« Er legte im Vorbeigehen die Hand auf Goïmrons Schulter. »Danke für deinen Beistand. Das Schwarzauge hätte mich sonst erledigt.«

»Das war selbstverständlich.« Er lief neben dem Srgāláh her, der zielstrebig durch den Tunnel eilte. Unaufhörlich regnete es Steinstücke auf sie, Felsmehl rieselte herab und kitzelte in der Nase, erschwerte das Atmen.

Erneut entdeckte Goïmron Bohrlöcher und Probeschächte, gemacht von gierigen Händen auf der Suche nach Schätzen. *Das verzieh ihnen das Graue Gebirge nicht. Jetzt verlangt es Rache.*

Endlich erschien eine aufgebrochene riesige Tür vor ihnen, durch die Sonnenlicht hereinfiel.

»Schneller«, verlangte Sònuk aufgeregt. »Ich höre, wie sich die Risse vorangraben. In die Tiefe und in die Höhe!«

So schnell wie niemals zuvor rannte Goïmron, während der Tunnel hinter ihnen mit großem Getöse einbrach. Mehr stolpernd als laufend verließen er und Sònuk den Gang, umgeben von herausjagenden Dreckwolken und prasselnden Steinchen, die um sie hopsten.

Kaum im rettenden Freien angelangt, verloren sie auf dem rüttelnden Untergrund das Gleichgewicht und rutschten den sanften Abhang hinab. Auf einem Kiesbett glitten sie geschwind abwärts, bis sie nach guten fünfzig Schritt auf einer Wiese zwischen hausgroßen grauen Felsbrocken zum Liegen kamen.

In Goïmrons Mund knirschte es. Ausspuckend stemmte er sich auf die Beine. *Wo sind die Übrigen?* Sein Rücken tat weh, die

Unterarme waren aufgeschürft und pochten schmerzhaft. Seine blauen Augen richteten sich zum Ausgang, aus dem sie entkommen waren – und sein Atem stockte vor Überraschung und Entsetzen.

Der letzte große Altgipfel brach in sich zusammen, die Kuppe rauschte senkrecht nach unten und ließ eine Fontäne aus Schutt und Staub in die Höhe steigen. Links davon entlud sich eine Magmaeruption, die Asche, glühende Brocken und herausgesprengte Felsstücke Hunderte Schritt weiter in die Luft schleuderte. Wo uraltes Gestein zusammenbrach, floss frische Lava heraus und schloss die entstandenen Lücken wie blutiger Leim.

Das Graue Gebirge … vergeht! Goïmron wich wankend zurück. Die gebohrten und gegrabenen Löcher hatten die Grundfeste ausgehöhlt und geschwächt, das Werk von Vraccas vermochte nicht mehr aufrecht zu stehen. Mit Tränen in den Augen verfolgte er den fortwährenden Untergang. Mehr und mehr Aschewolken stoben auf. *Die Langen haben es mit ihrer Gier getötet!*

Sirrend jagte ein schwarzer Pfeil heran und traf Sònuk in die Schulter. In einer Mischung aus Aufschrei und Bellen fasste er den Schaft und brach ihn ab. »Diese verfluchten Schwarzaugen! Wieso hat der Berg sie nicht verschlungen?«

Goïmron entdeckte oberhalb von sich eine Handvoll Dritter, über und über mit Staub bedeckt, die Rüstungen und Schilde voller Furchen, Kratzer und Einbeulungen. Sie bildeten einen winzigen Rundwall und setzten sich gegen Albae zur Wehr. »Das ist Hargorina! Wir müssen zu ihr!«

Schon spurtete er von Steinbrocken zu Steinbrocken, um in deren Schutz zu den Zwergen zu gelangen, die um ihr Leben fochten. Wenn er mit seiner Schleuder für Ablenkung sorgen konnte und damit auch nur einen seiner Begleiter rettete, war wenigstens etwas gewonnen.

Doch nach zwanzig Schritten und zwei schwarzen Pfeilen, die

ihn zurück in Deckung zwangen, befiel Goïmron die Erkenntnis: *Ich werde es nicht schaffen!* Sobald er es wagte, um die Ecke zu schauen, sirrte das nächste Geschoss heran. Er sah den Schützen nicht einmal.

Dafür erklang das Horn der Dritten, das die Verteidiger anfeuern und bestärken sollte.

Mehr als zwei Dutzend standen nicht mehr, die das Schildrund geschlossen hielten, um mit Armbrüsten nach huschenden Albae zu schießen, die Goïmron nur gelegentlich ausmachte. *Wie verfluchte Schatten!*

Rechts von Goïmron saßen Rodana und Chòldunja hinter einem Steinbrocken fest, Telìnâs focht mit einem Alb um sein und das Leben der Frauen. Der junge Elb stellte sich dabei äußerst geschickt an. *Er muss ihnen schon öfter gegenübergestanden haben.*

»Hab ich dich, Unterirdischer«, raunte eine Stimme in sein Ohr. Goïmron wurde am Kragen gepackt, jemand zog ihm die Füße weg, und schon landete er mit dem Gesicht in den langen grünen Halmen. »Dachtest du, ich würde dich mit meinen Pfeilen verfehlen? Nein. Ich wollte, dass du bleibst und ich mir dich holen kann.« Eine weiche Stiefelsohle stellte sich in seinen Nacken. »Du musst der Vierte sein, der nach Goldhand sucht. Deine Statur verrät dich.«

Goïmron vermochte sich nicht von dem Schuh zu befreien, der schmerzhaften Druck auf die Wirbel ausübte. »Sei von Dämonen verschlungen«, keuchte er ins Gras.

»Sicherlich nicht.« Der Alb, der sich über ihm erhob, lachte. »Du kannst es nicht sehen, Unterirdischer, doch deine Bergmadenfreunde fallen. Einer nach dem anderen. Du wirst als Letzter sterben. Vierte durfte ich schon einige töten. Eure Haut ist weicher als die der anderen Unterirdischen. Daraus lässt sich etwas machen. Und eine kleine Zeichnung gönn ich mir, gemalt mit deinem konservierten Herzblut.«

Die Verzweiflung in Goïmron wuchs. Wie ein Wurm hing er

gefangen unter dem Fuß des Albs, zum unwürdigen Sterben vorgesehen. Als Material für die grausame Kunst des Volkes.

»Sag mir: Wie kamst du darauf?«, raunte der Alb.

»Worauf?«, krächzte Goïmron.

»Dass Goldhand noch leben soll. Er müsste mehr als eintausend Zyk–« Abrupt schwieg der Gegner, was mit einem lauten Scheppern und Knacken einherging.

Dann schwand der Druck aus Goïmrons Nacken, und warme Flüssigkeit schwappte auf ihn nieder. *Blut! Das ist das Blut des Albs!* Schnell wälzte er sich auf den Rücken und schaute sich suchend um.

Doch da war niemand.

Sein Peiniger lag bäuchlings auf der Erde. Ein martialischer Schnitt klaffte vom Hinterkopf hinab durch die Rüstung bis zum Steiß, das Rückgrat war der Länge nach zerschnitten.

»Sònuk?«

Der Srgāláh gab keine Antwort.

Telìnâs schlug sich noch immer mit dem Alb. Zwar versuchten Rodana und Chòldunja, in den Kampf einzugreifen, doch sie landeten aufgrund der hohen Geschwindigkeit des Feindes keinen Treffer. Dafür erlitten sie Verletzungen von Tritten und Schlägen.

Erneut rief das Horn der Dritten.

Ich muss ihnen beistehen! Goïmron sprang auf. Der Anblick der längs zerschlitzten Leiche bereitete ihm Übelkeit, doch er riss sich zusammen und eilte zum Kampfplatz. Mit zitternden Fingern legte er unterwegs eine Stahlkugel in die Schlinge und hielt Ausschau nach einem Ziel.

Unvermittelt tauchte ein Alb zu seiner Linken auf, den gespannten glänzenden Stahlbogen in den Händen und die Pfeilspitze auf die rothaarige Hargorina gerichtet, die sich schützend mit Schild vor ihrer Truppe aufgebaut hatte, als wäre sie aus unverwüstlichem Metall.

Ohne nachzudenken, schoss Goïmron.

Die Kugel knallte dem Alb gegen den Harnisch. Die schwarzen Augen richteten sich auf den Zwerg – bevor der Gegner ganz langsam nach vorne kippte und auf dem Grasboden aufschlug, ohne sich abzufangen. Pfeil und Bogen landeten neben ihm.

Was bei Vraccas …? Dieses Mal hatte ein Querhieb den unteren Rücken aufgeschlitzt und den Alb beinahe gänzlich halbiert; nur die seitliche Rüstung verhinderte, dass er in zwei Teile zerfiel.

»Achtung, Gemmenschnitzer!«, rief Brûgar und zeigte nach oben. »Da ist noch einer!«

Goïmron lud nach und hob die Schleuder, um den Alb abzulenken. Doch der Schütze ließ die Sehne bereits schnellen. Der schwarze Pfeil jagte vorwärts, genau auf eine blonde Zwergin aus Hargorinas Truppe zu.

Die Anführerin sah das Unheil nahen und sprang mit vorgehaltenem Schild in die Flugbahn des Geschosses. Die Pfeilspitze durchschlug den Schutz, den Arm und die Körperrüstung, um bis zur Hälfte in Hargorina zu versinken. Aus dieser kurzen Entfernung gab es gegen die Geschosse kein Mittel. Schwer getroffen stürzte die Zwergin nieder, den Schild mit Unterarm und Leib durch den Schaft verbunden.

»Für Lorimbur«, schrie Brûgar außer sich und machte sich mit seinem Kriegsdreschflegel zum Ausfall bereit. »Für Hargorina!«

»Nein«, rief sie im Liegen. »Beschützt Gata. Bringt sie fort von hier.«

Noch ehe sich Goïmron vom Schrecken erholt hatte, fiel ihm der albische Schütze tot vor die Füße. Eine Streitaxt mit einer gewaltigen Klinge steckte quer in seinem Rücken. *Noch einer!* Er riss die geladene Schleuder hoch. *Bald haben wir sie! Viele können es nicht mehr sein.*

Daraufhin erklang ein albischer Befehl. Wie aus dem Nichts sprangen die verbliebenen drei Gegner von verschiedenen Seiten auf die Dritten zu, die sich um Gata geschart hatten und sie mit ihrem Leben verteidigten.

Goïmron kam sich mit seiner Schleuder kindisch vor. *Es ist besser, als nichts zu tun.* Schreiend stapfte er vorwärts und sandte dabei Schuss um Schuss. Zwar traf er die flinken Gegner, aber solange die Kugeln nicht die gleiche Kraft wie von einer Federschleuder erhielten, konnte nur ein Treffer ins ungeschützte Gesicht Wirkung zeigen.

Von den Dritten standen noch Brûgar, Gata sowie einige aus der Abordnung des Schwarzen Gebirges. *Vraccas, wir … wir verlieren gegen die Albae.* Goïmron verschoss seine letzte Kugel und zog sein Beil. *Das ist meine Schuld. Hätte ich Regnor nicht beschwatzt, wäre kein Kind des Schmieds hier gestorben. Keiner von ihnen hat diesen sinnlosen Tod verdient.* Voller Verzweiflung rannte er auf einen Alb zu, auch wenn er wusste, dass er mit dem nächsten Atemzug sterben würde. »Für Hargorina!«

Da sprang ein Schemen an ihm vorbei und stieß ihn zur Seite, eine Doppelaxt surrte und traf den Alb mitten in den Bauch. Ächzend fiel er nach hinten um.

Goïmron sah den greisenhaften Zwerg mit wallendem langem Silberbart, der in einer polierten, glänzenden Rüstung im Sonnenlicht stand und funkelte wie ein Spiegel. In den Fäusten hielt er langstielige Beile, mit denen er unerschrocken auf die verbliebenen drei Albae zumarschierte. Auf einer Hand leuchteten goldene Einsprengsel im Sonnenlicht. *Goldhand!*

»Angriff!«, schrie Brûgar begeistert und ließ den Dreschflegel surren. »Tötet die Schwarzaugen!«

Während sich zwei verunsicherte Albae den attackierenden Dritten stellten, sprang der dritte Alb zurück. »Du wirst sterben, Unterirdischer!« Er nahm seinen Bogen von der Schulter und legte auf den uralten Zwerg an, schoss mehrmals hintereinander mit enormer Geschwindigkeit.

Goldhand wich nicht aus, sondern schlug nach den schwarzen Pfeilen. Zwei, drei erwischten die Beilklingen – bis ihn letztlich eine Spitze durchbohrte. Doch anstatt in die Knie zu gehen, schritt er unbeirrt voran, auf den Alb zu.

Goïmron schleuderte sein Beil nach dem Gegner, der einen Schritt zur Seite auswich, ohne das Schießen zu unterbrechen. Verzweifelt zog er seine Wurfpfeile aus der Tasche. *Mach deinen besten Wurf. Stell dir vor, du stehst in der Schänke vor der Scheibe. Du wirst treffen, was du dir vorgenommen hast.*

Der kurze Pfeil flog – um genau im rechten Auge des Albs zu landen und bis zur Hälfte darin zu versinken. Schreiend zuckte der Gegner zusammen und krümmte sich.

Da sprang Brûgar herbei und schlug ihm mit dem Kriegsdreschflegel den Schädel ein, dass der Knochen unter dem Einschlag regelrecht explodierte. »Gewonnen!«, rief er und reckte die blutverschmierte Waffe in die Höhe. »Das war der Letzte! Bei Lorimbur, wir haben die Schwarzaugen geschlagen!«

»Zum Feiern ist später Zeit.« Gata kniete neben der schwer verletzten Hargorina.

Goïmron rannte zum schwankenden Goldhand, dem vier Pfeile in Arm, Schulter und Brust steckten. *Vraccas, nein!* »Warte, ich helfe dir!«

»Ich glaube, sie haben mich erwischt«, ächzte der Greis kurzatmig. »Wieso habt ihr sie hergeführt? Was wollt ihr in meinem Gebirge?«

»Das Geborgene Land braucht dich. Die Kinder des Schmieds brauchen jemanden, der sie eint und gegen …« Goïmron versagte die Stimme. Seine Worte erschienen ihm sinnlos, obgleich er gefunden hatte, wonach er gesucht hatte. Nicht nur, dass der größte Held des Landes ein uralter Zwerg war – die schwarzen Pfeile würden ihn in kürzester Zeit umbringen. *Was habe ich nur angerichtet?*

Goldhand richtete den Blick auf das unruhige Graue Gebirge. »Zurück kann ich nicht mehr. Ihr habt mich an der Aufgabe gehindert, die mir Vraccas gab.« Er sah auf die Pfeilschäfte, die aus der Rüstung ragten, Blut sickerte aus den Löchern im

Metall. »Bringt mich zu König Hargorin. Ich muss mit ihm reden.«

Nun sahen ihn die Zwerginnen und Zwerge verwundert an.

»Mein Ahne ist schon lange tot«, sprach Hargorina gequält. »Mein Clan stellt nicht mehr den Herrscher.«

»Was? Dann …« Goldhands faltige Miene spiegelte seine Verwirrung. Goïmron musste ihn stützen und ließ ihn sich langsam auf den Boden setzen. »Dann muss ich sofort …«

»Mein Vater wird dich anhören«, setzte Gata rasch hinzu. »Ich bin Regnorgata Sterbenshieb aus dem Clan der Orkschlächter, Thronfolgerin der Dritten. Wir werden die besten Heiler holen, um euch beide am Leben zu erhalten.«

»Ich … nehme dich beim Wort. Zum Schwarzen Gebirge«, stieß Goldhand kurzatmig aus. »So schnell es geht. Wenn Todbringer den König nicht … Nein. Nein!« Er griff wirr um sich, als wollte er sich an unsichtbaren Stricken auf die Beine ziehen. »Nun ist … nun ist alles in Gefahr!«

»Beruhige dich. Sonst werden deine Verletzungen schwerer.« Goïmron reichte dem verwirrten Greis die Wasserflasche. Hastig trank er daraus, verschluckte sich. Das Nass rann über den weißsilbernen Bart die polierte Rüstung hinunter und schwemmte das Blut davon. *Das habe ich mir so nicht vorgestellt. Nichts davon.*

Telìnâs, Sònuk, Rodana und Chòldunja traten zu ihnen. Unverletzt. Die junge Aprendisa besah sich sogleich die Verletzungen der Zwerge.

Gata blickte zu Goïmron. »Ich sehe die Schuld in deinen Augen, aber sie trifft nicht dich. *Mir* hast du dein Abenteuer zu verdanken. Ich ließ dich im Glauben, es sei der Wunsch meines Vaters, euch zu begleiten. Nur mich allein soll man dafür zur Rechenschaft ziehen.« Sie küsste die leidende Hargorina auf die Stirn. »Deine Treue zu mir wird dich nicht das Leben kosten. Das schwöre ich dir, meine Lehrerin.« Sie befahl dem kläglichen Rest der Abordnung aus dem Schwarzen Gebirge, Tragen herrichten zu lassen, um die Verletzten fortzuschaffen. »Nun müssen wir schnell sein.« Dann ging sie, um den anderen zu helfen, während Rodana und Chòldunja die Schnitte der Verletzten notdürftig versorgten.

Goldhand packte Goïmrons Arm mit verwunderlich viel Kraft. »Sag mir, Junge: Wer regiert im Roten Gebirge?«

»König Gandalgir Eisengriff vom …«

»Verflucht! Dann müssen wir dort auch noch hin. Schneller als der Wind.« Goldhand schloss seine Augen und ächzte. »Ich werde jetzt ein wenig schlafen. Und mich ausruhen. Weck mich, wenn wir im Schwarzen Gebirge sind.« Er ließ den Arm los und erschlaffte.

Goïmron roch das Blut der Toten und Verwundeten. Er hatte recht behalten und Tungdil Goldhand gefunden. Er hatte es jenen gezeigt, die sein Vorhaben und seine Überzeugung verlacht hatten.

Doch weder fühlte er Freude noch Zuversicht, dass sich die Geschicke des Geborgenen Landes von diesem Umlauf an zum Besseren wenden würden.

Im Gegenteil.

* * *

»Ich weiß, weswegen die Parsoi Khi ins Geborgene Land gelassen werden. Sie jagen die Kreaturen und Menschen, die vom Gebiet der Wunder magisch verändert und zu einer Gefahr wurden. Es spricht niemand gerne darüber, aber diese Bedrohung ist die gefährlichste, die unsere Heimat zu meistern hat. Weil sie oft unbemerkt von uns bleibt.
Wir sollten den Parsoi Khi zusätzliche Münzen zahlen, damit sie in Scharen zu uns kommen. Und jagen, was wir niemals erkennen.«

Über die Monster unter uns,
Artikel aus dem STADTANZEIGER, Malleniaswacht

»Hat jemals jemand die Frage gestellt, was die Parsoi Khi mit den Menschen und Kreaturen und Pflanzen tun, die sie zur Strecke bringen?
Oder warum sie es tun?
Welche Kräfte ziehen sie daraus?
Das sollten wir schnellstens in Erfahrung bringen. Denn ich kenne niemanden, der notfalls Jagd auf einen Parsoi Khi machte.«

Leserzuschrift zum Artikel: Über die Monster unter uns,
STADTANZEIGER, Malleniaswacht

KAPITEL IX

DAS GEBORGENE LAND, VEREINTES GROSSKÖNIGREICH GAURAGON, PROVINZ GRASENTIN, 1023 N. B. (7514. SONNENZYKLUS NACH ALTER ZEITRECHNUNG), SPÄTFRÜHJAHR

»Wie gehts den beiden?« Goïmron schaute von seinem Platz am Lagerfeuer erwartungsvoll zu Chòldunja, die den Verbandswechsel bei den Schwerverletzten vorgenommen hatte und nun zur Gruppe zurückkehrte. »Wurde es besser?«

Er legte den skelettierten Schnabel des Flammenflüglers zur Seite, den er im Schein der Flammen untersucht hatte, ohne dem Geheimnis von dessen Stabilität auf die Spur gekommen zu sein. Wurde er nach seinem Tun befragt, antwortete er stets, er erfreue sich an seiner Trophäe. Das Rätsel wollte er allein lösen.

Sie transportierten Hargorina sowie Tungdil Goldhand im Wagen der Puppenspielerin und nahmen die schnellste Route durch Gauragon, um ins Schwarze Gebirge zu gelangen. Vorher hatten sie Belîngor in Platinglanze eingesammelt, dem es besser ging, auch wenn er Anstrengung meiden musste, damit sein vernähtes Fleisch hielt. Zwerge aus den umliegenden Siedlungen errichteten die von Ûra zerstörte Wehrsiedlung neu, Barbandor war bei ihnen geblieben. Die Gruppe lagerte, wenn die Pferde rasten mussten, und übernachtete gelegentlich in Zwergensiedlungen.

Chòldunja schüttelte den Kopf, der braunschwarze Zopf baumelte über die Schulter nach vorne bis über die Gürtelschließe. »Es geht ihnen weder besser noch schlechter. Das ist das Beste, was ich sagen kann.« Fröstelnd warf sie die schmutzigen Leinenbinden ins Feuer, knisternd fraßen die Lohen die mit Blut, Krusten und Eiter getränkten Verbände.

»Wir brauchen dringend magische Hilfe.« Brûgar sah in die Runde und hielt eine Rastpfeife in der Rechten. »Ich weiß, dass ein Zwerg so etwas sagt, das ist ungewöhnlich, aber: Wir sollten so rasch wie irgendwie möglich zu einer Maga.«

»Nach Rhuta?« Gata wirkte nicht überzeugt. »Dort wies man uns schon einmal ab. Erinnert euch.« Die blonde Thronfolgerin reckte die Hände in die Wärme, Gold- und Vraccasiumringe blinkten an den Fingern auf, seit sie ihre Herkunft offenbart hatte.

»Das waren andere Umstände. Wir kommen diesmal mit einem Beweis zu Vanéra, dem sie sich nicht verschließen kann: Goldhand selbst!« Goïmron fand den Vorschlag gut, aber die Führung der Unternehmung oblag nicht mehr ihm. Tatsächlich hatte sie das nie wirklich, wenn er ehrlich war. »Gata, es ist die aussichtsreichste Gelegenheit, deine Lehrerin davor zu bewahren, dass der Funke ihrer Lebensesse verlischt.«

»Zu verlieren haben wir nichts.« Rodana sah von ihren Notizen auf, die sie im Feuer- und Lampenschein machte. In dieser Nacht hatten sie auf einem Hügel inmitten einer verwitterten Ruine angehalten, die einst eine starke Ido-Festung gewesen sein musste. Sie bot Schutz vor dem kalten Wind, der über das hügelige Land zog. »Wir lassen uns nicht noch einmal von der Maga abweisen.«

»Starke Worte. Für eine Puppenspielerin. Willst du Vanéra mit deinen Figürchen und Schattenspielen so sehr ängstigen, dass sie uns freiwillig hilft?«, sagte Brûgar mit einem Grinsen und nahm den Skelettschnabel, prüfte die Spitze mit dem Finger.

»Ich lasse es darauf ankommen.« Rodana blätterte in ihren Aufzeichnungen. Goïmron gab sich Mühe, nicht zu sehr zu ihr zu starren. Seine Faszination für die zierliche Frau mit dem dunkleren Teint und den blonden Haaren war auf der Reise gewachsen. »Das ist Material für zehn neue Stücke. Mit sehr abwechslungsreichen Hauptfiguren.« Sie drehte das Papier, damit sie es auch sahen. »Ich habe Zeichnungen von euch angefertigt. Ihr werdet in meinen Geschichten ewig leben.«

»Das freut mich sehr.« Sònuk kehrte mit einem Stapel Brennholz aus dem dunkleren Bereich der Ruine zurück. Keiner hatte ihn bemerkt, das dunkle Fell machte ihn fast unsichtbar. »Es wird den übrigen Bewohnern des Geborgenen Landes zeigen, wie sehr sich mein Volk für deren Wohl einsetzte.«

»Glaube nicht, dass es man es dir vergütet.« Brûgar warf Goïmron den Schnabel zu, nahm dem Srgāláh die schweren Scheite ab und stapelte sie paffend neben den Flammen. »Wo steckt der Elb, der noch grün hinter seinen Spitzohren ist?«

»Hält Wache und faltet Blätter zu Figürchen. Ich sagte Telìnâs zwar, dass ich rieche und höre, sobald sich jemand nähert, aber er bestand darauf.« Sònuk witterte. »Wir sind allein. Weit und breit.«

»Auf deine Nase ist jedenfalls Verlass.« Goïmron hatte nicht vergessen, dass der Srgāláh sie beständig vor den Albae gewarnt und auf Goldhand hingewiesen hatte. Seine Trophäe packte er weg, da er damit nicht weiterkam. »Hoheit, wir sollten …«

Gata verzog das Gesicht, der kaum sichtbare helle Flaum an den Wangen glänzte auf. »Ich mag es nicht, so genannt zu werden. Bleib bei Gata. Und ja, wir werden nach Rhuta ziehen. Es ist meine Schuld, dass Hargorina und Goldhand in diese Lage kamen. Daher beuge ich mich dem Ratschlag.«

»Du bereust es nicht, mich mit deinen Leuten begleitet zu haben?« Goïmron hörte seine eigene Unsicherheit in der Stimme. »Ich meine, mir sind Zweifel nicht fremd, wenn man bedenkt, dass wir … mäßigen Erfolg hatten.«

»Diplomatisch ausgedrückt«, warf Brûgar ein, der seinen Dolch zückte und die wenigen sprießenden Haare auf seinem hinteren Schädel abrasierte.

»Wir kehren mit dem größten Helden unseres Stammes zurück, wie du es uns versprochen hast«, antwortete Gata. »Das ist –«

»Ein Greisenzwerg, tausend Zyklen alt, der uns weder die Feuerklinge brachte noch in der Lage ist, ein Hoffnungsträger zu sein«, murmelte Brûgar in seinen blauen Spitzbart und stieß den Rauch weit aus. »Wie soll er uns in die Zukunft führen?«

»Regnor wird toben. Oh, und wie er toben wird«, sprach Belîngor mit den Händen und warf der Thronfolgerin einen knappen Blick zu. *»Deine Entscheidung kostete mehr als hundert Dritte das Leben.«*

»Würdest du anders sprechen, wären wir auf Befehl meines Vaters gereist und hätten Goïmron unterstützt?«, erwiderte Gata gereizt und spielte an der Silberbrosche am Kragen. »Macht es einen Unterschied, ob ich es befahl oder er?«

Belîngor richtete seinen Blick wieder in die Flammen. *»Verzeih«*, bat er mit Zeichen. *»Es war gedankenlos von mir.«* Unausgesprochen schwang in seiner Entschuldigung mit, dass sie ohne die Lüge der Thronfolgerin erst gar nicht aufgebrochen wären.

Goïmron fühlte sich dennoch schuldig, obwohl Gata die Verantwortung auf sich genommen hatte. *Schuldig an allem.* Hargorina rang mit einer Blutvergiftung, wie sie eine Verletzung von Albaepfeilen meistens nach sich zog. Tungdil Goldhand lag in einer Art Todesschlaf, und hundert Kinder des Schmieds waren tot. *Durch mein Begehr. Wir müssen wenigstens die beiden retten. Sonst war alles vergebens. Alles.*

Rodana fielen beim Lesen immer wieder die Augen zu. »Ich döse ein wenig«, sagte sie schläfrig und legte sich hin. »Weckt mich, wenn ich Wache halten soll.«

»Eine Puppenspielerin als Nachtwache. Das fehlte noch.« Brûgar blies die Härchen von der Klinge und steckte den Stahl ein, sah zu Belîngor und legte seine Pfeife weg. »Hoch mit dir. Lass uns eine Runde drehen und prüfen, ob das Spitzohr uns bemerkt. Wenn nicht, erschrecken wir es tüchtig.«

Die Dritten machten sich auf den Weg, Sònuk schloss sich ihnen an.

»Ich sehe nach Hargorina.« Gata stieg nach einem verabschiedenden Nicken in den Wagen.

Goïmron sah einmal mehr verstohlen zu Rodana. Die zierliche Puppenspielerin sah überhaupt nicht aus wie übliche Menschenfrauen, doch für eine Zwergin war sie viel zu schlank. Er fühlte sich unbändig zu ihr hingezogen. *Gandelin hätte sie mir bestimmt ans Herz gelegt.*

»Endlich Ruhe am Feuer«, flüsterte Chòldunja und deckte ihre schlafende Meisterin mit einem Schafsfell zu. Dabei blitzte unter ihrem Umhang der Anhänger auf, obgleich er in einem schützenden Ledersäckchen steckte. Er leuchtete und schimmerte in einem düsteren, dreckigen Rot. *Das kann nicht sein!*

Eine Gloriole von Bosheit umgab den Diamanten und ließ das Leder für die Augen des Vierten durchsichtig werden. Sie umwaberte den Edelstein wie ein Versprechen, dass dies erst der Anfang sei. Die gravierten Zeichen auf dem Amulett aus Holz und Gebein konnte er nicht lesen, aber der Stein war unübersehbar. Und unverwechselbar.

Chòldunja warf ein Scheit ins Feuer und drehte sich zu ihm um. »Man kann die Zwerge laut stampfen hören. Damit schlagen sie von Weitem alles in die Flucht.« Sie bemerkte sein erschrockenes Gesicht. »Was ist? Sitzt ein Geist hinter mir?«

»Wieso trägst du einen Moordiamanten um deinen Hals?«, fragte Goïmron rau. Seine Rechte legte sich an den Dolchgriff.

Chòldunja lachte falsch auf. »Ich? Wie bei den Göttern kommst du darauf?«

»Weil ich ihn sehe. Er leuchtet.«

Die junge Aprendisa legte eine Hand auf die Brust und verdeckte das Säckchen. »Wieso kannst du das sehen?«, raunte sie entgeistert.

»Was soll das heißen?«

»Dass nur *ich* es vermag.« Chòldunja kniff die Augen prüfend zusammen. »Es sei denn …«

»Was?«

»Du bist ein Vierter. Ihr versteht euch auf jegliche Form von Edelsteinen«, sinnierte sie und schaute sich rasch um. »Bitte, verrate es niemandem!«

»Nicht mal Rodana weiß es?«

»Nein. Und das soll sie auch nicht!« Chòldunja rückte näher an ihn heran. »Sag, der Moordiamant leuchtet für dich *durch* das Säckchen hindurch?«

Er nickte behutsam und hielt den Dolchgriff umfasst.

»Geschieht das öfter?«

»Dass ich Moordiamanten sehe?« Die Finger umschlossen den Dolchgriff fester.

»Nein. Dass Edelsteine zu dir … sprechen?«

»Ich … würde sagen, dass ich eine gewisse Gabe besitze, Besonderheiten der Steine sofort zu erspüren.« Goïmron ließ sich nicht von ihr ablenken. »Wieso trägst du diesen Diamanten und weißt, was er vermag, Chòldunja?« Er wollte den einzig vernünftigen Schluss nicht vorschnell fassen, denn er schuldete der jungen Frau viel. Sie bewahrte die Leben von Hargorina und Goldhand. Aber auch das passte zu seiner Annahme. »Bist du eine …?«

»Meine Mutter war eine von ihnen. Ich entsagte dem alten Glauben«, unterbrach sie ihn. »Deswegen schloss ich mich Rodana an. Mein Leben sollte von etwas anderem erfüllt sein. Menschen unterhalten und Kinder zum Lachen bringen. Nichts will ich mehr und lieber.« Chòldunja senkte den Kopf und warf den langen zweifarbigen Zopf auf den Rücken. »Bitte, behalte es für dich. Sonst weiß ich nicht, was ich tun soll!« Sie nahm seine Hand. »Ich schwöre es dir: Ich habe mit den alten Gebräuchen nichts zu schaffen. Deswegen jagen sie mich sogar. Sie wollen keine Verräterinnen am Leben wissen, die über dieselben Kenntnisse verfügen wie sie.«

Goïmron sah die Furcht auf ihren Zügen. Das Flehentliche rührte ihn, er sah die Wahrheit in ihren Augen. *Oder will ich ihr schlicht glauben?* »Gut. Aber schwöre mir, dass du dich von allem ferngehalten hast und fernhalten wirst, was man euch nachsagt.«

»Man *sagt* es meinen Leuten nicht *nach*, Goïmron. Es *ist* so. Sie sind grausam und werden zu Recht gefürchtet.« Chòldunja seufzte und lächelte ihn dankbar an. »Aus vollem Herzen leiste ich dir diesen Eid. Auf mein Leben. Und ich schulde dir etwas dafür, dass du mein Geheimnis für dich behältst.«

Zögerlich nickte er und hoffte, keinen Fehler begangen zu haben. Langsam nahm er die Hand vom Dolchgriff. »Also, wieso leuchtet der Stein?«

»Es liegt an den Mondnächten. Die Macht eines Moordiamanten ist in der vollen Phase am größten.«

»Aber was hat es mit mir auf sich?«

»Ich bin mir sicher, dass du ein Vierter bist, der sich auf besondere Edelsteinmagie versteht. Nicht wissentlich. Doch das Talent dazu schlummert in dir.« Sie pochte sich gegen die Stelle, wo das Lederbeutelchen unter dem Gewand hing. »Sonst hättest du den Moordiamanten niemals sehen können. Nicht durch die Hülle hindurch.«

Diese Behauptung überraschte Goïmron. *Edelsteinmagie? Ich?*

Natürlich unterhielt sich die Zwergengemeinschaft von Malleniaswacht über diese legendäre Form von Zauberei, die seinem Stamm in Sagen und Märchen zugesprochen wurde. Ihr Schöpfer Vraccas hatte jedoch keine Liebe für Magie empfunden, die meisten Zwerginnen und Zwerge blieben ihr gegenüber misstrauisch. Echte Beweise für Edelsteinmagie hatte es in Hunderten Zyklen niemals gegeben. Es blieben lediglich spannende Geschichten und aufschneiderische Behauptungen.

Der unschlagbare Vorteil von Edelsteinmagie bestand angeblich darin, dass sie unabhängig von magischen Feldern und Zaubersprüchen funktionierte und sich allein aus der Kraft der Steine speiste. Je nach Art und Beschaffenheit ließen sich verschiedene Effekte auslösen und heraufbeschwören, so sagten es die Geschichten.

Goïmron überlegte nicht lange. »Du musst dich täuschen.«

»Nein, ich täusche mich nicht. Unternehmen wir einen Versuch.« Chòldunja sah nach ihrer Meisterin, ob sie noch schlief. Die Lider der Puppenspielerin zuckten, sie träumte. »Schließe deine Augen, zähle bis fünf und öffne sie wieder.« Er tat es. »Und? Siehst du den Moordiamanten?«

Bereits bei der ersten Kopfdrehung erkannte Goïmron das Leuchten im Gras vor einem verwitterten Epitaph, keine drei Schritte von ihnen entfernt. »Dort, am Fuß der Inschrift«, sagte er staunend. *Es stimmt!* »Was weißt du darüber?«

»Edelsteinmagie ist meinen Leuten sehr gut bekannt.« Chòldunja erhob sich und schlenderte auf das Epitaph zu. »Ich kann dich lehren, welcher Stein welche Wirkung erzielt. Damit könntest du Zauber auslösen, wie es die Maga niemals vollbringen wird.«

Goïmron lachte leise. »Vanéra vermag unendlich vieles.«

»Böse Zungen behaupten, dass sie nichts anderes tut, als die gebundene Macht ihrer Artefakte einzusetzen. Und nicht einen einzigen Spruch beherrscht. Oder irgendeine Form von magischer Rezitation und Inkantation.« Chòldunja hob ihr Amulett auf und hängte es sich erneut um. »Trotzdem könnte Vanéra erkennen, was ich bin. Ich will nicht von ihr bloßgestellt werden. Meine Ausbildung bei Meisterin Rodana ist nicht abgeschlossen, und eher werde ich sie nicht verlassen. Daher denke ich mir einen Vorwand aus, weswegen ich Rhuta nicht betrete.«

»Und meine Unterweisung in Sachen Edelsteinmagie?«

»Beginnt schon morgen. Sobald wir am Reich der Maga angekommen sind, wirst du mich außerhalb besuchen müssen, wann immer es dir möglich ist.« Chòldunja kehrte zu ihm ans Lagerfeuer zurück. »Ich werde dein Geheimnis bewahren, Goïmron. Denn deine Gabe wird dir neben Vorteilen auch Neider, Feinde und mächtigen Ärger einbringen.« Keck grinste sie ihn an. »Ich bin sehr gespannt, wie schnell du lernst.«

Noch konnte Goïmron es nicht glauben. »Ich auch.« In seinen Gedanken ging es hoch her. Sein Kopf versuchte zu ordnen, was er erfahren und gesehen hatte.

Ein Teil seines Verstandes warnte ihn davor, Chòldunja zu vertrauen. Ihr Volk stand auf einer Stufe mit den Schwarzaugen und war gefürchtet. Niemand in den vier südlichen Küstenreichen des Binnenmeeres wagte sich in die Sümpfe, wo die Ragana lebten und ihrem Kult folgten.

Ich werde abwarten, was sie mir beibringt. Goïmron wollte noch etwas sagen, als er aus dem Augenwinkel eine weiße Gestalt sah, die aus den Schatten der Ruinen trat. »Ein Spuk!«, entfuhr es ihm erschrocken.

Rodana schreckte aus dem Schlaf hoch. Chòldunja wandte das Gesicht zur geisterhaften Gestalt, die ruhig in den Feuerschein trat.

»Verzeiht die Störung.« Die hellhaarige Frau um die vierzig trug ausschließlich Weiß, von den Stiefeln bis zum Mantel und dem Hut mit der auffälligen kreisrunden, geraden Krempe. Die beiden langen Federn rechts und links an ihrer Kopfbedeckung leuchteten wie Flämmchen in kräftigem Orange. »Ich bin eigentlich auf dem Weg nach Klippstatt. Aber als ich unterwegs hörte, dass die berühmte Puppenspielerin durchkam, dazu in Begleitung einer sehr bunten Truppe, musste ich einen Umweg machen. Um es mit eigenen Augen zu sehen.«

Die Botin der Drachin! Goïmron wünschte sich statt ihr einen Spuk herbei. Der wäre allemal besser gewesen als Stémna. Ihr Auftauchen bedeutete nichts, aber auch gar nichts Gutes.

Rodana erhob sich und rieb sich den Schlaf aus den hellgrünen Augen. »Setzt Euch, Stémna. Wie können wir der Stimme von Ûra etwas Gutes tun?«

»Oh, ich bin gleich wieder verschwunden. Sobald ich mich von der Echtheit der Geschichte überzeugte, die man sich schon in den Höfen, Siedlungen und Städten erzählt.« Stémna blieb stehen und sah zum Wagen. »Ist er da drin?«

»Hargorina?« Goïmron stellte sich dumm. »Sie hat bei einem Überfall –«

»Ihr wisst, wen ich meine.« Die Botin ging auf das Gefährt zu und schob zuerst den Vierten, dann Rodana und schließlich Chòldunja aus ihrem Weg. »Seid nicht zu bescheiden mit Eurer kostbaren Fracht.«

»Hargorina braucht sehr viel Ruhe«, versuchte es Goïmron und sah sich heimlich um. *Wie kam sie an den Dritten, Telìnâs und Sònuk vorbei?* Er fürchtete, dass die Gefährten zwischen den Zähnen der weißen Drachin zerkaut waren und man ein böses Spiel mit ihnen trieb, bevor die Lohen auch sie verbrennen würden.

Stémna öffnete den Eingang des Wohnwagens, trat ein und blieb an Goldhands Bett stehen. Vorsichtig hob sie das Laken und betrachtete die frischen Verbände um die vier verwundeten Stellen. »Ein Greis. Mit erlöschender Esse.« Sie sah sich im Inneren um. »Keine Feuerklinge. Nichts Heldenhaftes, das meine Herrin im Ansatz beunruhigen könnte.«

»Wir fanden Goldhand und wollen ihn zurück ins Schwarze Gebirge bringen. Damit er bei seinem Stamm sterben kann«, log Goïmron. »Die Legende soll dort ruhen, wo ihr Ursprung liegt.«

»Wie seltsam. Die halbe Welt erzählte mir von der Rückkehr eines Helden. Von einer neuen Zeitrechnung im Geborgenen Land. Vom Ende sämtlicher Drachen.« Stémna verließ den Wagen und sprang auf die Erde. »Sie müssen sich getäuscht haben. Aber ich höre mir eure Geschichte dazu gerne an.« Auffordernd sah sie zu Rodana. »Du wirst es sicherlich meisterinnenhaft vermögen. Wo du das Erzählen gewohnt bist.«

Rodana deutete eine Verbeugung an.

»Folgendes trug sich zu«, begann sie. Über ihre dunklen Lippen drang die richtige Mischung aus Wahrheit und Lüge in vollendeter wortreicher Gewandtheit mit ihrer einnehmenden Stimme, sodass Goïmron nur das Staunen blieb. »Kaum lagerten wir an diesem Ort, seid Ihr erschienen«, schloss sie ihren Bericht.

»Die Albae griffen euch an?« Stémna ging langsam los und bewegte sich weg vom Feuerschein. »Sie scheinen von den Neuigkeiten auch beunruhigt zu sein. *Das* macht mich stutzig. Euch nicht?« Ihre weiße Kleidung verblasste langsam in der Dunkelheit, als verlöre sie die Farbe. »Ich werde der Herrin berichten.

Bald erfahrt ihr am eigenen Leib, ob sie sich damit zufriedengibt oder nicht.« Schließlich verschwand sie in den Schatten.

»Zu Tion mit ihr!« Rodana sank neben dem Feuer auf einen Schemel. »Nicht einen Herzschlag länger hätte ich das ausgehalten.«

»Wo sind unsere ach so aufmerksamen Wachen? Wie gelangte sie an ihnen vorbei?« Chòldunja schürte die Flammen rasch und ließ die Lohen höher schlagen. »Wie viel Licht brauchen sie, um eine Frau in Weiß zu sehen, die nach Drachin stinkt?«

»Hol mir die Flasche mit dem Starkmet«, bat Rodana ihre Schülerin. »Ich brauche einen Schluck.«

»Sogleich, Meisterin.« Chòldunja eilte los.

Goïmron war der Blick nicht entgangen, den Stémna und die Puppenspielerin getauscht hatten. »Du kennst die Botin.«

Rodana vergrub unvermittelt das Gesicht in den Händen, ihre schmalen Schultern bebten. »Ich hoffe, ich habe nicht unser aller Tod verschuldet!«

»Weswegen solltest du das?« Goïmron trat näher und legte eine Hand beruhigend auf ihren Rücken. Er spürte die Wärme durch die Kleidung und die Zartheit ihres Wuchses. »Wir leben noch, und kein Drachenfeuer brach über uns herein. Du hast die Geschichte gut erzählt.«

Rodana musste in ihrem Elend lachen und senkte die Finger mit den schwarzen Kuppen. »Nein, nicht weil ich an meiner Darbietung zweifelte.« Schnell wischte sie sich die Tränen weg. »Ich … wollte mit euch auf die Suche nach Goldhand gehen, um einen Weg aus dem Geborgenen Land zu finden. Um ihr zu entkommen.«

»Der Botin?«, fragte Goïmron überrascht.

Schwere Schritte und die Stimmen der Zwerge näherten sich.

»Das erzähle ich dir ein anderes Mal.« Sie atmete tief aus. »Und verliere kein Wort über Stémnas Besuch, sollten Gata und die Übrigen sie nicht selbst bemerkt haben.«

»Aber –«

»Sie hat Platinglanze mit Drachenfeuer vernichten lassen. Was denkst du, was die Dritten tun werden?« Rodana sah ihn bittend an. »Sie würden Stémna folgen, und es wäre deren Tod. Der Umlauf der Rache an Ûra wird zu einem späteren Moment kommen, Goïmron.«

»Ich hab ihn gefunden, Meisterin!« Chòldunja kam aus dem Wagen und schwenkte die Flasche Met. »Ist noch voll.«

In diesem Augenblick traten die Dritten und Sònuk ans Feuer.

»Oh, ist das Starkmet?«, rief Brûgar freudig. »Wieso packst du ihn jetzt erst aus? Hätten wir nicht früher schon feiern sollen, dass wir überlebten?«

Chòldunja sah fragend zu Rodana, die ihr mit einem Blick zu verstehen gab, über den wahren Grund des Umtrunks zu schweigen.

»Wir müssen einmal auf die Genesung von Hargorina und Goldhand trinken«, schaltete sich Goïmron ein. »Es lockt die heilenden Geister an.«

»Guter Vorschlag.« Gata ließ sich zusammen mit den Zwergen am Feuer nieder und bekam die Flasche als Erste gereicht. »Auf die Verlorenen! Und darauf, dass die Lebensessen von Heldinnen und Helden ewig brennen!« Sie nahm einen Schluck und gab den Met weiter.

»Und dass Drachen in der Nacht davonfliegen.« Sònuk reckte die lange Schnauze und sog die Luft ein. »Das ist ein ausgezeichnetes Omen.«

Brûgar reckte die Flasche. »Bei Vraccas, du und deine Witze!« Die Dritten lachten. »Es kommt der Sonnenaufgang, an dem ich dich mit etwas aufziehe, was nur wir Kinder des Schmieds vermögen.« Er trank und gab das Behältnis weiter.

Goïmron bekam die Flasche und sah lange zu Chòldunja und Rodana, bevor er daran nippte.

* * *

DAS GEBORGENE LAND, VEREINTES GROSSKÖNIGREICH GAURAGON, PROVINZ GRASENTIN, AN DER GRENZE ZUM ZAUBERREICH RHUTA, 1023 N. B. (7514. SONNENZYKLUS NACH ALTER ZEITRECHNUNG), SPÄTFRÜHJAHR

Chòldunja saß auf dem Kutschbock des Wagens und lenkte ihn die gut ausgebaute Straße nach Nordosten. »Wir sprachen viel über Edelsteine, und ich habe bemerkt, dass du schon sehr viel weißt. Ohne es gelernt zu haben. Über ihre Eigenschaften, ihre Wirkungen. Aber wie gut kennst du dich mit klassischer Magie aus? Ich weiß, du hattest keinen Grund, dich damit zu beschäftigen.«

Meile um Meile näherten sie sich der Grenze zwischen Gauragon und Rhuta, das sie am Abend erreichen konnten, sofern ihnen das Wetter keinen Strich durch die Rechnung machte.

»Ich weiß nicht sonderlich viel darüber. Eigentlich gar nichts.« Goïmron saß neben ihr und sog die Erklärungen der heranwachsenden Frau rund um Edelsteinmagie in sich auf. Einiges kannte er bereits, manches nicht. Ihm wurde klar, wie viel davon er unbewusst in seiner Ausbildung zum Juwelier erfasst hatte. *Mehr als Gandelin und sämtliche Lehrlinge zusammen.* Was er für Augentrug gehalten hatte, lag in Wahrheit an seinem schlummernden Talent, die magischen Schwingungen und Energien wahrzunehmen. »Ich weiß, dass etliche Aufzeichnungen der einstigen Magae und Magi verloren gingen.«

Chòldunja bestätigte mit einem Nicken. »Es sind kaum noch Abschriften von Zaubersprüchen oder über die Handhabung von Magie zu finden. Und wenn doch, dann sind sie meistens verschlüsselt oder in Gelehrtensprache verfasst, die selten jemand beherrscht.« Sie grinste frech. »Deswegen sind Vierte wie du im Vorteil: Sie nutzen die Macht der Steine.«

»Es gab seit Hunderten Zyklen keinen solch begabten Magus.« Goïmron dachte nach. »Nein, es gab … ich glaube … nie einen.«

»Na, stell dir vor, was du alles zu tun vermögen wirst!« Chòldunja rempelte ihn freundschaftlich an. »Du wärst der Einzige, der nicht auf die Suche nach dem Gebiet der Wunder gehen müsste.«

»Abgesehen von Vanéra«, verbesserte er sie. »Oder den Albae mit ihren angeborenen Kräften.«

Einst hatte es im Geborgenen Land meilenweite Magiefelder gegeben, aus denen sich die verschiedenen Zauberreiche speisten. Sie waren im Verlauf der Zyklen zu kleinen Quellen geschrumpft, um welche gefochten wurde oder die magische Gemeinschaft ein großes Geheimnis machte. Inzwischen existierten auch die Borne nicht mehr.

Stattdessen entstand an jedem ersten Umlauf eines neuen Zyklus irgendwo im Geborgenen Land das sogenannte Gebiet der Wunder.

Wer sich auf Zauberei verstand oder von Magie lebte oder damit erfüllt war, konnte dorthin reisen und Energie aufnehmen, indem er das Gebiet betrat. Die aufgenommene Energiemenge reichte exakt jenen Zyklus aus, ganz egal, wie viel man davon einsetzte, und erlosch mit dem ersten neuen Umlauf, ohne bis dahin an Kraft verloren zu haben.

Berichte sprachen davon, dass man sich Erde, Tiere oder eine Pflanze aus dem Gebiet der Wunder mitnehmen könne, um diese darin gespeicherte Kraft jemandem zu überbringen. Diese These war jedoch nie bewiesen worden.

»Ich hörte, die Magie hat Auswirkungen auf die Umgebung.« Goïmron schüttelte sich. Es gab Aufzeichnungen von verwüsteten Städten und auferstandenen Toten, von Geistern und Dämonen, aber auch von Heilungen und Wundern.

»Ja. Sie verändert die Natur und die Lebewesen. Manchmal zum Guten, manchmal zum Schlechten«, erzählte Chòldunja. »Einmal lag das Gebiet der Wunder in einem Sumpf meines Volkes. Die magisch ausgelösten Veränderungen blieben bestehen, über den einen Zyklus hinaus. Solche mutierten Menschen, Lebewesen und Dinge sind beliebte Sammelstücke. Wir schlugen uns lange mit den rätselhaftesten Kreaturen herum.«

»Ihr habt geheim gehalten, dass das Gebiet in den Sümpfen liegt, schätze ich?«

Chòldunja lachte auf. »Selbstverständlich! Wir wollten niemanden bei uns haben. In diesem Zyklus besaßen kein Magus und keine Maga Energie. Sie wurden leichte Opfer für jene, die nach Rache an Zaubernden trachteten.«

Also ist Vanéra sehr gewitzt, indem sie sich auf die Artefakte verlässt. In ihnen waren die Zaubersprüche gebunden. Dies erklärte, weswegen Rhuta bereits seit geraumer Zeit existierte: *Es hatte niemals eine Schwächephase gegeben.*

Manchmal vergingen kleine Ewigkeiten, bis überhaupt jemand das sprunghafte Gebiet der Wunder mithilfe des Zufalls oder speziell abgerichteter Suchtiere aufspürte.

Dies hatte in der Vergangenheit zu mehreren magischen Kaiserinnen und Kaisern geführt, weil das Areal über Zyklen hinweg von den gleichen Personen gefunden wurde. Mit enormer Magie und den von ihnen beherrschten Drachen unterwarfen sie das komplette Geborgene Land. Doch sobald sie das Gebiet der Wunder nicht mehr fanden, fielen sie durch das Feuer der Drachen oder die aufbegehrenden Untertanen.

Magische Kaiserinnen und Kaiser gab es schon lange nicht mehr. Goïmron musste grinsen, als ihm bewusst wurde, dass er die Veranlagung dazu in sich hatte, der Nächste zu sein und eine Dynastie zu gründen. *Am liebsten mit Rodana. Und ganz ohne das Gebiet der Wunder.*

»Nun denn. Ich habe etwas für dich.« Chòldunja langte in ihre Umhängetasche und zog einen weißen Onyx heraus. »Vergessen wir die Spruch- und Formelmagie. Sie ist nichts für dich. Du brauchst sie genauso wenig wie Gestenmagie, Elementar- oder Geistermagie.« Sie reichte ihm den in Tropfenform geschliffenen hellen Stein. »Sag mir, was du in ihm siehst.«

»Woher hast du den?«

»Geschenkt bekommen. Von einem Verehrer in irgendeiner Stadt. Er wollte mir ein Diamantherz besorgen, aber er kam damit an.«

»Dann muss er aus Malleniaswacht gewesen sein. Ich erkenne den Altschrägschliff von Meister Funkelstein. Das ist das Werk von Guntrabil. Er arbeitete in der Nachbarwerkstatt. Gandelin hatte den weißen Onyx unbedingt haben wollen.« Goïmron bemerkte, dass Chòldunja einen Moment die Farbe aus dem Gesicht wich. »Was hast du?«

»Ich … wollte dich nicht an deinen ermordeten Freund erinnern. Entschuldige, bitte.«

»Schon gut. Das konntest du nicht wissen.« Er deutete auf den Onyx und fokussierte sich, um sich von den düsteren Gedanken abzulenken.

Deutlich sah er das helle, nebelartige Leuchten, das aus dem Inneren hervordrang. Das sprach für gespeicherte Macht. Ob für ein- oder mehrmalige Anwendung, das vermochte Goïmron nicht zu sagen. »Er ist von guter Natur«, sagte er halblaut und drehte den Onyx.

»Was würde ein Heiler damit tun?«

»Er würde ihn zerreiben und die Lider damit bei Augenleiden bestreichen.« Goïmron erinnerte sich an die Eigenschaften. »Das Pulver streut man auf eiternde Wunden. Nimmt man es ein, kann Onyx gegen ein schwaches Herz und Schwindel helfen.«

»Demnach könntest du welche Art von Zauber damit vollführen?«

»Heilzauber.«

»Und mit schwarzem Onyx?«

»Das Gegenteil bewirken.«

Chòldunja grinste. »In der Theorie hast du es längst begriffen. Ein echter Sohn eures Stammvaters Goimdil.«

Goïmron wog den weißen Onyx in der Hand. Das Erkennen hatte ihm noch nie Probleme bereitet, und dank Chòldunjas Unterweisung bei den Feinheiten ging es voran. Es blieb die entscheidende Frage: »Wie löse ich einen Heilzauber aus?«

»Das wiederum ist das Geheimnis, das nur ihr Vierten aufdecken könnt. Ich würde es an deiner Stelle mit Konzentration versuchen. Packe die Energie, die du im Stein siehst, und leite sie in den Körper, den du heilen möchtest.« Sie sah über die Schulter zu den Schwerverletzten im Wohnwagen. »Mit ihnen würde ich nicht beginnen. Versuche dich an einem kleinen Schnitt am Finger oder einem Kratzer am Arm, bevor du es an Todkranken ausprobierst.«

Goïmron betrachtete die Pferderücken, ob er einen Stich oder eine kleine Verletzung entdeckte; dabei drehten sich seine Gedanken weiter. Ließen sich die Zauber verschiedener Steine kombinieren, indem man sie übereinanderlegte und ihre Energien mengte?

Konnte ein Amethyst, der Schlangen und giftiges Gewürm vertrieb, auch mit einem Zauber gegen die Drachenbrut des Geborgenen Landes eingesetzt werden?

Und wenn dem so ist: Wie viel Energie benötigt man? Der Gedanke, mehr als ein schmächtiger Viertelvierter zu sein, der von seinen Freunden in Malleniaswacht gutmütig als halbes Hemd verspottet wurde, gefiel Goïmron. *Ich wäre zu etwas nütze und nicht länger der untalentierte Gemmarius.*

Noch dazu erbrächte er den Beweis, dass die Legende stimmte: Vraccas hätte den Vierten zum Ausgleich für ihre schmale Statur tatsächlich magische Kräfte verliehen. So könnte Goïmron mit Edelsteinen die wunderbarsten Zauber vollbringen. Die mächtigsten Effekte gelangen gewiss mit Edelsteinen aus den Gebirgen, und am stärksten wirkten die außergewöhnlichen Steine aus der Heimat.

Aber das Braune Gebirge ist Teil von Brigantia und Dsôn Khamateion. Goïmron seufzte bei seinen Überlegungen. Somit wurde es schwer bis unmöglich, an die mächtigsten Edelsteine zu gelangen. *Gibt es nicht einen besonders wertvollen Diamanten*? Er meinte, etwas Ähnliches in seiner Ausbildung vernommen zu haben. *Wie hieß er noch gleich*?

»Sinnierst du, wie du eine Wirkung auslösen kannst, oder schläfst du gleich ein?« Chòldunjas Stimme riss ihn aus seinen Gedanken.

»Ich … sinniere.« Goïmron hatte nicht den blassesten Schimmer, wie er die Kraft des weißen Onyx einsetzen konnte. »Ich überlegte, dass ich den Stein auflegen sollte. Oder die Hand mit dem Stein darin.« Er zeigte auf den Widerrist des rechten Pferds, der einen Dornenkratzer aufwies. »Soll ich es versuchen?«

»Kannst du hinklettern?«

Goïmron wollte sich keine Blöße geben. »Sicher doch.« Er erhob sich vom Kutschbock und sprang ungelenk auf den Rücken des Pferdes, das erschrocken aufwieherte. »Nur ruhig. Ich tue dir Gutes.« Langsam legte er den hellen Stein auf den Kratzer und konzentrierte sich darauf, Kraft aus dem Onyx freizusetzen.

Als nichts geschah, berührte er die Stelle mit der Hand, in welcher er den Stein hielt. Aber auch das blieb ohne Erfolg.

»Es klappt nicht«, sagte Goïmron verdrossen und enttäuscht. »Vielleicht bin ich kein Steinmagus, sondern nur ein … Steinerkenner?«

»Nicht so laut, bei den Göttern!«, zischte ihn Chòldunja an. »Was habe ich dir gesagt? Es darf niemand wissen.«

»Was darf niemand wissen?« Rodana erschien aus dem Wageninneren und setzte sich auf die freie Stelle des Kutschbocks. »Und was tust du auf Ilante?«

Eine Ausrede! Schnell. Goïmron streichelte den Hals des Pferdes. »Die Leine hatte sich verfangen. Hab sie entwirrt.«

»Im Fahren? Du hättest herabfallen können.«

»I wo. Ich bin ein geschickter Kletterer. Das sind alle Vierten, weil wir im Gebirge wohnten.« Goïmron rutschte leicht zur Seite und krallte sich rasch in der Mähne fest. »Ich reite noch ein wenig auf Ilante, wenn es genehm ist. Mir fehlt die Übung.« Rasch steckte er den weißen Onyx weg. *Vraccas, schütze mich vor einem*

Sturz! Ihm fiel ein, dass ein Türkis der Schutzstein für Pferd und Reiter war. *Und ich habe keinen dabei.*

Am Horizont wurde ein Fahnenmast sichtbar, an dem Rhutas Flagge im Nachmittagswind wehte: ein blauer und ein gelber Zauberstab auf weißem Grund, darüber schwebte eine angedeutete Sonne.

»Chòldunja, kümmere dich bitte um die beiden Verletzten. Ich muss mit Goïmron noch etwas besprechen.« Die Aprendisa übergab gehorsam die Zügel und verschwand im Wagen. »Kommst du bitte zurück auf den Bock? Du hast genug geübt.«

»Gleich.« Umständlich rutschte er rückwärts bis auf den Pferdehintern, um mit einem halbwegs gelungenen Sprung auf den Wagen zu hüpfen. Erleichtert setzte er sich neben die Puppenspielerin. Sein Herz pochte nicht nur vor Anstrengung rascher als gewöhnlich. »Was gibt es zu bereden?«

»Du erinnerst dich an die Nacht, in der Stémna bei uns erschien und entschied, dass sie Goldhand nichts antun wird, weil sie ihn als Sterbenden betrachtete?«

»Natürlich.« Wie hätte Goïmron das vergessen können.

»Es gab einen Grund, warum sie mich zum Erzählen aufforderte. Und weswegen ich ihr haarklein berichtete, was wir erlebten. Auch wenn ich manches etwas anders schilderte.« Rodana hatte die hypnotische Stimme gesenkt, damit ihre Worte sonst niemand vernahm. »Ich kann nicht nach Rhuta. Einer von euch muss den Wagen fahren, um Hargorina und Goldhand zur Maga zu bringen.«

»Was?« Die Eröffnung schmeckte Goïmron überhaupt nicht. Zu gerne hätte er die zierliche, blonde Frau in seiner Nähe gehabt, auch wenn er sich mit seinem eigennützigen Wunsch töricht vorkam.

»Ich … ich gestand dir schon, dass ich euch nicht ins Graue Gebirge begleitete, um eure Abenteuer zu notieren. Auch wenn sehr schöne Geschichten dabei herauskamen.« Rodana atmete tief ein. »Die Wahrheit ist: Ich habe gehofft, das Geborgene Land verlassen zu können. Für immer.«

»Ich weiß. Wegen deiner Geschichte über den Tod von Ûra. Stémna drohte dir, dich zu töten.«

Aber Rodana verneinte. »Schlimmer. Ich bin ihre Spionin. Und soll alles berichten, was ich auf meinen Reisen höre. Wer immer sich gegen Ûra wendet, wird die Flammen, Zähne und Krallen der Drachin spüren.« Sie legte eine Hand auf Goïmrons, die Fingerspitzen wirkten dunkler als sonst. »Begleite ich euch nach Rhuta und ihr plant irgendeine Unternehmung gegen Ûra, *muss* ich Stémna davon berichten.«

»Und wenn nicht?«

»Brennen Dörfer und Städte. Das will ich nicht verantworten.« Rodana schluckte schwer. »Aber wenn Chòldunja und ich an der Grenze darauf warten, dass ihr mir meinen Wagen wiederbringt, kann ich nichts erfahren haben.«

Goïmron ordnete ihre beichtenden Worte in seinem Verstand. »Aber … du musst zeitlebens die Spionin der Drachin sein?«

»Ja. Weigere ich mich, nimmt sie Rache an den Dörfern, in denen ich war und in dem ich aufwuchs.« Unter Rodanas Lidern entsprangen einzelne Tränen und rannen über ihr Gesicht. »Es ist nicht zu ändern. Nur durch meinen Weggang. Oder meinen Tod.«

»Das … das ist grausam.« Goïmron empfand vieles zugleich: Zuneigung, Mitleid und Wut auf die Botin und Ûra. »Dagegen müssen wir etwas tun!«

Rodana schenkte ihm ein schwaches Lächeln von ihrem dunklen Mund. »Ich möchte deinem Volk nicht zu nahe treten, aber *dieser* Tungdil Goldhand wird nichts ausrichten. Gegen keine Gefahren, die uns im Geborgenen Land plagen.«

Goïmron biss sich auf die Lippe, um sein Geheimnis nicht zu verraten. Stattdessen schloss er die Faust in der Tasche um den weißen Onyx. *Ich werde etwas ausrichten. Schon bald.* »Warten wir es ab.«

»Stémna ließ Goldhand leben, weil sie sah, wie es um ihn steht. Ûra hätte ihn zu Asche verwandelt, ginge eine Gefahr von ihm für ihre Herrschaft aus.« Rodana drückte dankbar seine Finger und zog ihre Hand zurück. »Sag den anderen, dass Chòldunja und ich nicht einreisen dürfen. Weil … wir ein Stück über die Maga aufgeführt haben, das nicht ihre Zustimmung fand. Es ist das Einfachste.« Sie übergab ihm die Zügel und erhob sich. »Ich werde rasch ein paar Sachen packen. Chòldunja und ich warten an der Grenze auf den Wagen. Euch viel Glück.« Sie verschwand nach hinten.

Das Gespann hatte den Fahnenmast und das altbekannte riesige Schild erreicht, das Besucher in Rhuta willkommen hieß, einschließlich der Erinnerung an die Anmeldung und den Obolus. Auch an dieser Zutrittsstelle standen das goldene Ablagebrett und der mannshohe Glassilberspiegel mit der Edelsteinfassung sowie eine eiserne Truhe.

Goïmron brachte den Wagen zum Stehen und wollte absitzen, als in der verspiegelten Oberfläche unvermittelt das Gesicht eines jungen Mannes mit schwarzem Federkielbärtchen erschien, den sein halblanges, dunkelblondes Haar künstlerisch umwallte.

»Willkommen, Kinder des Schmieds! Die ehrwürdige Maga Vanéra hörte von eurer Anreise und bittet euch, ihre Ehrengäste zu sein. Reist weiter und folgt dem Verlauf der Straße bis zur nächsten Stadt. Ihr werdet erwartet und mit allem versorgt, was ihr benötigt.«

»Oh, das ist sehr freundlich von deiner Maga. Unseren aufrichtigsten Dank. Wir bringen zwei Schwerverwundete«, erwiderte Goïmron überrascht. »Sie brauchen dringend magischen Beistand, um die Verletzungen zu überstehen.«

»Das weiß meine Meisterin. Ihnen wird geholfen.« Der junge Mann im Spiegel verbeugte sich und machte eine einladende Geste. »Eilt euch. Alles steht bereit.«

»Du kannst fahren«, rief Rodana, die in der Zwischenzeit mit ihrer Aprendisa aus der Hecktür gestiegen war. Samt Gepäck auf dem Rücken standen sie am Straßenrand unter einem blühendem Breitblattbaum. »Machen wir es wie besprochen.«

Goïmron ließ die Zügel knallen. »Ich kehre bald zurück«, rief er den Frauen zu. Zu der einen, weil sein Herz es verlangte, und zu der anderen, weil sie ihm mit der Edelsteinmagie half. Beides musste sein Geheimnis bleiben.

Sie winkten. Der Wagen setzte sich in Bewegung.

Gata ritt verwundert neben den Kutschbock. »Was soll das? Wieso kommen sie nicht mit?«

»Erkläre ich dir später.« Mit einem Schnalzen ließ Goïmron die Pferde in Trab verfallen.

* * *

»Wir müssen über Brandenwall sprechen. Diese Stadt mit ihren fünfzehntausend Einwohnern nimmt sich Dinge heraus, die sich das Vereinte Großkönigreich Gauragon nicht mehr lange anschauen wird.

Zum einen wurde die Stadt ursprünglich von meinen Vorvätern gegründet als einfacher Brandwachposten gegen die Vulkane und Lavafelder. Er wuchs rasch und wurde zur Wehranlage ausgebaut. Die besonderen Steine verhindern, dass sich die Mauern erhitzen, sollte es zu einem Lavaausbruch kommen, was die Stadt strategisch äußerst wertvoll macht.

Sprechen wir über die umliegenden Ackerflächen, die extrem fruchtbar geworden sind durch die Asche und den Vulkanboden.

Sprechen wir auch über Basalt und Vulkanglas, die zur Herstellung von Gerätschaften, Waffen und Werkzeugen genutzt werden und mit denen Brandenwall viel Geld verdient.

Und nicht zu vergessen die Tatsache, dass Brandenwall das Einfallstor zum Grauen Gebirge ist. Die meisten Abenteurer brechen von dort wegen der sicheren Passage auf, um den Feuerfressern zu entgehen. Aber alles, was im Grauen Gebirge

gefunden wird, muss auf der Rückreise dem Stadtrat vorgezeigt werden, der eine Steuer darauf erhebt.
Mir kam zu Ohren, dass jene, die ohne eine Bescheinigung von Brandenwall solche Fundstücke im Geborgenen Land verkaufen, in große Schwierigkeiten geraten. Man stelle sich vor: Sogenannte Fundstückinspektoren reisen umher und achten auf die Einhaltung dieses anmaßenden Gesetzes!
Und das alles, ohne dass Brandenwall jemals die Stadtrechte erhielt. Die Stadtkasse muss überquellen vor Münzen und enthält dem gauragonischen Volk den gerechten Anteil vor.
Aber sprechen wir vor allem über die Niederlassung der Albae innerhalb ihrer Mauern.
Gerüchteweise sind es Künstler, die sich die Lavafelder zunutze machen. Aber dass keine Gefahr von ihnen ausgehe, daran glaube ich nicht.«

Auszug aus der Rede anlässlich des
dritten Thronjubiläums von König Gajek,
Herrscher des Vereinten Großkönigreichs Gauragon

KAPITEL X

DAS GEBORGENE LAND, ROTES GEBIRGE, DAS REICH DER ERSTEN, WELLENTROTZ, WESTHAFEN, 1023 N. B. (7514. SONNENZYKLUS NACH ALTER ZEITRECHNUNG), FRÜHSOMMER

Xanomir befand sich unter der beweglichen Elriahaube inmitten des Stroms aus flirrenden silbernen Fischleibern, der an ihm vorbei in den Durchgangstunnel durch das Rote Gebirge zog. Gelegentlich rumpelte es, wenn ein Sphyraa dagegen schwamm. *Schön sind sie. Aber auch gefährlich.*

Die Hülle schützte den Zwerg vor den menschengroßen Fischen, die in dichten Schwärmen in die Durchlassschleuse drängten, was sie inzwischen zu einer Plage machte. Die Räuber, die im Verbund jagten, hätten sich ohne das Metall um ihn herum auf Xanomir gestürzt und in raschen Angriffen zerfetzt.

Hafenmeister Bendabil hatte die Theorie, dass die Sphyraeen zu ihren Laichplätzen im Geborgenen Land drängten.

Doch Xanomir hegte Zweifel daran. Da sie seit vielen Zyklen nicht vor Wellentrotz aufgetaucht und ihrer Veranlagung gefolgt waren, weswegen sollten sie es nun tun? *Derlei Räuber flüchten nur vor wenigen Dingen.* Er betrachtete die langen Fischschnauzen mit den spitzen Zähnen darin. *Eines davon sind: größere Räuber.*

Auf Bitten des Hafenmeisters installierte er Halterungen für metallene Lenknetze und klappbare Planken, um die Schwärme aus dem Kanal in den Seitenarm zu lenken, wo sie abgefischt werden konnten. Eine solche Menge an Sphyraeen war für das Binnenmeer schwer zu verkraften.

Könnte man nur die Albae auf die gleiche Weise erwischen. Xanomir hatte mechanisch gesteuerte Greifklauen an der Haube befestigt, um unter Wasser zu arbeiten, ohne die Glocke verlassen zu müssen. Als Fischfutter war er sich zu schade. Bei groben Aufgaben taten die Eisenklauen ihren Dienst, bei Feinheiten musste er die Haube verlassen und eigene Hand anlegen, sofern es nicht vor Sphyraeen wimmelte. *Wo immer die Schwarzaugen stecken, ich hoffe, sie sind mittlerweile verhungert.*

Sosehr die Wachen gesucht hatten, sie hatten keine Spur von den albischen Spionen gefunden, die mithilfe der Galeere bis an die äußeren Grenzen des Geborgenen Landes gelangt waren. Lediglich einen toten Alb hatten sie aus dem Tunnelwasser gezogen, den Wunden nach hatte er sich beim Klettern das Genick gebrochen. Tote Beute interessierte die Sphyraeen nicht, sie hatten die Leiche nicht einmal angefressen.

Möge es den übrigen ebenso ergangen sein. Xanomir verankerte den Haken für das nächste Metallnetz in der seitlichen Wand und schlug mehrere Eisenklemmen zur Absicherung ein. Zwei Sphyraeen versuchten, in die Greifklauen der Haube zu beißen, bevor sie davonschossen und nach verträglicher Nahrung suchten.

Dabei bemerkte Xanomir einen dunkleren Körper zwischen den Fischen, nahe bei den versenkbaren Spornen, die bei Bedarf als Schiffssperre dienten. *Was bist du denn für einer?* Er bewegte die Glocke mit dem Hebelantrieb vorwärts. Die Luft schmeckte abgestanden, er musste sie bald austauschen. *Der Jäger, vor dem sie flüchten?* Er neigte den Kopf nach vorne, um besser durch die Scheibe sehen zu können.

Gleichzeitig traf ein krachender Schlag das Glas. Risse entstanden im Bullauge, durch die das salzige Wasser sprühte.

Xanomir zuckte zurück und blickte sich suchend um. *Das war niemals ein Sphyraa!*

Mehrere dunkle Körper umkreisten nun die Elriahaube. Der tanzende Fischschwarm machte es unmöglich, sie genauer zu erkennen.

Unvermittelt kamen sie dichter heran. Xanomir erkannte humanoide Wesen mit Kiemen an den Hälsen, die silberne Harnische über der durchsichtigen, bläulichen Haut trugen und lange Flossenfüße hatten. Drei spitz zulaufende Spalthammerköpfe in ihren Händen sausten nieder, um im nächsten Moment die Scheiben zu zerstören. Das hereinschießende Wasser raubte dem Zwerg die Sicht.

Was bei Elria habe ich da erblickt? Tief atmete Xanomir noch einmal ein und wartete, bis sich der Innenraum gänzlich mit Wasser gefüllt hatte. Nachdem die Luftbläschen sich aufgelöst hatten, sah er besser.

Eine der Kreaturen schwamm vor der Glocke und hielt den Hammer schlagbereit in der mit Schwimmhäuten versehenen Hand. In dem schmalen stromlinienförmigen Kopf waren zwei große, runde Augen mit regenbogenfarbenen Pupillen auf ihn gerichtet. Das Wesen wartete darauf, dass er seinen sicheren Schutz verließ. Was die hungrigen Sphyraeen nicht erledigten, wollte es mit dem Werkzeug vollstrecken.

Die anderen Angreifer verschwanden zwischen den Fischen.

Es sind Nesoden! Xanomir wägte ab. Der Angreifer brauchte keine Luft zum Atmen, mit den Flossenfüßen schwamm er zehnmal schneller, und die Raubfische griffen ihn nicht an. *Er ist mir hoffnungslos überlegen.*

Daher bedurfte es einer Überraschung.

Blitzschnell langte er nach der Steuerung der Greifklauen und ließ die Kralle nach dem Gegner schnappen. Der Nesod wich der Attacke aus und drosch mit dem Spalthammer zu, um den Mechanismus zu zerstören.

Jetzt! Xanomir drückte sich ab und schnellte mit ausgestreckten Armen durch das zerstörte Bullauge.

Aber bevor er an die Wasseroberfläche gelangen konnte, prallten mehrere Sphyraeen gegen ihn und schwemmten ihn in ihrer Mitte davon. Mehrmals wurde er gebissen, die Zähne bohrten sich schmerzhaft in seine Haut. Mehr als einen Unterleibswickel trug er nicht.

Nicht schreien. Das kostet nur Luft. Xanomir versuchte, mit kräftigen Armbewegungen nach oben zu schwimmen. Doch die vorbeischießenden großen Fische drückten ihn durch die Verwirbelungen ihrer peitschenden Schwanzflossen zurück auf den Boden des Kanals.

Xanomir sah zwischen den Fischleibern hindurch, wie einer der Nesoden die letzte Hubvorrichtung an den Schiffssperren mit dem schweren Spalthammer zerstörte. Damit ließen sich die Spitzen nicht mehr zur Abwehr gegen Rumpf und Bug aufrichten. *Was geht nun wieder vor?*

Xanomir packte die Bauchflosse eines vorbeigleitenden Sphyraa und ließ sich mitziehen, bis ihm die Luft knapp wurde. Der Schwarm löste sich im tiefer werdenden Teil des Durchflusses auf, die Fahrtrinne wurde breiter und nahm ihren natürlichen Verlauf. An manchen Stellen ging es mehr als hundert Schritte abwärts, der Sog wurde gefährlich.

Hoch, bevor es kein Entkommen mehr gibt. Xanomir schwamm, aus vielen kleinen Wunden blutend, an die Oberfläche und kraulte zum hinteren Ende des schmalen Wartungssims, der nach draußen führte. Erschöpft zog er sich auf den Pfad und kroch darauf entlang. Das Wasser lief ihm aus dem grauen Bart und den herabhängenden Locken.

Hafenmeister Bendabil wird mich hassen. Warum bringe ich immer die schlechten Nachrichten? Xanomir gelangte auf den breiten Teil der Auskragung, der sich zu einem Weg ausweitete. Ächzend stemmte er sich auf die Beine und taumelte auf den Wachposten zu.

Sein Freund Buvendil, der am Bergekran der Elriahaube im Wasser des Kanals Ausschau nach ihm hielt, bemerkte ihn zuerst. »Wie bei Vraccas bist du aus der Haube gekommen? Und warum?« Sein Blick wurde sorgenvoll. »Die Sphyraeen haben dich ganz ordentlich gezwickt.« Rasch eilte er dem Angeschlagenen entgegen. »Was ist geschehen?«

»Unterwasserwesen«, keuchte Xanomir und ließ sich dankbar stützen. »Sie haben die Rumpfsperren unschädlich gemacht.

Was weiß ich, was sie noch alles anrichteten. Und in welchem Zeitraum.« Er zeigte auf einen vorbeiziehenden Sphyraa. »Es könnten Nesoden gewesen sein. Sie hatten Rüstungen umgeschnallt und nutzten die Fische als Deckung. So haben wir sie nicht sehen können. Es ist ihr Werk.«

»Nesoden? Ich dachte, die wären für immer verschwunden. Verdammt noch eins!« Buvendil machte die Hafengarde auf sich aufmerksam. »Wie viele sind es?«

»Ich zählte drei.«

»Mh. Was hätten sie davon, die Sperre lahmzulegen? Sie könnten unbemerkt von uns ins Geborgene Land schwimmen.«

Xanomir öffnete den Mund zu einer Antwort, aber sein erstes Wort ging im Dröhnen des Alarmhornes an der Nordseite der Festung unter. Nacheinander fielen weitere Signale ein, die Aussichtstürme vermeldeten unbekannte Segel am Horizont. Nach mehr als dreihundert Zyklen geschah etwas, was Xanomir nie für möglich gehalten hatte: Wellentrotz wappnete sich für einen Angriff.

»Unsere Abwehr ist geschwächt! Wir müssen Hafenmeister Bendabil berichten, was ich gesehen habe!« Er humpelte los, gestützt von Buvendil. Die Wunden brannten, durch das Gift der Sphyraeen würden sich die Bisse wahrscheinlich entzünden. »Wir können unseren Schutzvorrichtungen nicht mehr trauen.«

»Die Mauern von Wellentrotz sind stark genug, und die Katapulte reichen bis zu eintausend Schritte weit«, erwiderte Buvendil. »Wir brauchen die Sperren nur im unwahrscheinlichsten Fall der –«

Mit einem lauten Zischen schlugen lange Flammen aus dem vorderen Abwehrturm, Rauchwolken stiegen in den Himmel. Brennende Wachen fielen durch die Fenster und stürzten von der Plattform ins Hafenbecken oder auf die Mauern.

Xanomir verfiel trotz seiner Schmerzen ins Rennen.

* * *

DAS GEBORGENE LAND, BRAUNES GEBIRGE, DSÔN KHAMATEION, 1023 N. B. (7514. SONNENZYKLUS NACH ALTER ZEITRECHNUNG), FRÜHSOMMER

Klaey näherte sich dem schlanken Flugmahr in seiner geräumigen Box und hielt ein Stück rohes Fleisch an einer langen Zange vor sich. Bestes Filet von exquisiter Güte. »Braver Junge. Magst du mich heute ein bisschen mehr als sonst?«, redete er mit gesenkter, krächzender Stimme. Damit er gegenüber dem Hengst als Alb durchging, trug er nicht nur deren Kleidung, sondern hatte sich auch heruntergehungert, um leichter zu werden. Eine Kapuze verdeckte große Teile seines Gesichtes und das Familienbrandmal auf der Stirn. »Ich brauche dich nämlich, um den Schwarzaugen zu entkommen. Ohne dich sitze ich fest.« Er hielt das Fleischstück näher. »Na? Wie steht's mit einem Ausritt durch die Lüfte?«

Blitzschnell schnappte der Flugmahr zu. Die langen, scharfen Zähne würden spielend einen Oberarm durchtrennen. Geschickt riss er den Brocken an sich und kaute ihn, Fleischsaft und Blut tropften vom Maul. Schnaubend beobachtete der Hengst ihn, als überlegte er, wie schmackhaft der Brigantiner sein könnte.

»Sind wir nun Freunde?« Klaey wagte es und reckte die Hand in Richtung der weichen, schwarzen Nüstern. »Lässt du mich zu dir?«

Das Zucken der Halsmuskeln kündigte die Attacke einen Bruchteil vorher an, sodass Klaey rechtzeitig die Finger in Sicherheit brachte. Klackend schlossen sich die Reißzähne um Leere, und der Flugmahr wieherte wütend.

»Elendes Biest.« Klaey steckte die Zange in den Eimer mit dem Frischfleisch zurück. »Dabei dachte ich, du magst mich ein bisschen.«

Seit dreißig Umläufen schlief er in den Stallungen und verbarg sich im Stroh vor den Knechten, die sich um die Pferde und gewöhnlichen Nachtmahre kümmerten. An das Exemplar mit den Schwingen durfte nur Vascalôr heran, damit es sich ausschließlich an ihn gewöhnte.

Der geisterhafte Alb ahnte nicht, dass er nicht der Einzige war, der das Wesen auf sich prägte.

Klaey hatte das Glück, dass ihn seine Häscher nicht in den Stallungen der Festung nahe des Taleingangs vermuteten. Mehrmals hatte er aus seinem Versteck heraus belauscht, wie sich die Bediensteten über ihn unterhielten und Wetten auf seinen Tod abgeschlossen wurden. Die Quoten sprachen gegen ihn.

»Schön, Todesschwinge. Ich weiß, dass du den Namen erkennst, den ich dir gab. Er ist viel besser als der Name, den dir das Schwarzauge verpasst hat.« Klaey hakte die Daumen unter dem Gürtel ein. »Morgen lasse ich dir das Schnappen noch einmal durchgehen, und dann werde ich etwas anderes versuchen müssen.«

Der Flugmahr gab einen schrillen Laut von sich, als lachte er den Mann aus. Unvermittelt hob er den Kopf, die rot leuchtenden Augen richteten sich auf den Eingang der Stallungen, und die aufgestellten Ohren spielten.

»Es kommt jemand?« Klaey begab sich in eine leere Box und verbarg sich hinter einem hohen Strohhaufen, der zum Verteilen aufgeschichtet worden war. »Wehe, du verrätst mich, Todesschwinge. Wir sind Freunde. Vergiss das nicht!«

»Danke, dass ich ihn betrachten darf. Ich weiß es sehr zu schätzen, dass du es mir ermöglichst«, sagte eine Albin; der Stimme nach Ascatoîa.

»Wie könnte ich dir den Wunsch abschlagen? Vielleicht lässt dich Phlavaros näher an sich heran? Er ist schwer zu zähmen«, erwiderte Vascalôr. »Möglicherweise ist er einer Frau gegenüber gnädiger.«

Klaey spähte durch die Halme, als sie an der offenen Boxtür vorbeigingen. Beide trugen dunkles Leder und hohe Stiefel, gekleidet für einen Reitausflug. Sofern der geflügelte Nachtmahr einen von beiden tragen würde. Das Schwarz machte den bleichen Vascalôr einem Spuk noch ähnlicher. Je nach Sonneneinfall waren seine Augen mal schwarz, mal rot.

»Oh, er sieht fantastisch aus«, rief Ascatoîa verzückt, deren Auffälligkeit der des Albs in nichts nachstand. Das düstere Geschmeide aus Gebein, Perlen und Edelsteinen am Hals, an den Fingern und Unterarmen schien sie nie abzulegen. »Er wird eine stolze Linie von Flugmahren nach sich ziehen.«

»Wir haben inzwischen vier Weibchen erschaffen können. Aber sie sind noch zu geschwächt, um mit der Zucht zu beginnen. Im Gegensatz zu Einhörnern ist ihre Physis weniger kräftig und wird durch die Transmutation stark gefordert.« Vascalôr nahm die Zange aus dem Eimer und pochte damit gegen das Blech. Die hellen Haare trug er in einem Knoten am Hinterkopf, fixiert mit langen silbernen Nadeln. »Komm, Phlavaros. Nimm dir einen Leckerbissen.«

»Was ist das für ein Fleisch?«

»Stier. Es ist das Einzige, was Phlavaros frisst.«

»Du hast ihm einen schönen Namen gegeben.« Ascatoîa gab schnalzende Laute von sich. »Komm her, Schöner. Lass dich berühren.«

Sein Name ist Todesschwinge. Klaey hob den Kopf und sah, wie die Albin näher an die Stalltür ging, das obere Gitter war zur Seite geschwenkt, während der Flugmahr auf den lockenden Rinderbrocken äugte. *Ich hoffe, er beißt sie.* Wie gerne hätte er ein neues Glücksamulett, um es hundert Mal zu küssen, damit sein Wunsch in Erfüllung ginge.

Doch der Hengst blieb im hinteren Bereich und schnaubte, blähte die Nüstern und sah zwischen den beiden hin und her. Er traute den Albae nicht.

»Wie lange wird es dauern, bis wir eine Streitmacht aus Flugmahren aufgebaut haben?« Ascatoîa zog sich zurück. »Du hast die Kunde aus dem Geborgenen Land gehört.«

»Ich denke, dass es fünf Zyklen braucht. Und länger. Unter

normalen Umständen wäre das gleich, aber ich verstehe, was du sagen willst.« Vascalôr senkte die Zange mit dem rohen Fleisch. »Es ist wahr, dass Unterirdische aus den Siedlungen nach Rhuta ziehen, um ihren zurückgekehrten Helden mit eigenen Augen zu sehen.«

»Und das nur, weil Horâlor versagte. Erst ritt er auf Anordnung des Ganyeios an meiner Stelle mit unserer Truppe, und dann schaffte er es nicht einmal, seinen Auftrag zu erledigen. Er starb zu Recht durch die Bergmaden«, sprach Ascatoîa grollend. Mit einem Handgriff schob sie die dunklen Haare unter das gewickelte Tuch aus schwarzem Samt.

»Verzeih mir. Ich musste dem Ganyeios als Sprecher der Geheimen Kammer zugestehen, Horâlor nach seiner Abberufung eine größere Aufgabe anzuvertrauen, um etwas verlorenes Ansehen zurückzugewinnen.« Vascalôr lachte kalt. »Wenigstens sind wir ihn los.«

»Mir wäre es anders lieber gewesen. Ich hätte dir die Unterirdischen gebracht.« Ascatoîa warf ein Tuchende zurück, sodass es nach hinten über ihre Schulter auf die Reitjacke fiel. »Sie werden von Goldhand erwarten, dass er die Stämme zur alten Stärke zurückführt. Das kann eine Wendung nehmen, die unsere Pläne durchkreuzt.«

»Das nimmt es bereits.«

»Wie meinst du das?«

»Die Rückkehr des greisen Helden verbreitet sich wie ein Lauffeuer. Ich habe erfahren, dass verschiedene Menschenreiche Delegationen ins Reich der Maga senden, um sich das Wunder des uralten Goldhand anzuschauen und Gespräche mit ihm zu führen.« Vascalôr klang entnervt. »Diese Feiglinge.«

»Was steckt hinter deren Vorgehen, denkst du?«

»Sollte der halb tote Unterirdische am Leben bleiben und eine einende Wirkung auf die Stämme haben, bin ich sicher, dass die Menschen sie die Drecksarbeit erledigen lassen. Wie früher.« Vascalôr sah die Albin aus roten Augen an. »Die Elben und

Meldrith ebenso. Erst hetzen sie die Bergmaden gegen Brigantia und Dsôn, danach werden sie die Schmieden im Roten Gebirge neue, leichter zu transportierende Waffen erfinden lassen, um sich gegen Ûra zu stellen.«

»Es wundert mich, dass die Drachin nicht eingreift. Es geht doch viel im Geborgenen Land vor, das nicht in ihrem Sinne sein kann.«

»Vielleicht hat die Geschuppte den Ernst noch nicht begriffen. Oder sie glaubt, mit einem Flammenstoß zur rechten Zeit sei alles bereinigt.« Vascalôr betrachtete den Flugmahr und dachte nach. »Aber *wir* können nicht tatenlos zusehen. Der Schwung, den diese Sache aufnimmt, ist unberechenbar. Sollten die Unterirdischen bis zum Sommer gemeinsam mit den anderen Völkern ein Heer aufstellen und aus ihren Festungen rund um Brigantia losmarschieren, könnte es für uns gefährlich werden. Erst recht für unsere Absichten, was die Vorherrschaft im Geborgenen Land angeht. Unsere Entsatzflotte käme zu spät.«

»Gut. Dann schlage ich dem Ganyeios bei unserer nächsten Zusammenkunft im Samusintempel ein Treffen mit der Botin vor. Stémna muss wissen, dass Ûras Herrschaft Gefahr droht.«

»Nein. Darauf verlasse ich mich nicht. Die Botin besah sich den greisen Goldhand und entschied, dass er keine Bedrohung darstellt.« Vascalôr lehnte sich an die Stallwand, die aus dunklem Holz und weißen Metallstreben gemacht war. »Meine Vermutung lautet, dass die Drachin einigen Veränderungen im Geborgenen Land nicht abgeneigt ist. Vielleicht haben die Brigantiner den Bogen überspannt, und sie will sie loswerden?«

»Dann würde Ûra die Bergmaden die Drecksarbeit erledigen lassen und sie danach auslöschen.« Ascatoìa rieb sich mit dem Zeigefinger an der Nahtstelle zwischen dunkler und heller Haut über das perfekte Kinn. »Mir kommt eine Idee: Lass uns die Abordnungen attackieren, die aus den Menschenreichen nach Rhuta reisen. Als eine Warnung an alle Länder, nicht an dem Bestehenden zu rütteln.«

»Keine schlechte Eingebung, du beste Zhussa von allen! Wer an den Überfällen schuld ist, lassen wir im Unklaren. Vorerst soll kein Verdacht auf uns fallen. Man wird Brigantia rasch deswegen anklagen.« Vascalôr machte ein zufriedenes Gesicht. »Wer hätte gedacht, dass aus dem Bewundern des Flugmahrs ein höchst geistreicher und fruchtbarer Gedankenaustausch wird? Ich spreche noch heute mit dem Ganyeios darüber. Die Geheime Kammer muss ich dazu nicht eigens einberufen.«

Zhussa. Klaey runzelte die Stirn. Wieder dieses albische Wort. *Ein Kosename? Ein Titel?* Hatte der auffällige Schmuck der Albin damit zu tun?

Ascatoîa neigte den Kopf elegant. »Das Vergnügen ist ganz meinerseits. Ach ja, weswegen bringen wir Goldhand nicht um? Er liegt hilf- und wehrlos in Rhuta. Es sollte ein Leichtes sein.«

»Und uns den Zorn der Maga zuziehen? Nein. Jeder wüsste, dass wir dahinterstecken. Die Brigantiner sind nicht in der Lage, unbemerkt ins Zauberreich einzudringen und einen Mord heimlich zu vollstrecken.« Vascalôr löste sich von der Stallwand und wischte den Staub vom dunklen Leder. »Erledigen wir zunächst ein paar Delegationen. Das reicht aus, um die Lust auf eine Unterredung mit dem neuen Hoffnungsträger des Geborgenen Landes zu ruinieren. Jeder, der es versucht, wird sterben. So lautet die ominöse Botschaft. Der Ganyeios wird unseren Plänen gewiss zustimmen.«

»So soll es geschehen.« Ascatoîa zögerte. »Warum nicht gleich den gauragonischen König umbringen? Mit einem gefälschten Gruß vom Omuthan und seinen Halsabschneidern?«

»Wir sollten nicht übertreiben. Sonst wird aus zu viel Schrecken plötzlich Trotz und Aufstand, der sich umso heftiger gegen das Braune Gebirge richtet.« Vascalôr versuchte noch einmal, den Flugmahr mit einem Brocken Fleisch an der Zange zu locken. Aber der Hengst missachtete ihn und streckte die Flügel gelangweilt einmal aus. »Falls der Zustrom der Delegationen nach unseren Anschlägen anhält, besteige ich Phlavaros und fliege von Hof zu Hof, um die Mächtigen der Menschen zu töten. Leere Throne und Ratsstühle werden das Geborgene Land in ein umfassendes Chaos stürzen, von dem wir profitieren. Aber erst, nachdem unsere Schiffe eingetroffen sind. Wir brauchen dieses weitere Druckmittel.«

»Du hast recht. Bis zum Herbst kann vieles geschehen.« Ascatoîa betrachtete den Flugmahr noch einmal und wandte sich zum Gehen. »Sehe ich dich am Abend auf dem Platz der Leisen Tränen beim Malen? Sie haben einen Riesentroll gefangen, mit dessen Blut man den Sonnenuntergang perfekt auf Leinwand bannen kann.«

»Ich versuche es.« Vascalôr deutete auf den geflügelten Hengst. »Wir werden noch etwas an unserer Bindung arbeiten. Das wird gewiss anstrengend. Und zum Ganyeios muss ich außerdem.«

»Ich wünsche dir Inàstes Segen bei deinem Tun.« Ascatoîa verschwand aus den Stallungen und rief zum Abschied: »Lass dich nicht auffressen!«

Bei Cadengis! Nicht einen Umlauf länger durfte Klaey in Dsôn bleiben. Das Gehörte betraf seine Heimat, seine Geschwister und vor allem seinen ältesten Bruder. Es war eine Sache, vom Geborgenen Land aus durchaus nachvollziehbaren Gründen nicht gemocht zu werden, aber eine gänzlich andere, die Schuld an zahlreichen Überfällen und Morden in die Schuhe geschoben zu bekommen.

Ihr Schwarzaugen seid die widerlichsten Kreaturen, die ich kenne. Klaey verfolgte, wie der Alb unentwegt mit dem Flugmahr sprach und ihn mit neuerlichen Schmeicheleien und Fleischstücken lockte. *Verdorben bis ins Mark.*

Er beschloss, sein Glück mit dem geflügelten Wesen zu versuchen, sobald Vascalôr verschwunden war. Käme er ums Leben, hätte er wenigstens versucht, Brigantia zu warnen. Klaey zog den Kopf ein und lehnte sich gegen die Wand, schloss die Augen und wartete darauf, dass der Alb seine heutige Lektion beendete und aus den Stallungen verschwand.

»Du schnarchst«, wisperte eine amüsierte Stimme in der Gemeinsprache in sein Ohr. Klaey schreckte hoch – und sah sein gespiegeltes Gesicht in den schwarz eingefärbten Augen von Vascalôr. »Beinahe hätte ich dich für einen Alb gehalten, mit der Kapuze vor dem Gesicht. Aber die groben Züge verraten dich.« Er lachte auf. »Bei Inàste! Die ganze Stadt sucht nach dir, und du hast nichts Besseres im Sinn, als dich in meinem Stall auszuruhen.«

»Gesucht werden macht müde.« Klaey spürte die Klinge, die an seiner Kehle lag. Es erinnerte ihn unschön an den schrecklichen Todesmoment im Heiligtum des Albkriegers. »Und es war niemand hier, als ich mich hinlegte.«

»Das glaube ich dir nicht, Krächzer.« Vascalôr richtete sich auf und hielt das Schwert weiterhin auf den Hals des Brigantiners gerichtet. »Du wolltest mir Phlavaros stehlen, um zu entkommen. Welch mutige und zugleich törichte Eingebung.«

Klaey versuchte erst gar nicht, schneller als der Alb zu sein. An seinen verborgenen Dolch kam er nicht rasch genug. *Ich brauche einen anderen Plan.* »Das kann sein.«

Vascalôr bedeutete ihm, sich zu erheben. »Versuche es.«

»Wie meinst du das?«

»Ich gebe dir die Gelegenheit, auf Phlavaros' Rücken zu steigen. Lass uns herausfinden, wie weit du kommst. Scheiterst du, hat er wenigstens ein Festmahl, an dem er sich laben kann.« Vascalôr versetzte ihm einen Tritt. »Hoch mit dir, Krächzer. Oder ich ersteche dich sofort. Du kannst es dir aussuchen.«

Zögerlich erhob sich Klaey und ging auf die Box mit dem geflügelten Nachtmahr darin zu, fühlte die Spitze des albischen Schwertes stoßbereit im Nacken. »Ich wollte mich Wisperer nennen. Krächzer klingt –«

»Klettere hinein.«

Er schwang sich über die geschlossene untere Türhälfte und landete im raschelnden Streu, hob die Arme und wies dem Rapphengst seine leeren Hände. »Also schön, Todesschwinge.

Dieses Mal ohne Zange und Fleisch«, murmelte er und ging vorsichtig auf ihn zu. »Braver Junge. Ich will dir nichts tun.«

»Sieh, Phlavaros. Er ist gekommen, um mit dir davonzufliegen«, sprach Vascalôr von der Tür und lehnte sich mit den Unterarmen auf die Oberkante. »Du magst ihn als Festfressen haben!«

Klaey langte an seinen Gürtel und zog den verborgenen Dolch heraus. »Ich töte dieses Vieh, wenn du mich nicht aus den Stallungen entkommen lässt, Schwarzauge.« Er bewegte sich seitwärts, damit er den Alb und den Hengst zugleich im Auge behalten konnte. »Ich weiß, dass er dir sehr wichtig ist.«

Vascalôr erkannte seinen Fehler zu spät. »Wage es nicht, ihn anzurühren!«

»Ich bin ein guter Werfer. Und dieser Flugmahr ist unverfehlbar. Ein Treffer ins Auge, und ihr müsst euch etwas anderes für eure Stuten einfallen lassen, um eure fliegende Streitmacht zu erschaffen.«

Die schwarz gefärbten Augen des Albs wurden groß. »Woher weißt du …?« Dann verstand er. »Bei Inàste und Samusin! Du hast Ascatoîa und mich belauscht. Du verstehst unsere Sprache!«

Nun ärgerte sich Klaey über sein Versehen. Jetzt war Vascalôr gewarnt und würde sich im Falle seines Entkommens noch mehr anstrengen, um ihn aufzuhalten. *Aber wenn ich ihn weiter reize, begeht er vielleicht noch einen Fehler.* »Ich weiß von eurer Flotte, die im Herbst die Meeresfestungen der Zwerge passieren wird. Und dass eure Spione bereits in den Staaten entlang der Küsten umherschleichen und Vorbereitungen für die Invasion treffen.«

»Bei Inàste!« Vascalôr sprang elegant über die Tür und stellte sich mit gezogenem Schwert schützend vor den Hengst. »Hast unsere geheimsten Vorhaben ausgeschnüffelt und denkst, du könntest damit entwischen?« Er setzte zu einem Alarmruf an.

Klaey schleuderte seinen Dolch nach der Brust des Albs.

Die Waffe wirbelte voran – und landete in Vascalôrs Hand. Er hatte sie am Heft gefangen. »Schwach geworfen, Menschenabschaum. Aber warte! Ich werfe ihn dir zurück. Dann kannst du es nochmals versuch-«

Mit einem Satz sprang der Flugmahr herbei, schlug die langen Reißzähne in den Hals des Albs und riss ihm einen unterarmlangen Brocken aus dem Leib; Blut spritzte durch die Box gegen die Wände und ins Stroh. Noch bevor Vascalôrs Leiche zusammenbrechen konnte, hatte der Hengst erneut zugebissen und den Kopf gepackt, um ihn mit einem Ruck vom Rumpf zu reißen. Dann ging das Flügelwesen auf die Knie und legte seine Schwingen verteidigend um den Leichnam, während es mit glühend roten Augen begierig fraß.

Klaey war wie erstarrt.

Bissen für Bissen verschwand der spukhafte Alb im Schlund des Mahrs. Geschickt riss der Hengst die Lederkleidung ab, zermalmte die Knochen mit seinen Kiefern und vertilgte Vascalôr bis auf die geknackten Teile des Schädels, aus denen er das Hirn leckte.

Jetzt oder nie. Klaey sprang vorwärts und hob einen blutigen Fetzen der Lederjacke vom Stroh auf. Er warf sich auf Todesschwinges Rücken und verband ihm mit einem raschen Griff die glutroten Augen.

Schrill wiehernd schoss der Mahr in die Höhe, schlug mit den Schwingen und versuchte, sowohl den Reiter als auch die Binde abzustreifen. Der Wind wirbelte Staub und Halme auf.

»Hör auf! Ruhig! Halt still!« Klaey klammerte sich mit ganzer Kraft an den schlanken, warmen Hals. »Ich leite dich, hörst du? Ich leite dich! Bring mich aus dieser Stadt und über die Berge. Danach gebe ich dir die Freiheit.« Er glaubte nicht, dass ihn der Flugmahr verstand, setzte aber auf die beruhigende Wirkung seiner Stimme. »Beruhige dich, mein Guter. Ganz ruhig.« Allmählich ließ Todesschwinges Aufregung nach, und Klaey streichelte Kopf und Hals des Wesens. »Folge meinen Berührungen.«

Als geübter Reiter versuchte er es mit Schenkeldruck. Der Flugmahr verstand nach ein paar Anfangsschwierigkeiten, wohin er zu gehen hatte.

»Gut. Sehr gut, mein schlauer Junge.« Klaey dirigierte ihn zur Boxentür und öffnete sie vom Rücken des Mahrs aus, ritt langsam am aufgereihten Zaumzeug vorbei und nahm sich vom Haken sowie den Regalen herab, was er brauchte. Auf den eigens angefertigten Sattel verzichtete er. Es würde zu lange dauern, ihn Todesschwinge anzulegen. »Jetzt geht es los. Entweder wir kommen lebend aus Dsôn oder du bist mich gleich los und kannst so viele Albae fressen, wie du möchtest.«

Er lenkte den Flugmahr aus der Stallung hinaus in den Hof des Gebäudes.

Ein halbes Dutzend Albae war damit beschäftigt, die Pferde zu pflegen und mit den Nachtmahren zu üben. Zunächst nahm keiner Notiz von ihnen.

»Gut. Und jetzt: Hoch mit dir, Todesschwinge! Flieg davon«, krächzte Klaey ihm ins Ohr und pochte mit der Hand gegen einen Flügel. »Steige empor.«

Wiehernd spreizte der Hengst die Schwingen, galoppierte los und schwang sich mit großen Bewegungen in die Luft. Unter den lauten Rufen der Albae und der Wachen schoss er knapp über die Mauerkante des Hofs hinweg. Wiehernd setzte er zu einem steilen Steigflug an.

Klaey musste sich an schwarzer Mähne und Hals festkrallen, um nicht abgeworfen zu werden. »Samusin, ich danke dir«, rief er in einer Mischung aus Euphorie und Angst. »Auf Nimmerwiedersehen, Dsôn! Verflucht sollt ihr sein, beschissene Schwarzaugen!« Er spuckte auf die Stadt, die unter ihm zurückfiel. »Ich verderbe euch eure Pläne!«

Alarmglocken wurden geschlagen, und ein erster Bolzen schwirrte dicht an Klaeys Kopf vorbei.

Da wurde ihm bewusst, dass seine Flucht eben erst begann. Und dass es vier weitere Flugmahre gab, die ihnen folgen konnten.

* * *

DAS GEBORGENE LAND, ZAUBERREICH RHUTA, HAUPTSTADT VANÉLIA, 1023 N. B. (7514. SONNENZYKLUS NACH ALTER ZEITRECHNUNG), FRÜHSOMMER

Goïmron sah wie jeden Umlauf zuerst nach Tungdil Goldhand und im Anschluss nach Hargorina, wo er Gata am Bett sitzend vorfand. Die blonde Zwergin hatte die schwere Rüstung gegen ein knöchellanges, dunkelbraunes Kleid getauscht, das ihre weibliche Figur umschmeichelte; die kleine Silberbrosche mit den verschnörkelten Symbolen trug sie auch daran.

Leise trat Goïmron neben sie und nickte ihr zu. Er hatte ein Bad genommen, sich bis auf die Koteletten rasiert sowie Wams, Kniebundhosen und Halbschuhe angelegt. Es fühlte sich deutlich besser an als in einer gehärteten Lederrüstung. »Wie geht es deiner Lehrerin?«

Gata sah sorgenvoll aus. »Ich weiß es nicht.«

Beide Verletzten lagen in eigenen, hellen Zimmern und weichen Betten. Die Verbände wurden jeden Tag von den Bediensteten der Maga erneuert.

»Das Gleiche kann ich von Goldhand sagen. Einen Menschen hätten die vier Pfeile getötet. Aber ein Zwerg mit seiner Herkunft und seiner Erfahrung widersteht dem Gift der Schwarzaugen. Noch.« Goïmron sah die frischen Wadenwickel, die Hargorina gegen das Fieber angelegt worden waren. Angesichts der Tatsache, im Reich einer Zauberin zu sein, wirkten sie lächerlich profan. Vanéra verstand sich nicht auf das Sprechen von Heilzaubern. »Sagte die Maga etwas darüber, was sie tun möchte?«

»Sie sucht noch immer nach einem Artefakt in ihrer Kammer der Wunder. Es vermag die schlimmsten Verletzungen zu heilen, war ihre Aussage. Ein Messer aus tiefrotem Karneol mit einem weißen Porzellangriff. Aber sie weiß nicht, wo es abgeblieben ist. Nicht genau.« Gata seufzte. »Es müssen gute Zeiten gewesen sein, als wahre Zauberkundige mit einem Fingerschnippen alles ermöglichten. Aber in diesen unseren Umläufen vermag eine Maga nichts weiter als –«

»In Sachen zu wühlen und Artefakte einzusetzen.« Goïmron fühlte Unzufriedenheit und Ungeduld. Vanéra schien entweder den Ernst der Lage nicht zu begreifen oder war mit der Versorgung der Verwundeten hoffnungslos überfordert. *Ich kann nicht länger zusehen.* »Du weißt nicht zufällig, wo ich die Kammer der Wunder finde?«

»Ich meine mich zu erinnern, dass die Diener vom Mittelpunkt des Hauses sprachen.« Gata sah ihn ungläubig an. »Du willst das Heilartefakt nicht etwa selbst suchen?«

»Ich bin ein Vierter. Wenn jemand einen Karneol inmitten eines Durcheinanders findet, bin ich es. Ganz ohne einen Zauber.« Goïmron fand seine spontane Eingebung ausgezeichnet. »Wie groß kann eine *Kammer* schon sein?«

»Du musst vorher unbedingt Vanéra fragen. Sie wird ihre wertvollsten Schätze nicht unbewacht gelassen haben. Wer weiß, welche magischen Wesen –«

»Oder Artefakte.«

»Oder Artefakte das Aufpassen besorgen.« Gata sah ihn bittend an. »Würdest du es versuchen? Wir können weder auf Goldhand noch auf Hargorina verzichten. Sie ist für mich eine viel größere Heldin. Würde sie sterben, dann …«

»Aber natürlich finde ich dieses Karneolmesser.« Goïmron eilte bereits aus dem Raum. »Spätestens heute Abend habe ich es gefunden.«

Seine Beine trugen ihn flugs durch die weitläufigen Flure und offenen Säulengänge. Überall hingen und standen Plastiken, Büsten und Gemälde der Maga, die große Stücke auf sich hielt. Nicht nur, dass sie angeblich zweihundert Jahre alt war und das Äußere einer Dreißigjährigen beibehielt; sie sah sich als mächtigste Maga, die es jemals gegeben hatte.

Goïmron erinnerte sich, wie abfällig Chòldunja über Vanéra gesprochen hatte. Sie sei nichts weiter als eine Nutzerin von Dingen und Sprüchen, die geniale Köpfe lange vor ihr auf Gegenstände und Schriftrollen gebannt hatten. Den Umgang damit beherrsche sie zwar ausgesprochen gut, doch im Grunde erlerne dies ein Famulus oder eine Famula bereits im ersten Zyklus der Ausbildung. Nur bei wenigen magisch aufgeladenen Gegenständen oder Zeilen auf Papier und Pergament sei Vorsicht in der Anwendung geboten.

Goïmron war weniger hart mit seiner Einschätzung. *Solange sie uns hilft, ist mir gleich, was sie vermag oder nicht.* Er vermutete Vanéra in der Kammer der Wunder. *Sie wird auf der Suche nach dem Karneol sein.*

Zu dem Räumchen ging es viele Stufen abwärts, tief unter die Erde, wobei die Säulengänge, Beleuchtungen und Wandbemalungen vortäuschten, man befände sich über der Oberfläche und schaue aus großen Fenstern des Palastes in Vanélia weithin über Rhuta. Goïmron hatte damit gerechnet, dass ihn ein Diener oder ein Famulus aufhielt, doch er schritt ungehindert durch einen Bogeneingang, auf dem magische Symbole eingelassen waren, und fand sich in einer Halle wieder.

Ihm gegenüber erhob sich ein Doppelportal aus poliertem, hellgrauem Ligusterholz, das mit Goldbeschlägen ausgestattet war. Der rechte Flügel stand einladend offen.

Das ließ sich Goïmron nicht entgehen.

Vorsichtig trat er über die Schwelle in den erleuchteten Raum. »Ehrenwerte Maga Vanéra«, rief er laut. »Ich bin es, Goïmron Schnitzeisen. Ich kam, um Euch bei Eurer Suche nach dem Heilartefakt zu unterstützen. Wir Vierten haben ein Gespür für außergewöhnliche Edelsteine und Halbedelsteine.«

Während er sprach, sah er sich um – und er brauchte einige Herzschläge, um sich von seiner Überraschung zu erholen.

Die Bezeichnung *Kammer* traf es nicht einmal im Ansatz. Selbst die größte und schönste Zwergenhalle in Malleniaswacht wurde dem nicht gerecht, was sich ihm von der Balustrade aus eröffnete.

Seine blauen Augen erfassten dreißig Schritt unter ihm ein Durcheinander aus übervollen Schränken und vollgestopften Regalen, Kisten und Truhen, Statuen, unergründlichen Gebilden und abstrakten Plastiken. Dicht an dicht drängten, stapelten und schichteten sie sich in einer rechteckigen Halle mit einer Seitenlänge von vierzig und einer Breite von hundert Schritten. Vom kleinen Schmuck bis zu Rüstungen, von losen Papyrusrollen bis zu armdicken Büchern, Wandteppichen, Lampen und tönernen Pferden fand sich alles Mögliche und Unmögliche darin.

Doch damit nicht genug.

Einige Schränke waren unter der Last zerbrochen und die Regale eingestürzt oder umgekippt, die Inhalte fanden sich verstreut auf dem Boden oder in anderen Regalen wieder. Stellenweise lagen die gesammelten Gegenstände kniehoch übereinander, man musste hindurchwaten.

Das Licht stammte von unzähligen Leuchtern und Lüstern, die frei unter der Decke schwebten und sich so ausrichteten, dass es keinen Schatten gab.

»Bei Vraccas«, murmelte Goïmron. Er begriff, weswegen Vanéra das Karneolmesser nicht auf die Schnelle fand. Es gab offenkundig keinen Archivar, nicht einmal ansatzweise eine Ordnung, geschweige denn eine Anordnung in der Sammlung. *Das wird harte Arbeit.* »Ehrenwerte Maga? Wo seid Ihr?«

Zu seiner Rechten verlief eine breite Wendeltreppe abwärts, die Goïmron nahm und sich dabei vorkam, als versinke er in einem Meer aus Trödel. *Schlimmer als bei Solto.*

Er vermisste die Unterrichtsstunden mit Chòldunja, die jenseits der Grenze mit Rodana darauf wartete, den Wagen zurückgebracht zu bekommen. Noch hatte er sie nicht aufsuchen können, weil er nicht von Goldhands Seite weichen wollte, solange es dem greisen Verletzten nicht besser ging.

Und er vermisste Rodana.

Finde ich das Heilungsartefakt, kann ich den Karren morgen schon zurückbringen und den zwei berichten, was ich gesehen habe. Wer außer ihm und den Famuli hatte je einen Blick in die Kammer der Wunder werfen dürfen, die sich als unglaublich gewaltige Halle entpuppte?

Goïmron gelangte auf den Boden und sah die Regaltürme um sich in die Höhe wachsen wie viereckige Bäume. Derart klein hatte er sich selten gefühlt. Ab und zu entdeckte er eine Metallleiter, die über ein Seilsystem in der Decke frei bewegt werden konnte. Der Gedanke, ungesichert in vierzig Schritt Höhe nach dem Karneolmesser zu suchen, verschaffte ihm Angstschweiß am ganzen Körper.

»Ehrenwerte Maga Vanéra! Wo kann ich Euch finden?«

Da er keine Antwort bekam, schloss er die Augen und konzentrierte sich auf den Karneol, wie es ihm Chòldunja beigebracht hatte. Es war eine Gabe seines Volks, besondere Steine aufzuspüren, was ihm beim Schürfen unschlagbare Vorteile verlieh.

Gata hatte gesagt, dass das Artefakt dunkelrot sei. Damit handelte es sich um einen männlichen Karneol, die überwiegend fleischfarben waren; sie variierten von tiefrot bis fast weiß mit rötlichen Einschlüssen. Hell- und gelbrot hingegen waren die weiblichen Steine, die sich noch besser für bestimmte Heilzauber eigneten, wie Chòldunja gesagt hatte.

Goïmron kannte Karneol als beliebten Siegelstein. In kundigen Händen fungierte er als Zaubermittel für magische Vorhaben, wie das Aussenden des Astralleibs. Karneol bot außerdem Schutz gegen plötzliche Unfälle, galt als Feind aller Gifte und deren Neutralisator. Ebenso taugte er gegen Dämonen, Furcht und Schwermut.

Genau das, was Goldhand und Hargorina benötigen. Goïmron bemerkte nach einer Weile eine schwache Schwingung, die zu einem Karneol passen mochte. *Goldhand wird Augen machen, wenn er sich gestärkt erhebt und sieht, was sich während seiner Abwesenheit im Geborgenen Land tat. Und tut.*

Umlauf für Umlauf strömten die Kinder des Schmieds aus allen Teilen des Geborgenen Landes, um den Helden zu sehen und seine Worte zu vernehmen. Auch die ersten Delegationen aus den Reichen der Menschen, Elben und Meldrith hatten ihr Kommen angekündigt. Das Erscheinen des legendären Zwergs bewirkte ein neues Gefühl bei den Bewohnerinnen und Bewohnern: Hoffnung.

Dort im hinteren Teil ist das Artefakt! Goïmron hob die Lider und ging los. »Ehrenwerte Maga! Wo seid Ihr?« Ihn plagte das schlechte Gewissen, sich ohne Erlaubnis in der Kammer aufzuhalten. Aber es gab kein Zurück mehr, denn: »Ich glaube, ich weiß, wo das Karneolmesser ist, das Ihr sucht.« Seine Stimme wurde von der zugestellten Umgebung nach wenigen Schritten verschluckt.

Niemand antwortete ihm.

Sein Weg führte ihn an unterschiedlichsten, eigentümlichen Objekten vorüber, angefangen bei Silber- und Goldschmiedearbeiten, in die seltene Korallen, Perlen und Bergkristalle eingesetzt waren, über riesige Schnappmuscheln und Pokale aus dünnstem Metall, bis hin zu goldgefassten Straußeneiern sowie Beinschnitzereien aus Knochen von Riesen und Trollen. Er sah rätselhafte mathematisch-physikalische Gerätschaften mit Zeigern, Pendeln und Federn und chirurgische Instrumente sowie mehrere Zerrspiegel und einen vier Schritt langen Kaleidoskoptunnel, durch den er gebückt gehen konnte.

Was will Vanéra mit all dem? Goïmron hatte den hinteren Teil der Kammer erreicht und sondierte mit geschlossenen Augen.

Zu seiner Erleichterung befand sich das Karneolmesser in etwa zehn Schritten Höhe in einem Regal, das eine Tiefe von fünf Schritten aufwies. *Ich muss wenigstens nicht bis ganz hinauf.*

Schnell war der Aufstieg mithilfe der beweglichen Leitern gemeistert. Ein verglaster Leuchter schwebte von selbst zu Goïmron, um Licht zu bringen. An der vorderen Fachkante angelangt, erkannte er: *Verflucht. Ich muss hineinkriechen.*

Seufzend bahnte er sich eine Schneise durch die geschichteten Gegenstände: Bücher, Spielzeuge, Rüstungsteile, kleine Kassetten und Kästchen, die überraschend schwer waren, menschengroße Puppen und ausgestopfte Tiere, die es schon längst nicht mehr im Geborgenen Land gab. *Was, wenn der ganze Jagdtrophäenkram erwacht?* Schaudernd rutschte Goïmron auf Händen und Knien vorwärts. Die schwebende Leuchte folgte ihm.

Es ging weiter durch einen Wust von Uhren, unergründlichen automatischen Gebilden, Himmelsmodellen, seltenen Gläsern, mit aufwendigem Dekor beschnitzten Kirsch- und sonstigen Obstkernen. Wenn es sich wirklich bei jedem einzelnen Ding um ein magisches Artefakt und nicht irgendeinen Trödel handelte, besaß Vanéra wahrlich die größte Sammlung, die es jemals gegeben hatte.

Gelegentlich knarrten die dicken, überlasteten Eichenbohlen unter Goïmrons Gewicht, während er sich schlank machte, um durch das Gewirr zu rutschen.

Was die Dinge vermochten, durch die er kroch, konnte sich Goïmron nicht im Entferntesten ausmalen. Ebenso wenig, wie die Maga jedes Einzelne davon einzusetzen wusste. Seine Ehrfurcht vor ihr stieg wieder etwas.

Da hinten muss es sein. Gerade wollte er ein Kistchen zur Seite schieben, das ihm den Weg versperrte, als er das Leuchten aus dem Augenwinkel sah.

Rechts von ihm lag ein aus gemasertem, dunkelgrauem Gebein geschnitzter Drache, der einen eigroßen, wasserblau leuchtenden Stein umschlang und ihn fauchend hütete. *Das … das ist ein Meeressaphir!* Goïmron hatte von den legendären Edelsteinen des Braunen Gebirges gehört, die einst in den Kronen der Herrscherinnen und Herrscher und den Zauberkundigen gesessen hatten. Alle zweitausend Zyklen fand sich ein Exemplar in den Minen, sofern man an den richtigen Stellen zu suchen wusste. *Darüber muss ich mehr erfahren.* Ohne nachzudenken, steckte er das Kunstwerk in seine Tasche, um Vanéra später dazu zu befragen.

Dann schob Goïmron endlich das letzte Hindernis beiseite und sah im Licht des schwebenden Lichtes das gesuchte rote Karneolmesser mit dem weißen Porzellangriff. *Da bist du ja!* Es steckte mit der Spitze in einem umgefallenen Drinx von der Größe eines Bärenhundes. Ein ausgezeichneter Präparator musste das Fabelwesen nach Beschreibungen aus Büchern in kleinerem Maßstab angefertigt haben. Drinxe ähnelten einer Mischung aus Buntaffe und schwarzem Blutkragenbär, hatten aber niemals im Geborgenen Land gelebt. Ein Märchenwesen, mit dem man kleine Kinder erschreckte.

Goïmron streckte die Hand nach dem Artefakt aus, umfasste den Griff und zog daran. *Gleich wirst du Gutes tun.*

Kaum hatte die Spitze des Karneols sich aus dem Leib gelöst, erklang ein leises Knistern, gefolgt von einem Schimmern, das über den ausgestopften, zusammengebastelten Drinx flirrte.

Die toten Glasaugen des Fabelwesens erwachten mit einem Leuchten zum Leben. Der haarige Körper zuckte zusammen und wuchs zu seiner doppelten Größe an. Knochen und Muskeln wurden von neuem Leben durchströmt, und mit einem dunklen, durchdringenden Schrei bleckte der Drinx seine zweifingerlangen Fänge. Wütend richteten sich die türkisfarbenen Pupillen auf den Zwerg.

Vraccas, stehe mir bei! Goïmron klemmte sich das kostbare Messer zwischen die Zähne und kroch rückwärts, was bei dem Wust an Dingen und Artefakten nur langsam gelang. Etliches schob er dabei über das Regal hinaus, scheppernd und klirrend landeten die Gegenstände auf dem Boden der Kammer. *Halte mir das Vieh vom Leib*!

Der Drinx schlug kreischend um sich, richtete sich auf, zerbrach dabei die Bretter über ihm – und ging zum Angriff über.

* * *

»Ich war lange, lange Zeit in dieser Schlucht.
An diesem Ort namens Phondrasôn, wie ihn die Albae nennen.
Zweihundertfünfzig Zyklen in Dunkelheit, was weniger auf das Licht, sondern mehr auf das Gefühl bezogen ist.
Mein Leben in Dunkelheit zerfällt in drei Phasen.
Und bedenke ich es recht, ist keine davon gut.«

Aus: Die Abenteuer von Tungdil Goldhand,
am eigenen Leib erlitten und erlebt
in der Schwarzen Schlucht,
aufgeschrieben von ihm selbst,
Entwurf eins

KAPITEL XI

DAS GEBORGENE LAND, VEREINTES GROSSKÖNIGREICH GAURAGON, PROVINZ FRUCHTLANDEN, 1023 N. B. (7514. SONNENZYKLUS NACH ALTER ZEITRECHNUNG), FRÜHSOMMER

»Habt Ihr gesehen, wie hoch die Roggenhalme stehen, prinzliche Hoheit?« Altorn wies auf die weiten Felder um sie herum, die lediglich von einem einzelnen Wäldchen und einigen Streuobstwiesen unterbrochen wurden; im Schatten der Bäume graste Vieh. Der dunkelhaarige Mann in den besten Jahren war Hauptmann der Leibwache und beaufsichtigte die Reise des Thronfolgers des Kaiserreichs Gautaya. »Und wie viel Korn daran gedeiht! Die Provinz Fruchtlanden wird eine satte Ernte einfahren.«

»Wie gut sie es doch haben.« Prinz Ocdius, ein Mann Mitte zwanzig und mit einer wilden Lockenmähne, konnte sich an den wogenden goldgelben Ähren nicht sattsehen. Er ritt, wie die übrige dreißigköpfige Delegation. Zwei Karren trugen das Gepäck. Wegen der steigenden Temperaturen hatte er auf eine Rüstung verzichtet. »Sag, stimmt es, dass eines der Vorläuferreiche meines Landes als Kornkammer des Geborgenen Landes galt?«

»Das war es, prinzliche Hoheit.« Altorn setzte sich aufrecht in den Sattel und nahm das Fernglas aus der Halterung, um sich umzuschauen. Eine Angewohnheit, denn Sorgen machte er sich keine. Gauragon war eines der sichersten Reiche, wenn man nicht in die Nähe der Orkfeste Kràg Tahuum oder an die Grenze zu Brigantia gelangte. »Tabaîn hieß es. Ebenen, weiter als unsere Augen hier reichen, voller Getreide. Genug für das eigene Land und so viel, dass man es zu Spottpreisen an die Händler verkaufen konnte.«

Ocdius seufzte. »Und was haben wir nun?«

»Karges Land, einen riesigen Vulkan, dazu noch Ärger mit Ûra, den Salzseeorks und den Plünderschiffen von Undarimar«, zählte Altorn ungerührt auf, »was Euren Vater alles sehr … sagen wir, betrübt.«

»Ein sehr harmloses Wort für die Wut auf einen riesigen Haufen Scheiße, alter Freund.« Ocdius stellte sich vor, wie es sich anfühlte, ein Land wie Gauragon zu regieren. Abgesehen von den wenigen Gefahrenstellen, musste es ein Kinderspiel sein.

Das Kaiserreich Gautaya hingegen besaß seit dem Wachsen der vulkanischen Ausläufer des Grauen Gebirges mitten in die Ebene und der Ausbreitung der trockenen, lebensfeindlichen Salzebene kaum mehr Anbauflächen. Der Handel mit feinstem Granit und Salz sorgte für Einkünfte, aber ohne die Einfuhr von Getreide konnte Gautaya nicht überleben. Das erschuf Abhängigkeiten, die am Stolz der Menschen kratzten. Immerhin gab es dank der langen Küstenlinie zum Binnenmeer viel Fisch.

Ocdius galt als Hoffnungsschimmer. Als Symbol des kommenden Aufschwungs und Zeichen an die jüngere Bevölkerung, das Kaiserreich nicht mehr in Scharen zu verlassen, weil sie in anderen Reichen eine bessere Zukunft für sich sahen. Bisweilen fuhren sie mit Schiffen zum Meerestor gen Westen hinaus und kehrten nicht zurück.

»Ihr wisst, wie wichtig Eure Mission ist, prinzliche Hoheit.« Altorn senkte das Fernglas. Er hatte wie erwartet nichts gesehen, was ihn beunruhigte. Die zehn Torkelgeier am Himmel deuteten auf eine verendende Kuh unter einem Obstbaum hin, auf deren Kadaver sie spekulierten. »Sonst können sich Eure Eltern und die übrigen Untertanen demnächst eine neue Bleibe suchen. Außerhalb von Gautaya.«

Ocdius lachte leise. »Ich habe gehört, dass Wehrstadt gut zum Leben sein soll.«

»Nicht für einen Prinzen, auf dessen Land die Stadt widerrechtlich erbaut steht. Ihr würdet alsbald einem … Unfall zum

Opfer fallen.« Altorn warf seinem Schützling einen langen Blick zu. »Sollte es stimmen, dass Tungdil Goldhand noch lebt und er die Stämme der Zwerge eint, sind sie unsere Rettung. Und dabei denke ich nicht an Ûra. Gegen die weiße Dämonin der Lüfte werden auch die Unterirdischen nichts ausrichten.«

»Gegen die Salzseeorks hingegen schon. Ich weiß.« Ocdius war mit der Gefahr im Norden aufgewachsen und hatte selbst etliche Bestien erlegt. In der Salzebene war es für einen Menschen kaum möglich, lange zu überleben, geschweige denn meilentief vorzustoßen. Die beißende Luft reizte die Lunge und verätzte die Schleimhäute. Das wussten die Orks, die bereits den Norden bis zu den Hängen des Vulkans in ihre Gewalt gebracht hatten. Deren leibliche Beschaffenheit hatte sich verändert und der feindlichen Umgebung angepasst.

Die Bitten um Beistand hatten sowohl Gauragon als auch Undarimar abgelehnt, wobei Ocdius die Absage des Meeresreichs am ehesten verstand. Auf Land vermochten die Schiffstruppen kaum schlagkräftig zu kämpfen. Noch dazu tobte ein Zwist wegen des Landanspruchs entlang der Küste durch Undarimar, den Ocdius ebenso ablehnte wie sein Vater.

Gauragon verweigerte die Hilfe mit drögen Ausreden. Dabei läge es in ihrem eigenen Interesse, die Salzseeorks zurückzuschlagen, ehe sie die angrenzenden Provinzen für sich entdeckten. Die Bestien waren immun gegen Suihhi, die Seuche, welche König Gajek sonst gerne gegen Feinde einsetzte.

Ocdius atmete die warme Luft tief ein und schloss die Augen. »Wie schön es ist, sich einmal keine Gedanken um Bestien zu machen, die einen Hinterhalt gelegt haben könnten.«

»Indirekt schon, prinzliche Hoheit. Wir brauchen die Zwerge gegen sie.«

»Das ist wahr. Denkst du, wir können Goldhand wirklich dazu überreden, die vereinten Stämme zu uns zu entsenden?« Ocdius wagte kaum, an eine Zustimmung des uralten Helden zu denken.

»Wären wir die Einzigen, die etwas von ihm wollen, wahrscheinlich. Aber das halbe Geborgene Land sieht die Rückkehr des Heroen als Zeichen von Vraccas.« Altorn gab sich keinerlei Illusionen hin. »Wir treten in den Wettstreit mit vielen Bittstellern, prinzliche Hoheit.«

»Wir haben den Vorteil, unmittelbar am Grauen Gebirge zu liegen. Nahe der Heimat der Fünften. Goldhand wird uns wohlwollender gegenüberstehen.« Ocdius öffnete die Augen und blickte die schnurgerade Straße entlang, die zwischen den Feldern bis zum Horizont verlief. »Orks sind die Todfeinde der Unterirdischen.«

»Mit Salzseeorks haben sie sich bislang noch nicht gemessen. Nicht in einer Schlacht, nur bei kleinen Gefechten in der Provinz Feuren. Als orkische Späher zurückgeschlagen wurden, wie ich vernahm.« Altorn schaute nach dem Tross hinter ihnen. Die Gesichter der Gerüsteten wirkten müde, die Pferde ließen die Köpfe hängen und trotteten stolpernd vorwärts. »Wir sollten demnächst eine Rast einlegen. Die Sonne ist stark geworden und brät uns die Garde tüchtig durch.«

Ocdius zeigte auf das nahe Wäldchen. »So grün, wie es dort ist, wird es eine Wasserquelle geben. Schatten und kühles Nass. Eine schöne Vorstellung.«

Eine plötzliche Böe strich über das Kornfeld, neigte die goldenen Ähren und Halme in dahinhuschenden Wellen. Das Getreide wogte wie zum Gruß. Ein tanzender Staubwirbel entstand einige Schritte vor dem Tross, dessen oberes Ende weit hinauf bis zur Mittagssonne zu reichen schien, während das untere verstreute lose Halme und Schmutz aufnahm, um beides emporzutragen.

»Ein Samusinkreisel«, sagte Ocdius erfreut. »Das habe ich das letzte Mal als Kind in der Salzebene gesehen.«

Altorn äugte misstrauisch hinauf zum sengenden Taggestirn. »Die Sonne hat den höchsten Stand erreicht. Das könnte etwas anderes bedeuten.«

Verwundert sah ihn der Prinz an. »So?«

»Die alten Legenden Tabaîns erzählen von einem Korndämon, der durch die reifen Felder streicht, am liebsten wenn die Sonne ihren höchsten Punkt erreicht. Dann holt er sich etwas Lebendiges, um die trockene Erde mit dem Blut zu wässern und die Ernte zu stärken.« Er zog seinen Schild mit einem schleifenden Geräusch aus der Sattelhalterung und nahm ihn in die Linke. »Achtet auf die Umgebung«, rief er über die Schulter. »Zwei Mann nach vorne als Kundschafter.«

Die Garde kam dem überraschend erteilten Befehl nur langsam nach. Das lange Reiten steckte jedem in den Knochen, was die Schilde noch schwerer für die Arme machte.

»Du glaubst an dieses Märchen?«

»Eine *Legende*, prinzliche Hoheit. Legenden bergen einen wahren Kern.« Altorn nahm das Fernglas erneut zur Hand und stellte sich in die Steigbügel, prüfte intuitiv die Stelle unterhalb der kreisenden Geier.

Die geschliffenen Linsen holten die Toten näher, die am Wegesrand und auf der Apfelbaumwiese verstreut lagen. Menschen und Zwergen waren Gliedmaßen mit scharfer Klinge abgetrennt worden. Köpfe, Unterarme, ganze Hautfetzen fehlten, und die Leichen zeigten eine ungewöhnliche Fahlheit; hier und da hatten die Geier vom weichen Fleisch gepickt und die Verletzungen vergrößert. Speere und Lanzen steckten im Boden, an denen bunte Wimpel im Wind flatterten, als wollten sie vor dem Näherkommen warnen.

»Was beim ...?« Rasch berichtete Altorn, was er durch die Gläser sah. »Die Fähnchen stammen von verschiedenen Reichen. Ich erkenne die Farben von Khalteran, Palusien und ... das müsste Ribasturian sein, prinzliche Hoheit.«

Ocdius fluchte und suchte sein eigenes Glas, spähte umher. »Brachten sie sich gegenseitig um?«

»Eher nicht.«

»Du bleibst bei deinem Korndämon?«

»Es könnten Orks gewesen sein. Gelegentlich streifen Banden

aus Kràg Tahuum durch das Land und versuchen, einen Vorposten zu errichten. Möglicherweise kamen ihnen die Delegationen in die Quere.«

»Aber ich sehe keine erschlagenen Orks.«

»Sie könnten ihre Toten mitgenommen haben.« Altorn schwenkte die Sehhilfe zum Wäldchen, und der Samusinkreisel löste sich auf. Schmutz und Halme sanken auf die Erde und verteilten sich in der weiten Umgebung. »Dort wäre eine gute Position für die Bestien, um rasch vorzustoßen, zuzuschlagen und zwischen den Stämmen der nächsten Abordnung aufzulauern.«

»Das glaube ich nicht. Keinerlei Spuren. Keine, die zu diesen Scheusalen passen. Das Unterholz ist dicht und nicht geknickt.« Ocdius dachte an die erschöpften Männer und Frauen seines Trosses. »Wir ziehen uns dorthin zurück und erkunden ausgeruht die Lage. Jedenfalls sollten wir nicht …«

Ein erschrockener Schrei aus mehreren Kehlen und ein Rascheln unterbrachen ihn.

Altorn und Ocdius wandten sich alarmiert um, senkten die Gläser.

Zwei Pferde standen ohne ihre Reiter auf dem Weg, Blutspritzer hafteten auf Fell und Sattel. Leise knisternd richteten sich geknickte Halme wie von Geisterhand auf und verbargen den Weg, den die Verschwundenen gegen ihren Willen ins Feld genommen hatten.

»Meldung!« Altorn hielt den Schild halb vor seinen Schützling. »Was ist passiert?«

»Wir wissen es nicht, Hauptmann. Sie … wurden von einer unsichtbaren Hand weggerissen«, erwiderte eine kreidebleiche Wache. »Ins Feld und … sie waren verschwunden!«

Ocdius sah genau, wie der vergossene Lebenssaft der Gardisten von den prallen, gesprenkelten Ähren aufgesogen wurde und schwand, als habe es ihn niemals gegeben. Schlagartig breitete sich nie gekannte Furcht aus. »Altorn. Ich glaube mit diesem Umlauf an Legenden«, flüsterte er. »Raus aus den Feldern! Zum

Wäldchen«, befahl er laut. »Reitet, so schnell ihr könnt!« Er trat seinem Pferd die stumpfen Sporen in die Flanken und preschte voran. »Mir nach!«

Wenige Augenblicke später waren Altorn und die Vorhut bei ihm und umgaben ihn schützend. Sie donnerten die Straße entlang und schwenkten in den Pfad ein, der zum Hain führte. Den Hufspuren im trockenen Sand zufolge hatten andere vor ihnen versucht, das rettende Wäldchen zu erreichen.

Altorn ritt schräg vor seinem Prinzen und blickte über die Schulter nach seinen Leuten. Das blanke Grauen erfasste ihn, als er sah, wie wenige von ihnen übrig geblieben waren. Mehr als fünf folgten ihnen nicht mehr, die Wagen mit dem Gepäck standen verlassen auf der Straße. *Palandiell, ich bete zu dir. Stehe uns bei!*

Unvermittelt riss es den Hauptmann am Schild aus dem Sattel.

Altorn wurde durch die Luft geschleudert und landete rücklings mitten zwischen den Roggenhalmen. Für mehrere Herzschläge blieben ihm sowohl Atem als auch klare Sicht weg, Sternchen tanzten vor seinen Augen. *Der Prinz!*

»Ocdius«, stöhnte er, anstatt nach ihm zu rufen. Hustend rollte er sich zur Seite und stemmte sich in die Höhe. »Prinzliche Hoheit!« Wankend stand er im hüfthohen Getreide auf, das um ihn raschelte und wogte.

Altorn war bis auf die umherlaufenden Pferde allein. Seine Garde blieb ebenso verschwunden wie Ocdius. »Bei den Göttern!« Verzweifelt riss er sein Schwert aus der Hülle und reckte den Schild. »Zeig dich mir, Korndämon! Ich will dich für deine Taten in Fetzen schlagen!«

Neuerlicher Wind strich durch das Feld. Der Roggen neigte sich und wogte, als wollte er den Worten zustimmen. Größte Angst erfasste Altorn und legte sich eisig um sein Herz, obwohl die Sonne heiß auf ihn schien. Seine Hände begannen zu zittern.

»Altorn! Zu mir!«, schallte plötzlich Ocdius' Stimme aus dem Wäldchen. »Du schaffst es!«

Er ist in Sicherheit! Er nahm seinen Mut zusammen und rannte geradewegs durch das Feld, mit gehobenem Schild und gereckter Klinge wie zu einem Sturmangriff. Was immer sich ihm entgegenstellte, er würde es aufspießen und umrennen.

Doch der Korndämon schien satt und zufrieden zu sein.

Unbehelligt preschte Altorn bis ins Unterholz und bahnte sich einen Weg durch die Ranken und das Gesträuch. »Prinzliche Hoheit!« Er sah Ocdius ihm zugewandt auf dem Boden knien und ins Leere starren.

Hinter dem jungen Mann erhob sich eine mächtige Eiche mit schwarzer Rinde, in deren kräftigen Ästen die beiden Gardisten der Vorhut hingen. Feine Zweige hatten sich krallengleich um ihre Hälse geschlossen und würgten die Männer, deren Köpfe rot anliefen. All ihr Strampeln brachte nichts.

Eine Lurco-Eiche! Altorn spürte, dass die Angst nicht von ihm wich. »Kommt zu mir, prinzliche Hoheit. Ihr seid zu dicht an dem Fressbaum. Wenn er seinen Fangast streckt, wird er Euch packen.«

Ocdius rührte sich nicht. Dafür richtete er seine Augen auf Altorn. »Sag meinen Eltern, dass ich sie liebe.«

»Kommt da weg!« Altorn ging langsam vorwärts. »Schnell, solange sie beschäftigt ist.«

Die Lurco-Eiche begann, den ersten zappelnden Mann in eine Stammöffnung zu stopfen. Knochen brachen unter der Kraft des magisch erweckten Baumes und durchstachen die Haut, Blut spritzte aus den offenen Wunden. Knarrend verleibte sich die Eiche den röchelnden Gardisten ein.

»Wir haben eine Abmachung, der Prinz und ich. *Er* gibt sein Leben *für deines*«, raunte eine kalte Frauenstimme aus den Schatten des Wäldchens. »So edel. So großmütig. Ocdius wäre ein guter Kaiser geworden.«

Altorn wandte verdutzt das Gesicht dorthin, von wo die Stimme erklang – und sah eine ungerüstete Albin hinter einer Blutbuche hervortreten. Ein Auge war blindweiß, das andere schwarz wie Tinte; Stirn, Hals und Handgelenke wurden von aufwendigem Schmuck geziert. Über ihrer schwarzen Kleidung trug sie einen leichten hellen Mantel, das Antlitz bestand aus einer bleichen und einer dunkleren Hälfte. »Was bei allen guten Mächten hat eine Albin in diesen Gefilden zu suchen?«

»Ich läute eine neue Zeitrechnung ein.« Sie deutete auf den jungen Mann, ihre Ringe und Ketten blinkten auf. »Ich schlug Ocdius vor, dich zu verschonen, damit du nach Gautaya zurückkehren kannst, um es zu verkünden. Und seine Eltern vor uns zu warnen. Wir wollen mit offenen Karten spielen.«

Die Lurco-Eiche hatte den ersten Gardisten verschlungen und drückte den zweiten durch das Loch in ihrem Stamm, was ebenso brachial und mit widerlichen Geräuschen geschah.

Altorn sah zum ersten Mal einen Fressbaum. Sie waren durch Magie im Gebiet der Wunder entstanden und hatten ihre Samen im Geborgenen Land verteilt. Mittlerweile waren die meisten von ihnen vernichtet worden. Nur ganz selten stieß man auf alte Exemplare. *Ausgerechnet nun.* »Was hat das zu bedeuten?«

»Wir stellten euch eine Falle. Nicht nur euch. Sondern allen Delegationen, die unbedingt zu Goldhand wollen, um ihm ihre Aufwartung zu machen«, erklärte die ungewöhnliche Albin seelenruhig. »Es gibt nur diese eine Straße, die von Westen nach Rhuta führt. Klug, nicht wahr?«

»Aber der Korndämon …«

»Eine alte Legende, ein wenig Sinnestrug, eine Prise Angst und Geschwindigkeit. Das reichte aus, um es euch glauben zu lassen und *genau*« – sie tippte mit der Fußspitze auf – »vor die Lurco-Eiche zu führen.« Die Albin sah dem Baum ungerührt beim Verschlingen des Gardisten zu. »Solch eine interessante Kreatur, erschaffen von Magie und Natur. Wir werden sie wieder wachsen lassen. Oder als Hinrichtungsinstrument nutzen, sobald wir die Macht haben.«

Ansatzlos schlang sich ein Greifast um Ocdius' Oberkörper und hob den jungen Mann an, der völlig teilnahmslos blieb.

»Nein!« Altorn machte einen Schritt nach vorne und schlug mit dem Schwert nach der Eiche, um den Prinz zu retten, den er seit dessen erstem Atemzug kannte.

Aber bevor er den Baum erreichen konnte, stand die namenlose Albin vor ihm und versetzte ihm einen Faustschlag unter das Kinn, der ihn von den Füßen holte und rücklings auf den Waldboden sandte. Altorn hätte schwören können, dass dabei das Geschmeide an ihrem Unterarm aufgeleuchtet hatte. »Höre meine Worte. Keine Delegation, die auf dieser Straße reist, wird Rhuta je sehen. Niemand soll es wagen, sich mit den Unterirdischen zu verbünden. *Wir* werden die Herrscher des Geborgenen Landes. Die Zeit der Albae bricht an.«

Keuchend stemmte sich Altorn auf die Ellbogen. Seine hinteren Rippen schmerzten, als wären sie angebrochen. »Verschone Ocdius«, flehte er. »Lass mich stattdessen sterben.«

»Nein. Die Abmachung besagt, dass ich dich am Leben lasse und du versuchen darfst, seine Eltern zu warnen.« Die Albin verabschiedete den wie betäubt wirkenden Prinzen spöttisch mit einer höfischen Verbeugung, bevor die Eiche ihre Äste durch seinen Körper rammte und erste Knochen im Inneren brach, um ihn passgenauer zu machen. »Wenn du schnell genug bist, vermagst du sie sogar zu retten.«

»Zu retten? Wovor?«

»Unseren Attentätern. Jeder Hof des Geborgenen Landes wird Besuch erhalten. Unsere Mörder sind auf dem Weg.« Die Albin lächelte eisig, was durch das schwarze und das weiße Auge noch unheimlicher wirkte. »Spute dich, Hauptmann Altorn! Spute dich! Du könntest den Kaiser von Gautaya retten. Und ihm sagen, dass sein Sohn sein Dasein für dich gab.« Langsam ging sie rückwärts. »Stell dir vor, du scheiterst: Wie sinnlos wäre dein Leben dann?«

Altorn musste unter Tränen mit ansehen, wie Ocdius durch die Öffnung in der schwarzen Rinde gedrückt wurde und die Lurco-Eiche seinen Schützling knarrend und knackend verschlang. Nichts erinnerte mehr an den Thronfolger des Kaiserreichs, den Hoffnungsschimmer, das Symbol eines kommenden Aufschwungs.

Mit einem gellenden Schrei machte Altorn seiner Verzweiflung Luft, bevor er die Tränen von den Wangen wischte und unter Schmerzen aus dem Wäldchen rannte, um in den Sattel eines wartenden Pferdes zu steigen.

»Fliege dahin!« Altorn warf den Schild weg und versetzte dem erschöpften Pferd gegen seine Gewohnheit mit der flachen Schwertseite harte Schläge auf den Rücken. »Bring mich nach Gautaya, so schnell du kannst!«

Hauptmann Altorn preschte durch das Feld, um seine Heimat vor einer weiteren Katastrophe zu bewahren. Sofern er der Albin entkam.

* * *

DAS GEBORGENE LAND, ZAUBERREICH RHUTA, HAUPTSTADT VANÉLIA, 1023 N. B. (7514. SONNENZYKLUS NACH ALTER ZEITRECHNUNG), FRÜHSOMMER

Der wütende Drinx sprang in dem engen Regal vorwärts und wuchs dabei um das Doppelte. Mit einer Hand wollte er Goïmron packen.

Keinesfalls wirst du mich kriegen! Er wich der Klaue aus und drückte sich mit ganzer Kraft nach hinten ab, um mehr Raum zwischen sich und das magisch belebte Fabelwesen zu bekommen. Scheppernd und klirrend flog mehr Inhalt aus dem Regal, verteilte sich mit Getöse auf dem Boden der Wunderkammer.

Zu spät bemerkte Goïmron, dass er das Ende des Brettes erreicht hatte. Schon fiel er aus zehn Schritten dem Boden entgegen, das begehrte Karneolmesser immer noch zwischen den Zähnen. Über ihm erschien das wütende Affenbärgesicht des Drinx, der ihm hinterherbrüllte und sich kopfüber an den Abstieg machte. Es gelang ihm mit Leichtigkeit, er schien ein geübter Kletterer zu sein.

Vraccas, lass es mich überleben! Oder lass das Messer mich sogleich wieder heilen, nachdem es mir durch den Schädel gefahren ist. Goïmron schloss die Augen und bereitete sich auf den Aufprall vor. *Oder nein, viel besser: Lass mich fliegen!*

ES SEI, vernahm er eine gebieterische Stimme in seinem Kopf.

Abrupt endete sein Sturz.

Was …? Er sah sich um und schwebte eine Handbreit über den verschiedensten Dingen, die er bei seiner Flucht aus dem Regal geschoben hatte. Dann sackte er nieder und landete hart zwischen den verstreuten Artefakten. *Danke, Vraccas!*

Hastig rappelte er sich auf, steckte das Karneolmesser ein und rannte den zugestellten Gang in der Hoffnung entlang, den Drinx abzuhängen oder zumindest vor ihm an der Tür zu sein.

Doch das laute Gekreisch des Fabelwesens näherte sich viel zu schnell.

Aus meiner Flucht wird nichts. Goïmron blieb stehen und zog seinen Dolch, den er nach wenigen Herzschlägen senkte und stattdessen den Meeressaphir aus der Tasche zog. *Ich Narr! Sollte es der Stein gewesen sein, der zu mir sprach? Hat er meinen Gedanken wahr werden lassen*? Der eigroße Saphir pulsierte und leuchtete bläulich in seiner Hand, als freute er sich. *Also, noch mal.*

Der tobende Drinx hatte mittlerweile fast die dreifache Größe des Zwergs erreicht und griff sich im Vorbeirennen einen schweren Silberleuchter. Er schwang ihn kreischend wie eine Keule, hüpfte auf zwei Füßen und einer Faust heran und holte zum Hieb aus.

Goïmron konzentrierte sich auf den Edelstein. *Mach ihn bewusstlos*, dachte er inständig. *Er soll einschlafen!*

ES SEI. Im Inneren des Saphirs leuchtete es. Schon surrte ein fingerdicker Strahl heraus, sprang in gezackten Bahnen auf den Drinx zu und traf ihn mitten in die Brust.

Mit einem dumpfen Knall detonierte das Fell samt Fleisch und Knochen darunter. Das magisch erweckte Fabelwesen wurde in Stücke gerissen, die Hand mit dem Silberleuchter flog knapp an Goïmron vorbei und schepperte den Gang entlang.

Die Wucht der Explosion warf den Zwerg auf den Rücken und schleuderte erneut etliche Artefakte aus den Schränken und Regalen. Ein Berg aus Kleidung und Stoffbahnen, die intensiv nach Lavendel stanken, ging von oben auf ihm nieder und begrub ihn unter sich.

Goïmron war benommen, in seinen Ohren dröhnte der Knall nach. *Das war kein Schlafzauber.*

VERZEIH. ICH BIN AUSSER ÜBUNG.

»Was bei Samusin geht hier vor?« Vanéras wütende Stimme schallte durch die Wunderkammer. »Adelia! Sagte ich nicht, dass du hier drin nichts ohne meine Erlaubnis verloren hast? Und schon gar keine Artefakte im Inneren ausprobieren sollst?

»Verzeiht, ehrenwerte Maga!«, erfolgte prompt die Antwort der Famula. »Aber … ich war es nicht. Ich begann mit … geheimem Archivieren, um Euch eine Freude zu machen. Das will ich gestehen. Doch, bei meiner Seele, ich fasste nichts an.«

Goïmron blieb regungslos unter dem Wust aus Gewändern und Stoffen. *Vielleicht bemerken sie mich nicht.* Er brauchte keinen Ärger und wollte nichts erklären müssen. *Oder den Meeressaphir abgeben.* Der Stein hatte eindeutig zu ihm gesprochen. Unbedingt musste er mit Chòldunja darüber reden.

»Unsinn, Adelia! Wer sollte es sonst gewesen sein?«

»Ein Artefakt, das sich von selbst in Gang setzte, ehrenwerte Maga.«

»Es ehrt dich, dass du mich mit dem Archivieren überraschen wolltest, Famula. Aber lenke nicht von deiner Tat ab.«

»Ich schwöre es bei meinem Leben. Es kam von dort, Regal dreiundachtzig. Sehen wir doch nach. Ihr werdet die Wahrheit erkennen.«

»Wehe, du versuchst, deine Verfehlung schönzureden. Du wärest die längste Zeit meine Famula und meine Nachfolgerin gewesen.«

»Niemals, ehrenwerte Maga!«

Die Schritte der Frauen näherten sich dem Versteck.

Das Messer! Goïmron nahm das Artefakt aus Karneol und Porzellan aus seiner Umhängetasche und warf es auf den verstümmelten Kadaver des Drinx, damit es gefunden wurde. Somit hatte er seine Aufgabe erfüllt und musste nur noch abwarten, um ungesehen aus der Kammer der Wunder zu gelangen.

Durch einen Spalt im Stoffwust beobachtete er, wie Vanéra und Adelia langsam den engen Korridor zwischen den Regalen entlanggingen und schon von Weitem das getötete Fabelwesen sahen.

»Wir hatten einen *Drinx?*« Die braunhaarige Maga, hochgewachsen und in einem dramatischen Gewand aus Flieder und Gold, betrachtete zuerst die zerfetzte Leiche, dann die Sauerei in der Umgebung. »Ach ja, ich erinnere mich, davon gelesen zu haben.«

»Da ist das Karneolmesser!« Adelia schritt in ihrer grauen Robe tapfer durch Blut und Gedärme, um es behutsam am Griff aufzuheben. »Es scheint in ihm gesteckt zu haben und wird ihn spontan zum Leben erweckt haben.«

»Es hat den Anschein, ja.« Vanéra fasste das triefende Messer nicht an. »Das ist widerlich. Bring es nach oben und säubere es. Danach trägst du es ins Zimmer von Goldhand, damit ich den Zwerg behandeln kann. Ihn und die Dritte.«

»Sehr wohl, ehrenwerte Maga.« Adelia lächelte erlöst. »Ihr glaubt mir, dass ich nichts damit zu tun habe?«

»Das tue ich, Famula. Entschuldige meinen Verdacht.« Vanéra sah sich ganz genau um. Ihre Blicke schweiften über das neue Durcheinander, ausgelöst durch den Artefaktregen aus dem oberen Regal und die nachfolgende Detonation des Drinx. »Manchmal tun diese magisch geladenen Sachen wahrlich seltsame Dinge.« Sie machte eine auffordernde Bewegung, und Adelia eilte von dannen.

Goïmron hielt in seinem Versteck den Atem an, als Vanéra die Arme auf den Rücken legte und sich unentwegt umschaute. Er schätzte sie auf etwas über vierzig Zyklen, der Perlenschmuck machte sie älter. *Sie weiß, dass es kein Zufall gewesen sein kann!*

»Adelia!«, rief sie unvermittelt laut.

»Ja, ehrenwerte Maga?«, erschallte es von weit weg.

»Schicke Mostro nach unten. Er soll die Reste des Drinx zusammensuchen und putzen. Das Blut und die Leiche stinken sonst zu sehr.«

»Sehr wohl, ehrenwerte Maga.«

Vanéra sah nochmals hinauf zu der Stelle in zehn Schritt Höhe, von der Goïmron aus dem Regal abgestürzt war. »Irgendwas war doch dort oben«, murmelte sie und massierte sich mit dem Zeigefinger die Schläfe. Der gravierte Goldperlenring an ihrem Finger leuchtete, als helfe er ihr dabei, sich zu erinnern. »Irgendetwas von hohem Wert.«

Bitte nicht. Goïmron machte sich unter dem Haufen noch kleiner. *Nicht entsinnen. Vergiss den Meeressaphir.*

Unvermittelt wandte sich Vanéra um und schritt los.

Goïmron wartete noch einige Herzschläge ab, bevor er sich aus dem Wust herauswühlte und leise zur Treppe eilte. Keinesfalls wollte er in der Wunderkammer eingesperrt oder doch noch entdeckt werden. Niemand sollte Wind davon bekommen, dass er hinter all dem steckte. Trotzdem freute es ihn sehr, den Abstecher in die Halle gemacht zu haben. *Ich habe Goldhand und Hargorina gerettet.*

Da die Maga langsamer ging und manchmal vor Schränken stehen blieb, um darin zu suchen und zu kramen, gelang es Goïmron, sich vor ihr die Stufen hinaufzuschleichen und ungesehen den Ausgang durch das Doppelportal aus poliertem, hellgrauem Ligusterholz zu passieren.

Dankbar schloss er in der Vorhalle kurz die Augen und atmete einmal tief durch. *Danke, Vraccas!*

»Was treibt *Ihr* denn hier?«, hörte er Mostros Stimme, teils verwundert, teils maßregelnd.

Schnell hob er die Lider und sah den Famulus mit umgebundener Lederschürze, vollem Putzeimer, Feudel und Schwamm sowie mehreren Handtüchern über der Schulter vor sich stehen. Üblicherweise achtete Mostro wie seine Maga sehr auf sein Äußeres, das volle dunkelblonde Haar lag in großen Wellen künstlerisch um sein Haupt. Die Tracht einer Magd ruinierte den großen Auftritt. »Ach, ich hörte, dass ein Unglück geschehen sei, und …«

»Eine riesige Sauerei, ja. Aber nichts, was einen Gast der ehrenwerten Maga belästigen sollte.« Mostro zeigte zum Treppenaufgang, der ins Haupthaus führte. »Geht wieder hinauf, Meister Schnitzeisen. Macht es Euch gemütlich und werdet bald Zeuge, wie die ehrenwerte Maga die beiden Verletzten heilt.«

»Oh, dann wurde das Karneolmesser gefunden?«

Die dunklen Augenbrauen hoben sich vor Verwunderung, die Härchen des dünnen Federkielbärtchens schienen sich zu sträuben. »Woher wisst Ihr denn von dem Artefakt?«

»Adelia erwähnte es. Und dass es wohl verschollen sei.« Goïmron eilte an ihm vorbei zur Treppe. Er wollte vermeiden, dass Vanéra dazustieß und Fragen stellte. »Gut, dass es auftauchte. Und Ihr habt recht, Famulus Mostro. Das *muss* ich mit eigenen Augen sehen!«

Schwitzend vor Anstrengung erreichte er seine Gemächer und ließ sich aufs Bett fallen. *Vraccas, das war knapp.* Schnell nahm er den Meeressaphir aus der Tasche und betrachtete ihn fasziniert.

Das mystisch-blaue Leuchten pulsierte weniger stark, aber die enorme Kraft des Steins war für den Zwerg deutlich erkennbar. Der aus unbekannten Knochen gemachte geflügelte Miniaturdrache schmiegte sich schützend an ihn und wurde damit zu einem kleinen Henkel.

Hast du mit mir gesprochen oder bildete ich es mir ein? Goïmron rieb über die glatten Flächen, die von einer meisterlichen

Hand geschliffen und graviert worden waren. Dennoch bemerkte er einige Fehler in den Facetten, die dringend einer Nachbearbeitung bedurften.

Der Stein schwieg.

Es klopfte an Goïmrons Tür, die fast zugleich von Brûgar aufgerissen wurde. Schnell stopfte Goïmron das wertvolle Andenken unter das Laken. »Was gibt es denn?«

»Sie haben das Karneolmesser gefunden!«, sprach der glatzköpfige Krieger, die Pfeife im Mundwinkel wackelte aufgeregt. »Los, komm! Das musst du miterleben. Ich habe schon den Feiertagstabak angezündet.«

Goïmron fand den Geruch, der an Leder und Gras erinnerte, sehr streng für einen Feiertag. »Ich komme.«

Brûgar paffte Rauch ins Zimmer wie ein Imker Qualm in einen Bienenstock. »Na, dann auf, auf!«

»Erst will ich mein Gebet zu Vraccas beenden.«

»Verstehe. Auch wenn du dir deine Worte sparen kannst. Eine Maga rettet unsere Helden, nicht der göttliche Schmied.« Brûgar trat halb hinaus in den Flur. »Beeile dich. Sonst verpasst du außerdem den Einzug von König Regnor am Hofe der Artefaktpoliererin. Er wird nicht besonders amüsiert sein, wenn du ihn warten lässt.«

»Ich?«

»Du hast ihm einiges zu erklären, Gemmenschnitzer.«

»Ich?«, entfuhr es Goïmron erneut wenig geistreich, der dichte Rauch ließ ihn hüsteln.

»Natürlich du. Wie du es geschafft hast, unserer Thronfolgerin derart den Kopf zu verdrehen, dass sie für dich log. *Das* wird *hart*«, sagte Brûgar schadenfroh. »Wie gut für dich, dass das Heilartefakt gefunden wurde.« Er zog die Tür von außen ins Schloss und stiefelte lachend davon.

Über den Scherz vermochte Goïmron nicht einmal zu lächeln.

* * *

DAS GEBORGENE LAND, KÖNIGREICH PALUSIEN, HAUPTSTADT KLIPPSTATT, 1023 N. B. (7514. SONNENZYKLUS NACH ALTER ZEITRECHNUNG), FRÜHSOMMER

Stémna verweilte gute fünf Schritte vor dem Tor auf der Zugangsbrücke nach Klippstatt und sah irritiert zu der Phalanx aus Wachen, die ihre Piken gegen sie gereckt hielten, die Gesichter hinter geschlossenen Visieren verborgen.

Dahinter stand Kanzler Yltho in seiner dunklen, bestickten Amtsrobe und mit passender Kappe auf einer Kiste, damit er über die Helme der Garde hinweg zu ihr sprechen konnte, was er bereits seit geraumer Zeit tat.

Aber Stémna hörte ihm nicht mehr zu, weil sie intensiv nachdachte.

Seit sie zur Stimme der Drachin Ûra geworden war, hatte es eine Handvoll Ereignisse gegeben, bei denen ihr der Zutritt an einen Ort oder die Abgabe für die Herrin des Geborgenen Landes verwehrt worden war. Manchmal aus nachvollziehbaren, manchmal aus albernen Gründen, die letztlich stets eines nach sich gezogen hatten: den Untergang der Stätte, vernichtet von Drachenfeuer.

Doch Kanzler Yltho hatte einen neuen, ebenso verständlichen wie beunruhigenden Grund ins Feld geführt, weswegen die Hauptstadt Klippstatt und somit das gesamte Reich Palusien keine Münze mehr an Tribut entrichten wollte. Dieser Grund bedeutete eine neue Größenordnung an Machtkampf, mit dem so nicht zu rechnen gewesen war. Nicht in diesen Zeiten. Aber nur, sofern sich der Bericht des Mannes als wahr erwies.

Endlich hatte Stémna ihre Verblüffung überwunden und ihre Gedanken gesammelt. Sie hob die rechte Hand, und der Kanzler hielt inne. »Ihr wollt mir weismachen, dass ein albischer Attentäter in die Schlafgemächer der königlichen Familie eindrang und König Karnred sowie seine Söhne ermordete?«

»*Weismachen?*«, stieß Yltho aus, und die Amtskette hüpfte vor seiner Brust. »Habt Ihr mir überhaupt zugehört? Nicht nur, dass eine verwitwete Königin voller Trauer die Geschicke des Landes lenken muss; wir verloren zwei Drittel der Wache und viele Bedienstete, bevor wir den verfluchten Alb töten konnten. Wie viele Zeugen benötigt Ihr? Die Leiche des Mörders weise ich Euch.«

»Dann *wollte* das Schwarzauge, dass man es bei seinem Treiben sieht. Sonst wärt Ihr ebenso tot, Kanzler.« Stémna fand die ganze Angelegenheit seltsam. Der Herrscher von Dsôn Khamateion beließ es üblicherweise dabei, in seinem Reich Pläne zu schmieden, die er nie in die Tat umsetzte. Das hatte sie bei ihren Besuchen gelernt. Der Ganyeios ginge allenfalls einen recht einseitigen Pakt mit dem Omuthan ein, um sich Brigantia früher oder später anzueignen. Aber dass die Albae Palusiens Herrschergeschlecht meuchelten, ergab keinen Sinn. Es lag am anderen Ende des Geborgenen Landes.

Es ist vielmehr eine Botschaft an Ûra. Es soll ihr zeigen, dass Dsôn Khamateion jederzeit zuschlagen kann. Überall. Stémna richtete den Sitz ihres weißen Hutes und fühlte die Wärme der untergehenden Sonne auf ihrer Haut. Das Taggestirn malte wundervolle Farben auf dem nahen Meer, das sich unterhalb von Klippstatt an der Steilküste und dem Strand anschloss, und ließ die Wellen glitzern. »Ich werde meiner Herrin berichten. Ihr wisst, was eine Verweigerung des Tributs normalerweise nach sich zieht. Aber sie wird die Umstände berücksichtigen.«

»Die Umstände?«, brüllte Yltho und wollte sich gar nicht mehr beruhigen, sein bartloses Gesicht lief rot an. »Das Königreich Palusien entrichtete dieser Bestie Dekaden um Dekaden immense Reichtümer als Abgabe. Damit sie uns schützt. Aber wir bekamen nichts dafür!«

»Meine Herrin beschützt Euch vor anderen Drachen, die –«

»Ihr, Stémna, habt uns Schutz versprochen! Schutz vor Veränderung. Und das schließt meines Erachtens mit ein, dass die

Schwarzaugen nicht bis zu uns reisen und meucheln, wie ihnen der Sinn steht.« Der Kanzler sah sie fest und furchtlos an. »Oder hat Ûra etwa ihre Autorität bei den Bestien verloren? Es scheint, die Albae erkennen sie nicht mehr an. Und falls *das* geschehen ist, sollten wir besser den Schwarzaugen genügend Münzen zahlen als Euch.«

»Das würde ich Euch nicht raten.«

»Dann ratet mir, was ich der verwitweten Königin sagen soll.« Yltho breitete die Arme aus. »Wie erkläre ich, dass der Schutz der größten Drachin nichts wert ist? Oder vielleicht lebt das Scheusal längst nicht mehr und Ihr streicht stattdessen die Reichtümer ein?« Er riss sich die Kappe vom Kopf. »Schert Euch davon, Botin der Bestie! Kommt wieder, wenn Ihr der trauernden Königin und mir versichern und beweisen könnt, dass das Wort einer Drachin gilt. Dass der Schutz etwas zählt. Sodann mögt Ihr das verdammte Geld haben.« Er vollführte eine verächtliche Geste mit der Kappe und setzte sie erneut auf. »Aber vorher erhaltet Ihr nicht die kleinste Münze. Allenfalls einen stählernen Pfeil zwischen die Augen. Meinetwegen lasse ich ihn vorher vergolden, solltet Ihr auf eine Abgabe bestehen.«

»Ich werde meiner Herrin Eure Worte ausrichten. Es könnte sein, dass sie ihr nicht gefallen.«

»Und was dann? Frisst sie mich und die Königin? Verbrennt sie das Land?«, höhnte Yltho. »Dann wird sie feststellen, dass ihr einfaches, leichtes Leben ebenso vorbei ist.« Er gab den Wächtern einen Wink. Die Garde marschierte im Gleichschritt rückwärts, ohne die Piken zu heben.

Stémna fehlten die Worte.

Drohungen funktionierten nur, solange es kein größeres Leid und keine größere Gefahr gab als Ûra. Der Kanzler hatte sehr genau benannt, was er als schlimmere Bedrohung für das Geborgene Land ansah.

»Geht und sprecht mit dem Scheusal, das Ihr Herrin nennt. Kommt wieder, wenn es etwas Gutes zu berichten gilt. Sonst wird bald kein Reich mehr etwas zahlen wollen. Und am Ende könnte die Idee entstehen, sich gegen Ûra zu erheben.« Yltho sprang von der Kiste und verschwand zwischen den schützenden Wachen. »Ihr werdet es vernommen haben: Die Zwerge versammeln sich um ihren zurückgekehrten Helden. Wer weiß, was sie in ihrer neu gewonnenen Kühnheit planen? Sie würden gar Tausende Waffen zu schmieden wissen, mit der man Drachenhaut durchschlägt.«

Rumpelnd schloss sich das Stadttor von Klippstatt.

Das wüsste ich. Stémna wandte sich um und ging. *Meine Spionin hätte es mir längst gesagt.* Schmährufe begleiteten sie von den Wehrgängen herab über die Brücke, die über den Einschnitt zwischen dem schwarzen Basaltausläufer und dem herkömmlichen Land führte.

Sie schwang sich in den Sattel ihres wartenden Pferdes und ritt auf die Straße, die oberhalb von Klippstatt entlangführte und von der man einen atemberaubenden Ausblick über das Meer hatte, auf dem größere und kleine Boote mit gehissten Segeln fuhren. Einige steuerten den tiefer gelegenen Hafen der Hauptstadt an, andere wollten vor Einbruch der Nacht noch Litusien oder Ribasturian erreichen.

Stémna hielt ihr Pferd auf einer flachen Erhebung an, von der die Aussicht umwerfend anmutete. Sie wollte nachdenken und ihre verschiedenen Theorien zu den Vorkommnissen ordnen, bevor sie Ûra rief, um ihr zu berichten.

Ein paar Verliebte saßen auf den steinernen Bänken, auf Decken am Boden und unter dem Dach des Säulengangs, der zu einem Ehrenmal gehörte. Menschen jeglichen Alters genossen den Moment des Sonnenuntergangs bei mitgebrachten Köstlichkeiten. Eine Zeichnerin hatte ihre Staffelei aufgestellt und bannte den Augenblick mit raschen Strichen ihrer Blei-, Silber- und Kohlestifte auf Papier. Klippstatt, das Meer, die Segelschiffe entstanden noch einmal in groben Grautönen.

Das Ankommen der Botin wurde teils nicht bemerkt, teils mit

knappen Blicken bedacht. Niemand kümmerte sich darum, dass die Stimme der Drachin erschienen war. Stémna saß mit finsterem Blick ab und band das Pferd an einem Baum fest. *Vor wenigen Umläufen hätten sie sich noch vor mir und Ûras Macht in den Staub geworfen.*

Klippstatt lag auf den letzten Ausläufern einer Basaltzunge, die sich vom Vulkan Wolkenfeuer aus dem Landesinneren bis zur Küste zog. Der Feuerberg war vor knapp neunhundert Zyklen entstanden und hatte dabei große Teile der Wälder vernichtet, was das damalige Königinnenreich schwer getroffen hatte. Der Basaltvorschub durchschnitt nun den breiten Sumpfgürtel entlang des Küstenstreifens. Die Sümpfe erschwerten in allen umliegenden Reichen das Anlegen von Häfen und riefen Fieberplagen hervor, die zahllose Menschenleben kosteten. Im Gegenzug boten sie reichlich brennbare Gase, welche verschiedentlich genutzt wurden – sofern das Volk der Ragana dem Abzapfen zustimmte, da es die Sümpfe als sein Reich betrachtete. Niemand wollte einen Krieg mit den Moorhexen, denen man die schlimmsten Gräueltaten, Kannibalismus und schwärzeste Zauberei nachsagte.

Und doch zahlen sie Ûra klaglos Tribut. Stémna setzte sich auf eine Bank nahe der Abbruchkante und blickte über das Meer, das noch keine eintausend Zyklen alt war. *Aber wie lange noch?* Unterwegs hatte sie Gerüchte von Anschlägen auf Herrschaftshäuser und die Delegationen nach Rhuta vernommen, die unglaublichen Nachrichten jedoch als Waschweibgeschwätz abgetan. *Werden die Schwarzaugen größenwahnsinnig? Oder wissen sie etwas, was mir entging?*

»Hier. Ein Bild für die Botin«, sprach sie eine freundliche Stimme an. Eine behandschuhte Linke streckte ihr eine Zeichnung entgegen, auf der ihr Porträt zu sehen war, meisterlich erschaffen aus Blei- und Silberstift sowie einer frischen rötlichen Farbe, die noch nicht getrocknet war. »Behaltet es als Andenken für den heutigen Umlauf.«

Stémna nahm das Geschenk an, darauf bedacht, das weiße Leder ihrer Handschuhe nicht mit dem feuchten Rot zu beschmutzen. »Habt Dank.« Sie vermochte die Augen nicht von dem Bild zu lösen. Die Striche und die Technik waren perfekt. »Es ist ausgezeichnet!«

»Ich danke Euch für die Bewertung meiner stümperhaften Kunst. Ihr hättet sehen sollen, was mein Vater auf Leinwand und Papier zauberte. Oder auf Pergament«, erwiderte die sanfte Stimme. »Egal aus welcher Haut es gemacht war.«

Erst nach einem weiteren Blinzeln vermochte Stémna, sich vom Kunstwerk loszureißen und zum Maler zu blicken, der neben ihr stand. Ein schwarzer Mantel mit Kapuze verhüllte seine schlanken Züge. »Sagtet Ihr *Haut?*«

Neben der Staffelei lag die regungslose Zeichnerin, um ihren Hals breitete sich Blut aus. Die Pärchen waren verschwunden. Ausnahmslos. Nur sie und der Künstler befanden sich noch auf der kleinen Hochebene.

Und da begriff Stémna, wen sie vor sich hatte. *Einen Alb!*

Pfeilschnell stach er mit dem runengezierten Speer aus Tionium zu, den er geschickt mit seinem Körper verdeckt hatte. Die Klinge drang ihr durchs Schlüsselbein und trat auf dem Rücken durchs Schulterblatt aus.

Stémna schrie vor Schmerzen, Blut rann unter der Kleidung über Brust und Rücken. »Du verfluchter –«

»Ich hoffe, es stimmt, was ich über Euch hörte«, unterbrach der Alb sie gelassen und hielt sie gefangen wie einen aufgespießten Fisch. »Verwundet man die Botin, erscheint die Bestie.« Er hob den Blick und betrachtete den wolkenlosen Abendhimmel aus schwarzen Augen. »Es wäre mir recht, nicht zu lange warten zu müssen. Ich habe viel vor.« Er drehte den Speer leicht in der Wunde, und Stémna ächzte. »Es wäre auch in Eurem Sinne.«

* * *

»Ich habe verschiedene Nachforschungen angestellt und zusammengetragen, was ich an Unterlagen finden konnte. Augenzeugenberichte, Wachbucheinträge, Patrouillenmeldungen. Daraus ergab sich ein Bild über das Vordringen der Bestien.

Generell muss festgestellt werden: Sie kamen im Durcheinander der Erdbeben und Katastrophen durch die unbewachten Durchgänge im Süden und Norden, bevor diese geschlossen wurden, und verteilten sich im ganzen Geborgenen Land. Der Zustrom im heutigen Brigantia ist bis heute ungebrochen.

Es existierten zwei riesige Orkreiche, die aber von Allianzen aus Menschen und Elben im Laufe der Zyklen vernichtet wurden. Ein verbliebener Rest davon sind die Salzseeorks und die Bestien in Kràg Tahuum, wobei diese nicht die Erbauer der Festung sind.

Die meisten Scheusale lebten in unwirtlichen Regionen, anfangs in der Nähe von Vulkanen, weil sich die Menschen wegen der Drachen nicht dorthin wagen.

Was ich sagen kann: Die Orks planen die Neugründung ihres alten Reiches Toboribor im Südosten des Geborgenen Landes, das heutige Tiefenland. Außer den bekannten Orks sind die Waldtrolle im Südwesten Ribasturians sowie die Klippenoger im Westen des Kaiserreichs Gautaya gefürchtet.«

aus: Historie des Geborgenen Landes
nach dem großen Beben, Band III, S. 3213,
aufgezeichnet von Ukentro Kleinfeder, Magister in Enaiko

KAPITEL XII

DAS GEBORGENE LAND, BRAUNES GEBIRGE, BRIGANTIA, 1023 N. B. (7514. SONNENZYKLUS NACH ALTER ZEITRECHNUNG), FRÜHSOMMER

Klaey hatte seine neuerliche Erzählung von seinen Abenteuern in Dsôn Khamateion beendet. Er nahm sich einen Haferkeks vom Teller und tunkte ihn ein-, zwei-, dreimal in sein Rosenmandelwasser, um danach davon abzubeißen und grinsend vor sich hin zu knuspern. Er hatte Zeit, um auf das Ende der Unterredungen zu warten.

Seit seiner Rückkehr mit Todesschwinge, den vielen Neuigkeiten und dem gesammelten Wissen über das Reich der Albae schwamm er obenauf. Aus dem nichtsnutzigen jüngsten Bruder war das wertvollste Mitglied der Geschwistersippe Berengart geworden. Die krächzende Stimme machte ihn obendrein geheimnisvoller und anziehender für Frauen. Und Klaey genoss es.

Um ihn herum besprachen die Zabitays das Gehörte, während Orweyn die Aufzeichnungen und Skizzen betrachtete, die anhand der Erzählungen angefertigt worden waren.

So wendet sich das Blatt für mich. Klaey verzehrte den Gebäckrest und sah zum schwarzen Flugmahr, der im hinteren Teil der Besprechungshalle stand, mit verbundenen Augen und einer langen Kette an der Wand gesichert. So blieb Todesschwinge auf ihn angewiesen und griff keine Menschen an, was der Hengst ohne Zweifel bei erster Gelegenheit tun würde. Die Ohren zuckten, gelegentlich scharrte er mit dem rechten Vorderhuf, was Funken und Blitze fliegen ließ, oder er spreizte die schwarzen Flügel aus Langeweile; der Windstoß brachte die Lampen und Karten zum Flattern.

»Ruhig, Todesschwinge«, rief Klaey. »Wir fliegen gleich eine Runde. Dann kannst du dich austoben.«

Der Flugmahr schnaubte zufrieden.

Klaey hatte es geschafft, auf dem Flug von Dsôn Khamateion nach Brigantia so etwas wie Vertrauen mit dem Hengst aufzubauen. Die Eingebung, ihm die Augen zu verbinden, war mehr als Gold wert gewesen. Todesschwinge verließ sich auf das Dirigieren seines Reiters, als wäre es schon immer so gewesen. Zum Glück waren sie nicht mit den vier restlichen Flugmahren aneinandergeraten. *Den Luftkampf hätte ich verloren.*

Mit einer Hand nahm er sein neues Glücksamulett unter dem maßgeschneiderten Gewand heraus. Den Schnitt des dunkelbraunen, bestickten Stoffs hatte er an die Mode der Albae anpassen lassen, um die Hüfte trug er sein Rapier. Der Talisman war eine blaue Mohnblüte, deren Blätter aus dünnen Lapislazulischeiben gemacht waren – ein Schmuckstück, wie es seine Mutter getragen hatte. Erinnerung und Beschwörung zugleich. *Mögest du mir gute Dienste leisten.* Er küsste die Blüte und steckte sie zurück unter die Kleidung.

Orweyn erhob sich von seinem Sessel. Die Unterhaltungen der Männer und Frauen wurden leiser, bis sie auf sein Handzeichen hin gänzlich verstummten. »Ihr habt gehört, was mein kleiner Bruder Klaey von seiner Mission als Geisel mit zu uns brachte.« Er zeigte auf Todesschwinge. »Und könnt es sehen.«

»Abgehauen ist er. Die Schwarzaugen werden sich das fliegende Pferd zurückholen und dabei etliche Leben nehmen«, warf eine Zabitaya verdrossen ein. »Schicken wir es ihnen zurück. Als Geste des guten Willens.«

»Nein«, rief Klaey heiser. »Ich rücke Todesschwinge sicherlich nicht heraus. Sollen sie sich einen neuen machen. *Wir* vermögen ein *solches* Wunder nicht. Kreuzen wir ihn mit unseren Pferden, bekommen wir vielleicht auch eine Luftreiterei? Diese Gelegenheit geben wir nicht leichtfertig aus der Hand.«

Orweyn nickte zustimmend. »Das Vieh bleibt bei uns, und

Klaey hat die Aufsicht darüber. Keiner versteht es besser als er.« Er hob ein Bündel jüngst eingegangener Nachrichten von der Südwestgrenze des Reiches an. »Eine fliegende Reiterei bräuchten wir dringend. Die Zwerge sammeln sich in Scharen in Rhuta um ihren einstigen Helden. Die Grenzfestungen der Vierten entlang unseres Landes sind in heller, freudiger Aufregung. Sie schmieden Tag und Nacht an Waffen. Belagerungsgeräten. Katapulten und Schleudern.« Er knallte die Papiere auf den Tisch und wirkte in seiner biederen Aufmachung mit Schleifenband im Haar und parfümiertem Halstuch wie ein Buchhalter, der sich über Tintenflecke auf Rechnungen ärgerte. »Sie erhoffen sich Goldhands Hilfe bei der Eroberung des Braunen Gebirges. Nein, sogar die Hilfe sämtlicher Stämme der beschissenen Unterirdischen samt der Heeresverbände aus etlichen Menschenreichen!«

Es wird wohl ernst. Klaey zog die langen schwarzen Haare im Zopf enger und nahm sich einen weiteren Haferkeks. Mit dem Entstehen von Brigantia und seiner stückweisen Ausbreitung hatte es mehrmals kleinere Landrückeroberungen durch Gauragon und die verbündeten Vierten gegeben. Doch seit zweihundert Zyklen blieben die Grenzen stabil. *Bis Goldhand aufkreuzte.*

»Es geht uns ans Leder«, stellte ein Zabitay fest und rollte eine große Karte auf dem Tisch aus. »Sofern wir das zulassen. Angeblich ist Goldhand so gut wie von seinen Verletzungen genesen, die er den Albae verdankte.« Dabei deutete er auf die eingezeichneten fünf gegnerischen Festungen entlang der Grenze, die sich als uneinnehmbar erwiesen hatten. »Wir können abwarten, bis sich die Unterirdischen und ihre Getreuen am Grenzwall sammeln.«

»Oder?« Orweyn nahm einen Schluck Wein aus einem goldenen prunkvollen Pokal, der einst von Zwergen gemacht worden war. Die Runen waren mit Hammerschlägen zerstört und durch das Symbol der Familie Berengart ersetzt worden.

»Oder wir greifen sie zuerst an.« Der Zabitay blickte erwartungsvoll in die Runde. »Mit einem Ausfall rechnen sie nicht.«

»Gegen die Zwergenfestungen anzurennen ist Irrsinn.« Klaey trank von seinem aromatisierten Wasser. »Ich weiß, was ihr euch von mir wünscht. Aber ich allein werde sie mit Todesschwinge nicht von oben bezwingen können.«

Sein Scherz erntete leises Gelächter.

»Was, wenn wir die Burgen ignorieren und an ihnen vorbeiziehen? Wir durchbrechen die dünnsten Stellen der Grenzwälle, wie wir es schon oft getan haben, und attackieren die heranziehenden Einheiten etliche Meilen, bevor sie mit uns rechnen«, warf Orweyn ein. »Solange sie sich nicht zu einer großen Streitmacht zusammengeschlossen haben, sind sie verwundbar. Die Festungen bergen nicht genug Besatzung, um einen Ausfall gegen uns zu wagen. Sie sind auf reine Verteidigung ausgerichtet.«

»Ein tollkühner Plan, Omuthan«, befand die Zabitaya begeistert. »Er könnte gelingen.«

»Das wird er. Sobald wir wissen, wo genau sich die nahenden Einzelheere befinden, die wir uns der Reihe nach vornehmen.« Orweyn sah zu Klaey. »Da wir einen fliegenden Aufklärer haben, wird das ein Leichtes sein. Du wirst sie aufstöbern und uns melden, wo wir angreifen können.«

Klaey nickte. »Es ist Todesschwinge und mir eine Freude, die Augen und Ohren von Brigantia zu sein.« So schlecht fand er den Plan nicht, der sich in der Runde manifestierte. »Ich denke, sie werden noch vor Einbruch des Winters ihre Truppen sammeln und eine Attacke wagen. Warten sie bis zum Frühjahr, wissen sie genau, dass wir genügend Vorkehrungen treffen können, um das Braune Gebirge uneinnehmbar zu machen.«

»Die Menschenreiche werden so schnell wie möglich vorgehen, um die Schwarzaugen für ihre Morde zur Rechenschaft zu ziehen. Dazu müssen sie ins Braune Gebirge«, vermutete Orweyn. »Ich habe mehrere Meldungen erhalten, dass Delegationen auf dem Weg nach Rhuta von Assassinen angegriffen wurden. Was mein kleiner Bruder in seiner Geiselhaft belauscht hatte, wurde in blutige Taten umgesetzt. Einige Throne müssen neu besetzt werden.«

Klaey hätte nicht gedacht, dass Dsôn so rasch zuschlug und sich zu seinen Morden bekannte. Entweder die ausgesandten Meuchler hatten einen Fehler begangen oder die Albae lechzten danach, gefürchtet zu werden.

Zumindest wird Brigantia dafür nicht verantwortlich gemacht. Das ist das Gute. Aber so oder so müssen sie durch unser Reich, um die Schwarzaugen zu vernichten. Er langte nach dem nächsten Gebäckstück. *Wie habe ich diese Kekse vermisst!* Bald würde er sein altes Gewicht zurückerlangt haben und sein Gewand ändern lassen müssen.

Orweyn richtete sich unvermittelt an ihn. »Was sagst du dazu?«

»Dass die Kekse ausgezeichnet schmecken.«

Erneut lachte die Runde der Befehlshabenden leise.

»Ich werde es deiner Schwester ausrichten. Aber ich meinte das derzeitige Geschehen.«

Darüber hatte Klaey sich tatsächlich Gedanken gemacht. »Meiner Einschätzung nach *wollen* die Albae, dass ein Heer des Geborgenen Landes erst gegen Brigantia zieht, um uns zu schlagen, und sich danach einen Weg durch das Gebirge nach Dsôn Khamateion bahnt.« Er schwenkte das Rosenmandelwasser in seinem Silberbecher. »Damit sie die vom Kampf geschwächten Unterirdischen und ihre Verbündeten spielend leicht bezwingen und sich das Geborgene Land unter den Nagel reißen können, mit der Hilfe des Meeresreiches Undarimar.« Klaey nahm einen Schluck und spülte Keksreste aus den Zähnen. »Die Schwarzaugen nutzen uns auf perfide Weise, sich das Geborgene Land untertan zu machen. Das geht auf unsere Kosten.«

Orweyn setzte sich und hielt den Blick auf die Karte gerichtet. »Gut. Wir machen zwei Dinge. Erstens …«

Das Eingangsportal wurde ohne Vorwarnung geöffnet.

Eine Wache brachte zwei Albinnen und einen Alb in zeremoniellen, dunklen Gewändern herein, die keinerlei sichtbare Waffen bei sich trugen. Weiße, silberne und blutrote Symbole setzten Akzente auf den fließenden Stoffen.

Die Schmuckbehangenste von ihnen kannte Klaey zu gut.

Ascatoîa! Er sah zum Flugmahr, dessen Nüstern sich aufgeregt blähten. Der Kopf drehte sich in Richtung der Neuankömmlinge, begierig sog er den Geruch ein. Sabber troff in langen Bahnen aus dem Maul, und die Ohren waren kerzengerade aufgerichtet. Klaeys Rechte legte sich an den Griff seines Rapiers. *Todesschwinge kriegen sie niemals zurück.*

Obwohl die Albae einen friedlichen Eindruck machten, langten auch die Männer und Frauen um Klaey herum an ihre Wehrgehänge, um die Klingen rasch ziehen zu können. Durch die Tür traten weitere Wachen mit geladenen Armbrüsten und schussbereiten Kurzbögen.

Ascatoîa blieb auf ein Handzeichen von Orweyn stehen und deutete eine Verbeugung an. Wie gewohnt trug sie schweres Geschmeide um Handgelenke, Hals und als Stirnzier »Ich grüße Euch, Omuthan, und bringe die besten Wünsche aus Dsôn Khamateion. Ich bin Botschafterin Ascatoîa.«

»Grüße werden nicht alles gewesen sein, was Euch hierherführte, nehme ich an?« Orweyn sah zu Klaey. »Aber da Ihr schon hier seid: Danke für die pflegliche Behandlung meines kleinen Bruders, als er Eure Geisel war. Er hat sogar ein bisschen Fett verloren, an Muskeln zugelegt und eine neue Sprache erlernt.« Danach deutete er auf Todesschwinge. »Und meinen Dank für das großzügige Geschenk, auf dem Ihr ihn habt nach Hause reiten lassen, Botschafterin. Oder fliegen? Wie sagt man dazu?«

»*Reisen.*« Ascatoîa lächelte ohne Freundlichkeit. »Wir nennen es *reisen.*«

»Schön.« Orweyn vollführte mit der Hand eine Halbkreisbewegung über der ausgebreiteten Karte. »Wie Ihr seht, Botschafterin, besprechen wir gerade einige Dinge, die auch Euer Reich betreffen. Als hättet Ihr unsere Worte im fernen Dsôn Khamateion vernommen.«

»Fast, werter Omuthan. Fast.« Ascatoîa warf einen neugierigen Blick auf die Landkarte. »Ich nehme an, dass Brigantia bestens in Kenntnis darüber ist, was Dsôn für die Zukunft vorgesehen hat?«

»Wir ahnen, welche Rolle uns dabei zukommt.«

»Klärt mich auf: Welche wäre das, aus Eurer Sicht?«

Orweyn deutete auf Klaey. »Würdest du, bitte? Als Kenner der Albae.«

»Unsere Rolle ist die eines Puffers, an denen sich die Unterirdischen und ihre Verbündeten abarbeiten sollen, bevor sie geschwächt vor den Toren Dsôn Khamateions stehen und Ihr sie besiegen könnt. Um Euch danach das erledigte Brigantia und das Geborgene Land zu schnappen. Mit der Hilfe von Undarimar«, erklärte Klaey ruhig. Auf Albisch fügte er hinzu: »Denkt nicht, dass ich etwas vergaß. Ich erinnere mich an viele Eurer Besprechungen. Zwischen Euch und Vascalôr. Auf dem Wehrgang. In den Stallungen. Oder jene im Samusintempel mit der Geheimen Kammer.«

»Ihr seid sehr begabt. Für Menschenabschaum«, erwiderte Ascatoîa abfällig, um dann in die Gemeinsprache zu wechseln. »Ich widerspreche Euch höchst gerne, Omuthan. Dsôn Khamateion bietet Euch und Brigantia etwas gänzlich anderes an: einen Pakt.«

»Ah, so etwas wie: Die erste Linie bei dem Angriff zu übernehmen?« Orweyn lachte dunkel. »Ich kehre keinem Alb den Rücken zu. Dass ihr Menschen als Sklaven oder Kunstspender für Haut, Knochen und Blut anseht, ist mir bewusst.«

Ascatoîa lächelte, und diesmal wirkte ihr halb helles, halb dunkles Antlitz erheitert. »Wie schön, dass wir einer Meinung sind. Aber doch haben wir den gleichen Feind.«

»Den Ihr mit Euren Morden aufgestachelt habt.«

»Wir haben im Grauen Gebirge versucht, Goldhand zu töten, bevor er eine Gefahr für uns wird. Und für Euch umso mehr. Ihr schuldet uns streng genommen einen Gefallen.« Ascatoîa sah bedauernd zum Flugmahr.

»Gewiss nicht, da Goldhand noch lebt. Stattdessen habt Ihr die Unterirdischen und die Hälfte des Geborgenen Landes in Aufruhr versetzt.«

»Ah, Ihr meint die Anschläge auf die Delegationen und Herrscherhöfe? Der Ganyeios entschied, ein bewusstes Warnzeichen zu setzen. Im Sinne von Dsôn Khamateion.« Mit den unterschiedlich farbigen Augen und der Färbung ihrer Haut blieb die Botschafterin unheimlicher als ihre beiden stummen Begleiter.

Orweyn betrachtete die Albin. »Also, raus mit der Sprache: Wie soll der Pakt aussehen?«

Ascatoîa wies mit ihrem linken Zeigefinger auf die Karte. »Wir verlagern einige unserer besten Truppen ins Vorland von Brigantia. Dorthin, wo Ihr sie haben wollt, Omuthan. Um Euch zu unterstützen, sobald die Vierten kommen und ihr ehemaliges Reich einfordern.«

»Im Gegenzug?«

»Nichts. Wir halten uns die Feinde ebenso vom Leib. Es ist strategisch mehr als sinnvoll, unsere Kräfte so lange zu bündeln, bis unser beider Länder sicher sind.« Ascatoîa nickte ihren Begleitern zu, die vortraten und mehrere gesiegelte Papiere auf dem Tisch ablegten. »Das sind die Verträge. Sie geben Euch das Recht, unsere Truppen zu befehligen.«

Klaey glaubte kein Wort von dem, was die Albin von sich gab. »Papier ist geduldig.«

»Es sind Verträge, die wir mit Geiseln absichern. Wir überstellen einhundert der angesehensten Albae aus Dsôn in Eure Obhut. Deren Tode wären mit nichts aufzuwiegen.« Ascatoîa war anzusehen, dass es sie Mühe kostete, bei der gefühlten Kapitulation Haltung und Stolz zu bewahren. Eine verräterische dunkle Wutlinie entstand an der Stirn und zuckte über die Nase abwärts. Das Licht verdunkelte sich im Saal, und die Leibwache des Omuthan stieß warnende Rufe aus. »Es ist nicht meine Entscheidung, sondern die des Ganyeios. Ich persönlich würde es lieber so handhaben, wie der Dieb« – dabei sah sie zu Klaey – »es darlegte. Und es wäre mir eine Freude.«

Orweyn schwieg. Er ließ sich die Verträge reichen und überflog sie, reichte sie in die Versammlung und trank vom Wein. »Es steht geschrieben, was Ihr sagtet. Das ist überraschend.«

»Für mich ebenso.« Ascatoîa hatte ihre Gefühle wieder im Griff, die schwarzen Striche verschwanden aus dem Antlitz. Die Leuchter und Lampen erhielten ihre volle Helligkeit zurück. »Was darf ich in Dsôn berichten? Geht Brigantia das Bündnis ein?«

»Das beraten wir bis heute Abend. Seid so lange mein Gast.« Orweyn zeigte auf den Ausgang. »Es wird Euch an nichts fehlen.«

»Das wage ich zu bezweifeln.« Die Botschafterin wandte sich um und ging auf den Flugmahr zu, Alb und Albin folgten. »Sonst wäre ich in Dsôn.«

Unvermittelt machte Todesschwinge einen blitzschnellen Satz nach vorne, so weit es ihm die Kette erlaubte, und biss Ascatoîas Begleiterin in die Schulter. Die langen Schneidezähne gingen glatt durch Stoff, Haut und Knochen. Ein Krachen erklang zusammen mit dem Schrei der Angegriffenen.

Der Flugmahr schleuderte die gepackte Albin mit einer Kopfbewegung gegen die Wand, von der sie nach einem harten Aufprall zu Boden rutschte und benommen liegen blieb. Der Tritt eines blitzumspielten Hinterhufs zerschmetterte dem zweiten Alb den Schädel, tot fiel er nieder.

Ascatoîa riss ihre linke Hand in einer besonderen Haltung hoch, das Geschmeide an ihrem Unterarm glomm dunkel. »Mich bekommst du nicht«, sprach sie auf Albisch.

Klaey vermutete, dass sie einen Zauber in dem Schmuck gespeichert trug, der sie vor der Attacke des Hengstes schützte. *Sind das die Kräfte, von denen sie damals sprach? Bedeutet Zhussa nichts anderes als Maga?*

Ehe eine Wache reagieren konnte, schnappte sich Todesschwinge den Toten und sprang damit zur Albin, breitete die Schwingen über seiner Beute aus und begann, die Leichen mit raschen, hastigen Bissen zu verschlingen.

Bei Samusin und Cadengis' Mutter! Ich habe ihn dazu gebracht, das Fleisch der Schwarzaugen zu mögen. Klaey nahm sich fasziniert einen Keks und aß ihn langsam.

Ascatoîa hatte sich nicht gerührt und verfolgte mit schwarzen Wutlinien auf dem Antlitz, wie der Hengst sich an ihrer Begleitung labte. Langsam senkte sie die Hand und entspannte die Finger. »Diese Bestie könnt Ihr behalten. Sie hat keinen Wert mehr für Dsôn.« Dann folgte sie den Wachen hinaus.

Es blieb mucksmäuschenstill.

Die Zabitays sahen dem Flugmahr beim Fressen zu, der den Alb schnell bis auf die dicksten Knochen verschlungen hatte und dann an der weichen Bauchdecke der Albin zupfte.

»Jedenfalls wird mir kein Schwarzauge Todesschwinge stehlen können«, kommentierte Klaey trocken und biss in seinen Keks.

Schallendes Gelächter löste sich aus den Kehlen, von dem sich der Hengst nicht irritieren ließ.

»Du wirst aufbrechen, sobald dein fliegendes Pferdchen satt ist«, befahl ihm Orweyn leise, damit es niemand sonst vernahm.

Die Anweisung kam für Klaey überraschend. »Aber die Truppen der Unterirdischen sind noch gar nicht auf dem Vormarsch«, raunte er zurück. »Oder soll ich die fünf Festungen …?«

»Nein. Du wirst Ûra suchen. Mit dem Flugmahr ist es dir ein Leichtes, sie zu finden und zu erreichen. Beginne bei den größten Vulkanen.«

»Hast du den Verstand verloren, großer Bruder?« Beinahe wäre er am Bissen des Gebäckstücks erstickt und klang noch krächzender. »Ich verstehe nicht, was es bringt, sie anzugreifen. Sie ist mir hundertfach in allem überlegen! Ein überschweres Katapult werde ich kaum auf Todesschwinge montieren können.«

»Denke größer, mein Kleiner. Deine Geburt im Gebiet der Wunder verlieh dir die Gabe, jede Sprache zu erfassen, die du vernimmst.« Orweyn legte ihm eine Hand auf die Schulter. »Auch die einer Drachin. Sie spricht gewiss eine Sprache, oder?«

Das ist Wahnsinn! Klaey nahm ein paar hastige Schlucke vom Rosenmandelwasser. *Verhandlungen! Mit Ûra!* Er bekam kein Wort raus. *Und wenn es gar keine Sprache in dem Sinn ist, die sie nutzt?*

»Du hast es begriffen. Gut! Wir brauchen die Botin nicht, um mit dem mächtigsten Wesen des Geborgenen Landes zu reden. Du wirst Ûra persönlich vor den Plänen der Albae warnen, die du in Dsôn erfahren hast.« Orweyn machte ein zufriedenes Gesicht. »Wir bieten der Drachin außerdem die hundert Geiseln aus Dsôn an. Und die Standorte der albischen Truppen. Sowie sämtliche Geheimnisse von Dsôn samt der Verteidigungsanlagen, die du ihr geben kannst.« Er legte seine prankengroße Hand in Klaeys Nacken und schüttelte ihn wie ein Bäumchen. »Wie könnte Ûra da widerstehen und sich die Schwarzaugen nicht vom Hals schaffen wollen? Sie bringen nur Unruhe in ihr Reich. Sorge mit den passenden, schlauen Worten dafür, dass die Drachin Dsôn angreift.«

»Was verlangen wir für unsere Freundlichkeit?«, würgte Klaey undeutlich heraus.

»Nichts. Vorerst reicht es aus, wenn Ûra uns gut leiden mag.« Orweyn zeigte auf Todesschwinge, dem das Blut vom Maul troff, während er die Leber aus der Albin zog und sie genüsslich fraß. »Bis wir dank deines schaurigen Pferdchens unsere fliegende Reiterei haben. Und *dann* sind wir die Drachen sehr bald los. Allesamt.« Er ließ ihn los und wandte sich an die Versammlung.

Zu Ûra fliegen. Und mit ihr verhandeln. Klaey fragte sich, ob er in Dsôn nicht sicherer aufgehoben gewesen wäre.

* * *

DAS GEBORGENE LAND, ZAUBERREICH RHUTA,
HAUPTSTADT VANÉLIA, 1023 N. B. (7514. SONNENZYKLUS
NACH ALTER ZEITRECHNUNG), FRÜHSOMMER

Mit einem mulmigen Gefühl ging Goïmron in die oberen Stockwerke des Palastes der Maga und begab sich auf Bitten eines Zwergs aus dem Gefolge Regnors in den Trakt des Gebäudes, in dem Vanéra den König der Dritten untergebracht hatte.

Eben noch hatte er mit Telìnâs und Sònuk gesprochen. Sie warteten ab, wie sich die Dinge entwickelten, und waren bereit, das Abenteuer gemeinsam fortzuführen, sollte Goïmron es von ihnen wünschen. Der Elb bastelte neue Figürchen und Miniaturdinge aus Glanzpapier; eine papierne Axt hatte er Goïmron überlassen, die er artig angenommen und in seine Tasche gesteckt hatte. *Verbündete kann man stets gebrauchen. Was immer kommen möge.*

Vor dem Durchgang standen zwei schwer gepanzerte Krieger und Gata. Sie trug wieder ihre geschwärzte Eisenrüstung und wandte sich zu Goïmron. »Ah, da bist du.«

»Da bin ich.« Er versuchte, aus ihrem Gesicht abzulesen, was ihn gleich erwartete. »Ich nehme an, dein Vater ist *sehr* schlecht gelaunt?«

»Das vermute ich auch.« Die blonde Zwergin umarmte ihn ansatzlos, die Harnischplatte drückte sich schmerzhaft gegen seine Brust. »Aber es war die beste Entscheidung, die ich in meinem Leben getroffen habe.«

Goïmron lächelte und erwiderte trotz der Rüstung die Umarmung. Er fühlte sich in Hemd, Wams und Kniebundhosen wesentlich wohler; den Flachkegelhut, für den ihn sein Freund Gandelin so gerne verspottet hatte, ließ er weg. »Du hast etwas Wundervolles in Gang gesetzt, das es sonst nie für unser Volk gegeben hätte. Eine neue Einigkeit, die an die alten Zeiten erinnert. An gute alte Zeiten.« Er ließ sie los und blickte sie fest an. »Genau das werde ich dem König sagen.«

»Mutig. Für einen Vierten.«

»Das war fast schon beleidigend.«

Gata machte große Augen. »Nein, so war es nicht gemeint! Du bist … der mutigste Vierte, den ich kenne. Und vermutlich einer der mutigsten Zwerge überhaupt.«

Goïmron lachte. »Lass uns eintreten, bevor dir das nächste Kompliment verunglückt.«

Sie grinste schief und setzte sich in Bewegung. Er folgte ihr, und die Wachen ließen sie passieren. »Ich muss dich vorwarnen. Mein Vater und ich verstehen uns nicht sonderlich gut.«

»Weil du deinen eigenen Kopf hast, nehme ich an?«

Gata grinste schwach. »Nicht nur. Wir haben verschiedene Ansichten, was die Zukunft der Dritten angeht. Das wurde in den letzten Zyklen … deutlich. Ich widersprach ihm oft, auch vor den Augen seiner Berater, was mir zur Strafe viele Wachdienste an der Ostfestung einbrachte. Es machte unser Verhältnis nicht besser.« Die Zwergin seufzte. »Von Verachtung meinerseits würde ich nicht sprechen, doch es fehlt nicht mehr viel. Im Grunde sollte ich den Stamm führen.«

Goïmron stieß die Luft aus. »Ich war aber nicht nur ein Mittel, um etwas gegen seinen Willen zu unternehmen?«

»Nein, niemals! Du hast mich von deiner Mission überzeugt«, beteuerte Gata. »Das wird meinem Vater egal sein, doch wenigstens bringen wir beste Kunde.«

»Dann geht es Hargorina gut?«

»Beinahe blendend. Nachdem Vanéra ihr Heilungsartefakt gefunden hatte, konnte man mit jedem Umlauf besser sehen, wie sich der Zauber auswirkt. Auch wenn Hargorina es suspekt fand, von unsichtbaren Kräften geheilt zu werden.« Sie sah Goïmron erwartungsvoll von der Seite an. »Und Goldhand?«

»Die Vergiftungen durch die Albaepfeile sind tückisch. Sie haben sich in den Knochen des uralten Zwergs festgesetzt und wehren sich gegen die heilende Macht des Karneols.« Er suchte bereits nach besseren oder zumindest ergänzenden Mitteln, damit der greise Held vollständig genas, anstatt in dem Dämmerzustand zu verharren. Zu gerne hätte er Chòldunja dazu befragt und ihr den Meeressaphir gezeigt, um ihre Meinung zu erfahren. Doch derzeit gab es keine Möglichkeit, aus Rhuta abzureisen. Man erwartete von ihm, in der Nähe des Verwundeten zu bleiben, da er es gewesen war, der die Suche nach ihm angestoßen hatte. *Wie gerne würde ich Rodana sehen. In ihrer Nähe sein.*

»Dann braucht es einfach mehr Zeit«, sagte Gata.

»Oder ein stärkeres Artefakt. Ich denke nicht, dass Vanéra in *diesem* Durcheinander irgendetwas findet«, sprach Goïmron unbedacht vor sich hin und lachte. »Man kann froh sein, wenn man die Treppen sieht.«

»Einen Moment.« Gata blieb stehen und fasste seinen Arm, wobei die Brosche am Kragen des Untergewands aufblinkte. »Du weißt, wie es in der Kammer der Wunder aussieht?«

»Was? Nein, bei Vraccas! Nein, ich … hörte den Famulus und die Famula darüber sprechen«, stammelte er rasch. »Wie sollte ich denn in die Wunderkammer gelangen?« Das geschauspielerte Lachen machte es nicht besser.

Gatas Blick wurde bohrend. »Goïmron Schnitzeisen. Verheimlichst du etwas vor mir? Nach allem, was wir gemeinsam erlebt haben?« Sie ging weiter und zog ihn mit sich wie ein störrisches Kind. »Ich weiß, dass ich dich darum bat, nach dem Karneolmesser zu suchen. Warst du wirklich drin?«

SAG IHR NICHTS!, sprach der Saphir plötzlich in seinem Kopf. ICH BIN DEIN GEHEIMNIS. DU WIRST ES BEREUEN, WENN DU MICH TEILST.

Goïmron zuckte leicht zusammen. »Ich verheimliche dir nichts.« Behutsam löste er sich aus ihrem Griff. »Wirklich nicht.«

Die Türen des nächsten Raumes schwangen auf.

Zeit zum inneren Sammeln war Goïmron nicht vergönnt. Auf

der Schwelle stand Regnor Sterbenshieb, gekleidet in einen dunkelbraunen Lederwaffenrock, darüber lag ein Kettenhemd mit verstärkten Elementen an Brust, Rücken und Schultern. *Wenigstens hat er keine Waffe dabei.*

»Da stehen sie vor mir, die Schuldigen! Herein mit euch, damit ich euch den Kopf und den Bart wasche!« Regnor betrachtete Goïmrons Koteletten und das ansonsten glatte Gesicht, während bei ihm ein blauer Rauschebart bis an die Gürtelschnalle reichte. »Lorimbur, hilf! Nicht mal *das* kann ich bei dir!« Er wandte sich um und ging voraus.

Sie betraten den hohen Raum mit den geschwungenen Fenster- und Türbögen und blieben mit dem König allein.

»Vater, es war allein meine Idee«, sprach Gata sofort. »Goïmron trifft keine Schuld.«

»Das ahnte ich schon, als ich zum ersten Mal davon hörte.« Regnor setzte sich auf den Sessel und ließ die beiden vor sich stehen. Die beringten, kräftigen Finger spannten sich um die Lehnenknäufe, als wollte er sie herausreißen. »Du hast dir diese Flausen zu gerne in den Kopf setzen lassen, die letztlich fast hundert Dritte das Leben kosteten! Und das von Hargorina!«

»Die Unternehmung brachte den größten Helden des Geborgenen Landes zurück. Der ein Dritter ist«, hielt Gata furchtlos dagegen. »Und sieh, was seine Rückkehr bewirkte! Die Stämme vereinen sich, sehnen sich nach alter Gemeinschaft.«

»Zu der wir nie gehörten. Auch wenn König Hargorin Todbringer etwas anderes behauptete«, fiel Regnor ihr ins Wort. »Aussöhnung. Zusammenhalt. Das wollten die anderen vier Stämme nie aus tiefstem Herzen.«

»Ist dies der Grund, weswegen du Goïmron nicht unterstützt hast? Weil du dich fürchtest, dass die Einigkeit zurückkehrt und die Dritten sich anschließen sollten, wie es die Ansicht und die Absicht von Todbringer war?«, sprach Gata scharf. »In diesen Zeiten brauchen wir keine Eigenbrötlerei unseres Stammes. Das Geborgene Land –«

»Kommt allein zurecht. Wir haben unseren Weg gefunden und bewachen den Durchgang, wie es König Gandalgir Eisengriff im Roten Gebirge tut.« Regnor sah Goïmron an und legte eine Hand auf seinen bauschigen Blaubart. »Die *Vierten* sind jene, die versagten. Euer Reich fiel und löste die schlimmsten Katastrophen aus.«

»Und wir wollen dazu beitragen, sie zu korrigieren.« Goïmron wusste nicht, ob eine Antwort gewünscht war, aber er hatte lange genug wie auf glühenden Kohlen gesessen und geschwiegen. Es gab keinen Zeremonienmeister, der eingreifen konnte. »Du hast mit keinem der anderen Boten der Stämme gesprochen, seit du eingetroffen bist, König Regnor. Die vier Stämme freuen sich, dass Goldhand wiederauftauchte. Sie sehen in ihm –«

»Ich weiß, was *sie* in ihm sehen. Aber *ich* sehe: Krieg, Leid, Tod. Alles, was ich für die Nachfahren Lorimburs vermeiden konnte«, fiel Regnor ihm unwirsch ins Wort. »Es warten Drachen, Brigantiner, Albae und Orks, die bekämpft werden wollen.«

»Was wir viel früher hätten tun müssen.« Gata ging langsam auf ihren Vater zu. »Nicht mehr als die Türwächter von Gauragon und König Gajek waren wir in den vergangenen Zyklen und machten es uns damit bequem. Wir hielten uns für die Verteidiger des Geborgenen Landes.«

»Wir *sind* die Verteidiger!«

»Nein! Wir schauen dabei zu, was sonst um uns herum geschieht, aber unternehmen nichts.« Sie senkte ihre Stimme und wurde eindringlicher. »Vater, ich zog mit Goïmron los, um die Legende zu finden, damit die Zwerge zu dem zurückkehren, was sie einst waren. Für was sie standen. Wir sind mehr als simple Türwächter und Zugangsverwalter im Auftrag eines Menschenreichs.«

»Oh, im Roten Gebirge lebt man sehr gut davon, Zoll und Gebühren von den Schiffen einzutreiben, die durch die Festungen einfahren. Was macht Gandalgir Eisengriff anders?« Regnor stützte die Stirn mit der rechten Hand ab, die Tätowierungen auf der einen Gesichtshälfte wurden dadurch dunkler. Die Versammlung strengte ihn sichtlich an.

»Nichts! *Das* ist es ja. Die Zweiten und Fünften, sogar die Vierten haben Festungen an den porösen Stellen errichtet, um die Bestien aufzuhalten, die ihren Weg durch die eingefallenen Gebirge und Lavafelder finden. Und wir? Winken Einreisende durch oder durchsieben eine Handvoll Bestien mit unseren Kugelschleudern.« Gata hatte den Sessel erreicht und ging vor Regnor auf ein Knie, um ihm in die Augen zu schauen. Goïmron sah, wie viel Überwindung es sie kostete. »Die einhundert Kriegerinnen und Krieger starben im Grauen Gebirge, um Tungdil Goldhand zurückzubringen. Sogar die Albae fürchten seine Rückkehr, wie du siehst. Lass diese Opfer nicht umsonst gewesen sein. Bitte!«

»Indem ich noch mehr unserer Leute in Schlachten schicke, die aussichtslos sind?« Regnor schnaubte, der blaue Rauschbart vibrierte. Erneut blickte er zum Vierten. »Was ist mit dem Greis? Wann kann er zu uns sprechen und seine Pläne offenbaren?«

»Die ehrenwerte Maga Vanéra behandelt ihn noch. Aber es geht ihm besser. Bald«, schwindelte Goïmron. »Was Gata sagt, stimmt in allen Belangen.« Er nahm all seinen Mut zusammen. »Die Delegationen und Nachrichten aus den verschiedenen Reichen machen deutlich, dass das Geborgene Land Vergeltung für die Mordanschläge der Albae verlangt. Menschen, Elben und Meldrith bieten ein Bündnis an, um ins Braune Gebirge zu marschieren. Wir können Brigantia und Dsôn Khamateion vernichten.«

Regnor lachte schallend und böse. »Da steht ein Vierter mit der Statur eines Kindes der Langen und redet über einen Krieg! Über *Kriege!* Über Belagerungen! Über Gefechte mit den tödlichsten Gegnern, die es gibt.«

»Ich weiß, dass –«

»Nichts! Weißt! Du!«, schleuderte ihm Regnor aufgebracht entgegen, jedes einzelne Wort klatschte Goïmron ins Gesicht wie eine Ohrfeige. »Du saßest in deiner sicheren Werkstatt im noch sichereren Malleniaswacht, als schlechter Gemmenschnitzer, wie ich hörte. Hast im Chor der Zwergengemeinschaft gesungen. Macht *das* einen Krieger der Vierten aus? Schnitzen und Singen?« Aufgeregt sprang er auf und ging an seiner Tochter vorbei. »Bei Lorimbur! Erzähle *du* mir nichts von Kriegen, weil du einmal eine Axt in einen Achatstein geschnitten hast! Sie hätten dich im Grauen Gebirge lebendig einmauern sollen, wie ich es befahl. Aber es lebten nicht mehr genug meiner Tharka, um den Auftrag auszuführen!«

Goïmron sah den König breit, muskulös, mit Bart und Tätowierungen vor sich aufragen – und langsam schob er den rechten Fuß nach hinten.

WEICHE NICHT ZURÜCK. ER BRÜLLT. ER TOBT. ABER DU HAST MEHR MACHT ALS ER, raunte der Saphir in seinem Verstand. ES KOMMT DER UMLAUF, AN DEM DU ES IHNEN ALLEN ZEIGEN WIRST.

»Vater, es wird Kraft und Leben kosten«, schaltete sich Gata ein. »Doch wir können wieder jene Zwerge sein, die mit Stolz in einen Spiegel sehen und sagen: Wir haben das alte Übel aus dem Geborgenen Land gefegt und lassen nicht zu, dass neues kommt.«

»Ist das so?«, knurrte Regnor und drehte das rauschbärtige Gesicht zu seiner Tochter. »Schön. Nehmen wir an, dieser bunte Heerhaufen und die Maga vernichten die Brigantiner und sogar die Albae.« Er zeigte zum Fenster hinaus gen Himmel. »Was ist mit den Drachen? Was ist mit Ûra? Sieht sie dabei zu und lässt uns gewähren oder mischt sie sich zugunsten der Feinde ein? Verlangt sie danach mehr Tribut?« Er kehrte mit stampfenden Schritten zum Sessel zurück und warf sich hinein, das Holz ächzte. »Wie werden wir die fliegende weiße Pest los?« Verdrossen sah er in seinen vollen Becher auf dem Beistelltisch. »Bei

Lorimbur, was gäbe ich für ein echtes Schwarzbier mit viel Met! Dieser liebliche rosafarbene Wein ist was für Spitzohren.«

»Die ehrenwerte Maga wird sich etwas einfallen lassen.« Goïmron steckte eine Hand in die Tasche und umschloss den drachenfigurgefassten Stein. Der Saphir gab ihm Zuversicht und Vertrauen. »Ich werde mit der Botin der Bestie sprechen und klären, wie sich Ûra verhalten wird.« Sowohl Regnor als auch Gata starrten ihn an, als hätte er sich vor ihren Augen in eine harfenspielende Elbin verwandelt. »Nun ja, es ist das Einfachste, oder?« Goïmron erinnerte sich an die Unterhaltung mit Rodana und deren Aufgabe, als Spitzel der Drachin zu dienen. *Sie kann Stémna im Handumdrehen zu sich rufen.* »Jemand muss mit ihr reden. Nur so verhindern wir, dass Ûra sich in ihrer Position als Herrscherin des Geborgenen Landes angegriffen fühlt und den Brigantinern oder Albae beispringt.« Die Worte fühlten sich gut an. »Es ist ja nur eine scheinbare Unterwerfung, König Regnor. Zudem ändert sich für uns dadurch nichts. Außer dass wir das Geborgene Land von Bedrohungen befreien.«

»Das ist ein kluger Vorschlag«, stimmte Gata erfreut zu.

Regnor trank einen Schluck vom Wein und verzog angewidert das Gesicht. »Was, wenn Stémna ablehnt? Wenn Ûra uns verbietet, gegen die Brigantiner und Albae zu ziehen?«

Goïmron lächelte und umschloss den Stein fester, fuhr die Facetten mit dem Daumen nach. »Ich denke, dass sie nachgeben wird. Es sorgt für mehr Ruhe in ihrem Reich. Mehr Ruhe bedeutet mehr Reichtum für die einzelnen Länder. Und damit mehr Gold und Tribut für die Drachin. Dagegen kann sie nichts einwenden.«

Regnor wirkte nicht begeistert. »Von mir aus, Vierter. Versuche dein Glück und finde Gehör bei der Botin. Aber sollte Ûra nicht zustimmen, werden die Dritten sich nicht in einem aussichtslosen Gefecht aufreiben lassen. Wir haben unseren Blutzoll entrichtet, als wir den Helden zurückbrachten.«

Famulus Mostro eilte herein und ließ sich auch von den ihm folgenden Wachen nicht aufhalten. Robe und wallendes Haar saßen perfekt. »Kommt schnell! Goldhand ist erwacht und will mit Euch sprechen.«

»Gut.« Regnor erhob sich und schüttelte den blauen Bart auf.

»Nein, König Regnor, Ihr nicht. Verzeiht.« Der Famulus deutete auf den Vierten. »Ausschließlich Meister Schnitzeisen! Niemand sonst.«

Unruhe erfasste Goïmron. »Lassen wir ihn nicht warten!«

Sein Herz schlug rasch, während er dem Famulus durch den Palast folgte, vorbei an den hoffnungsvollen Gesichtern von Zwerginnen und Zwergen sowie den Abordnungen verschiedener Menschenreiche, die als Gäste in Rhuta aufgenommen worden waren. Eine endlose Reihe von Leuten zog an ihm vorbei, man klopfte ihm auf die Schulter und raunte ihm Worte zu, die er in seiner Aufregung nicht verstand.

Bis Goïmron schließlich in der Stube stand, die dem greisen Zwerg als Krankenlager diente. Der weißhaarige Verletzte hatte die braunen Augen geöffnet. Er sah mit klarem Blick aus dem Fenster auf die sachten Hügel, über denen eine helle Sonne auf die Felder und Wiesen schien.

Bei Goïmrons Eintreten erhob sich Vanéra und steckte das Karneolmesser ein, mit dem sie die tägliche Behandlung durchgeführt hatte. Sie hatte eine weiße Schürze über ihr fliederfarbenes Kleid gelegt, die braunen Haare lagen unter einem weißen Kopftuch, auf dem Stickereien prangten.

»Macht nicht zu lange, Meister Schnitzeisen«, sagte sie im Vorbeigehen. »Er ist sehr schwach und sein Verstand noch angegriffen. Ich hoffe, Ihr werdet klug aus dem, was er von sich gibt. Mir gelingt es nicht.«

Dann war Goïmron mit dem Helden allein.

Sofort richtete Tungdil Goldhand den Blick auf den Vierten. »Du bist jener, der mein Buch fand«, sprach er mit knarzender Stimme, in der mehr als tausend Zyklen steckten.

»Ja, das … das habe ich«, sagte Goïmron, verwundert von der Klarheit der Worte. »Es befand sich in einer schlichten Kiste, die den Fluss Towan entlangschwamm.«

»Ah, in einer Kiste war es! Ich hatte vergessen, wo ich es aufbewahrte.« Goldhand schüttelte den ergrauten Kopf und rieb sich über den langen, silbernen Bart. »Ich denke, ich werde alt.« Unvermittelt lachte er leise. »Nimmt man es mir ab?«

So ein Schluchtenfuchs! Goïmron grinste. »Du hast Vanéra etwas vorgespielt!«

»Dass ich senil und vergesslich und ein erschöpfter Zwerg bin. Damit ich meine Ruhe habe.« Er winkte ihn zu sich. »Höre mir gut zu, Goïmron Schnitzeisen. Du wirst mein Eingeweihter sein. Dir kann ich vertrauen wie sonst keinem, nach allem, was ich über dich hörte, als ich dalag und so tat, als schliefe ich. Niemand sonst wäre nach dem Fund meiner Aufzeichnungen aufgebrochen und hätte mich gesucht.«

Goïmron nickte und fühlte Stolz. »Nun … es scheint, du hast einen Plan?«

»Den habe ich. Auch wenn ich ihn dir nicht in allen Einzelheiten offenlegen darf.« Goldhand legte eine Hand auf Goïmrons Unterarm. »Erst, wenn die verschiedenen Punkte aufgingen, wie ich es mir vorstellte. Dann wirst du der Erste sein, der alles erfährt. Es geht um nichts weniger als um die Zukunft des Geborgenen Landes.«

Aus der Aufregung wurden Neugierde und aufkeimende Begeisterung. »Ich bin bereit.«

»Die Vergiftung meiner Knochen ist indes nicht vorgetäuscht. In jungen Jahren hätte mein Körper das Gift der Albae verkraftet. Oh, was ich erlebte! Und überlebte.« Goldhand zwinkerte. »Ach, was erzähle ich dir? Du hast das Buch gelesen. Darin steht alles.«

»Das habe ich.« *Mehr als einmal.* Ihm fiel ein, dass er es in dem ganzen Durcheinander in Hammerheim zurückgelassen hatte. *Ich hoffe, er fragt nicht danach!*

»Das Gift wird gelegentlich aus den Knochen in mein Blut sickern und es verunreinigen. Sodann setzt mein Verstand aus, bis er sich davon erholt hat. In diesen Momenten, wie lange sie auch sein mögen, musst du so tun, als wäre alles in bester Ordnung.«

»Verstanden.« Goïmron empfand große Ehre, eingeweiht zu werden.

»Ich werde mit niemandem sonst sprechen, nur mit dir. Du wirst mein Sprachrohr sein. Auch in Versammlungen. Jedes Wort geht geflüstert über meine Lippen in dein Ohr«, erläuterte Goldhand. »Somit kannst du in den dunklen Phasen so tun, als hätte ich dir etwas zugeraunt.«

»Einverstanden.« Goïmron zögerte. »Aber … was sage ich dann?«

»Dir wird etwas einfallen. Du bist ein kluger Bursche.« Goldhand griff unter sein Kopfkissen und nahm mehrere klein gefaltete Nachrichten heraus. »Hier. Die habe ich heimlich verfasst. Sorge dafür, dass sie ins Rote Gebirge gelangen. Ihre Empfänger sind vermerkt. Es ist entscheidend!«

Allmählich fühlte sich Goïmron überfordert. »Gut, ich … veranlasse es.«

»Es ist unbedingt notwendig, dass die Nachricht über meine Rückkehr bis in die entlegensten Winkel des Geborgenen Landes gelangt«, schärfte ihm der greise Zwerg ein. »Jeder Stein muss erfahren haben, dass Tungdil Goldhand zurückkehrte. Jeder Kiesel!«

»Das ist schon geschehen.«

»Nein, das reicht nicht. Sorge dafür, dass es bis zu den eingestürzten Hängen der Gebirge gelangt. Lass Tafeln und Papieraushänge anschlagen. Verbreite die Kunde.« Goldhand hustete schwer. »Daran hängt mehr, als du ermessen kannst.«

»Wie soll ich …?« Goïmron fühlte Beklemmung, seine Stimmung kippte. *Es ist so viel.* »Das ist …«

Beruhigend tätschelte Goldhand seine Wange. »Sag den Zwergen, dass ich es so möchte. Schon bald berufen wir eine Versammlung ein. Mit allen Delegationen und Boten und Vertretern der Länder, die in Rhuta sind.« Langsam schlossen sich die Lider des Greises. »Vor allem Regnor muss anwesend sein. Veranlasse das.«

»Das werde ich.« Langsam steckte er die Nachrichten ein, die ihren Weg ins Rote Gebirge finden sollten, und erhob sich. Die Verantwortung lastete fühlbar auf ihm. Ohne zu wissen, was er tat und was es nach sich ziehen würde, wog das Vertrauen schwer auf seiner Seele. Leise stahl er sich zum Ausgang.

»Goïmron.«

»Ja?«

»Wo ist mein Buch?«

»Ich ließ es im Grauen Gebirge«, gestand er. »In Hammerheim, weil ich dachte, es solle dahin zurückkehren, von wo es kam. Ich ahnte zu diesem Zeitpunkt nicht, dass das Wunder gelingt und wir dich finden.«

»Ich fand euch. Und in Hammerheim ist das Buch gut aufgehoben. Wer weiß, vielleicht findet es wieder einen Weg hinaus?« Goldhand lächelte ihn mit geschlossenen Augen an. »Sei ein stolzer Vierter und stehe zu deinem Stamm. Lass dich weder ändern noch schlechtmachen. Von keinem.« Er seufzte. »Ich weiß, was es bedeutet, nicht ernst genommen und verlacht zu werden. Weil ich anders war. Doch genau *das* erwies sich als meine größte Stärke. Vergiss das nicht.«

»Werde ich nicht.« Goïmron verließ leise das Krankenzimmer.

Vor der Tür atmete er tief ein und aus. *So sein, wie ich bin.* Die Finger fanden den Meeressaphir in der Tasche. *Meine größte Stärke. Und keiner darf von ihr wissen.*

* * *

DAS GEBORGENE LAND, KÖNIGREICH PALUSIEN, HAUPTSTADT KLIPPSTATT, 1023 N. B. (7514. SONNENZYKLUS NACH ALTER ZEITRECHNUNG), FRÜHSOMMER

Unter Schmerzen sah Stémna vom schwarzen Speerschaft in ihrem Schlüsselbein zum Gesicht des Albs, das halb von der dunklen Kapuze verdeckt wurde. Außer der ermordeten Malerin vor der Staffelei waren sie auf der Hochebene über dem glitzernden Meer allein. Trotz des wunderschönen Sonnenuntergangs über der See, dem Schreien der Möwen und dem lauen Wind barg die Szenerie nichts Romantisches, sondern steckte voller Grausamkeit.

»Haben die Albae den Verstand verloren?«, sprach sie ächzend und wurde vom Runenspeer auf der Bank gehalten. »Erst ermordet ihr die Delegationen und Mitglieder der Herrschaftshäuser, und nun greift ihr mich, die Botin der Drachin, an?« Stémna versuchte erfolglos, die Pein wegzuatmen. Rot lief ihr das Blut aus der Schulter über die weiße Kleidung. Die Runen im Tionium glommen schwach grün auf, als luden sie den Speer mit Energie. »Das wird das Ende sein von Dsôn Khamateion!«

»Ich habe mit diesen zugereisten, eingesickerten Albae nichts zu schaffen«, erwiderte der Alb verächtlich. »Sie haben ihre Pläne, ich folge meinen.«

Stémna lachte freudlos auf. Das Brennen in ihrer Schulter nahm zu. »Gewiss. Du bist ein einsamer Wolf. Denkt Dsôn, dass es damit durchkommt, wenn *du* die Schuld für den Angriff auf *dich* nimmst?«

»Du meinst das, was ich hier mit dir tue?« Der Alb drehte den Speer leicht in ihrer Wunde, was Stémna zum lauten Aufstöhnen brachte, und sah sie herablassend an. »Du hast es nicht verstanden. Ich greife dich an, um die Bestie anzulocken. Sie zu rufen.«

Stémna schluckte ihren Schmerzensschrei hinab, um dem Gegner nicht die Genugtuung zu geben. »Denkst du ernsthaft, in einem Kampf gegen Ûra bestehen zu können? Du? Mit einem Speer?«

»Es ist mehr als ein Speer.« Der Alb sah prüfend über den Himmel und das Meer, schwarze Strähnen rutschten unter der Kapuze heraus. »Es ist ein uralter Runenspeer. Ein Artefakt voller unbeschreiblicher Macht, angefüllt mit der Kraft Tausender genommener Leben. Angefertigt von den Unauslöschlichen.« Er warf den Umgang ab. »Ebenso wie diese Rüstung.«

Schwarze Tioniumpanzerplatten kamen zum Vorschein, die durch Nähte und Haken mit seinem Körper verbunden worden waren; eine davon hatte ein fingerdickes Loch. Die blasse Haut hatte sich an den Einstichstellen dunkel verfärbt. An den Stellen ohne Platten lag eine maßgeschnittene dunkelrote Lederrüstung auf dem sehnigen, muskulösen Leib des dunkelhaarigen Albs.

Stémna wunderte sich über die leidvolle Befestigung. »Wer bist du?«

»Jemand, der sich erinnert.« Der Alb drehte den Speer erneut in der Wunde. »Jemand, der nicht vergibt.« Der Blick aus den schwarzen Augen brannte sich in die Botin, dann hob er den freien Arm, und ein runenverzierter, schwarzer Panzerhandschuh, der bis an den Ellbogen reichte, kam zum Vorschein. »Jemand, der die Erinnerung zurückbringen wird, sodass gewaltiges Unrecht niemals mehr im Geborgenen Land vergessen wird.«

»Du sprichst in Rätseln.« Stémna hatte einen solchen Alb niemals zuvor gesehen. Ihre Aufgabe als Botin führte sie öfter nach Dsôn Khamateion, um Tribut zu verlangen, den das Stadtreich murrend abführte, um vor Ûras Feuer verschont zu bleiben. Ebenso oft hatte sie die Wunder der Albae mit eigenen Augen gesehen. Doch diese Art des Auftretens, solch eine Rüstung und solche Worte waren ihr neu. Ungewohnt. *Außergewöhnlich.*

»Was wird die Stimme der Bestie tun, wenn ich ihre Herrin getötet habe?« Der Alb betrachtete erst sie, um seine Blicke erneut aufmerksam über den Horizont schweifen zu lassen. »Wirst du für immer schweigen und hoffen, dass dich niemand erkennt, weil man dich für die Grausamkeiten der letzten Zyklen strafen will?«

»Ich bin nur die Botin. Täte ich es nicht, fände Ûra jemand Besseres.«

»Die klassischste aller Ausreden.« Der Alb hielt den Kopf nach Nordosten gewandt, die langen dunklen Haare wehten sachte. »Ah, da kommt sie. Wie gerufen. Und will mich aus der sinkenden Sonne heraus attackieren.«

»Wie lautet dein Name?«

»Möchtest du mich deiner Herrin standesgemäß vorstellen?«, erwiderte der Alb amüsiert. »Ich denke, wir überspringen die Formalitäten und gehen zum Wesentlichen über.« Ruckartig zog er den Speer aus Stémna, die stöhnend auf der Bank zusammensackte und versuchte, das vordere Loch auf Höhe des gebrochenen Schlüsselbeins mit der Hand zu schließen. »Schau genau hin! Es wird ein Spektakel werden, wie es das Geborgene Land selten zu sehen bekommt.«

Stémna riss einen weißen Ärmel von ihrem Gewand ab und stopfte den Stoff in die Wunde, um den Blutfluss zu verlangsamen. Ohne einen Heiler würde sie nicht lange überleben. »Allein gegen eine Drachin. Du bist ein ausgemachter Wahnsinniger! Der Kaiser der Narren!«

Ûras Konturen wurden sichtbar. Ihr wütender Schrei hallte über das Meer zu Klippstatt und zum Aussichtspunkt hinauf. Stémna bewunderte die gewaltige Drachin, die Perlenglanz auf den weißen Schuppen und Schwingen trug, von denen jede dreimal so lang wie ein Heuwagen war. Die kurzschwertlangen Zähne zerbissen jegliche Rüstungen und machten mit der Panzerung des anmaßenden Albs kurzen Prozess.

Der Alb eilte mit langen, eleganten Sprüngen auf die Bruchkante zu, hinter der es senkrecht nach unten ging. »Wer sagt, dass ich allein bin?« Danach sprang er mit einem anmutigen Satz in die Tiefe und verschwand aus Stémnas Sicht.

Ein Blinzeln darauf schoss er auf dem Rücken eines blau geschuppten Flugdrachen in die Höhe, den Tioniumspeer zum Angriff nach vorne gereckt.

Bei Samusin! Natürlich kannte Stémna das Wesen, auf dem der Alb ritt, als täte er es seit Kindesbeinen an. *Er hat sich mit Ardin verbündet.* Das unvorstellbare Paar stieg vor ihren Augen in die Lüfte und attackierte Ûra, ohne zu zögern. *Die alten Gebote gelten nicht mehr.* Gebannt von dem bevorstehenden Drachenkampf, erhob sie sich von der Bank und vergaß ihre Schmerzen, das laufende Blut, den Schwindel in ihrem Kopf.

Ûra versuchte, den gestreckten Hals des kürzeren, dunkelblau schimmernden Drachen zu packen. Doch das wesentlich kleinere, wendigere Männchen entwischte dem zuschnappenden Maul und flog an der Unterseite der Gegnerin entlang.

Zwar bekam Ardin ihre langen Klauen zu spüren, die sich durch die Hornschuppen am Rücken schnitten, ganze Fetzen regneten ins Meer hinab, aber dafür riss der Alb den aufleuchtenden Runenspeer in die Höhe.

Die Klinge, die spielend leicht durch Stémnas Knochen gedrungen war, schlitzte die hellen Platten und Teile des weichen Unterbauchs auf. Eine kochend heiße Blutfontäne regnete auf die Wogen, und sogleich bildeten sich gelbliche Wolken über dem Wasser. Ätzender Dunst stieg empor.

Ardin erhielt einen Schwanzschlag gegen den linken Flügel, der ihn ins Trudeln brachte. Sogleich setzte Ûra mit einem hasserfüllten Brüllen nach und warf sich in den Sturzflug, um den Verräter zu packen, der sie vom Thron des Geborgenen Landes stürzen wollte.

Stémna hörte die Alarmglocken, die in Klippstatt geläutet wurden. Kanzler Yltho sah sich in seiner Entscheidung, der weißen Drachin keine einzige Münze mehr zu zahlen, gewiss bestätigt. *Dorthin muss ich erst gar nicht gehen, um nach einem Heilkundigen zu fragen.*

Der dunkelblaue Drache schoss dicht über das Meer und zog

in einer engen Kurve aufwärts, welche Ûra aufgrund ihrer Größe nicht fliegen konnte. Schon hing er an ihrer Schwanzspitze und biss zu, rüttelte daran.

Die Drachin kreischte vor Wut und drehte sich blitzschnell um, faltete die Schwingen bremsend auf und stand mit dem Körper senkrecht vor Ardin in der Luft. Die Schnauze öffnete sich zu einem vernichtenden Feuerstoß gegen den Rivalen.

Wo ist der Alb abgeblieben? Stémna sah ihn nicht mehr. *Er ist ins Meer gestürzt.*

Die lange Lohe leckte über den heranzischenden Ardin und brachte seinen Schuppenpanzer zum Dampfen. An einigen Stellen schmurgelte das Horn in weißen Wolken, glitzernde Flecken lösten sich, um in den Himmel zu steigen.

Als der dunkelblaue Drache brüllend und in Rauch gehüllt unter Ûra hindurchflog, um ihrem Feuer zu entkommen, warf sie sich herum und bekam seinen schwelenden Nacken zu fassen. Die armlangen Zähne packten zu, bohrten sich ins Fleisch.

Ardin hat sich verrechnet. Sein Verbündeter taugt nichts. Stémna lächelte schwach. *Die Herrin ist nicht leicht zu überwinden. Sonst …* Ihre Überlegungen stockten, als sie den schwarzen Strich sah, der auf dem Rücken der weißen Drachin kauerte. *Nein! Der verfluchte Alb sitzt auf ihr!* Entsetzt verfolgte sie, wie der Runenspeer tief zwischen die Flügelansätze eintauchte.

Aufbrüllend gab Ûra den geschuppten Widersacher frei, der sich in die See stürzte, um sich zu löschen.

Der Alb klammerte sich an den Schaft und hielt sich mit dem Panzerhandschuh an den hellen Hornschuppen fest, während die erlahmende Drachin mit abrupten Flugmanövern versuchte, sich des Gegners zu entledigen, bis sie schließlich die Schwingen zusammenfaltete und pfeilgleich senkrecht ins Meer eintauchte.

Dröhnend platschte es. Die Gischt stieg haushoch auf, große Wogen rollten auf den unteren Hafen von Klippstatt und die Küste zu.

Wo ist sie? Stémna ging zitternd vor Aufregung und Schwäche bis an den Rand der Steilklippe und hielt Ausschau.

Doch weder Ûra noch Ardin erschienen an der Oberfläche.

Nein. Das kann nicht sein. Die Botin sackte auf dem Stein zusammen.

Aus der nahen Stadt erklangen erste Freudenrufe, die vom Wind bis zum Aussichtspunkt getragen wurden. Die Glocken läuteten weiter, die Menschen gönnten den Drachen den Tod aus ganzem Herzen. Dieser denkwürdige Umlauf hatte gleich zwei Plagen aus der Welt geschafft.

Da schoss ein verzerrter, weißer Umriss unter der Wasseroberfläche entlang und durchbrach die Wellen.

Ûra stieg kreiselnd empor und schraubte sich kreischend ins Firmament, stieß eine triumphierende Feuerlanze aus und ging langsam in einen Segelflug über, der sie zu Stémna trug. Wasser troff glitzernd von ihr herab und wie ein Diamantenregen ins Meer.

»Herrin!« Stémna ging auf die Knie und beugte ihr Haupt. »Verzeiht, dass ich Euch enttäuschte. Der Alb kam aus dem Nichts.«

Ûras Flug büßte plötzlich an Grazie ein, die Flügel knickten mehrmals weg. Die unbeholfenen Schwingenschläge vermochten es nicht, die Bahn zu stabilisieren – und der riesige Leib verlor schließlich die Spannung.

Nein! Das kann nicht sein! Niemals! Stémna sah den Alb auf dem breiten Schädel der weißen Drachin knien, den Speer seitlich durch ihr Auge gerammt, aus dem heißes Blut lief. *Das … kann nicht ihr Ende sein.* Sie erhob sich schwach.

»Das darf nicht ihr Ende sein!«, stieß sie ungläubig aus.

Der Alb sprang von der abstürzenden Ûra und zog dabei den Runenspeer aus dem Auge. Gleichzeitig tauchte der tot geglaubte Ardin in einer großen Fontäne aus der See auf und fing den Stürzenden auf seinem Rücken. Die blau glitzernden Hornplatten wiesen etliche verbrannte Stellen auf, aus den Bisswunden im Nacken und auf dem Rücken sickerte kobaltfarbenes Blut.

Doch der Drache lebte und war von diesem Moment an der mächtigste Geschuppte des Geborgenen Landes.

Der Schwindel wurde übermächtig. Stémna sank matt zu Boden, Arme und Beine gehorchten ihr nicht mehr. Im Liegen verfolgte sie, wie Ûra rücklings und trudelnd auf Klippstatt zufiel.

Als die weiße Drachin inmitten der Mauern einschlug, stürzten etliche Häuser und Teile der Festung ein. Einbrechende Wachtürme trugen die Zerstörung weit bis in die verwinkelten Straßen und Gassen. Die Hauptstadt verschwand in einer Staubwolke, und die Freudenglocken verstummten eine nach der anderen.

Im letzten Schein der untergehenden Sonne kamen sechs große Schiffe unter Undarimars Flagge über das Meer gesegelt und hielten Kurs auf die zerstörte Stadt, als eilten sie zur selbstlosen Hilfe.

Die Albae werden das Geborgene Land übernehmen, begriff Stémna. *Wer soll sie mit Ardin und diesem mächtigen Schwarzauge an ihrer Seite aufhalten?* Ihr Blick folgte einem tanzenden Blatt Papier, das vom Wind auf die See getragen wurde. *Mein Porträt! Es wird vergehen. Wie ich.*

* * *

»Berge sind stille Meister und machen schweigsame Schüler.«

Joanbil Wulfgangar,
zwergischer Dichterfürst

KAPITEL XIII

DAS GEBORGENE LAND, ZAUBERREICH RHUTA, HAUPTSTADT VANÉLIA, 1023 N. B. (7514. SONNENZYKLUS NACH ALTER ZEITRECHNUNG), SPÄTSOMMER

»Beginnen wir die dringliche Besprechung«, sagte Goïmron in die Runde und fühlte sich inzwischen nicht mehr gänzlich unwohl dabei, sämtliche Augenpaare auf sich gerichtet zu wissen. Er hatte neben Goldhand Platz genommen, der stets wirkte, als schliefe er mit offenen Augen oder sei geistig weggetreten. Aber in wichtigen Momenten klarte sein Blick auf, und er raunte Goïmron seine Worte zu, die der wiederum der Versammlung verkündete.

Die Zwergenstämme hatten ebenso Vertreter gesandt wie die Menschenreiche, Elben und Meldrith. Auf der großen Tafel, an der sie saßen, waren Karten des Geborgenen Landes in unterschiedlichen Maßstäben ausgerollt. Wer es nicht wagte, unter den gefährlichen Umständen durch das Geborgene Land zu reisen, hatte eine Botschaft geschickt, in der Zustimmung oder Ablehnung zum Bündnis stand.

Derweil sammelten sich in Gauragon entlang der Nordgrenze des Zauberreichs mehr und mehr Truppen. Sie bildeten große Lager, um von dort gemeinsam gegen Brigantia zu ziehen, sobald das Heer schlagkräftig genug war. Die Allianz nahm Formen an.

»Der Grund für unsere Zusammenkunft ist ein erfreulicher. Es wurde aus mehreren Quellen bestätigt: Ûra ist tot.« Goïmron nahm die eingetroffene Nachricht aus Palusien zur Hand. »Die weiße Drachin stürzte sterbend auf Klippstatt und verwüstete die Stadt dabei zu weiten Teilen. Unsere Gedanken sollten bei den Bewohnern sein.« Seine blauen Augen zuckten von rechts nach links, der Blick erfasste die geschriebenen Zeilen. »Getötet wurde sie von Ardin und einem Alb, der auf dem dunkelblauen Drachen ritt. Es gibt unterschiedliche Beschreibungen, wie das Schwarzauge ausgesehen haben soll. Sicher ist, dass er zum Töten von Ûra einen Speer benutzte.«

»Mehr nicht?«, entfuhr es Telìnâs. Er hatte aus einem saftig grünen Ahornblatt einen Wolf gefaltet, der vor ihm auf dem Tisch stand, als bewache er den Trinkbecher des Elbs.

Der junge Elb gehörte aufgrund seiner herausragenden Verdienste zur Abordnung aus Tî Silândur. An seiner Lederrüstung saß das Abzeichen, das ihn als Anwärter für die Fîndaii auswies. Er war seinem Ziel zum Greifen nahe, was Goïmron sehr freute.

»Na ja, einen Speer. Und eben einen Drachen«, fügte König Regnor hinzu und erntete verhaltenes Gelächter. Sogleich brauste er auf. »Ihr findet das unterhaltsam?«

»Es klingt zumindest lustig. Bei allen Schwierigkeiten, die es mit sich bringt«, erwiderte Vanéra beschwichtigend.

»Einen gezähmten Drachen. Das können wir nicht aufbieten. Und es ändert alles.« Regnor hatte einen Humpen vor sich stehen, den ihm der Famulus aus der Wunderkammer gebracht hatte. Er füllte sich unentwegt mit neuem Bier. Auch wenn es nicht ganz den Geschmack des Königs traf, war es seiner Ansicht nach besser als rosafarbener Wein. »Dass wir gegen Brigantiner ins Feld ziehen, meinetwegen. Wir bekommen sie durch unsere große Zahl niedergerungen. Aber solange Ardin über uns fliegt und mit Feuer bedenkt, sind wir verloren.« Er sah in die Runde der betroffenen Gesichter und legte eine Hand auf den dunkelblauen Rauschebart. »Oder trägt einer von euch zufällig einen magischen Spruch in der Tasche, der uns gegen die Lohen eines Drachen immun macht?«

»Die Dritten verlangen nach Magie. Dass ich das noch erleben darf.« Gesandtin Betania aus Gauragon und Schwägerin von König Gajek legte die Finger zusammen. Sie fiel vor allem durch ihr durchdringendes liebliches Duftwasser auf, das Sònuk in die Flucht geschlagen hatte. Ansonsten hatte sie sich wie die meisten in der Versammlung für schlichte Garderobe entschieden. Es war nicht der richtige Augenblick für Angebereien und überbordendes Geschmeide. »Was ist mit dem Mut der Zwerge? Stellt ihr euch nicht allen Gefahren?«

»Zwischen Mut und Wahnsinn gibt es einen Unterschied«, grummelte Brûgar in seinen blauen Spitzbart. Er hatte sich eine Unterredungspfeife gestopft, die schon mehrmals verloschen war, weil er vor Aufregung vergaß zu ziehen.

»Wir brauchen Waffen, um Ardin aus dem Himmel zu schießen«, sprach Telìnâs aus, was alle dachten, und formte mit einem zweiten Blatt ein Katapult. »Die Kugelschleudern der Zwerge sind dazu in der Lage, hörte ich.«

Bendoïn Feinunz aus dem Clan der Pfeilsucher, Gesamtkommandant der Festungen an der Grenze zu Brigantia, erhob sich von seinem Platz. In seiner Rüstung ging der Vierte beinahe als Dritter durch, der Blick des braunhaarigen Zwergs zeigte seinen festen Willen. »Das ist richtig. Unsere schweren Schleudern durchdringen eine Drachenhaut, wenn die Bestie nah genug herankommt. Zudem haben wir viel mit neuartigen Geschossen experimentiert. Aber Ardin und die anderen Viecher sind schlau genug, sich davon fernzuhalten.«

»Könnte man sie auf einem fahrbaren Belagerungsgerät montieren?«, hakte Telìnâs nach. »So hielten wir die geflügelten Bestien auf Abstand, während wir uns mit den Brigantinern und Albae schlagen.«

Doch Bendoïn schüttelte bedauernd den Kopf. »Die Stahlfedern der überschweren Schleudern werden mit Gegengewichten über ein Kettensystem in den Türmen aufgezogen. Von Hand wäre das Material nicht zu bewegen.«

»Nun denn. Wie oft kann man schießen, bevor die Feder die nötige Spannkraft verliert?«, erkundigte sich Betania.

»Etwa ein Dutzend Mal mit den schwersten Geschossen oder

etliche Male mit kleineren, die aber gegen die Drachen nichts taugen.« Bendoïn hatte begriffen, worauf sie hinauswollte. »Sicher, wir können darauf verzichten, sie erneut aufzuziehen. Aber dann ist ihr Nutzen auf dem Schlachtfeld nach ein paar Schüssen verloren, und sie stehen herum. Als leichtes Ziel für den Drachen.« Der Kommandant zeigte auf die Karte, die an der Wand aufgehängt worden war. »Damit verlören zudem unsere Abwehrfestungen im Südwesten gegen Brigantia ihren größten Schutz. Während wir vorne kämpfen, könnten Ardin und sein Reiter die Bollwerke abfackeln.«

»Dann müsstet ihr Ardin vorher abschießen«, empfahl Betania besserwisserisch.

»Sicher. Es ist das Einfachste von der Welt, einen hakenschlagenden Drachen im Flug zu erwischen«, gab Regnor spöttisch zurück. »Ebenso gut, wie eine Schwalbe mit Pfeil und Bogen zu erlegen.«

Es geht nicht recht voran. Goïmron hatte Goldhand beobachtet. An diesem Umlauf dämmerte er vor sich hin, das Gift steckte ihm zu sehr in den Knochen. Daher lag es an ihm, seine eigenen Gedanken als jene des Helden auszugeben. »Wartet. Er sagt etwas.« Schnell beugte er sich an den Mund des greisen Zwergs, der auf seine glänzende Rüstung verzichtet hatte. »Wir könnten mehrere Stahlfedern vor Beginn des Kampfes in den Türmen aufziehen und sie mit Karren nach vorne schaffen. Als Reserve. Schlägt Tungdil Goldhand vor.«

»Guter Gedanke! Er hätte von mir sein können.« Bendoïn verbeugte sich in Richtung des alten Helden und setzte sich. »Zu schade, dass wir die Feuerklinge nicht mehr haben.«

»Ja, das bedauert Tungdil Goldhand ebenso. Die Waffe ist irgendwo im Grauen Gebirge verloren gegangen, als die Felsen bebten und die Gipfel einstürzten. Zusammen mit seinem Sohn, dem König der Fünften.« Goïmron nickte betrübt. »Aber der Plan mit den Schleudern ist nicht schlecht.«

»Der Drache kann unseren Federnachschub mit Leichtigkeit

abfackeln«, warf Regnor ein und rieb über seinen bauchlangen Bart, als beruhigte es ihn. »Ardin mag vielleicht nicht schlau genug sein, aber sein Reiter ist es mit Sicherheit. Schlau und voller Wagemut, wie der Angriff auf Ûra bewies.« Nochmals trank er vom Bier; leise glucksend füllte sich der Humpen auf. »Ohne Magie kommen wir nicht weiter. Es ist zu gefährlich.«

»Dann gebt ihr einfach auf und kehrt in eure Reiche zurück?« Bendoïn stieß die Luft aus, sodass sein Schnauzbart vor den Lippen wehte »Nein! Niemals! Wir haben die besten Voraussetzungen, die es jemals gab, um gegen Brigantia zu ziehen.«

»Nur ein Tor redet sich schön, was schlecht ist.« Regnor blieb unerbittlich.

»Und wenn ich Euch sage, König der Dritten, dass mein Famulus auf dem besten Wege ist, magische Formeln in Vollendung zu beherrschen und mächtige Zauber zu weben?« Vanéra warf ihm einen Blick der Überlegenheit zu. Als Gastgeberin trug sie erneut das dramatische Goldfliederkleid, Perlenschmuck glomm an ihr. »Die Gerüchte über mein Nichtkönnen kenne ich. Artefaktzauberin nennt man mich. Ich bin Euch deswegen nicht böse.« Sie blieb gelassen. »Umso mehr hatte ich den Anspruch an meine Nachfolgenden, dass sie mehr vermögen. Mit Mostro gelang es mir.«

»Wie das? Besitzt Ihr eine Sammlung alter Zaubersprüche, ehrenwerte Maga?«, fragte Telînâs hoffnungsvoll und stellte das gefaltete Katapult vor sich.

»Ich nicht. Aber die Stadt Enaiko birgt solche Schätze, gerettet und zusammengetragen aus sämtlichen Ecken des Geborgenen Landes. Dank der Zwerge.« Vanéra sah Goïmron an. »Und dank solch unermüdlicher Sammler wie Euch, Meister Schnitzeisen.«

Goïmron verbeugte sich geschmeichelt vor der hochgewachsenen, brünetten Maga. »Welche Art der Magie vermag Euer Famulus?«

»Auch das wird Euch freuen. Denn gerade Euer Stamm ist prädestiniert dafür, ihn nach Kräften darin zu unterstützen.«

Vanéra machte eine dramaturgische Pause, bevor sie sagte: »Edelsteinmagie.«

Bei Vraccas. »Er kann sich auf meine Unterstützung verlassen«, presste Goïmron heraus und ließ sich nichts anmerken.

»Mostro beherrscht etliche Zaubersprüche, die er in Enaiko studierte und erlernte. Was ihm dazu noch fehlt, sind die verschiedenen Edelsteine.« Vanéra nahm eine Liste heraus und legte sie Bendoïn vor. »Die Vierten werden gewiss in ihren Horten und Schatztruhen solche Steine besitzen, die sie Famulus Mostro zur Verfügung stellen können.«

»Dann hat er die Zauber in der Theorie erlernt? Verstehe ich das richtig?«, erkundigte sich Regnor zuckersüß und trank den Humpen leer, der sich sogleich frisch füllte.

»Ja«, gestand Vanéra. Ihre nachfolgende Erklärung ging im dröhnenden Lachen des Zwergenkönigs, den aufgeregten Rufen und dem unvermittelten Durcheinanderreden der Versammelten unter.

Goïmron wusste nicht, ob er enttäuscht oder erleichtert sein sollte, in Mostro keinen Konkurrenten zu haben. Solange sich die Hoffnung auf den Famulus konzentrierte, konnte er im Geheimen weiterwachsen und lernen. Die Art seiner Magie unterschied sich gänzlich von der des jungen Mannes, der ihn beinahe in der Kammer der Wunder ertappt hätte.

»Ruhe«, bat er. »Seid doch bitte ruhig. Freut euch, dass wir die von König Regnor verlangte Magie auf unserer Seite haben.«

»Diese Liste«, sprach Bendoïn langsam und hob sie hoch, damit jeder sie sah, »ist voller Steine, die es kaum mehr gibt. Und wenn doch, dann liegen sie *dort.*« Sein Finger zeigte auf die Karte vor sich und das Braune Gebirge. »In den Felsen vergraben.«

»Es wird immer besser!« Regnor prostete ihnen zu. »Dann senden wir am besten eine Vorhut der Vierten, die in Windeseile in den Minen und Schächten auf die Suche geht und dem kleinen Nachwuchszauberer seine Steinchen bringt. Ohne die taugt er augenscheinlich nichts.« Er sah zu Vanéra. »Oder verstand ich deine Worte falsch?«

»Ihr habt sie richtig verstanden, König Regnor.« Die Maga blieb beherrscht ruhig, war aber längst nicht mehr freundlich.

»Wir haben natürlich Granate, Malachite und Rubine, die wir dem Famulus geben können. Doch sie sind im Vergleich zu den verlangten Steinen von minderer Qualität«, räumte Bendoïn ein.

»Dann sind die Zauber eben weniger stark. Aber sie werden entstehen«, warf Goïmron überzeugt ein. »Nehme ich an«, setzte er rasch hinzu und errötete. »Ihr wisst, dass wir Vierten uns damit gut auskennen, meine ich. Ich selbst habe keine Ahnung von Zauberei.«

Bendoïn pochte auf einen Stein in der Liste. »Dies ist ein sehr mächtiger Meeressaphir. Ich habe von ihm gehört. Die alten Geschichten berichten, dass eine zauberkundige Person mit ihm in der Lage sei, jede erdenkliche Formel zu bewerkstelligen, möge sie noch so kompliziert und gefährlich sein.«

»Ich meine, es gab sogar einst eine Legende dazu«, warf ein Vierter aus den Reihen der Beraterschar ein. »Aber sie fällt mir nicht mehr ein. Nannte man ihn nicht Unheilstein?«

DAS IST EINE VERLEUMDUNG, hörte es Goïmron in seinem Kopf. MAN SOLLTE NICHT ALLES GLAUBEN, WAS DIESE LEGENDEN BEHAUPTEN. OFT WERDEN SIE AUS REINEM BOSWILL IN DIE WELT GETRAGEN, OHNE EINEN FUNKEN WAHRHEIT DARIN.

»Ich mache euch einen Vorschlag.« Regnors Wangen hatten sich vom Genuss des Bieres rot gefärbt. Er drehte eine blaue Locke des üppigen Bartes um einen Finger. »Schicken wir die Vierten ins Gebirge. Bringen *sie* den Unheilstein, sende *ich* meine Truppen gerne mit euch.«

»So haltet Ihr an der Entscheidung fest, den Stamm der Dritten nicht am Kampf zu beteiligen?« Betania atmete schwer aus. »Das ist gauragonischen Kriegerinnen und Kriegern schwer zu erklären, die ihre Leben geben sollen.«

»Es wird die Moral beeinträchtigen«, fügte Bendoïn hinzu. »Alle Kinder des Schmieds sollten –«

»Ach, was! Ihr habt doch Schleudern und einen Famulus und eine Handvoll Edelsteine mit Magie.« Regnor deutete auf den greisen, dösenden Goldhand. »*Und* den größten Helden des Geborgenen Landes. Was soll da misslingen? Wenn ich es recht bedenke, benötigt ihr meine Leute nicht. Ich habe schon Mitleid mit Brigantia und Dsôn Khamateion, so sehr seid ihr in der Übermacht.«

»Behaltet Euren besoffenen Spott«, fuhr ihn Vanéra an. »Lasst den Humpen stehen. Ich entziehe Euch mein Geschenk. Es macht Euch nicht einmal im Ansatz so umgänglich, wie ich es erhofft hatte.«

»Ein Geschenk fordert man nicht zurück.«

»Bei grobem Verhalten des Beschenkten schon. Und Ihr benehmt Euch dermaßen grob, dass es an Beleidigung grenzt. Gerade für einen König.«

»Ich denk nicht dran!«

»Seid gewarnt: Dann mag das Geschenk seinen Charakter verändern.«

»Und mag es mir fortwährend Essig statt Bier kredenzen, ich lasse es darauf ankommen! Schlechter als dein rosafarbener Psswein kann es nicht schmecken.« Regnor erhob sich. »Doch ich tue dir, nein, euch allen den Gefallen und ziehe mich zurück.« Er nahm den Humpen und verließ langsam den Raum. »Morgen reise ich mit meinen Leuten ab. Ich habe nichts gehört, was mich meine Meinung ändern lässt.«

»Wie kannst du nur?« Gata blickte ihrem Vater entsetzt hinterher. »Du bringst die Dritten in Verruf! Das hätte Lorimbur niemals gewollt! Komm zurück, damit …« Sie biss sich auf die Lippen, da er sich nicht einmal zu ihr umwandte.

Betretenes Schweigen senkte sich über den Raum. Stumme Empörung über das Gebaren mischte sich unter Scham und Unwohlsein, unfreiwillig Zeuge des ruhmlosen Disputs gewesen zu sein.

Mit Regnors Abgang trat ein zwergischer Bote ein, auf dessen Rüstung, Bart und Gesicht der Staub seiner Reise lag. Seinen Abzeichen nach gehörte er zu Bendoïns Festungstruppen.

»Ich bringe Kunde von der Grenze zu Brigantia«, stieß er hastig aus.

»Was ist geschehen?« Goïmron schwante nichts Gutes, als er die entsetzten Züge des Vierten betrachtete.

»Die Brigantiner stellten ein Heer auf. Sie stürmten in Wellen an verschiedenen Stellen über den Wall und ignorierten den Beschuss unserer Katapulte.« Der Zwerg bekam von Bendoïn einen Becher mit Wasser gereicht, das er hastig hinabstürzte. »Das Heer rauscht durch Gauragon. Und will es erobern.«

»Orweyn ist uns zuvorgekommen«, rief Betania aufgebracht. »Seine Spione wussten längst, dass wir eine Streitmacht zusammenziehen.«

»Die *Albae* wussten es längst«, verbesserte Bendoïn. »Ehrenwerte Maga Vanéra, wir schicken sogleich nach den Steinen, die Euer Famulus benötigt. Er soll sich zum Aufbruch bereitmachen. Sofort!«

»Dann müssen wir unser Heer im Eilmarsch entsenden. Um den Omuthan aufzuhalten«, schlug Telìnâs vor. »Ich traue ihm zu, dass er sich sonst mit den Salzseeorks zusammenschließt. Die Bestien könnten das Geborgene Land gleichzeitig von Norden attackieren!«

Goïmron sah dem erschöpften Boten an, dass er noch nicht alles gesagt hatte. »Was noch? Sprich frei.«

»Es wurde gemeldet, dass der dunkelblaue Drache bei der Orkfeste gesehen wurde«, erzählte der Vierte mit bebender Stimme. »Und dass seitdem eine neue Flagge über Kràg Tahuum weht, die niemand im Geborgenen Land kennt.«

»Also haben die Albae sich mit diesem Abschaum Fürst Krognoz verbündet. Nun wird es wahrlich eng.« Bendoïn sah zur Maga. »Ich bitte Euch, sämtliche Artefakte, die man in einem Krieg einsetzen kann, einzuladen und –«

»Daraus wird nichts. Es herrscht zu großes Durcheinander in der Kammer der Wunder«, unterbrach ihn Goïmron nachdenklich. »Ich meine … So hörte ich es. Vergebt mir, ehrenwerte Maga.«

Vanéra bedachte ihn mit einem grübelnden Blick. »Ihr habt recht, Meister Schnitzeisen. Ich war nicht in der Lage, die wertvollen Hinterlassenschaften meiner Vorgänger zu ordnen. Lasst mich geschwind suchen, und ich komme nach, sobald ich fündig wurde. Solange gebe ich dem Heer meinen Famulus mit. Ihr sorgt für die benötigten Edelsteine.« Sie erhob sich, deutete eine Verbeugung an und eilte mit schnellen Schritten hinaus.

Besser wird es nicht mehr. Zeit, die Versammlung zu beenden. Goïmron neigte sich an Goldhands Lippen und tat, als lausche er. »Es ist beschlossen! Wir brechen auf und gebieten dem Übel Einhalt. Lasst die versammelten Truppen nach Norden eilen. Vraccas ist mit uns!«

»Vraccas ist mit uns«, riefen die Zwerginnen und Zwerge – bis auf die Delegation der Dritten und Gata.

Die Menschen, Elben und Meldrith pochten auf den Tisch und lösten einen kleinen Donnerhall aus, der Mut machen und Zuversicht geben sollte. Und doch klang es in Goïmrons Ohren irgendwie verzagt. *Ängstlich.*

Alsdann löste sich die Versammlung auf, umfangreiche Vorbereitungen für den Marsch mussten getroffen werden.

Ich hoffe, ich tat das Richtige. Langsam legte er die Hand auf Goldhands Schulter. Wie gerne hätte er seinen Rat vernommen und seine Anweisungen weitergegeben. *So sind es meine geworden. Und es ist meine Verantwortung, was in den kommenden Umläufen geschehen wird.* Selten hatte sich Goïmron unglücklicher gefühlt. Nicht einmal der Stein in seiner Tasche bot ihm Trost.

* * *

Regnor stand am Fenster seiner Unterkunft, den halb leeren Humpen in einer Hand, und sah hinaus über die Stadt, die in unmittelbarer Nachbarschaft zum Palast lag. Mit der anderen Hand kraulte er den bauschigen Blaubart, um sich zu beruhigen.

Die Wimpel, Banner und Flaggen verschiedener Clans und Stämme wehten stolz im warmen Wind. Vanéra hatte die angereisten Zwerginnen und Zwerge aus dem Süden in den nahen Herbergen unterbringen lassen. Auf Kosten der Maga. Der Wind trug deren Lieder zu Regnor. Tamburine, Sackpfeifen, Trommeln, Schlagglocken und laute Gesänge tönten durch die Gassen.

Diese verblendeten Trottel. Schlecht gelaunt trank er vom Bier. Er kannte die Weisen, die sie sangen. *Als gäbe es bereits den Sieg zu feiern.*

Seines Erachtens war es ein vergebliches Unterfangen, gegen Brigantia zu ziehen. Schon sein Ahn und Kanzler der Dritten, Rognor Sterbenshieb, hatte die Ansicht vertreten, dass die Gebirge auf Dauer nur Zwerginnen und Zwerge unter sich und auf sich duldeten. Die Beben und Einbrüche, die Vulkane mit glühendem Magma und kochender Lava waren ihm Beweis genug. Die Brigantiner und Albae würden bald von den Bergen erschlagen werden.

Wir müssen nur ausharren, anstatt unsere Leben im Kampf gegen den Abschaum zu verschwenden. Seine Hand spielte weiterhin mit dem Bart, während er grübelte. Die Dinge entwickelten sich seit dem Auftauchen von Goldhand nicht mehr, wie er sie geplant hatte.

Seine größte Aufgabe als Nachfahr von Rognor blieb, das Andenken des Stammvaters Lorimbur zu stärken. Die Fehde unter den Stämmen galt seit eintausend Zyklen nicht mehr. Und das ebnete den Weg für das ehrgeizige Vorhaben, Lorimbur zu mehr Geltung zu verhelfen. Hargorin Todbringer hatte die Wurzeln der Dritten vergessen und sich zu sehr mit den Königen der anderen Reiche herumgetrieben. *Beinahe wäre er wie sie geworden.*

Deswegen hatten die Sterbenshiebs aus dem Clan der Orkschlächter das Zepter der Dritten ergriffen. Auf friedliche, doch bestimmte Weise.

Das heimliche Ziel war seither, die übrigen vier Stämme zu begeisterten Anhängern Lorimburs zu machen. Langsam und beständig über Hunderte Zyklen seine Lehren zu streuen und zu verbreiten, um dem verhassten Vraccas die Macht abzugraben.

Erste Erfolge hatten sich bereits abgezeichnet.

Dann erscheint Goldhand aus der Versenkung, und schon lobpreisen sie den Namen des Göttlichen Schmieds wie eh und je. Regnor stürzte den letzten Schluck Bier hinab und schaute dabei zu, wie sich der Humpen von selbst füllte. *Sollen sie doch mit Vraccas' Namen auf den Lippen im Drachenfeuer zugrunde gehen! Ich opfere meine Leute nicht.* Ausgerechnet seine Tochter hatte Goldhand zurückgebracht und ruinierte seine Bestrebungen. Es passte zu ihr, dass sie ihm widersprach und das Gegenteil von dem wollte, was er beabsichtigte. *Lorimbur, du weißt, dass ich dem viertelzwergigen Gemmenschnitzer niemals eine Truppe mitgegeben hätte.* Er wandte sich um und ließ sich auf den Stuhl fallen. Schaum schwappte über den Rand des Humpens, das Bier hatte sich aufgefüllt. *Wir verteidigen das Schwarze Gebirge. Wer Lorimbur nicht folgt, soll sehen, was er davon hat.*

Regnor gab sich Mühe, die Gleichgültigkeit in sich aufrechtzuerhalten.

Und doch fühlte es sich nicht gut an, vom Tod Tausender Zwerginnen und Zwerge zu wissen, ohne einen Finger dagegen zu rühren. Es mochte unterschiedliche Auffassungen zu Vraccas geben, doch man gehörte als Volk zusammen.

Zudem würde seine Tochter ihm auf dem Rückweg ins Schwarze Gebirge unentwegt Vorhaltungen machen. Und auch nach der Ankunft. Vor aller Augen und Ohren. *Vielleicht wird sie laut aufbegehren und Anhänger auftun, die ihre Meinung teilen.* Aus der Gleichgültigkeit wurde Sorge. Sorge um so vieles, auch um seinen Thron. *Verflucht! Wieso mussten sie den greisen Gold-*

hand finden? Regnor setzte den Humpen an und nahm einen langen Schluck. *Hätten sie nicht einfach ein paar Schweineschnauzen und Schwarzaugen töten und erfolglos zurückkehren können?*

Er wollte den Krug absetzen – doch es gelang nicht.

Was bei …?

Kühles, frisches Bier ergoss sich in seinen Mund, unaufhaltsam wie ein Strom, während sein angewinkelter Arm wie festgeschmiedet in der gleichen Haltung blieb.

Regnor musste schlucken, um nicht zu ertrinken. Der Trunk floss unaufhörlich, schwappte heraus und gelangte in seine Nase.

Prustend versuchte er, sich Luft zu verschaffen, doch das Bier quoll endlos aus dem Humpen. Da er das Gefäß vor Augen hatte und der malzige Gerstensaft spritzte, sah er nicht, wohin er ging, tastete hustend und schluckend und blind nach der Tür. Seine Versuche, um Hilfe zu rufen, gingen im Gurgeln unter.

Regnor gelang es schließlich nicht mehr, die Flut zu bewältigen. Sie lief in seine Luftröhre und füllte die Lungenflügel, sodass er nicht mehr zu atmen vermochte. Halb ohnmächtig stürzte er auf den Boden, und das Bier ergoss sich auf ihn.

Endlich schwang die Tür auf.

In seinem Sichtfeld erschienen ein paar teure Frauenschuhe, deren Stoff mit Perlen besetzt war.

»Sagte ich nicht, dass das Geschenk seinen Charakter ändert?«, flüsterte Vanéra. »Das habt Ihr Euch selbst zuzuschreiben, König Regnor. Manche Artefakte entwickeln ein Eigenleben, das auch mir unheimlich ist.«

Sie plante es! Seine Erwiderung drang nicht durch sein Husten und Würgen. *Sie plante meinen Mord!*

»Man wird Euch auffinden, buchstäblich zu Tode gesoffen«, sagte sie. »Grämt Euch nicht. Eure Tochter wird umgehend den Thron der Dritten besteigen, wie sie es ohnehin will. Ich weiß ihre Blicke zu deuten. Nun muss sie nicht länger auf einen tödlichen Unfall von Euch hoffen.« Die perlenbesetzten Schuhspitzen wandten sich von ihm weg. »Dank ihrer Zuneigung zu Goïmron und ihrem ausgeprägten Verantwortungsbewusstsein wird sie die Nachfahren Lorimburs gegen Brigantia führen. Und alles tun, um zu siegen. Aber nicht, um Euch zu ehren.« Die Schritte entfernten sich von ihm. »Trinkt aus, König Regnor. Leert den Humpen. Ich gönne Euch jeden Schluck.«

Mit dem Zufallen der Tür ertrank der König der Dritten. Und die Flut aus Bier ebbte ab.

* * *

DAS GEBORGENE LAND, KÖNIGINNENREICH UNDARIMAR, INSEL ARIMAR, 1023 N. B. (7514. SONNENZYKLUS NACH ALTER ZEITRECHNUNG), SPÄTSOMMER

»Welch eine wunderbare Überraschung!« Königin Aloka kam mit ausgebreiteten Armen und einem offenen Lächeln auf den Gast zu, der unangemeldet die Nordfestung auf der Hauptinsel Arima besuchte. »Ihr seid spektakulär angereist, wie ich mit eigenen Augen sah. Ich kenne niemanden, der auf einem Drachen reiten kann. Oder auf einem Drachen reitet, um einen anderen Drachen zu töten. Seid herzlichst willkommen!«

Der schwarzhaarige Alb, der seinen Körper unter einer schlichten, schwachblauen Robe verbarg, deutete eine Verbeugung an. »Besten Dank.« In der rechten Hand hielt er einen Runenspeer aus Tionium mit eingearbeiteten Zeichen und Symbolen seines Volkes.

Da ihr Gast überraschend auftauchte, hatte die Mittfünfzigerin es bei einem einfachen Gewand mit maritimen Stickereien belassen, um den Hals hing eine Goldkette mit winzigen Muscheln aus Palandium. Ihre von Salzwasser und Sonne ausgeblichenen Haare waren hochgesteckt.

»Hätte ich geahnt, welche Macht meine Verbündeten haben,

wäre ich den Pakt viel früher eingegangen.« Aloka senkte die Arme und deutete auf die gedeckte Tafel, auf der Brot, gegrilltes Gemüse und Meeresfrüchte warteten. »Setzt Euch! Ihr müsst mir alles von Eurem Angriff gegen Ûra berichten. Dank ihrem Tod konnten meine Schiffe das halb zerstörte Klippstatt übrigens ganz leicht plündern. Auch dafür meinen Dank.« Sie klatschte einmal vor Begeisterung in die Hände. »Und nennt mir Euren Namen. Ich möchte ihn aus Eurem Mund hören.«

»Es war weniger episch, als die Geschichten es glauben machen wollen. Wenn man weiß, wo ein Gegner verwundbar ist, ist der Sieg oft keine Hexerei.« Der Alb setzte sich und hielt den Oberkörper aufrecht, als trüge er einen steifen Harnisch unter der bläulichen Robe. »Ich nenne mich Mòndarcai.«

Aloka nahm ihm gegenüber Platz und ließ die Doulia-Diener Getränke und Kleinigkeiten zu essen auf die Teller vorlegen. »Sehr klangvoll. Und eines Drachentöters würdig.« Sie deutete auf die Auswahl. »Wie es ein Alb mag, habe ich recht?«

»Das ist richtig. Ich sehe Speisen und rieche Gewürze, die mein Volk bevorzugt. Wie kommt das?«

»Ich hege eine Leidenschaft für ausgefallene Kulinarik und sammle Rezepturen von sämtlichen fremdländischen Schiffen, die wir aufbringen.« Aloka nahm sich eine eingelegte Kisomandel mit Käse darin. »Außerdem haben wir zwanzig Eures Volkes bei uns, die beim Deuten der Schiffsbaupläne zur Hand gehen. Sonst könnten meine Zimmerleute die Anweisungen kaum umsetzen. Wer versteht schon Albisch?«

»Ach ja, richtig.« Mòndarcai kostete vom Gemüse. »Werden sie auch kommen, um mich zu sehen?«

»Sie sind sicherlich auf dem Weg. Bis sie aus der Festung im Süden hier sind, das wird eine Weile dauern. Es hat ja nicht jeder Alb einen Drachen, mit dem er fliegen kann.« Aloka lachte mit vollem Mund und spielte mit ihrer Kette. »Ihr kommt mit der Bestie, um uns bei den Überfällen auf die Küstenreiche zu unterstützen?«

»Ist es denn nötig?«

»Nun ja. Das Kaiserreich Gautaya ist schwach. Mit denen werden wir spielend leicht fertig, und wir knacken sogar die größeren Meeresstädte. Aber Litusien und Ribasturian sind harte Hunde. Wenn Ihr einen kleinen Überflug mit der Bestie arrangieren könntet, um Verteidigungsanlagen auszuschalten, wäre das gut. Mein Kommandant wird mir eine Liste anfertigen, welche Städte strategisch am wichtigsten sind.« Aloka schlug das rechte über das linke Bein und legte den Stoff züchtig über die Schenkel. »Wie läuft's denn mit den Plänen im Braunen Gebirge? Unterstützt Ihr die Brigantiner bei ihrem Ausfall und dem Vorhaben, sich Gauragon und das benachbarte Kaiserreich zu nehmen?«

»Nein.«

»Oh.« Alokas heitere Miene schwand. Sie machte ein verwundertes Gesicht. »Aber ich dachte –«

»Ich gehöre nicht zum Abschaum aus Dsôn Khamateion.« Mòndarcai kostete von den gerösteten Akraschoten und nickte anerkennend. »Und bevorzuge meine eigenen Pläne.«

»Nicht zu Dsôn Khamateion? Und sagtet Ihr *Abschaum?*« Nun stutzte die Königin, wurde unsicher. »Wie geht das? Ihr seid doch ein Alb.«

»Die Salzseeorks und ich schlossen just ein Bündnis. Ich versprach ihnen das Kaiserreich, abgesehen von einem Küstenstreifen, der bis zehn Meilen ins Land hineinreicht. Das soll dir gehören, Königin Aloka. Und ebenso alles, was du dir im Süden erobern kannst.«

»Die Salzseeorks. Na, sieh mal einer an. Und was ist mit der Orkfeste?«

»Kràg Tahuum gehört ebenfalls zu meiner Allianz.«

»Welche …?« Dann hellten sich Alokas Züge auf. »Ah, natürlich. Ein verstoßener Alb krönt sich zum Prinzen der Orks, um sein eigenes Reich zu erschaffen. Ich nehme an, Ihr seid in Dsôn in Ungnade gefallen, weil Ihr …«

»Es würde zu weit gehen, dir die Hintergründe zu erklären«, unterbrach Mòndarcai und sah wählerisch über die Köstlichkeiten. »Wichtig für dich ist: Ich bin gekommen, um dich in meine Allianz aufzunehmen.«

Für Aloka klang es nach einer Drohung. »Ich bin bereits mit Dsôn Khamateion verbündet.«

»Das kannst du ändern. Und solltest du auch.« Er nahm sich vom Tintenfisch und kaute skeptisch, bevor er den Bissen auf den Boden spuckte. »Zu viel Sikopfeffer. Gib mit den Plisisamen am Algensalat acht. Sie können das Denken beeinträchtigen.«

Aloka betrachtete den ungebetenen Gast fassungslos und lachte als Antwort einmal freudlos auf. Es sagte mehr als jedes ablehnende Wort.

»Du hast meinen Drachen gesehen. Was werde ich wohl tun, wenn du nicht beitrittst, Königin Aloka?« Mòndarcai stieß mit dem Speerende einmal auf den Boden, es krachte metallisch. »Frag Ûra, was ich tue. Sie weiß es bereits.«

Aloka erbleichte und umfasste die Kette, als böte ihr der Schmuck sicheren Halt. »Was für ein Alb seid Ihr?«

»Ein Alb, der Dsôn Khamateion hasst. Der seine Bewohner hasst. Der nichts mit denen gemeinsam hat, die vor eintausend Zyklen ins Geborgene Land einsickerten und so taten, als wären sie Elben, um die Menschen und Zwerge zu täuschen«, sprach er kalt. »Ich werde Dsôn die Verbündeten nehmen und ihr Reich im Braunen Gebirge in Schutt und Asche legen.« Die schwarze Spitze des Runenspeers tippte der Mittfünfzigerin auf Höhe des Sonnengeflechts gegen die Brust. »Und du, Königin Aloka, wirst zu mir gehören. Es wird sich lohnen: keine Abgaben, keine Vorschriften. Ich brauche nur ein paar deiner Schiffe, wenn die Zeit gekommen ist, und die Lossagung von Dsôn. Vorerst sollst du nichts anderes tun, als die Angriffe auf deine Nachbarn beenden. Sende Signale. Lass Litusien, Ribasturian, Gautaya und die übrigen Länder am Meer in Ruhe, bis ich etwas anderes erlaube.«

»Das … das kann ich nicht!« Aloka verlor die Fassung, ihr

brach der Schweiß unter dem Kleid aus. Ihr Herz brannte vor Angst, als wollte es in Flammen aufgehen. »Dsôn wird Attentäter schicken, um meinen Verrat zu strafen.«

»Sag, sehe ich harmlos aus für dich?«, sprach der Alb gefährlich leise. »Denkst du, du wirst noch lange leben, wenn du mein Angebot ablehnst?«

Aloka faltete die Hände und sank auf die Knie, obwohl sie vor Furcht kaum noch Luft bekam. »Bitte!«

»Schwörst du mir gerade Treue?«

»Können wir nicht –«

»Um dich von meiner Schlagkraft zu überzeugen, habe ich deine fünf größten Schiffe mit meinem Freund Ardin in Brand gesetzt. Es war sehr einfach«, unterbrach Mòndarcai. »Wechselst du nicht die Seiten, Königin Aloka, verbrenne ich Undarimars Flotte und die Festungen der Inseln, um von oben zuzusehen, wie die Küstenreiche deine Familie gefangen nehmen und hinrichten. Da wirst du schon längst tot sein.« Die Spitze bohrte sich leicht durch den hellen Stoff bis auf die Haut. »Nichts wird mehr von Undarimar bleiben. Oder von deiner Linie. Ich bin grausamer als Dsôn.«

»So anmutig und doch so abgründig!« Aloka sackte auf den Fliesen zusammen und ließ ihre Hände sinken. »Dann muss ich –«

Unvermittelt flog die Tür zum Saal auf.

Zwanzig Albae stürmten hinein, gerüstet und bewaffnet. Ohne ein Wort zu sagen, schossen einige mit ihren Langbögen nach Mòndarcai, während die anderen mit gezogenen Schwertern und Klingen heranstürmten.

Elria sei Dank! Aloka duckte sich und rollte unter den Tisch, um vor den tödlichen Geschossen und den wirbelnden, rasiermesserscharfen Klingen geschützt zu sein.

Die schwarzen Pfeile trafen Mòndarcai gegen die Brust. Doch unter der bläulichen Robe trug er eine Rüstung, an der die Schäfte und sogar die stählernen Spitzen zerbarsten.

Schon sprangen die Kriegerinnen und Krieger aus Dsôn in den Nahkampf. Die Schneiden sirrten und zuckten dermaßen rasch, dass die Königin dem Gefecht nicht folgen konnte. Die Bewegungen der Kontrahenten verliefen fließend und überschnell.

Ich muss weg! Aloka zuckte zusammen, als ein Verbündeter sterbend auf den Boden fiel. Ein weiterer prallte tot gegen den Tisch, ein abgetrennter Arm folgte einem Kopf. Das dunkelrote, fast schwarze Blut der Albae verteilte sich üppig auf den Teppichen und den Fliesen.

Kriechend erreichte Aloka das andere Ende der Tafel und stemmte sich auf, rannte auf den Ausgang zu. In der Ferne wurden Rufe laut, die Palastwachen hatte den Kampflärm bemerkt.

Wie aus dem Nichts wuchs Mòndarcai vor ihr in die Höhe, die Robe voller Schnitte und Löcher, besudelt vom Blut der Getöteten. »Wohin, Königin?« Die feucht glitzernde Runenspeerspitze legte sich seitlich an ihren Hals. »Das Papier für unseren Vertrag suchen, hoffe ich doch?«

Aloka vernahm die Wärme und den Geruch von frischem Blut, die vom Tionium ausgingen. »Ganz recht. Das war meine Absicht«, stotterte sie.

»Und deine Schiffe durch Lichtsignale zurückrufen«, ergänzte der Alb ihre Ausflüchte. »Sind wir uns einig?«

Der Blick der Königin schweifte über das Gemetzel, das Mòndarcai angerichtet hatte. Die Schwere der Wunden sprach für den Hass, mit dem ihre Verbündeten getötet worden waren. »Wir sind uns einig«, raunte sie bleich wie Südstrandsand. »Ihr beschützt mich vor den Attentätern aus Dsôn?«

»Es ist in deinem Interesse, dass Dsôn rasch fällt. Dann musst du sie nicht mehr fürchten.« Mòndarcai nahm den Speer von ihrem Hals. »Nur mich, solltest du unsere Allianz vergessen und gegen meine Anordnungen handeln.«

»Niemals!«

»Sehr gut.« Er zeigte auf den Ausgang und die nahenden

Wächter, die mit Schilden und Schwertern den Gang entlangeilten. »Such das Papier, Königin Aloka. Und sag deiner Garde, sie soll sich zurückhalten. Ich töte ungern Verbündete.«

Aloka hob die Hand, und die Gerüsteten blieben zögernd stehen. »Seid beruhigt«, rief sie. »Mir ist nichts geschehen. Ruft die Doulia, damit sie sich um die Leichen kümmern.«

Der Hauptmann machte zwei Schritte vorwärts und schloss die Tür hinter sich, bevor er sich verbeugte. »Meine Königin, es ist noch etwas geschehen.« Er zeigte auf das Fenster. »Die Vorausflotte ist da! Und … es ist beeindruckend. Beeindruckender als alles, was ich jemals sah. Die größten Schiffe haben acht Masten mit gewaltigen, blutroten Segeln!«

»Welche Vorausflotte?« Mòndarcai bedachte Aloka mit einem fragenden Blick.

»Die Aufklärer der Entsatzflotte, die uns Dsôn zur Unterstützung versprach. Damit wir die Reiche rund um das Meer im Handumdrehen erobern können.« Sie sah ratlos zum Hauptmann. »Aber sie sollten erst im Herbst ankommen.«

»Es scheint, die Pläne wurden geändert oder die Winde standen günstiger als angenommen. Die albischen Flaggen an den Masten und die Formen der Schiffe sind eindeutig, meine Königin«, erwiderte der Gerüstete. »Acht Schiffe.«

»Acht? Das wird viel Arbeit für Euren Drachen.« Aloka wandte sich dem schweigenden Alb zu. Zugleich spürte sie einen Schlag in den Rücken, der ihre Muschelschmuckkette hüpfen ließ.

Mòndarcai war lautlos verschwunden.

Aus Alokas Brust ragte eine Pfeilspitze aus Dsôn. Mit dem Einsetzen der Schmerzen fiel sie tot auf den Boden ihres Palastes, die Qualen blieben ihr erspart. Sie landete neben dem Hauptmann der Leibwache, aus dessen aufgeschlitzter Kehle das Blut rot sprudelte und über die Fliesen schwappte.

* * *

Mòndarcai betrachtete vom geschuppten Rücken des dahinkreisenden dunkelblauen Drachen aus den Verband aus acht mächtigen Schiffen, den Aloka als Vorausflotte bezeichnet hatte. Aus sicherer Höhe machte er verschiedene Bauweisen und Größen aus, darunter zwei riesige Wassergefährte von hundertzwanzig Schritt Länge und fünfzig in der Breite, bestückt mit acht Masten. Das blutrote Tuch an den Rahen bestand aus seidenleichtem Stoff, der sich im Wind blähte und den Verband dicht an Arima gebracht hatte. Die Segelform unterschied sich deutlich von jenen des Geborgenen Landes.

Bei Inàste! Eine segelnde Stadt! Umgeben waren die Achtmaster von sechs Begleitschiffen, auf denen Mòndarcai Nachtmahre und Truppen ausmachte, aber auch Träger von Proviant und Wasser. An Deck der schwimmenden Apotheke wuchsen Kräuter. So blieb die Vorausflotte autark und konnte lange auf den Wogen aushalten, ohne anlanden zu müssen. *Das ist perfekt für lange Strecken.*

Jeder Bug wurde geziert von einem anmutigen Antlitz mit weit geöffnetem Mund, in dem sich ein Katapult verbarg. An Deck sämtlicher Schiffe, ganz gleich welcher Größe, gab es bewegliche Lafettenschleudern mit stählernen Blattfedern, Drahtsehnen und aufgesteckten Kästen, in denen Bolzen oder Speere lagerten.

»Ich habe die Geschütze auch gesehen«, sprach Ardin im Kopf des Albs. *»Das wird mich nicht aufhalten. Ein, zwei Überflüge, und diese Nussschalen brennen wie alle anderen Schiffe auch. Nichts widersteht einer Drachenlohe!«*

Mòndarcai dachte vorsichtiger als sein wagemutiger Verbündeter, der in großem Abstand über die Vorausflotte glitt. »Die Schussgeschwindigkeit könnte recht hoch sein.«

»Du weißt, dass die nicht dazu kommen werden, auf mich zu schießen. Was können sie gegen meinen senkrechten Sturzflugangriff tun?«, erwiderte Ardin leichthin und legte sich in den Wind, faltete die Schwingen leicht, um schneller zu werden. *»Such dir den Kahn aus, den wir zuerst in Asche und Kohle verwandeln!«*

»Dreh ab! Sie wissen, dass du kommst, und sind vorbereitet. Lass uns zuerst beobachten.«

»Gönne mir doch etwas Vergnügen.« Der Drache legte die Flügel noch dichter an den Körper. *»Halte dich gut fest. Sonst wirst du zu einem wirbelnden Blatt.«* Schneller als ein fallender Stein schoss Ardin lotrecht auf den vorderen Achtmaster nieder.

Mòndarcai lehnte sich dicht an die blau funkelnden Hornplatten des Drachen, der Wind riss an seiner zerschlissenen, fleckigen Robe. Die dunklen Haare wehten im Wind, er musste die Lider fast schließen, weil die Luft in den Augen schmerzte.

Die Vorausflotte hatte den Angreifer bemerkt, Pfeifsignale erschollen.

An Deck schwenkten die zahllosen kleinen und großen Katapulte herum, die Mannschaften eilten hin und her. Riemen und Ketten, deren Funktion sich Mòndarcai zunächst nicht erschloss, wurden seitlich an den Schleudern angebracht. In keinem Handschlag war Hast oder Furcht vor dem Drachen zu erkennen. Die Schützen nahmen zügig jeweils in einer geschützten Kanzel hinter den Maschinen Platz – und schwenkten ihre Lafetten um neunzig Grad nach oben. Die Katapulte vermochten senkrecht hinaufzuschießen.

Sie sind auf Drachenattacken vorbereitet! »Brich den Angriff ab!«, schrie Mòndarcai gegen das Brausen des Windes.

»Ihr Stahl und Eisen schrecken mich nicht. Es sind keine Zwergenwaffen.« Ardin schraubte sich abwärts. *»Gleich entfachen wir ein Freudenfeuerchen mit dem Holz und den Gebeinen der Feinde!«*

Die Entfernung betrug geschätzte zweihundert Schritte, als die Geschütze auf dem Deck ihres Ziels und der umliegenden Schiffe zum Leben erwachten.

Bei Inàste! Schwärme von unterarmlangen Bolzen zischten aus allen Richtungen heran. *Auf diese Distanz?* Ununterbrochen spuckten die Mündungen der Katapulte Geschosse aus. Die metallischen Schwungfedern spannten sich über die Ketten und lösten von selbst aus, die Schützen mussten lediglich die Ausrichtung des Laufs korrigieren.

Dann waren die ersten Bolzen heran, ein lautes Prasseln und Klirren ertönte. Mòndarcai zog den Kopf ein, als die Geschosse zersprangen und abprallten, an der Drachenhaut vorbeiflogen und ihn knapp verfehlten.

»*Was habe ich dir gesagt?*«, sprach Ardin triumphierend. »*Sie haben mir nichts entgegenzu–*« Ein schmerzerfülltes Brüllen drang ansatzlos aus dem Maul des Geschuppten, und eine heiße Blutfontäne sprühte dicht am Alb vorbei; wie ein dickes rotes Seil zog sich der kochende Lebenssaft hinter dem Drachen her.

Verflucht! Ich habe es gesagt! An Ardins Hals prangte ein klaffender Schnitt. *Was war das*?

»*Drachenbein! Sie haben Bolzen mit Spitzen aus Drachenbein!*«, schrie der Geschuppte im Kopf des Albs und spreizte die Schwingen, um den Sturzflug abzufangen und seitlich auszubrechen. »*Damit durchdringen sie meine Schuppen!*« Er glitt nach rechts aus dem Strom des sirrenden, zischenden Hagels.

Aber die perfekt ausgebildeten Schützen an den drehbaren Katapulten hatten mit dem Manöver gerechnet und schwenkten die Mündungen über das Betätigen von Fußrasten mit. Ardin blieb inmitten des Strahls aus Stahl und Drachenbein gefangen.

Das überleben wir nicht! Durch seine deutlich niedrigere Geschwindigkeit, die geringere Höhe und das Gleiten wurde der blaue Drache zu einem leichteren Ziel. Mòndarcai machte sich zum Absprung bereit.

Da wurde Ardin mehrmals getroffen und durchbohrt, ein Schütteln ging durch seinen Körper. Die Kraft schwand aus dem Leib. Aus dem schnellen Gleiten knapp über den höchsten Masten der größten Schiffe wurde ein unkontrolliertes Stürzen. Der Versuch, in Agonie eine letzte Lohe gegen seine Peiniger zu speien, verging in einem Rauchstoß, und armselige Flämmchen leckten aus dem Schnitt am Hals.

Gleich darauf bekam Ardin ein gläsernes Gefäß ins Maul, das

beim Auftreffen am Gaumen zersplitterte. Zischend ergoss sich Säure in den Schlund des Drachen und verätzte ihn inwendig.

Mòndarcai sprang und fiel aus fünfzig, sechzig Schritten den Wogen entgegen. *Ich habe meinen besten Verbündeten verloren!*

Ein heißer Schmerz drang in seine Schulter oberhalb der Tioniumpanzerplatte ein. Einer der Bolzen hatte getroffen und steckte in seinem Fleisch. Dumpf ächzend riss er das Geschoss im Fallen heraus und packte den Tioniumspeer fester, dessen Runen dunkelgrün aufglommen.

Gleich darauf schlug er im Wasser ein.

Sinkend wurde ihm bewusst, dass Undarimar damit wieder zu Dsôns Verbündeten gehörte. Ein großer, gewichtiger Teil seines Planes wurde damit nichtig.

Über Mòndarcai fiel ein Netz ins Wasser, die Gewichte sandten ihm die engen Maschen hinterher und versuchten, ihn einzufangen. Mit dem Speer durchtrennte er die Fasern, bevor sie ihn umschließen konnten, und schaute sich um. *Wo ist Ardin?*

Keine zehn Schritte von ihm entfernt ging der Drache unter und sank auf den Grund des Meeres, das austretende Blut brachte das Wasser um die riesige Leiche zum Brodeln. Die Säure hatte einen großen Teil des Kopfes zersetzt.

Das ist der zweite Geschuppte, den ich auf dem Gewissen habe. Mòndarcai bekam ein herabhängendes Tau zu fassen, das von dem vorbeigleitenden Schiff ins Wasser hing, und ließ sich mitziehen. Das schwere Tionium hätte ihn sonst ebenso in die Tiefe gezogen wie Ardin. *Sie werden mich bald Drachentöter nennen.*

Vorsichtig hangelte er sich aufwärts, bis er den Kopf leicht aus der schäumenden Bugwelle streckten konnte, um Luft zu schnappen.

Mòndarcai brauchte eine andere Vorgehensweise, um Dsôn und das Geborgene Land zu Fall zu bringen. *Eine, mit der niemand rechnet.*

* * *

»Ich verbrachte viele Zyklen damit, mir als Söldnerführer einen Namen zu machen. Auch wenn ich das Amt annahm, wusste ich von Intrigen, die gegen mich liefen.
Aber die Söldner brauchten mich.
Noch.
So begann ich mit dem Ausbau meiner Macht und magischen Fertigkeiten, die ich für meine eigenen Pläne benötigte.«

Aus: Die Abenteuer von T u n g d i l G o l d h a n d,
am eigenen Leib erlitten und erlebt
in der Schwarzen Schlucht,
aufgeschrieben von ihm selbst,
Entwurf eins

KAPITEL XIV

DAS GEBORGENE LAND, ROTES GEBIRGE, DAS REICH DER ERSTEN, MEERESHALT (OSTHAFEN), 1023 N. B. (7514. SONNENZYKLUS NACH ALTER ZEITRECHNUNG), SPÄTSOMMER

Niedergeschlagen sah Xanomir den blutroten Segeln beim Verschwinden am Horizont durch das Fernglas zu. *Wir haben die Vorflotte nicht aufhalten können!*

Acht Schiffe mit Segeln aus Seide, zwei davon größer als jedes Gefährt, das er jemals mit eigenen Augen erblickt hatte, waren aus dem Tunnel gekommen und hatten auf alles geschossen, was nicht schnell genug in Deckung gegangen war. Das Arsenal, das die Albae aus dem Jenseitigen Land aufboten, konnte sich mit dem von Meereshalt messen, abgesehen von den größten überschweren Warwölfen der Zwerge. Perfide waren die Säuregeschosse, deren Füllung sich durch Metall und Stein gleichermaßen fraß.

Unter gewöhnlichen Umständen hätten die Verteidiger der Festung ihre Katapulte und Schleudern landeinwärts gedreht. Die riesigen Schiffe und ihre Begleitflotte wären auf diese Entfernung leichte Ziele und rasch versenkt gewesen.

Aber das vorausgegangene heftige Beben und der nachfolgende Gasalarm hatten die Zwerginnen und Zwerge gezwungen, ihre Positionen im Bollwerk aufzugeben und sich eilends ins Freie zurückzuziehen. Aus den Spalten der Erde schossen oft tödlicher Brodem und übler, heißer Dampf, welcher die Lungen verätzte und das Blut innerhalb eines Atemzuges vergiftete, sodass es keine Rettung mehr gab.

Zu Hunderten standen die Verteidiger auf den Plätzen hinter

den Schutzmauern des Hafens unter dem blauen Himmel. Die weißlich gelben Schwaden waren aus dem Passagetunnel gerollt und hatten die acht Schiffe eingehüllt.

Xanomir gehörte zu jenen, die als Erste den vermeintlichen Tod der unaufhaltsamen Albae bejubelten. Umso bitterer war die Erkenntnis, dass es sich um harmlosen Dampf handelte. Die Angreifer wurden durchnässt und eingefärbt, standen aber noch immer aufrecht.

Im Geschützhagel der acht Schiffe, die eine grobe Ähnlichkeit mit den Gefährten aus Undarimar aufwiesen, war es unmöglich, auch nur in die Nähe der eigenen Schleudern und Fernwaffen zu gelangen. Die Rammsporne unter und über Wasser durchtrennten die im Kanal gespannten Ketten oder rissen die Halterungen aus den Mauern.

Wir wurden überrumpelt. Xanomir schwenkte das Fernglas zurück auf den Ausgang des Passagetunnels, der durch das Rote Gebirge führte. Es folgten noch neun weitere solcher tödlichen Schiffsverbände, wie er dank ihrer Kundschafter wusste. *Das darf nicht noch einmal geschehen.* »Die anderen tauchen jeden Moment auf«, sagte er zu Buvendil. *Nur dass es noch mehr sein werden.*

Die drei Saboteure der Albae und die mit ihnen verbündeten Nesoden hatten in dem Viertelzyklus heimlich Schäden an den Verteidigungsanlagen in der Passage angerichtet, sodass die zwergischen Zerstörungsvorrichtungen entweder nicht auslösten oder lediglich einen Bruchteil der Wirkung erzielten.

Alles in allem waren zehn Achterschiffsverbände übers Meer gekommen, deren Besatzung und Truppen Xanomir auf jeweils dreißigtausend schätzte. Damit gelangten dreihunderttausend Albae ins Geborgene Land. Auf einen Schlag.

Die Festung Wellentrotz im Westen hatte keine Gelegenheit bekommen, dem Hagel aus schweren Steinen, Säure und brennenden Geschossen Widerstand zu leisten. Die Verteidiger hatten sich rasch ins Innere der Berge zurückziehen müssen.

»Beim nächsten Gasalarm bleiben alle auf ihren Posten«, rief der Kommandant von Xanomirs Abschnitt in die Runde. »Legt die Schutzmasken an und hofft, dass die getränkten Tücher lange genug halten. So oder so werden wir unsere Leben für das Geborgene Land geben.«

Die Kriegerinnen und Krieger ließen Hochrufe erschallen und machten sich daran, von den offenen Plätzen nach Meereshalt zurückzukehren.

»Was bringt es, wenn wir im Schwefelbrodem verrecken?« Buvendil schüttelte den blonden Schopf. »Ich werde sicherlich nicht im Rauch stehen bleiben. Wenn ich heute lebe, kann ich morgen eines dieser Schwarzaugenschiffe mit deinem Unterwassergefährt jagen. Und versenken. Damit rechnen sie niemals.«

»Sei leise«, mahnte ihn Xanomir. »Es ist noch nicht fertig.«

»Wir bräuchten mindestens zehn davon. Sonst benötigen wir für achtzig Schiffe viel zu lange.« Sein Freund machte einen halben Schritt zurück, und seine Augen wurden groß. »Beim Barte des ewigen Schmieds! Da ist der nächste Achterverband! Wir sind niemals schnell genug an den Festungskatapulten.«

Die Bugspriete zweier Begleitschiffe schoben sich aus der Röhre in den hellen Sonnenschein. Dahinter wurden die gewaltigen acht Masten sichtbar, an denen bereits die blutroten Seidensegel gesetzt wurden.

»Die Schwarzaugen haben es eilig.« Xanomir musste die Bewunderung für die Albae zur Seite schieben. Was ihre Zimmerleute und Constructoren erschaffen hatten, übertraf die Schiffsbaukunst des gesamten Geborgenen Landes ums Unendliche. *Wer soll sie aufhalten?*

Aus der Erde erklang ein dunkles Grollen, das ein weiteres Beben ankündigte. Dann erschallte wieder Gasalarm, der vor tödlichem Brodem warnte.

»Keiner bleibt stehen«, befahl der Kommandant. »Los, lauft zu den Katapulten! Wir müssen die beiden Begleitschiffe und den Achtmaster dahinter versenken. Damit kommen sie nicht durch die …«

Xanomir vernahm das leise Rumpeln, mit denen sich die gespannten Geschütze auf den Schiffen entluden. Zuerst wurden die Geschosse als winzige Punkte sichtbar, die sich im Nähern schnell vergrößerten und schwarze Rauchfahnen hinter sich herzogen.

»In Deckung!«, schrie er und warf sich hinter die Mauerbrüstung.

Etwa dreißig Schritte von ihnen entfernt schlugen Steine von der Größe eines Riesenkopfes in die Schießscharten des vorderen, leeren Abwehrturmes, danach platschten brennende Lederbeutel in die Breschen und gossen das Innere mit flüssigem Feuer aus. Die Pfeilkatapulte der Verteidiger verbrannten knisternd.

Xanomir lugte über die Mauerbrüstung und betrachtete die eingehängten gewaltigen Malmsteine an der Kavernendecke. Sie rührten sich nicht, obwohl sich die beiden Begleitschiffe genau unter ihnen befanden. *Sind albische Soldaten etwa in den oberen Durchgängen und schalten die Mechanik aus?* Damit wäre ihre letzte Hoffnung gestorben.

»Auf eure Posten!«, befahl der Kommandant. »Los! Schicken wir diese widerlichen Schwarzaugen in den Tod!«

»Nein«, hielt Buvendil dagegen. »Bleibt in Deckung. Ihr sterbt ein sinnloses Ende!« Mit der Axt deutete er auf die Zerstörung im lichterloh flammenden Abwehrturm. »So wird es uns ergehen. Harren wir aus und greifen –«

»Wartet!« Ein von rötlichem Gesteinsmehl überzogener Zwerg kam aus dem Seitenaufgang des nördlichen Felsentors und rannte auf sie zu; dabei zog er eine Staubfahne hinter sich her, während er mit den Armen ruderte. »Weg! Bleibt zurück!«

Xanomir konnte nicht erkennen, um wen es sich handelte. Aber eines fiel ihm sofort auf. *Diese Rüstungen werden längst nicht mehr getragen.*

»Sprich!«, verlangte der Kommandant von dem hustenden Boten. »Was ist geschehen?«

»Es ist kein …«, sprach er keuchend und setzte sein Signalhorn an die Lippen. Die Töne kamen kläglich, aber sie trugen die Tonfolge für den Rückzug weit. »Es ist … kein Gas, was ihr da seht.«

Xanomir bemerkte den Ringfinger an der Hand des Zwergs. *Zwei gekreuzte Hämmer auf einem Eisenring. Das ist Hegomil Kohlengluts Wappen!* »Halt! Wer bist du?«

Aus dem unterirdischen Grollen wurde ein lautes Krachen und Bersten. Der Felsenbogen über dem Einlass in die Passage erhielt einen senkrechten Riss, der im Gestein unbändig aufwärts schnellte. Kleine Splitter regneten auf die Schiffsdecks und das Wasser im Tunnel.

Die Zerstörung setzte sich im Inneren fort, wie Xanomir durch sein rasch angesetztes Fernglas erkannte. *Der Tunnel bricht ein!* Zugleich fühlte er weder ein Beben noch ein Rütteln unter seinen Füßen. Seine Linse erfasste eine Markierung, von der ein weiterer Sprung über die Höhlenwände jagte.

»Es ist Absicht gewesen«, flüsterte er und senkte die Sehhilfe. »Das war der Plan unseres Königs!«

Schlagartig brachen riesige Brocken aus der Decke und den oberen Seitenwänden, platschend landeten sie im Wasser und sandten riesige Fontänen empor. Andere zerschlugen die Planken, die Aufbauten, die Geschütze und die Masten. Rahen wurden abgeraspelt wie dünne Äste und Segel aufgeschlitzt.

»Nicht eures Königs«, sprach der schmutzige Zwerg glücklich und wischte sich erleichtert über das bärtige Gesicht. »Sondern eines anderen.« Zufrieden beobachtete er gemeinsam mit den überraschten und erschrockenen Ersten, wie der Tunnel Schritt für Schritt einstürzte und das Gestein darüber absackte.

Mehrere hohe Wellen schwappten aus der Kaverne und rollten gegen die Mauern. Das dumpfe Knacken des Gesteins mischte sich mit dem Splittern und Bersten des Holzes, die leisen Schreie der Albae klangen nur gelegentlich bis zu ihnen. Schließlich waberte Staub aus dem eingebrochenen Tunnel und machte das Zuschauen unmöglich.

»Beim Barte des Vraccas!« Xanomir wandte sich an den Neuankömmling. Die verschiedensten Gefühle rasten durch ihn. Freude, Erstaunen, Unglaube und sagenhaft riesige Erleichterung. »Was sahen wir da?«

»Das Ende der albischen Flotte. Das Ende des Durchgangs ins Geborgene Land«, antwortete der Zwerg erleichtert. »Der erste Anlauf misslang, wir hatten es falsch berechnet. Durch den Trick mit dem Gasalarm retteten wir eure Leben.«

»Wer plante das? Wer ist *wir?*«, rief der Kommandant aufgebracht und reckte seinen Morgenstern. »Und *wer* bei allen schändlichen Namen Tions bist *du*, dass du dies alles weißt?«

»Mein Name ist Hegobal Kohlenglut, Sohn von Hegomil Kohlenglut, und zusammen mit euch einer der vielen Retter unserer Heimat.« Er deutete eine Verbeugung an. »Wir hatten die Flotte erst für Herbst erwartet und mussten uns sputen. Aber es gelang.«

Xanomir verstand so gut wie nichts. Er langte in die Tasche und zog das Amulett heraus, das er im Fischmaul gefunden hatte. »Gehörte das deinem Vater?«

»Ja! Woher hast du das? Und wieso weißt du …?«

»Dein Siegelring. Er fiel mir auf, und ich zählte eins und eins zusammen.«

Hegobal nahm es dankend entgegen und zeigte dabei absichtlich seinen Siegelring, um seine Abstammung zu beweisen. »Es gehörte ihm. Wo hast du es gefunden?«

»Im Meer«, sagte Xanomir schlicht.

»Dann nahm es einen langen Weg.« Hegobal setzte sich, und Buvendil reichte ihm seine Wasserflasche. »Mein Vater starb bereits vor langer Zeit. Abgestürzt. Bei den Vorbereitungen für dieses zerstörerische Wunder, das ihr gesehen habt.« Hastig trank er. »Danke. Und nun entschuldigt, aber ich –«

»Nichts da! Du bist hiermit festgenommen, Hegobal Kohlenglut«, sprach der Kommandant harsch. »Solange wir nicht wissen, was diese Vorgänge zu bedeuten haben, wirst du nirgendwo hingehen.«

»Aber ich muss König Gandalgir Eisengriff sprechen«, vollendete Hegobal seinen unterbrochenen Satz mit einem Lächeln. »Er erwartet mich.« Mit der Flasche zeigte er auf die Staubwolke, hinter der sich der zugeschüttete Durchgang verbarg. »Macht euch keine Sorgen. Es ist vorbei. Nichts kommt mehr durch die Passage.«

Unterdessen verbreitete sich die Erkenntnis in Meereshalt, dass kein albisches Schiff aus der Kaverne entkommen war. Zweiundsiebzig Schiffe waren von Felsen zerschmettert und begraben worden. Das Rote Gebirge hatte sie mit Alb und Maus ertränkt und zermahlen. Erste zögerliche Hochrufe kamen auf.

Es ist vorbei! Bei Vraccas! Es ist vorbei! Xanomir schaute erleichtert zu Buvendil, dann stimmten sie in den Jubel ein.

* * *

DAS GEBORGENE LAND, VEREINTES GROSSKÖNIGREICH GAURAGON, PROVINZ BERGENHOCH, 1023 N. B. (7514. SONNENZYKLUS NACH ALTER ZEITRECHNUNG), FRÜHHERBST

Goïmron stand auf einem Wagendach der ruhenden Schienenkutsche und betrachtete im Schein der Nachtgestirne die Unmenge an erhellten Zelten und kleinen Lagerfeuern, die rings um den letzten Haltepunkt leuchteten. *Wie wenige es sind. Und doch mehr, als das Geborgene Land je zu hoffen gewagt hätte.*

Die restlichen Meilen bis zum geplanten Zusammentreffen

mit dem Heer aus Brigantia mussten die zusammengewürfelten Truppen aus Zwergen, Menschen, Elben und Meldrith zu Fuß, auf Karren, Pferderücken oder in Streitwagen bewältigen. Leise drangen gesungene Lieder und Melodien von Lauten und Flöten aus verschiedenen Richtungen zu ihm herauf.

Mehrmals hatten sich die Befehlshaber der Völker getroffen und unter der Leitung von Tungdil Goldhand beratschlagt, welches der beste Platz für eine Schlacht sein könnte. Das rasche Vordringen des Omuthan machte ihre Strategien jeden Umlauf erneut hinfällig. Brigantia nutzte das durchquerte Umland, um sein Heer zu ernähren, und verzichtete auf das Mitnehmen von Proviant, was im Spätsommer eine gute Taktik war.

Gleichzeitig sparte die Armee des Geborgenen Landes Kraft, indem es die Schienenkutschen Gauragons nutzte. Anders wären die mitgeführten Katapulte niemals dermaßen rasch vorangekommen. Das Zerlegen hatte man sich gespart, die Maschinen waren einsatzbereit.

Übermorgen also. Goïmron setzte sich. Die meiste Zeit hatte er für Goldhand entscheiden müssen, weil der greise Zwerg am albischen Gift in seinen Knochen litt. Die Strapazen der Reise verbesserten seine Heilung nicht. *Übermorgen wird das Gemetzel beginnen.* Er setzte sich und ließ den Blick schweifen. *Was tue ich?*

Unterwegs hatten er und Chòldunja heimlich mit den Edelsteinen geübt, welche die Zwerge rasch aus ihren Siedlungen und Städten hatten bringen lassen. Als Viertem waren sie ihm zur Begutachtung vorgelegt worden, was Goïmron dafür nutzte, einige von ihnen für sich zu behalten, sollte seine magische Gabe in der Schlacht gebraucht werden.

»Ah, ein Zwerg, der sich unter das Sternenzelt legt und nicht in die hinterste Ecke eines Wagens verkriecht, weil es ihn an eine Höhle erinnert.« Rodana zog sich durch die Luke hinauf zu ihm aufs Dach. »Du bleibst ungewöhnlich.«

»Nicht nur, weil ich ein Vierter bin?« Er sah zur blonden Puppenspielerin, die mit einer Flasche Rotwein zu ihm kam und sich neben ihn setzte. Sie hatte ein langes Hemd und Lederhose gewählt, was ihrer Anmut keinen Abbruch tat.

»Nicht nur. In dir steckt mehr.« Sie nahm einen Schluck Rotwein. »Und ich habe ein Gespür dafür. Glaub mir.«

Goïmron ließ sich seine Aufregung nicht anmerken. Die zierliche Frau, für die er viel empfand, mehr als für irgendeine andere, konnte ihm dichter fast nicht mehr kommen. »Wie lief die Vorstellung heute Abend?«, fragte er.

»Sehr gut. Da werden selbst Furcht einflößende Kriegerinnen und Krieger zu kleinen Kindern, sobald sie den Geschichten lauschen.« Rodana grinste, auf ihren Wangen bildeten sich Grübchen. »Sogar die Elben applaudierten. Stell dir das vor! Sehr vornehm, aber sie taten es.«

Goïmron lachte. »Darauf kannst du dir etwas einbilden. Mit welchem Stück hast du sie gekriegt?« Er drängte den Gedanken zur Seite, wie es sich anfühlen musste, ihre dunklen Lippen zu küssen. Da sie ihm nie gezeigt hatte, dass sie seine Gefühle erwiderte, blieb es bei einer schmerzhaft-schönen Fantasie.

»Den Tod von Ûra. Nur dass es in meiner Überlieferung etwas anders verlief und die Stadt Klippstatt die Drachin besiegte. Den Albae überlasse ich keinen Triumph.« Rodana seufzte. »Welch Trost und Erleichterung, dass die Bestie tot ist! Ich muss keine Spionin und Verräterin mehr sein. Es war die richtige Entscheidung, den Tross zu begleiten und für Ablenkung zu sorgen.«

»Abgesehen davon, dass du dir und Chòldunja noch ein paar Münzen verdienst, kommt das Lob der guten Tat obendrauf.«

»Wo du sie gerade ansprichst: Sie sucht dich.«

»Ah, danke fürs Ausrichten.« Goïmron wusste, was das bedeutete. An diesem Abend wollten sie ein Experiment versuchen. Noch vor der Schlacht. Zur Sicherheit. »Ich gehe gleich zu ihr.«

Rodana nahm einen Schluck Rotwein, während sie das Lager betrachtete. »Wie eine Heerschau aus allen Teilen des Geborgenen Landes. Bogenschützen aus Tî Silândur, die schweren Streitwagen aus Malleniaswacht, Phalanxgänger aus Gautaya und die Reiterei aus Khalteran. Nicht zu vergessen die Zwergentruppen. Auch wenn ich sagen muss, dass die Dritten am gefährlichsten von allen aussehen.« Sie zwinkerte ihm zu. »Dafür funkeln die Deinen am schönsten.«

»Man wird sie in der ersten Reihe postieren. Um die Brigantiner zu blenden.« Goïmron lachte leise und genoss ihre Nähe. Aber sie war eine Menschenfrau und bevorzugte ihresgleichen. *Was soll sie mit einem viertelzwergigen Gemmarius?*

»Hast du von dem geflügelten Nachtmahr gehört, von dem die Kundschafter berichteten?«, fragte Rodana und hielt ihm die Flasche hin.

Goïmron lehnte ab. »Erschreckend, wenn es stimmt.«

»*Wenn* es stimmt?«

»Wie sollten sie einen geflügelten Nachtmahr erschaffen? Einhörner vermögen nicht zu fliegen.«

»Es gibt welche mit Schwingen, wie ich hörte. Hinter dem Braunen Gebirge. Gut möglich, dass sie welche fingen und sie wandelten.« Rodana verlor ihre gute Laune und streifte eine blonde Strähne hinters Ohr, was ihr ansprechendes Gesicht mit den hohen Wangenknochen betonte. »Wenn sie davon Hunderte haben?«

»Wären sie längst über uns hergefallen.« Goïmron täuschte Zuversicht vor. »Sie werden das seltsame Vogelpferd schon mit Bolzen aus dem Himmel schießen, wenn es sich nähert. Keine Sorge.«

»Wirst ... Wirst du übermorgen ins Gefecht ziehen?«

Er bildete sich ein, so etwas wie Furcht in ihrer Stimme zu vernehmen. *Sorge. Um mich?* »Ich habe es vor. Zwar weiß ich noch nicht, wo ich mich einreihe, aber ...« Er ließ den Satz vor Verwirrung unvollendet. Urplötzlich war die erstickte Hoffnung aufgeflammt, seine Fantasie der Zweisamkeit mit ihr könnte wahr werden. »Du wirst im Krankenlager warten, sagte Chòldunja?«

Rodana nickte. »Ich kann mich verteidigen, aber es reicht niemals, um lebend aus einer solchen Schlacht zu kommen. Dafür flicke ich jene zusammen, die etwas abbekamen.« Sie legte eine Hand auf Goïmrons Rücken. »Ich bete zu Samusin und Palandiell, dass ich dich nicht vor mir liegen haben werde. Oder dass ich ein Leichentuch über dich breiten muss.«

»Mir wird nichts geschehen. Ich sehe mich mehr bei den Schützen.« Ihre Hand mit den dunklen Fingerspitzen gab Wärme an ihn ab, die weit trug und sein Innerstes mit Energie auflud. *Wie gut es sich anfühlt.*

»Die Katapulte der Feinde reichen ebenso weit wie unsere. Niemand ist auf einem Schlachtfeld sicher, Goïmron.« Rodana wollte die Flasche ansetzen. »Oh. Verzeih. Hätte ich das besser nicht sagen sollen?«

»Es ist die Wahrheit. Und ich bin mir dessen bewusst.« Dennoch wäre er lieber nicht daran erinnert worden. *Oder an ein Leichentuch.* »Wir haben Famulus Mostro und einen Waggon voller Artefakte bei uns. Das wird den Sieg sichern, ganz gleich, ob die Albae einen, zehn oder hundert fliegende Nachtmahre haben.«

»Angeblich saß ein Mensch auf dem Rücken der Bestie.«

»Ist das gewiss?«

»So sicher sich die Kundschafter sein können. Das spricht für eine Allianz von Brigantia und Dsôn.« Rodana ließ den Wein in der Flasche kreisen, der Alkohol rollte die Wand halb hinauf. »Eine andere Sache: Artefakte und Edelsteine, mit denen man Zauber wirken kann. Was hältst du davon?«

»Ich? Ich bin nur ein Zwerg.« Goïmron hörte, dass seine Stimme zu hoch klang und ihn beinahe der Lüge überführte, ohne dass die Puppenspielerin mehr erfragen musste.

»Du bist ein Vierter. Ihr seid die besten Juweliere des Geborgenen Landes. Gibt es keine Aufzeichnungen dazu in euren Archiven?«

»Die … gab es gewiss. Aber sie liegen in den Händen von Brigantia oder wurden längst von den Besatzern zerstört.« Goïmron fühlte sich wie bei einem Tanz auf dünnem Eis. »Ich habe gehört, der Famulus verteilte fünfzig Artefakte an die Truppen und unterwies sie im Gebrauch der magischen Gegenstände?«

»Das stimmt. Wobei ich mir nicht sicher bin, ob das, was uns Vanéra aus ihrer Kammer der Wunder mitgegeben hat, wirklich dafür taugt, den Kampf für uns zu entscheiden.«

»Was meinst du?«

»Diese Voliere mit dem ausgestopften orangegefiederten Vogel darin. Angeblich erwacht er zum Leben, sobald man den Käfig öffnet, und stürzt sich auf jenen, der ihn berühren will.« Sie beschrieb mit der Flasche einen angedeuteten Bogenwurf. »Sollen wir den Käfig also in die Reihen der Brigantiner schießen? Wie gefährlich kann ein handgroßer Vogel für einen Krieger sein?« Sie lachte. »Ich finde es eher lustig als gefährlich.«

»Warten wir es ab, was der Vogel vermag.« Goïmron war erleichtert, von den Edelsteinen abgelenkt zu haben. Und er entsann sich der Episode in der Kammer der Wunder. Wuchs der Vogel in gleicher Weise wie der Drinx, wäre seine Wirkung vernichtend. *Er könnte den Gegnern die Köpfe wegpicken.* »Hoffen wir, dass er die Gegenstände danach zurückbekommt.«

»Wer? Der Famulus?«

Er nickte. »Nicht dass die Soldaten ein Andenken behalten wollen.«

»Vanéra würde sie alle in Schweine verwandeln, würde auch nur eines davon fehlen. Falls sie ein Schweineverwandlungsartefakt besitzt.«

Goïmron erhob sich, auch wenn es ihm schwerfiel, Rodana zu verlassen. »Ich suche Chòldunja. Bleibst du noch?«

»Ja. Die Aussicht ist einfach zu schön. Und ich mag die Lieder!« Rodana schloss die grünen Augen und wiegte sich leicht im Takt mit, summte leise. Dabei zog sie eine orangefarbene Feder aus der Tasche und blies sie in die Luft. Der Wind trug sie davon.

Wie wundervoll sie ist. Es kostete Goïmron enorme Beherrschung, sie nicht einfach zu küssen. Einen gehauchten, unschuldigen Kuss auf die Wange. Um ihr vor der Schlacht zu zeigen, dass er sie mochte. Wie sehr er sie mochte. Der Drang war stark, sein Herz klopfte bis zum Hals. *Es schickt sich nicht.*

»Goïmron ? Bist du noch da?«

»Ich …« Er räusperte sich. »Ja, ich bin noch da.«

»Versprich mir, dass du die Schlacht überlebst. Es wäre nämlich sehr, sehr schade um dich.«

»Das tue ich!« Innerlich nahm er Anlauf, um sich ihr zu offenbaren.

»Gata käme um vor Gram.«

Die Erwähnung der Königin der Dritten wirkte wie ein eisiger Guss über den Kopf. Sie trug den tragischen Tod ihres Vaters mit Fassung und Würde, hatte die Zeit der Trauer auf einen späteren Zeitpunkt verschoben und seinen Leichnam zurück ins Schwarze Gebirge gesandt. Der Tote solle in der Familiengruft bestattet werden. Ohne Pomp und Rituale. Es sei nicht die Zeit, hatte sie grimmig gesagt. »Oh, ich dachte …«

»Sie verlor ihren Vater und muss nun die schwere Last der Krone tragen. Ihre Leute in die Schlacht führen. Die Verantwortung für die Entscheidung tragen, die ihr Vater niemals getroffen hätte«, zählte Rodana auf, die ihre Augen noch immer geschlossen hatte. »Das ist eine gehörige Prüfung für die junge Zwergin. Ich bewundere sie. Du nicht?«

»Schon.«

»Ich denke, Gata würde es freuen, wenn du sie bewunderst.« Langsam hob sie die Lider und sah den Zwerg an, schenkte ihm ein schelmisches Grinsen. »Sie hat dich in ihr Herz geschlossen.«

Goïmron wusste nichts zu erwidern und ging zur Luke. »Wir werden siegen, Rodana. Bis morgen.«

»Bis morgen, Goïmron Schnitzeisen.«

Missgestimmt stieg er hinab und stapfte durch das Lager zum Wohnwagen der Puppenspielerin, wo er sich mit Chòldunja treffen wollte.

Frustriert von dem Umstand, dass er Rodana seine Gefühle nicht gestanden hatte, verging ihm auch die Lust auf eine bevorstehende Lektion in Sachen Edelsteinmagie.

Eigentlich hatten er und die junge Aprendisa beabsichtigt, verschiedene Edelsteine zu kombinieren, die Wirkungsweisen der Kräfte zu bündeln und auf einen Schlag gleich mehrfache Effekte auszulösen.

Doch der einzige Effekt, nachdem er sich gerade sehnte, war ein Liebeszauber.

So ein Elend. Goïmron pochte gegen die Wohnwagentür, vor der zahlreiche Geschenke und Blumengaben lagen. *Sieh doch, du Trottel. Unendlich viele Verehrer. Einer stattlicher als der andere. Und sie macht noch die Werberin für Gata!*

Chòldunja öffnete. »Wie schaust du denn drein? Ist dir der Brei nicht bekommen?« Sie rückte das lange, blaue Wolltuch um ihr beigefarbenes Kleid und die Bluse zurecht.

»Ich will nicht darüber reden.« Goïmron ging an ihr vorbei und ließ sich auf den Stuhl fallen. Lustlos griff er in die Tasche und nahm einen geschliffenen Rubin, einen Edelgranat und einen Diamanten heraus. Er hatte sie dem Famulus vorenthalten, und sie besaßen beste Qualität. Von dem drachenfigürchengefassten Meeressaphir hingegen wusste absolut niemand, auch nicht Chòldunja. »Schau, der Versuch beginnt.« Mürrisch legte er sie übereinander und hob sie gegen die brennende Lampe. »Verwandeln wir die Flamme in eine Lohe, die aus Eis ist und die … nach Zuckerwatte riecht.« Er blinzelte und gab sich nicht einmal Mühe. »Da. Nichts passiert. Versuch beendet. Gute Nacht.« Rasch erhob er sich.

Aber Chòldunja drückte ihn zurück. »Was wird das?«

»Unser Versuch. Gescheitert.«

»Das war kein Versuch. Das war erbärmlich.« Sie sah ihn prüfend an. »Was bedrückt dich.«

»Ich will nicht darüber reden. Wie ich schon sagte.«

»Aha. Liebesdinge. Eine Zwergin.«

»Nein.«

»Dann eine Frau.«

»Nein, verflucht!«

»Oh, es geht um Rodana?« Chòldunja lächelte verständnisvoll und wickelte die braun-schwarzen Haare im Nacken zu einem losen Knoten. »Denkst du, ich habe nicht bemerkt, wie du sie anstrahlst und stets in ihrer Nähe zu finden bist?«

Goïmron seufzte schwer. »Das macht mein Versagen vollständig.« Er sah die junge Aprendisa zögerlich an. »Sagte … sagte sie etwas über mich? Also, nein, ich meine, etwas Gutes?«

»Sie spricht nur in höchsten Tönen von dir«, antwortete Chòldunja ausweichend.

»Wie ich es mir dachte.« Er rieb sich niedergeschlagen über die Koteletten. *Ich könnte mich auch in den spitzen Schnabel des Flammenflüglers werfen.* »Ich gehe zu Bett. Sei mir nicht böse. Wir haben den morgigen Umlauf noch, um einen zweiten Anlauf zu unternehmen.« Er stemmte sich auf die Beine. »Schlaf gut.«

»Du auch. Soll ich dir etwas zum Einschlafen mitgeben?«

»Bier habe ich selbst. Starkes Edelschwarz. Es leistet sehr gute Dienste.«

»Ich meinte einen besonderen Schlaftrunk aus Kräutern.«

»Nein, danke.« Goïmron ging mit schleppenden Schritten zum Ausgang.

Chòldunja berührte ihn im Vorbeigehen an der Schulter. »Es tut mir leid.« Dann hob sie einen Topas auf, der ihm aus der Tasche gefallen war, und reichte ihm den Edelstein. »Gib besser darauf acht, sonst wird man fragen, was du damit wolltest.«

»Es fiele mir eine Ausrede ein.«

»Aber der Famulus könnte Verdacht schöpfen.« Chòldunja

wirkte sehr ernst. »Zeige deine Gabe nicht. *Noch* nicht. Auch nicht in der kommenden Schlacht, so groß die Verluste auch sein mögen«, schärfte sie ihm leise ein und öffnete die Tür. »Deine Macht wird eines Umlaufs von größerem Wert sein als jetzt.«

Goïmron nickte nur und schlurfte hinaus und die Stufen hinab. Dabei achtete er darauf, die Blumengeschenke nicht zu zertreten. *Sie sollen Rodana Freude bereiten.*

* * *

Chòldunja hatte sich umgedreht und wollte sich ein Stück von ihrem eigenen geräucherten, ganz besonderen Schinken abschneiden, als es wieder an der Tür klopfte.

»Was hast du vergessen?« Sie öffnete den Eingang. »Oder ...« Sie stockte für einen Herzschlag, als sie den unerwarteten Besucher vor sich sah. »Verzeihung. Meine Meisterin ist nicht da«, sagte sie und wollte den Eingang rasch schließen. »Kommt morgen wieder.«

»Es ist perfekt, wie es ist.« Mostro stellte den Fuß in die Tür. »Ich hatte gehofft, dich allein anzutreffen.« Sein dunkelblondes Wellenhaar rahmte das Gesicht wie ein gebauschter Helm. »Rodana sitzt mit einer Flasche Wein auf einem Wagen der Schienenkutsche und singt die Lieder der Meldrith mit. Wir sind ungestört.«

Chòldunja dachte nicht daran, den Druck auf das Holz zu mindern. »Ich habe nichts mit Euch zu schaffen, Famulus. Außer Ihr habt eine Idee für ein neues Stück.«

»Das sehe ich anders.« Mostro hielt einen daumenlangen Runenstock aus Sigurdazienholz in der Rechten, an dessen Spitze es rötlich glühte. »Ich dachte zuerst, der Unterirdische wäre in irgendeiner Weise magisch begabt. Ich hatte ihn im Verdacht, seit ich ihn vor der Kammer der Wunder erwischte.« Mit einem Ruck stemmte er die Tür auf, sodass Chòldunja zwei Schritte nach hinten machen musste. »Dabei bist *du* es.« Der Famulus trug einen dunkelbraunen Kapuzenumhang über seiner mintgrünen Robe, am Gürtel hingen sein Dolch sowie kleinere Artefakte griffbereit.

»Was ist das für ein Ding?«

»Ein Magieweiser. Ich habe ihn mitgenommen, falls die Brigantiner einen Magus oder etwas Vergleichbares in ihren Reihen haben. Umso größer war mein Erstaunen, als ich ihn hier ausprobierte und es einen Ausschlag gab.« Mostro rieb über eine geschwungene Rune am Stabende. »Dieses Zeichen hilft mir dabei, die Art der Magie einzuordnen, mit der ich es zu tun habe.«

»Das ist ein Irrtum. Das Artefakt ist beschädigt, Famulus.« Chòldunja legte eine Hand auf den Rücken und tastete nach ihrem Dolch.

»Das denke ich nicht.« Mostro zeigte ihr das graublaue Schimmern. »Siehst du? *Das* ist *kein* gutes Zeichen. Nicht außerhalb deiner Sümpfe.«

Chòldunja legte eine Hand gegen den verborgenen Talisman unter ihrem Gewand und fühlte die ansteigende Energie des Moordiamanten durch das Ledersäckchen. »Du irrst dich. Geh nun.«

Der Magiezeiger des Famulus leuchtete prompt intensiver. »Du wirst mich nicht angreifen wollen, Ragana?« Er lachte fies, an den Härchen des Federkielbärtchens und zwischen den Zähnen hingen bräunliche Brotkrümel. »Ich bin die einzige Hoffnung des Heeres auf magischen Beistand.«

»Hinaus!«

»Lass mich dein Amulett sehen.«

»Nein! Eher …« Chòldunja biss sich auf die Zunge. *Verflucht!* Vanéra hatte sie aus dem Weg gehen können, aber bei deren Famulus inmitten des Heerlagers aufgeflogen zu sein, übertraf das Maß an Schwierigkeiten, in die sie geraten konnte.

»Eher *was?* Greifst du mich an?« Mostro kam näher und steckte den Magiefinder weg, zog dafür eine getriebene Silberscheibe vom Gürtel, auf der magische Kurzformeln eingelassen waren. »Versuch es. Der Schild von Awizu wird abwehren, was du aufbieten kannst.« Er streckte die freie Hand aus. »Her mit deinem Amulett! Wenn es ein Moordiamant ist, so …«

Blitzschnell zog Chòldunja ihren Dolch und stach zu.

Die Spitze ging mitten durch die gereckte Handfläche, und mit einem Schrei zog der Famulus den Arm zurück.

»Der Schild von Awizu hilft wohl nicht gegen eine Ragana-Klinge«, sagte sie böse. »Raus mit dir! Und zu keinem ein Wort, sonst geht der nächste Stich –«

Mostro trat fluchend nach ihr und traf sie in den Bauch.

Der Tritt schleuderte Chòldunja rücklings gegen ein Tischchen, und sie stürzte zwischen die Schränkchen mit den Schattenstabpuppen, ohne ihre Waffe zu senken.

Der Famulus setzte nach und zog ein zweites Artefakt mit der blutigen Hand vom Gürtel, das an einen Peitschengriff ohne Riemen erinnerte. Als er es schwang, erklang ein Surren, und gleich darauf platzte die Haut an ihrem Unterarm auf.

Schreiend ließ Chòldunja das Messer fallen und hob die Hände schützend vor ihr Gesicht. Die Geisterknute ging auf sie nieder, riss das Kleid und die Haut darunter auf. Eingekeilt zwischen den Schränkchen konnte die junge Frau nur rückwärts kriechen. Aber vor dem unsichtbaren Lederriemen gab es kein Entkommen.

»Her mit dem Amulett«, herrschte sie Mostro an. »Ich will dich nicht töten müssen, auch wenn ich dem Geborgenen Land einen Gefallen damit täte, Moorhexe!«

Als der Famulus für den nächsten Schlag ausholte, umfasste Chòldunja ihren Talisman und murmelte einen Ragana-Zauber.

Sogleich erloschen die Lampen im Wagen und hüllten die junge Frau in schützende Dunkelheit. »Jetzt hab ich dich!« Schnell erhob sie sich, packte ihren Dolch fester und warf sich gegen Mostro. »Die Schlacht wird ohne dich stattfinden!«

Aber die Schneide zischte ins Leere.

Stattdessen bekam Chòldunja einen Schlag mit dem Ellbogen genau gegen ihr Kinn, woraufhin sie halb ohnmächtig zusammenbrach. Das Knacken ihres Kieferknochens tönte durch ihren Schädel, Blut lief ihr aus dem Mund.

Dann wurde es heller im Wagen, und Mostros Gesicht erschien über ihr. »So einfach ist es bei mir nicht. Ein Magus sollte ebenso mit seinen Fäusten zu kämpfen wissen. Das sage ich Adelia immer.« Er streckte die Hand aus und zerriss Chòldunjas zerfetzte Bluse und das löchrige Kleid. »Her damit!«

Ihr Widerstand war schwach. Auf ihre schützende Hand ging ein Hieb mit der Geisterknute nieder, der zwei ihrer Finger aufplatzen ließ, sodass das Weiß der Knochen schimmerte, bevor das Blut aus den Wunden sprudelte.

Mit einem Ruck hatte Mostro das Band gelöst und schüttelte das Lederbeutelchen ab. »Ein Moordiamant«, wisperte er ehrfürchtig. »Und recht mächtig, ordne ich die Färbung nach dem Lehrbuch ein. Wie viele Kinder hast du schon gefangen und gefressen, Ragana?« Lachend steckte er ihn ein und griff ins Chòldunjas langes Haar, zerrte sie daran auf die Beine, schüttelte sie durch. »Wie viele Leben stecken in dir und deinem Diamanten?« Brutal schleuderte er sie gegen die Wand, ratschend zerriss der Stoff um ihren Oberkörper. Erneut stürzte sie. »So jung und doch verdorben. Von Grund auf böse und niederträchtig.«

Da schwang der Eingang auf.

Rodana sprang mit erhobenem Dolch in den Wagen. »Was geht hier vor?« Sie sah entsetzt auf die blutende, halb entblößte Chòldunja am Boden. »Du verdammtes Schwein! Du bist kein Famulus! Du bist ein elender Bastard!«

»Nein, Ihr versteht es falsch«, versuchte Mostro, sich zu erklären. »Ich habe sie nicht gegen ihren Willen genommen, sondern –«

»Oh, ich sehe ganz genau, was du getan hast«, schrie Rodana

ihn an und ging mit gerecktem Dolch gegen ihn. Die Zierlichkeit machte sie nicht weniger gefährlich. »Verpiss dich aus meinem Wagen! Nachdem ich mich um Chòldunja gekümmert habe, werde ich die Heerführer von deiner Tat in Kenntnis setzen.«

»Aber ich –«

»Ja, du magst für die Schlacht wichtig sein, aber das erhebt dich nicht über die Gesetze!«

Mostro hob die Hand mit dem Amulett und dem Moordiamanten darin. »Deine Aprendisa ist eine Ragana. Wusstest du das?«

»Nun auch noch Lügen?« Rodana machte einen Satz auf ihn zu und versetzte ihm zwei, drei schallende Ohrfeigen, die den Famulus gegen die Bretterwand stolpern ließen. »Wir sehen uns im Zelt der Heerführer. Feiges Schwein!« Sie spuckte ihn an, packte ihm am Kragen und trat ihn aus der Tür.

»Das werdet Ihr bereuen!«, rief Mostro außer sich durch die Wände des Wohnwagens. »Ihr werdet mit der Ragana zusammen brennen! Ihr seid die Gehilfin einer Mörderin!« Er hielt sich im Davonrennen die durchstochene Hand.

»Meisterin, ich …«, sprach Chòldunja ächzend. Ihr Unterkiefer knirschte und schmerzte grässlich. Die Verletzung schwoll an und würde das Sprechen bald unmöglich machen.

»Was hat er dir angetan?« Rodana kniete sich neben sie und begutachtete die Verletzungen. »Sind das … Peitschenstriemen? Bei Samusin, dieser Orkhurensohn!«

Rings um den Wagen entstand Aufruhr, es wurde gerufen und gesprochen. Der Vorfall sowie die lauten Worte von Famulus und Puppenspielerin waren nicht unbemerkt geblieben.

»Eine Geisterknute.« Chòldunja wehrte die helfenden Hände ab. »Ich danke Euch. Aber Ihr müsst fliehen! Lasst mich zurück. Ich werde Euch von allen Verdächtigungen freisprechen.«

Rodana sah sie verständnislos an. »Was?«

»Ich *bin* eine Ragana. Mostro hat recht.« Sie wischte sich die

Tränen weg. Der Verlust ihres Amuletts schwächte sie. Die Prügel, die Schmerzen, der gebrochene Knochen setzten ihr zu. »Und ich täuschte Euch. Ihr sollt deswegen nicht …«

»Niemals. Das glaube ich dir nicht. Er hat dir einen Zauber eingepflanzt, um sich vor Anschuldigungen zu schützen.« Rodana packte sie und zog sie auf die Beine. »Aber wir verschwinden besser, bis sich die Aufregung gelegt hat, und reden morgen in Ruhe mit dem Rat.«

»Nein! Nein, ich …« Ganz langsam kam die Ohnmacht über Chòldunja und senkte ein schwarzes Tuch über ihre Wahrnehmung, als schlösse sich der Vorhang nach dem letzten Akt für sie. »Nicht. Ihr sollt …«

Im Wegdämmern spürte sie, wie sie angehoben und ins Freie getragen wurde. Dann erlöste die Bewusstlosigkeit Chòldunja von den Schmerzen.

* * *

So schnell es Goïmron vermochte, stürmte er zu Rodanas Wohnwagen und drängte sich durch die Menge davor. Der Lärm und die Ansammlung hatten ihn aufgeschreckt, bevor er das Starkbier angerührt hatte. *Es darf nichts mit Rodana geschehen sein!*

»Lasst mich durch«, verlangte er. »Was ist passiert?«

Auf der Treppe stand Mostro mit einer verbundenen Hand vor der offenen Tür, neben ihm Telìnâs, der mit einem weiteren hellhaarigen Elben ins leise Gespräch vertieft war.

»Gut, dass Ihr kommt, Meister Schnitzeisen«, begrüßte ihn der Famulus, als er den Zwerg bemerkte. »Ihr seid doch die Koryphäe für Edelsteine jeglicher Art.«

Mehrere Bewaffnete durchsuchten die Unterkunft und gingen dabei alles andere als zimperlich vor. Die wertvollen Puppen, Schattenschablonen und sonstiges Zubehör landeten auf den Bohlen, wurden unter den schweren Stiefeln zertreten.

»Was ist geschehen? Gab es einen Überfall? Albische Attentäter?«, stieß Goïmron aus und kam zwei Stufen in die Höhe. »Gebt doch acht mit ihren Sachen! Die sind wertvoll.«

»Ein Anschlag auf eine Puppenspielerin? Wohl kaum.« Mostro hob die unverletzte Hand und ließ das Amulett aus Diamant, Holz und Gebein an der Kette herabbaumeln. »Nein. Chòldunja griff mich an, nachdem ich herausfand, dass sie eine Ragana ist.« Der Schmuck baumelte leicht hin und her. »Sofern dies ein echter Moordiamant ist, Meister Schnitzeisen?«

Goïmron wurde heiß und kalt. *Oh, nein. Ihr Geheimnis ist aufgeflogen.* »Wo sind die beiden?«

»Geflohen. Was nicht eben viel Vertrauen auslöst.« Mostro sah den Vierten eindringlich an. »Euer Urteil, Meister Schnitzeisen. Ist dies ein echter Moordiamant?«

Goïmron tat, als müsste er lange überlegen und schauen und betrachten. »Ja«, gestand er schließlich, weil er wusste, dass Mostro jede andere Einschätzung nicht gelten lassen würde. *Wie hat er es herausgefunden?* »Es ist ein Moordiamant.«

»Den es *wo* gibt?«, hakte der Famulus wie ein Richter nach.

»In den Sümpfen der Ragana.«

»Ausschließlich?«

»Ausschließlich.«

»Da habt Ihr es! Wie ich es Euch sagte: Meister Schnitzeisen bestätigt, was die Rune meines Magiezeigers aufdeckte.« Mostro wandte sich den Umstehenden zu und hielt ein daumenlanges Stück Sigurdazienholz in die Höhe, dessen Inschriften glommen. »Diese Talismane werden an ihre Trägerin gebunden. *Nur* an sie. Und gespeist mit der Energie jener unglücklichen Kinderlein, die eine Ragana anlockt, fängt und verspeist!«

Ein zorniges Rufen ging durch die Reihen.

»Mit einer Puppenspielerin durch die Lande zu ziehen. Wie perfide! Somit kamen ihre Opfer scharenweise angelaufen«, sprach Telinâs angewidert. »Die Hexe musste nur aussuchen.«

»Am Ende machten sie gemeinsame Sache«, sagte der zweite, ältere Elb laut, der dem Abzeichen nach zur Truppe der Fîndaii gehörte. »Wer weiß, was ihr die Menschenfresserin dafür versprach?«

Goïmron war zu geschockt, um einen klaren Gedanken fassen zu können. »Ich glaube nicht, dass Rodana etwas ahnte«, stotterte er. »Das … das hätte sie niemals gedeckt. Kinderlachen war ihr mehr Lohn als die Münzen, die sie von den Erwachsenen bekam.«

Telìnâs machte ein ernstes Gesicht und wirkte plötzlich älter als sonst. »Es ehrt Euch, dass Ihr so gut von ihr denkt. Aber warum floh sie dann mit der Moorhexe wie eine Schuldige, anstatt zu bleiben und uns Rede und Antwort zu stehen?«

Mostro hob die verletzte Hand als Anklage. »*Das* ist das Werk der Ragana. Auch die Puppenspielerin griff mich an.«

»Nein, ich denke nicht, dass …« Verzweifelt versuchte Goïmron, den Ruf der Frau zu retten, für die sein Herz verräterisch laut in der Brust schlug.

»Famulus Mostro! Wir haben etwas gefunden.« Eine Wache trat heraus und hielt ein Brett mit einem kleinen und sehr hellen Schinken in der Hand. »Dieses Fleisch ist nicht von einem Tier. Kein Kalb, kein Schwein.« In der anderen präsentierte er zwei Schmuckstücke. »Das entdeckten wir unter der Matratze der Hexe. Das sind Bartspangen aus Onyx. Nicht die Preziosen einer Hexe. Sieht für mich nach Beute aus.«

Goïmron fühlte einen Schlag in die Magengrube, sofort war ihm brechübel. Den Schmuck kannte er zu gut. *Er gehörte Gandelin!*

Dass man seine Bartspangen im Wagen fand, unter dem Lager von Chòldunja, bedeutete Schlimmstes. Damit könnte der Tod seines Freundes nicht das Resultat eines unglücklich verlaufenen Raubes in Malleniaswacht gewesen sein.

Genau wie ich hat Gandelin ihren Talisman gesehen und sie darauf angesprochen, ahnte Goïmron. *Bei Vraccas! Ich vertraute der Mörderin meines besten Freundes! Und ich hörte auf ihre Worte und nahm ihr Wissen an.* Mit dem nächsten Atemzug machte er sich schlimme Vorwürfe, mit seiner Erkenntnis nicht gleich zu Rodana gegangen zu sein. *Chòldunja warf einen Zauber über mich. Ja, nur so kann es gewesen sein. Sie verhexte mich!* Schwindel erfasste ihn.

»Ihr seht ein wenig blass aus, Meister Schnitzeisen. Was macht Euch zu schaffen?«, erkundigte sich Mostro.

»Das … Fleisch«, würgte er hervor und hielt sich am Türrahmen fest. »Die Vorstellung, dass es einmal zu einem unschuldigen Kind gehörte, setzt mir zu.«

»Bestattet es«, befahl Telìnâs dem Krieger. »Als wäre es ein Mensch und kein Stück Proviant.«

»Und was ist mit der Beute?«, fragte der Mann und wog die Onyxspangen.

»Sie gehörten meinem besten Freund«, sprach Goïmron schnell, um zu verhindern, dass der Schmuck aufgeteilt wurde. »Ich erkenne seine Arbeit wieder. Er wurde in Malleniaswacht ermordet. Als … als …«

»Die Puppenspielerin und ihre mörderische Aprendisa in der Stadt waren«, führte der Famulus fort. »Sagt, verschwanden in diesen Tagen auch Kinder?«

Goïmron wusste es nicht. »Kann ich die Spangen haben? Als Andenken?«

»Sicher.« Mostro forderte die Wache mit einem Nicken zur Übergabe auf. »Geht alle wieder ins Bett«, rief er dann laut in die Runde. »Schlaft und ruht euch aus. Die Schlacht kommt näher. Das ist derzeit das Einzige, was zählt.« Danach gab er Anweisung, den Wohnwagen zu vernageln und ihn mit zwei Leuten zu bewachen. »Wenn Rodana sich blicken lässt, bringt sie zu mir.«

»Niemand krümmt ihr ein Haar, bis die Sache geklärt ist«, warf Goïmron noch ein, bevor er sich zum Gehen wandte. Die Rufe von Telìnâs ignorierte er. Keinen Augenblick länger hielt er es bei der Menge aus.

Ich weiß, wie ich sie finde. Sònuk hat die beste Spürnase. Er wird ihre Spur rasch aufnehmen.

Während Goïmron zu seiner Unterkunft im Lager der Dritten stolperte und kein Ohr für die Lieder und Gesänge der Zwerge hatte, gesellte sich die Ungewissheit zu ihm.

Ungewissheit darüber, wie sehr er den Worten von Chòldunja folgen sollte, die ihm wieder und wieder eingebläut hatte, sich nicht als Edelsteinmagus zu erkennen zu geben.

Und wenn sie genau das wollte? Wenn sie das Heer damit schwächen will, damit es gegen die Brigantiner verliert? In Goïmrons Kopf überschlugen sich die schwärzesten Überlegungen. *Wenn die Ragana gleichermaßen mit den Schwarzaugen paktieren? Wenn es von Anfang an geplant war und Chòldunja mit dem Zweck aus den Sümpfen geschickt wurde, um Verwirrung und Zwietracht zu stiften?* Seine Verzweiflung wuchs mit jedem Schritt, den er tat. *Ich hätte es Rodana sagen müssen!*

Niedergeschlagen sank er auf eine Bank an einem prasselnden hohen Feuer, ohne darauf zu achten, wo er sich befand. Jemand drückte ihm einen Becher mit einem stechend riechenden Getränk in die Hand. Die Erklärung dazu wurde zu einem Wust aus freundlichen Worten und lautem Gelächter.

Mechanisch trank Goïmron von dem bitteren Gebräu. *Ich trage die Verantwortung für das, was geschehen ist. Wie viele Kinder habe ich auf dem Gewissen, weil ich schwieg?* Goïmron schüttelte sich und leerte den Trunk, bekam sogleich nachgeschenkt und trank das Gefäß erneut aus. *War es ein Zauber der Hexe oder mein Unvermögen, meine Dummheit?*

Die trüben und sorgenvollen Gedanken kreisten schnell und schneller, bis sich auch die Welt um ihn drehte. Lachende, verzerrte Gesichter schwebten um ihn herum, mehrmals wurde sein Name ausgesprochen.

Aber Goïmron reagierte nicht.

Meine Schuld. Wankend erhob er sich und ließ den Becher fallen.

Er schwankte durch die Zeltstadt, stürzte mehrmals über Schnüre, Kochgeschirr und Brennholz, rappelte sich ein ums andere Mal auf, bis er erschöpft und betrunken liegen blieb und die Augen schloss.

Im Ohr tönte eine ruhige Weise, die von einer Zwergin vorgetragen wurde. In Goïmrons Vorstellung sang Rodana. Nur für ihn.

* * *

»Was andere für den höchsten Gipfel halten, ist für einen Zwerg nur eine Biegung.«

Zwergisches Sprichwort

KAPITEL XV

DAS GEBORGENE LAND, VEREINTES GROSSKÖNIGREICH GAURAGON, PROVINZ BERGENHOCH, 1023 N. B. (7514. SONNENZYKLUS NACH ALTER ZEITRECHNUNG), FRÜHHERBST

Klaey betrat das Zelt, in dem Orweyn mit den Zabitays und Zabitayas eine letzte nächtliche Lagebesprechung abhielt. Sie warteten auf die Erkenntnisse, die er bei seinem Ritt in den Wolken gesammelt hatte.

»Gute Neuigkeiten«, krächzte Klaey beim Näherkommen an den Tisch, auf dem eine exakte Umgebungskarte lag. Unterschiedliche Figürchen mit zugeordneten Farben standen für die jeweiligen Einheiten. »Wir sind vor ihnen am Zweistromhügel. Haben wir unsere Katapulte oben aufgebaut, werden wir sie vernichtend schlagen. Ob mit Zauberei oder ohne.«

»Wie schön.« Orweyn machte eine einladende Geste. Umringt von gerüsteten Männern und Frauen verstärkte sich der Eindruck, der Fünfzigjährige habe sich im Zelt geirrt. In seiner Aufmachung und mit der schwarzen Seidenschleife im schütteren Haarzopf sah er wie ein Kaufmann und nicht wie ein Feldherr aus. »Setz dich und erzähle, was du gesehen hast.« Ein Diener goss ihm eine Schale mit Tee ein. »Gab es Veränderungen oder Unterstützungstruppen, von denen wir bislang nichts wussten?«

Klaey wunderte sich, dass niemand auf seine ausnehmend gute Nachricht reagierte. Die höchste Erhebung weit und breit zu besetzen, brachte in einem Gefecht riesige Vorteile. *Ist etwas anderes vorgefallen?* »Nein, keine weiteren Truppen. Doch es zogen mehrere Hundertschaften ab. Alle aus den Küstenreichen.«

»Ausgezeichnet! Wie wir es uns erhofft hatten!« Orweyn schlug mit den flachen Händen auf den Tisch. »Undarimar hält sich an das Versprechen, den Meeresländern mit ihren Schiffen zuzusetzen. Sie sind gezwungen, Soldaten zum Schutz des eigenen Hinterlandes abzuziehen.«

»Es gab zudem in der Nacht einen Vorfall«, berichtete Klaey weiter. Auch er hob sich durch sein leichtes Maßgewand aus dunkelbraunem, besticktem Stoff von der Versammlung ab. Wer hoch über der Erde flog, musste keine irdischen Feinde fürchten. »Der Magus, der übrigens nichts weiter als ein Famulus ist, wurde wohl von der Gehilfin der Puppenspielerin angegriffen. Ich sah, wie die beiden Frauen aus dem Lager flüchteten.«

»Lebt der Famulus noch?«

»Ja.«

»Dann ist es nicht von Bedeutung.«

»Außer man wüsste, dass man die Gehilfin bezichtigt, eine Ragana zu sein.« Klaey kostete von dem kalten Tee, in dem einige Corkutblätter schwammen; allein der intensiv frische Geruch weckte die Lebensgeister in ihm. »Sollte die Moorhexe auf Rache aus sein, könnten wir sie dazu bringen, für uns zu streiten. Wäre das nichts?«

Orweyn überlegte und betrachtete die Figuren. »Nein. Einer Ragana ist nicht zu trauen. Sie mögen legendäre Kräfte haben, doch sie sind launisch wie ein hungriger Bleiwolf.« Er hob den Blick und sah seinen jüngsten Bruder an. »Wenn du sie das nächste Mal erblickst, töte sie. Es bedeutet nichts Gutes, dass sie im Norden unterwegs ist. Ich will keine Ragana in meinem künftigen Reich haben.«

»Wie du wünschst.« Klaey nahm seine Notizen, die er unterwegs gemacht hatte, aus der Umhängetasche. »Das ist der Aufbau ihres Lagers.« Er reichte sie an seinen Bruder.

Orweyn nahm sie entgegen und baute die Zeltstadt des Gegners mit Figürchen auf der Maßstabskarte nach. »Ein klassisches

Heer. Wie es das Geborgene Land seit Tausenden Jahren aufstellt.« Er lachte in die Runde. »Gut für uns.«

Klaey nippte an der Schale. Sein Blick schweifte über die Karte und die Aufstellung von Brigantias Heer. Da der Omuthan einen schnellen Vorstoß befohlen hatte, um rasch durch die Breschen in den Mauern zwischen den Zwergenfestungen zu gelangen, bestand ihre Streitmacht in erster Linie aus leichter und schwerer Reiterei, aber wenig Fußvolk.

Ohne die sperrigen Katapulte der Infanterie blieben ihnen lediglich leichte, zusammensteckbare Pfeil-, Kugel- und Bolzenschleudern. Dafür nutzten sie schnelle bewegliche Reitereinheiten, die in Kleingruppen mit Pfeil- und Scheinattacken agierten, womit sie einem klassischen starren Heer überlegen waren. Orweyn nannte es Starenschwarmtaktik.

Klaey hatte die Brigantia-Aufstellung erfasst, aber nicht verstanden. *Das ergibt keinen Sinn.* »Wieso überlässt du den Hügel dem Feind? Sie werden uns von dort aus den Sätteln schießen.«

Orweyn ließ den Hinweis an sich abperlen. »Dann müssen unsere Reiterinnen und Reiter sehr schnell sein.«

Die Versammlung schwieg. Die Zabitayas und Zabitays wirkten gleichermaßen entspannt, als wäre es das Einfachste der Welt, eine Steigung hinaufzugaloppieren, während der Feind sie mit Geschossen eindeckte.

»Du wirst mit deinem fliegenden Pferdchen Brandbomben auf die Stellungen der Bogenschützen und Katapulte abwerfen«, eröffnete Orweyn. »Flieg hoch genug, dass sie dich nicht mit Pfeilen treffen.«

»Wie lange?«

»Unentwegt. Bis die Schwingen deines Biests erlahmen. Du bist ein unschlagbarer Vorteil für uns, kleiner Bruder.« Orweyn warf ihm ein Lächeln zu. »Und eine entscheidende Komponente für unseren Sieg. Ohne dich würden sie unserer Reiterei schwer zusetzen.« Er legte einen Stein hinter den eigenen Reihen nieder. »Hier lasse ich die Beutel mit dem Gemisch für dich ablegen.«

»Das ist sehr gefährlich. Stahlfederkatapulte reichen weit. Todesschwinge könnte zu Schaden kommen«, widersprach Klaey halbherzig. Das einsetzende Gelächter der Kommandierenden machte ihn wütend. »Seid still! Er ist ein großartiges Tier, das es kein zweites Mal im Geborgenen Land gibt. Und noch hat er keinen Nachwuchs gezeugt. Verlieren wir ihn, ist deine Vision einer fliegenden Reiterei dahin, großer Bruder.«

»So gib besonders auf ihn acht und lasst euch nicht treffen.« Orweyn legte einen weiteren Stein auf die Karte, seitlich am Rand des Felds neben einer Feuermarkierung, die an einen Scheiterhaufen erinnerte. »Hier wird die albische Einheit warten«, erklärte er der Runde. »Eintausend Schwarzaugen. Erst wenn ich ihnen mein Zeichen gebe, greifen sie an.« Er zog eine gerade Linie von den Albae den Berg hinauf. »Ihr Auftrag ist es, den Famulus sowie sämtliche Artefaktträger zu töten. Aber ich sende sie erst los, wenn die Schlacht begonnen hat. Im Getümmel kommen sie rasch und ungesehen über die Flanke vorwärts.«

»Hat deren Anführer etwas zu Ûra und dem Blaudrachen gesagt? Zu den Gerüchten, dass ein Alb dahintersteckt?«, erkundigte sich Klaey und rührte mit dem Löffel Kristallhonig in den Tee. »Oder dass es einen Zwischenfall auf der Nordfestung in Arima gab?«

»Nichts dergleichen. Mir wurde versichert, dass die Angriffe von Undarimar auf die Küstenländer andauern, um möglichst viel Schaden anzurichten. Wir sehen, dass es Wirkung zeigt. Das genügt mir.« Orweyn betrachtete zufrieden die Aufstellung für den folgenden Umlauf. »Sehr gut.«

Sehr gut? Das fand Klaey ganz und gar nicht. »Ich muss es nochmals ansprechen, großer Bruder.« Er tippte mit der Löffelspitze auf den eingezeichneten Hügel. »Wir erreichen ihn vor –«

»Lass das meine Sorge sein«, würgte ihn Orweyn ab. »Und zweifle nicht an dem, was ich ersonnen habe.«

»Das ist kein Zweifel, Omuthan, aber ich weiß –«

»Sollten unsere Geschwister eines Umlaufs alle tot und du der Letzte sein, der den Thron von Brigantia besteigt, was Samusin und Cadengis verhindern mögen, dann kannst du das Heer befehligen, wie du es für richtig hältst.« Orweyn richtete sich zu seiner vollen Größe auf, die blauen Augen blickten kälter als Nachteis. »Bis dahin befolgst du die Anweisungen, die ich dir gebe.«

Klaey sah in die Gesichter der schweigenden Männer und Frauen. Niemand sprang ihm bei. *Das darf nicht wahr sein! Sie reiten in ihr Verderben.* »Bitte, höre mich doch an! Ich habe mich nie mit Feldschlachten auseinandergesetzt oder vergangene Kriege studiert wie du. Aber jeder weiß, dass es anstrengend ist, eine Steigung –«

»Es ist alles gesagt, kleinster Bruder von allen.« Orweyn legte die Arme auf den Rücken und blieb der Kaufmann unter den Kriegern. »Du weißt, was ich von dir erwarte. Was Brigantia von dir erwartet. Ohne dich und dein fliegendes Pferdchen wird es keinen schnellen Sieg geben.«

Weil du die schwere Reiterei einen Hügel hinaufschickst. Klaey vermutete, dass ihm die wahren Hintergründe der aufreibenden Taktik verschwiegen wurden. »Eine Sache noch.« Er zupfte eine dunkle und eine weiße Weintraube von den Stängeln, die in einem Korb am Tisch lagen, und rollte sie geschickt über die Karte. Drehend und wackelnd kamen sie an der Nordseite des Schlachtfeldes zum Erliegen. »Salzseeorks. Und das Banner der Orkfeste.«

Orweyn schaute verblüfft. »Eine weitere Streitmacht?«

»Nein. Zwei Jurten. Mit jeweils fünfzehn bis zwanzig Scheusalen, die getrennt voneinander, aber friedlich lagern.« Klaey hatte es sich nicht erklären können, was die Orks beabsichtigten. »Es scheint, sie haben sich gute Aussichtspunkte ausgesucht, um die Schlacht morgen zu verfolgen.«

»Keinerlei Anzeichen, dass es Kundschafter für ein nachrückendes Heer sind?«

»Nein, großer Bruder. Sie haben Grillfleisch, Tauben, fassweise scheußliches Bier und bequeme Stühle auf ihren Wagen«, fasste Klaey zusammen. »Sie freuen sich auf gute Unterhaltung.«

»Sie freuen sich, viele tote Menschen zu sehen. Tote Feinde. Nun denn. Wir reiten sie nach unserem Sieg nieder«, schlug ein Zabitay vor. »Nur eine tote Bestie ist eine gute Bestie!« Er bekam zustimmendes Trommeln und Gelächter für den Vorschlag. »Ersäufen wir sie in ihrem eigenen Pissbier und stopfen ihnen die Vögel ins Maul!«

Orweyn rieb sich über die glatten Wangen. »Mit den Tauben verschicken sie Nachrichten. Ich will keine Überraschungen erleben.« Er sah zu einer der Zabitayas. »Fünfzig Mann, um die Bestien im Blick zu halten. Sollten sie sich einmischen, rottest du sie mit Feuerpfeilen aus.«

Die Frau runzelte die Stirn. »Warum sollten sie das? Dafür sind sie viel zu wenige.«

»Um Artefakte zu stehlen.« Klaey verstand die Befürchtungen seines Bruders. »Oder Geiseln aus unseren Reihen zu nehmen, wenn die Schlacht geschlagen ist, um Münzen zu erpressen. Das traue ich den Scheusalen durchaus zu.« Noch einmal inspizierte er die Aufstellung, die für ihn selbstmörderisch wirkte. Der Verzicht auf den Zweistromhügel wollte ihm einfach nicht in den Kopf.

Daher küsste er sicherheitshalber die Lapislazulimohnblüte seines Glücksamuletts.

* * *

»Da sind wir nun, Meister Goldhand.« Goïmron fühlte sich unwohl, an der vorderen Spitze der Schlachtreihe zu stehen und vom Hügel hinab über die starke Reiterei des Feindes aus Brigantia zu blicken. Dass Gata, Belîngor, Hargorina, Brûgar sowie Famulus Mostro bei ihm waren, änderte nichts daran. Sònuk hatte es sich nicht nehmen lassen, die Kundschafter zu unterstützen, damit ihnen niemand in den Rücken fiel.

Um genau zu sein, fühlte Goïmron sich damit unwohl, überhaupt in einer Schlachtreihe zu stehen, sogar neben dem legendärsten aller Zwerge. Goldhand wirkte trotz seiner Greisenhaftigkeit majestätisch, erhaben wie die Verkörperung von Vraccas, mit seinem wallenden langen Bart und in polierter, glänzender Rüstung; die beiden langstieligen Beile steckten griffbereit in Sattelhalterungen.

Goïmron hingegen kam sich vor wie eine Scherzfigur. Die geschwärzte Rüstung, die ihm von Gata als Geschenk überreicht worden war, musste hastig umgeschmiedet werden, damit sie überhaupt passte. Er fühlte sich, als steckte er in einem Fass aus Stahl, in dem er sich kaum bewegen konnte.

Die Sonne hatte sich über einer weiter entfernten Bergkette erhoben. Am Himmel zogen graue Wolken auf, aber noch hielt das schöne Wetter an.

Was hätte man an diesem Umlauf für herrliche Dinge tun können. Hinter Goïmron erklangen die gebrüllten Befehle der Truppenführerinnen und -führer. Scheppernd und rasselnd stellten sich die unterschiedlichen Abteilungen auf, wie es festgelegt worden war. Elben, Menschen, Meldrith und Zwerge bekamen ihren Platz zugewiesen. Bogenschützen, Pikeniere, Reiterei ordneten sich gestaffelt, die Katapultmannschaften richteten sich ein und spannten die Maschinerien des Verderbens. *Stattdessen lauert der Tod auf die Unglücklichen und Unvorsichtigen.*

Ein Glücksfall war, dass man den stattlichen Zweistromhügel, um den sich einst zwei Flüsse geschlängelt hatten, vor den Gegnern erreicht hatte. Die inselhafte Erhebung verwandelte sich in eine schild- und lanzenstarrende Kuppel, auf der die Katapulte und Schleudern thronten, um Tod und Vernichtung zu senden.

Der starke Rückenwind reichte aus, um die schweren Lenkdrachen aufsteigen zu lassen, an deren Enden große Beutel mit einer unlöschbaren Pechmischung hingen, die über eine zweite

Leine ausgeklinkt und in Brand gesetzt wurden. Noch flogen sie innerhalb der eigenen Bogenreichweite, aber die Seiltrommeln konnten die fliegenden Kriegsgeräte weit bis über die Köpfe der Brigantiner sowie ihrer Verbündeten steigen lassen. Eintausend berittene Albae wurden von den Kundschaftern gemeldet, die eine zwanzigfache Schlagkraft aufboten.

»Ho, das wird ein guter Umlauf!« Brûgar saß gerüstet und mit einem finsteren Helm auf seinem Pferd, den Kriegsdreschflegel auf die Schulter gelegt. »Mein Kriegspfeifchen brennt wie Zunder.« Er stieß eine lange Rauchwolke aus dem Mundwinkel. »Das ist ein gutes Zeichen.«

»Wir nehmen diese Gnome auseinander«, beschloss Belîngor mit Handzeichen. *»Endlich ein wahres Gefecht und kein Herumschlagen mit lahmen Riesentrollen.«*

Goïmron versuchte, die Zahl ihrer Widersacher zu überschlagen. Die Schätzung gefiel ihm nicht. »Es sind so viele. Mehr als wir. Fast alle beritten«, sagte er bedächtig, ohne furchtsam klingen zu wollen. »Mit Bögen.«

»Ich kenne ihre Taktik«, sagte Goldhand langsam.

»Wir kennen sie alle«, erwiderte Telìnâs, der zu ihnen geritten kam. Er hatte sich in eine elbische, bronzefarbene Rüstung gehüllt, die verspielter als ein Zwergenpanzer daherkam. »Brigantia nutzt eine Vorgehensweise, welche schon die Ido einsetzten, bevor sie auf schwere Kavallerie und Kriegswagen umschwenkten. Sie nennen es Starenschwarm. Wir werden auf die Scheinangriffe nicht hereinfallen, die uns zu Ausfällen verleiten sollen. Denn dann würden sie uns umschließen und in die Zange nehmen.« Er sah zu den wehenden Wimpeln. »Der Wind wird unsere Geschosse weitertragen, als sie vermuten. Das wird ein böses Erwachen für sie.« In seiner flachen Hand trug er einen gefalteten Vogel und blies ihn davon. Eine Böe erfasste das weiße Ahornblatt und riss es davon.

Unvermittelt löste sich eine fünfköpfige Abordnung aus den Reihen der Feinde und ritt langsam die Ausläufer des Hügels hinauf. Sie führten eine weiße Fahne sowie eine brigantinische Flagge mit sich.

»Sie wollen verhandeln«, vermutete Goïmron und verbarg seine Erleichterung, so gut es ging.

»Feiglinge.« Brûgar nahm die Pfeife aus dem Mund und spuckte aus. »Sie haben erkannt, dass sie verlieren werden.« Unwirsch schmauchte er mit langen Zügen.

»Reden wir mit ihnen.« Goldhand sah zu Goïmron. »Jedes Leben, das wir den Unseren retten, ist es wert.«

»Ich halte das für keine gute Eingebung«, warf Gata ein. Am rechten Arm trug sie eine schwarze Trauerbinde. Goïmron war aufgefallen, dass sie gelegentlich lächelte, wenn sie das Band berührte. »Wir sind ihnen überlegen. Sollen sie doch angreifen! Damit ist Brigantia verloren. Und wir können den Vierten helfen, ihre alte Heimat zurückzuerobern.«

Der greise Zwerg wandte den Kopf zur aufziehenden Sonne, dann zu den dunklen Wolken auf der anderen Seite. »Hören wir sie an. Vielleicht schenkte Vraccas dem Omuthan eine nie vermutete Weisheit.« Er zeigte auf Goïmron, Gata, Telìnâs und Brûgar. »Ihr kommt mit.« Dann ließ er sein Pferd antraben. »Vergesst die weiße Fahne nicht. Es darf kein Missverständnis geben.«

»Beweg dich nicht zu schnell, Gemmenschnitzer«, riet ihm Hargorina. »Das kann auch ein Missverständnis werden. Es wäre schade, dich als Ersten zu verlieren.«

»Und was ist mit mir?«, begehrte Famulus Mostro auf. »Wieso komme ich nicht mit?«

»Weil du der Allerwichtigste von uns bist«, antwortete Brûgar trocken und klemmte die Pfeife zurück zwischen die Zähne. »Und schwächer als Goïmron.« Die Zwerginnen und Zwerge ritten grinsend los. »Du musst gut geschützt sein. Belîngor passt auf dich auf. Er quatscht dich auch nicht voll wie ich.«

Gleich darauf begegneten sich die Delegationen auf halber Strecke.

»Ich bin Orweyn Berengart, Omuthan von Brigantia.« Den Lamellenhelm mit Maske und Eisenringen am unteren Rand hatte er abgesetzt und auf dem Sattel abgelegt. Auf der Stirn des Herrschers im dicken Plattenpanzer prangte das Familienbrandzeichen. Durch geschickte Bemalung und versehen mit Edelsteinen wurde es zu einem ungewöhnlichen Körperschmuck. Nur das Halstuch wollte nicht recht zum martialischen Auftritt passen, ein Hauch Duftwasser lag in der Luft. Er neigte das schüttere Haupt nicht einmal ansatzweise. »Tungdil Goldhand. Dass wir uns auf diese Weise treffen, empfinde ich als äußerst bedauerlich.«

Goïmron war vom schwer gerüsteten Omuthan beeindruckt, den drei Leibwächter und ein jüngerer Mann auf dem geflügelten Nachtmahr geleiteten. Bei jedem Schritt des glutäugigen Hengstes umspielten Blitze die Fesseln, und die Erde unter den Hufen erhielt Brandzeichen. *Es hat Schwingen! Es gibt dieses Tier wirklich.*

»Ihr hättet im Braunen Gebirge auf mich warten können, um es mir und den Vierten zu übergeben«, erwiderte Goldhand. »Aber Ihr habt entschieden, einen Krieg zu entfesseln.«

»Keinen Krieg. Nur eine Eroberung zu Ende bringen, die vor langer Zeit begann. Gauragon sollte mir gehören. Schon immer. Das Braune Gebirge und das Umland sind lediglich eine Verlegenheitslösung gewesen.« Orweyn zeigte auf die beiden Jurten, über denen die Banner der Salzseeorks und Kràg Tahuum im kräftigen Wind flatterten. »Da drüben warten meine Verbündeten, die jederzeit frische Kontingente herbeirufen können. Sollte ich sie gegen Euch überhaupt benötigen.«

»So, so. Ihr tut Euch mit Bestien zusammen.« Goldhand lächelte leicht. »Wir wissen, dass diese Schweineschnauzen nichts anderes tun, als sich an Eurem und unserem Tod zu laben. Bei Bier und gegrilltem Fleisch.«

»Seid nicht zu sicher, Goldhand. Ich wollte, dass es so aussieht. Damit Ihr Euch in Sicherheit wiegt.« Orweyn lachte. »Nein, Ihr seid zu schlau für diesen schlechten Trick. Wer so alt wurde wie Ihr, der weiß Lüge und List rasch zu durchschauen.«

»Was mich zu Eurem Wunsch nach Verhandlung bringt.« Goldhand hörte sich plötzlich weder alt noch erschöpft an. Frisch wie ein junger Zwerg saß er im Sattel. »Wie lauten die Bedingungen der Kapitulation?«

»Ihr werdet alle Waffen –«

»Noch ein Scherz, Omuthan? Ich meinte *Eure* Kapitulation. Oder warum wolltet Ihr sonst sprechen?«

»Ergebt Euch jetzt, Goldhand. Zieht Euch zurück und steht meinem Heer nicht im Weg, wenn wir uns Gauragon nehmen.« Orweyn zeigte auf die eintausend Albae am Rand seiner Streitmacht. »Ihr wisst, dass Dsôn Khamateion unser Verbündeter ist.« Er hob die Hand, und der Wimpelträger schwenkte die Stange mit der weißen Fahne.

Rechts und links des Heeres von Brigantia wurden daraufhin gewaltige Feuer in der Ebene entzündet. Reisig und Holzstapel von mehr als zehn Schritten Durchmesser gingen in Flammen auf.

»Undarimar schloss ebenso einen Pakt mit Dsôn«, sprach der Omuthan. »Sollte die Schlacht beginnen, werden die Küstenreiche teurer bezahlen, als sie derzeit ermessen. Noch können sie umkehren und ihre Heimat schützen.«

»Und ich denke, dass die Salzseeorks und Kràg Tahuum Euch angreifen, sobald Ihr Euch zu weit in ihre Richtung bewegt. Deren Fürsten erheben ebenso Anspruch auf Gauragon.« Goldhand blickte zu den gewaltigen Feuern. »Bereitet Ihr Euch schon darauf vor, Eure vielen Toten nach der Schlacht zu verbrennen?«

»Die Feuer sind für das Festmahl nach unserem Sieg. Die Glut muss zum Grillen heiß sein, deswegen fache ich sie schon an.« Orweyn zeigte auf den Nachtmahr, der sich inzwischen in die Luft erhoben hatte. »Kommt zur Einsicht. Was wollt Ihr ihm schon entgegensetzen? Oder meiner Reiterei?«

»Der Hügel …« Goldhand gefror in der Bewegung. Seine Lippen zuckten, undeutliches Gemurmel drang heraus.

Bei Vraccas! Nicht jetzt! »Er sagt, dass wir einen lebendigen Berg besitzen«, sprang Goïmron ein und lehnte sich vor das Ohr des Greises, um Lauschen vorzutäuschen. »Zum Leben erweckt von den Völkern des Geborgenen Landes. Die sich von Eurer Herrschaft befreien wollen. Wie das Braune Gebirge.«

Orweyn sah ihn misstrauisch an. »Was bist du? Ein Vorsagerzwerg?« Seine Begleiter lachten leise.

»Sein Vertrauter. Der den Helden am besten von allen versteht und seinen Willen ausspricht, wenn die Worte zu leise aus seinem Mund dringen.« Goïmron hatte Übung darin, sich selbstsicher zu geben, musste jedoch feststellen, dass es vor einem Feind schwerer war als vor Freunden.

»Ah. Der uralte Verstand setzt gelegentlich aus.« Orweyn schaute mitleidig auf den regungslosen Goldhand. »Umso besser wäre es, Euch zu ergeben. Ich will keine Legende töten, die sich nicht einmal wehren kann.«

Goïmron beugte sich an den Mund des alten Zwergs und tat, als höre er erneut zu. »Er wird Euch bald schon lehren, was es heißt, sich mit einem Kind des Schmieds anzulegen. Er erwartet Eure Kapitulation zusammen mit dem Abzug aller Bewohner aus dem Braunen Gebirge ins Jenseitige Land. Die Entscheidung liegt bei Euch.«

Orweyn erwiderte nichts. Stattdessen sah er über sie hinweg und hinauf zur Hügelspitze, über die sich die Sonne schob und ihre gleißenden Strahlen auf das Heer aus Brigantia sandte, wie um sie zu schmelzen. »Kennt Ihr die Besonderheit dieser Landschaft?« Goïmron spürte, wie der Rückenwind schlagartig nachließ. »Sobald das Taggestirn über die Anhöhe kommt und das Land ringsherum erwärmt, stockt der beständige Wind.« Der herabhängende Wimpel und die weiße Fahne zuckten in einer neuerlichen Böe, die abrupt aus der Ebene kam und nun den Hügel hinaufblies. »Um dann zu drehen.« Orweyn wendete sein

Pferd. »Ihr hättet Einheimische befragen sollen, warum sie ihn ohne Flüsse immer noch *Zweistromhügel* nennen. Ich tat es und brauchte diese kleine Unterhaltung, damit dieses Wunder geschehen kann. *Vor* der Schlacht. Ihr werdet gleich sehen, dass Euer vermeintlicher Vorteil Euer Untergang sein wird.« Der Omuthan und seine Truppe preschten lachend davon.

»Was hat das zu bedeuten?« Goïmron blickte in die ratlosen Gesichter des Elbs und der Dritten.

Unvermittelt surrte es schräg hinter ihren Köpfen. Die eben noch stolz fliegenden Lenkdrachen stürzten ab, die eingehängten Beutel mit den Brandladungen explodierten in den eigenen Reihen. Feuer breitete sich in den Linien aus, die Aufstellung geriet durcheinander. Andere Fluggeräte zerrten ihre Befestigungen aus der Verankerung und rissen sich los.

»Das also ist der Grund, warum Brigantia uns den Hügel überließ.« Gata stieß einen wüsten Fluch aus. »Jetzt haben *wir* den Gegenwind.«

»Nicht nur das!« Goïmron deutete in die Senke.

Rings um die brennenden Feuer wurden große faserige, grasartige Ballen von Leiterwagen geladen und in die Flammen geworfen. Der harmlose graue Rauch wandelte sich daraufhin in ein giftiges Grün, das vom steten Wind mitgerissen wurde.

Die dicken, öligen Schwaden rollten von zwei Seiten den Hügel aufwärts und hüllten die aufmarschierten Truppen des Geborgenen Landes beidseitig ein.

Sofort erklangen lautes Husten und Würgen. Tiere und Menschen, Elben, Zwerge und Meldrith übergaben sich nach wenigen Atemzügen, sanken auf die Knie und versuchten, dem Qualm zu entkommen, ohne in die Flammen der fehlgegangenen Brandsätze zu geraten. Wo der Dunst die tanzenden Lohen in den Reihen berührte, veränderte das Feuer die Farbe zu grüngelb und züngelte zischend noch höher.

»Seuchenkraut«, entfuhr es Telìnâs entsetzt. »Sie verbrennen Seuchenblumen und andere giftige Kräuter! Die Brigantiner müssen es unterwegs aus einem Depot der gauragonischen Landwache gestohlen haben.«

Der beständige Wind formte anhaltende Rauchbahnen, die sich wie dicke grüne Schlangen aufwärts schlängelten, das Heer umschlossen und ihm nicht nur die Sicht auf die Feinde raubte, sondern ihnen körperlich zusetzte. Es blieb weder Zeit für die Artefakte noch für einen Zauber des Famulus. Die Truppen des Geborgenen Landes gaben die Formation auf und verließen den Hügel in kopfloser Flucht nach allen Seiten, um den tödlichen Schwaden und dem vernichtenden, unlöschbaren Feuer der abgestürzten Lenkdrachen zu entkommen.

Da ahnte Goïmron, dass die Schlacht entschieden war, bevor sie überhaupt begonnen hatte. Aus den Seuchenblumen gewann man das Serum für Suihhi, die tödliche Krankheit, die gegen Invasoren eingesetzt wurde. *Wir sind verloren.* »Meister Goldhand!« Er packte den uralten Helden bei den Schultern und rüttelte daran. »Meister Goldhand! Wir brauchen ein Wunder!« Er sah über seine Schulter zu den Reiterstaffeln aus Brigantia, die in Pulks losgaloppierten und die Bögen zur Hand nahmen. Die Jagd der Starenschwärme war eröffnet. »Was sollen wir tun?«

Aber der greise Zwerg war wie weggetreten. Nur seine Lippen bewegten sich schwach.

Vraccas! Ich flehe dich an! Lass ihn seinen Verstand wiederfinden. Goïmron legte sein Ohr an Goldhands Mund, um die kaum verständlichen Worte aufzufangen.

»Was sagt er?« Gata kam näher.

»Er …« Goïmron blinzelte überrascht. *Das kann nicht sein. Ich habe mich verhört.*

»Bei den Göttern! Was sagt er?«

»Er sagte: Spiel die Melodie vom *Einsamen Zwerg*. So laut du es vermagst.«

* * *

Rodana sah auf die schlafende Chòldunja, mit der sie in einem abgelegenen, felsigen Waldstück Unterschlupf gefunden hatte. Sie hatten bei einem verlassenen Gehöft eine löchrige Decke mitgenommen, die zusammen mit einem winzigen, rauchlosen Feuer passabel gegen die Kühle der Nacht half. Chòldunjas zerrissene Kleidung hielt die Wärme nicht. *Ruh dich aus.* Der Kiefer der Aprendisa war glücklicherweise nicht gebrochen, sondern aus dem Gelenk gesprungen; zwei Zähne waren verloren gegangen.

Doch wollte Rodana die Sache nicht einfach auf sich beruhen lassen. Ihre Flucht war aus Selbstschutz geschehen und kein Schuldeingeständnis; sie durfte weder gegen sie noch gegen Chòldunja sprechen.

Ich muss mit Goïmron reden. Er wird dafür sorgen, dass man mich anhört. Rodana erhob sich und ging los. Sie verließ das Felsenwäldchen, um sich in Richtung Heerlager aufzumachen

Chòldunja hatte zugegeben, eine Ragana zu sein. Aber die Wanderung durch das Geborgene Land und die Reise mit dem Puppentheater hatte ihre Sichtweise verändert, wie sie beteuerte. Sie hatte Kinder lieben gelernt und konnte ihren Tod nicht verantworten.

Der Moordiamant war an Chòldunja gebunden, wie es der Famulus gesagt hatte. Der äußerst seltene Stein gehörte ihrer Familie, und die enthaltene Energie stammte von den Taten ihrer Schwester, die ihn zuvor besessen hatte und an einer Krankheit gestorben war. Chòldunja schwor, nicht die Energie eines einzigen Kinderlebens hinzugefügt zu haben. Das gefundene und fälschlich als Kinderfleisch bezeichnete Schinkenstück sei nichts weiter als eine geräucherte, getrocknete Scheibe einer Wasserschlange aus Chòldunjas Heimat. Proviant und Erinnerungen an zu Hause.

Rodana glaubt ihr. Sie kannte ihre Aprendisa. *Wie sie mit den Kleinen spielte. Und lachte. Und Zeit verbrachte. Niemals hätte sie einen Jungen oder ein Mädchen umbringen können. Aber es wird nicht einfach, die anderen von ihrem Wandel zu überzeugen.* Rodana erreichte die Straße, die zum Heerlager führte. Sie war nicht gewillt, wegen eines Missverständnisses und eines intriganten, widerlichen Famulus gejagt zu werden. *Als Mörderin von Kindern. Als Handlangerin einer Ragana.* Mostro würde derweil gehörig Stimmung gegen Chòldunja verbreitet haben. *Und gegen mich auch.*

Von Weitem sah Rodana, dass auf der riesigen Fläche, auf der die Streitkräfte des Geborgenen Landes gelagert hatten, nichts mehr stand.

Bis auf ihren Wohnwagen.

Teils war er abgebrannt, im Dach klaffte ein Brandloch, und die verrußten Fenster und Türen waren mit Latten vernagelt. Von ihren Puppen, den Staffagen und der Ausrüstung war nichts mehr übrig.

Nein! Rodana spürte die Tränen aufsteigen. *So viel Arbeit, so viel Herzblut vernichtet.* Mit schwachen Beinen ging sie näher.

Ein gesiegelter Brief aus gewachstem Papier war gut sichtbar an der Eingangstür an einem Nagel aufgespießt.

AN
DIE KINDERFRESSERIN
UND IHRE FREUNDIN

prangte darauf; das rote Wachs war bereits gebrochen. Die Neugier eines Soldaten oder einer Soldatin war offenbar zu groß gewesen.

Rodana wischte sich die Tränen aus den Augen und zog die Botschaft vom Nagel, öffnete das Papier.

Doria Rodana von Psalí
und
Chòldunja

Ihr habt euch grauenhafter Verbrechen und mannigfaltiger Lügen schuldig gemacht.
Eure Flucht wird als Beweis und Geständnis gedeutet.
Eure Leben seien nicht länger verschont und in sämtlichen Reichen des Geborgenen Landes verwirkt.
Somit seid ihr vogelfrei.

Doria Rodana von Psalí,
man wird nicht nach Euch suchen und forschen,
aber werdet Ihr von jemandem erkannt,
wegen Eurer Taten gefasst und erschlagen,
wird den Mann, die Frau, das Kind, das Wesen
keinerlei Strafe erwarten.

Chòldunja,
auf dich wird alsbald ein Kopfgeld ausgesetzt.
Kehre in deinen Sumpf zurück, bevor wir dich fassen und verbrennen, wie es dir gebührt.

Eine Unterschrift fehlte, sodass Rodana nicht erkennen konnte, welchen Wert diese Mitteilung besaß, außer Drohung und Einschüchterung zu verteilen. Das Siegel gehörte zu Rhuta.

Somit stammen die Zeilen vom Famulus. Sie knüllte das Papier und warf es in den Schmutz. So leicht gab sie die Angelegenheit und ihr Lebenswerk nicht auf. Ihr Name war bekannt. Selbst in den größten Städten füllte sie die Theaterhäuser, und man erwartete sehnsuchtsvoll ihre Rückkehr, ihre Schatten- und Puppenspiele, ihre Geschichten.

Rodana würde dem Heer folgen und Mostros schändliches Verhalten bei den Anführern zur Sprache bringen, nachdem die Schlacht geschlagen war, ganz gleich, welchen Ausgang das Gefecht nahm. Vorher hätte niemand einen freien Kopf, um die Geschichte von Chòldunja zu vernehmen, die nie eine Kinderfresserin gewesen war, obgleich sie zu den Ragana gehörte.

Moorhexen. In ihrer Kindheit hatte Rodana die Geschichten aus den Sümpfen mit wohligem Schauer vernommen. Das schlammig-tückische Gebiet erstreckte sich mit Sandbänken, Wäldern und Wiesen über die südlichen Küstenreiche und grenzte unmittelbar ans Meer. Das machte es schwierig, Städte und Häfen gegen den Willen der Moorhexen zu errichten. Sie fraßen die kleinen Kinder all jener, die keine Ragana waren, und huldigten einem Dämon, der sie schwärzeste Zauberei lehrte. So erzählte man es sich seit vielen Hundert Zyklen.

Jegliche Strafexpedition gegen die Ragana lief ins Leere, meist vernahm man nie wieder etwas von den Truppen. Nur zwei Soldaten waren einst lebendig zurückgekehrt, befreit von ihrem Verstand und mit glühenden Dolchen geblendet, über und über mit unbekannten Symbolen geritzt. Eine Demonstration der raganischen Macht.

Rodana setzte sich auf die Trittstufen des zerstörten Wohnwagens. *Es wird mich einen Zyklus kosten, einen Ersatz zu erschaffen.* Sie wollte das traurige Innere nicht sehen. *Aber ich kehre zurück. Niemand wird mir meinen Namen und meine Reputation nehmen. Schon gar nicht dieser vermaledeite Famulus!*

»Ihr wusstet es wirklich nicht«, sprach eine vertraute, doch keine gemochte Frauenstimme. »Ich hätte Euch vielleicht warnen sollen.« Rodana drehte das Gesicht nach rechts, wo Stémna um die Ecke des Gefährts trat und sich seitlich gegen die Rückwand lehnte. Die Vierzigjährige hatte ihre auffällige weiße Kleidung gegen ein herkömmliches Gewand getauscht. Abgesehen von dem kreisrunden weißen Hut mit den orangefarbenen Federn rechts und links, erinnerte nichts mehr an ihr altes Erscheinungsbild. »Dann wäre Euch diese Episode erspart geblieben.«

»Fahrt in eine Unterwelt, die Euch beliebt, Stémna. Ich habe Euch nicht gerufen. Die Feder warf ich längst weg«, erwiderte Rodana. »Ihr seid mindestens so verhasst wie ich. Ich habe Euch nichts zu sagen und schulde Euch nichts. Sucht Euch andere Spitzel, sofern Ihr noch welche benötigt.«

»Es sind turbulente Zeiten, in denen wir leben.« Stémna kratzte an dem verrußten Holz des Wohnwagens, Dreck rieselte herab. »Man wird uns umbringen, sobald man uns erkennt. Das schweißt uns zusammen, findet Ihr nicht? Drei verfolgte Frauen. Zwei davon zu Unrecht. Der kleinen Moorhexe hingegen traue ich alles zu.«

»Denkt Ihr, ich habe Mitleid mit Euch?« Sie lachte einmal auf. »Ich würde Euch sofort verraten, wäre ich mir nicht sicher, dass Ihr mich danach ebenso an den Strick liefert.« Rodana besah sich den leeren Lagerplatz des Heeres. »Was wolltet Ihr hier? Euch der Streitmacht anschließen, um Buße für Eure Taten zu tun?«

»Ich will Rache. Für den Tod meiner Herrin.« Stémna verschränkte die Arme unter der Brust.

»Ihr sagt das, als wäre die Drachin das friedlichste, freundlichste Wesen des Geborgenen Landes gewesen.«

»Sie wurde verraten. Von diesem Alb, der auch in Undarimar gewesen ist. Und dessen Banner neuerdings über der Orkfeste weht.« Die ältere Frau sprach besonnen und mit fester Stimme. »Ich hoffe, ihn auf dem Schlachtfeld zu treffen. Damit ich ihn töten kann.«

»Ich weiß nicht, wem ich mehr Glück wünschen soll.« Rodana war müde und hatte keine Lust auf ein anstrengendes Gespräch. »Also war es ein Alb, der Ardin ritt und Ûra vernichtete.«

»Ja. Aber ein ganz besonderer.« Stémna ließ Rodana nicht aus den leicht orangefarbenen Augen. »Er besitzt einen uralten Runenspeer, angefertigt von den Unauslöschlichen, und trägt schwarze Tioniumpanzerplatten, die mit seinem Körper verbunden sind. Den Rest schützt er mit einer dunkelroten Lederrüstung.« Sie stellte sich gerade hin. »Er ließ mich zum Sterben zurück, aber ich überlebte. Und besuchte die Stadt des Wissens, um nachzuforschen, was sich zum Speer und den Platten finden lässt.«

»Warum erzählt Ihr mir das alles?«

»Weil Ihr, die junge Moorhexe und ich gemeinsam reisen werden.«

Rodana lachte ungläubig auf und spuckte Stémna vor die Füße. »Eher –«

Die einstige Stimme von Ûra hob die Hand. »Sagt es nicht. Sonst geschieht es womöglich.« Sie zog den Hut von den hellen Haaren. »Was haltet Ihr von meinem Vorschlag: Ich verspreche, dass ich Euch und das Leben Eurer Aprendisa schützen werde, als wäre es meines, solange wir gemeinsam reisen.«

»Warum solltet Ihr das?«

Stémna spielte mit der weißen Krempe. »Ich bleibe auf unserer Reise im Hintergrund und beschütze Euch aus den Schatten, während Ihr die Augen und Ohren für mich offen haltet und berichtet, was ab diesem Moment geschehen wird. Sollte der Alb nicht auf dem Schlachtfeld erscheinen, begeben wir uns auf die Suche nach ihm. Wir drei.«

»Ich habe damit nichts zu schaffen. Das ist allein Eure Rache.«

»Das mag sein. Doch ohne mich werdet Ihr und die Moorhexe sterben.«

»Ihr seid eine Stimme ohne Körper. Ohne die fliegende weiße Dämonin mit ihrem vernichtenden Feuer. Wieso sollte man Euch fürchten?«

Stémna strich über die orangefarbenen Federn, die dem Hut als Zierde dienten. »Oh, ich hoffe, es kommt niemals darauf an, dass ich es Euch beweisen muss.« Sie setzte die Kopfbedeckung zurück auf den Schopf. »Ihr werdet mir helfen, einem Geheimnis auf die Spur zu kommen, von dessen Auflösung das gesamte Geborgene Land profitiert. Aus den geschmähten, verleumdeten Frauen werden Heldinnen – klingt das nicht verlockend?«

»Welches Geheimnis könnte das sein?«

»Das die Albae umgibt.« Stémna steckte die Hände in die Taschen ihres Mantels. »Ich sprach mit dem Mörder meiner Herrin. Er sagte, er sei jemand, der nicht vergibt. Jemand, der die

Erinnerung an gewaltiges Unrecht zurückbringen würde, sodass es niemals mehr im Geborgenen Land vergessen werde.« Sie atmete tief ein. »Diese Art des Auftretens, seine Rüstung und wie er die Worte aussprach, regelrecht schleuderte, hörte ich bei keinem anderen Alb. Er ist außergewöhnlich. Also stellte ich Nachforschungen an.«

»Ein Alb bleibt ein Alb.«

»Nein. Er trägt die Rüstung einer Legende. Einer *weiteren* Legende. Erst Goldhand, dann er.« Stémna legte ihre rechte Hand an den Griff ihres schlanken Schwertes. »Der Name des eigentlichen Trägers dieser Platten und des Runenspeeres lautete Aiphatòn. Er war der Sohn der Unauslöschlichen, bevor er vor eintausend Zyklen bezwungen wurde.«

»Also ist es nicht Aiphatòn.«

»Nein. Sicherlich nicht. Doch warum tötete dieser Alb Ûra? Warum greift er allein an? Warum sind keine anderen Albae um ihn herum?« Stémna stellte einen Fuß auf die Wohnwagentreppe. »Wieso verschwieg Dsôn Khamateion, dass einer aus ihren Reihen einen Pakt mit dem dunkelblauen Drachen einging? Würden sie sich damit nicht brüsten und Anspruch auf das Geborgene Land erheben?«

Die Antwort fiel Rodana plötzlich ganz leicht. »Weil er nicht zu ihnen gehört.«

»Das denke ich auch. Aber *was* ist er *dann?*« Stémna lächelte. »Reizt es Euch nicht, dieses Rätsel zu lösen und meinen Schutz zu genießen?«

Rodana pochte gegen die Wand des zerstörten, vernagelten Wagens, den kalter Brandgeruch umgab. »Mich reizt einzig, die Vorwürfe eines verschmähten Jungen gegen mich und meine Aprendisa aus der Welt zu schaffen. Und danach ein neues Gespann zu erhalten, mir Puppen und Ausrüstung anzuschaffen. Geschichten zu erzählen, Kinder Vergnügen zu bereiten und in Ruhe zu leben.«

»Abenteuer habt Ihr genug erlebt, die Ihr mit Eurem Theater

erzählen könnt.« Stémna bedeutete ihr, aufzustehen. »Durch unsere gemeinsame Reise werden es noch mehr.«

Rodana hob abwehrend die Hand. »Ich reise nicht mit Euch.«

»Zumindest bis zum Schlachtfeld. Danach überlegt Ihr es Euch vielleicht anders. Wie gesagt, ich biete Schutz.«

»Ich verzichte.«

»Aber wenn Ihr an Räuber geratet? Oder man euch festnehmen will?«

Räuspernd ließ Rodana den Blick an der älteren Frau einmal hinauf- und hinabwandern. »Was könnt Ihr allein ausrichten?«

Stémna legte eine Hand gegen ihr Sonnengeflecht. »Die Herrin und ich waren eins. Sie gab mir etwas von ihrem kochenden Blut, sodass wir verbunden wurden. Nicht all ihre vorherigen Stimmanwärterinnen überlebten diese Prozedur.«

»Demnach habt Ihr Drachenkräfte?«

Stémna zupfte mit Daumen und kleinem Finger ein Ästchen aus der orangefarbenen Feder und blies das winzige Stückchen in die Luft. »Seht genau hin.«

Rodana verfolgte das Federstückchen mit ihrem Blick.

Es trudelte im Wind, schwebte auf und ab, als genösse es die Freiheit – bis es auf Stémnas Fingerschnippen hin in einem grellroten Feuerball detonierte. Heiße Luft rollte gegen die Puppenspielerin und brachte sie zum Husten; dabei rutschte sie von der Treppe auf die verkohlte Erde.

»Die Leute dachten, dass Ûra die Städte vernichtete, und wunderten sich, weil man sie niemals kommen sah. Wie ein weißer Schatten in der Nacht. Zu schnell für menschliche Augen. Das steigerte ihren Mythos«, erklärte Stémna ungerührt. »Ihr wisst nun, welche Macht ich habe. Welche Kraft in diesen Federn ruht, die ich erwecken kann. Ahnt Ihr, was ich noch tun könnte?«

»Ich habe es begriffen.« Rodana stemmte sich in die Höhe. Vor ihr stand die Vernichterin etlicher Siedlungen, Dörfer, Festungen und Städte. Sie hatte tausendfachen Tod gebracht. Mit dem Schnippen ihres Fingers. Auf dem Gesicht der älteren Frau las Rodana weder Reue noch Bedauern. Das Einzige, was für die vielfache Mörderin zählte, war Rache für den Tod einer Bestie, der sie treu gedient hatte. *Ich sorge für Gerechtigkeit im Namen deiner Opfer. Und du wirst sie nicht kommen sehen.* »Ihr lasst mir und Chòldunja keine Wahl«, sagte sie.

»*Nun* haben wir uns verstanden, Doria Rodana von Psalí.« Stémna wandte sich zum Gehen. »Holen wir die kleine Moorhexe und brechen auf. Die Schlacht wird schon im Gange sein. Ich will diesen Alb keinesfalls verpassen. Noch einmal werde ich ihm keine Gelegenheit geben, seinen Speer gegen mich zu richten.«

* * *

»Für eine Sache wird mich Vraccas womöglich aus der Ewigen Schmiede verstoßen, weil sie unverzeihlich ist.
Denn ich wurde zum Zwergenjäger in Phondrasôn.
Und fühlte mich dabei unglaublich stark. Mein umnachteter Verstand betrachtete mich nicht als ihnen zugehörig. Vraccas, habe Mitleid und zeige Gnade! Du weißt, es war nicht mein freier Wille!«

Aus: Die Abenteuer von T u n g d i l G o l d h a n d,
am eigenen Leib erlitten und erlebt
in der Schwarzen Schlucht,
aufgeschrieben von ihm selbst,
Entwurf eins

KAPITEL XVI

DAS GEBORGENE LAND, VEREINTES GROSSKÖNIGREICH GAURAGON, PROVINZ BERGENHOCH, 1023 N.B. (7514. SONNENZYKLUS NACH ALTER ZEITRECHNUNG), FRÜHHERBST

Klaey belud den tuchblinden Flugmahr mit einer Reihe von eimergroßen Lederbeuteln voller Brennpech, deren Schnüre er am eigens angefertigten Lastensattel einhängte; gezündet wurden die Feuertöpfe mit einem glimmenden Sturmdocht. Es reichte ein kurzer Schnitt, und die tödliche Fracht fiele in die Tiefe, mitten in die feindlichen Truppen.

Ein einfacher Meldesoldat trat an ihn heran und reichte ihm einen Zettel. »Die neue Zielanweisung für Euch, Zabitay.«

Klaey rollte das Papier auseinander. Er mochte seinen neuen Rang, den er anstelle des Banneroffizianten trug. Er hatte vor dem Beginn der Schlacht als Befehlshaber der fliegenden Reiterei auf eine Beförderung bestanden. Dabei spielte es für ihn keine Rolle, zugleich das einzige Mitglied zu sein. *Die Katapulte auf dem Hügel?* Er zog sein Fernglas und betrachtete die Erhebung, die überwiegend im grünen Rauch des verbrennenden Seuchenkrauts lag. »Weswegen? Sie können unseren Leuten nicht mehr gefährlich werden. Die Stahlfederschleudern werden wir gut gebrauchen können.«

Der Bote salutierte gleichgültig und eilte davon.

Was immer mein Bruder sich dabei denkt. Klaey zog den Kinnriemen des leichten Helms enger, schwang sich in den Sattel und ließ Todesschwinge antraben. Der leichte Hengst tat sich mit der zusätzlichen Last schwer. Mehr als zwei bis drei Flüge konnte er damit nicht absolvieren, bevor er eine längere Rast benötigte.

»Bald ist es geschafft«, raunte er ihm ins Ohr. »Der Sieg ist unser.«

Der Flugmahr schwang sich mit ausladenden Schwingenschlägen in die Luft, nutzte den Wind, um rasch zu steigen, und folgte dem Schenkel- und Fersendruck. Er vertraute dem Mann und hatte sich daran gewöhnt, nichts zu sehen. Die Zügel musste Klaey selten zu Hilfe nehmen.

Von oben und unerreichbar für die Bogenschützen der Feinde, besah er sich, welchen Verlauf die Schlacht nahm, nachdem Orweyns List aufgegangen war.

Das Heer des Geborgenen Landes war in zwei große Blöcke rechts und links an den Ausläufern des Zweistromhügels zerfallen, um die Erhebung als Rückendeckung zu nutzen. Noch während die Elben, Menschen, Zwerge und Meldrith versuchten, ihre Reihen zu ordnen, setzten ihnen auf beiden Seiten die Blitzattacken der brigantinischen Reiterei zu. Pfeilhagel um Pfeilhagel ging nieder, die Berittenen zogen sich nach fünf, sechs Schüssen zurück, um danach an anderer Stelle zuzuschlagen. Wo sich die Gelegenheit bot, rammten sich die schweren Panzerreiter durch die Reihen und hinterließen eine Schneise des Todes, bevor sie geschlossen abdrehten und sich seitwärts zurückzogen.

Unternahm die gegnerische Reiterei jedoch einen Ausfall, wichen die Brigantiner den Lanzen und Pfeilwolken aus, umschwärmten die Truppe in Zickzackmanövern und wellenartigen Richtungswechseln, um sie zu verwirren und kein festes Ziel zu bieten.

Die Starenschwarmtaktik greift. Klaey verfolgte allerdings auch, wie der Famulus und einige übrig gebliebene Artefaktträger ihre Macht einsetzten und Löcher in die brigantinischen Einheiten rissen. Mit teils albernen Effekten. Ein magisches Utensil setzte eine Wolke aus Glitzer frei, was die Pferde so erschreckte, dass sie ihren Reitern nicht gehorchten und mitten in den tödlichen Ausfall der Zwerge gerieten.

Der Famulus macht unserer Reiterei am meisten zu schaffen.

Zauberei wirbelte die Erde auf oder machte sie weich wie Schlamm, in dem die Hufe versanken. Die Attacken verloren ihre Wirkung und ihre Geschwindigkeit, wodurch die Verteidiger genug Zeit zum Schießen oder zum Bilden eines Schildwalls bekamen. Erstaunlicherweise geschah das auch auf der gegenüberliegenden Seite des Hügels. Der Famulus schien seine Macht aufteilen zu können. *Oder gibt es mehrere von ihnen?*

Die Rauchbahnen des verbrennenden Seuchenkrauts zogen beständig durch den Wind den Hang hinauf und teilten das feindliche Heer weiterhin, schwächten es gravierend. *Nicht mehr lange, und es ist vollbracht.* Klaey sah in den dichten Qualmschlieren die Umrisse der verwaisten Katapulte und Schleudern des Gegners. *Eine Schande, sie zu verbrennen.*

Gerade wollte er die Pechbeutel der Reihe nach entzünden und abwerfen, als er die kleine Ansammlung auf dem Hügel sah, die genau zwischen den Dunstschwaden stand und nicht von der Wirkung des Krauts betroffen war.

Kundschafter? Er zog das Fernglas aus dem Futteral. Durch die geschliffenen Gläser sah er Zwerginnen und Zwerge von verschiedener Statur sowie einen Elb. Und einen sehr, sehr alten Zwerg in ihrer Mitte in schimmernder Panzerung. *Goldhand! Das ist die Delegation. Sie haben die Stellung gehalten.*

Spontan missachtete Klaey den Befehl seines Bruders.

Der Tod der Legende würde die Zwergenheere niederwerfen und am Boden zerstören. Die Moral wäre zerschlagen und ein schneller Sieg gewiss.

Mit Schenkeldruck und Gewichtsverlagerung lenkte er Todesschwinge auf eine Bahn, die ihn genau über die bislang von der eigenen Reiterei unbemerkte Gruppe brachte. Mit dem glimmenden Sturmdocht entzündete Klaey den ersten Beutel und durchtrennte die Schnur. *Guten Flug!*

Das Geschoss fing im Sturz Feuer und zog eine schwarze Rauchfahne hinter sich her.

Der Angriff wurde von der kleinen Truppe bemerkt, die daraufhin aufgeregt auseinanderrannte. Das brennende Behältnis schlug auf und überschüttete den grünen Hügel mit flüssigem Feuer. Weder hatte es einen Zwerg noch den Elb erwischt.

»Verdammt!« Klaey sah über seine Vorräte am Sattel. *Das nächste Mal sende ich alle Beutel auf einmal.*

Bolzen und Pfeile surrten in seine Richtung, doch er flog zu hoch, um von den gefährlichen Spitzen getroffen zu werden.

Erneut hielt Klaey Ausschau nach seinem Ziel.

Zwar versuchten die Zwerge und der Elb, sich so gut es ging hinter kleinen Findlingen und Steinbrocken zu verbergen, aber eingekeilt zwischen den tödlichen Rauchbahnen des Seuchenkrauts blieben ihnen wenige Möglichkeiten. Die polierte Rüstung des Greises machte sein Entdecken leicht.

»Los, Todesschwinge. Lassen wir die Bergmaden brennen. Danach landen wir und sehen, wie sie dir geröstet schmecken.«

Der Hengst ging in den raschen Sinkflug über.

Klaey behielt die Sehhilfe vor den Augen, da sie ihm das Zielen erleichterte. Mit der freien Hand steckte er die Beutel in Brand. Durch das Wackeln geriet ihm statt Goldhand ein schmächtiger Zwerg vor die Linse, der in seiner rechten Hand einen von einer Drachenfigur gefassten, hühnereigroßen blauen Saphir hielt. Die Augen des Zwergs waren geschlossen, die Lippen bewegten sich.

Was tut er da? Klaey hatte unvermittelt eine Befürchtung. *Das ist ein Artefakt! Ist das der zweite Magus? Ein Unterirdischer? Wie, bei Cadengis' Mutter …?*

Der Zwerg hob die Lider und reckte die Linke als geballte Faust wie zum Schlag. Im Edelstein leuchtete es blau, und ein Funkeln umgab die Facetten.

Ein wuchtiger Hieb traf Todesschwinge und Klaey gleichermaßen, ein Flügel des Hengstes knickte aus dem Gelenk. Aus dem Schweben wurde ein Trudeln um die eigene Achse, der Flugmahr wieherte und schrie in Pein.

Er ist ein verdammter Magus! Klaeys Brustkorb und sein Gesicht schmerzten von dem Lufthieb, dem ein zweiter folgte, der ihn aus dem Sattel warf.

Gerade noch bekam er im Fallen den Steigbügel zu fassen und klammerte sich fest, während Todesschwinge laut kreischend den Flügel bewegte. Laut knackend sprang er ins Gelenk zurück. Aus dem unkontrollierten Sturz wurde ein unsteter Flug.

»Zurück, Todesschwinge!«, befahl Klaey und versuchte, sich am Steigbügel in die Höhe zu ziehen. Der beißende, stinkende Rauch aus den Feuertöpfen am Sattel raubte ihm Sicht und Atem.

Aber ohne leitenden Schenkeldruck und Zügelführung wusste der Hengst nicht, wie und wohin er fliegen sollte. Also ging er wütend wiehernd ins Kreisen über, beschleunigte flügellahm und sank dabei. Genau auf die Zwerge und den Elb zu.

Wir sind in ihrer Reichweite! »Höher! Höher, Todesschwinge!«

Die Zwerge und der Elb am Hang schossen erneut. Und dieses Mal trafen sie den Hengst. Zwei Bolzen surrten ihm in Hals und Brust.

Auch wenn die Wucht nicht ausreichte, ihm tödliche Wunden zuzufügen, bäumte sich Todesschwinge auf und trat um sich, schlug hastiger mit den Flügeln. Die Schnüre der brennenden Pechbeutel rissen und fielen nieder.

Endlich zog sich Klaey mit viel Geschick in den Sattel zurück. Am ganzen Leib schwitzend und mit schmerzenden Muskeln blickte er sich um. *Habe ich die Unterirdischen wenigstens erwischt?*

Der Schreck schoss ihm eiskalt in den Magen.

Todesschwinge schoss bereits über die Reihen ihrer eigenen Reiterei dahin, die Feuertöpfe waren in den Linien der brigantinischen Truppen gelandet. Einer davon hatte den Zeltunterstand getroffen, in dem sein Bruder, seine Geschwister und die wichtigsten Zabitays standen.

Nein! Die prunkvollen Stoffbahnen standen in Flammen, brennende Menschen taumelten heraus. Dutzende Soldaten rannten mit Sandeimern herbei, um das Feuer zu löschen, das heißer als gewöhnliche Lohen brannte. *Cadengis, ich flehe dich an! Lass Orweyn nicht sterben!*

Todesschwinge gab einen klagenden Laut von sich und beschrieb einen Bogen. Er konnte die Flügel nicht länger gespannt halten und schoss der Erde entgegen.

»Nein, nicht! Du musst umkehren!« Klaey riss an den Zügeln.

Doch der Flugmahr schoss dicht über den gefährlichen Rauch des Seuchenkrauts hinweg und landete abseits des Schlachtfeldes im Norden. In unmittelbarer Nachbarschaft der beiden Orkjurten.

Kaum setzten die Hufe funkenschlagend auf dem Gras auf, versuchte der Hengst, sich die Bolzen mit den Zähnen aus dem Körper zu ziehen.

»Lass mich das tun«, sprach Klaey und sprang aus dem Sattel. »Ruhig, hörst du?« Er entfernte die Geschosse aus dem Fleisch, so behutsam es möglich war. »Dann müssen wir gleich wieder weg von hier!« Mehrmals wich er den zuschnappenden Fängen des impulsiven, gereizten Tieres aus.

»Ho! Was ist das für ein Pferdchen? Ist seine Mutter von einem Huhn gefickt worden?«, tönte eine durchdringende Orkstimme von Weitem.

»Wir werden uns gut darum kümmern«, rief eine zweite im aufkommenden Gelächter. »Wir haben uns die ganze Zeit gefragt, was das für ein Ding ist. Endlich sehen wir es von Nahem. Aber du bist kein Schwarzauge. Wieso lässt es dich reiten?«

Klaey wandte sich hoffnungsvoll nach Osten, wo die Banner der Verbündeten aus Dsôn einen halben Pfeilschuss weit entfernt wehten. Sie mussten gesehen haben, was geschehen war, und wussten, dass er Hilfe benötigte. *Na, los!* Er winkte in deren Richtung. *Her zu mir!*

Dann fiel ihm ein, dass die eintausend Albae nur eingriffen, wenn sie das geheime Signal seines ältesten Bruders erhielten.

Und Orweyn hatte sich im brennenden Zelt befunden.

Dieser verfluchte Zwergenmagus! Klaey drehte sich zu den Orks, die gemächlich, aber mit gezogenen Waffen auf ihn zukamen. Drei von ihnen gehörten den geweißten Rüstungen nach zu den Salzseeorks, fünf laut den erkennbaren Abzeichen auf den Turmschilden zu Kràg Tahuum. *Er hat alles ruiniert.*

* * *

»Darauf ein Hussa! Wir haben das Albtraumpferdchen abgeschossen!« Brûgar riss die schwere Armbrust in die Höhe. »Mein Kriegspfeifchen hat mich besser zielen lassen.« Zufrieden schmatzend sog er am Mundstück und fuhr sich über den blauen Spitzbart.

»Und es hat auch noch seine eigenen Leute in Brand gesetzt.« Telìnâs gluckste.

»Das gibt eine fette Belobigung.« Brûgar lud die Armbrust mit einer Kurbel nach. »Also, eigentlich finde ich diese Pferdchen gar nicht mehr so schlimm. Es können gerne mehr kommen. Tabak habe ich auch noch genug.«

Goïmron steckte schwitzend den Meeressaphir ein. *Es hat geklappt! Ich habe ihn getroffen!* Seine Begleitung hatte nichts von dem Wunder bemerkt. Sie schob es auf die Wirkung der Bolzen. *Soll mir recht sein.*

ZWEIMAL. DAS WAR SEHR GUT, sprach der Stein in seinem Kopf. DU VERMAGST NOCH VIEL MEHR. ICH HELFE DIR DABEI.

»Ein Rufhorn«, verlangte Goïmron laut. »Hat einer ein Rufhorn?«

Gata reichte ihm ihres. »Du willst die Anweisung von Goldhand wirklich umsetzen?«

»Ich weiß, es klingt töricht, mitten in der Schlacht eine zwergische Kinderweise zu spielen.« Goïmron hatte es oft im Chor in Malleniaswacht gesungen. Kraftvoll presste er die Luft aus den

Lungen durch das Mundstück und ließ die Töne zum Horn hinausfahren.

Der kräftige Wind riss die Töne mit sich und entführte sie. Die Melodie des Einsamen Zwergs gelangte nicht einmal bis zum Fuße des Hügels, von wo Schlachtenlärm erklang.

»Das hat niemand gehört. Nicht einmal Vraccas«, stellte Brûgar fest und hielt die gespannte Armbrust mit einer Hand, die andere fasste nach der Pfeife. »Du hast die Lunge eines Viertelzwergkindes.«

»Was soll das bringen?«, fragte Gata. »Wir müssen zu unseren Leuten in den Kampf und ihnen beistehen.«

»So laut du kannst«, raunte Goldhand mit abwesendem Blick, der sich mehr und mehr aufklarte. Sein Verstand kehrte zurück. Die Anweisung änderte sich nicht. »So laut du kannst, Goïmron!«

»Haltet euch alle die Ohren zu!« Mit der Rechten umschloss er den Meeressaphir in der Tasche und setzte das Horn erneut an die Lippen. *Das Lied soll dröhnen wie Donner und schneller dahinfliegen als eine Schwalbe!* Fest konzentrierte er sich auf die gewünschte Wirkung, während er die Melodie ein weiteres Mal ins Horn stieß.

Schon beim ersten tiefen Ton bebte der Hügel unter seinen Füßen. Brûgar verlor vor Schreck die Pfeife, Gata, Telinâs und sogar Goldhand zuckten zusammen und steckten sich rasch die Finger in die Ohren.

Note für Note fügte sich das Lied zusammen und brachte die Erhebung zum sachten Rütteln. Der Kampflärm verschwand, sogar das Fechten geriet ins Stocken und verlangsamte sich; Pferde scheuten mit aufgerissenen Augen.

Für die Dauer der Melodie gab es keinen anderen Laut, keinen anderen Ton rings um die Erhebung. Alles, was ringsherum geschah, ereignete sich zum Klang des Liedes.

Tungdil Goldhand reckte ein langstieliges Beil langsam gen Himmel, verlor des letzte bisschen Gebrechlichkeit und Greisenhafte. Sein Blick wurde fest und unerschütterlich.

Goïmron fühlte Gänsehaut überall an sich, und eine erhabene Rührung jagte ihm Schauder über den Rücken.

Sodann endete der letzte Ton.

Für die Dauer eines Herzschlags blieb es absolut still, bis auf das Säuseln des Windes, der sich an den Wimpelstangen und Felsen des Zweistromhügels rieb.

Goïmron senkte das Horn. *Was brachte es?*

Unvermittelt setzte ein leises Grollen ein, das sich rasch von zwei Seiten der höchsten Erhebung näherte. Staub stieg empor, und aus den flachen Tälern stürmten Zwergenheere.

»Was … bei Lorimbur …?« Gata starrte in die Ebene, die sich mit Kriegerinnen und Kriegern füllte. Die Wappen und Fahnen der fünf Stämme wehten in der Mittagssonne, Stahl von Schilden und Waffen glänzte den Gegnern todverheißend entgegen.

»Sitalia, ich preise dich!« Telìnâs ging auf ein Knie herab.

Das Wunder, das wir brauchten. »Das müssen Hunderte sein«, stieß Goïmron aus. *Es sind die alten Symbole auf den Flaggen. Sie werden seit eintausend Zyklen nicht mehr benutzt.*

»Wir sind die Kinder des Schmieds!«, rief Goldhand der Streitmacht stolz zu. »Wir sind die Beschützer des Geborgenen Landes. Von nun an mehr als jemals zuvor!«

Ohne zu zögern, fielen die beiden frischen Zwergenheere den brigantinischen Truppen in den Rücken und dem Nachschub in die Flanken. Die Scheiterhaufen wurden umgehend von ihnen gelöscht, und der gefährliche Rauchstrom des Seuchenkrauts endete.

Auf dem Hügel erhoben sich die unbeschädigten, geladenen Katapulte und Schleudern aus den nachlassenden Schwaden, die darauf warteten, gegen Brigantia eingesetzt zu werden.

»Wie … wie hast du das gemacht?« Goïmron starrte Goldhand an. Sein Saphir konnte unmöglich zwei Heere herbeigeholt haben.

»Später, mein Junge. Los, zu den Geschützen. Wir haben eine

Schlacht zu gewinnen.« Zügig eilte der betagte Zwerg an ihm vorbei. »Auf, auf! Das gelingt nicht durch Herumstehen.«

Brûgar sah ihm mit offenem Mund hinterher, bis Gata die verlorene Pfeife aufhob, sie ihm in den Mund steckte, ihn am Arm packte und lachend mit sich riss.

* * *

Gegen acht Orks hatte Klaey noch nie allein kämpfen müssen. Er trug keine Rüstung, sondern nur die bestickte, schicke Uniform der fliegenden Reiterei und einen leichten Helm. Seine Aussichten, lebendig aus dem Kampf zu kommen, standen bei eins zu einer Million. *Höchstens.* »Wartet! Wartet doch«, sagte er im Versuch zu verhandeln. »Ich bin aus Brigantia. Wir sind so etwas wie … Beinaheverbündete.«

»Wissen wir. Es war unübersehbar, was du getan hast«, sprach der erste Salzseeork. »Und ganz bestimmt sind wir keine Beinaheverbündeten.« Der Schuppenpanzer, die Haut, die dichten Haare – mit Ausnahme der Augen war er komplett mit einer bröckligen Kristallschicht überzogen, die als Schmuck und Schutz gleichermaßen diente. Die Bestien zeigten voller Stolz, woher sie kamen. »Was ist mit deiner Stimme? Du klingst wie ein Rabe.«

»Hast du mit den Feuertöpfen gut gemacht. Bis dein rappeldürres Hühnerpferdchen ein bisschen gescheut hat«, ergänzte der zweite. Die kräftigen Zähne glänzten weiß, scharf und bedrohlich.

»Das hat ganz schön gebrannt, das Zelt vom Omuthan«, stimmte der dritte ein. Unter der Salzschicht konnte Klaey die eigentliche Hautfarbe kaum erahnen, sie war ein fleckiges Gemisch aus Grün, Braun und Schwarz. »Oh, es roch verdammt verlockend! Menschenfleisch ist einfach unwiderstehlich.«

»Ja, das lief … nicht ganz so gut.« Klaey blickte zu den fünf Bestien aus Kràg Tahuum, die halb hinter ihren Turmschilden verschwanden und kurze Wurfspieße in den groben Händen trugen. Sie trauten den anderen Orks nicht. *Das lässt sich nutzen.* Schnell küsste er sein Glücksamulett. »Wie steht's bei euch? Beschützt mich gegen die Salzseeorks, und ich werde euch eine hübsche Summe zahlen.«

Die drei Scheusale in den geweißten Rüstungen lachten. »Das wagen sie nicht. Sonst reißen wir ihnen ihre niedliche Burg ein«, sagte ihr Anführer.

»Als würde *das* funktionieren«, gab einer der Schildträger zurück. Die Festungsorks hatten ebenso breite Staturen, ihre Kraft war so gefürchtet wie ihre Wildheit. »Wir halten schon Hunderte Zyklen gegen jeden Eroberer stand.«

»Weil ihr noch nie gegen uns antreten musstet«, lautete die Erwiderung.

Klaey vermied ein verräterisches Grinsen. *Sie streiten sich. Sehr gut.* Der Kuss auf das Amulett hatte sich gelohnt. Er sah zu Todesschwinge, der sich die blutenden Wunden leckte. Sein Speichel schloss die Löcher im Fell und beschleunigte die Heilung. *Hoffentlich ist er imstande, uns hinfortzutragen.* Einige Hundert Schritte genügten bereits, um weit genug von den Ungeheuern weg und näher an die tausend Albae zu gelangen.

»Fallen wir nicht auf die Spielchen des Hungerhakens rein«, warnte ein Festungsork. »Wir schnappen ihn *gemeinsam* und kassieren ein Lösegeld von Brigantia. Er ist wertvoll, wenn sie ihn diese Dämonenausgeburt reiten lassen.«

Der Größte der Salzseeorks nickte bedächtig. »Was machen wir mit dem fliegenden Nachtmahr?«

»Eintausend Goldmünzen für Kràg Tahuum, wenn ihr mich vor den Salzseeorks schützt«, sagte Klaey und zog widerwillig sein Rapier. »Und nochmals eintausend, wenn –«

»Wir greifen uns das Menschlein *und* sein Pferdchen und überlegen *dann*«, schlug der kleinste Festungsork vor. »Lassen wir uns gegenseitig in Ruhe. Einverstanden?«

»Einverstanden.« Die drei Salzseeorks stapften vorwärts. »Wir schnappen uns den Kerl, ihr das Flugvieh.«

Verflucht sei eure Eintracht. »Zurück!« Klaey küsste nochmals sein Glücksamulett, hob die Klinge und zielte mit der Spitze abwechselnd auf die anrückenden Scheusale. *Nie war der Beistand der Vorsehung wichtiger.* »Ich warne euch. Ich bin der beste Fechter Brigantias!«

»Aber nicht der beste Reiter«, erwiderte ein Festungsork gehässig. »Sie hätten dich mal besser in die erste Reihe gestellt anstatt in den Sattel gesetzt.«

Sein Kommentar erntete kehliges Lachen.

»Na, dann zeig mal, was du kannst, Rabenstimme.« Der größte Salzseeork baute sich vor ihm auf, zog ein Breitschwert und einen Dolch, der in Klaeys Hand zu einem Kurzschwert geworden wäre. »Ich stutze dir die Flügel. Greif mich –«

Klaey führte einen schnellen Seitwärtshieb mit dem Rapier – und die durchtrennte Augenbinde des Flugmahrs fiel.

Wiehernd blinzelte der Hengst und blähte die Nüstern, die glutroten Augen erfassten die Orks. Der rechte Vorderhuf schlug auf den Boden, und Blitze umspielten die Fesseln; es roch sogleich nach verbranntem Gras. Ein lautes, aggressives Schnauben folgte, bei dem die gefährlichen Reißzähne sichtbar wurden.

Die Festungsorks hoben die Turmschilde an und richteten die Kurzspeere auf den Hengst. »Pfeif ihn zurück oder wir schlitzen ihn auf. Uns ist das Fleisch ausgegangen, und der Grill ist noch heiß genug«, lautete die Anweisung aus der Deckung heraus.

Klaey dachte nicht daran. Die Orks schonten das wertvolle Tier eher als ihn. »Wir geben beide nicht auf.« Sein Herz raste, Schweißtropfen standen ihm auf der Stirn. Eine Bestie würde er besiegen, sofern er schnell genug war. *Dann muss ich flüchten. Mit Todesschwinge.*

Ein winziges Stückchen einer orangefarbenen Feder schwebte im Wind heran, dicht an Klaeys Wange vorbei und auf den Salzseeork zu.

»Ah, sieh hin, Menschlein mit dem großen Maul. So einfach, wie ich diesen Flaum wegfege, so mach ich dich fertig.«

Es umtanzte den riesigen Anführer, der es erst wegblasen, dann wegfächeln wollte. Aber das Federfragment wirbelte und wich aus, die kräftigen dicken Finger griffen jedes Mal ins Leere. Das löste das laute Gelächter der übrigen sieben Orks aus, bis das Federstückchen über dem Kopf des mittleren Salzseeorks in der Luft stand – und detonierte.

Der grelle Feuerball zerriss den Schädel der Bestie und schleuderte die beiden anderen weiß gerüsteten Orks viele Schritte brennend und qualmend durch die Gegend. Die Druckwelle warf zwei der Turmschildträger zu Boden, die rollende Hitze versengte die Haare und die Rüstung der verbliebenen Feinde.

Klaey wurde vom stinkenden Wind, aber nicht von der tödlichen Lohe und der Gluthitze getroffen. Er hob den rechten Unterarm zum Schutz vors Gesicht und ergriff Todesschwinges Zügel, damit der Flugmahr nicht vor Schreck durchging. *Der Zwergenmagus!*

Unerschrocken sprang der Hengst vorwärts, verbiss sich in den Hals des nächststehenden Orks und riss einen Brocken heraus, den er sogleich verschlang. Schreiend fiel die verletzte Bestie ins Gras und versuchte, das spritzende schwarzgrüne Blut aufzuhalten.

»Wir zerlegen dich und das Mistvieh!« Die letzten beiden Festungsorks hoben die Schilde an und drangen auf Klaey ein, die Kurzspeere gegen ihn gereckt.

Wo steckt der Magus? Klaey hätte sich sogar über den Beistand des Feindes gefreut. *Lieber in Gefangenschaft als im Magen landen.*

Zu seiner Überraschung sprang eine Frau um die vierzig in den Rücken der Bestien. Weder trug sie Rüstung noch ein Abzeichen. Mit ihrem langen, geraden Schwert stach sie einem der Orks in den ungeschützten Nacken und versetzte ihm einen Tritt in die Kniekehle, danach in den Rücken, um ihn zu Fall zu bringen. Ächzend stürzte der Feind und blieb liegen. »Den anderen überlasse ich dir.« Sie tippte sich an den Rand ihres kreisrunden weißen Hutes, an dem rechts und links orangefarbene lange Federn standen.

Sie war das! Klaey wich dem Speerstoß des Orks aus und bekam einen Schlag mit dem Turmschild, der ihn nach hinten warf. Aus der Nähe sah er die vielen kleinen Spitzen, die aus der Vorderseite des Schilds ragten und an denen eine getrocknete Substanz haftete. *Gift!* Nur mit Glück hatten ihn die Spitzen nicht erwischt.

»Ich fresse dich, noch bevor dein Herz stillsteht«, brüllte ihn der Ork an und setzte nach. »Ich stopfe dich in das Hühnerpferdchen und gare euch auf niedriger Flamme!«

Der Turmschild nahm Klaeys gesamte Sicht ein, er kam mit dem Rapier nicht an den gebogenen Kanten vorbei. Dafür schrammte der Kurzspeer einmal am Arm und an seinen rechten Rippen entlang, hinterließ tiefe, brennende Schnitte. Weglaufen wäre sinnlos. Der Gegner würde seinen Speer werfen, von dem er noch vier weitere in einer Rückenhalterung bei sich trug.

Das Gefecht gegen den Ork verlangte Klaey alles ab, sodass er zum einen den Verlauf der Schlacht, zum anderen seinen Flugmahr aus den Augen verlor. Erst als der Hengst laut wieherte und Flügelschlag zu vernehmen war, drehte er den Kopf. *Todesschwinge!*

Zwei weitere Frauen tauchten auf, die sich Dolche der getöteten Orks nahmen und ihm zu Hilfe eilten.

Im Sattel hingegen saß die Unbekannte, die ihn vor den Bestien gerettet hatte. Sie zerrte einhändig an den Zügeln und zwang den Flugmahr ungeachtet seiner Verletzungen in die Höhe. Mit der freien Rechten hielt sie eine glühende Feder drohend an seinen Hals.

»Nein! Bring ihn zurück! Er gehört mir!«, schrie Klaey außer sich. Den Turmschild sah er aus dem Augenwinkel kommen, vermochte aber nicht mehr auszuweichen. Die harte Oberfläche erwischte ihn, und trotz des leichten Helms stürzte er halb benommen vom Zusammenprall ins zertrampelte Gras.

»So ein Ärger. Weg ist es, das Hühnerpferdchen.« Die untere Schildkante wurde angehoben und zielte auf seinen Kopf. »Dann esse ich eben nur dich.«

* * *

Rodana hatte den für sie schwertgroßen Dolch aus einer toten Bestie gezogen, Sie konnte die Klinge gerade so führen. Das leichtere Messer überließ sie Chòldunja.

Plötzlich hörte sie das Rauschen der Schwingen – und sah Stémna auf dem wundersamen Nachtmahr. »Halt! Wir hatten eine Abmachung! Du wolltest uns beschützen!«

»Das habe ich. Aber ich kann euch leider nicht mitnehmen«, erwiderte sie. »Da wir nicht länger zusammenreisen können, ist die Abmachung aufgehoben.« Stémna dirigierte den wütenden Hengst mit der glimmenden Feder in ihrer Hand. »Es gibt eben nur einen fliegenden Nachtmahr, wie ihr seht. Findet einen weiteren, folgt mir nach, und ihr steht weiterhin unter meinem Schutz.«

»Du verdammte Verräterin!« Rodana hörte mehrfachen Hufschlag, der sich ihrem Rücken näherte. »Du sagtest, es wäre darauf Platz für uns alle!« Hastig sah sie zur Schlacht.

Die aufgetauchten Zwergenheere bildeten geschickt undurchdringliche Schildwälle in den Flanken des Feindes und schossen mit den gefürchteten Federschleudern Stahlkugeln gegen die brigantinische Reiterei. Gleichzeitig sandten die schweren Katapulte vom Hügel aus dichte Wolken aus Speeren, Bolzen und Kugeln in die Reiterscharen des Gegners, die sich unter dem andauernden Beschuss zurückziehen mussten. In den überhasteten Rückzug stach die gauragonische Panzerreiterei und mähte die leichter gerüsteten Brigantiner nieder, die ihr Heil im gestreckten Galopp suchten.

Das brennende, rauchende Zelt ihres Omuthan wirkte demoralisierend. Das Gros der Berittenen wandte sich nach Nordosten und ließ die eigenen Fußtruppen schutzlos zurück, die sich unversehens von den tödlichen Streitwagen aus Malleniaswacht umringt sahen.

Das gab dem Heer des Geborgenen Landes Gelegenheit, sich um die versprengten Einheiten des Gegners zu kümmern.

Und um die Orkjurten.

Zwei Dutzend Panzerreiter trabten in lockerer Formation und mit halb gesenkten Lanzen heran, an denen die gauragonischen Wimpel wehten. Die Spieße hoben sich abwehrend gegen den Flugmahr und schwenkten danach auf Rodana, Chòldunja, den Brigantiner sowie den letzten Ork ein, kaum dass man sie erblickte.

»Da! Das ist die Kinderfresserin«, rief einer der Berittenen. »Wir haben die Ragana gefunden! Ein guter Umlauf, um das Böse von der Erde zu tilgen!«

Rasch überschlug Rodana die Möglichkeiten, die ihr und Chòldunja blieben. Der junge Mann in der brigantinischen, auffälligen Uniform trug hohe Rangabzeichen auf Brust und Schultern. *Retten wir ihn, retten wir uns.*

»Halte durch! Wir sind gleich bei dir!«, rief sie ihm zu. »Chòldunja, los!«

Ihre Aprendisa erfasste den Plan und sprang dem Ork von hinten an den Hals; die Bestie war mehr als doppelt so groß wie sie. Unentwegt stach Chòldunja mit dem Messer an der Rüstung vorbei in dessen Hals und Gesicht; schwarzgrünes Blut sprühte aus den Wunden, während sich der Ork grunzend drehte und um sich schlug, aber die junge Frau nicht zu fassen bekam. Letztlich brach er zusammen und fiel auf den Schild, dicht neben den jungen Brigantiner, der sich mühevoll auf alle viere stemmte und nicht begriffen hatte, wie knapp er dem Tod entronnen war.

Rodana bewunderte Chòldunjas Mut. *Es hat etwas von Irrsinn.*

»Wäre der Flugmahr gesund, könnte er uns alle tragen. *Das* sagte ich. Aber er ist verwundet.« Stémna brachte den Hengst unter ihre Kontrolle und ließ ihn dicht über Rodana fliegen. »Noch einmal helfe ich dir. Danach musst du schauen, wie ihr beide zurechtkommt. Ich werde den Mörder meiner Herrin suchen.«

Urplötzlich erklang ein lautes Krachen.

Eine heiße Böe hob die zierliche Puppenspielerin an, um sie wie ein loses Blatt umherzuwirbeln. Sie landete viele Schritte weiter im Gras und überschlug sich.

»Nutze den Vorsprung. Er wird nicht lange halten«, erklang Stémnas Stimme über ihr. »Ich wünsche euch beiden das Beste.«

Rodana erhob sich und spuckte Dreck aus, blickte sich um. Eine gewaltige Explosion hatte ein Loch in die Erde gerissen und einen Großteil der gauragonischen Panzerreiter mitsamt den Pferden erwischt. Krieger lagen regungslos auf dem Boden, die Rüstung zerfetzt oder verbeult.

Die Detonation und der fliegende Nachtmahr hatten Aufmerksamkeit beim siegreichen Heer geweckt. Die nächste berittene Einheit machte sich bereit, an der Flanke des Schlachtfelds nach dem Rechten zu schauen.

Sie werden uns ebenso wiedererkennen wie die erste Truppe, und der Famulus wird dafür sorgen, dass wir im Siegesrausch hingerichtet werden. Schnell fing Rodana drei umherlaufende Pferde ein und führte sie zu Chòldunja und dem hochrangigen Brigantiner. Sie brauchten einen Ort, wo sie vorerst in Sicherheit waren, um die nächsten Schritte zu durchdenken. Und der lag nicht im Geborgenen Land.

»Keine Zeit für lange Vorstellungen. Meine Aprendisa hat Euch das Leben gerettet. Somit steht Ihr in unserer Schuld«, sprach Rodana bestimmt. »Dafür wollen wir mit Euch nach Brigantia.« Sie drückte ihm die Zügel in die Hand und stieg in den Sattel. »Alles Weitere erklären wir Euch unterwegs.«

Chòldunja schwang sich auf den Pferderücken. »Oder wir sterben auf der Stelle.«

Der Brigantiner stellte einen Fuß in den Steigbügel und drückte sich in die Höhe. »Meinetwegen«, sprach er mit kratziger Stimme und lenkte das Tier nach Südosten. »Bleibt dicht an mir dran. Und richtet euch auf viele Fragen ein, die ich habe.« Dann galoppierte er los.

Rodana und Chòldunja tauschten einen erleichterten Blick und preschten hinterher.

* * *

»Ich finde es erstaunlich, dass die Drachen auf die Vulkanausbrüche reagierten. Die Hitze und die austretenden Energien müssen sie angelockt haben.

Nach Abgleich der Berichte und Quellen habe ich herausgefunden, dass ein Dutzend über die Gebirgszüge flog und für Angst und Schrecken sorgte. Nach Revierkämpfen blieben neun übrig, von denen drei kleine Exemplare durch Menschen und eines durch Orks getötet wurden. Der Rest erwies sich als zu stark oder wurde durch die Refugien unerreichbar für Heere und schwere Waffen. Die Menschen arrangierten sich mit den Drachen, weil ihnen die Mittel gegen die Geschuppten fehlten.

Ich nehme an, dass Ûra von Anbeginn der Beben im Geborgenen Land lebt, weswegen sie sich als Herrscherin betrachtet.

Aber es gibt eine Ungereimtheit. Und möglicherweise gibt es einen weiteren Drachen, der bis heute nicht gesehen wurde.«

aus: Historie des Geborgenen Landes
nach dem großen Beben, Band III, S. 3229,
aufgezeichnet von Ukentro Kleinfeder, Magister in Enaiko

KAPITEL XVII

DAS GEBORGENE LAND, VEREINTES GROSSKÖNIGREICH GAURAGON, PROVINZ BERGENHOCH, 1023 N. B. (7514. SONNENZYKLUS NACH ALTER ZEITRECHNUNG), FRÜHHERBST

Goïmrons Erschöpfung hatte einen Grad erreicht, der ihn unentwegt gähnen und an Schlaf denken ließ, obwohl die Schlacht auf dem Feld rings um den Hügel noch lief. Weder das ständige Rumpeln der Schleudern noch das laute Rattern der Spannvorrichtungen hielten ihn wach. Die schwere Rüstung zog ihn dem Boden entgegen.

DU WIRST JETZT NICHT DIE AUGEN SCHLIESSEN. NIMM DIR DEN RUHM, DER DIR GEBÜHRT, tönte der Meeressaphir in seinem Verstand. DU HAST MIT MEINER HILFE UND DEINER FERTIGKEIT EINEN IMMENSEN BEITRAG ZUM SIEG GELEISTET. DER MATSCH, DER DIE BRIGANTINISCHE REITEREI BREMSTE. DIE ABWEHR DER PFEILHAGEL.

Das soll keiner wissen, erwiderte Goïmron müde. *Ich überlasse dem Famulus und den Artefaktträgern gerne den Beifall. Dafür gaben genug ihr Leben.*

ABER DU HAST GOLDHAND GERETTET. OHNE DICH WÄRE ER EIN HÄUFCHEN SEHR ALTE ASCHE, widersprach der Stein. MOSTRO IST EIN EMPORKÖMMLING. ICH KANN SPÜREN, DASS ER SICH ZUM HELDEN AUFSCHWINGEN WILL. DIE MAGA WIRD NICHT MEHR LANGE VERGNÜGEN AN IHM HABEN. SIE HÄTTE IHN NIEMALS IN DIE LEHRE NEHMEN DÜRFEN.

»Das ist mir egal«, wisperte Goïmron, gähnte und setzte sich auf die Erde. Mit immer kleiner werdenden Augen verfolgte er durch das Fernglas, wie die letzten Brigantiner das Weite suchten.

Die Albaeeinheit ritt geschlossen zurück und umgab schützend die Standarte des Omuthans sowie den verletzten Herrscher von Brigantia, ohne einmal in die Schlacht eingegriffen zu haben. *Was immer sie daran hinderte. Niemand versteht die Schwarzaugen.*

Unerwartet erfasste die geschliffene Linse zwei bekannte Gestalten.

Schlagartig wurde Goïmron wach. *Rodana! Chòldunja!*

Sie galoppierten an der Seite eines Brigantiners, auf dessen Schultern die Abzeichen eines Zabitay saßen und der rasch zu den eigenen Truppen aufschloss.

Sie … flüchten freiwillig mit den Feinden! Beim Schwenk des Glases entlang ihrer Hufspuren entdeckte er die zwei zerstörten Orkjurten, etliche tote Bestien und gauragonische Panzerreiter. Menschen, Pferde und Bestien waren in Fetzen gerissen. *Was ist dort geschehen?*

Goïmron stand mit schweren Gliedern auf und suchte erneut nach der Puppenspielerin und ihrer Aprendisa. Aber die wirbelnden Staubwolken verschluckten sie.

Ich … ich habe sie verloren. Entsetzt senkte er das Fernglas. *Nein. Irgendwas ist vorgefallen, das sie in die Arme von Brigantia trieb. Sie würde niemals …*

»Ein Hoch auf unser Heer!«, rief Gata und löste das Katapult aus. »Ein letzter Schuss – und dann auf die Pferde und diesen Bastarden nach, die uns ehrlos ausräuchern wollten wie Ungeziefer.«

»Nicht so eilig.« Tungdil Goldhand kam an Goïmrons Seite und legte einen Arm um seine Schulter. »Was ist mir dir, mein Junge? Du siehst aus, als hättest du mitten auf dem Schlachtfeld gestanden und von Anfang bis Ende eine schwere Keule geschwungen.«

»Das Laden der Schleudern steckt mir in den Knochen«, log er.

DAS HAST DU NICHT VERDIENT. DER FAMULUS WIRD SICH DEINE TATEN ANEIGNEN!

»Wir haben alle eine Rast verdient, bevor wir ihnen nachsetzen. Sie werden sowieso vor uns in Brigantia sein. Es wird zur Belagerung des Braunen Gebirges kommen, nehme ich an. Aber sie wird schnell vorbei sein. Gegen Zwerge, die in eine Festung wollen, gibt es kein Mittel.« Der weißbärtige Goldhand blickt ihn prüfend an. »Junge, du bist bleich wie Kreide und schwitzt wie ein Quellstein in der Sonne. Du brauchst dringend einen Schluck gutes Bier. Kühl und frisch, damit es dich belebt.«

Goïmron hatte keinen Bedarf, nickte aus Höflichkeit dennoch. »Es wird bald besser. Ein Helm voll Schlaf genügt.« Er rieb sich über das müde Gesicht. »Müssen wir diese Scharade zwischen uns weiter aufrechterhalten? Und woher kamen diese beiden Zwergenheere?«

»Hab noch ein wenig Geduld. Ich werde es allen auf einmal erklären, sonst rede ich mir die alten Lippen fransig.« Er schlug ihm auf die Schulter. »Dennoch brauche ich dich an meiner Seite. Das Gift in meinen Knochen ist noch lange nicht besiegt. Dir vertraue ich wie sonst keinem, Goïmron. Beinahe wie einem Bruder. Wie meinem Sohn.«

»Ist gut.« Er lächelte müde und deutete mit einer Hand die flache Seite des Hügels hinab. »Da kommen sie schon.«

»Dann bereite ich mich auf meine kleine Rede vor.« Goldhand ging los, von seiner Gebrechlichkeit war nichts zu sehen.

Brûgar gesellte sich zu Goïmron und reichte ihm seine Trinkflasche. Die Kriegspfeife hatte er gegen ein größeres, geschwungenes Modell ausgetauscht, das bläulichen Qualm ausstieß. »Du bist der langsamste Bolzenschlepper, den ich je sah.«

»Gemmen sind nun mal leichter.«

»Das dachte ich zuerst auch.« Brûgar betrachtete ihn durchdringend von der Seite und paffte schnell. »Aber dann habe ich dich beobachtet. Und gesehen, dass du mit dem Glas auf das

Schlachtfeld geschaut hast. Unentwegt. Und dann hast du gemurmelt.«

»Ich habe … zu Vraccas gebetet.« Er trank vom Tee und schmeckte die Kräuter darin.

»Um ein Wunder?«

»Um seinen Beistand.«

»Wie seltsam. Ich hätte geschworen, es seien Wunder gewesen. Denn die haben sich ereignet.« Brûgar nahm die Flasche entgegen.

»Nein, das waren die Artefakte. Oder der Famulus.«

»Mmh.« Er rieb sich über den blau gefärbten Spitzbart. »Diese Pfeife ist meine Nachdenkpfeife. Meine Kombinierpfeife. Sie macht meine Gedanken und mein Gespür schneller. Sie wirkt ziemlich gut.« Er nahm einen tiefen Zug und blies den Qualm gegen den Vierten. »Wieso lügst du mich an, Gemmenschnitzer?«

Goïmron zeigte auf den Zug der Heerführer aus Menschen, Zwergen, Elben und Meldrith, während sich die einzelnen Truppen der Völker rings um die Erhebung aufreihten und ihnen zujubelten. An der Spitze schritt Mostro und winkte huldvoll, dahinter ging Sònuk und ließ sich feiern. »Ich muss zu Goldhand. Er braucht mich.« Schnell ging er los. Noch wollte er sein Geheimnis nicht lüften. *Schon gar nicht vor Brûgar.*

Dabei kam ihm in den Sinn, dass Chòldunja wusste, was er war. Und dass sie mit Rodana zu den Brigantinern ritt.

»Ich komme noch dahinter«, rief ihm Brûgar nach und hob seine Nachdenkpfeife, wackelte damit. »Was sich ereignete und warum du es leugnest.«

Goïmron eilte neben Tungdil Goldhand, der sich auf die Standplattform einer Blattfederschleuder gestellt hatte und die Ankunft der Kommandierenden erwartete.

Schweigend genossen sie das Herankommen der vereinten Völker sowie den Jubel, der aus Tausenden Kehlen die Hänge hinaufschallte. Die Fahnen der siegreichen Länder wehten im Wind, und darunter wurden die uralten Runen und Standarten der Zwergenreiche sichtbar. Die Vergangenheit war lebendig geworden.

Erneut verspürte Goïmron Rührung und Gänsehaut, während er die Müdigkeit unterdrücken musste. Es machte sich nicht gut, wenn er neben Tungdil Goldhand im Augenblick seines Triumphes den Mund weit zum Gähnen aufriss.

Nach und nach versammelte sich die Menge rings um das Katapult. Schließlich hob der greise Zwerg die Hand, um sich Gehör zu verschaffen. Recht schnell kehrte Ruhe auf der Spitze des Hügels ein. Die Spannung auf die ersten Worte nach dem glorreichen Sieg stieg ins Unerträgliche.

Goldhand senkte lächelnd den Arm und öffnete den Mund.

»Welch ein glorreicher Umlauf!«, sprach Mostro, ergriffen von sich selbst. »Das Heer des Geborgenen Landes, Tungdil Goldhand und ich, Famulus Mostro, Gesandter der ehrwürdigen Maga Vanéra, schlugen die brigantinischen Truppen!« Er riss beide Arme in die Höhe und drehte sich dabei in seiner mintgrünen Robe langsam um die eigene Achse, achtete darauf, dass sein wallendes Haar zur Geltung kam. »Ûra – vernichtet. Ardin – vergangen. Es brechen neue Zeiten an.« Mit einer Hand deutete er auf Goldhand. »Und nun lasst uns seinen Worten lauschen. Er, der Totgeglaubte. Er, der all dies in Gang setzte, was wir gemeinsam ermöglichten. An diesem denkwürdigen Umlauf und an noch vielen weiteren!« Langsam senkte er den Arm und wartete auf Beifall und Hochrufe.

Niemand rührte sich oder erhob seine Stimme. Diese Peinlichkeit gönnte ihm Goïmron von Herzen.

Goldhand brach das Schweigen und setzte erneut an. »Vor mehr als achthundert Zyklen fasste ich einen Plan. Und der Plan reifte, bis ich ihn den damaligen Königinnen und Königen der Zwergenreiche unterbreitete. Geheim. Damit kein Feind, kein Freund im Geborgenen Land oder außerhalb Wind davon bekam.« Goldhand lächelte gütig. »Heute haben wir nicht nur gegen Brigantia gewonnen. Sämtliche alten Durchgänge ins Geborgene Land brachen zusammen und schlossen sich. Für immer. Sogar in Brigantia!«

Nun kamen leises Reden und erstauntes Gemurmel auf.

»Dieses Heer aus Zwerginnen und Zwergen, das uns zu Hilfe kam, verbarg sich mit ihren Kindern Hunderte Zyklen in den Gebirgen. Sie bereiteten, unbemerkt von den Bewohnern, die Einstürze vor und legten neue Durchbrüche an. Und sie warteten, bis ich ihnen das Signal gab, um den Plan umzusetzen.« Goldhand legte getragen eine Hand auf Goïmrons Schulter. »Dieser junge Vierte tat, womit ich niemals rechnen konnte: Er fand mein Buch. Und er fand mich. Vor dem Abschluss der Arbeiten und meiner Vorbereitungen. Deshalb musste ich improvisieren.« Er lachte. »Bei Vraccas! Und *wie* ich improvisierte. Mit euch gemeinsam! Und wir siegten!«

Laute Freudenrufe tönten auf dem Hügel, es wurde gegen Schilde und Rüstungen getrommelt.

»Meine Freundinnen und Freunde! Unsere Heimat ist abgeriegelt und geschützt. Brigantia ist abgeschnitten vom Jenseitigen Land und vom Nachschub an Nahrung, Zulauf und Material«, verkündete Goldhand. »Ziehen wir nach Nordosten und beginnen die Belagerung des Braunen Gebirges. Merzen wir die Eroberer aus, damit Frieden zurückkehrt.« Er zeigte auf die riesigen Federschleudern. »Und auch die Drachen müssen wir nicht mehr lange fürchten.« Dann sah er zum Famulus. »Wir haben einen ehrgeizigen, jungen Famulus unter uns. Auch er wird eine große Hilfe sein. Habe ich recht, Meister Mostro?«

Mostro bejahte mit fester Stimme und erhobenem Kinn. »Und lasst mich hinzufügen, dass –«

»... genug Worte gesprochen wurden«, schnitt ihm Goldhand die nächste großspurige Rede vom Mund ab. Leises Lachen erklang aus den Reihen der Versammelten. »Schlagt Lager auf. Ruhen wir uns aus, essen und trinken und behandeln unsere Wunden, bevor wir uns morgen auf den Zug gegen Brigantia machen. Für das Geborgene Land!«

»Für das Geborgene Land!«, schallte es überall auf dem Hügel und in der Senke.

»Die Anführer der Menschenreiche, Elben und Meldrith erwarte ich am Abend in meinem Zelt. Und dich auch, Sònuk. Ich erkläre euch umfassend, was in den Gebirgen geschehen ist, während wir kämpften. Die Seeländer können ihre Haupttruppen abziehen, um ihre Länder gegen Undarimar zu verteidigen. Wir kommen ihnen zu Hilfe, sobald wir wissen, wie es um das Braune Gebirge steht.« Goldhand trat von der Geschützplattform und stützte sich unvermittelt auf Goïmron.

»Nicht einen Herzschlag hätte ich länger ausgehalten«, raunte er ihm zu.

»Das Gift?«

Goldhand nickte und nutzte die Geschützbatterie als Sichtschutz, damit niemand seine Schwäche sah. »Ich weiß nicht, wie lange ich noch leben werde. Mein Alter ist selbst für einen Zwerg unnatürlich hoch. Aber ich habe einen ersten großen Teil geleistet, um das Geborgene Land wieder sicher zu machen.« Er legte ihm eine Hand gegen die Brust. »Du wirst den Rest übernehmen, sollte ich sterben.«

»Ich? Aber ich bin ein Vierter und –«

»Ich erkenne viel von mir in dir, Goïmron. Wir sind uns ähnlicher, als es dir bewusst ist. Bald erkläre ich es dir genauer.« Goldhand lehnte sich gegen ein Katapult. »Wir geben den Zwergen in den Gebirgen eine strategisch überlegene Position. Der Anfang ist gemacht.« Er nickte ihm aufmunternd zu. »Nun bringen wir es zu Ende.«

»Meister Goldhand!« Mostro eilte mit einem Gerüsteten zu ihnen, der die gauragonischen Farben trug. »Das müsst Ihr erfahren. *Alle* müssen es erfahren!«

Goïmron hob abwehrend die Hände. »Nicht jetzt. Er muss sich ausruhen. Der Tag strengte ihn an.«

»Es duldet keinen Aufschub!«, widersprach Mostro und bedeutete dem Krieger zu sprechen. »Los! Erzähle es.«

»Es geht um die die Puppenspielerin und die Moorhexe, Meister Goldhand.« Der Soldat verbeugte sich. »Wir wollten sie und die Orks ergreifen, aber die Ragana schleuderte einen Feuerball gegen uns, der etliche tötete und verletzte. Danach flüchteten sie mit einem Brigantiner.«

»Welchem Brigantiner?«, fragte Famulus mit Genugtuung.

»Der Zabitay, der den fliegenden Nachtmahr zu uns brachte. Aber ich glaube … ich glaube, dass letztlich Stémna mit der Bestie entkam«, berichtete der Krieger weiter. »Die Frau mit dem weißen Hut im Sattel sah aus wie sie. Ich begegnete ihr einst.«

Goïmron traf die Nachricht tief, aber er musste den wankenden greisen Zwerg stützen und durfte sich nichts anmerken lassen. *Das kann nicht sein. Es muss sich anders zugetragen haben.*

»Versteht Ihr die Tragweite? Rodana, die Moorhexe, Stémna und die Brigantiner! Sie arbeiteten Hand in Hand! Die Puppenspielerin und die Kinderfresserin waren in Wahrheit Spione für unsere Feinde«, keifte Mostro. »Wir hätten sie auf der Stelle töten sollen! Wir brauchen ein Kopfgeld auf diese Verräterinnen! Jeder im Geborgenen Land soll von ihren schändlichen Taten erfahren.«

SAG NICHTS, sprach der Saphir in Goïmrons Verstand. LASS DIR NICHTS ANMERKEN.

»Wäre Mostro der einzige Zeuge, hätte ich Bedenken gehabt. Aber es gibt keinen Grund, an deinen Worten zu zweifeln«, sagte Goldhand zum gauragonischen Krieger. »Wie konnten wir uns derart von ihnen täuschen lassen?«

»Die Verräterinnen kennen fast all unsere Geheimnisse. Waren beinahe überall dabei.« Mostro zeigte abgründigen Zorn. »Deswegen wollten die beiden nicht nach Rhuta. Sie fürchteten sich davor, von der ehrenwerten Maga Vanéra erkannt zu werden. Dass ihre Tarnung durchschaut wird.«

Goïmron sah Chòldunjas rosafarbenen Moordiamanten an Mostros Hals baumeln, herausgelöst aus dem Amulett und festgemacht zwischen anderen Anhängern. *Was wird er damit an-*

richten? Kennt er die wahre Macht des Steins und die Bedeutung denn nicht?

Goldhand vollführte eine zustimmende Handbewegung. »Wir sprechen nachher über diese Ungeheuerlichkeit.« Er wandte er sich an den gauragonischen Soldaten. »Du wirst dabei sein und haarklein berichten, was du gesehen hast.«

»Damit verfügt Brigantia über eine Ragana.« Mostro ballte eine Hand zur Faust. »Aber sie wird nicht gegen mich bestehen. Ich zerschmettere sie!«

»Tu das, Famulus. Eines deiner Artefakte wird das Wunder vollbringen.« Goldhand lehnte sich schwer auf Goïmron. »Bring mich zu einer Liege. Ich muss … mich ausruhen. Sogleich.«

Nichts lieber als das. Goïmron bewegte sich gemeinsam mit dem greisen Zwerg weg von Mostro und dem Krieger. Er vermochte kaum mehr klar zu denken. Vor seinem inneren Auge sah er Rodanas Antlitz, konnte und wollte nicht glauben, dass sie eine Verräterin war. *Niemals. Es musste eine andere Erklärung geben.* Eine, die so unwahrscheinlich war, dass sie zutraf.

* * *

DAS GEBORGENE LAND, BRAUNES GEBIRGE,
BRIGANTIA, 1023 N. B. (7514. SONNENZYKLUS
NACH ALTER ZEITRECHNUNG), HERBST

»Wir brauchen noch zwei Warwölfe an der Ostseite«, beschloss Goldhand nach einem Blick auf die Detailkarte der Vorbefestigungen, welche einst von Zwergenhand errichtet und über Zyklen von den Brigantinern verstärkt worden waren. Deutlich traten die Unterschiede zutage, zum einen in der Ausführung, zum anderen in den Ornamenten. Letztlich waren die zu überwindenden Mauern dicker und höher als zuvor bekannt. »Sie müssen bis Ende des Herbsts errichtet sein.«

Die Kommandantinnen und Kommandanten der unterschiedlichen Belagerungsabschnitte nickten zustimmend.

»Wir stellen mehr Zimmerleute ab«, schlug Hargorina vor, die neben Gata stand, und reckte das kantige Kinn entschlossen. »Das Material nehmen wir aus den vernichteten Dörfern. Es sind genügend Balken vorhanden.«

Goïmron blieb im Hintergrund der nachmittäglichen Versammlung und hielt sich bereit, Goldhand jederzeit beispringen zu können. Vom Kriegsgerede verstand er inzwischen mehr als noch vor einigen Umläufen, aber es blieb eine fremde Welt für ihn. Wenigstens wusste er, dass ein Warwolf die Bezeichnung für das größte Gegengewichtkatapult war, das man errichten konnte. Er schleuderte Steine von fünf Zentnern mehr als dreihundert, vierhundert Schritte zielgenau.

»Die Brigantiner sollen glauben, dass wir versuchen, an der Ostseite durchzubrechen. Unsere Mineure graben sich weiter vorwärts. Wir sind schon nahe der ersten Mauer. Tief genug, um nicht durch ihre Lauscher und Wasserschalen entdeckt zu werden«, erklärte Goldhand und sah zu Telìnâs. »Was sagen Eure Kundschafter?«

»Keinerlei Versuche, uns zu umgehen und der Belagerung in den Rücken zu fallen. An den Hängen regt sich nichts. Auch nicht in hundert Meilen Entfernung. Sònuk ist unermüdlich unterwegs, damit uns nichts entgeht«, sprach der junge Elb, der nach der Schlacht am Zweistromhügel bei den Fîndaii aufgenommen worden war. Jeder gönnte Telìnâs den kometenhaften Aufstieg. Auf Gatas Wunsch war er in den engsten Beraterkreis aus Tî Silândur aufgerückt. »Sie wagen keinen Überfall.«

»Noch nicht. Das wird sich ändern, sobald wir die Arbeiten an den beiden Warwölfen beginnen. Halten wir die Augen offen. Und vergessen nicht den Himmel.« Hargorina deutete auf die äußerste Westseite des Bollwerks, das den Eingang ins Braune Gebirge verwehrte. »Wir haben von unserem Beobachtungsturm aus sehen können, dass die Brigantiner Stahlfederkatapulte aufbauen. Werden sie bis zu uns schießen?«

»Allerhöchstens mit Rückenwind. Und selbst dann ist es unwahrscheinlich. Nehmen sie zu kleine Kugeln, wird der Wind ihre Bahn verändern, und die schweren reichen nicht so weit«, sagte Gata nachdenklich. »Ich vermute, dass sie damit ihre eigenen Mauern gegen einen Sturmangriff absichern, um uns von den Leitern zu schießen.«

»Das ist der Grund, weswegen wir so etwas nicht tun.« Goldhand nickte Goïmron zu, der ein Gähnen unterdrückte. »Du kannst dir gerne die Beine vertreten. Das wird noch dauern.«

»Fühlst du dich –«

»Es geht mir gut. Und es sind genug Leute hier, die dich jederzeit rufen können, sollte meine Stimme versagen.« Schon senkte er den weißhaarigen Kopf, um das Modell zu betrachten.

Goïmron nahm im Gehen seinen Mantel, verließ dankbar das große, stickige Zelt und trat ins Freie. Es stand auf einem künstlich aufgehäuften Hügel, damit Goldhand und sein Stab einen besseren Überblick hatten.

In der Mitte des riesigen befestigten Lagers erhob sich ein mehr als hundert Schritt hoher gezimmerter Beobachtungsturm, von dem man über die Mauerringe ins Innere der Brigantinerfestung blicken konnte. Zwar deckten die Gegner die Gänge und Straßen mit Segeltuch ab, aber dennoch gab es genügend Erkenntnisse aus dem Krähennest, in dem nur die Mutigsten ihren Dienst verrichteten.

Goïmron warf sich den Mantel um und sah die vielen Zelte und grob gezimmerten Unterkünfte, in denen das Heer Stellung um die Festung bezogen hatte. Tausende Zwerge, Menschen, Elben und Meldrith bereiteten die Befreiung des Braunen Gebirges vor. Die Sonne senkte sich abwärts, im Osten zog ein dunkler Nachthimmel herauf.

Irgendwo hinter diesen Mauern ist Rodana. Goïmron seufzte und setzte sich auf eine unbequeme Bank. Nach wie vor ging es ihm nicht in den Kopf, dass er sich in ihr getäuscht haben sollte. *Derart getäuscht.*

»Möchtest du lieber allein nachdenken?« Gata erschien neben ihm, den Wolfsfellmantel ihres Vaters über der Rüstung. »Oder magst du Gesellschaft?«

»Gesellschaft schadet nicht.« Das war geschwindelt, aber er wollte nicht unhöflich sein. »Wieso bist du nicht bei der Besprechung geblieben?«

»Meine Dritten sind nicht als Mineure eingeteilt. Wir warten darauf, dass wir durch die Gänge stürmen und angreifen dürfen. Und Hargorina weiß genug über Belagerungen. Mehr als ich.« Gata nahm das Fernglas von ihrem Gürtel und betrachtete abwechselnd das Lager und die aufragende Festung. An ihrem Arm war noch immer das schwarze Gedenkband befestigt, auch wenn sie dem Toten nicht nachtrauerte. Sie wahrte den Anschein. »Die Vierten verstanden sich besser als vermutet auf das Mauern.« Dann rempelte sie ihm in die Seite. »Das sollte ein Lob sein.«

»Mir wäre es lieber, mein Stamm wäre in diesem Fall stümperhaft vorgegangen.«

Die fünf Schutzbollwerke der Vierten, die einst die Ländergrenze zu Brigantia etwa zweihundert Meilen von hier sicherten, hatten den Gürtel geschlossen, sodass ein Rückzug für die gesamte brigantinische Reiterei nach der verlorenen Schlacht nicht möglich gewesen war. Nur ein kleiner Teil hatte eine Bresche geschlagen und war davongekommen, ebenso die eintausend Albae und der verletzte Omuthan.

Was Goïmron auf dem Weg durch das aufgegebene Land bis zur Festung gesehen hatte, würde er sein ganzes Leben nicht mehr vergessen. Überall waren sie auf verkohlte und eingeäscherte Dörfer gestoßen, schritthohe Schädeltürme aus den Köpfen der Bewohner und Dutzende Gehenkte an Straßenkreuzungen sollten Verfolger einschüchtern. Sämtliche Brunnen waren vergiftet. *Verbrannte Erde. So ein Irrsinn.* Er schauderte.

»Ich weiß, an was du denkst. So etwas sah ich auch noch nie.« Gata zog eine Pfeife aus der Umhängetasche und entzündete sie, paffte. Der Tabak roch milder als das Kraut, das Brûgar ständig rauchte. »Die Brigantiner hätten sich mit dem Rückzug zufriedengeben können, anstatt derlei Verwüstung anzurichten.«

»Sie mussten uns die Belagerung schwer machen. Sie wussten, dass die Bewohner der befreiten Städte und Dörfer in Scharen gekommen wären, um uns zu helfen. So aber ergriffen sie die Flucht. Zumindest jene, die den Ansturm überlebten.« Goïmron seufzte. »Wie lange wird die Belagerung dauern?«

»Es ist keine echte Belagerung. Die könnte sich bei einer solchen Festung über Dekaden ziehen, und die Langen würden an Altersschwäche sterben. Wir bereiten einen Angriff vor. Aber ich befürchte, dass wir erst nach dem Winter losschlagen. Es wird frisch im Norden.« Gata schmauchte, während sie über die Silberbrosche an ihrem Kragen rieb und das Metall polierte. »Und dann geht es im Sommer gegen Undarimar und die Schwarzaugen mit ihren hübschen Bötchen.«

Goïmron fand die Königin der Dritten äußerst zuversichtlich. »Die Berichte machen mich … nachdenklich. So große Schiffe! Und Waffen, die gegen Drachen wirken.«

»Es laufen bereits Vorbereitungen, eine gemeinsame Flotte aufzustellen. Undarimar verlor seine größten fünf Schiffe, angeblich durch den blauen Drachen. Und wir haben den Famulus, der großspurig, aber sehr effektiv ist.« Gata pochte gegen den Pfeifenkopf, Funken stoben aus der Öffnung. »Er kann die Schiffe gemütlich mit seinen Sprüchen aus sicherer Entfernung versenken, und wir bergen die Waffen. Damit haben wir die entscheidenden Mittel gegen die Drachen und bauen sie zu Hunderten nach.« Zufrieden paffte sie weiter und stieß einen formschönen Kringel aus. »Wir bestücken die Gipfel damit. Ringsherum. Nie wieder muss sich das Geborgene Land vor den Geschuppten fürchten.«

Goïmron wollte ihre Zukunftsvision nicht teilen, schwieg dazu jedoch. »Bleibt es bei den geschlossenen Durchgängen?«

»Ja. Bis wir die Albae vernichtet haben.« Sie stopfte die Pfeife nach und sog fest, knisternd verbrannte der Tabak und setzte mild-aromatischen Rauch frei. »Welch ein Aufwand, den Goldhand betrieb! Hunderte Zyklen des Grabens, die Berechnungen der Einsturzstellen und das Anlegen der neuen Zugänge.« Gata machte ein anerkennendes Gesicht. »Selbst wir bemerkten nichts von den Ausschachtungen. Lorimburs Segen und Beistand verhinderten, dass es Tote in meinem Reich gab.«

»Ich denke, es war eher die perfekte Vorbereitung«, hielt Goïmron dagegen. »Goldhand brachte kein Kind des Schmieds in Gefahr.«

»Nun ja. Er hat sich im Schwarzen Gebirge mit seinem Alleingang nicht nur Freunde gemacht. Etliche Meilen an Tunneln, Stollen und Hallen sind nach dem Einsturz auf ewig verloren. Auch unsere altehrenwerte Festung im Osten. Ich hoffe, es ziehen keine Orks dort ein.«

»Es war kein Alleingang«, widersprach er. »Die Pläne waren mit den damaligen Königinnen und Königen abgesprochen.«

»Warum reagierst du dünnhäutig? Es ist nicht meine Schuld.«

Goïmron sah auf seine Füße. »Entschuldige. Ich bin müde und –«

»Du machst dir Sorgen wegen der Puppenspielerin.« Gata lachte. »Schau nicht so erstaunt. Ich müsste blind sein, deine Reaktionen nicht zu deuten, wenn Mostro mit seinen Anschuldigungen angelaufen kommt und das Kopfgeld erhöht wissen will.«

»Ja, ich sorge mich«, gab Goïmron zu. »Weil ich nicht glaube, dass sie eine Brigantinerin ist.«

»Die Aussagen der gauragonischen Krieger lassen kaum eine andere Deutung zu.« Gata legte ihm die Hand auf die Schulter. »Wir finden sie, wenn wir das Gebirge einnehmen. Und dann fragen wir sie. Niemand wird ihr ein Haar krümmen. Einverstanden?«

Damit hatte Goïmron nicht gerechnet. »Gut.«

Wieder fiel sein Blick auf ihre Silberbrosche, deren Symbole für ihn ein Rätsel blieben. *Ich werde sie bei Gelegenheit fragen müssen.*

»Für die Ragana gebe ich allerdings keine Garantie. Wir werden ihre Macht schon bald spüren.«

»Werden wir nicht.« Er dachte an die mutmaßliche Mörderin seines besten Freundes voller Wut, und jedes Mal wurde es etwas mehr.

»Wie meinst du das?«

»Ich … sah ihren Moordiamanten um Mostros Hals. Er muss ihn ihr abgenommen haben. Ohne ihn kann sie nicht zaubern. Und wird immer schwächer. Sie ist an den Stein gebunden.« Goïmron zuckte mit den Achseln. »Jedenfalls lernte ich das in meiner Ausbildung. Ragana gehörten mehr in die Theorie, bis ich Chòldunja traf.«

»Aber …« Gata sah ihn überrascht an. »Wieso sagtest du das nicht früher?«

»Ich bin kein Famulus. Vielleicht weiß Mostro mehr über die Macht der Moorhexen als ich«, sagte er ausweichend. »Oder Chòldunja hat sich einen neuen Stein aus einem Hort der Vierten gesucht. Aber ohne kleine Kinder, die sie verschlingen kann, wird sie recht ungefährlich bleiben. Ihre Macht wächst nicht.«

»Auch Brigantiner haben Nachwuchs. Vielleicht gehen sie in ihrer Verzweiflung so weit und opfern die Kinder, damit die Ragana rasch an Macht gewinnt.« Gata rieb sich über die Unterlippe. »Dann frage ich den Möchtegernmagus mal. Und auch gleich, wo die versprochenen neuen Artefakte bleiben, die uns gegen die Mauern helfen sollten.«

»Verrate mich nicht!« Goïmron wollte keine Scherereien mit dem Famulus – und schon gar keinen Verdacht auslösen, er kenne sich in irgendeiner Weise mit Magie aus. Am Ende erwartete man von ihm, dass er mit dem Meeressaphir die Festung angriff. *Dazu fühle ich mich nicht in der Lage.*

»Keine Sorge. Ich werde es klug formulieren.« Sie lehnte sich an die Bank und wirkte zufrieden. »Eines nach dem anderen. Und danach muss entschieden werden, wer der neue Großkönig wird.«

»Nun, das sollte Goldhand sein.«

»Ein greiser Zwerg, der jederzeit in die Ewige Schmiede einfahren kann?« Gata verzog den Mund. »Nein, das wäre keine weise Wahl. Und ich bin sicher, dass er sie ablehnen würde. Aus *genau* diesem Grund.«

Das Gespräch nahm einfach keine Wendung, die für Goïmron nicht unangenehm war. »Er war noch nie Großkönig. Der größte Held der Zwerge sollte vor seinem Tod einmal den höchsten Titel tragen dürfen. Welche Ehre *das* für die Dritten bedeuten würde!«

Aber Gata ging darauf nicht ein und schmauchte vielsagend.

»Ich muss zurück zur Besprechung.« Goïmron erhob sich abrupt. »Wir sehen uns bestimmt in der Schenke heute Abend.«

»Ich würde mich sehr über deine Anwesenheit freuen.« Die blonde Zwergin sagte es mit einem sehr weichen, freundlichen Unterton. »Du bist einer der besten Sänger, die ich kenne.«

»Bis heute Abend.« Goïmron ging los.

Es ist zu verrückt. Da würde ihm eine Zwergenkönigin ihr Herz schenken, aber er dachte an eine verräterische Puppenspielerin, die irgendwo hinter den Mauern der belagerten Festung saß. *Was tue ich, wenn es doch so ist, wie alle sagen?*

Goïmron stürmte auf der Flucht vor seinen unschönen Gedanken ins Besprechungszelt, wo sich ein Disput über den Standort der zwei weiteren Warwölfe entwickelt hatte. Er legte den Mantel ab und zwang sich, dem Streitgespräch, von dem er inhaltlich wenig verstand, zur eigenen Ablenkung zu folgen.

Es funktionierte nur mäßig. Rodana blieb in seinem Kopf.

Mitten in die Unterredung meldete die Zeltwache die Rückkehr eines elbischen Kundschafters, der nahe der Festung ein rätselhaftes Artefakt gefunden habe.

Unverzüglich wurde er hereingebeten, um Meldung zu erstatten.

Eine hochgewachsene schlanke Gestalt im grünen Kapuzenmantel trat ein, einen Runenstab aus Tionium mit albischen Symbolen in der ausgestreckten Hand; die andere lag unter dem Mantel verborgen.

Noch bevor der Kundschafter ein Wort sagte, prallte Telìnâs zurück und riss sein Schwert aus der Hülle. »Das ist keiner unserer Späher!«, rief er alarmiert. »Das ist ein Alb!«

Waffen wurden gezogen, Rufe nach mehr Wachen hallten nach draußen.

Nicht irgendein Alb. Der Reiter des blauen Drachen, dachte Goïmron, tastete nach dem Meeressaphir in seiner Tasche und hielt sich bereit, Goldhand und die Übrigen zu verteidigen, sollte es nötig sein. *Wäre Sònuk im Lager geblieben, hätte er den Alb längst enttarnt.*

Zwei rasche Schwertstiche gegen ihn wehrte der Unbekannte mit dem Speer ab, die Symbole darauf erwachten strahlend grün zum Leben. Leichtfüßig sprang er auf den Kartentisch in der Zeltmitte und zog die Kapuze zurück. Dunkle Haare und ein ansprechendes bartloses Gesicht kamen zum Vorschein, in dem zwei klare Augen saßen, die sich langsam eindunkelten.

»Haltet ein!«, rief der Alb und ging auf ein Knie, um seine Friedfertigkeit zu beweisen, die Rechte mit dem Panzerhandschuh um den schwarzen Schaft geschlossen; drohend pulsierten die Runen darauf. »Und hört mich an: Wir haben denselben Feind.«

BEGEHE KEINEN FEHLER, warnte der Saphir. GEGEN DIE MACHT DES SPEERES WIRD KEINER VON EUCH ETWAS TUN KÖNNEN. DANK MIR WÄRST DU DER EINZIGE, DER DAS ZELT LEBEND VERLÄSST.

»Einem Schwarzauge kann man nicht vertrauen.« Brûgar hielt seinen Kriegsdreschflegel schlagbereit, die Nachdenkpfeife hing im Mundwinkel. Belîngor und Hargorina standen an seiner Seite.

Die Zeltplanen wurden von außen in die Höhe gezogen, und ein Wall aus Turmschilden wurde sichtbar. Der Feldherrenhügel war umstellt.

»Bei … Vraccas!« Goldhand legte vor Verwunderung eine Hand gegen Bart und Brust. »Das ist Aiphatòns Runenspeer!«

»Und dies« – der Alb warf den gestohlenen Elbumhang elegant ab – »ist seine Rüstung.« Darunter kamen eine Mischung aus gravierten Tioniumpanzerplatten, die mit der Haut verbunden waren, und eine blutrote Lederpanzerung zum Vorschein.

»Das kann nicht sein!« Goldhand streckte hilfesuchend die Hand aus, und Goïmron eilte als Stütze an seine Seite. »Ich kannte ihn. Ich kannte Aiphatòn gut und bedauerte, was aus ihm wurde.«

»Ich erschien, weil ich wusste, dass ich Euch an diesem Ort finde, Tungdil Goldhand. Weil Ihr wisst, welche Macht ich besitze.« Der Alb erhob sich langsam und stand aufrecht. »Mein Name ist Mòndarcai. So wie Aiphatòn einst die Albae jagte, um sie zu vernichten, weil er in ihnen das Böse sah, hetze auch ich die Geschöpfe Inàstes.« Er ließ die Runen an der Waffe heller aufleuchten. »Mit diesem Speer tötete ich Ûra und tat dem Geborgenen Land den ersten Gefallen. Ich vernichtete einen großen Teil der undarimarischen Flotte. Ich schloss die Salzseeorks und Kràg Tahuum unter meinem Banner zu einem Bündnis.« Er strich mit den Fingern über die schwarzen Tioniumstücke in seiner Haut. »Aber zuallererst raubte ich Dsôn Khamateion diese Rüstung, die ihrer nicht würdig ist. Um fortzuführen, was Aiphatòn einst voller guter Absichten begann, bevor sein Verstand magisch umnebelt wurde und er ein tragisches Ende nahm.«

»Das ist wahr. Ich sprach oft mit ihm und … bei Vraccas!«, brach es aus Goldhand heraus. »Senkt Eure Waffen. Runter damit!« Zögerlich kam man seiner Aufforderung nach. »Ihr könnt es nicht ermessen, aber Mòndarcai ist in der Lage, uns mit dieser einen Waffe zu töten. Kaum einer von euch hätte etwas dagegen tun können.«

WIE ICH ES SAGTE, raunte der Saphir in Goïmrons Kopf. KEINER AUSSER DIR.

Mòndarcai verbeugte sich vor Goldhand. »So war meine Hoffnung nicht vergebens.«

»Was willst du, außer auf der Karte herumtrampeln und Reden schwingen?«, warf Brûgar ihm zu. »Verflucht! Da steht ein Schwarzauge vor mir, und ich habe das falsche Pfeifchen im Mund!«

»Ich sagte es bereits: Wir haben denselben Feind – die Albae.« Mòndarcai warf einen Blick in die Runde, kurz blieb er an Telìnâs hängen. »Ich verachte Dsôn Khamateion und will es bis auf die Grundmauern niederbrennen.« Er ließ das Speerende einmal auf den Tisch krachen. »Ebenso soll es jenen Schiffen ergehen, die unter ihrer Flagge ins Binnenmeer einfuhren. Ich unterschätzte sie, was nicht wieder geschehen wird.«

»Ist das ein Gesuch um ein Bündnis?« Telìnâs hob die hellen Augenbrauen. »Mit dir?«

»Nicht allein mit mir. Auf ein Wort von mir marschieren Tausende Orks vor die Festung.« Mòndarcai sah zu Goldhand und Goïmron. Die schwarzen Augen in dem hellen Antlitz verschluckten jegliches Licht wie ein bodenloser Abgrund. »Ihr habt Aiphatòn lange vertraut. Ich bitte Euch, mir das gleiche Vertrauen zu schenken, o Größter aller Zwerge des Geborgenen Landes.« Er ließ sich auf ein Knie herab, senkte den Kopf und streckte die beringte Hand zum Pakt aus. »Meine Orks warten nur darauf, die Festung einzunehmen. Vor Einbruch des Winters.«

»Um sie für sich zu nutzen«, warf Hargorina halblaut ein.

»Nein. Sie werden mit mir weiter nach Dsôn marschieren, um die Albae zu vernichten. Das schwöre ich euch allen bei meinem Leben.« Mòndarcai hatte die Finger nicht gesenkt. »Haben wir eine Allianz, Tungdil Goldhand?«

Zum ersten Mal fürchtete Goïmron um Rodanas Leben. Diesem Alb sah er den absoluten Willen an, schnellstmöglich durch die Mauern zu dringen und Brigantia zu stürzen. *Er ist mächtig. Unfassbar mächtig.* Niemand sonst erlegte einen Drachen mit einem Speer oder bekam die Salzseeorks zu einem Zusammenschluss mit dem verfeindeten Kràg Tahuum.

Goïmron hatte gehofft, noch bis zum Wechsel der Zyklen nachdenken und eine Lösung finden zu können, um Rodana zu retten. Mòndarcais Auftauchen hatte seine Pläne zunichtegemacht.

Das angespannte Schweigen im Zelt hielt an.

Die grazile Hand des Albs schwebte ausgestreckt über der Tischplatte, und die gepflegten Nägel schimmerten im Licht der Öllampen. »Was sagt Ihr, Tungdil Goldhand?«

Als der greise Zwerg nichts erwiderte, begriff Goïmron. *Das Gift! Es hat ihn paralysiert.* Langsam neigte er das Ohr an die Lippen, bis ihn die silberweißen Barthaare des Helden kitzelten.

Aber der Mund bewegte sich nicht.

Goïmrons Moment war gekommen.

Sein wichtigster Moment.

Hunderttausend Gedanken schossen gleichzeitig durch seinen Verstand. Entscheidungen erschienen und vergingen in der Flut von Überlegungen: die fallenden Mauern der Zwergenfestung, das brennende Dsôn, das Ende des Übels, die geretteten Leben von Menschen, Zwergen, Elben und Meldrith durch den Einsatz der Orks, der endgültige Fall von Brigantia und letztlich die Rückkehr der Vierten in ihr Reich.

Aber über allem schwebte Rodanas vermisstes, geliebtes Gesicht.

Vraccas stehe mir bei! Goïmron räusperte sich.

ENDE BAND 1

Fortsetzung folgt. Bald …